Unrequited Love

暗 恋 （上）

橘生淮南

八月长安 作品

湖南文艺出版社
HUNAN LITERATURE AND ART PUBLISHING HOUSE

博集天卷
CS-BOOKY

目　录

目　录

序章　他们家的孩子

Dear Diary:

人是否能操纵自己的记忆？

如果不能，那些自欺欺人的粉饰和安慰到底来自何处？

如果可以，为什么在很多重要的事件中，我们能记得的，却只有一些无关紧要的细枝末节？那鲜活得不容忽视、挡在岁月的镜头前的主角的脸反而变得模糊。

我是否真的见过他？

是否真的感觉到，妈妈攥紧了我的手，缓缓地说："洛洛你看，那个小男孩就是他们家的孩子。"

他们家的孩子。

鞭炮的红色飞屑，俗气而艳丽的彩带，飘浮在嘈杂的人声中。我不记得任何来往宾客，却总能想起某个面目模糊的阿姨俯下身问我们这些小孩子——新娘子漂不漂亮？以后想不想当新娘子？

大家奶声奶气地拉长音，想——

可就是这些无关紧要的小动作、气味、语气词，像一只柔软的手，轻轻地攥紧我的心脏。那时候的一切感觉都随着这些细枝末节重新活了起来，仿佛此时此刻灵魂仍寄居在那个矮小的身躯中，被拥挤的宾客推来搡去，努力穿越喧闹的喜气，去拼凑一个新鲜而矛盾的世界。

彼时的我眼中的那个世界仍然满是混沌且无关紧要的零零碎碎。

就是那些无关紧要的事情。

恰恰就是这些无关紧要的事情。

这么多年我念念不忘的，原来竟是这些，而不是那个人。

——摘自洛枳的日记

第1章　心魔

洛枳呆坐在书桌前，盯着面前崭新的空白笔记本。

钢笔横躺在纸面上，笔帽晾在一边许久。她不知道第几次拿起笔，终于决定先把日期写上——然而画了几笔都是涩涩的，写不出字来，只在白纸上留下带着干涸墨迹、让人难堪的凹印。

搁笔太久了。

刚刚室友江百丽接了个电话就匆匆冲出门去，吃过的方便面纸桶就放在桌子上，味道弥漫在宿舍里久久不散。洛枳呆呆地在纸上画着道道，泡面的味道愈加刺鼻。

两个人的宿舍，打扫房间的永远是洛枳。对于这一点，她倒从来没抱怨过。勤劳只是因为对脏乱的忍受能力低于他人，她忍不过百丽，只能干活儿。

忍耐是一种大智慧。

上午江百丽坐在床上拿起塔罗牌照例进行"每月一算"时，死活让洛枳也抽一张。洛枳抽完牌看都没看就塞回给床上的"神婆"，低下头继续看东野圭吾的侦探小说。不知过了多长时间，洛枳突然听见天花板附近传来尖叫声："你到底听没听我说话啊，我说，总之你要忍耐，忍耐！善于等待的才是智者！"

洛枳抬起头，懒洋洋地瞥了她一眼："自从和您住一个宿舍，我已然被迫修炼成智者了。"

后来上铺的"神婆"又吵闹了些什么，她已经完全想不起来了。江百丽从高中开始学习塔罗星座紫微斗数，然而对命运的掌握好像并没有改变她混乱的生活状态，连她自己都感到不解。

因为你只待天命，不尽人事。洛枳默默地想。

洛枳并不相信命运。她怕自己信了天灾，就忘了人祸。因为人祸是可以憎恨和对抗的，而天意不可违。人一旦相信了命运，还能有什么指望？

不过有句话百丽没说错，善于等待才是智者，忍耐的确是必要的。

其实，没人比洛枳更懂得这一点。

她抬头看表，已经不知不觉过了半小时了，她还在胡思乱想。

眼前的白纸，白得越发刺眼。

她忽地一下站起来，椅子腿儿在水泥地板上划出尖厉的悲鸣声。

洛枳端起百丽的面碗，小心翼翼地防止面汤溅出来，慢慢走到厕所倒掉。回房间打开门窗通风，然后把百丽哭泣时扔了一地的鼻涕纸扫干净，洗手，深吸一口气，重新拧亮台灯。

仿佛进行了某种宗教仪式的开场。

她终于还是抓起了钢笔，在演算纸上狠狠地画了几道，直到画出了顺畅的笔迹。

9 月 15 日，晴

我遇到他了。很远，第一眼是背影。第二眼是从天而降的大柿子。

然后笔尖就那样停在了"子"字的最后的一横上，反应过来时，那一横的末端已经洇开成了一个小蓝点。

两小时前，她正在学校的北苑散步。

初秋的北京拥有一整年难遇的好天气，收敛了一身暴虐，流露出温和开朗的模样。

地上有斑驳的树影，她和小时候一样低头认真地走，每一步都要费心思踩在地砖最中央的十字花上面——小时候和妈妈一起去家具批发市场给别人扛包送货，妈妈在前面走，她在后面费力跟着，脚心和小腿都有种拉伤的酸痛感。妈妈回头看她，眼睛通红，满是心疼，嘴上却说："你试着每走一步都踩在地砖最中间的那个小十字花上面。"她像做游戏一样努力遵循着规则，忘却了头顶的烈日，盛夏漫长的一路真的就在不知不觉中走到了尽头。

就这样养成了习惯。

忽然起风，她下意识地停住，抬起头。

前方两三米处的岔路口拐过来一个人，正好走在她前方。

即使换了外套，仍然是她这辈子都不会认错的背影：后脑勺儿立着几根不安分的发丝，端正的姿态，微昂的头，挺拔却不显得装腔作势。

她正愣着，一个大柿子突然结结实实地落下来，掠过她的视线砸在了前方不到半米处。如果刚才她没有止步的话，应该会正中头顶。不过它的尸体仍然溅了洛枳一身脏兮兮的汁水——很惨烈，无论是柿子还是她。

前方的人听到了柿子落地难听的啪嚓声，回过头来。洛枳在他目光移到自己身上之前慌忙转身，撒腿就跑。

竟然一边跑着，一边还在走神儿地想，他会不会笑我？

她第一次让他看自己的背影，竟然是**这副落荒而逃的模样**。

她一直跑，一直跑，两个台阶两个台阶地跨上楼，推开宿舍的门，然后才想起来大口喘气。

气息平稳下来，她就不紧不慢地换下惨不忍睹的外套和长裤。打开衣柜，看到一片阴郁的冷色调。

倒不是她不喜欢彩色，只是不协调。

高考前夕，全年级集体去坐落在繁华市中心的指定医院体检。洛枳把盖了一大片红戳的体检表交给门口坐镇的老师，背起书包，沿着全市最长的那条商业街散步，迟迟不愿回家。

高考前种种繁杂的事项又完成了一项。她想，高中就要这样结束了。

抬头看到一家淘衣服的小店橱窗里，挂着一件明黄色的吊带裙。

那样绚烂耀眼的明黄色。

五月天摆出吊带裙，仿若夏天嚣张的预告函。

那天她心情不好，书包里是大本的模拟题和练习卷，那是高考散发的请帖。她并不害怕这场过独木桥的考试，也不期待和兴奋于即将从题海中解脱。洛枳更多的是困惑，困惑于自己这样一步步下去，到底是离幸福更近了还是更远了。

心中莫名的焦躁无法熄灭，任她像平常一样规劝自己要忍耐、要安分，就是不管用。

她徘徊许久，终于还是冲进店里，含含糊糊地对慵懒的店员说，要试橱窗里的那件裙子。店员上下打量了她一眼，不耐烦地起身。

她的胸口起伏，里面是突如其来的勇气。

狭窄的试衣间里，她手忙脚乱地穿上了那件吊带裙，只可惜肩膀上露着老土的白色胸衣肩带。刚打开小隔间的门，就看到对面的穿衣镜中立着一个表情呆滞、脸色黯淡的女孩，从门后探出半个身子，瑟缩胆怯得可笑，扎着十几年不变的老土马尾辫，被明黄色衬托得好像营养不良的村姑。

她一愣，有些尴尬，然而心情奇迹般地安定下来。

"你应该知道自己是谁，该做什么，适合什么。"

方才那些空洞的大道理无法说服在街上暴走的洛枳，然而一落在镜子里的村姑面前，突然就变得极有说服力。

她忍着店员的脸色，坦然地交还衣服，搭上公交车回家，坐到书桌前打开书接着复习。谁也无法相信会有人用一件明黄色的吊带裙来挖苦讽刺自己，十几岁的少女，像个苦行僧一样修炼坚忍。

但是洛枳一向善于此道。

这次似乎有点儿不一样。

她带着一身脏兮兮的柿子汁水逃回宿舍，也因为心慌，和那天一样的突如其来的心慌。

忘了在哪本书上看到的，上帝动动小指头，一个人的命运就能急转直下。至于上帝为什么会动小指……也许只是觉得痒。就像洛枳觉得很烦的时候抬脚踩死了一只本本分分地在地上爬着的小瓢虫。没有原因。

她刚才明明光顾着逃跑了，为什么现在却能回忆起自己跑前的一秒，他的目光正从柿子的尸体挪移到她的脚踝。那时，男孩挑着眉半笑不笑，白皙的脖颈连到下颌，那么好看的弧线。

她不是慌了吗，这些又是怎么看到的？

就算看到了，笔尖又为什么无法移动？

洛枳高中时的确写过一本很厚的日记，日记只有一个内容，字字句句只描述了一个人。后来不知道怎么回事，在毕业撤退那天，弄丢了。

太久之前了，久到不知道怎么再提笔，久到不再能熟练轻松地用大篇幅的文字去描绘脑海中留下的漂亮的下颌线和那憋着笑的惊讶神情，久到想不起来那时一大片水蓝色笔迹铺展在本子上所带来的卑微的满足感。

太久了。

　　她转过头，紧闭的门上挂着一面穿衣镜，微微后仰一些，就能看到自己在镜中的影像：略微苍白的皮肤，尖尖的下颌，戴上隐形眼镜后不再被埋没的美丽眼睛——

　　的确太久了，久到她都没发现自己已经不是那个村姑了。每个埋头苦读的高中女生到了大学都会经历外貌上的蜕变。因为她很少与老同学联系，没经历过同学会上此起彼伏的客套惊叫"啊！你变得好漂亮"，所以，几乎没有察觉。

　　心跳快得过分。上帝勾动的小指让她无论怎样碎碎念都无法平息那种蠢蠢欲动的感觉。

　　现在的我，已经不是当时的村姑了，不是吗？她想。

　　所以有些故事，是不是应该迎来转折点了？

　　毕竟，已经不再是那个用一条明黄色吊带裙就能降伏心魔的年纪了。

第2章 岁月静好

百丽和平常一样猛地推门进屋时，洛枳刚收起日记，打算继续写统计学的作业。背后发出巨大的声响，她习以为常地没有回头看。

百丽一屁股坐在床上，呼吸带着哭腔。

无法结束的八点档。洛枳叹口气，百丽这样的女孩子，永远伤心，却永不死心。

手机发出嘟嘟的声音，百丽开始拨号。

"我再跟你说最后一遍，我知道你早就烦了，但我还是那句话，明天你要是在马路上看到我挎着一个男生有说有笑地走，然后告诉你那是我认的干哥哥，你会不在乎？！"

也许会在乎。洛枳摆弄着笔尖心想，但是你在乎他是因为爱，他在乎你是因为霸道。

她发现自己没办法专心写作业了，间断地听着百丽的电话，所以做题的思路也断断续续的。

偷听别人说话成了习惯。

洛枳只喜欢在背后看人，看人的背后。或许因为她第一次开始认识这个世界的时候，看到的就是繁华的背后。

每个人都需要在脑海中建立关于这个世界的数据库，内容未必都要来源于亲身经历。洛枳喜欢阅读别人的喜悲，用这种方式来避免折腾自己的神经。很多时候，就是抬眼的一瞬间或者擦身而过的几秒钟，陌生人的一个表情和一句零碎的话，足以让她饶有兴致地咀嚼半天。

所以，和百丽的住宿组合应该是天意。她想，演员总是需要观众的。

放下电话，百丽终于哭出声来。

"别哭了，已经十分钟了。"洛枳看了看表，一边写字一边说。

"我难受，今天延长时间。"

洛枳微微皱了眉头回头看她。百丽对她说过，每次自己哭泣的时间都不可以超过十分钟，女人最重要的是保持适度的柔弱和适度的坚强，要见好就收，不能做出被人鄙视的举动。

洛枳听到这些言论后只是嘴角抽搐了几下，然后每次都尽责地提醒她，到十分钟了，请注意把握柔弱和坚强的尺度。

江百丽有很多"女人准则"，"十分钟"这种小规矩只是其中之一，它们和塔罗牌一起指导着江百丽的人生。然而，江百丽的女性自立准则从来没有实施过。她的每次哭泣都没能成功地控制在十分钟内，也没有展现任何适当的柔弱与坚强，只剩下遭人鄙视那部分实践得很彻底。

不过，被鄙视，往往就是因为太常见，以至于大家忘记自己稍不留神就会成为其中一员。毕竟，大部分女孩子如果看到自己的男朋友揽着另外一个女孩子的肩在路上大摇大摆地走，还大大咧咧地说这是我刚认的妹妹，恐怕也会像百丽这样大喊一句："跟你的妹妹一起滚远点儿！"然后华丽丽地扑到床上去哭。

洛枳想起刚才去倒百丽的垃圾桶时还看到周围有些许散落的烟灰，她扫了半天才扫干净。江百丽不是彪悍的边缘少女，也并不喜欢吸烟，她只是这阵子突然迷上了某部小说里恣意洒脱的女主角。可惜的是，人家倚着长长的酒吧吧台，在幽暗的灯光下把烟圈吐得风情万种，而她自己在练习的中途很可怜地被洛枳拎起衣领丢出了宿舍。

洛枳相信，这次失败并不会给百丽造成心灵创伤，过一阵子她一定会假装很痛苦地戒掉尚未沾染上的烟瘾而迷上扮演酗酒女子。

看百丽和看电视是没有太大区别的，唯一的遗憾是不能随意换台。如果洛枳手里有遥控器，她的第一个动作就是关电视。

洛枳其实很喜欢百丽的真实。很多人愿意把自己包装得洒脱淡定，然而在独处的时候还不是像她一样趴在床上号哭？

又或者，像洛枳一样，看似什么都不在乎，实际上最在乎的就是面子，甚至面对自己都不肯诚实。

想到这里，她不由得抬眼看了看书橱上露出一个角的崭新日记本。

百丽忽然抬起头，长时间的哭泣使她的声音闷闷的，好像感冒了一般。"洛枳，你的电脑开着呢吧，能放段音乐吗？没声音，光我在这里哭好没气氛。"

每当百丽难过，就会格外害怕安静。按她自己的话来说，跟洛枳这样一个"静物素描"一样的人住在一起是需要勇气的。

洛枳用指尖在电脑触摸屏上画了两下，等休眠中的电脑屏幕亮起来，随便选了个列表播放，响起的音乐居然是《轻骑兵》。她不禁无声地咧嘴笑起来，现在这个场景，更没气氛。

然而无论如何，突然冲进屋的江百丽，毫不做作的哭喊声，格格不入的交响乐，这些都给刚才慌乱的洛枳带回了一丝活气。日光灯在头上晃晃悠悠，什么都不曾改变。

她看了一眼写日记时被钢笔水染到的右手食指，淡淡地笑了一下。

　　一个柿子，一个意外，什么都不意味。慌什么。

　　这个时常传出哭声和电话吵架声的小房间，其实是个安静的所在。她从小到大，从来没拥有过这样让人内心安静的空间。

　　就这样下去吧，她想，所谓现世安稳、岁月静好，大概就是说，什么都没发生，而你也什么都不想要。

　　你什么都不想要。洛枳再一次告诉自己。

第 3 章　有生之年，狭路相逢

第二天下午，洛枳拿起装着报名表和成绩单复印件的透明文件袋，出门去法学院办公楼报名双学位。

她沿着小路朝前走，时时小心头上的柿子，终于到了阳光明媚的开阔地带。马路上许多自行车来来往往，她忽然听到身边女孩子的惊呼，顺着众人的目光看过去——一个男孩子徐徐骑着单车，不扶车把，一手捧着康师傅面桶一手拿叉子，边吃边骑，很悠闲稳健地在洛枳前方不远处匀速前进。那缓慢的速度让洛枳确定他不是来不及吃饭，而是故意的。

每每经过一个行人，他都会觍着脸笑眯眯地问："吃了吗，来一口？康师傅，就是这个味儿！"背后不远处一群鬼鬼祟祟的男生拿着手机录像拍照。洛枳于是更加确定，他是打赌输了特意来出洋相的。

她这样想着，笑出了声。男孩回过头，望到一双笑意盈盈的眼睛，手一歪，面就洒了半身。

小兄弟们纷纷拍手起哄。洛枳尴尬地咧咧嘴，快步逃离了现场。

她走得太急，抬头时发现已经偏离了法学院的方向，走到了东门办公楼门前的小超市。她忽然觉得有点儿口渴，于是进去买水。

就那样看见了盛淮南。

洛枳在那一瞬间甚至害怕地抬头看了看假想中的柿子树。

一个平时很少看见的人忽然在接连两天内频繁地撞见，她知道，一定是上帝勾勾小指开始惹是生非了——是福不是祸，是祸躲不过。

上大学一整年，这是第三次看见他。他们抓起了同一瓶午后红茶——其实洛枳是故意去抓的，她不知道哪儿来的胆量，总之还没想明白就伸手了。然而，盛淮南只是道了个歉就松手了，顺手抓起另外一瓶。她慌张地微笑着说"没关系"的时候，他已经转身朝付款处走去了。她连他道歉的声音都没听清楚，只是凭逻辑判断那应该是一句"对不起"。

原来他不认识她。真的不认识。

她高中时在心中默默揣测了三年，猜想对方是怎么看待她这个人的。毕竟，她一直以为自己算是个不大不小的名人——时至今日终于得到了朝思暮想的谜底。

什么名人啊，不过只是个人名而已。

她对着冷柜咧咧嘴，咧不开，就再咧一下，终于笑了出来。

不过这也许是里程碑式的一天，她第一次跟他打招呼——虽然是对着背影。

收银员在她眼前晃了一下手指，她才回过神来，赶紧把手里的红茶递出去。

那瓶红茶是她和他有生以来最近距离的接触，可是，完全没有文艺作品中诸如"他手指微凉，拂过我手背时有干爽的触觉"一类的描述——她大脑空白，什么都回忆不起来了。

红茶在手里拧了半天都拧不开，都走到法学院楼前了，她的左右手心通红通红的，右手虎口印上了瓶盖细密的竖条纹路，仍然没能喝上一口。

从法学院办完手续出来时已经三点了，她很喜欢这个时段，阳光灿烂但不耀眼。洛枳一边走一边打量着手里的红茶，再抬起头，鬼使神差地又回到了东门办公楼前的超市。

鬼打墙吗？她哑然失笑，无意朝门口的方向望了一眼，只一眼就看见一个穿着红色夹克、梳着黑亮马尾辫的女生，相当漂亮，不注意都难。

更惹眼的是她身边的人。

洛枳因为"鬼打墙"而露出的自嘲笑容僵在了脸上。

盛淮南，穿着 V 字领黑色羊绒衫，双手插兜，面无表情地对着女生，居高临下般站在台阶上。而女孩则揪住他的袖子不知道在说什么，看动作好像僵持不下。

这才真是鬼打墙，兜兜转转，竟然又看见了他。

洛枳一刹那有窒息的感觉，然后毫不犹豫，深吸一口气迈步走过去，低着头假装没看到前面的这出好戏，在拥挤的台阶上撞到女孩子的肩膀，再抬起头做出很意外的样子说："哦，真对不起。"

她一定是疯了。她在做什么？

盛淮南在这个时候很快地接上一句："洛枳？"

没等洛枳惊讶地点头，盛淮南立刻微笑着对女孩子说："我和同学有点儿事情要说，你先回去吧。"

能看出这个女孩子刚刚拧到盛淮南袖口上的自尊心在另一个同性出现时被收回了，她顿了顿，收敛表情，笑笑说："嗯，那我们改日再说，陈师兄的表格我也给你发过去了。"

估计是这句话前言不搭后语，盛淮南的脸上浮现出一丝尴尬的神情。女孩转身离去，微微昂起的头带有一点儿天生的矜傲，目光没有朝洛枳偏离半度。

洛枳在她走远后回头看盛淮南，笑了笑说："哦，那个，原来……哈，你是不是应该谢谢我？"

刚说完，她就想把舌头咬下来。镇定，洛枳，你怎么了？镇定！

盛淮南看起来有一点儿吃惊，不过洛枳很高兴看到对方没有选择装傻，而是落落大方地点点头，说："那就请你喝咖啡吧。谢谢你。"

这才是盛淮南。

所以她也不能慌。

洛枳顺势点头："那就不好意思啦。"

只是好像并没有感到很开心。

也许因为她期待已久的和他的第一次相遇，实在太假、太做作了。

不要多想，她一边走路一边告诉自己，就当作机会偏爱有准备的人——她准备的时间，的确太长了。

她果断跟上他的步伐，转身太急撞到了路人，急忙道了个歉，低头挽起碎发，手指碰到左耳垂，烫得吓人。

坐在咖啡厅里的时候，洛枳有点儿拘谨。她用手指拢了拢头发，后背一直保持挺直，又觉得好像僵硬了点儿，挪了挪屁股，终于在软皮沙发中找到了一个放松的姿势。这一套动作做完，急急忙忙抬起头朝他微笑，看到的却是盛淮南对着桌上的茶杯垫走神儿的样子。

洛枳的笑容凝固在脸上，她感觉有点儿尴尬，立刻偏头躲开从侧面照射进来的刺眼阳光。

绞尽脑汁都打不破沉默。这种时候，她应该说什么？不是没有人追过她，不是没有和男生一起自如地聊天吃饭，但是此刻，对面是盛淮南。

对面是盛淮南。

这一切来得太突然，实在让人措手不及，尽管是她自己造成的。

盛淮南从他的走神儿中恢复过来，神态自若地开口说："对了，你……认识我吗？我叫盛淮南。"

他对她自我介绍。这辈子他第三次对她自我介绍。

第一次年代太久远，她不敢回头看。

第二次正式而官方，却不是单单针对她。

那是高二时的八十八周年校庆大会，他作为学生代表，代表在校生上台发言。自我介绍说的是："大家好，我叫盛淮南，来自高二（3）班。"

小学到现在所有程式化而冗长的开学结业典礼上，学生代表们机械地慷慨陈词，事先写好的稿子唰啦啦地翻页，然而只有这句话在洛枳的心里翻不过去。她作为值周生站在台下背阴处，看不到声音的主人，但扬声器就在她背后，少年清冽深沉的声音猝不及防地在耳畔响起。她慌乱中抓紧身旁的栏杆，轻轻地提一口气，然后在观众席响起的一片兴奋的窃窃私语声中低下头，脸上始终是淡淡的，没表情。

"我认识你的。"她点点头。

"哦，是吗？"

她是不是应该继续说是怎么认识的？说他很优秀、很有名气，大家都认识他？这么腻烦的话，他会乐意听才怪。

盛淮南好像贡献了一个开场白之后也没话可以讲了，不过看起来他没有觉得这种场面让人难受，更没有为了找话题而劳神，只是悠然地看着窗外，眼神里的闲适和刚刚洛枳的做作形成了鲜明的对比。

那抹闲适突然刺痛了洛枳，这么多年隐隐的疼痛在这一刹那变得尖锐起来。自己到底要畏首畏尾到什么时候？

她放下杯子清清嗓子说："高中的时候听说过你，不过很少见到。我和周围很多人都是这样子，知道人家的名字，但是从来不认识，名字和脸对不上。不过，你真的很有名气，走过路过的时候都会听到人家喊'看，盛淮南'——所以我认识你。"

盛淮南笑了，露出好看的牙齿，说："是啊，我也是这样。在同一所学校三年，无论如何都会混个脸熟，有时候甚至会因为某件事两个人就忽然说话了，比如在公交车上踩到对方的脚了，没有零钱了就朝看着眼熟的陌生同学借一点儿，或者……"

"或者食堂打饭、课间接水的时候不小心洒到对方身上了，不打不相识。"洛枳接上，她看见盛淮南悠然的表情僵在那里，这都在她的意料之中。

不打不相识。就像你和你的前女友。

这句话对盛淮南的杀伤力比洛枳想象的还要大。

她不知道为什么要那么说，明知道很可能会让他反感。然而话出口，看到他的反应，她忽然有些开心，阴暗的开心，报复得逞一样。

报复什么？因为刚刚他比局促的自己更洒脱？

洛枳说不清。

好像空气中飘浮着另一个洛枳，一边对盛淮南怨毒地龇牙，一边冷笑着睥睨着座位上那个洛枳的局促和做作。

她摩挲着手中的咖啡杯，思绪越飘越远。

第 4 章 也算是圆梦

咖啡杯看着有点儿眼熟。

突然想起小时候，妈妈在一轻局濒临下岗，带着她到人事处的某某阿姨家里送礼。她坐在阿姨家的小姐姐房间里，端着一杯高乐高，也是这样一圈圈地摩挲着杯子。

"杯子好看吗？"那个小姐姐撇撇嘴问。

她礼貌地点点头。

"好看吧？买不起吧？这一套可贵了，打碎了让你赔！"小姐姐一昂头，哼了一声就走出去了，把她自己晾在屋里。

"好看个屁，"小洛枳对着天花板小声说，"明明就像大便。"

"的确很像大便啊。"长大的洛枳温暾地自言自语。手里的咖啡杯是深棕色的，而且是螺旋状。

盛淮南明显有些招架不了，呛了一口水，笑出了声，惊醒了洛枳。

他喘了口气，问："你说杯子？形状还是颜色？"

洛枳傻了一会儿，慢慢反应过来。

"Both." 她也笑得眼睛弯弯。

"其实我第一眼看到这个杯子时也这么想，他们非说我低级。"

"你是想说我低级吗？"洛枳哭笑不得。

气氛不知道怎么就缓和了。

他们随便聊了聊共同认识的同学和老师，评价选过的公共课，天南海北，但是没有聊八卦，始终是有礼貌而谨慎的态度，聪明的对答一来一回，滴水不漏。

既怕冷场，又怕言多必失。

光线里的那个人，被光和影分割得明朗而深沉。洛枳面对着他，怎么笑都不自然。其实他一直有些魂不守舍，有三分的注意力不知去向。她能感觉得到。

当他说喜欢小提琴曲的时候，洛枳很兴奋，开始絮絮地跟他说自己小时候不好好练琴，还在家里摆好琴谱和琴凳伪造现场骗妈妈的事情。说到一半突然刹住了口，因为他的目光在一度度地偏离，他苦笑，然后摇头，最后傻笑。

她停下来，很久，他仍然沉浸在自己的世界里，摆出各种各样的微笑。

那一瞬间，她有些愤怒和受侮辱的感觉，然而很快，视线里充满了被阳光渲染成金色的盛淮南，他安详的呼吸还有嘴角不设防的幸福微笑。

她不知道自己是什么感觉。费尽心思提起话题却被忽略的尴尬和懊恼，被对方的英俊沉静吸引得不知东南西北的快乐，还是单单能够坐在对面看着他的卑微的幸福？

她一直注视着他苦笑，直到他惊醒，歪着头看她，她也说不出一句话来。

他的样子就像上课的时候玩 PSP（掌上型游戏机）太入迷，一抬头发现正被老师盯着一样，尴尬，有点儿慌乱，又不敢贸然采取什么行动——谁知道老师是刚刚发现自己溜号于是用目光提醒，还是点名让自己回答问题？洛枳想，自己是不是应该埋怨一句"你到底听没听我讲话"，至少给他个道歉的方向。

可她只是扬手喊服务员结账。

"多谢你了，不要赖账。"她笑得那样真诚而开朗。

她最善于伪装的就是真诚。

到此为止吧。她想。

"送你回宿舍吧。"盛淮南挠挠后脑勺儿，不好意思地笑笑说，"住哪栋楼？"

"不用了，其实刚才我只是出门转转。还不打算回去。"

话说到这里，迎面走来一个黑黑的男孩子，打了盛淮南一拳说："你小子偷偷摸摸约会谁啊，这是第几个了？"

"泡面男？"洛枳想起，这个人就是马路上边骑车边吃泡面的那个男孩。

两个男孩同时一脸迷惑地看着她，她摆摆手说："走了，再见。"

"不是吧，我打扰你约会了？美女，你们继续，我立刻消失！"

洛枳一直压抑在心里的怒气好像终于找到了一个出口。她抬眼盯着男生那张嬉笑着的脸，轻轻抬手捂住鼻子，平静地说："我也觉得您应该消失，您出的汗都是红烧牛肉味儿。"

盛淮南大笑起来，黑男孩被她的眼神刺得六神无主，愣了半天才揪住 T 恤前襟凑到鼻子下面闻了又闻："我刚换过衣服了呀……"

许久他才傻笑一声说："抱歉哈抱歉哈！"就落荒而逃了。盛淮南这次集中了十分的注意力看着她，洛枳的眼神锐利而平静。

盛淮南停顿了一会儿，好像认真思考着什么，良久才说："对不起。"

洛枳耸耸肩，面对黑男孩时的尖锐此刻消失殆尽。她有些疲惫，只是笑笑说："谢谢你请客，再见了。"

她转身走了很远，突然又回头。

盛淮南的背影依旧昂扬端正，几根轻扬的发丝，在她的视野里微微晃动。

好像和高中时每天早上走在自己前方的那个背影有些不同，但是好像又没什么不同的。

"盛淮南。"

洛枳清楚地听见自己的声音，她终于对着他的背影喊出了他的名字。

今天是历史性的一天，尽管并不算快乐。

"谢谢你请我喝咖啡，不过，这顿咖啡算是我讹诈来的吧。其实我是故意去解围的，我看你们僵持不下，就自作主张冒险逗英雄了，还好你记得我是谁，不然我真有可能要没面子地扮花痴来搭讪你了。下次遇到这种事情最好不要在超市门口解决，人来人往的。虽然你很镇定，但是对那个女孩子不好，她就算再冲动、再不介意，被那么多人看着也会难堪的，事后回想起来，一定会非常后悔。当然，我没有资格告诫你什么，就是解释一下我出现的原因，希望你别介意。"洛枳一股脑儿地倒出来，说完朝他坦然一笑。

这是她今天唯一真实自在的笑容。

盛淮南的笑容也明显真诚了很多："谢谢你。"

"不谢，"她笑笑，说，"是你自己机灵。你绝佳的反应能力一看就是多次实战的积累。"

他的笑容更加灿烂，但并没有反驳她，风马牛不相及地冒出一句："高中时没认识你真是可惜。"

洛枳听到这句话，敛起了笑容。

可惜的事情还有很多。她没讲话，利落地转身离开。

盛淮南站在原地看了一会儿她的背影，又双手插兜傻乎乎地看了一会儿天，丝毫没有注意到来来往往进出宿舍楼的女孩子都在用余光偷瞟自己。然后，他吹了一声口哨，耸耸肩转身往超市的方向走——洗衣粉还没买呢。

走了两步，还是停下，掏出手机翻到联系人名单，输入"L"，屏幕立刻显示出一长串名单。他找到"洛枳"。

当时进校的时候，从学姐手里借到了振华校友会的名单，把所有他认识的不认识的 P 大同学的电话和邮箱通通记录了下来。

反正总有一天用得到。

洛枳感觉到手机振动。"一条新信息，来自盛淮南"。

"我从认识你的同学那里要了你的号码，这是我的手机号。 盛淮南"

洛枳轻轻叹气。

其实她早就知道盛淮南的手机号，入学时跑到学姐宿舍借到了振华中学校友会的名单，当时脸红着对学姐解释自己想要多认识些从振华来 P 大的同学，以后可以互相帮忙——其实人家根本没在意她说什么，一边啃着苹果一边顺手从书架上抽出来递给了她。

她却只留下了一个人的电话。从来没有用过这个号码，但是在联系人列表中单列为一组。

一想到盛淮南去问其他人自己的手机号，她就有点儿开心——人家会不会揶揄地问他："喂，打听这个干什么，有企图啊？"不过，那一瞬间的开心很快被深深的失落感盖过。

就这样认识了。

她等了那么久，想象了那么久，可是她现在并不开心。洛枳仰起头看着秋日没有一丝云彩的高远天空，心想，我就这样圆梦了。

在她圆梦的时候，对方在走神儿。

到此为止，算了吧。

难道真是一场"我爱你但与你无关"的戏码？

洛枳一直觉得这是一句文艺而高明的借口，挽回了包括她在内的无数人的面子。

她把那条短信保存好，手机放回口袋，没有回复短信。

只是，回到宿舍之后，她思前想后，还是小心翼翼地踩上椅子，将那瓶"宁死不屈"的红茶悄悄地立在了柜子的最顶端，几乎触到了天花板。然后，她跳下椅子，仰头默默注视着被夕阳斜映照得通体晶亮宛若琥珀的瓶身，心里湿漉漉的。

第 5 章　　其实你真的挺浑蛋的

到了吃晚饭的时间，洛枳走出宿舍直奔三食堂。虽然正是饭点，不过周末人并不多。她心情抑郁，没什么胃口，随便点了一个菜，端着餐盘慢吞吞地寻找一个靠窗的单独座位。

"洛枳！"

循声望过去，百丽正和男朋友在靠窗的桌旁相对而坐。

大约一个小时前，江百丽肿着眼睛回到宿舍床上枯坐时接到了一个电话。

这样叙述比较简略。其实具体过程是：手机铃声响起，百丽挂断；铃声再次响起，百丽再次挂断；铃声第三次响起，百丽索性让它一直响着一直响着……

然后，电话锲而不舍地一遍遍打进来。

百丽的铃声设定的是某支韩国电子舞曲，难听得要死。洛枳从书桌前皱眉回头看，百丽正斜着眼睛瞟手机屏幕，好像正做着激烈的心理斗争。

洛枳决定给她一个台阶下。

"要么关机，要么接电话，好烦。"

百丽咬咬嘴唇，还是拎起手机去走廊接电话了。之后就没有再回来，直到现在出现在食堂。

洛枳并不惊讶于这两个人重归于好的速度，她抬了一下饭盆以示礼貌，目光移开，继续寻找座位。

百丽却接着招手，似乎一定要让她坐到他们旁边："求你，过来一起吃吧。"

她的男朋友嘴角向上挑了一下，皮笑肉不笑，看着窗外，对百丽的话不置可否。洛枳敏锐地嗅到了二人间的气氛，知道自己应该过去救场，于是点点头。

百丽的男友叫戈壁，是个非常英俊的男生，眼角细长，鼻子硬挺，两片薄唇精致但又不流于女气。相较之下，百丽的长相只能算得上是凑合。

他们是曾经匿名荣登学校 BBS 热门帖第三名的一对极品，洛枳从报到的那一天开始就对他们避之不及。

江百丽是和戈壁一同出现在宿舍里的。两个人把行李箱往地上一扔，就靠在桌边喝水扇扇子。洛枳正在铺床，跪在床沿上扭身朝他们打了个招呼，通报了姓名、籍贯，就转过身继续干活儿。百丽从进屋开始就一直絮絮地跟身边的男生念叨。撒娇和发嗲虽然不大熟练，话却极多。诸如，这间宿舍虽然小，但是难得只有两个人住啦；最讨厌挂蚊帐，可是北京的九月秋老虎仍然吓人啦；西门附近居然只有肯德基没有麦当劳，这可让人怎么活啦；矿泉水还是农夫山泉比雀巢好喝啦……洛枳忧郁地想，自己应该改改先天顺风耳的毛病，否则她爱偷听的天性可能会让她累死在这间宿舍里。

突然百丽想起什么似的叫起来："对了，那个洛……"

27

"洛枳。"男声接了下来。

"哦，是吗，洛枳对吧？洛枳，我们两个刚刚一起买了新的手机卡，你把你的电话号码告诉我吧。"

洛枳正忙着揪住被罩的一角把棉被往里塞，头也没回地说："抱歉，我还没办新号呢，我先记下你的吧。等我一分钟。"

她掏出手机，百丽开始念手机号，她一一输入手机中。

"把她最后两位的 35 改成 36，就是我的号码。我叫戈壁。"

洛枳诧异地抬起头，这才认真地看了一眼百丽身边的"绝色"，此时他正斜倚着窗台，朝自己意味深长地颔首微笑。

比这更震撼的是，一旁的江百丽丝毫不掩饰地冷下脸。

洛枳点点头，扭过身重新找到被角继续塞。

之后的两个星期，百丽几乎没怎么和洛枳讲过话，洛枳则完全响应对方的策略。其间经常能在超市等地方看到他们两个，她也连招呼都不打，直接装作看不见。或者在狭路相逢不得不抬头的地方朝百丽潦草地点个头就走，彻底忽略了戈壁的存在。

这段时间，奠定了她和百丽两个人基本的相处方式。江百丽不是记仇的人，在两周后轰轰烈烈的学生会纳新期间，戈壁遇到真正的"小狐狸精"时，她对洛枳已经完全没有敌意和戒备了，反而自然地将洛枳的沉闷接受为个性使然，不会像之前的高中同学一样指责她傲慢，或者不厌其烦地询问她是不是不开心。

洛枳后来想想，觉得这可能就是传说中的因祸得福。

"你就吃这么点儿啊？"百丽打断她的发呆，用筷子敲着洛枳的托盘里仅有的一碗菊花燕麦粥和一盘清炒空心菜。

"我不饿。"她说。

"减肥？不是吧。"戈壁勾起嘴角，语音拖长，语气有点儿挑逗。洛枳低头礼貌地笑笑，没有接茬儿解释。

"真的胖起来的话，男生可就不是这态度了。我还不知道你们？前天的校园歌手大赛初赛，你们几个男生把上台的选手挨个儿笑话了一遍。就你那几个哥们儿，长得比人家那些选手寒碜多了，说别人也不自己照照镜子。"百丽咬着筷子头儿，不以为然地说。

"哟，说得好像当时你没参与似的。"戈壁笑，笑得倾国倾城，眼睛却盯着洛枳。

"我……就是觉得把你的哥们儿都晾着不太好。"

"其实是你怕被我们晾着吧。"

"你没完了是不是！"百丽嘴里还叼着筷子头儿，脸迅速涨红了，斜眼瞪着戈壁。眼看两人又要杠起来，洛枳愣了一下，开始认真地履行她坐在这里的责任："百丽，这是你买的？食堂做的麻辣鸭脖子好吃吗？我听说附近开了一家周黑鸭……"

百丽转过来，说："就剩两块了，你吃吧。我去买杯可乐，你要不要？"

洛枳还没说话，她就直接冲出去了。

"这话题岔得可不高明。"戈壁冷笑。

洛枳低头，咬了一口鸭脖子肉最肥厚的内侧弯，不笑也不说话。

"前阵子听说你也感冒了？"

她听出戈壁特意强调的那个"也"字。

"嗯。"

"现在好了吗？"

废话真多。她眉头微蹙，抬起头看他。

"其实你真的挺浑蛋的。"她的语气好像在描述鸭脖子太咸了一样平静。

戈壁还没来得及反应，就听到百丽在远处喊："来接我一下，打了三杯拿不住。"

他没有动，洛枳放下筷子去接过两杯可乐。百丽径直把手里的一杯先放到了戈壁的前面。

之后，江百丽像是害怕冷场一样不停地讲话，洛枳随着她胡乱地扯几句有的没的。戈壁还是沉默不语，较劲一般盯着喝粥的洛枳不放。

洛枳吃得很快，没让他们两个等太久，三个人一起站起来收餐盘，百丽走到前面先送走了一些。

"我这是跟你第二次讲话吧，咱俩没仇吧？干吗老是拿话呲儿我？"戈壁半眯着眼睛，怒火中也有一点点做作。洛枳明明白白地把目光迎上去，看他驾轻就熟的笑容和姿态。

然而，她把到嘴边的话都咽了下去。尽管只是第二次跟他讲话，但她知道，戈壁这种人，最喜欢女生自恃伶牙俐齿地跟他玩个性、耍嘴皮子，所以忍一时风平浪静。

"我没听说百丽和你是闺密啊？你倒挺护着她。"对方不依不饶。

我倒的确听说你不识好歹，洛枳在心里默念了一句，把餐盘往台子上一推，拿出面巾纸擦擦手，冲百丽喊："喂，我要去趟超市，先走了。"

她忘记系紧外套，推开食堂大门的瞬间灌了满怀凉风，走了几步，偷偷朝他们离开的方向看过去。江百丽没穿外套，挽着戈壁的背影在秋风中显得很单薄。洛枳有些悲哀，她印象中凡是看到他们两个人在一起的时候，都不是十指相扣，永远是江百丽挽着戈壁，紧紧地。

一周前，戈壁患感冒，晚上十点半打电话说想吃热的东西。百丽就千里迢迢跑到校外的嘉禾一品去买猪肝菠菜粥和香煎豆皮，打包后揣在怀里送到他的寝室去。而他，却一脸故作关心的表情，挑逗她的室友。

"听说你也感冒了，现在好了吗？"

浑蛋。洛枳再次摇摇头。

　　不过，她不会费力不讨好地去告诉百丽这个男人不可靠，趁早分手最好。江百丽过去一年处理过很多戈壁的烂桃花，大风大浪都走过来了，仍然紧紧攥着不死心，她就更没必要画蛇添足地去考验人家的耐心。

　　洛枳也许算是旁观者清，但江百丽未必是当事者迷——只不过她乐意。

　　忍耐是一种智慧，江百丽自己说的。

第6章　凭什么甘心

百丽冲进门时，洛枳正坐在椅子上盯着地上阳光投射下来的方方正正的光发呆，猛地被对方的大嗓门儿吓得回过神来。

"干吗不出去？社团招新呢，人特别多，动漫社还有cosplay（角色扮演）演出。"

自打那次见到盛淮南后，已经过去两个星期了。九月末，秋老虎已经过去，天气转凉。今天虽然阳光灿烂，却格外冷，洛枳又赶上"每个月那几天"，手脚冰凉。她把脖子缩进毛衣领子里，双手捧住热水杯，缩成一团，眼神呆滞。尽管这时候外面可能反而比阴冷的屋子要暖和得多，但她就是不想动。

戈壁是团委社团联的部长，这几天各个社团热热闹闹地招新。他作为上级，要忙的事情很多，可是手下的大一小干事刚刚被招进来，工作还没有上手，大二的老部员因为没有头衔可混，早就纷纷离开了。这样青黄不接的时刻，江百丽成了没有身份的主力，当仁不让，每天都忙得风风火火，两个人大约一个多星期没有吵架，让洛枳很惊奇。

百丽把洛枳从椅子上拖起来，机关枪一样絮叨起来："一会儿几个小部员要过来讨论一下晚上的 party。你不是最怕吵吗？出去转转吧。你看你，不到十月份穿什么毛衣啊，你是不是北方人啊，真丢脸。"

百丽刚说完就接起了电话。

"晚上真的要请我吃？我懒得出门了，要外卖吧。我还有 PAPA JOHN'S（棒！约翰）的打折卡呢，七折学生卡，前阵子，你们那位刘静大美女拉拢大家办的卡啊，忘啦？……总之等你的那几个部员来了，我让他们捎给你吧，不许赖啊，你说要请的。"

她娇笑着一屁股坐上了洛枳的桌子："嗯，他们一会儿过来，你们开完会了吗？……哎哟，烦死了！我知道了啦！"

洛枳无奈地抬头看了看正热火朝天地对着电话放电的江百丽，慢吞吞地脱下冬天的毛衣，披上外套迈出宿舍门。

她漫无目的地乱走，一路仰头注视金黄色的银杏叶和透过缝隙洒下来的耀眼的午后阳光，五指张开伸向天空，任由阳光的碎片刺痛自己的眼睛。

百无聊赖，有点儿懊恼没把雅思单词书带出来，想起江百丽的甜腻撒娇，又懒得返回去。

洛枳正对着楼前的一排自行车发呆，余光感觉到有人看自己。

某个陌生女孩正朝她微笑。女孩戴着浅蓝色金属框眼镜，眼距有些宽，穿着发白的牛仔裤和浅紫色长袖 T 恤，裤子并不合体，大腿部分都绷紧了。

洛枳忽然记起她是自己的高中校友，名字似乎叫郑文瑞。

"发什么呆呢？"郑文瑞开口问。

"没，就是想想……然后我应该做点儿什么。"对方熟络的口吻让她有点儿不适应。

"吃饭了吗？"

"现在太早了吧，打算回宿舍收拾一下再去吃。"

"那就一起吧。"

她惊奇地扬眉，下意识地点点头说："好。"

洛枳并不认识郑文瑞，但只要是振华高中那一届的学生，应该都记得高三（3）班那个穿着短袖 T 恤和七分裤，脚踩一双系带凉鞋做课间操的女孩子。

在寒冷的三月天。

所有人都像得了颈椎病一样扭着头朝她的方向看。洛枳只知道这个女孩子成绩很好，现在在 P 大计算机系读书。对于那一次她的疯狂举动，洛枳也理解为尖子生的怪癖——谁没有怪癖呢？她自己就有一大堆。

然而，郑文瑞和她甚至从来没说过话，这个邀请显得尤为诡异。

郑文瑞在烤肉店一落座就轻声问她："想喝点儿酒，你不介意吧？"

原来她只是随便抓一个人陪着借酒消愁而已。这样想着，洛枳放松了很多。

烤肉上桌，啤酒也上来了，于是两个人开始沉默着吃饭。郑文瑞一杯杯地喝酒，偶尔抬起头，对着洛枳拘谨地一笑。

奇怪的安静氛围持续到郑文瑞喝多了。

"我曾经很普通。"

开场白和这顿饭一样莫名其妙。洛枳连忙从发呆中回过神来，点点头，表示自己在听。

"为了接近他，我努力学习，进了全班前五。"

洛枳张张嘴，不知道应该接一句什么话。……你真了不起？

或者，他是谁？

"但是没用的。所以，我后来做了很多特别糗的事情来惩罚自己。"

郑文瑞说完，抬起头，眼睛有些红，略带执拗地盯着洛枳。

洛枳心中一慌。她并不觉得这是什么听八卦的好时机，也没有兴趣。对于这顿莫名其妙的饭约，她只剩满心后悔。

"比如……比如什么糗事？"洛枳到底还是硬着头皮问了一句。

郑文瑞没回答，一边嘴角上扬，撇出一个冷笑。

洛枳有些尴尬地补救了一下："我是说，你为什么要这样做呢？"

"为了毁掉自己在他心里的形象。"郑文瑞回答道。

洛枳被这个答案吸引住了，愣了一下，转而低头盯着已经冷掉的一片烤五花肉上面凝出的白色油脂。

她想到的是自己。她何尝不好奇自己在盛淮南心中的"形象"，抓起同一瓶红茶时的毫无印象，第一次喝咖啡时的心不在焉，她的形象到底如何？是不是也被自己在咖啡厅时的做作和恼怒通通毁掉了呢？

洛枳叹口气。

"既然变得再优秀也没有办法接近他，不如干脆彻底毁掉一切接近的途径，也许这样我就死心了——我可能就是这样想的吧。"郑文瑞打了个饱嗝儿，嘿嘿笑起来，把杯子里剩下的酒一口喝掉，继续说。

洛枳闻言笑了一下。这个想法倒挺特别。

"但我还是不死心。都这样了，我还不死心。"

怎么可能那么容易。洛枳没说话，继续低头微笑。

"你想知道我为什么喜欢他吗？"

洛枳抬起头，一愣。

"因为他完美。因为他和我只隔着一条走道，每天坐得端端正正地看书解题，上课时偷偷打掌机游戏，被老师叫起来还是能回答出所有的问题；因为他走路带风，身上有清香的衣物柔顺剂的味道，打球回来满头大汗都没有什么异味，我鼓起勇气把纸巾递过去，能听到他特别好听的声音说"谢谢"，还有笑起来弯弯的眼睛……

"我没什么理想。家里的期望都在我弟身上，我考上这么好的大学，爸妈都当成意外惊喜。我家人都很平庸，吃个晚饭都能为鸡蛋涨价吵起来，我看见他们都觉得丢脸，想躲得远远的。但他，他是我遇到过的最美好的人，跟我以前遇到的所有人都不一样。

"是，我知道我不好看，我配不上他，可是上天本来就不公平，难道我自己也要死心？我凭什么要喜欢那些不如他的人，就因为比他差的人才跟我比较配？我凭什么要想开点儿，凭什么要退而求其次？！"

郑文瑞越说越激动，泪如雨下，较劲一样地死盯着面前的那盘烤肉，绷紧的身体微微颤抖。洛枳一开始面对她没头没脑的抒情时憋着不敢笑，觉得她活像在演戏。然而听到这里，不觉也有些唏嘘。

是啊，为什么要放弃？老天折磨人就在于它不怀好意地给你展示什么是美好的，然后看着你中意垂涎到瞧不起其他所有，再把它收回，告诉你，别做梦了，其实这跟你都没关系。

所以我们才不放弃。

上帝明目张胆地不公平，但凡人保留偏执的权利。

洛枳想着，不自觉嘴角也有些苦涩。

何况现在她已经知道了，郑文瑞说的"他"就是盛淮南，虽然自始至终谁也没有提起他的名字。

她爱他，但是他不爱她。这是很无聊的话题，而且经久不衰。郑文瑞高一时就喜欢他，表白，被拒。后来他有了女朋友，她发誓死心。再后来到了大学，他和女朋友分手了，她鼓起勇气再次表白，又被"很温和的笑容"给拒绝了。

洛枳所做的事情就是在适当的时候微笑或者叹气，配以摇头点头等动作，还有关切安静的眼神。

郑文瑞说，暗恋太痛苦，当得知他有了女朋友的时候，她让全校师生看着自己穿得很单薄地做课间操，这样被嘲笑，让她觉得自己罪有应得，自虐很快乐。

那是她高中最后一次犯傻。

但不是今生最后一次。

她说，本来以为忘记了，放下了，可在大学还是不自觉地认真研究了他前女友的特点，把自己塑造成了一个活泼、泼辣的女孩。

洛枳哭笑不得，却在心里泛起一种很温柔的情绪。这个怪女孩好像不懂得赢得他人好感的策略，可是她不愿意嘲笑对方的愚蠢招数。

姐妹淘经常聚在一起七嘴八舌地商量怎样帮助闺密拴住或者耍弄一个男孩子的心，然而洛枳更欣赏这个孤军奋战的蠢孩子。

心怀孤勇，不知道说的是不是这个意思。

当然她必须承认，喜欢看悲情英雄，不能说没有一点点幸灾乐祸的阴暗心理作祟。

后来郑文瑞彻底醉了，不再间或说些遮遮掩掩的、诸如"其实我醒悟了，现在也不是很在意他了"之类挽回面子的话，而是伏在桌子上小声地呜咽。洛枳终于长舒一口气，把目光移向右侧的玻璃，表情放松而冷漠。北京秋天的晚上很有些萧索，烤肉店内外的温差让窗子上结起了密密的水珠。

洛枳试探性地拿起了一杯酒，一口灌下。

大家都是不被爱的人，自己没那么彪悍勇敢，只能喝酒略表敬意。

世界上总有那么一种人，对于庸庸碌碌的普通人来说，他们的存在简直是一种讽刺。

比如盛淮南。

"对了，你跟他前女友是同班同学吧？"

洛枳吓了一跳，本以为对面的人已经睡死了。

"是。"

"关系好吗？"

"不熟。"

"那现在还有联系吗？"

"没有。"

郑文瑞突然咯咯咯地笑起来："骗子。"

第 7 章 我最希望看到的

洛枳快速地瞥了她一眼，没有讲话，目光渐渐冷下来。对面的郑文瑞仍然保持着用侧脸紧贴桌面的姿势，咯咯咯地笑个不停。

"骗子。"她又说。

洛枳转过身叫老板结账，郑文瑞突然大声地说："她不配！骗子！"

洛枳扬在半空招呼老板的手缩了一下。她？

反正不是说我——洛枳心里舒服了一点儿，但仍然担心郑文瑞继续胡闹起来吸引其他食客的注意，还是硬着头皮喊老板结账。偏偏此刻生意好得很，没有人理她。

"都是装的，都是装的！"

"别喊了。"洛枳皱起眉头。

"她要回来，她后悔了。我昨天才知道的，她后悔了。"郑文瑞的眼泪一个劲儿地往下掉，洛枳忽然明白了郑文瑞醉酒的原因。

"她"回来了。所以，摆在郑文瑞面前原本就渺茫的希望直接转成了绝望。

洛枳本想告诉郑文瑞："她"回不回来，你喜欢的人都拒绝了你，这原本就是两码事。不过最终还是忍住了——刚才郑文瑞哭诉了半天，就是愤恨别人总是劝她知难而退趁早放弃，自己何苦一心往枪口上撞？

洛枳的沉默不语引来了郑文瑞的不依不饶，通红的眼珠紧盯着她，说："你怎么想？"

"我有什么想法？怎么会？"

"我不信。骗子。"

洛枳终于承认，自己今天答应跟她吃饭简直是一件愚蠢透顶的事情。

"说，你快告诉我，我知道你不可能没有想法。你不喜欢他吗？他那么好。"

"他好，所以我应该喜欢？"

"你不喜欢他吗？"

她只是执拗地重复着同一个问题。

洛枳微微有些眩晕，这么多年，终于有一个人清清楚楚地问她，是不是喜欢盛淮南。然而问话的居然是这样一个喝醉了的偏执狂，场景偏偏是闹哄哄的充满油烟味道的烤肉店，真是煞透了风景。

她自然是不会回答的，装傻的话几乎要脱口而出——"他是谁？"

反正郑文瑞一直遮遮掩掩没有说自己单恋的是谁，干脆将对方一军，然后赶紧结账撤退。

但是她猛地把那个问句咬紧吞进了肚子。

刚刚，郑文瑞问她是不是他前女友的同班同学，她毫不迟疑地给了肯定的答复，显然等于承认了自己通过郑文瑞的描述猜到了男主角的身份。这会儿要是再装傻，恐怕没可能了。

失算了。

洛枳打起精神认认真真地看着对面那个红着眼睛等答案的女生，霎时觉得背脊发寒。

这个人真的醉了吗？

"你是喜欢他的吧？"郑文瑞仍然紧咬不放。

洛枳的手机在千钧一发之际响了起来，她连屏幕都没看就接起来。是百丽，忘记带钥匙，楼长不在收发室，没办法借备用钥匙，所以希望洛枳快些回宿舍。

洛枳抓住机会东拉西扯了好一会儿才挂了电话。对面的人又瘫倒在桌子上了，刚才的那个话题就此不了了之。

结账的时候郑文瑞仍然没有醒。洛枳交了钱，把她叫醒，连拖带拽地弄出了餐厅。靠在自己身上的郑文瑞一身酒气，絮絮叨叨地低声说着什么，身体又重得不得了。洛枳歪歪斜斜地艰难前进，觉得自己简直倒霉到家了。

"你自己能上楼吧？"她记得计算机学院的女生宿舍楼跟自己的宿舍楼挨着，所以直接把郑文瑞带到门口。

"嗯。"郑文瑞又开始咯咯咯地笑。一小时前那笑声听起来像母鸡，现在听起来却像巫婆。

"那就这样吧，快上楼吧，再见。"

"洛枳……"郑文瑞靠在大门上半眯着眼睛叫她。

"怎么？"

"我不会让她第二次得逞的。不只是她，任何人都不会得逞的。"

洛枳没说话，控制着不让自己的表情显得太厌恶。

"我知道你觉得我卑鄙无聊。嘿嘿，反正大家都是骗子，其实谁也不比谁高尚。但是你要是以为我是为了让他爱上我才去阻挠他们俩的，呵呵呵，那你就错了。我知道他不会喜欢我的，就算世界上只剩我一个女人，他宁肯变成 gay 都不会喜欢我，"郑文瑞笑着，眼睛有一刹那亮晶晶的，转瞬又暗下去，"不过，我所希望的，并不是他喜欢上我，而是——"

她刷了门卡，推开了半扇门。

"我最希望看到的是，他谁也喜欢不上。"

门在洛枳眼前"吧嗒"一声上锁。她目送着郑文瑞歪歪斜斜的身子消失在门厅的转弯处。

这样恐怖的一个愿望。

在忌妒的人眼中，幸福不在于得到，而在于别人得不到。

她默默地站了一会儿，转身离开。

第 8 章　弱水三千，任你泼

　　双学位的课程大多安排在每周六和周日的上午，洛枳因为周五晚上看美剧看到深夜而起晚了。她一路气喘吁吁地小跑着冲向教学楼，书包在屁股后面一颠一颠的，让她觉得自己像一匹挨鞭子也跑不动的老马。

　　洛枳从后门溜进去，很小心地关门，生怕弄出一点儿声响。

　　还好是很大的阶梯教室。虽然现在的老师早就看惯了学生迟到早退，甚至宣布要点名了还留出一段空隙来，让学生有充足的时间发短信赶紧把朋友叫过来，她却仍觉得难堪。

　　洛枳悄悄按下折叠椅，坐到了最后一排，一抬头，看到了盛淮南，就坐在自己的正前方。

　　还没来得及想别的，她就又闻到很清香的碧浪洗衣粉的味道慢悠悠地飘过来。洛枳哑然失笑。

　　高中时她曾经和盛淮南擦身而过，嗅到过这种味道。她后来站在家乐福的洗衣粉货架前，拿起每一种品牌的每一种香型，偷偷摸摸地凑到鼻子下闻过去，像只刚修成人形的神经病警犬。

后来，她只用这个味道的洗衣粉来洗衣服。可人是无法闻到自己衣服上的香味的，那些香气只能有一个发源地，只能在偶然的相遇中沾染，她独自一人怎样刻意去浸泡都毫无意义。

比如此刻。

洛枳石化一般盯着他微垂的后脑勺儿。原来故事还没有结束。一种单纯的喜悦从心中升腾起来。

没有人不希望上天站在自己这一边，她也一样。从高中开始，一切巧合都能被她赋予某种特殊意义。

而这一次，那个从天而降的大柿子，就像是《命运交响曲》里的那一声锣响，预示着一切的开端。

现在她又遇见了他，在这个课堂上，她还会遇到他很多次。

这堂法律导论课忽然变得极有意义。

盛淮南身边的男孩子好像就是那天在咖啡厅门口落荒而逃的那位。干净立体的侧脸，黑黑的，笑起来很温暖。

"这门课教材怎么他妈的这么厚啊，我昨儿去教材中心买的时候才觉得不对——期末考试居然是闭卷，这不得背到吐出一盆凌霄血啊！"男生怪叫了两声，在闹哄哄的教室中听得不是很清楚。

盛淮南没有说话。

那个男孩子又抱怨了几声，然后忽然伸手勒住了盛淮南的脖子，说："你他妈的能不能别玩了！这又是什么啊？"

盛淮南的声音很好听，那种语气比和女孩子说话时要随意粗犷些。

"《逆转裁判4》，高中时只玩过前三部。怀旧一下。"

"怀旧个屁，你丫听没听我说话！"男孩子仍然卡住他的脖子摇啊摇，胳膊肘向后一拐，碰翻了后面洛枳的水杯——还好桌上没有放书，只是几张演算纸，刚刚从书包里掏出来。不过，她本人就比较惨了，进门前刚刚接的热水冲咖啡，溅了一身。

衣服倒不要紧，关键是，很烫。

她倒抽一口凉气，身边坐的女生大叫了一声，吸引了周围人的大半目光。

那个男孩子显然吓傻了，连句"对不起"都说不出来，只是回头张大嘴盯着洛枳。她手忙脚乱地翻着书包，突然前排伸过来一只手，递着一沓纸巾。

抬头一看，是盛淮南，他正叹气说："对不起。"

洛枳宽容地笑笑，接过纸巾道谢，然后一边擦衣服，一边用纸去吸收桌子上的"汪洋"。

收拾得差不多了，她哭笑不得地看看自己沾了很多纸屑的浅蓝色衬衫，世界地图一样狼狈。洛枳抬起头望了望那个"石化"了的男生，举起一根手指在他眼前晃晃，说："该回魂儿了，别害怕，我不会哭着让你赔的。"

那个男孩子终于恢复了神志，急急忙忙地说："对，对不起。"

可能还停留在上次她留给他的心理阴影中，这次怕得直接结巴上了。

她有点儿无奈，只好一个劲儿地摆手说："没事没事，真的。"

盛淮南眉头微蹙，表情复杂，半天才缓缓地说："你不疼吗？这么烫的水。"

"啊，有点儿。"她还是笑，"没事了，我皮厚，听课吧。"

坐回座位的时候，洛枳轻轻摩挲着自己的小腹和大腿，其实真的有点儿疼，不过她反应过来的时候，邻座已经帮她尖叫过了。

这样倒也好，不用费心去想如何和他打招呼了。

讲台上的老头子还在絮叨法律导论的课程结构和学习的必要性，但是所有的单句都左耳进右耳冒，没有意义。

她出神地盯着黑板上方的投影屏幕，嘴角慢慢浮上一抹笑，狡黠而温柔，脸庞都成了蜜色。

余光感觉到别人的视线。原来，单手托腮、皱着眉头的盛淮南正斜倚在桌子上回头打量她。

洛枳有点儿窘，歪了头，想张口问他怎么了，却看到他也有点儿不好意思地一笑，很快转过去了。

张明瑞看见盛淮南出神的样子，也回头去看。

"喂，还魂儿了！"他趴到盛淮南耳边说。

盛淮南懒洋洋地瞥了他一眼，低头翻开课本看目录。

"看上了？我觉得不错。内外兼修，平易近人，性价比肯定特别好。"

"滚。你这两天看广告看多了吧，你以为是帮老大攒电脑啊。"盛淮南皮笑肉不笑地一咧嘴。

"少跟哥们儿装。要不然你看什么啊？"

盛淮南愣了愣，没有说话。

洛枳很快知道了盛淮南欲言又止的原因。

老师刚宣布休息十分钟，他就转过来问："你真的不疼？"

洛枳被他气笑了："你好像特别希望我喊疼。"

肇事者反而事不关己地来看热闹，笑嘻嘻地说："美女你别理他，他有热水情结。我要是没记错，当初他认识初恋女友，就是因为他不小心一杯热水泼到那个女孩身上，把人家烫得龇牙咧嘴，他被骂了个狗血喷头。我们少爷不巧是个受虐狂。弱水三千，就等着一瓢来泼。"

盛淮南这次没像在咖啡厅那样反应明显，只是一副对旧事重提已经习以为常的样子，好像早就料到对方会揭短，轻轻地笑，不否认，也不生气。

洛枳愣了一下，立刻转头看着那个男孩子，说："你想暗示我什么吗？你也泼了我一身热水，我现在是不是该把你骂得狗血喷头呢？说不定我们之间有缘分？！"

男孩窘住，满脸通红，而盛淮南已经笑得伏在桌子上直不起身了。

"你真的没看上她？"老头子继续讲课，张明瑞装作不经意地问，却没有笑。

"你老问这个干吗？"盛淮南低头认真地抄着笔记。

张明瑞的笔尖停顿了一下，抬起头看一眼讲台，盖上笔帽，很随意地问："你们是高中同学？叫什么名字啊？"

盛淮南迅速地看了他一眼。

"要我介绍一下配置和型号、预算多少吗？"他笑嘻嘻地看着涨红了脸的张明瑞。

张明瑞脸红的样子很少有人能看出来，因为他太黑了。

"经济学院国贸系，洛枳，洛阳古城的洛，枳，呃……'橘生淮北则为枳'的枳……好像是吧。"盛淮南多此一举地解释了洛枳的名字之后，生涩地停顿一下，"而且是我们高中校花——至少是综合排名上的校花吧，有才有貌有德，听说还单身，可行性上来讲，你有戏。"

张明瑞勉强笑了一下，没有搭茬儿。

"喂，怎么不说话，脑子里想计划呢？"盛淮南笑道。

他还是没有回答。盛淮南第一次在自己面前絮絮叨叨地说了这么多，一个劲儿打趣，然而无论如何他都只能勉强地一笑。

盛淮南也不再讲话，两个人安静地抄着笔记。

张明瑞并不是个太过粗神经大大咧咧的男生。他清楚地听到，有些东西在他们的沉默中慢慢死掉了。

下课后，洛枳正在整理书包，看到那个泼水的男孩转过来面对着她。

47

"请你吃冰激凌，赔罪。"

洛枳很惊诧，她看见盛淮南的脸上同样写满了意外，然而只是很短的一瞬间，随即他就把书包往肩上一抡，朝她眨眨眼，笑着在张明瑞耳边用不大不小的声音说了句"别给哥们儿丢脸哈"，然后很快地离开了。

"我叫张明瑞。"男孩子的脸颊仍然绯红。他长得黑黑的，五官很舒展，看着也挺讨人喜欢。

洛枳用了几秒钟来消化这个局面，然后叹气说："如果是为了这件衣服和那杯咖啡，那么我觉得没必要赔罪，我不介意。如果是为了泼开水的缘分……"

他的脸更红了。

"那么就更不必要了。"她用玩笑的语气说，"我和盛淮南高中不熟悉，但是传言听过一些。他和那个女孩子的感情开端很有趣，不落俗套，可是最终结局不过是一拍两散。同样的开头套路，不吉利，我看咱们俩还是算了吧。"

笑归笑，距离感摆在眼里，她相信他看得到。

"哈，没事，没事，你别误会。"男孩很窘迫，洛枳有些不忍，但是她不想让事情发展得太过离谱，还是一开始就说清楚比较好。

而且，盛淮南一副媒人的样子走掉，她看了有点儿心烦。

"你是那天我遇见的女孩子吧，嘴巴还是那么厉害啊。盛淮南刚才跟我说，你是他们高中的校花，才貌双全，果然，果然名不虚传啊。"

洛枳知道，这不过是盛淮南在张明瑞面前的说辞。

"你被骗了。不是我。"

他一愣："啊？"

"校花当年被他泼了一身热水。"她不想再继续，拎起书包朝他说了声"回见"就往后门走。

刚走几步，忽然听到背后一声很低落的呼唤。

"洛枳，是吧？"

她回头看他："对，盛淮南告诉你的？"

"你喜欢盛淮南吧。"张明瑞眼睛盯着桌子，不看她。

她最近是撞鬼了吗，怎么一个两个都来问她是不是喜欢盛淮南，还全是八竿子打不着的陌生人。

"你最好适可而止。"她既不否认也不承认。

眼看他被自己噎得满脸通红，她又放缓语气轻声说："你别误会，不是所有跟帅哥说话的女生都是在套近乎。"

虽然她的确是。

"你肯定也喜欢盛淮南。"张明瑞就跟中了邪一样。

"也？"洛枳闻言怔了怔，隐隐约约从他的表情中看出了一点儿什么，笑了，"张明瑞，你是不是喜欢过某个女孩子，可是，她却喜欢盛淮南？"

张明瑞表情微变，张张嘴却没说出话来，只是低头把脸转过去。

洛枳咋舌，他居然连撒个谎掩饰一下都不会，真让人不知道说什么好。

周围人都走光了，就剩下他们两个傻站在那里。洛枳想了想，还是走过去，略带歉意地说："请我吃冰激凌吧。当我什么都没说。对不起。"

他回过神来，立刻傻呵呵地笑了："好。"

洛枳承认，这么轻易就转换思维模式，他的确是个很可爱的人。

出校门不远，DQ 和哈根达斯并肩而立。张明瑞在门口踌躇了半天，洛枳率先进了 DQ 的门。

"我就知道你不是那种特物质的女生！"他跟在后面笑嘻嘻地喊。

他们都叫了"抹茶杏仁暴风雪"。店员好像是新来的，在给每位点了暴风雪的顾客演示"倒杯不洒"的时候，表情和动作都小心翼翼的，仿佛全然不相信自己所说的。

她美美地咬上一大口。

"刚才邀请你实在太冒昧了，对不起。"张明瑞说。

"可我还是来了。"她笑。

两个人聊了聊刚刚的法律导论课，洛枳琢磨了一下，问他："为什么选法双？……你们学生物的不是选数学双学位的比较多吗？"

"我们压根儿就不想学双学位啊，重要的是 GPA 和 GRE 啦。会选法双，其实就是那天路过看见宣传板，盛淮南忽然说想要看看文科生过的是什么样的日子，所以就拉着我一起选了。反正如果中途修不完想要放弃，就把已有的学分转成选修课，倒也没什么损失。"

想知道文科生过什么样的日子？洛枳笑笑说："哦，是这样啊。"

一下子两个人都没什么话讲了。沉默了一阵子，张明瑞慢慢地开口说："你猜对了。我喜欢的女生接近我，是为了盛淮南。我瞎高兴一场，特傻。"

"你不必告诉我的。"她温和地笑着说。

"就当我发发牢骚吧，我没跟任何人说过。"张明瑞的表情有点儿难堪。

"那为什么偏偏告诉我？"

"这很重要吗？"

洛枳笑了一下，没有再纠缠，用小勺使劲挖着冰激凌。

"这件事不怪他，所以我不想告诉别人，不希望他难堪。盛淮南拒绝得很明确，没有暧昧，而且的确是那女生……自作多情，"张明瑞最后一句说得有点儿不忍，"也的确是她利用我，跟盛淮南没关系。"

洛枳听到这里，心中一动，这才认真地看了看他。

"张明瑞，我觉得……你是个很不错的人。"

"嗯？"

"你没有迁怒于他，和盛淮南依旧做好朋友，这真的很难得。虽然表面上看盛淮南没有责任，但是如果换成别人，可能自此之后都会疏远他。毕竟，错没错不是重点，面子上过不去才是第一位的。你还能继续和他做朋友，而且不把这件事情告诉别人，所以我说你是真的明事理，真的大度。"她很诚恳地说。

"真的吗？哪有那么好。"张明瑞不自在地摸摸后脑勺儿。

"就冲这个，"洛枳指指手里的暴风雪，"你就算大好人。"她甜甜地一笑。

"其实没你说的那么好，"张明瑞苦笑一声，"我约你，当着他的面，但是之前都没跟他商量。可能是我怕了吧。"

洛枳愣了，那你到底干吗约我，跟他示威？她没有说话。

"追他的女生挺多的，但他还是一个都没答应。我们宿舍的兄弟都觉得他可能还挂念前女友吧，虽然表面看不出来，还是该学习学习，该打游戏打游戏，社团、学生会照样风生水起，但是吧，我总觉得……"张明瑞踌躇了很久，脸上挂着害怕洛枳谴责他说人长短的表情。

"会好的。只要时间够长。我们这些旁人不要操心比较好。"她当即打断他。

张明瑞听到她事不关己的口气，惊讶了很久。

"嗯，希望吧。"他擦擦额角的汗。

他把洛枳送到宿舍门口，临别时忽然冒出一句。

"对不起，今天好些话都说得挺没大脑的。"

洛枳只是笑，不置可否。

"其实……别介意啊，我觉得你俩挺配的。"张明瑞试探性地看了洛枳一眼。

洛枳眨眨眼睛，笑了："你这算是在夸我？"

张明瑞怔怔地看着洛枳清秀的背影消失在拐角处。

他为什么要请洛枳吃冰激凌？他想干什么？

突然收到一条短信："预祝凯旋。"

张明瑞有点儿意外。盛淮南和所有人关系都很好，会在宿舍讨论女生的时候冒出一句总结性的妙语，让大家对他的透彻理解很崇拜。然而他们几个哥们

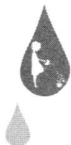

儿集体出动帮老六追女生的时候，盛淮南只是懒洋洋地倚着窗台吃薯片，从来不参与。

尤其是那场尴尬的三角恋之后，盛淮南更是很少关心别人的绯闻。

今天还真是很少见的热心肠。

张明瑞想起法律导论课上盛淮南对洛枳进行的做作的热情介绍，还有不断打趣自己时的唠叨——是因为前车之鉴，所以这次急于把洛枳推给自己，然后撇清吗？或者还有别的原因？

课堂上，他们两个重归沉默之后，张明瑞忽然希望盛淮南还是继续说下去比较好。

好像一停下来，沉默就会把感情吞噬。

友情也会死掉吗？

第 9 章　一视同仁的路人甲

洛枳慢吞吞地往宿舍楼走，抬眼看见戈壁正捧着一大束玫瑰花站在门口。

对方也看见了她，她只好礼貌地点点头打个招呼。

戈壁倒是非常大方地朝她笑："美女，百丽在宿舍吗？"

"在睡觉。"

"怪不得我打电话她都不接。那你帮我把花捎上去吧。"

洛枳点头，伸手接过戈壁递过来的花，没想到她抓牢了，对方却不撒手。

"希望她别生我的气了。我可是这辈子第一次站在楼下捧着花傻站着，她再不领情，我可不干了。"

洛枳松手后撤一步，远离了那张俊脸，说："那我赶紧上楼去叫她下来看。"

她正要走，戈壁在背后幽幽地说："你真是我见过的最乏味的女生。"

洛枳哭笑不得，什么都没说就刷卡进门。

"冷美人跟大冰块儿是有区别的，你段数不够，还需要再修炼才能把欲擒故纵用好，现在这个样子是不行的。"

她扑哧一声笑出来，头也不回地说："谁要擒你？"

转弯的时候，听到背后传来一声低低的"靠"。

江百丽与各色女生斗智斗勇之后总会趴到床上痛哭，和刚才戈壁自诩万花丛中过的骄矜自得形成了太过强烈的反差，洛枳的心中不觉有些苦涩。

洛枳回到宿舍摇醒了百丽，话还没说完，百丽就掀开被子连跪带爬地冲下了梯子，光着脚站在乱糟糟的桌前寻找洗面奶。

"哦，对了，"百丽指了指洛枳桌前，"昨晚回来的时候看到信箱有你的信，帮你拿上来了。"

洛枳从自己的桌上拿起那两个新信封，没有寄信人地址，收信人一栏"洛枳"两个字写得俊逸至极。

只可能是丁水婧。

丁水婧是高中时少有的几个和洛枳熟络的同学，在南方著名的 Z 大国际政治学院念到大一下学期的时候，突然决定退学，以美术类特长生的身份重新参加高考。这个决定几乎震动了所有人。

"所有人"里并不包括洛枳。大一时两个人断了联系，如果不是丁水婧的一封信，她可能永远不会知道她退学的事情。

她总是这么孤陋寡闻，甚至连"郑文瑞喜欢盛淮南"这种"全校人都看我的笑话"的大新闻都不知道。

丁水婧回归高中生的生活，不在画室里就在教室，很少有机会上网，于是便爱上了中国邮政——虽然洛枳不能理解她为什么不直接发短信。大多数信件都是丁水婧上课时趴在桌子上的涂鸦，她也许觉得寂寞，也许只是打发时间。信里也没有什么重要的话题，时长时短。

两封信相隔一个多星期。洛枳没有看信箱的习惯，所以第一封信就委委屈屈地在楼下收发室躺了一个星期。

知道吗？今天地理老师居然把你笔记里的区域国土整治那部分复印了发给全班。真是漠视知识版权的人哪。

演算纸上只有这么一句。

邮票便宜也不能这样啊。

洛枳嘴角抽筋地拿起第二封，胡乱拆开，里面仍然只有一张演算纸，一面是信，一面是乱七八糟的解析方程。

洛枳，只有对你我才会用这种随手抓来的演算纸写信，反正你不会在乎，倒也真是省钱啊。别人都用漂亮的硬板信纸给我写信，我却连你的演算纸都没见过，你就从来没想过给我回一封信？

说实在的，我很想知道，你的心里，到底有没有在乎过我们这些人？

我真的想知道。

你和我认识的另一个人很像，你是对谁都淡淡的无所谓，淡到让我觉得自己从来没有存在过；那个人却是对谁都很好，好到让我误会这是爱。我不知道你是不是真的觉得别人都无所谓，但是我知道，那个人，真的不是爱我。

她愣了几秒钟，又把信重新看了一遍。

长期收不到回信，丁水婧终于恼了。

洛枳很想问，不被自己所在乎的"我们这些人"指的究竟是哪些？

丁水婧每天泡在小说杂志中，却只要稍稍努力点儿，成绩就能保持在全班前十，而且人缘极好，八面玲珑，无论是洛枳这种好学生还是叶展颜那种知名人气美女，甚至是那个八卦又毒舌的许七巧，丁水婧都能和她们做出一副知己至交的样子来，倾听别人的复杂心事。

洛枳很少跟她说什么。虽然见面会主动打招呼，会象征性地跟她抱怨几句诸如"数学题很难做""历史老师留那么多卷子简直是羊痫风"一类的话，两个人每天还可以顺道走上一段回家的路。很多人把丁水婧当成傲气冷漠的洛枳少有的几个朋友——但她并不是，两个人心里都清楚。

在志愿表上填上以她的成绩能选择的最好的专业和学校，自此丁水婧在大学也定能逍遥，而且在大学这个崭新的天地中，一定会比洛枳这种书呆子还要出色得多——所有人都是这样想的，直到丁水婧莫名其妙地退学，去学画画。

那天，丁水婧给洛枳写了第一封信，洛枳才知道这个尽人皆知的新闻。她的信里满是委屈和困惑，语气绝望得仿佛洛枳是她精神世界唯一的救命稻草。

当然还有一点点遮掩着的隐情——"我想，我终于能证明，我并没有逃避什么或者嘲讽什么，虽然他也许并不会等待我的证明。"

可是洛枳没有细究这句话的含义。这种故意露出来的尾巴，从来就不会引起她的兴趣。

恻隐之心和对一直以来丁水婧聪明大脑的欣赏让洛枳给她回了一封信。也只有两句话。

好好加油。对你的选择，我表示敬意。

木已成舟。她都退学了，还在一旁指着她说你不应该这样那样，实在是很缺德的行为。何况，洛枳真心希望，这个得过且过的聪明脑袋能够勇敢地为了梦想奋斗。

她没有想到，丁水婧从此会喜欢上给她写信，虽然她后来没有再回复过。

那些胡言乱语，重点在于写信人自己心里舒坦，回不回也许并不重要。

其实她们之间断了联系很久了。本来在高中时洛枳只是马马虎虎地交朋友，维持表面的和平而已。等到上了大学，脱离了同一个教室低头不见抬头见的关系，她就更加深居简出，消匿了踪迹。

回想起来，又似乎不仅仅是大学的问题，洛枳和丁水婧在高三的下学期就疏远了。

一模之后，洛枳烦躁地缩在角落乱翻爱伦·坡的短篇集。丁水婧走过来，突然问她："为什么刚才叶展颜叫你下楼打排球，你理都不理人家？"

"她可生气了，说你不给她面子。"她接着说道。

"有吗？"洛枳十分疑惑，确信刚刚并没有人叫过她。她今天有点儿魂不守舍，书也看得不用心，应该不至于没听到别人喊她。

但她仍然努力维持着礼貌的笑容："可能我没听见吧。看小说太入迷了，一会儿我跟她道歉。"

丁水婧却是醉翁之意不在酒。

"我们都想跟你成为朋友的，可你太不合群了。咱们班同学其实都觉得你太傲太冷了，除了你的卷子，你谁都瞧不起。"

丁水婧的话里第一次没有了嘻嘻哈哈的圆滑语气。

这个没来由的指责让洛枳原本阴郁的心情更是紧急集合。她收回礼貌的笑容，淡淡地说："你看张敏怎么样？"

丁水婧愣了很长时间，慌忙在教室里搜寻了一下张敏的身影："……挺好的啊，怎么了？"

洛枳余光看到张敏正低着头坐在角落翻着新发下来的无聊校报，浅紫色的羽绒服脏兮兮的，把她土黄色的皮肤衬托得更加憔悴。

"你跟她很熟吗？"

"不熟，问这个干吗？"丁水婧也皱了眉。

"你觉得我和张敏之间有区别吗？除了她成绩不好之外，我们都喜欢看书，都愿意窝在角落，都不爱说话，不爱逛街，不爱 K 歌，为什么你不说张敏骄傲？或者你为什么不能像忽略张敏的存在一样忽略我？我觉得我从不说别人坏话，力所能及的时候也热心帮助同学，怎么说也不至于被扣上这么大一顶帽子吧？"

"我们只是……"丁水婧没话了，想了想又说，"我们只是希望你能开心，所以想要让你加入的，是为了你好。"

"如果单纯是想要让我开心，想要'拯救'我，为什么叶展颜看到我不出去打排球的时候不是为我感到担心难过，而是觉得我瞧不起她让她面子受损？"

洛枳记得丁水婧哑口无言地盯着她，而她自始至终只是声调平平，眼睛盯着手里的书。后来丁水婧怎么离开的，她都想不起来了。

那似乎是高中三年，洛枳唯一一次露出咄咄逼人的一面，真正像个十八岁女孩一样咄咄逼人。

如果那天她心情稍微好点儿，可能面对丁水婧来势汹汹的指责，只会笑着敷衍一句"哪儿有啊，干吗说得那么严重，一会儿她回来我就去道歉"。

可她那天刚好情绪失控。

洛枳始终不清楚为什么丁水婧要这样执着地和自己"做朋友"。也许每个人都有自己的骄傲和执着，比如洛枳对成绩、丁水婧对人缘。

她也许应该庆幸自己还有点儿本事被人家瞧得起，不像张敏，存在感全无。

洛枳没兴趣跟她讨论自己生命中到底有几个人不是过客——是不是又怎样。丁水婧自然有很多漂亮的信纸，少了她的一封回信，虽然略有缺憾，但是不失为另一种圆满。

　　这样想着，她又有点儿意气用事地抽出一张白纸，写上：

　　你背后的方程式解错了，那个应该是双曲线，不是椭圆。

　　所以可见，你的信我都好好看了，无论正反面。

第 10 章　高级保姆

十一黄金周轰轰烈烈地来了。洛枳没有回家，而是留在北京继续做家教兼职赚钱。9 月 30 日晚上熬了一通宵，完成了一万多字的翻译，从兢兢业业到简练对付，终于撑到最后，迷迷糊糊地往指定邮箱发送过去，立刻瘫倒在床上不省人事。

一觉到晚上才醒过来，她饿得胃痛，正艰难地拆着面包的包装袋，手机在床上嗡嗡地振动起来。

"Tiffany 妈妈来电"。

洛枳从大一开始做家教，只不过她的家教工作有些特别，说白了就是看孩子的小保姆——美籍华人的两个孩子，一对兄妹，哥哥上五年级，妹妹上四年级，两年前刚回国，在上海读了一年国际学校，又随妈妈转到北京分校继续学业。

那天有司机开着保时捷凯宴来学校接她，用了一个半小时才到达顺义别墅区。Tiffany 的家精致得好似童话故事里的糖果小屋。她刚下车就看到一个男孩子牵着漂亮的金毛寻回犬打开院子的白色栅栏朝她跑过来，身后一个小女孩追出来，白嫩甜美，好像日本动画片里走出来的萝莉。

然后他们停在她面前，女孩子笑的时候露出深深的酒窝。

"I'm Tiffany, and who are you?"

洛枳嘴角抽搐，被雷得七零八落。眼前的一切仿佛是偶像剧取景框，也许是她孤陋寡闻小家子气，可是，活生生的一切突然摆在眼前，任谁都有点儿缓不过神来。

无论多么震撼，她表面上还是装出一副淡定的样子，低下头，笑得甜美和善地说："I'm Juno."

然后抬起头，朝那位站在蔷薇花墙前的美丽又苍白的妈妈点点头。

孩子们的音乐教师在纯白色的三角钢琴前演奏拉式（指拉赫玛尼诺夫）协奏曲，她被孩子拉去和金毛寻回犬一起在大草地上扔飞盘玩。晚上坐在院子里面 BBQ（室外烧烤），菲佣围着一家人团团转。

原来，小说里那些高干和富二代的生活真不是盖的。

洛枳叹气，心想这也许还不算太离谱，至少她还没看到庄园城堡和英国管家。

一下午的时间，她中英文混杂地讲话，帮助孩子纠正作文文法，给他们讲解妈妈布置的必背唐诗的含义，陪 Tiffany 练小提琴，最重要的是，陪他们玩。

其实洛枳并不亲近孩子。她对婴儿有恐惧症，凡是年龄比她小三岁以上的孩子，她都搞不定。亲昵地哄逗不是她所擅长的，更不知道应该怎么跟他们打成一片。其实孩子都很喜欢她，但也只是喜欢而不是亲近，他们会用怯意好奇的眼神望着她，小心翼翼地递给她一片水果，围在她身边听故事，然后扑到别人怀里撒娇。

可是她不得不努力讨好这两个小孩儿，希望他们能喜欢她。这是一份工资很高的工作，技术含量却不高。她希望能得到这份工作，所以她要把自己的才华和亲和力通通"无意中"展现给一直在周围悄悄观察着的女主人看。

后来，据说她击败了二十多个候选人，成了荣耀的"豪门家庭教师"……

洛枳不知道自己是不是应该把这一笔写进简历。

就这样过去了大半年，她和 Tiffany 兄妹越来越亲近，也不必像第一天一样在他们面前伪装活泼亲切。她慢慢地回复到自己本来的样子，仍然尽心尽力地给他们讲课，但是陪他们玩的时候总是有点儿心不在焉。

现在她已经对落差感习以为常，不至于每次从 Tiffany 家回到破旧的宿舍楼后都怅然若失，感慨万千，好像自己刚穿越回来一样。

Tiffany 妈妈的电话是从美国打来的，对方问洛枳可不可以明天带两个孩子去欢乐谷玩。洛枳推托，假日欢乐谷里人一定很多，两个孩子在美国、东京、中国香港的迪士尼乐园都玩遍了，对于欢乐谷应该不会有太大的兴趣，更何况不安全，她怕出事。

电话那边却一再请求，洛枳方觉得有些稀奇。

"阿姨，出什么事了吗？"

洛枳每次开口叫她"阿姨"都会觉得别扭。她看起来太年轻了，不染凡尘的样子。

"洛枳，其实 Jake 跟我们闹了点儿别扭，他准备离家出走被我们发现了，最近对班里同学和他妹妹也一直都特别凶。本来说好了'十一'这些天你不用过来，我带他们来美国，但是他偏不跟我走。现在家里只有 Jya 看着他们，我不好意思天天麻烦你。你明天一天陪他们出去玩玩，散散心，好吗？到北京一年了，他们还没怎么出过门呢。"

洛枳再怎么觉得蹊跷，也不好意思拒绝了。

"那明天早上，八点出发吧。我记得欢乐谷应该是九点左右开门，去得越早越好，要不然什么都玩不了，只能排队。"

"好，明天早上八点在你们学校的东门口，小陈去接你。让他陪着你们，也好有个照应。其实，Jake 不想带着他妹妹一起去，只想单独和你出来。他们现在总吵架，你帮我劝着点儿。"

"我尽力，您放心吧。"

一大早，洛枳迷迷糊糊地站在东门口吹冷风。晚上又是一点多才睡，原本只是随手翻翻刚买的《第十三个故事》，没想到居然入了迷。

车灯闪了两下，洛枳张开眼，已经看到后排座位上 Tiffany 挥舞的小手。

"Juno，here（Juno，在这儿）！！！"

站在洛枳不远处的一对情侣一脸讶异地顺着 Tiffany 的召唤看向她，她连忙低头钻进车里。

洛枳一路上用尽手段，想不动声色地知道两个孩子到底闹什么别扭，没想到，无论怎么观察，磨人精 Tiffany 都是一副与平常毫无二致的调皮样子，而 Jake 倒是沉默了很多，极少回话。

"Juno，Franzisca 说那个红豆双皮奶特别好吃，下次你还来给我们做好不好？哥哥也喜欢吃，对不对？"

Jake 看着窗外，含混不清地嘟哝一句："嗯。"

没有堵车，不到半个小时就能从车窗看到欢乐谷高大的假山和各种高空游乐设施了。司机小陈去停车，洛枳带着两个孩子先下车，并告诉他在正门口的红色气球下面等他。Jake 突然大声地说："陈叔叔，你要是跟着进去，我就不玩了。"

带着小陈原本是两个孩子跟家里大人妥协的结果，但是 Jake 临时翻脸，反正小陈又不是他妈妈，拿他们没辙。洛枳左哄右哄，他硬是不松口。

最终洛枳朝小陈使眼色——在远处慢慢跟着不就得了，反正他们今天肯定大多数时间都耗在排队上。

进了门，洛枳轻车熟路地带着他们直闯"蚂蚁王国"，那里有小朋友喜欢的轻松的游乐项目、儿童餐厅和4D电影院。

孩子很少像大人一样到处对比抱怨，两个叱咤迪士尼乐园的小孩子在欢乐谷仍然兴奋地不得了。Jake的兴致也高涨起来，Tiffany坐在小青蛙乐乐蹦上尖叫不已，挥着手让洛枳在底下给他们照相。

就这样折腾到了中午，看完一部把洛枳雷得通体舒泰的名为《蚂蚁王国》的4D儿童电影之后，他们在小餐厅坐下，准备吃午饭。

洛枳把他们留在座位上，拿起钱包去排队。Jake还在后面一个劲儿地喊："冰激凌要香草和巧克力混合的！"

"我靠，你真要我们这一大帮人跟小朋友挤一块儿吃饭啊，泯灭人性啊！"

排在队伍中的洛枳有些不耐烦地回头去看那个大喊大叫的人，没想到却听到一个熟悉的声音应答。

"那有什么办法，这里比刚才那里人少多了，午饭种类又多。你这么有气节，刚才弟妹说蚂蚁火车挺可爱的时候，你干吗嗲声嗲气地说你想坐啊？"

大家起哄，已经有很多家长用戒备惊讶的目光观察这群突然闯进来的年轻人了。

第 11 章　艳遇猝不及防

不期然，盛淮南说完话抬起头去看墙上的菜单，正好对上洛枳苦笑的脸。

正巧 Jake 身边的一大排座位都空了下来，刚才那个大叫的男生牵着一个穿着粉衣服的女孩子坐在了那里，还转身招呼另外两对情侣。只有盛淮南站在原地看着洛枳笑。

"真是巧啊。"他走过来。

洛枳不自觉地摸了摸耳垂，低头笑："是啊。我带弟弟妹妹来玩。"

"我们宿舍的二哥、老五、老六携嫂夫人和弟妹驾临，把我也拖过来了。你的弟弟妹妹坐在哪里了？"

洛枳指给他，发现刚才大叫的那个男孩正跟 Jake 说话。

正好此时轮到她买东西。她点完单，端着餐盘回座位。盛淮南一手一个甜筒冰激凌，跟在她后面走过去递给两个孩子。

"喏，你们的冰激凌。"

两个孩子看了一眼洛枳，洛枳点点头，于是他们接过来，仰起头朝盛淮南规矩地点点头："谢谢哥哥。"

"不许吃。"不知道排行是老几的那个男孩劈手夺过盛淮南递给 Jake 的甜筒，"我问你叫什么名字，为什么不说话？不告诉我，就不给你。"

洛枳无奈，这套办法对付五岁小孩子还差不多，他们一个上五年级，一个上大二，搞什么啊。

"Jake." Jake 冷淡地回了一句。

"早说不就行了，Jack 对吧。"男生咧嘴笑笑，把冰激凌递过去。

"Jake." Jake 还是冷冰冰的同一个表情，接过冰激凌就扭过脸不看他。

"什么？"男生很尴尬，他身后的女朋友笑得有点儿僵硬，想要开口说什么，但是张嘴半天都没有动静。

"j-a-k-e，他叫 Jake。"洛枳在一旁把餐盘里的东西分成两份整理好，分别放到两个小孩儿面前，"正在闹别扭，你别介意。"她朝他安慰地笑笑。

"谁闹别扭了？！"Jake 突然仰起头，满脸通红地瞪着洛枳。

"你。"洛枳轻轻地说，收敛笑容看着他。小孩子哪里是对视的赢家，过不了几秒就低下头嘟囔起来。

"先吃饭，别任性，一会儿领你去玩路上看到的那个浮在水面上的大气球。"洛枳轻轻地拍了拍他的肩膀。

Jake 还是别别扭扭地拿起了叉子。

洛枳这半年来一直在冷眼旁观他和家里菲佣以及妹妹的战斗，掌握了无数窍门，降伏他自然很轻松。毕竟对付小孩子，最好的办法就是不跟他纠缠。

盛淮南适时地插话进来。

"对了，我介绍一下，这是洛枳，我高中同学，现在在咱们学校经济学院。这是我宿舍的五弟和弟妹、六弟和弟妹、二哥和……哦，二嫂出去打电话了。总之三对异地恋，她们趁假期来北京玩，正好一起到欢乐谷来了。"

"真是巧啊。"洛枳笑。

她的座位和他们中间隔着两个孩子，但是洛枳隐约听到，几个人凑在一起正在揶揄盛淮南和洛枳。只要看到单身男女说几句话，大家就能一脸暧昧地笑起来打趣，大多数时候只是为了暖场和寻找话题。

吃饭时 Tiffany 的嘴永远不闲着，洛枳一边应对着她稀奇古怪的问话，一边时时记得把 Jake 拉进话题中。

洛枳依稀感觉到，在家里，Jake 一直不讨人喜欢。

"你的弟弟妹妹怎么在北京？"突然，盛淮南站到了她的背后。

"其实我是他们的家庭教师。"

盛淮南很好奇："哦，教什么？"

"英语，数学，小提琴，讲故事，背唐诗，还有欣赏 Tiffany 私家衣橱时尚秀和……遛狗。"洛枳说到最后自己也有点儿不好意思了。

他笑了，眼睛闪着光芒看她。她慌乱地用面巾纸擦了擦嘴角，难道她吃到脸上去了？

"下午和你们一起玩，不介意吧？"

洛枳看了看喧闹的另外几个人，微微皱了皱眉头："恐怕玩不到一起去。"

"我是说，只有我，和你们一起。"

她惊讶地抬头望着他，盛淮南摊开手，无奈地说："非常六加一，比我当初想象得还痛苦。"

洛枳笑了，眼睛眯成月牙儿，低下头问 Jake："下午我们带上这个哥哥一起，好吗？"

在 Jake 扭身看他的瞬间，盛淮南展开一脸让人如沐春风的无害笑容，洛枳也看得有点儿呆。Jake 没有拒绝，酷酷地点头说："没意见。"

告别了一脸八卦兮兮的众人，盛淮南双手插兜，笑眯眯地问 Tiffany："下一站想去哪里？"

Tiffany 把小脑袋埋在地图中，过了一会儿，抬起头大声说："'飞蚁战队'还没有玩呢，刚才排队的人太多了。"

洛枳仰起头去看那个用绳子挂着很多小椅子的转盘，松了一口气，很好，这个大人也可以玩。

然而始终不讲话的 Jake 突然一脸固执地说："幼稚。我要玩'太阳神车'。"

太阳神车啊，洛枳笑，就是那个始终在高空中荡来荡去的大飞盘嘛，全场尖叫声最集中的地方。

Tiffany 喊起来："不要，哥哥，那个好可怕的！"

"你好烦。你玩你的，我玩我的。"

场面一下子僵下来，Tiffany 撇着嘴，"金豆豆"一颗一颗掉下来。

"我就知道哥哥不要我。"

转身，跑掉。

这又是哪一出？洛枳立刻抬腿去追，Tiffany 可是名副其实的泪奔。

她一把将 Tiffany 揽在怀里："大小姐，消消气。"

Tiffany 哇哇大哭，洛枳一手抱着她，一手伸到背包里努力地掏出面巾纸，然后蹲下身子给她小心地擦。

"哥哥不理我，我为了陪哥哥都不跟妈妈去美国玩了。他老是不理我，说别人都喜欢我不喜欢他，说我们都笑话他，还说自己不是妈妈亲生的……"

洛枳有点儿头皮发麻，她不想把这个话题继续下去。

"哥哥是不是跟班里的同学打架了，所以在家里乱发火啊？"

"没，他是在家里不高兴，跑到班里去撒气。"

囧，这个丫头哭成泪人儿了，脑子倒还清楚。

"哥哥还跟设文叔叔吵架，叔叔送给我们的东西他都扔了，叔叔对我们那么好，哥哥就是……"

洛枳好生哄着，什么都不想打听，但大脑开始无责任地发挥想象力。是不

68

是他们的妈妈要再婚了，这个小男孩因此开始乱发脾气？

设文叔叔……她记得 Tiffany 给她看的相册里基本都是一家三口尽享天伦的照片，世界各地其乐融融。仅有一张她妈妈和一个年轻男人在海岸上的留影让洛枳很难忘——看到照片只想到四个字：一对璧人。

没有亲昵，只是并排而立。那个英俊男人的深灰色衬衫被海风吹得皱起，Tiffany 的妈妈却是清爽的短发，靠在栏杆上，白色裙角飞扬，被落日层层晕染，美丽得不像凡世的女子。

Tiffany 的妈妈以前毫不避讳地告诉过她，自己离婚了，单独抚养两个孩子。

"Tiffany 话很多，总是闲不住，聪明，但都是小聪明。至于 Jake，我很对不起他，家里到处都是女人，也没时间管他，很少让他见识什么，所以养成的性格有点儿像小贾宝玉，上学的时候也只和女孩子玩。本来想找一个男生做家教，但是我常年不在家，你也知道，终究不大方便。我希望你不要惯着他，多跟他讲道理，让他有点儿男孩子气。其实在美国时，我有个好朋友曾经想改变他，结果还是失败了。"

洛枳回想起 Tiffany 妈妈曾经跟她说过的话。那个在美国的好朋友，是这个设文叔叔吗？

不过"贾宝玉"这一点，洛枳倒是很赞同。Jake 曾经吵着要听她讲故事，她本来想讲一个恐怖点儿的小故事吓吓他。

"突然树林间有一道光闪过。Marianne 小心翼翼地跟过去，突然看到——"

"什么？"Tiffany 缩着脖子不敢听。

"It must be a fairy！（肯定是个仙女！）"Jake 在一旁兴奋地叫道。

仙女……她当场被十一岁的芭比娃娃爱好者 Jake 同学噎得哑口无言。

洛枳若有所思地看着仍然停不住嘴的 Tiffany，知道整件事的症结不在她身上，所以也没有安慰她，只是拍着她的后背，任她抱怨，反正她的性子总是这样，哭过就好。

洛枳不想热心地搞清楚来龙去脉，雇主家的事，知道得越少越好。

转头看了一眼，盛淮南正半蹲着身子和 Jake 说话。

洛枳好像还没有完全体会到自己已经和他单独在一起这一重大事实，而且是在这个恋爱万能的游乐场里。

他们就这样遇到了。北京有这么多人，她竟然遇到了他。她本不是运气这么好的人哪。

洛枳眼中的世界微微晃动。

秋日的午后阳光照在身上，她怀里依偎着一个唇红齿白的漂亮小女孩，远远地看着盛淮南笑眼弯弯、好脾气地劝慰着另一个酷酷的小男孩。

好像，好像一对调解子女纠纷的年轻夫妇。她何曾奢望过这样的情景。

不知道傻看了多久，盛淮南好像感觉到了她的注视，转过头来看她。洛枳慌忙低下头，耳朵像被火苗燎到一样，不用照镜子也知道是什么颜色。

她很少脸红，但是，害羞的时候，耳朵会在第一时间烧到绯红。

"洛枳，这样吧，你带他们两个先去玩飞蚁战队，我去给 Jake 排太阳神车的队伍。估计我排队要一个多小时，你们多看看有没有什么想玩的小项目，全部玩完了再来找我也行。电话联系。"

他走过来对洛枳说着，眼睛里却有促狭的笑意，好像在笑她刚才的窘迫。

他说完，低下头问 Jake："好吗？"

Jake 温顺地点点头。

"那去给妹妹道个歉。"

Jake 又恢复了原来的害羞和扭捏，在盛淮南的再三鼓励下，他走过来，对 Tiffany 说："别哭了，我错了。"

"你跟他说什么了？"洛枳歪着脑袋问盛淮南。

"我们男人的秘密，对吧？"他低头和 Jake 相视一笑，鬼鬼的样子。

"麻烦你了。"她有些过意不去。

"别客气了，快去玩飞蚁战队吧，我去排队了。"

洛枳左手牵起 Tiffany，右手牵起 Jake，向前走了几步，犹豫地回头看，盛淮南的背影在人群中仍然很显眼。

盛淮南也突然回头，正好对上她的目光。

她的脑袋"嗡"地一下乱起来，胡乱地朝他的方向笑了一下，就转回头急急地向前走。

他从来不曾回过头。她亦步亦趋的高中三年，他从来不曾这样没有原因地回过头。

"Juno，你喜欢大哥哥吧？"Tiffany 眼泪还没擦干，就八婆兮兮地偷看她。

洛枳没有骂她多话，只是愣愣地问："啊？有那么明显吗？"

"你的手出汗了。"Tiffany 贼贼地笑了。

Jake 在一旁长出了一口气，很鄙视地看着她们俩。

"无聊的女人。"

第 12 章　空欢喜

孩子正玩得满头大汗，洛枳接到电话。

"快要排进平台入口了，你们过来吧。"

她牵起他们的手，突然很想说："走，我们去找爸爸。"

这个想法让她自己大跌眼镜，然而，她这辈子从来没有如此大胆地自作多情过，那种甜蜜几乎把她淹没。

匆匆赶到的时候，盛淮南正高扬着手示意他们。

进门之后在平台下面又排了二十多分钟的队，Tiffany 和 Jake 两个人凑在一起窃窃私语，洛枳很兴奋地和盛淮南讲这一天在游乐场的各种经历。

"那个检票员不知道我是陪孩子排队的，快到关口的时候伸手一拦，直接冲我说：'姐姐，别告诉我您也要坐小青蛙乐乐蹦。您坐上去它可就既乐不出来也蹦不起来了。'……"

她不知道自己怎么这么多话，好像刹不住闸了一样。但是看到他笑得开怀的样子，她还想继续讲下去。盛淮南很高，洛枳在女生中已经不矮了，不过还是必须微微仰视他，脖子都有些酸了，队伍还是不紧不慢地移动着。

终于没话说了，她长出一口气，有点儿不好意思地朝他笑笑："抱歉，我说起来没完没了。"

盛淮南体贴地从包里掏出一瓶矿泉水，递给她："不介意就喝我的水吧，你渴了吧？"

她不知道应该玩高空接力不和瓶口接触，还是直接喝，握着瓶身的手稍一用力，塑料瘪进去哗啦啦地响。

不管三七二十一，她直接喝了。

还给盛淮南的时候，她发现盛淮南也有可疑的脸红。

"我喜欢听你说话。你今天比平常活泼多了，说话也没那么气人。"他说着，伸手揉了揉她的头发。

时间好像定格了。她错愕地盯着他，而他目光躲闪着说："快上楼了。"

他们终于顺着楼梯上到了高台。太阳神车的转盘每次从高空俯冲下来的时候都会在他们面前不到十五米的地方经过，带起一阵猛烈的风，尖叫声由近及远，再逼近再远离——洛枳感觉到 Tiffany 的小手上满是密密的汗。

洛枳弯下腰小声问："要不我们不坐了，让他们两个自己去玩吧。"

然而 Tiffany 颤抖着说："不要，哥哥坐的话我也坐。"

她搂紧了 Tiffany，说："好，我们不怕。"

Jake 反而温柔得多，洛枳看得出他也相当恐惧，但还是强作镇定地对妹妹说："不用陪我，不坐就不坐了。"

"哥哥害怕了。"

"谁说我害怕了？！"

洛枳正笑着看他们吵，突然听见盛淮南说："你怕吗？如果……"

"我每次来玩都会坐这个的。"

"真的？"他挑起眉毛朝她笑。

转盘再一次驰骋而下，风把洛枳的头发吹到盛淮南的脸上。

盛淮南看到，洛枳忽然伸手捏了 Jake 的胳膊一下。

"疼！你干吗！"

洛枳吐吐舌头："疼吗？看来我不是在做梦。"

然后她低下头，笑得那样生动。

"真的不是做梦啊。"

四个人连成一排坐好，工作人员把安全设施套在他们身上，扣好。

电铃响起。

"真的不怕？"

洛枳的双肩被固定得太紧，她勉强转过头，看到盛淮南坏笑的侧脸。

"其实……是有点儿紧张。"她不好意思地吐吐舌头。

机器启动的一刹那，她的左手忽然被一片温热覆上。

她手轻抖了一下，但没有犹豫，在飞向天空的那一瞬，反手扣住他的手，紧握不放。

Tiffany 和 Jake 应景的尖叫声划破洛枳强作镇定的脸。她和他们一起叫。

她不害怕。她只是开心，不知道怎么表达。

是不是做梦？会不会快了点儿？这个想法一闪而过，管他呢。

洛枳好像这辈子都没觉得像现在这样快乐，心底柔软而舒畅。转盘把她高高地抛向碧蓝的天空，睁开眼睛看到欢乐谷高耸的假山和广阔的人工湖都已经倒悬在半空，她真的飞了起来。

太阳神车彻底点燃了两个孩子的热情，他们又跑去坐了过山车，悬空式的车翻滚驰骋在山间的时候，四个人一起伸直右臂模仿超人叔叔。特洛伊木马、碰碰车、奥德赛之旅……洛枳发现自己好像很久没有那样恣意地笑过了。她和盛淮南各开一辆碰碰车满场"追杀"同乘一辆车的两个孩子，却不小心迎面撞上彼此；他们在加强版"激流勇进"上坐第一排，从二十六米的高台上冲下去时尖叫不止，浑身湿透，后排的乘客把眼镜弄丢了，于是满船的人一起低头寻找黑框眼镜，没有注意到上方小桥上的人正拎着盆朝他们迎头泼水……

四个人累得说不出话来，坐在长椅上各持一个甜筒冰激凌专注地吃着，衣服都湿湿地贴在身上。风一过，洛枳打了好几个寒战，偏偏夕阳烤在后背上暖暖的，反差太过强烈。

她突然感觉包里有手机振动的感觉。为了防止进水，四个人的手机都揣在洛枳书包的夹层里。洛枳找到那部正在振动的黑色手机，无意中看到屏幕上清晰的一行字。

"一条新信息 来自展颜"。

她把手机递过去，说："好像你的手机刚才振动了。"

盛淮南笑着接过来，看了一眼屏幕，眉间很快地皱了一下。

似乎感觉到了她在注视他，盛淮南的目光从短信上移到洛枳脸上："怎么了？"

洛枳摇摇头，笑了一下，转过身坐着，迎面对着灿烂的夕阳。Tiffany 正好顺势把头靠到她怀里。

"冷吗？"洛枳问，"吃完冰激凌我们就回去吧，别感冒了，回家洗个热水澡。"

"不想回去了。"Jake 也来凑热闹，"总是这么开心就好了。平常总是很无聊。"

你们不知道自己有多幸福。洛枳低下头，看着两个疲惫却意犹未尽的孩子。

"刚才的奥德赛之旅最精彩的地方就是从高处冲下来的那几秒钟，我们之前排了那么长的队，之后又要坐在这里哆哆嗦嗦地晾衣服，只是为了那几秒钟好好地尖叫一场啊。所以平常无聊一点儿，今天才会觉得开心。人这一辈子，大部分时间都是无聊的。"

盛淮南在一边快速地看了她一眼。

洛枳站起来，说："好啦，吃完了吧？我们走吧。"

陈司机接了电话，指明了方位。

"一起走吧，这个时间欢乐谷门口打不到车的。"洛枳低头说。

"麻烦你了。"他的语气有些心不在焉，洛枳抬起头才看到他仍面无表情地盯着手机。

洛枳后背一僵，然后慢慢放松下来。

"不谢。"她说。

他们中间隔着两个孩子，站得很远，远得好像刚刚被荡到空中时紧握的双手并不长在他们身上。

车上所有人都很沉默，两个孩子靠在一起歪倒在洛枳怀里，睡得酣熟。副驾驶座位上的盛淮南只留给洛枳半个侧脸。她看着窗外飞逝的建筑物，湿淋淋的衣服让她再一次打起寒战。她能听到盛淮南的手机时不时振动，他回复短信时发出轻微的按键声，她耳朵里微微发痒。

后来，盛淮南沉默着送洛枳回宿舍楼。人和人之间的气氛仿佛是世界上最脆弱的东西，轻轻一拉扯就会变形走样。

"今天我很开心，谢谢你帮了我这么多。"洛枳礼貌地说。

"见外了。我很喜欢那两个孩子。"

"对了，Jake 对你说什么了？"

"没什么，只是别扭地说，妈妈嫌他没有男子汉气概。我觉得他好像吞吞吐吐的有什么不方便说，毕竟不认识我，那孩子心里还是挺有数的。"

"哦。他们也很喜欢你。"

又是几分钟的沉默。

"对了，上次的事情还要跟你道歉呢。你很反感吧？"盛淮南突然说。

"什么？"

"张明瑞都跟我说了。他很喜欢你。"

洛枳心里咯噔一下，几秒钟没开口说话。

"他喜欢我，你道什么歉？"她缓缓地说。

只是几分钟的事情，游乐场里那个笑得灿烂而不设防的 Juno 姐姐慢慢冷却，冷却成洛枳。

"……不是，他说就是好朋友那种喜欢，还说我乱做媒，肯定让你不高兴了。"

"哦。"她顿了顿，"没有，我也很高兴认识他。"

"那就好。"

"但做媒的事还是算了。"

"哦。"

她感觉到自己的手机在振动，拿出来，看到屏幕上显示收到新信息。

丁水婧的短信——

"你总是这样，洛枳，总是这样蔑视别人自以为经营得鲜活丰富的生活。"

曾经，这样一个复杂而矫情的小句子也能让丁水婧用演算纸写封信寄过来的——现在终于结束了。

都结束了。假可乱真的友情，和游乐场仿佛不落的夕阳。

洛枳要进楼的时候，盛淮南突然用有些迟疑的口气对她说："洛枳，我觉得，我们好像能成为很好的朋友。"

她突然懂得了那些被男人骗了的女人为什么总是歇斯底里地喊着"当初你对我如何如何"，并妄图以此讨个没有实际意义的公道——因为她就很想问，那么你在游乐场为什么牵我的手？

她直起后背，转过脸笑眯眯地说："是吗？"

　　"真的……你的确是特别好的女孩。"他的笑容很礼貌，可是语气犹犹豫豫的，仿佛是不知道怎样措辞才能不伤害她。他的眼睛里有种居高临下的歉疚和怜悯，那神情让她觉得刺眼。

　　"我知道我很好。"她笑。

　　好到有资格被你牵手，却没好到让你一直牵住。

　　盛淮南愣了愣，僵在那里不知道怎么说。

　　"总之谢谢你。"洛枳说完，刷卡进门。

　　谢谢你，赠我一大筐空欢喜。

第 13 章　鸡同鸭讲

洛枳很久都没有再看到盛淮南。

没有短信，甚至第二次、第三次法律导论课，盛淮南也都没有去。张明瑞倒是一直坐在她身边。

她轻描淡写地问起："盛淮南去哪儿了？"

张明瑞说："准备辩论会，所以翘课了。"

"辩论会？"

"我们院前几天还在辩论会上力挫你们经济学院呢。大家都说，别看是什么社会科学院系，口才照样不如我们逻辑强大的理科生。"

看到洛枳一脸茫然、魂不守舍的样子，张明瑞觉得自己刚才的话题被严重浪费了。

"你的嘴也挺厉害啊，损我的时候一套一套的，怎么没参加辩论赛？"

洛枳笑笑："我的口才只负责除暴安良。"

张明瑞"切"了一声，转过头。

国庆长假结束后第一周的周末，洛枳见到了 Tiffany 的妈妈。她对洛枳提起 Jake 的改变，以及两个孩子对那个陪他们玩遍游乐场的大哥哥的喜欢，进一步问洛枳，那个男孩子是否愿意每周来陪 Jake 几次，和她一起做家庭教师，算是搭档。

洛枳答应帮忙问问。

游乐场归来之后，她确信那种诡异尴尬的气氛并不仅仅是自己的错觉。她等待盛淮南的短信，等他解释些什么——哪怕是一句道歉，明明白白地说，对不起我不该一时冲动牵你的手——然而什么都没有。

她没有主动去联络。洛枳确信自己不必多说，当时她没有拒绝，抓紧了他的手，她的这个举动意味着什么，他那么聪明怎么会不懂？

洛枳知道，如果说她还有可能再收到对方的短信的话，那么一定是圣诞节时的群发祝福了。

然而关于 Jake 的事情，她必须联络他，否则下午去做家教时没办法交差。法导课间，她不情愿地发了短信，简单转达了女主人的谢意和邀请，字斟句酌，努力让措辞听起来不像是没话找话。

很久才收到回信。

"不用谢，我说了很喜欢他们。不过抱歉，我最近很忙，学生会和辩论队都有很多活动。帮我告诉他们的妈妈，有时间我会经常和他们一起玩的，不过不收钱。^_^"

洛枳愣住了。收钱很卑鄙吗？

她告诉自己，他不是有意的，他不是在挖苦你，洛枳你不要小心眼儿，不要多想，他不是故意的……

她差点儿忘记了，奥德赛之旅游览下来，他趁两个孩子跑去扔垃圾的空当，问她每周要去做几次家教。她说一小时一百五十元的工资，每周陪着两个孩子学习玩耍六小时左右。

似乎一闭上眼睛，就能看到盛淮南波澜不惊的脸和那句淡淡的："不错啊，肥差，而且又是这么可爱的孩子。"

"讨好小孩子很累，不过做什么工作都很累，赚钱的确不容易。"她当时那样真诚地告诉他，她以为他不会误解。

她太天真。钱有多重要，他怎么会知道。

他还是那个穿着干净好看的儿童套装，站在台阶上抱着球，对她伸出手的小男孩。

只是她从一开始就仰视他，有些姿势中掩藏着不容易发现的卑微和愤怒。她努力挺拔地站直，努力地朝高处走，却仍然是仰着头看他。

洛枳疯狂地告诉自己，你想多了，你想多了。可是，眼泪却转了无数圈，滴答滴答地落下。

"你没事吧？"张明瑞在一旁有点儿张皇失措。

"没事。"她用面巾纸擦干眼泪，继续抄笔记，好像刚才什么都没有发生一样。

什么都没发生，被他牵住的手，以及掩藏好的鄙视，全部都是误会。

张明瑞默默地看着她，许久。这两周坐在一起上课的机会让他发现，洛枳大多数时间都是温暾迟钝的。在只有两个人单独相处的课堂上，她几乎不讲话，不知道到底在想什么，一层厚厚的隔膜扼杀了张明瑞所有未出口的没话找话。

然而，某些时候，她仍然寡言，却妙语连珠，能用简单的话把话题完美地继续下去，有声有色。

那些时候，她是醒着的，是时刻准备去战斗的，是在努力"呈现"着的洛枳。

那些时候，就是第一次在法导课见面，某个人也在的时候。

张明瑞的目光里有一丝自己也说不清的自卑和怜悯。

她们都是这样。洛枳也是，她也是。曾经他看不懂，可是现在他全明白了。

　　秋天的空气有种特别的味道，清冷甘冽，让洛枳很喜欢。她勉强上完了前半堂课，放下笔冲出教学楼，还没站定就深深地吸一口气，一直吸到肺部生疼，再缓缓地吐出来。

　　她已经很久没有去操场跑圈了。

　　突然在门口看到郑文瑞。她们那次长谈之后，郑文瑞每每在教学楼里看到洛枳都会移开目光，尴尬地抿紧嘴巴。洛枳也很知趣地假装没有看到她。洛枳觉得自己能理解她的感觉，心里的闸口承受不了，急急忙忙地找一个人倾诉，当情绪平复的时候回想起来会觉得很羞耻，好像倾听者正在张着大嘴毫无同情心地耻笑自己一样，比被扒光了还难堪。

　　郑文瑞不会知道，其实她们很相似。她没有资格耻笑什么。

　　洛枳忽然想起郑文瑞那句"她要回来了"。

　　游乐场那天的急转直下就是出现在叶展颜的新信息之后。叶展颜回头了吗？

　　是又怎么样，重点根本不在叶展颜。洛枳苦涩地笑。

　　突然想给妈妈打个电话，问问她过得好不好，北方已经这么冷，膝盖会不会痛。

　　即使洛枳每周都沐浴在金色阳光下和美丽的兄妹俩，还有那只金毛寻回犬开怀地玩接飞盘游戏，她仍然时时刻刻感觉得到自己的沉重和恐惧。她需要时刻记得，同一个世界，同一个梦想，却不是同一种命运。

　　他们的轨迹只是偶尔相交。

　　可是盛淮南不会知道。聪明如他，也许能够理解，却永远无法体会。

　　这一切混沌的思绪纠缠在一起，让洛枳第一次觉得，原来他们这样遥远。

　　曾经她刻意疏远，所以那遥远看起来像是自己造成的一样，想起来至少觉得不难堪。而现在，她哆哆嗦嗦欲拒还迎地伸了一次手，发现原来真的差了十万八千里，根本够不到，而且自己伸手的姿态还被对方笑了个正着。

进屋的时候，张明瑞忽然神秘兮兮地凑近她说："刚才我跟盛淮南发短信来着，他跟我把你们高中的所有美女都描述了一遍。"

"哦？"

"他也提到你了哦。"

"少来。"

"啧啧，你们这些美女就喜欢表面谦虚心里高兴。"

"大家都虚伪。"

"你看，承认了吧？"

"承认什么了？我在高中的确不算是美女啊。"

"为什么？"

"嗯……"洛枳假装认真地想了想，"高中的小男生只顾盯着早早就打扮起来并且表现得很成人化的女生，还没有学会欣赏我。"

她大言不惭地盯着他笑，张明瑞一下子就脸红了。

他虽然长得黑了点儿，可脸红还是看得出来的。

"喂，你看，我不谦虚了，你又摆出这种样子，让不让人活啊。"

张明瑞回过神来，清清嗓子说："真的，我们两个真的提到你了。盛淮南说，高中的时候，他们几个男生除了喜欢打球和看篮球杂志以外，仅剩的乐趣就是搜寻美女列名单。只要长得略、有、姿、色，"张明瑞故意强调了最后四个字，"全部都被他们收进名单。"

"然后呢？"

张明瑞挑挑眉毛说："然后呢，然后呢，盛淮南刚刚说——"

他盯着洛枳，憋着笑。

"他说，他高中从来都没有注意过你。"

他说完，两个人又沉默了几秒钟。

张明瑞忽然蹲在地上大笑。

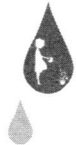

"洛枳，我气死你！"

说完这句小学生智商水平的话，他很开心地跑掉了，还一跳一跳的，后脑勺儿的一撮头发随着动作起伏跳跃，背影看起来像个得到糖果的孩子。

这时手机振动，盛淮南的短信来得很是时候。

"抱歉，他问我高中认不认识你，我说从来没有注意过。他特别高兴地说一定要拿这句话向你报仇，谁让你总噎他。对不起……"

她哭笑不得。

虽然不会跟做出幼稚举动的张明瑞一般见识，但洛枳还是觉得有一点儿苦涩。

无论怎样，真的一点儿都没有注意过吗？

真的吗？一点儿都没有？

她高中时的许多猜想，现在一个个无情地得到了答案。

她坐在座位上漫无目的地翻弄讲义，过了几分钟，手机又振动。

"生气了？"

洛枳很想说，我从很早之前就开始生气了。

但她没那个胆量说，因为她在乎这段模糊脆弱的关系。谁在乎谁就吃不了兜着走。

"心碎了一地，正一块一块地往回拼呢。你帮我告诉张明瑞，我认输了哈。"

"不管怎么样，我道歉。"他回复。

"你的道歉总是很诡异。先是为张明瑞喜欢我而道歉，现在又为高中不认识我而道歉，你让我怎么说'没关系'？"

盛淮南没有再回复。

这时上课了，张明瑞端着水杯重新回到座位上，小心翼翼地看洛枳的脸色。

"生气啦？"

"其实没有，但是为了卖你一个面子——嗯，气死我了。"

"卖我面子？"

"气死我不是你的目的吗？"

"谁说的？！"

张明瑞的脸又红了，扭过头不理她。

这种时候，她仍然应对自如，看不出一丝尴尬。她有那么好用的一副面具。

张明瑞大大咧咧，可是套哥们儿的话很有本事。他问盛淮南，洛枳高中时是什么样子。盛淮南的答复是：没注意过，只知道是文科班的第一名。

他不知道为什么非要去刺痛她，好像看她失控是很好玩的事情一样。

或者只是想唤醒她。仿佛她醒了，另一个人也会看得通透些似的。

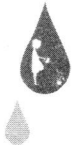

第 14 章　不能说的秘密

下午在 Tiffany 家，洛枳委婉地向 Tiffany 的妈妈解释，盛淮南很忙，但是会把两个孩子当成自己的亲弟弟妹妹，经常和他们一起玩。

她看到 Tiffany 一脸失望，而 Jake 愤愤地走进自己的房间，理都不理她。忽然，身心充满了乏力感。

她陪伴了他们大半年，他只和他们共享了一天的欢乐谷。

他就这样挫败了她。用优越感，用亲和力，用他的优秀和繁忙，用他的不在意。

而她不光处处逊色，还爱他。他握她的手，她连拒绝都没有。

处境简直糟糕透顶。

洛枳终于笑不出来，也不掩饰自己的疲惫，坐在桌边不说话。

真的很累。

"喝点儿茶吧。一位老朋友去云南玩，给我带回一点儿陈年普洱。他怕我不会泡茶，还特意带了一个大肚子的紫砂壶给我。我先用开水泡了一下，洗了洗尘土倒掉，又加了蜂蜜冰镇上了。虽然都秋天了，我还是比较喜欢凉的东西，你不介意吧？"

人家说了半天话，洛枳才还魂儿。"嗯？哦，不介意，我也喜欢凉的东西。谢谢。"

她接过玻璃杯，栗色的茶汤有些发黑，尝了一口，苦而不涩，出乎意料的好喝。

"喜欢喝茶吗？"

"不知道。"洛枳耸耸肩。

"那喜欢咖啡？"

"也不知道。"

看到对方正挑着眉毛带着浅笑看自己，洛枳有点儿不好意思。

"是这样。如果我喝茶，也是立顿茶包加热水；至于咖啡，始终是熬夜 K 书（看书）时随便冲的雀巢，所以我也不知道如果天天像您这样正经认真地泡茶煮咖啡的话，我会不会喜欢喝茶喝咖啡。"

Tiffany 的妈妈笑起来。

"你总是有心事的样子，不爱说话，但是某些时候又这么坦白，让我有点儿接受不了。"

洛枳不知道自己什么时候让人家看出了这么多门道，她们似乎不常见面，更是很少聊天。

毕竟，比自己多活了十多年，又是如此不简单的女人，一眼把自己看透也是很正常的吧。

"我有心事？"洛枳双手捧着杯子小口小口地喝。

"看起来，你好像有什么不能说的秘密。"

后来周杰伦的新片《不能说的秘密》上映的时候，洛枳再次想起被她说破的心事。虽然自己的秘密并不像周董那部自恋的电影里描写的那么美好。

"应该……算是吧，也不是不能说。"她不反驳。

"不是不能说，那是什么？"

"没人问过，所以才没说过。"洛枳说完才想起，其实是有人问过的。只是问话的人，一个活像巫婆一样拎着酒瓶子双眼通红，另一个傻兮兮沉浸在女友跟着帅哥跑了的悲哀中，她怎么可能会讲。

她喝完了，对方问是否还要再来一杯。

"嗯，再来一杯。我现在可以回答你的问题了，我喜欢喝茶。"

Tiffany 的妈妈笑了，阳光从落地窗照进来，把她的笑容镀染成金色。洛枳忽然又想起了那张海岸上的照片，柔和阳光中的短发女子。即使现在她的头发已经很长了，可是看上去仍然只是清纯可人的少女模样。

"那就还是喝点儿热的吧。"她坐到茶盘前，开始烧水。

"对了……以后我不叫你'阿姨'可以吗？"

"哦？"

"觉得有点儿罪恶感。你看起来只比我大了几岁的样子。"

"真的吗？"她眨眨眼睛，看起来更年轻了，"谢谢。那么辈分的事我们就各论各的吧，他们两个叫你'姐姐'，你也叫我'姐姐'好了。"

"好。"洛枳觉得自己如果是男人，现在肯定已经爱上她了。

"不过，你知道我叫什么名字，做什么工作吗？"

洛枳摇摇头。

"你在欢乐谷，把孩子哄得开开心心的，但是都没有问过他们到底在闹什么别扭，是吗？"

"我没问，不过 Tiffany 说了一些，她一直在哭，我也没大听懂。"

"那你怎么哄的 Jake？"

"不是我哄的。是他跟你说的那个哥哥。"

"有意思。那个男孩也自始至终没有问过到底是怎么回事，你们两个还真是让我放心。"

她放下茶壶："所有人看到我一个单身女人住这么大的房子还抚养两个孩子，都会想知道我是谁，为什么这么有钱，丈夫在哪里。就算明里不问，背后也会打听。我告诉你我离婚了，你信吗？你倒是一点儿兴趣都没有的样子。"

洛枳坦然地笑："不是一点儿兴趣都没有，你要是愿意说，我自然愿意听。但是兴趣没强烈到想要打听的地步。"

"只对工钱有兴趣？"

她继续坦白地点头。

Tiffany 的妈妈笑了笑，把剩下的茶汤浇在蛤蟆造型的茶宠上，低着头随意地说道："不过……你家里的事，我简单知道一点儿。托人打听了几句。"

"没关系，我家背景也没有见不得人的啊。"

"如果我年轻的时候像你一样头脑清楚，可能很多事情都不会发生。"

洛枳不讲话，只是笑。

"有没有想过我为什么跟你说这些？"

洛枳想了想："可能是看出我心情不好帮我排解排解，也可能是要炒我的鱿鱼，或者，因为你……现在没什么事情可做。"

就是闲的。

她不知道为什么今天自己这样肆无忌惮，也许真的是被盛淮南给刺激到了，无所顾忌。

"除了第二点，其他的你都猜对了。我干吗要炒你的鱿鱼啊？而且，不用说得那么含蓄，直接说我无聊就行了。"对方被逗笑了。

"那你的确无聊吗？"洛枳说完咧咧嘴，她越来越放肆了。

"是啊，我也有秘密，而且我没有朋友。"她的声音低下来，"有秘密的人都觉得孤单，这很正常。"

洛枳一愣，抬头却看到她依旧在平静地微笑，俏皮地朝自己眨眼。

"洛枳，我们做朋友吧。"

洛枳恍惚地看着周围完美的光影交错，有点儿做梦的感觉："啊？为什么？"

"我就问你愿不愿意。"

这次她没有犹豫。"愿意。"

"那……我们交换秘密，好不好？要诚实地把自己的秘密讲出来。"

洛枳确信眼前的这个人一定不是凡胎，因为她觉得自己被蛊惑了。

"好。"她说。

"为了表示诚意，我先来说吧，"Tiffany 的妈妈笑了，"我年轻的时候做过一件在别人眼中很羞耻的事情。Jake 和 Tiffany 的父亲不是同一个人。共同点是，他们都不能和我结婚。"

洛枳内心有些惊讶，却克制住了自己的表情，没有流露出一丝一毫，生怕惊扰到这番勇敢的自白。

虽然勇敢总在多年后。

Tiffany 的妈妈隐去了所有人名地名和时间，平静低沉地说着。洛枳觉得似乎自己正处在一部唯美的文艺片的开篇处，时间仿佛一条不紧不慢的广阔河流，慢慢冲刷过她的心田。

"……时至今日，设文的父母依旧不同意。在他们眼中，虽然我是 Tiffany 的妈妈，但我终究也是 Jake 的妈妈，无论受骗与否，都是一个曾经和有妇之夫有染的女人。我倒也不是不能争取，只是看到一家人因为我而四分五裂、寻死觅活，总会觉得很没意思。如果设文愿意继续坚持，我就坚持到底。退缩了，也无所谓。都这把年纪了，没什么好执着的。"

"父母本就不该插手子女的人生，"洛枳认真地说，"他们认可与否，毫无意义。"

"道理是道理，生活是生活。"Tiffany 的妈妈倒是笑得事不关己。

"……老人家总会死的。"

洛枳不知道自己怎么能冒出这么残酷又幼稚的一句话，话音未落，对面的女人已经大笑起来了，眼角有着岁月的痕迹，却张扬而动人。

"真好，"她看着洛枳，"你真年轻。真好。"

洛枳也是这一刻才意识到，即使再自认老成，自己身上也还是挂着年轻人才享有的勇气和尖锐。不懂放手，不愿后退，不肯甘心。

"好吧，我的秘密说完了。现在来说说你的秘密吧。"

洛枳闻言抬起头，看见一双笑意残存的眼睛。

开口的那一刹那，有种过山车从高空俯冲下来的心悸感。她试着讲了几句，把"虽然但是即使尽管"的逻辑关系用了个遍，还是混乱。

对面的人笑了："你可以按照时间顺序来，一件一件说。"

她窘得挠挠后脑勺儿，点点头。

"五岁的时候，我父亲去世了。"她说。

她的生命如果真的是《命运交响曲》，那声象征急转直下的锣声就根本不是什么从天而降的大柿子，而是外婆家尖厉的电话铃声所带来的消息。

傍晚 Tiffany 下楼的时候，看到妈妈和 Juno 两个人面对面坐在落地窗前，各拿一杯栗红色的普洱，不知道因为什么而沉默着。

洛枳被留下吃晚饭，Jake 仍然不知道在别扭什么，她没有点破，只是告诉他："放心，我一定会再次把你的大哥哥给带过来的。"

至于这位大哥哥如何看待自己的工作，想起来仍有些许的刺痛感，不过这刺痛感让她清醒了很多。

她主动提出，以后会制订严格系统的教学内容，至于陪孩子玩耍的时间，不要计入工钱了。她会每次多待一段时间陪他们玩。

"不是清高，也不是怕被鄙视，我只是觉得这样让我跟孩子相处的时候，我能轻松些。"洛枳解释道。

Tiffany的妈妈也充满歉意地摇了摇头："是我考虑欠妥了。之前你心里肯定不好受吧，有种讨好小孩子赚钱的感觉。对不起。"

洛枳发现，她很难不喜欢或不信任这个冰雪聪明的美丽女子。

当然，洛枳终于知道了她的名字，虽然是她现在使用着的、更改过的名字。

"再见朱颜，谢谢你。"洛枳上车前，对站在大门口开败的玫瑰花墙下的她道别。

雕栏玉砌应犹在，只是朱颜改。

晚上洛枳躺在床上，心情平复了很多。原来把秘密讲出来，是那么重要的一件事。

她的记忆中，似乎只有高三的尾巴上才有过这样的一次冲动。她爬上六楼，冲到盛淮南班级的门口，站定，大口喘着气，完全没有顾及周围来来往往的学生是不是在看着她，他们忽然全都成了背景，视野里只有那个透着白光的门口。她的呼吸慢慢平息，然而勇气也销声匿迹。

镇定地转身，走到了六楼拐角处的女厕所，一进门就遇见了叶展颜在排队。叶展颜笑着对她说："你也来啦？咱们四楼漏水漏得太吓人了，五楼人又多，上个厕所也要爬楼梯，真烦人。"

她笑笑说："是啊，是啊。"

那些话终究还是没有说出口。六楼的女厕所温柔地包容了她的秘密。几年过去了，她越来越沉默镇定，似乎连当年那一刹那的勇气都没有了。

开口是需要勇气的，一种承担责任的勇气。

因为不说是遗憾，说了就只剩后悔了。

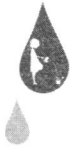

第 15 章　仇恨着的人都孤单

洛阳随便找了一辆自行车的后座，一屁股坐了下去。等了十分钟，看到洛枳远远地走过来，穿着拖鞋，右手还在拍打着后脑勺儿。

"刚洗完澡？"

"嗯，"她用力地打散后脑勺儿的头发，把水珠甩出去，"你打电话的时候，我刚洗完。今天忘记带浴巾了，只有一块小毛巾，头发擦不干，黏着后背很难受。"

"天这么凉，别感冒了，赶紧回去吧。你老妈让我捎的东西，喏。"洛阳指指脚边的大袋子。

"是不是很沉啊？"

"你想说什么？谢谢我一路辛苦了？不客气。"

"帮我拎上楼。"

洛阳苦笑了一下，叹口气，说："猜到了。带我进去吧，正好你去楼长室帮我登记一下。"

"哥，你这么忠厚老实，平常会不会被欺负啊？"洛枳笑嘻嘻地看着他。

这句话听着有些熟悉。

当时说这话的那个女孩子梳着半长不短的碎发，嬉皮笑脸地凑过来，亲切而不轻佻。她在他耳边问着，气息吐出来的时候，他觉得头发都立了起来。

洛阳很快从失神中恢复过来，伸手揉了揉洛枳乱七八糟的头发。

"少跟我得便宜卖乖，就你欺负的最多。"

这句话好像也对那个人说过。用的是哥哥对妹妹的语气——但是今天和洛枳一对比，语气相同，心里的感觉却那样不同。

他总是反应慢半拍。

洛枳帮他抵住门，洛阳进去放下东西就走了出来，屋子里有个女孩子在午睡，所以他的动作很轻。

"你们只有两个人住？"

"别的宿舍都是四个人。这个屋子格外小，所以只有我们两个。"

"也挺好。"他想到自己妹妹的孤僻个性。

"对了，念慈姐姐还好？"

"好着呢。她这个专业研究生课程少，天天闲着，还当了权益联合会女生部部长，说白了就是 Z 大妇联加八卦团团长。"

洛枳笑了："异地恋辛苦吗？"

"还好。电话短信，大不了就火车飞机。人家古代人几个月一封家书不也过来了嘛。对了，有什么事就去找我，反正我的公司离你们这么近。周末不想在学校吃饭，就找我，我请你去外头吃。"

"放心，饶不了你。"

"学习忙吗？"

"还成，能应付得过去。你常加班吗？"

"现在还好，十一月底开始就要忙起来了。上班没有上学有意思，人都没目标了。"

"怎么会没目标？供房子供车，结婚生子，让你爸妈好好养老，给念慈姐买钻戒，给孩子赚奶粉钱，把目标当日子过，不就好了？"

洛枳絮絮地说着，就走进房间去书架上拿书。

"你轻点儿，室友都睡了。"他忍不住提醒。

"放心，她醒不了。睡觉这两个字实在太不尊重她了，她一般都是直接昏迷。"洛枳将两本厚厚的书抽了出来，重重放到洛阳手上，"你上次和我提到过的战略分析类的书，我帮你弄到了，Michael Porter（迈克尔·波特——竞争战略之父）的。"

洛阳咋舌，捧在手里小心地翻看，一个薄薄的信封却飘了出来。洛阳低头瞥了一眼，捡起来，手指划过凹凸的字迹，抿紧了嘴唇。

洛枳仍然在专心致志地整理着书架，他清了清嗓子，把信递还给她："你……同学的信？"

"哦？"洛枳接过来瞟了一眼，心不在焉地说："怎么被我夹在这里了？是同学的，应该是最后一封了吧。"

"该不是男朋友吧。"洛阳笑得有点儿假，话一出口自己都觉得无聊。

"无聊，"洛枳摇头，"你看信封上的收信人地址，那是男孩的字迹吗？"

洛阳看着洛枳将信随意地扔进抽屉，笑着没作声。

楼道里经过两个拎着开水瓶的女孩子，看到洛阳，都露出好奇的神色。洛阳听着她们的脚步声远去，忍不住又开口。

"高中的好朋友？"

"能不能不找话题？没话说就眯着。"洛枳撇撇嘴。

洛阳被噎得瞪眼睛，最后还是平静下来，没有讲话。

算了，都过去的事情了，何必再关心。他伸手揉乱了洛枳的一头湿发："你个窝里横，就知道对我凶。"

洛阳的爸爸是洛枳的二舅，他比洛枳大三岁，从 Z 大毕业后就飞到北京来工作，和青梅竹马的女朋友异地而处已经有半年多了。前一阵子，他回家乡办港澳通行证，顺便给洛枳捎了些东西。

洛枳妈妈一直和家里关系冷淡，她的妈妈是家里的小女儿，任性地踏入一场覆水难收的婚姻，不听从父母兄弟的任何劝告，和家里彻底闹翻，搬离了老房子。后来直到洛阳奶奶去世，洛枳才第一次踏入那个家族的大门。

洛阳在那之前并不是没见过洛枳，但是当时太小，几乎没有什么记忆，再见到的时候已经想不起来她的名字。那天大人们在正厅围着瘫痪的爷爷团团转，洛枳的妈妈也哭得很伤心。洛阳突然瞥见，那个瘦小苍白的女孩子走近了停在另一个房间的床上已经接近几个小时的奶奶的遗体，毫无恐惧，毫无悲伤，居然伸出手去握住了她的手。

他站在门口张大了嘴，看着洛枳又去碰了碰奶奶青白色的脸，用脆生生的童音平静地说："好凉。"

然后洛枳回过头来，看着目瞪口呆的洛阳，居然朝他笑着打招呼。

"哥哥，我哭不出来，怎么办？"她从小就有很美的眼睛，洛阳被她盯着，渐渐不再那么恐惧。

"什么哭不出来？"他好歹也上小学五年级了，知道如何做个真正的哥哥。

"葬礼上大家都必须哭的，你看他们，"她伸手指向另一个房间哭作一团的亲友，"可是我和外婆不熟，哭不出来。"

洛阳傻眼了，有种手脚不知道往哪里放的感觉，这个妹妹只是歪着小脑袋盯着他，又回身看了一眼已经冷却的遗体。

很多年后，他想起洛枳一本正经地说"我和外婆不熟"的样子，不禁笑了出来，却在之后从心间漫溢出丝丝凉意和酸楚。

他鼓起勇气走到奶奶的旁边。

其实还是有点儿害怕这个屋子的，和大人一起跪在床前磕过头之后，他就撤出了房间，之后再也没有人进来过。僵硬冷却之后的身体和脸庞，看起来一点儿都不像平常板着脸说一不二的奶奶。

洛枳显然还在等待他的答案。洛阳侧耳去听客厅里含糊的哭声，不由得鼻子发酸，撇撇嘴角。

"奶奶很严厉，总是发火。不过其实人特别好。大家都指着她拿主意，所有人都依赖她。她……很好的。"

有些答非所问，而且他开始没出息地哭，回过神来的时候，发现洛枳正在安抚似的拍着他的后背，清清亮亮的眸子里满是和年龄不符的理解与同情。

后来的葬礼上，洛枳一直跟在洛阳的背后。殡仪馆里遗体告别的时候，所有的子孙站了一排在响彻大厅的哀乐声中痛哭。客人们排着队来到玻璃棺前三鞠躬，而洛阳哭着哭着就忍不住去看角落里的洛枳——她不发一言，定定地盯着玻璃棺，好像在思考什么要紧的事情一样。

洛阳直到今天仍然记得她那种捉摸不透的表情。其实表情倒不是很可怕，只是这种大人的神态安在一个玲珑的小娃娃身上真的有点儿诡异。

后来洛枳的妈妈虽然也和家中的兄弟姐妹走动得多了些，却很少带着洛枳一起。洛阳第二次见到洛枳时已经上了初一，他和同学结伴回家，看到她从地下租书屋大大方方地迈步走出来。小学三年级的丫头，抱着两本漫画书，迎上他诧异的目光。

"呀，是你。"她毫不生疏地咧嘴一笑。

第 16 章　如果没有黄蓉

　　他们成了相当默契的兄妹。两人的学校离得很近，洛阳时常在放学的时候去找洛枳，两个人逛遍了附近的烧烤摊和小卖铺，坐在江畔边吃边聊。

　　一个没有儿时感情的妹妹，小了他三岁，他却丝毫没有感到隔阂和代沟。洛阳每每想到这里都觉得神奇，也许真的是因为男孩子心智成熟得比女孩子晚？

　　洛阳一直知道，他的这个妹妹平静的外表下有着极其强大丰富的内心世界——尽管这个世界的样子他一点儿也不知道，也没有兴趣探究。他自己向来很少有心事，少年时代都是听话的好孩子，憨厚善良，被洛枳揶揄抢白是常有的事。

　　高中有段时间，不知道他们是亲戚关系的同学传言洛阳有个青梅竹马的小女朋友，两个人在一起特别像郭靖和黄蓉。洛阳像讲笑话一样说给洛枳听，没想到对方吐吐舌头。

　　"你的同学是委婉地在表达你很傻这个意思吗？"

　　洛阳气结。

他从小人缘就特别好，然而老好人洛阳始终知道，世界上只有他的爸爸妈妈和洛枳是可以信任的。他磊落地待人好，也磊落地设防。甚至可以说，他脾气好，只是因为没有太多让他真正挂心在乎的事情。

洛枳虽然看来冷淡，但在自己面前绝对是真实自然的。她和他在一起的时候能够放宽心胡吃海塞，乱开玩笑，想笑时就笑，不高兴了就踢他，蛮不讲理。

只是他绞尽脑汁，也的确想不大起来这个妹妹是否跟自己说过什么关乎她自身的话。他对她的全部了解都来自岁月一点一滴的痕迹。可是洛阳不敢说自己是看着洛枳长大的——他总觉得，在遇到他之前，洛枳就已经定型了。他参与的，一直都不算是什么成长，更像是润色。

直到有天，临近高考的洛阳和临近中考的洛枳一同在大学自习室里备考。他从书堆中仰起头，看着窗外的阳光，想起即将到来的高考，还有因为厂里改制濒临下岗而吵得翻天覆地的妈妈爸爸，第一次对人生有些伤感和困惑。他注视了洛枳很久，那个和他跪在一排却一滴眼泪都没有落下的小妹妹，现在已经出落得亭亭玉立，却从来没有流露过一丝这个年纪的女孩子常有的忧郁——她的确远比很多人都有忧郁的资格。

然而她把未来看得那样清楚绝对，好像一切尽在掌握，只需要不紧不慢地向前。

不知怎么的，一个问题脱口而出。

"当初葬礼上你盯着奶奶看，是想看出什么来吗？"

洛枳也从模拟卷中抬起头，似乎完全没有惊讶，也没有花时间回想思考，立刻淡漠地笑笑说："没什么啊。当时只是有点儿奇怪，为什么人死掉了之后就比活着的时候要招人喜欢。"

洛阳惊讶地问："干吗要……考虑这个？"

洛枳很难得没有不耐烦，依旧坦然地说："所有我想要恨的人不是死了就是远离了我的生活，所以其他人都站在活人的角度可怜他们，念着他们的好，只有我还在恨着，只有我跟死人过不去，觉得有点儿孤单。"

洛阳咋舌，手下一堆堆的复习资料在风中发出唰啦啦的响声，洛枳却面不改色地低下头继续看书。

你在恨谁？他的问题随着风声飘远，再也没有回到嘴边。

临别时，洛阳几次三番地叮嘱洛枳要注意身体，多多锻炼，别总对着电脑，保护视力……直到被她不耐烦地打断："你被念慈姐传染了吧？"

他笑着摆手，忽然说："说实话，那封信。"他顿了顿，惊讶于自己竟然鬼使神差地又提起了这件事，但还是决定说完——"字写得很特别。"

"她的字写得很好，油画和速写画得也好，据说是自学成才。"

"是吗？"洛阳点点头，咬着牙把想问的话吞进肚子里，化成了一个和往日没有任何不同的宽和笑容，"好好照顾自己，我走了，过几天再见。"

"上次你跟我说，新年念慈姐姐会来北京，真的定下来了吗？"

"嗯，不出意外是元旦放假的时候。"

"那好，到时候见。"

洛枳一直叫陈静"念慈姐姐"，而不是嫂子。洛阳高三时第一次把陈静带到他们一起复习的图书馆，正式对洛枳介绍了自己的女朋友。洛枳第一眼就觉得陈静长得像老版《射雕英雄传》里的穆念慈，吵着叫她念慈姐。

后来洛阳不得不承认，陈静的性格也很像穆念慈，每每看到温柔的她，洛阳就觉得有家的感觉。到今天，他们已经在一起五年多了，稳定而默契。

然而，此刻洛阳的眼前无数次重复那个信封从书页中滑落的慢镜头，伴随着一阵莫名的心悸。

郭靖和穆念慈，只要生活平平静静的，也不是不可以幸福。

前提是没有黄蓉。

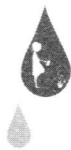

洛阳摆摆手，正要道别，突然想起来一个早就应该关心一下的话题："你有情况了没有？"

"情况？"

"别装了，我说男朋友。"

洛枳笑起来："没有。你以为我是你啊，一早准备好了，老婆都是打包自带进大学的。"

"有个人照顾你，我们也会放心点儿。有合适的就考虑。"

我已经考虑了很多年。

洛枳左手手指轻轻拈了几下，洗过澡之后穿得太单薄，冰凉的掌心早就没有了游乐场的温度。

她看着洛阳挺拔的背影，终于还是露出了小女孩一样的傻乎乎的笑容。

洛阳是她生命中少有的亮色，暖洋洋的让她安心。

她低下头往回走，突然觉得今天的洛阳有点儿不对劲。

洛阳很少吞吞吐吐，总是像阳光下的海岸一样宽阔而一览无遗。她猜想，可能是工作上的问题，或者和陈静有了点儿小矛盾，或者……

或者就像他不了解自己一样，自己也并不了解他的全部。

但是洛枳相信他，就像相信自己的妈妈。这就是家人。如果没有这层血缘关系和从小到大的陪伴，人海中萍水相逢，她未必会愿意和洛阳这样的人成为朋友。他对自己的了解，可能都没有朱颜多。

但现在洛阳是她的哥哥，即使听不懂她说话，不知道她的秘密，安慰人也缺乏合适的方法，她依旧会因为他的存在而觉得温暖安心。

对外人来讲，这是多么霸道不讲道理的一种信赖。

第 17 章　视而不见与死要面子

周日下午，洛枳被邀请去参加 Tiffany 和 Jake 所在的国际学校举办的亲子嘉年华，观看两个小孩子的演出。最后压轴的是《爱丽丝漫游仙境舞台剧》，Tiffany 饰演揣着怀表的兔子先生，Jake……演树桩。

吃过晚饭，八点多她才回到学校。北门附近的会议中心灯火通明，敞开的窗口时不时爆发出笑声和掌声。夜色中，她侧过头仔细辨认着门口悬挂的红色横幅上的字迹。

原来是辩论会半决赛，生物学院对法学院，辩题还比较大胆——学校是否应当给高中生免费发放安全套。

洛枳仰起头注视着二层浅黄色的明亮灯光。生物学院的辩论队里，一定有盛淮南。

可她忽然发现自己竟然连一点儿上去看一眼的欲望都没有。固然有躲避尴尬和维护自尊的原因，但更多的是因为，她似乎轻易就能描摹出那个人在场上场下的样子、表情、姿态、言语……生动得仿佛就在眼前。她是这样熟悉他，

103

好像已经掌握了源代码，给她任意的场景和对象，都能够将心里的这个人安放其中，恰到好处，毫无违和。

也许就是因为这样，他们虽交集甚少，她却从来没有思念过他。

他一直都在。

掉头离开的路上遇见了几个大男生，摇摇晃晃地迎面走过来，将小路堵得严严实实。她低下头从左边侧身让开，额头上忽然被弹了一下。

"哟，是你啊！"

洛枳抬头："哟，是你啊。"

"去不去看辩论赛？我们哥儿几个刚吃完饭，去给盛淮南加油。"

"得了吧你，你哪里是去看老四，你不是去看法学院的那个美……"旁边一个胖胖的男孩子话还没说完，就被张明瑞用胳膊勒住了脖子。

洛枳定睛发现，张明瑞做出这样的举动，脸上更多的并不是羞涩，反而是尴尬。她想起了他们吃 DQ（冰激凌品牌）时他提起过的那件乌龙情事，旋即了然。也许相比这些正在起哄的朝夕相处却不知就里的兄弟，此刻最能理解张明瑞的反而是她这个并不熟悉的人。

她的悲悯心态刚刚作祟，就有男生将注意力转到了她身上。那个胖男生又像发现新大陆一样叫起来："呀，不是你吗，那天在欢乐谷的！"

另外两个男生也凑过来："对呀对呀，老四后来跟着你带着孩子跑了！太不够意思了！说，你们俩什么关系？"

洛枳默默地咽下这句充满了歧义的指控，抬头看到张明瑞亮亮的眼睛，脸上是一种她看不懂的神情。也许是夜太黑。

"我跟他不熟，只是顺手帮他个忙，他觉得自己跟着你们，简直是个电灯泡，而且后来你们一走他也就走了，没和我们一起玩，"她笑着解释，"我跟他就见过几次，法导课上。和张明瑞也是那里认识的。"

也许是洛枳语气太平稳，让几个男生觉得没有再八卦下去的兴趣，于是炮火重新转向了张明瑞，所有人都在质疑他去上法导课的目的，话题重新回到了法学院美女的身上。洛枳正要离开，突然听见张明瑞充满挑衅地大叫："洛枳，你真的不去看盛淮南比赛啊？"

洛枳胸中的一团火熊熊燃起。

她回头轻轻地说："对了，你们几个过马路的时候注意点儿张明瑞，别让他被车撞到。"

"为什么啊？"胖男孩一脸茫然。

"天太黑了，我怕司机看不见他。"

她继续向前走，张明瑞的脸隐没在夜色中，男生们惊天动地的大笑声也被抛在背后。

第四次法律导论课，洛枳径直在自己惯常的角落里坐下，有点儿意外，张明瑞没在自己旁边。前两周他都是早早坐在最后一排招呼自己，说给她占座了——其实，这个位置从来都不需要特意占座的。

她坐下之后环顾了一下，看到盛淮南来了，但是和张明瑞一起坐在遥远的第三排。就在这时候，手机振动，显示的是盛淮南的名字。

"是不是来得太晚才总是坐在那样的角落？以后帮你在前面占座位？"

她愣了片刻。

"不必了。我喜欢坐在这儿，谢谢你。"她回复。

消失三周，再问这样一句不咸不淡的话来缓和关系，她心中惘然。她喜欢他，他却一定不喜欢她——这不是妄自菲薄。牵了手之后消失三周，再这样随意地拉拢关系破冰，无论如何都不是动情的表现。既然如此就放下，一定要放下，不要再对牵手的事情耿耿于怀。

洛枳就像在背诵政治课本一样，把这个想法默念了三遍。

"你喜欢什么动画电影吗？短篇的也行，十三集左右的那种。没有时间一集集地追长篇动画片的更新了，想看些电影。"他问。

她认真地回想了一下："老片子，《岁月的童话》。有时间看看吧。"

他回复的口气很奇怪："你是说，《岁月的童话》？"

洛枳把手机收回手机套，不想再说什么。

张明瑞回头看了一眼，那时候洛枳刚好从后门进来，灰蓝的格子衬衫和简单的马尾辫，面无表情，无视前面的空座，径直坐到最后一排的角落。

他发现盛淮南也在回头看。

洛枳坐下之后随意地环顾了一下阶梯教室，目光扫过他们，但是没有一丝停留，好像陌生人一样。

张明瑞忽然觉得心里有点儿不舒服。

他有点儿习惯了和她坐在角落里一句话都不说的法导课。无奈现在他们身边有了另一个同样选修法律双学位的师兄，在篮球队认识的，今天早上刚巧碰到。师兄帮他俩占座位，要求一起坐。张明瑞婉拒了，说座位太靠前。师兄却大大咧咧地笑："我早上晨练，来得早正好占座位，没事没事，不用谢。"

谢你妹。他只好笑着坐下来。

上课时余光又看到盛淮南几次回过头往后面看，张明瑞的嘴角露出一丝笑。

"去找洛枳吗？"

下课时，他一边往书包里装书一边问盛淮南。

"什么？"盛淮南好像有点儿没反应过来。

"我问，要不要去找洛枳。我觉得你们关系好像不错，你上课的时候总是不住地回头看。要不要发展一下？"

张明瑞单纯的笑脸和往常别无二致，直到听到盛淮南微笑着说："搞什么，你该不是憋坏了，一直想坐过去？"

"我只是不想挨着师兄而已，"他看看师兄刚刚离开后留下的一桌子废纸，"我和他挨着坐，你当然闻不到他身上的汗味儿。"张明瑞正色道。

"是吗？"

"还有，我听二哥他们说起过，但因为你忙，所以一直忘了问，你们一起去游乐场了？"

而且躲开他们跟人家单独去玩了。张明瑞刚想说，又把这半句吞进肚子里。他没有恶意，但这话怎么听都有点儿像吃醋。

上次吃完冰激凌回来，盛淮南笑着问他战况如何，他认真地告诉他："你不要乱想，我真的是赔罪，我，不是想追她。"

张明瑞觉得自己无愧。想着，瞟了一眼正在远处收拾着书包的洛枳。

"碰巧遇上。"盛淮南轻描淡写地说。

"你他妈的能不能爷们儿点儿？全宿舍就你这样，有企图还瞒着我们。"张明瑞咧嘴笑笑。

"我有什么企图了？"

张明瑞忽然觉得一股愤怒冲到头顶，只是一瞬，他怕眼神透露出什么，立刻偏转头，然后恢复平静。

"来吧，还是哥们儿推你一把。"张明瑞立刻转身喊，"洛枳，一起吃午饭吧！"

看到洛枳歪着脑袋皱着眉头疑惑的样子，他有点儿想笑。

然而他上了台阶，发现洛枳已经收拾好书包，盯着自己看，却一眼都没有瞥向身后跟来的盛淮南。

"喊那么大声，你请啊？"洛枳对他一贯没有太好的脾气。

"我没钱，"他转身看盛淮南，"你请吧。"

出乎意料地发现，盛淮南答应得高兴爽快，却表现得有点儿不自在。

洛枳低头似乎思考了些什么，然后点点头说："好吧。"

洛枳一脚踏出教室，就在走廊里遇上了戈壁和百丽。她朝百丽打了个招呼，正要侧身走过去，突然听到戈壁喊了一声"盛淮南"。

"徐哥问你那笔钱到没到账上，要报销的话下周二下午之前一定要搞定。"戈壁问。

"周四上午报了。放心吧。"

"那就一起吃饭吧，正好有点儿团委的要紧事问你。"

"一起？"盛淮南看了一眼低着头的百丽。

"就咱俩。都十二点了，找个清静点儿的地方吧。再不问你就晚了。"

百丽始终低着头，包括刚才洛枳跟她打招呼的时候。现在她微微地点点头，失魂落魄般地向前走，被洛枳果断地截住。

"走吧，一起吃饭。"洛枳说，转身朝盛淮南和张明瑞摆摆手说，"改天吧，今天就不必破费了，先走啦。"

只剩下张明瑞一个人站在原地。

你们俩真是绝配。他第一次浮现出沧桑的笑容。

今天早上，张明瑞终于还是给许日清发了短信息。终究还是放心不下。

"好久不联系了呢。"

"是啊，过得好吗？"许日清的短信乍一看和往常没有任何变化。

"还成，你呢？"

"也不错。……你们都过得好吗？"

我们？我们是谁？张明瑞烦躁地关机。

她真的应该跟那个死要面子的洛枳学学。

第 18 章　线索人物

　　百丽并不讲话，洛枳只是揽着她的肩膀向前走。中午的阳光很刺眼，她把手挡在额前，口袋里的手机振动，有短消息，是盛淮南。

　　"我今天是不是扮演了我们第一次遇见时你扮演的角色？"

　　拗口。她没回。

　　洛枳把手机揣回兜里，有点儿疑惑地看看始终低着头不讲话的江百丽，突然脑筋一转，伸手抓出了一包面巾纸。

　　"给你。"

　　百丽接过，过了一会儿终于抬起头来。

　　"谢谢。"她扬起一个大笑脸。虽然有点儿勉强，但仍然明朗了许多。

　　"你怎么知道我需要擦眼泪啊？"她有点儿不好意思地问洛枳。

　　洛枳憋不住笑："谁告诉你是擦眼泪的？明明是擦鼻涕的好不好？如果只是眼泪，你用袖子擦擦不就得了吗，至于一直不抬头吗？"

　　百丽终于忍不住尖叫着追打洛枳。

坐在 KFC 里，洛枳点了 2 号餐，百丽说不饿，洛枳还是给她买了一个草莓圣代。

"难过的时候吃点儿冰激凌肯定能很快振作。"洛枳递给她。

很长一段时间洛枳自顾自地吃东西，而百丽只是静静地坐在那里吃着圣代发呆。

"洛枳，有喜欢的人吗？"

洛枳吃完汉堡，正在舔手指，听到百丽的问话，想都没想，坦率地说："有。"

她和百丽很少卧谈，但一直算是比较有默契，也很坦诚，面对百丽的时候，洛枳的确很少撒谎。

"是刚才和戈壁一起去吃饭的那个男生吗？"

洛枳愣了一下，点点头："是。"

干脆坚定。

"真爽快。"

"我本来以为把这个字吐出来会很困难的，居然一点儿都不挣扎也不纠结，唉。"其实还是有点儿不好意思的，洛枳不自在地用大大咧咧的口气说。

"少来！"百丽白了她一眼。

"不过为什么猜是他啊，当时不是还有一个男生和我一起出来吗？"

百丽呆住了，翻着白眼回忆了半天，显然没有考虑过这个问题。

洛枳在内心默默地为张明瑞鸣冤。上帝何其不公平。

"再有，你刚才不是一直低着头担心你的鼻涕吗？没想到身体里八卦的血液还在沸腾着，真是服了你了。"

"少说两句会死啊！"

洛枳笑笑，不再逗她。

"说实在的，你们出来的时候我抬起头看了一眼，一眼就看到他。他真的很帅。就那么一眼，我就想起了一句话，'谦谦——'"

"谦谦君子，温润如玉。"洛枳低头笑。

"对的对的。你也这么想？"

"这句话在言情小说里都泛滥了，是个好看的男生，只要不是活泼得过分，一般都这么形容。"

"你说话不那么刻薄不行？言情小说跟你有仇啊？"百丽继续无奈地翻白眼，"不过，我说真的，我从来没有见过任何一个活生生的男生配得上这句话。"

"所以呢？"

"所以女人的直觉告诉我，你喜欢他。"

"所以我应该喜欢他，因为他很好看？别告诉我，你喜欢戈壁是因为他很帅。"

"我的确是啊。当然并不完全是，否则也太肤浅了。不过，如果你不是因为他好看，那又为什么？"

洛枳看到百丽眼中的坦然，所以也不想拼凑什么敷衍的回答。

"我的故事太长了。而且没有什么情节。我解释不清。"洛枳摇摇头。

"你们真的很搭耶。气质上就很配。我想，他也应该喜欢你吧。"

洛枳明明白白地苦笑，缓缓地说："我，很不喜欢'应该'这个词。"

高二的冬天，学校里有过传言，关于彼此不相识的"金童玉女"。她向来讨厌这个珠光宝气的词语，然而当她坐在窗台上看着外面荒凉的人工湖，得知他们说的是文科学年第一洛枳和理科学年第一盛淮南的时候，嘴角一抹浅浅的笑意透过玻璃反射到她眼里，现出些许希望。

些许让她在后来备受打击的希望。

不想继续这个话题，她问百丽："吵架了？"

"话不投机而已，旧事重提，他烦了。"

"是吗？"

"其实，高中的时候，他也不喜欢我。"百丽耸耸肩脱口而出。

也？洛枳苦笑，江百丽还真是一刀子捅到了她的心窝上。

"我当时表白了好多次，觉得自己越来越贱，可是总有种破罐子破摔的感觉，反正他都知道了，反正他也不会理我，反而特别自然地表达自己的喜欢。不过后来，我们真的在一起了，我就开始觉得在他面前抬不起头来，因为自己过去的举动特别丢人，害怕他笑我，更害怕别人觉得我们在一起是他可怜我，以至于连高中同学都不敢见，聚会也不参加——当然，不参加聚会还有其他的原因。呵呵，我怕见到他以前喜欢的女孩子，总觉得不知所措。"

"百丽……"

"不过，这种想法只有我们吵架的时候才会有，虽然平时某些念头偶尔也会浮上来。我都不表现出来的。本来输得就够彻底了，还是不要把家底都赔进去的好。不过，再怎么掩饰、再怎么装都没有用，他都记得，他都知道，他始终保持着在我面前的优越感。我那么认真地爱他，他都知道——最可怕的就是，他那么清楚我有多爱他。"

百丽的眼底有清浅的液体浮动，洛枳急忙去拿面巾纸，手却被百丽按住。

"所以，这段感情破破烂烂的，我却还是不肯放弃——一想到真的分手，我就会哭。每次分手都是我提出来的，但是他哄哄我，我就回头了，特别贱。"

洛枳所有安慰的话都哽在喉咙里说不出来，呛得自己眼睛很酸。

百丽并不美丽，个性虽然足够真实但也不可爱，如果不是有洛枳这样一个冷漠的凡事无所谓的室友，她们可能早就打得鸡飞狗跳把宿舍楼顶都掀了，学校 BBS 上也会飘红一个 hot 帖："818 我的 JP 室友。"然而每当洛枳想起这样一个女孩子学着小说里的样子，装成什么都不在乎，奋不顾身地去爱一个人的时候，总是没有办法冷眼嘲笑她的愚蠢。

"他高中的时候喜欢我的好朋友。别看他到处拈花惹草，其实，他还是喜欢她。"

干巴巴的朴实陈述句，听来却让人心酸。

陈墨涵是百丽这辈子见过的最美丽的女生，又是副市长的千金，和帅气的戈壁门当户对，青梅竹马。江百丽钝钝地读了上百本台湾小言情，从来没有想过，从普通初中来到市重点的她，会在自己的同桌身上遇到这样的人物设定。

但那时候的她还不知道，最狗血的不在于此，而是她充当了一次完美的线索人物，直到今天。出场无数次，推动剧情发展无数次，实际上却跟这个故事一毛钱关系都没有。

完美恋人因为某种原因不得不分开，然后她这个从一开始就没完没了进行阻挠的反派女二号和男主角在一起了一段时间，现如今人家经过了漫长的分离和等待，消除误会冰释前嫌，打算再续前缘。

纵使江百丽胸无大志自视平常，也并不代表她甘心。

高一时，她和陈墨涵做同桌。江百丽从县城来到市重点寄宿，第一天，她对着不同事物暗自咋舌，告诉自己，这就是市重点，跟她那个脏乱的普通中学是不一样的。这些事物包括——教室的新桌椅、不锈钢窗、像樱桃小丸子动画片里面一样好听的下课铃、干净的带有镜子与洗手液和烘干机的卫生间，以及留着波浪鬈发、凹凸有致的同桌陈墨涵。

百丽打开钱包，抽出一张不大的照片。

百丽意料之外地看到洛枳也有一丝惊呆，不由得更加心慌。陈墨涵是她在二十年的现实生活中看见过的最美丽的女子，才高二的女孩子，一头浓密的波浪长发，雪一样白的皮肤，风扬起她的红色围巾和黑色风衣的衣角，在白桦林中，她大步向前，高仰着头，脸上是恣意的笑容，美得不可方物。

"你看，果然惊艳吧，连你都是这副表情。"百丽勉强地笑笑。

"我惊讶的原因是你居然常年在钱包里放着情敌的照片，真是有个性。"

百丽翻着白眼瞪她。

"她是我的心魔。"她坦白地说。

洛枳对她这种文艺腔的描述报以惯常的鄙视眼神："不过，难怪你说她没有朋友。"

"什么意思？"

"她就是不傲气也不会有所谓的闺密的。叔本华说过，一个真正漂亮的女人不会拥有一个真正的同性朋友——当然，我也不知道是不是叔本华说的。"

因此，为什么不放肆地仰着头走路？

百丽露出怔怔的神色。洛枳不知道，自己的一句话戳中了百丽的心底，把她们整个高中的全体女生都定了罪。

忌妒。

第 19 章　小白女主与美丽反派

陈墨涵的确是个很傲气的女孩子，在她们对言情小说的共同爱好下，江百丽成了班级女生里仅有的几个能和陈墨涵说得上话的人。其实对于这一点，江百丽是心虚的。

当陈墨涵说自己喜欢读言情小说的时候，她高兴地附和说"我也是"。当陈墨涵说自己喜欢梁凤仪、亦舒、张小娴的时候，她高兴地说"我也是"。当陈墨涵说最瞧不起到处都是沙猪和小白女的台湾小言的时候，她哑了一下，笑笑说，是挺无聊的。

其实如果陈墨涵说喜欢台湾小言，她会立刻大叫，我最喜欢席绢、古灵和于晴。

江百丽慢慢看出，陈墨涵一颦一笑、举手投足都贯彻着亦舒小说里的那种独立和精彩，唯一的欠缺是她没有和女主角一样独立精彩的死党。毕竟对着江百丽这种女生，是没有办法坐在咖啡厅妙语连珠地谈论生活和爱情的。所以陈墨涵几乎只和男生接触，别人说她什么她都不在乎，反正不敢当着她的面说——陈墨涵的家世是公开的秘密。

江百丽并没有像其他人一样忌妒她。百丽不介意人家说她是势利眼的小跟班，只要她自己清楚这是友情，是出于一种简单的欣赏。

以及羡慕。很羡慕很羡慕。

高中的江百丽不敢在陈墨涵面前看台湾小言，但是回宿舍的时候还是会拿着手电钻进被窝里看。大学的时候，她才知道什么叫 YY，什么叫玛丽苏——上天做证。她看小说的时候，从来没有幻想过主角是自己——这些精彩的形象反而都幻化成了陈墨涵的样子。

百丽为自己那古怪的慷慨大方而自豪。

直到那一天。

高一下学期的时候，学校附近开始不大安全，总是有职高的不良学生和地痞混混儿打劫。那天江百丽做完值日，走得晚了些，也没有回宿舍，而是打算坐车去市区的大超市买点儿日用品。于是就遇到了几个职业混混儿。

她被堵在学校偏门附近，而且只劫财。百丽回忆起的时候，非常沮丧于自己的身材、长相居然让人家完全没有劫色的企图——连一句客套的"陪爷儿几个玩玩"都没有。

正掏钱包，突然一辆奥迪冲过来，急停在旁边。车门打开，后排走下来一个男生，斜倚着车身，皱眉看着眼前的场景，轻启薄唇，淡淡地说："还不滚。"

于是混混儿们听话地滚了。

墨蓝色的天空下，戈壁站在橙色路灯的光线里半笑不笑地看着她，轻声问："你还好吧？"

那个场景好看得让江百丽没有办法呼吸，甚至现在一闭上眼睛，还是能看到。

当然也许没有那么好看，但是，回忆起来的时候，她总是习惯性地添加上浓墨重彩。

她总有办法让自己更快乐。

江百丽其实早就知道他，全学校的人都知道他一直在追陈墨涵，从小学四年级追到如今的高一。可是谁也不知道，为什么她就是不答应他。五中曾经有过两大未解之谜——陈墨涵为什么不接受戈壁，许长生为什么不长头发。

江百丽想过很多词来形容戈壁，比如死猪不怕开水烫，光脚的不怕穿鞋的，破罐子破摔……

后来她才觉得奇怪。

为什么她对此不觉得感动，为什么她没有评价他"执着"？

也许因为第一次见到他的时候，陈墨涵不理他，淡定地坐在座位上，而他则倚靠着后门框，歪着嘴角志在必得地笑。所有人都看着他们，所有人都被镜头虚化了，只剩下他们。

也许因为第二次见到他的时候，他正跟一个女孩子在走廊说些什么，女孩子明明矜持着脸红着，却掩饰不住地高兴。他转身离开，女生立刻此地无银三百两地对周围人说："这个人好轻浮啊。"

又也许因为她太崇拜陈墨涵。

可是她的心思太多了，自己都说不清。直到那天，路灯下黑亮的奥迪，英俊而漫不经心的少年，挺身而出拯救角落里怯怯的自己。这一切电光石火般击中了她的心。她回家之后翻开小说，看到所有男主角的脸都变成了他，所有笨笨的小白女主的脸都成了自己，所有和男主角家世相当的美貌女反派的脸都置换成了陈墨涵——她才发现，自己和那个说他轻浮的小姑娘一样，明知道他就是轻浮，就是逗她们玩，但还是脸红着、心动着。

那之后，她不再跟陈墨涵逗趣，不再八卦陈墨涵的朵朵桃花。江百丽告诉自己，她是个坦荡的好女孩，她不忌妒。

然而，忌妒还是在这种最适宜的时机里深深扎根，破土，发芽。

东邪西毒里有句话说，任何人都可以变得狠毒，只要他知道什么是忌妒。

江百丽死守着自己的友情和善良，一头扎进小说里，想要忘记那些萌动的心思。

然而那天之后，戈壁以救命之恩要挟，和江百丽自来熟，总是从她这里套陈墨涵的情况——在看哪本小说，订什么杂志，成绩怎么样，天天跑到楼下去看哪个班的篮球比赛，目光停留在几号身上……自然，江百丽也负责帮助戈壁偷偷地往陈墨涵的书桌里放各种小礼物。

躲都躲不掉。

戈壁为了陈墨涵学了文科。其实这不算什么太大的牺牲，反正戈壁对宇宙飞船和原子弹都没有什么兴趣，放弃理科也没有什么损失，人又很聪明，文科班考第一同样风光无限，而且更轻松。

百丽承认，文科班很适合自己，她的成绩从和陈墨涵一起徘徊在中游一下子冲上了前五名，后来稳定在前三。陈墨涵没什么不适感，仍是淡淡地祝贺她。

每个人都有自己不可侵犯的优越感，而陈墨涵的绝对领域显然不在成绩单上。她对于百丽疏远她而在学习上花更多时间，并没有表示什么不满，也没有丝毫酸溜溜的情绪。

这样超然洒脱的陈墨涵永远是百丽只能仰视的偶像。并且，更加衬托出自己的阴暗和小心眼儿。

"但我到今天还是想知道，为什么陈墨涵不接受戈壁，这么多年。戈壁的确有点儿油滑，总喜欢坏坏地捉弄女生，绯闻一大堆，可是所有人都知道他对陈墨涵的一片真心，简直比小说里刻意设计的还要夸张。我知道，文科班一大半女生都喜欢他，可是偏偏所有女孩子都要做出很讨厌他的样子，这种小心计——你懂的吧？"

洛枳嘴角带笑，点点头。

百丽推动故事情节发展最大的手笔是在高二下学期临近期末的时候。放学后都快到宿舍门口了才发现饭盒落在了班里，不拿回来的话晚上就没有办法打饭了。匆匆返回，在班级门口，这个最适合"一不小心"偷听到不该偷听的东西的地方，她很巧合地听见了戈壁欢快的声音："你真的答应我了？！"

一小段沉默，百丽猜到是陈墨涵在迟疑地点头。

她不知道自己为什么要推门进去，笑得很假地说："完了完了，不许反悔，被我听到喽！"

那天的戈壁收回了以往面具一般玩世不恭的笑容，纯真开怀的样子像个最最简单的孩子。

百丽想，这样多好，你看他，笑得多么好看、多么率真。

她却凭直觉发现，陈墨涵并不开心，甚至在她进门的一刹那，露出了一脸后悔和惊慌的表情。

第二天，戈壁特别高调地告诉了很多人他和陈墨涵交往的事情。他太高兴了，终于修成正果，恨不得全世界都知道。不知道为什么，大家那天对陈墨涵态度特别友好。体育课的时候，很多女孩子围在一起聊天，陈墨涵居然也坐在一旁。有人提到这件事，大家七嘴八舌地问起，陈墨涵总是一副淡淡的样子，不置可否，甚至有点儿回避。

突然有个人夅着胆子说了一句："我觉得戈壁油嘴滑舌的一点儿都不可靠，肯定是他胡说的吧。"

百丽做梦也没有想到，陈墨涵竟然点点头，说："是啊，我并没答应他。"

江百丽很少愤怒，她总是大大咧咧的、温暾的、不争气的。

但是当大家都在很开心地说"这个男生真不要脸，陈墨涵这么完美的女生

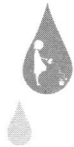

怎么能随便找一个男朋友呢"，甚至还在半开玩笑地设计那个未来的男朋友应该是什么样子的时候，面对第一次融入了大家的、笑得平易近人的陈墨涵，百丽的血涌上了头顶。

她记得，前一天晚上，戈壁那样纯真而简单的笑容。

想都没想，她忽地一下站起来，大声地对陈墨涵说："你答应他了，昨晚我明明都听见了，你怎么能这样？"

陈墨涵，你怎么能这样。

第 20 章　看客

　　乌龙事件沸沸扬扬地闹了好一阵子。

　　其实，起因是陈墨涵倾心爱上的一个人深深地伤害了她的自尊。她在那个人面前说："你误会了，我并不是喜欢你，其实我有男朋友。"

　　陈墨涵的确有本事用十分钟的时间炮制一个死心塌地的男朋友。

　　她读了很多本亦舒，本质上却很台湾小言。

　　也许情有可原，只是百丽永远不会知道那个故事是不是动人到了可以让她原谅陈墨涵的地步。

　　戈壁一个星期没有上学，而陈墨涵和江百丽的座位被调开。

　　后来戈壁回来了。

　　他看陈墨涵时是板着脸的，看其他女生是轻蔑的，只有看着百丽的时候是热情的。

　　是热情，不是爱情。

　　那种目光翻译过来就是：谢谢你，真够哥们儿。

从那天开始的一段时间，百丽和他形影不离。一起去食堂吃饭，也认识了他的不少哥们儿。她被女生孤立了，也知道所有人都在背后笑话她和陈墨涵，为了一个陈墨涵不知道到底要不要的轻浮男人，一对闺密反目成仇。有人笑陈墨涵活该没有朋友，也有人笑江百丽和戈壁是天生一对一丘之貉。

百丽虽然懊恼于生活不再平静，也不喜欢被指指点点，心里却是清楚顺畅的。陈墨涵打碎了在她心里的那个完美假面，她不必再煎熬，也不必再纠结自卑。

原来我们都一样。她终于正视陈墨涵和自己了。

虽然面对陈墨涵的时候，百丽仍然坚持说，她只是出于正义感，并非如传闻所说那样觊觎人家的专属追求者。至少她没有完全撒谎，百丽没有追求戈壁，很有自知之明地认真履行着好哥们儿的本分，从不去插手戈壁泛滥的桃花运。

只是她没有说，正是爱让她的正义感燃烧。

圣诞节，她在送给他的贺卡上还写着："祝你年年岁岁花相似，岁岁年年人不同。"

戈壁的生活即使桃花朵朵春色满园，即使始终没有原谅陈墨涵，他也是爱着她的。

或许因为他爱她，所以才无法原谅。

可是毕竟百丽年轻，又爱他，怎么能永远镇定？高考前夕，所有人都情绪暴躁，百丽也一样。当不知道是他的第几朵桃花走到她面前劝她知趣点儿不要缠着戈壁的时候，她终于不再耸耸肩说出那句没有人相信的"我只是他的普通朋友"和"他爱的另有其人"，而是仰起脸正视对方，说："知什么趣？如果他不喜欢我，缠着他有什么用？我觉得这一点你应该比我清楚。"

而她开口的时候，老天爷居然很给面子地让她成了焦点。楼梯上，陈墨涵下楼，戈壁上楼，拐角处一群班里的同学说笑着走过来，好像是导演安排好的站位一样。

女生看到戈壁，气势汹汹地问他："你听到了吧？你喜欢她？你们俩就是这么反目成仇的？"

这句话一出口，现场相当配合地静止了十秒钟。

戈壁看了一眼那个女生，冷若冰霜地说："滚。"

陈墨涵看了一眼百丽，嘴角轻蔑的笑容似现非现。

百丽站在外围，看着他们一个继续上楼，一个继续下楼，擦肩而过时好像电影精心剪辑出来的片花，即使彼此关系僵硬至此，仍然带有同样的骄傲和洒脱，衬托得包括她在内的周围人灰头土脸，面目可憎。

虽然戈壁没有回答那个问题，但是那句"滚"把烫手的谜面扔给了对面的女生，没有人注意百丽刚刚自作多情的大话，反而纷纷好笑地看着自讨没趣的桃花女。

她也许应该谢谢戈壁，但是她知道，整件事情对她来说，重点不在这里。

后来的戈壁，果然不再允许她缠着他。

她本来可以大大咧咧地出现在他身边，对他说："不是吧，你真以为我喜欢你啊，我不过是权宜之计不想让她烦我而已，毕竟我的存在作为挡箭牌帮你解决了那么多问题，你都不许我为了保护自己的权益气气她们？喂喂喂，戈壁，你少自恋好不好？"

她没有。

高考在即，她已经疲倦得不想去遮掩。

只是，那一幕太过兵荒马乱，她不甘心，于是发短信过去，郑重其事地说："我喜欢你。"

她的表白，怎么也得正式点儿。

每天一条短信，只有一句话："我喜欢你。"

如果是早上，就加上一句"早上好"，如果是晚上，就加上一句"晚安"。

江百丽始终不知道，戈壁在进考场之前收到一条"好运，加油，我喜欢你"

的短信的时候会是什么表情。

他从来没有回复过。她回到了自己家的小县城，都没有跟他道个别，也没有他的任何消息。

江百丽向来是个运气好的人，高考她居然考了比戈壁还高的分数，顺利地进了 P 大。

所有人都有不错的归宿，比如她和戈壁进了 P 大，陈墨涵也过了 W 大的小语种录取线。

百丽已经把发短信当成了乐趣，养成了习惯，以至于现在都没办法想起来，8 月 3 日前到底有没有什么自己没注意到的奇特征兆出现——她早上发完信息，出去和初中同学玩了一天，晚上想起手机落在家里，居然有一条短信：

"好。"

好什么？她盯着戈壁惜字如金的短信，很久才反应过来，不可置信。甜蜜是从心底慢慢溢出来的，她已经错过了尖叫的最佳时机。

而他们相处的一年多，是那样普通而深刻。

戈壁也许不是全心全意地爱她。但是完全不爱吗？好像也不是。她其实不知道。她唯一知道的就是，这个世界上只有江百丽自己燃烧得充分炽烈，问心无愧。

她问过他很多次："你爱我吗？"他从来没有正面回答过。这种躲避让人不悦，却又没能让她伤心到离开他。

他从来都能用千奇百怪的答案来回避。最动情的一次，是大一的末尾他竞选社团联部长成功之后，庆功会上很多人都在灌他，他最后喝得有点儿醉了，一个劲儿地拉住百丽说"谢谢"。所有人都说他应该感谢她。她鞍前马后，几乎把自己的心血都放在了他的竞选上，拉票，做海报，笼络关系刺探敌情，润色演讲稿，陪他挑选西装，帮他排演计时……

人都走光了，他从背后抱住她，下巴放在她的肩窝里，她觉得肩头和心里都痒痒的。人不是说酒后吐真言吗？她立刻轻轻地问："戈壁，你爱我吗？"

戈壁含糊地笑了，她嗅到啤酒的味道。戈壁指着大厅窗外能看到的巨大的"M"标志，说："我们就像麦当劳和肯德基，永远在一起。"

她失笑，眼泪却翻滚滴下。是的，只要有肯德基的地方，附近一定有麦当劳。它们永远在一起。

但是那时候她忘记了，人在酒后不光吐真言，还说胡话。

戈壁是肯德基，那么陈墨涵就是吮指原味鸡，而她只是每逢换季推出的什么类似四季时蔬或者鳕鱼条一类的点缀菜品——她早晚有一天会被撤换，甚至顾客都不会发现。但是没有吮指原味鸡，肯德基就不再是肯德基了。

百丽继续执着下去，他们也许可以永远在一起。

如果不是昨天看到了戈壁邮箱里的一封邮件。

我曾说不如我们就在一起，你说，"不如"二字比第一次我的反悔伤你还要深。我现在终于懂了，我忏悔，我道歉，我放下那些无谓的自尊，然而，你还会回头吗？我知道我卑鄙，可是没有我，没有你的愤怒，会有今天她的幸福吗？

江百丽此刻才知道，戈壁答应她 10086 式的骚扰表白，只因为陈墨涵的一句"既然你不死心那不如我们在一起"将他彻底激怒。她的一场爱情，只是他们之间的一场赌气。

而戈壁对陈墨涵这封邮件的回复只有一句：

我不可以对不起她。

"你说，他这样，算是背叛我吗？"百丽手指轻敲桌面，像是要唤回洛枳的魂魄。

"我在听。"洛枳淡淡地瞟了一眼她不安分的手指。

"可是，他都这么说了，为什么我还是觉得这么不甘心呢？"百丽问。

"因为你想听到的不是一句有得便宜卖乖和欲擒故纵嫌疑的'我不可以对不起她'，你想听到的是他说：'曾经年少不懂事，现在那些都过去了，我如今爱的是江百丽，请你想开点儿，祝你幸福。'"洛枳苦笑。

百丽静静地听着，很久没有说话，仿佛刚才话说多了，现在想休息。

她们已经可以看到窗外的夕阳。

天黑得越来越早。

百丽不值钱的眼泪又往下落。

"传说鲛人的眼泪落下来就成为珍贵的宝石，能卖很多钱。我真恨你怎么没托生成这个物种。"

"你就不能说点儿别的？具有安慰性质的、温暖一些的？"百丽勉强地笑笑。

"所有能称得上是安慰的话，大部分是废话。"

"那建议呢？"

"你又不会听，听了也不会做。"

"就算我做不到，说说也好啊。"

洛枳像是被她缠得没辙，疲倦地抬眼注视她。

半晌，轻轻地开口说："分手吧。"

晚上，坐在 Tiffany 书房里看着孩子背古诗的洛枳，想起她和百丽走出肯德基后，对方问她的话。

"如果你是我，你会分手吧？"

"我又不爱他，怎么可能是你？怎么可能体谅你？我说什么都是放屁。我要是你，别人对我的表白只回复一个'好'字而不是'我也喜欢你'，我压根儿就不会跟他开始！"

百丽擤了擤鼻涕，"纠缠到今天，我也真是无聊，你在旁边看着，都笑死了吧。"

"我原谅你了，"洛枳耸耸肩，"谁让你爱看台湾小言，"顿了顿，又说，"小白女主虽然蠢，但是命都很好。我也希望你命好。"

百丽感激地看着她："可如果我是小白，但不是女主，怎么办？"

洛枳第一次被百丽噎得翻白眼。

"对了。"两个人即将分开的时候，洛枳突然叫住了百丽。

"怎么？"

"下次给别人讲故事的时候，少提高中，多讲讲你们这一年里美好的事情。至少在自己的世界里做了一回主角，哪怕是苦情戏也好，总比当观众强。"

总比做观众强得多。洛枳想起自己高三的日记。

她的骄傲在小细节里体现得淋漓尽致，比如，无论如何，她的日记里都只有盛淮南一个人的名字，至于他的身边人，她好像一笔都没有写过。

第 21 章　其实是赌气

又是一个周六的法律导论课，洛枳坐在惯常的角落里，最后一次检查自己要交上去的期中论文。

抬头看讲台的间隙，她居然瞥见了讲台边拿着水杯的郑文瑞，对方将论文放在讲台上交给助教，然后从左侧的门出去接水。

这门课在阶梯教室上，人太多，她从来没有发现郑文瑞也在。

她果然也选了法双。洛枳心想。

郑文瑞边走边拧盖子，然后在门口撞到匆忙进门的盛淮南，洒了对方一身水。

不过看样子杯里原来存着的水，应该是凉的吧？

洛枳笑了，这几天来第一次真正开心地笑了。盛淮南还真是跟水有缘哪，弱水三千，到底要哪一瓢？

郑文瑞的脸红了，隔着这么远都看得一清二楚。盛淮南依旧是礼貌地微笑，摆摆手就走到讲台前掏书包交论文。郑文瑞站在门口愣愣地看着盛淮南，看着他头也不回地向后走去寻找座位，然后黯然低头走出了教室。

洛枳有些感慨，但是她并没有怜悯之情——即使要怜悯，也应该先可怜一下她自己。她和郑文瑞之间的区别，不过就是郑文瑞会站在那里傻傻地看他，而洛枳会掩饰一下自己目光的方向而已。

那么江百丽呢？

百丽并没有与戈壁摊牌分手。江百丽只是死死地攥着戈壁。她不是不在乎感觉，不是不希望有一份完满干净的爱情，但是面对现实的时候，她能做到不管他心里在想什么，只要攥住他的手就好了。

你活着时爱谁无所谓，总之你死的时候，只能跟我埋在一起。

倦意涌上来，她起身去交论文。

"洛枳！"

张明瑞出现在旁边，和她一起下台阶。

"论文写的什么啊？"他问。

"《中世纪的婚姻制度起源》，算是跟婚姻法沾边的题目吧，反正这个教授好像很喜欢胡扯些边缘的东西。你呢？"

"啊，就是各国宪法和社会制度……什么乱七八糟的，都是从百度、google上面粘贴下来的，就是整理了一下。他估计不会发现。唉，我从小时候开始就不会写文章。"

两个人把论文送到助教手里，助教象征性地翻了翻洛枳的论文，油腔滑调地长叹一声："女人啊。"

她对助教吐了吐舌头，笑得很灿烂。

"你认识助教？"张明瑞问。

"不认识啊。"洛枳恢复了面无表情。

张明瑞皱着眉头盯着她，觉得女人简直太难懂了。

洛枳刚要跟他挥手说拜拜，张明瑞忽然说："我和你一起坐好吗？"

她点点头。

"盛淮南，一起来吧！"张明瑞回身大声喊。

她微微眩晕，盛淮南拎着书包站在过道上点头，然后朝张明瑞身后的她微笑着打招呼。

搞什么？

她认真努力地修炼了很久，才平静下来，才认赌服输，吃瘪一样地告诉自己，认了吧，算了吧。

现在这又算什么？老天爷该不是想要玩死她吧。

洛枳又看了一眼打完水进屋的郑文瑞，告诉自己，洛枳你要冷静，你要说话算话。

她回到了自己的座位，然后往里面挪了两个空位，把靠近走道的外侧座位留给他们俩。戴上耳机播放久石让的钢琴曲，她舒服地靠在椅背上翻开新买的《八百万种死法》。

张明瑞和盛淮南走过来，每个人都从书包里拿出一台笔记本电脑。

"赶紧赶紧，助教是说下午两点发到邮箱里吧？我靠，你怎么也忘了？"张明瑞急急忙忙地掀开电脑。

原来是这样，怕坐在前排明目张胆地打开笔记本赶作业会被老师骂。她苦笑了一下。

"我不知道留作业了。"盛淮南的声音有点儿迷糊，迷糊得可爱。

"你最近魂不守舍的。"

钢琴曲无法盖过他们的对话。洛枳把 CD 音量开大，然后埋头看书。

每次她想要假装淡然但又觉得很难做到的时候，都会埋头看侦探小说，能很快入迷到人事不省的状态，对周遭麻木到浑然天成。

直到张明瑞轻轻地推推她的肩膀。她摘下耳机。

"助教抽查点名。"张明瑞小声说。

他刚说完，助教就很大声地喊："洛枳。"他的南方口音发不出 L 这个辅音，更是将"枳"字从三声擅自改成了四声。听上去就像"弱智"。周围同学纷纷笑着回头寻找，张明瑞更是笑得捶桌子。

没想到洛枳依旧低着头看着书，面不改色地举起手说："到！"

助教坏坏地一笑，形象非常猥琐，好像某只松鼠从《冰河世纪》里面逃了出来。洛枳瞟了一眼，也不由得笑出来。

张明瑞问："那个家伙是不是看上你了啊，刚才交论文就不对劲，现在隔这么老远还调戏你？"

她白了他一眼，说："看上我不是正常吗？我这么好的女生。"然后把耳机塞回去。

张明瑞又气急败坏地怪叫了几声，声音淹没在音符中，她没有听清楚。

盛淮南也说了句什么，她的余光看到他的嘴唇在动。

听不到自然有听不到的理由，她相信上天为她好。

她低下头，继续看书。

课间休息，张明瑞站起身伸懒腰，推推她。

"又什么事？"洛枳正看到精彩的地方，有点儿不耐烦。

"休息啦！我们要下楼买点儿吃的，早上没来得及吃饭。你要不要捎点儿什么？"

"不用，谢谢。"

"那就和我们一起下去转转吧，总坐着多累啊。"盛淮南笑得很温暖。

温暖得好像什么事都不曾发生过。

的确什么事都没有发生过——如果她的心事不算事的话。

盛淮南的笑脸，还有那和缓熟络的语气让洛枳这些天来第一次认真地把目光投向他，也第一次发现，他的笑容和别人眼里的自己有多么相像，又有多么可怕。

她又看看张明瑞。

"我帮你们看电脑。"她说完就重新准备挂上耳机。

"你——"张明瑞又开始扯她的袖子。

"你烦死了！罚你请我喝水溶C！外加乐事薯片！少废话，赶紧去！"

张明瑞被吼得张大了嘴巴不知道该说什么顶回去，倒是盛淮南笑着把他拉走。

两个人刚迈出去一步，盛淮南忽然回头喊她。

"洛枳，要什么味道的薯片？"

洛枳面无表情，盯着张明瑞。

"各、要、一、袋。"

她的思维最后还是被盛淮南的各种笑脸集体攻占，索性合上书，关上CD，坐在座位上发呆。

直到被头顶倾盆而下的大袋薯片惊醒。

原味、番茄、烤肉、黄瓜、比萨，一共五袋，还都是最大袋的。盛淮南靠在墙上，笑吟吟地看着她，而空投薯片的张明瑞正在她头顶上方拿鼻孔对着她出气。

她没有说话，拿出自动铅笔朝包装袋扎过去，一袋一袋地放气，直到它们都变得瘪瘪的。

"你干吗？"张明瑞问。

"这样节约空间，要不书包里放不下。"

"你倒是聪明。"这句话是盛淮南说的，他正在吃一袋小袋的黄瓜味薯片。

"是啊，我聪明得连我自己都害怕。"她忍不住引用了九把刀某部小说里主人公的名言。

"满意了？"张明瑞居高临下地说。

"谢啦。"她举起一袋薯片朝他摇摇。

"跟我没关系……是盛淮南买的。"张明瑞说。

她感觉到靠在墙上的盛淮南好像对她的反应很期待。

"哦？铁公鸡啊你，不是说让你买吗？"她没有理会。

"什么啊，你当我傻啊，傻子才真去一样一袋地买呢！"

"喂，你什么意思啊？！你说谁傻？"

被她刻意忽略掉的盛淮南终于插话进来。

但是不知道为什么，张明瑞突然闭上了嘴，另一边，洛枳丝毫没有讲话的意思。

三个人陷入奇怪的沉默，是谁说的，这种情况往往预示着头顶有天使飞过？

她看向盛淮南，盛淮南脸庞微微泛红，眼神明亮，有点儿尴尬，但是仍然执拗地看着她。

这算什么？这到底算什么？

她突然笑了出来。也许是觉得这种场景实在讽刺，却又说不出为什么。无视张明瑞一脸的困惑，她只是不停地笑，把薯片一袋一袋塞进书包，然后站起身来经过两个沉默的男孩子，向后门走过去。

"洛枳，你也选法双啊。"

郑文瑞端着水杯，看着她，礼貌地笑着，眼神却飘向她的身后。

洛枳猜，其实郑文瑞很早就注意到了自己前几次法导课偶尔和盛淮南、张明瑞一同走出教室的情景吧，她会不会不开心？毕竟洛枳熟知她的心思，却又和她喜欢的人混得很熟络的样子。

无所谓了，跟我有什么关系？洛枳漠然地想。

她指指自己手上的书包说："你也选修法律双学位啊？呵呵，改天再聊，我先闪人了。"

洛枳需要很久才反应过来，她以为自己泄气了、放弃了，其实从她故意不看也不理盛淮南的时候开始，她就是在赌气，在耍脾气。

原来她真够矫情的。

所谓矫情，就是明明在赌气，偏偏做出一副看破世事的样子，动不动就说自己已经心冷。

她承认，她没有办法在面对这个人的时候坦白豁达，纯粹放松。所以她没有办法和他做朋友，当作什么芥蒂都没有——能做到那样的只有两种人，真正纯良清澈的人，或者心计城府极深又懂得忍耐和等待的人。洛枳两种都不是，只能赌气。这样混沌的状况让她无法前进也无法后退，缺少某种形式，就算想放弃，也连一个洒脱的"放手"的姿态都做不出来。

她突然懂得了百丽当年给戈壁郑重其事地发短信表白时的心态。

她们都需要一个交代。

怪不得丁水婧埋怨她的漠然。其实对于感情，她什么都不懂，偏偏让懂的人感觉到她在用自己所谓的超然嘲笑众生。

她真的不懂感情。

洛枳刚迈进宿舍门，手机里就窜进一条短信息。

盛淮南问："你……是不是一直在生我的气？"

第 22 章　洛枳，加油

洛枳把玩着手机，屏幕早就暗了下去，隐约还能看到那条短信。

第一个瞬间划过脑子的是，对，当然生气，很生气，生气很久，难道你三个星期没看出来？装什么装？

第二个瞬间，觉得这个短信好像显得很亲密。一点点高兴。

第三个瞬间，有点儿被别人耍着玩的悲凉。盛淮南不是迟钝的人，他那么聪明，不会三个星期后才发现她生气，他竟然如此明知故问。

女人的心果然千回百转。

她正发呆，盛淮南的电话直接打进来了。

"你就这么翘课了？"

"难道你以为我刚才拎着书包是去上厕所了？"

"刚才助教又点名了。"

"不可能，他脑子没病，虽然刚才笑的时候的确显得智障。"

"呵呵，是啊，骗不了你。"

然后无话。

她靠在桌子上享受这份让盛淮南无措的沉默，好像终于把刚认识时在咖啡厅局促的仇给报了。

"对不起。"盛淮南的声音很坦然。

坦然得让她都有些为自己细密的心思和过高的自尊心难堪。

"哦？这次你又是对不起什么？"洛枳把耳朵靠近听筒。

"我也不知道。"他的笑声有点儿尴尬。

洛枳慢慢地吐出一口气。她拉扯得累了。

"好吧。我原谅你。"

盛淮南沉默了好一会儿。

"能见你一面吗？我也翘课了。"

"张明瑞呢？"

"可能在写程序吧。"

"好。"

"十一点了，请你吃中午饭吧，补上上次那顿。"

"好。"

"能不能等等我？我想把电脑送回宿舍。"

"好。"

洛枳靠在桌前，眼角撇到桌边的台历。

今天是 11 月 4 日。

居然是 11 月 4 日。

四年了。洛枳难以置信地张大嘴巴。

她的第一篇日记写在 11 月 4 日，因为每次浏览的时候都从这一页开始，所以几乎能把第一段话完整地背出来。

11 月 4 日　天气晴

期中考试的各科成绩终于都公布完毕，最后出分的居然是英语而不是语文。我抱着卷子回班，途经语文办公室，班主任忽然探出头叫我，说，洛枳，来一下。

洛枳，来一下。

洛枳闭上眼睛。真的四年了。

她曾经用那样卑微而小心翼翼的目光跟随在他的背后，虽然其实她是一个优秀而骄傲的女孩子——至少在她自己的圈子里。

她曾经多少次爬上顶楼去读《新概念 4》，只因为他们英语老师捉弄他，强迫他背诵新概念课文。

她曾经写过一本只有一个主题的日记。每天跟在他身后走进教室，她进行了那么多无意义的重复描写，一字一句地刻画着他的背影，在被早晨的光分割成等距光影区的走廊里穿梭，也在她的眼眶中微微晃动。

她曾经有一次不小心走到了他的前面，因此磨磨蹭蹭地放慢步子，希望他能走到她前面去。然而在他真的从她身边超过的一瞬间，心脏却像猛地被浸入冷水中一样——他安然的神态、自信而坚持的气质在错身的一刹那深深嘲笑了她。

那个狼狈不堪、小心翼翼的她。

洛枳睁开眼，她应该对得起这四年了。

其实从第一次她冲到超市门口去给他解围开始，她就对"会发生什么故事"抱有期待，或者说她一直都抱有期待，只是那次终于付诸行动去给自己一个机会。事实证明，几次巧遇都给了她接近的机会，她没有躲避，迎头直上，但实际上究竟表现得如何，她自己也不知道。

她只是想，随着这份慢慢的接近，他也许会……

会喜欢上她。

其实她还是自信的。虽然曾经卑微地望着他的背影，可她从未怀疑过自己值得被爱。

但是洛枳没有想过，也许在他眼里，她没什么特别的。就算她的一举一动都努力地做到特别。

在很多谈话中，如果对方不是他，她可能都会沉默地笑笑，躲避任何可能的麻烦。但是面对他，她努力地巧舌如簧，努力地让他听到她的话都能会心一笑。

洛枳竭力劝告自己，不要去刻意表现什么，但是这份爱情让她没有办法轻轻松松地"做自己"。而他也的确有本事，能让她灰心到发誓放弃，也能仅用一条短信就让她积攒的底气悉数漏尽。她做什么，怎么做，说什么，怎么说，想什么，怎么想……全都被他的一举一动牵着鼻子走，无论是没有互动的四年前，还是今天。

她做不了主。她也很想不要故意忽略他，不要故意关注，不要故意冷漠，不要故意热情，不要故意机智，不要故意淡定——但她做不了她自己。

这就是爱情吧。如果爱情不能把一个人拉扯到走样变形，那么它的魔力就未免太小了。

勇气又回到了身体里。

既然已经这样了，何不努力"表演"一次。

"洛枳，加油。"她轻轻地说。

百丽突然坐起来。洛枳吓了一大跳，直直地望着上铺。

"你在床上？"

"对啊，哪次周末我不是睡到下午的？"

"吓死我了。"

"我可都听到了哦，电话，还有那句：洛枳加油！！！"

百丽的脸有点儿浮肿，可神态是快乐的。

洛枳本想噎她一句什么来缓解自己的尴尬，想了半天竟然语塞。

"他……他来短信了，我下楼了。"她慌忙拎起包。

百丽点点头，突然再次绽放出一脸笑容。

"洛枳。"

"嗯？"

"加油。"

洛枳鼻子一酸，刚才积攒了很久的眼泪滴在手背上。她点点头，尽管百丽看不到。

第 23 章　所谓浪漫，就是没有后来

盛淮南双手插兜站在门口等她，大半个身子沐浴在深秋灿烂的阳光下。

"刚才在做什么？吃薯片？"他的开场白带着明显的暖场意图。

洛枳抬眼看他。眼前的这个人长得这样好看、这样文雅，走起路来都从容不迫，温和的眉眼下是不怒自威的高贵。

她认真地欣赏着，直到对方有点儿不自在。

"没，留着肚子等着宰你。"洛枳笑，笑到最大幅度。

还是学校里的咖啡厅，她挑了靠近窗子的明亮座位。

"这里可以吗？阳光很好，别浪费了。"洛枳问。

"好啊，我也喜欢。"

点餐的服务员懒洋洋地站在桌边："两位点吃的还是喝的？"

"你想吃什么？"

"骨汤拉面，蔬菜天妇罗，还有热牛奶。"她没有看菜单。

"那我要一样的。"盛淮南也合上了菜单。

那个短发女服务员就像浑身没长骨头一样，"哼"了一声，表示知道了点餐内容，烂泥一般慢慢挪走了。

不出两分钟，餐具上桌了。

等菜的时候，盛淮南把筷子从餐具包装袋里面抽出来，看了看，然后像是想起什么一样笑了一下。

"可惜不是三根。"洛枳立即抓住机会脱口而出。

他抬头，脸上的好奇恰到好处："你怎么知道？"

"知道什么？"她一脸无辜地看着他。

洛枳高一时听说，盛淮南每天吃饭的时候都用三根筷子。不是什么怪癖，他只是觉得无聊，想要挑战一下——用左手吃饭的本事已经练成了，所以这一次要试一试三根筷子。

只是听说过而已，她没有见过。但是她见过筷子。有一天因为班主任把她留下谈话，所以很晚才到食堂。吃完饭离开时，看到左前方的一张桌子上放着四个餐盘，离她最近的那个上面放着三根筷子，白白的塑料筷子。

她匆匆低下头系鞋带，不想让来往的同学看到她魂不守舍的痴呆表情。她端着餐盘冲到座位上时，根本没有注意那四个坐在左前方的男孩子。

她没有看到。

第二天中午，她自己一个人在食堂，偷偷地拿了三根筷子。吃饭的时候还是照常用两根筷子，眼睛偷偷瞟着坐在桌子另一边的男生，怕被人发现她的怪异，做贼心虚。还好他吃完离开了，周围几桌也冷清下来，她很郑重地拿起三根筷子开始试验——笨拙地把米饭弄得满脸都是，然后一个人傻笑。

真的很有趣的，他练习的时候会不会也在同学面前把自己弄得像花猫一样呢？她拿纸巾擦干净脸，伏在桌面上静静地想。

"我高中时，曾经苦练过一阵子用三根筷子吃饭。不过没练成，还被老妈骂，说我不好好吃饭。"她装出一副回忆往事的样子，盯着筷子的包装纸。

盛淮南笑得极开心，说："你高中也练三根筷子？哈，我也是啊。"

她装作很惊喜地歪着脑袋："哦？"

他显然还没有回过神来，只是含着笑一圈圈地摩挲着那个被她形容成大便的杯子。"天，太有意思了，真的没想到。"他说。

拉面上桌，奶白色的骨汤让人心情大好。半个鸡蛋，两片猪肉，几片菜叶——学校的日本拉面也就只能做成这样。

然而盛淮南面有难色。她探过头去看，他碗里的两片肉居然全是肥肉。

她笑了。

"你讨厌肥肉吧？"

他抿着嘴唇点点头，很无奈的样子。

"我也讨厌肥肉，现在倒还好些。"

"是吗？女生好像大部分都讨厌肥肉，像我这样讨厌肥肉的男生倒还少些。"盛淮南有点儿害羞地搔了搔后脑勺儿。

她没有接他的话，只是做出一副沉浸在回忆中的样子傻笑，说："小时候我去别人家做客，总是有人给我夹菜，我一边说'谢谢'，一边又很难堪，因为其实那些菜往往我都不喜欢吃。里面炒熟的葱花姜末和肥肉也不敢吐在桌子上，就偷偷趁人家不注意吐到手里，然后放在身下坐着的凳子的横档儿上面，等吃完饭再偷偷处理掉——有次被人家发现了，因为我把一整条横档儿都摆满了，肥肉排成整整齐齐的一队。"她认真地连比画带说。

"你——说的是真的假的啊？"盛淮南从来没有这么激动过。

"当然是真的。"她继续自顾自地说，"大人们笑得都顾不上骂我了，我当时还特无耻地给人家女主人拍马屁呢。"

"……怎么拍的？"他的表情看起来特别期待。

而她知道他在期待一个什么样的巧合回答。

"大人问我，你怎么摆得那么齐？我说，是阿姨切得好，所有肥肉都一样大，要不然摆不齐……"

盛淮南笑得很开怀，足足有一分钟的时间只是朝她摆手，说不出话来。

"不行了不行了，简直太巧了。你知道吗？我小时候也是这样的呢，跟你一模一样！就是把人家的凳子横档儿都摆满了。甚至，跟人家那位女主人说的话都一样……我的天……"

盛淮南满脸通红地沉浸在回忆中，很高兴的样子，在看向她的时候，眼神清亮，好像终于遇到了知音一般。

"巧是巧，不过，倒也没什么奇怪的。"

"什么意思？"盛淮南挑起眉毛的时候会有一点点轻微的抬头纹，很可爱。

"这个世界太大了。无论你觉得自己多优秀、多独特、多有个性，或者多变态、多阴暗、多没良心——你永远不会孤独。因为世界上没有独一无二这回事。"

何况还有她制造巧合，消灭他所有的独一无二。

"这么说太扫兴了，"他低下头，却赞同地笑，"那些找到真命天子并且爱到非他不可的女孩子会生气的。"

"这也是因为世界太大了，而我们只能占据一个很小的空间和时间，所以不知道在远方是否会遇到更'真命'的天子，也不知道是不是再耐心等几年遇到的那个才是正牌的良人。何况，即使错误被修正了，感情也交给了之前死心眼儿地认定了的那个人，他就这样成了生命中独一无二的了，这种特别和非他不可是你自己打造出来的，跟那个本身平庸普通的人，其实没什么关系。"

"只是因为被我遇见，被我爱上，所以才独一无二？"他好像很感兴趣。

"能遇见就很好了。"洛枳轻轻地补充，觉得话题有点儿沉重，不想继续。

盛淮南眯起眼睛，看着窗外，好像在想什么，嘴角勾起。

真好看，洛枳想着，低下头偷偷笑，有点儿不好意思。

"不过要说到奇遇……小时候，我很小时有个喜欢的女生呢。"盛淮南突然转换话题，一副得意扬扬卖关子的样子，可爱得少见，让人很想捏他的脸。

这样简单开怀的盛淮南让洛枳怀疑自己看到的是不是个穿着白衬衣的小学生，唯一的区别就是眼前的这个忘戴红领巾了而已。她忽然想起江百丽那天含着泪微笑着说，戈壁当时笑得像个单纯的孩子。

任谁都无法不心动。

"三岁看到老啊，小时候就很色。"她说。

盛淮南没有回嘴，尴尬地搔搔后脑勺儿："我说真的，我也不知道为什么会突然想起这个，真是怪了。"

停顿了一会儿，认真地看着她，眼神怪怪的。

"怎么了？"

他耸耸肩，继续说。

"我小时候总跟爸爸妈妈一起出差，各个城市都去过，就是在本市也总是到处走动，各种机关单位，甚至农村，呵呵，算是见世面吧，"盛淮南笑笑，"不过我基本上已经记不清楚了，见过谁，去过哪里……小时候的记忆总是很混乱。"

"呵，我也是。"她接话，鼓励他继续说下去。

"你也随着爸爸妈妈到处走动？"

她愣了一下，点点头。

其实不是的，与他爸爸妈妈养尊处优的样子相比，她和妈妈算是流亡。

"不过我倒是记得，有一次参加某个亲戚的婚礼——你知道小孩子就是人来疯凑热闹，未必真的懂婚礼是什么。那个婚礼的新娘子好像是留洋回来的，所以操办的方式和传统的酒店吃吃喝喝不一样，很像电视里面的婚礼，露天草坪，气球，白色餐桌——当然我猜这是她的设想，实际上草坪脏兮兮的，餐桌是铺着红布的，不伦不类。不过这对小孩子来说有趣多了，我们先是玩儿童篮球，然后又玩过家家、公主骑士大魔王、侠客格格邪教教主什么的，呃，别笑我哈，你可以把它当成简陋的 RPG 游戏嘛……"

洛枳笑起来："我小时候也很喜欢玩的，我那时候一直以为我能嫁给一休哥的。"

"一休哥是小叶子的。"他扮了个鬼脸。

"不，是新佑卫门的。"

他脸上茫然的神色让她笑出声。

"反正大家还没上小学呢，幼稚是正常的。有几个女孩子也吵着一起玩，男生们就将就她们，办起了家家酒。当时我看到一个陌生的小女孩总是安静地站在一边，左胳膊上面……戴着孝，好像是爸爸去世了。不过她可不是可怜巴巴的样子，表情倒像是在想事情。我那时候很喜欢多管闲事，我觉得必须照顾好每个人，就把她叫到大家中间，对她说要一起玩。她很乖地点点头，于是我……"

"你？"她挑起眉毛饶有兴致地看着他。

"别那么看我，好像我做了什么不轨的事情似的。"

"是不是不轨我不知道，反正你的样子像是心里有鬼。"

"少来！"盛淮南脸红了，"那个游戏里我是皇上，我想让她开心点儿。所以我拉长声音大声说……奉天承运，朕要娶她。"

她愣了两秒钟，没有如他所想的狂笑，她笑得灿烂却没有出声音，眼睛格外明亮，好像太阳生在了湖水中。

"我们在玩皇宫的游戏，就是……皇宫。当然，太监也是我一个人扮演的，他们都太呆了，配合不好。"盛淮南解释道，脸红得越发厉害了。

她依旧在灿烂地微笑，掩饰自己眼眶微红。

"然后几个女生就把婚礼上分发给小孩子们玩耍的气球挂在了她的小辫子上，又从地上捡了好多彩带和挂饰，七手八脚地全部披在了她肩上，现在想起来，简直丑极了。"

"然后皇帝就要大婚了。

"巧的是，这时候刚好是典礼的高潮，远处正台前，新郎和新娘正在那个聒噪的司仪引领下，宣读结婚誓言。

"所以，他们念一句，我们就在远处学着念一句。很多词语我都听不清，也听不懂，她倒是知道得不少，悄悄地在我耳朵边告诉我该怎么说。皇帝和皇后穿着一身'绫罗绸缎'，念着很西式的宣言，正式结为夫妇。

"玩着玩着，其他几个男孩子就掌握了故事的走向，都觉得应该自己当皇帝，我们就内讧了。每个人手里都拿着木头宝剑一类的武器，结果真的打起来了，我的腿也擦伤了。那几个男孩子齐心押着我要把我投入大牢——其实就是草坪旁边的一个水坑，他们真心想要把我推进去，块头最大的男生不知道是不是电视剧看多了，还强调一定要揪住头发把我的脑袋浸在水里。其他胆小的男生女生都被吓哭了。突然，做皇后的那个女孩猛地冲上来，把那个大块头从背后直接推进了水坑。

"我第一次看见这么能打架的女生，刚刚玩游戏的时候文文弱弱的，发起狠来不得了，我们两个对战四个男生，最后居然没吃亏。"

盛淮南说着说着就笑起来，望向对面，发现洛枳玩着杯子，神情肃穆。

不知怎么，他也安静了一会儿。

"被推进水坑的胖男生其实是个孬种，哭得没人形了，跑去爸妈那里告状，我们这个小区域很快就成了焦点，一对对家长围着中间泥猴儿一样的小朋友。小男生爸妈眼睛一瞪，就朝那个小姑娘冲过来了。我当然……唉，当然就很讲义气地挡在她前面说人是我推下去的，她一个女孩子哪来的那么大力气。"

盛淮南叹口气："我爸妈……也算是比较有头有脸的人物吧，那对家长不敢拿我怎么样，所以一口咬定我不懂事，欺负他家儿子的一定是那个小姑娘。"

洛枳缓缓开口问："然后呢？"

"然后我爸爸的秘书郑叔叔就出来打圆场，那个胖小子的家长骂了几句，自然也不能真的和小姑娘动手。事情不了了之，小朋友们都被自家大人带走了，回到婚礼酒席上去了。郑叔叔也要把我带走，我被他牵着走了几步，突然回头看。

"只有她自己还孤零零地一个人站在原地。

"我就……就央求郑叔叔让我和她说几句话，保证马上就回到饭桌那边去找他。他唠叨了半天终于答应了，我就回去拉着那个女孩子的手……我……"

洛枳沉默地注视他，眼睛越发明亮。

"回忆起来，我都觉得自己小时候怎么那么流氓。我说刚刚谢谢她，真够意思，其实大婚还没完成呢，刚才被那几个小子打乱了，我看见台上的新郎新娘还有最后一个步骤呢，咱俩还没做！

"我就……我就……狠狠地亲了她。

"然后我就跑了。"

"后来呢？"她微笑着问。

"没有后来了。她似乎是提前走了，散场时乱哄哄的，我找不到她了。到现在连她的样子都忘记了，再也没见过。"

"好浪漫。"她低着头，轻声说。

"啊？哪里浪漫？"盛淮南诧异地问。

"浪漫，就是没有后来。"

洛枳看着他的眼睛，郑重地说。

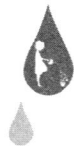

第 24 章　后来

盛淮南闻言笑了，歪着头很认真地看着她。

你不会懂的。洛枳叹口气。

浪漫永远都是旁观者看出来的。

这件事对于盛淮南来说，是童年时的浪漫奇遇。一个安静的女孩子，一个没有"后来"的邂逅。

可对于她来说不是的。

那是她和他第一次相遇。她始终是那个不幸的、与浪漫无缘的家伙。

她承担了所有的"后来"。

因为后来，她知道那天妈妈名义上是去参加厂里领导儿子的婚礼，实际上是带着茅台酒和一套少年儿童百科全书，去求盛淮南的爸爸帮忙索要她父亲的抚恤金。

因为后来，她看见妈妈跟盛淮南母亲打招呼的时候那个女人眼睛里的冷淡和轻蔑。

因为后来，那天他背后太过美丽的夕阳从不落下，一次又一次刺痛她的眼睛。

那时候，她落单，坐在台阶上，左手似乎还能感觉到妈妈手心冰凉的汗。

洛枳抬头，湛蓝如洗的天空，云彩像是鱼鳞一样铺排着，一直蔓延到天边。她看着看着，忽然很想告诉妈妈，钱不要了好不好？

钱不要了，是我们自己不要了，而不是他们不给。

这样就不会哭了。

仰头直到脖子酸痛，突然天空被一个大脑袋挡住。

是他，朝她微笑，问她："你叫什么名字？我叫盛淮南，南方的意思，我妈妈来自南方，可我是北方男子汉。不过，他们都说我的名字挺好听的。"

还没等她回答，他又说："干吗自己坐在这里？他们女生要玩过家家，你也来吧。"

他说："奉天承运，朕要娶她。"

长大后的洛枳才懂得，讲话是一件很重要的事情，那些细细碎碎的句子可以填满人与人之间的空隙，拥挤总比空旷要好，毕竟不荒凉。

阴冷的童年里，就因为这点儿"不荒凉"，她就能路见不平，就能违背妈妈千叮咛万嘱咐的"乖乖的不要闯祸"，毫不恐惧地面对几个男生的拳头。挥出去的拳头像模像样，虎虎生风，把背后交给一个不认识却很信任的小朋友，这种仿佛成为电影主角的兴奋感，终于冲散了她幼年天空绵延多日的乌云。

生命浮现出一线阳光。

他说："你真厉害，打起架来比男生还猛。"

他说："别怕，千万别说是你推他下去的。"

他说："刚刚新娘新郎还做了一件事情，咱们也得做了，你才算正式嫁给我。"

他说："你别忘了我，我先去小郑叔叔那儿，一会儿我还来找你！"

那句歌词怎么说的来着？

你闪耀一下子，我眩晕一辈子。

洛枳的妈妈没有成功地送出百科全书和好酒，这种笨拙的方式本来就不可能成功，人多嘴杂，并不是送礼的好场合。妈妈一只手提着沉重的礼品，另一只手匆匆带走了洛枳。那一路上洛枳心急如焚，踌躇许久才带着哭腔说："妈妈，我们能不能等婚礼结束了再走？我怕他找不到我了。"

"他叫盛淮南。"

妈妈看着她，眼里情绪汹涌。

"哦，他们家的孩子啊。"妈妈笑得惨淡。

然后用冰冷的手牵着她坚定地离开。

第二天她又被妈妈带去某个机关大院，妈妈进去办事，把她托付给收发室的老奶奶。她天真而拐弯抹角地问老奶奶："认不认识一个叫盛淮南的小朋友，长得可漂亮了，好多人都认识他。"老奶奶逗她说："认识，让你妈妈把你送到这个幼儿园，你就见到他啦！"

她傻乎乎信以为真，一溜烟地冲进大院里想告诉妈妈，她要上幼儿园，却看见妈妈正在哭着求一个阿姨。她见过的，盛淮南的妈妈。

她没有听见她们说什么。

悄悄地退出来，再也没有提过幼儿园的事情——她都六岁了，早就过了上幼儿园的年纪。

她再也没有提起过"盛淮南"这三个字。他是他们家的孩子。妈妈听到就会愤怒到颤抖的，他们家。

然而，即使在没有现身的那十一年里，他照样缠绕了洛枳的青春。

只是，这十一年，不复初见时的温暖。他成了某种仇恨的刻度，是她跃跃欲试的标尺，是复仇的唯一途径。

之后的四年，他把她压低到尘土里，开出一朵卑微的花。

这一切都是后来的事情。他所不知道的后来。

盛淮南伸手把走神儿的她拉回到现实中，蔬菜天妇罗已经上来了。

他指着盘子说："幸好这道菜里没有肥肉。一会儿我把这两块肥肉摆在横档儿上，你看怎么样？"

他因为这个神奇的巧合而兴奋莫名。

她是故意的。从头到尾她都是故意的。那个把肥肉放到凳子横档儿上面的人是他。那次婚礼刚开始不久，饭桌上，他的妈妈在各种谄媚羡慕的目光中夸耀自己宝贝儿子的淘气事迹，而当时的她正安静地坐在邻桌吃饭。

她怎么敢把肥肉放在那里？从来，吃到讨厌的葱花和肥肉，她都是忍住恶心，嚼都不嚼，像咽药一样，硬生生往下吞的。

她透过拉面氤氲的热气去看他干净的表情，头一低，眼泪就洒进面碗里。

"不过，谢谢你。"

盛淮南因为她没头没脑的一句话而愣了几秒钟。

"谢什么？"

"谢谢你请我吃饭。"

谢谢你也记得，让我知道那个被你坚持到底的小婚礼，不是一场梦。

虽然平时寡言，但需要的时候，她很会倾听，也很会聊天。

从《灌篮高手》里到底谁最帅，到思修课上次次拖堂二十分钟还总拿自己切除了五分之三的胃当壮举夸耀的老师，天南海北漫无边际，洛枳从来都没有任何一次聊天聊到眼角眉梢都在笑。

而且是真的在笑。

从咖啡厅走出来的时候已经是下午一点。本来已经站起来走出两步，他却突然转回头，把两块肥肉偷偷摆在了凳子横档儿上，然后那样自然地牵起她的袖子大步跑出餐厅。

洛枳正在脸红心跳，突然看到了从三食堂走出来的张明瑞。

张明瑞也看到了他们，没有打招呼也没有笑，转过头去看门口的镜子，过了一会儿，又进门了。

她转过头，看了看走在左边的盛淮南。他的右手几次不小心打在了她的左手上，洛枳突然心慌，迅速把左手插进兜里。

他送她回宿舍的时候，她走得很干脆，没有以前那样恋恋不舍。

有谁会相信，这样大的一个进展，从冰释前嫌到相见恨晚，洛枳对此不光没有多少成就感，甚至有些难过。

用尽心机地拿自己的情报制造话题和巧合，来换取盛淮南的兴趣，她的确做到了。刚刚在宿舍楼门口，他第二次对她说："高中没认识你，真的很可惜。"

这次，洛枳从盛淮南的笑容中看到了真心实意。

"的确，我也觉得很可惜。"她说。

他笑，当作那是她无伤大雅的小自恋，但他永远不会知道，那是今天滔滔不绝的谈话中，她唯一的一句实话。

自导自演的一出戏，唯独无法入戏的是自己。洛枳可惜的是，她错失了刚刚盛淮南感受到的那些"发现巧合"和"相见恨晚"的惊喜，因为她知道真相，所有真相。

如果，她真的像她演出的剧本那样，在大学校园里偶然认识了盛淮南，并在他口中听到"奉天承运"的故事，一定会高兴得从椅子上跳起来，说："原来，原来是你……拜见皇帝陛下！反贼都剿灭了吧？"

那样一定很快乐吧，心脏剧烈跳动的，真正的快乐吧。

而不是现在这样，坐在宿舍里面，小心算计着自己的表现到底会不会让他动心。

她不适合做追求者。她看似怨毒地忌妒了他十一年，卑微地仰望了他四年，却从来没有想到，原来自己真正的底牌，是骄傲。

她是骄傲的，从家庭到学业到爱情，她挣扎着，每走任何一步，都是因为她骄傲地仰着头看着前方。

也许只是因为他恰好总在她前方而已。

第 25 章　红色杜鹃

"你上次不是问他过得好不好吗？我告诉你，他过得很好，而且好像喜欢上一个女生，他们应该快在一起了吧。"

"不可能。"

"许日清，我从来不知道你这么胡搅蛮缠。"

"不是我胡搅蛮缠——你到底要我说多少遍，就算我有错，我把你当成接近他的途径，可是，他真的就那么清白吗？"

"清白？"张明瑞看着对面那张委屈而愤怒的脸，"你别告诉我，他勾引你。"

他不知道自己到底是期望得到肯定还是否定的回答。

然而女孩动动嘴唇，没有回答，颓然低下头。

"随你怎么想。我说不清楚，反正我知道你不会懂。"

张明瑞忽然觉得很烦，对面的女孩子好像根本就不是当初自己认识的那个明艳开朗的许日清了。

"你他妈的能不能清醒点儿，蠢不蠢啊！他不喜欢你，你就这么跟自己别扭？我原来怎么不知道你这么糊涂啊？"

许日清激动起来，有些语无伦次："张明瑞，我知道我在你眼里很无理取闹。但是你不懂，很多事情你不能体会，许多感觉并不需要明确表示。我就是知道，我就是知道他是喜欢我的，就算他是耍我，那么也不是我自作多情臆想出来的。即使他什么都没说过，即使我不知道他是真是假，但是，他的确……的确是他，是他让我误会的，是他让我放不下的。他自己倒是什么事都没有了——这才多久，他就喜欢上那个女生了？那个经院的？你确定？"

"你说的都是什么乱七八糟的？"

张明瑞站起来，他觉得自己好像听懂了，好像又没有。

他把许日清扔在食堂，出门看到并肩而行的盛淮南和洛枳。

洛枳低着头，头发松松地盘起来，有一缕发丝落下来，笑得妩媚而羞涩。旁边的盛淮南竟然也微微低着头，走得极慢，讲话讲得眉飞色舞。

一对璧人。

许日清远比洛枳漂亮，如果把盛淮南身边的那个位置换成许日清，似乎更加配得上这四个字。

当然，是以前的那个自信张扬的许日清。

张明瑞转过身对着三食堂门口的镜子照了照自己。他高中也是学校里的红人，成绩好，人缘好，长得虽算不上多么英俊，也被人礼貌地称呼为小帅哥，好歹也端正大气，足球踢得也好，虽然决赛的时候摆过乌龙，不过最后进了两个球把比分扳回来了——可是为什么，这些乱糟糟的闪光点加在一起仍然让他这么黑？很长时间以来，他的肩膀都有些下垂。

张明瑞仍然坚持，他真心把盛淮南当朋友，他不忌妒。

　　如果时光倒流，回到当初，他面对许日清，还是会毫不犹豫地答应她："他人特别好，你要是想认识，我介绍。"

　　他真的不后悔。很多事情是注定的，虽然人总要去争取，或者去回避，但注定的就是注定的。

　　其实他怎么会没有预感？

　　"你们院……我倒是听说过一个叫盛……对，盛淮南的吧……我们法学院和你们生物学院辩论队打模辩热身，我知道这个名字。"

　　他那时就觉得奇怪。没有人会在跟盛淮南接触过之后还把他的名字记得这么模糊，他们面对面打模辩，盛淮南只能让她震撼到此生难忘，怎么可能如此轻描淡写、吞吞吐吐？

　　但是他从来不习惯多想，仍然保持着和她说话时的十二分热情专注，大大咧咧地说："是不是特帅？我们 521 倚翠院的头牌。"

　　"521 倚翠院？"

　　"我们宿舍门牌是 521，嘿嘿，是不是特别浪漫？"

　　她笑了，她的笑容总让他想起满山遍野的红杜鹃——不知道为什么，其实他并没见过杜鹃长什么样子。

　　他跟她讲宿舍里的各种趣事，讲他的好哥们儿盛淮南，讲老大追大嫂的时候吃过盛淮南的飞醋……

　　"其实作为室友，也就觉得他是一般人而已，"张明瑞晃晃脑袋，"我不是贬低或者忌妒他。你知道，男生和哥们儿在一起的时候都挺平常的，他人很随和的，不自恋，不装。不过，走出了宿舍，我的确能感觉到，他跟我们不一样。"

　　她笑得那样明媚，杜鹃花开了一茬又一茬，他居然天真地以为是因为他的好口才和大度量。

后来的后来，张明瑞和她彻底断交之后，不再通短信，不再见面。他跑到 BBS 上面追踪她的 ID，搜索网络上她留下的任何蛛丝马迹，百度她的名字，Google 任何可能与她有关的新闻，最终无意找到了她访客很少的私密 Blog。

我听见花开的声音。

不敢直白地看他，目光只在抬头看完老师之后不经意似的下移，瞟他一眼，然后挪开。没想到他突然望向我，我一直若有若无地飘在他身上的眼神顿时无从躲藏，我知道自己一定红了脸，赶紧低下头。

再次抬头的时候，他已经低垂目光，认真地在笔记本上写字，飞快地记着老师对刚才模辩的点评。然而我看到他的嘴角上，抿着一丝含义不明的微笑，好看得难以置信。

他看到了，或许甚至看懂了。他那么聪明。

我回忆了很久，那丝笑容在心里无限放大，被赋予了各种意义，以至于昨晚躺在床上甚至都不敢确定——他到底有没有笑？

那篇文字，通篇都是"他"。那时候，张明瑞再也不会搞不清楚那个"他"所指的究竟是谁。

初见时，他们在拥挤的食堂坐到了同一张桌子边，食堂的电视里居然在放《两只蝴蝶》的 MV。两个人同时对着电视撇嘴，扑哧一笑，然后转头看见彼此。

那样鲜活的表情，那么自然的相识。

张明瑞必须要回过头思考的时候才会发现，许日清对他的热情，的确是始于他自我介绍的那一刻，始于"生院大一"，始于他说"盛淮南是我们 521 倚翠院头牌"。但是，当时的他怎么会想到那么远？他们一同自习，一同打羽毛球，一同去护国寺吃小吃，走在路上她主动为他打伞遮阳，却又嘟囔说你这种肤色晒不晒都没影响……

张明瑞想破了头都记不清他们三个又是怎么凑到一起的。谁让他在一开始就承诺过："盛淮南，我哥们儿，特铁，想认识他还不容易？"

其实明明三个人在一起的时候，还是他和许日清说的话最多，但是他能感觉得到，许日清带着一种包装重重的紧张感，每句话都字斟句酌，试图妙语连珠。

一切太过相似，在法导课见到洛枳的那一刹那，他迟钝的直觉终于爆发，即使洛枳的伪装远比许日清自然，也远比许日清深沉难懂，但是他确信，他竟然从她的眼睛里读懂了许日清。

那一天，图书馆，许日清睡醒，从桌上爬起来，突然没头没脑地看着盛淮南问："喂，你看我的脸上，是不是压出了褶子？"

他们对视，盛淮南说："嗯，可不是。"

许日清当晚就表白，残忍地通过张明瑞跟盛淮南表白。许日清说："盛淮南是喜欢我的，我今天在他的眼睛里看到了一切。我原来不懂他的暗示，现在懂了。"

张明瑞僵硬地开玩笑说："你恶心死了，少自恋了八婆，他暗示你什么了？"

许日清没有纠缠，轻蔑地一笑说："好，我自己去说。"

张明瑞的准女友竟然去跟盛淮南表白。他回到宿舍，二话没说，一拳把盛淮南右眼打肿。

宿舍的哥们儿都蒙了，连忙拉住他们俩。谁也不知道究竟为什么，直到现在，张明瑞也从来没有和洛枳以外的任何人讲过。然而，他后来还是坦诚地去向盛淮南道歉。因为，许日清始终没能说出任何一条证据，证明那莫名其妙的爱。盛淮南笑着说"没关系"。

人家大气，人家不在意，人家居高临下地看着中邪了一般的许日清，说："你可不可以不要闹了，睡醒了好好上课去吧。我没有资格替他教训你，但你自重。"

"张明瑞，如果不是你……"那是愤愤不平的许日清留给他的最后一句话。

他当时讲给洛枳听，洛枳却笑，说："那个女孩子真幸福，能有本事把一切都看成自己想要看到的那种样子。"

然后郑重其事地说："张明瑞，你是个不错的男孩子。你很大气。"

他不大气。他第一眼看到洛枳的时候，脑子里一闪而过的却是防备和报复盛淮南。不管洛枳是什么样的人，至少这次是他先明确摆出了起跑追逐的准备姿态。尽管他不知道这些想法都有什么狗屁逻辑。

然而，那天，他在课堂上看到蒙在水雾中一般的洛枳，突然觉得很怜惜。

她是个好女孩，不应该被伤害。不仅仅是被他，更是被盛淮南。

张明瑞开始频繁地把盛淮南往她的身边推。

他回头看食堂，远处许日清仍然木然地坐在桌边。

他知道，盛淮南的笑容总是意味深长，盛淮南会用圆滑的语言给女孩子留面子，并巧妙地把无聊的话题引入佳境让大家能继续下去；会在许日清睡着的时候随手给她披上一件外套——但是会更细心地选择张明瑞的外套往她身上披，却忘记考虑其实许日清很可能只是装睡——谁的外套无所谓，重要的是，那是谁给她披上的外套。

如果她早有结论，那么所有举动都可以被理解为别有用心。张明瑞不想再猜测，到底是盛淮南乱放电还是许日清自恋。

那么他自己呢？

他冷冷地看着玻璃，然后大步走回食堂。

大厅已经有点儿空，天已经很凉了。许日清只穿了一件薄薄的针织衫，坐在那里低着头。

张明瑞脱下外套，罩在她身上。许日清抬起头，看向他的目光有些迟钝。

干吗要把事情闹到这个地步？张明瑞皱着眉头侧过脸，长长地叹气："你能不能给自己留一点儿余地？如果我是你的队长，我也不会让你上场，辩论赛的时候，你怎么能……唉，许日清，他就真的那么好？得不到就把命赔上？你这辈子没别的指望了？"

许日清钝钝地说："对不起。"

张明瑞愣了很久。

"靠，我不是说我……"他一屁股坐到她对面："你要多久才明白，我说的不是让你放弃他而接受我。我说的是，你要想开，你要明白自己在做什么。否则以后会后悔的。"

许日清虚弱地笑了笑。

"我真的控制不了。说句恶心的，你真的爱了，就知道了。"

"我真的爱了？"张明瑞忽然冷笑起来，"其实有句话，我很早就想问你。"

他定定地看着她，一直看到她目光开始闪烁。

"许日清，你到底是因为爱得死去活来，还是因为咽不下这口气？"

张明瑞在许日清一脸震惊地思索他的话的时候，再一次走出了食堂。

他觉得自己该说的都说了，潇洒地撤退吧。

一出门的时候灌了满怀的冷风，他浑身一激灵，想起衣服还在人家身上。他其实一开始是想要好脾气地给她披上衣服，陪她回宿舍的。

并不是想感动她。他早就放弃了。

心疼而已。毕竟明丽的红色杜鹃曾经在他心上开过。

妈的，算了，衣服不要了。他把手夹到腋下哆哆嗦嗦地往宿舍的方向走，突然脑子一激灵，赶紧把手放下来到处摸索——钱包、手机——哦，揣在裤兜里，外套口袋里没放什么东西。

张明瑞很沮丧。要一次帅都这么费劲，他果然没有主角的命。

他曾经很少考虑存在感这回事，如果不是那天在图书馆——

他坐在许日清左手边，盛淮南坐在他们对面。许日清的几个同学路过，朝她八卦地挤挤眼睛，又朝盛淮南的方向努努嘴，做口型问："谁？"

靠。张明瑞的心里只有这个声音格外清晰。他就那么差劲？直接被无视，连被误会的机会都没有？

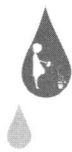

第 26 章　友情出演

洛枳和盛淮南开始频繁地通短信。

洛枳最欣慰的是，盛淮南是那种越接触越令人着迷的男孩子，聊天中，时而清醒精辟，时而又有男孩子小小的赖皮和骄傲。

在不了解的状况下喜欢上一个人，发现那个人真实的一面比你想象的还要美好，这应该算得上幸运。

但是盛淮南回短信时快时慢，洛枳很多时候等到疲惫，像得了疑心病一样，一会儿看一眼手机，总觉得它在振动；回复短信的时候总要想一想，不仅就他的话题回复展开，还要在最后留一点点让对方回复的空间，这样才能把短信继续下去。

不过，即使有点儿累心，仍然是甜蜜的，有时候转头看镜子，会发现里面坐着一个抱着手机傻笑的女人，熟悉的脸庞挂着陌生的快乐。

宏观经济学上课之前，她正在发短信，突然一个胖胖的女生凑过来说："你们宿舍的江百丽，哎哟哟。"

洛枳不是很喜欢这个胖女生，她让自己想起高中班里八卦的许七巧。她笑笑，假装没听见。

"我说你们宿舍的百丽。哎哟。"她又重复一遍。

哎哟个屁。洛枳觉得她比许七巧更烦人，因为许七巧至少还会在乎自己的面子，只把八卦讲给喜欢听的人听，而这个女生的执着让她无处躲藏。

"你们宿舍的江百丽怎么想的啊，我怀疑她脑子有病。知道吗？那天咱们学校世纪经济学家论坛招募志愿者，面试时我们四个是一组。她抽到的问题是，如果你和你的志愿者搭档在一间屋子里办公，这时候其他几个人建议大家一起玩扑克牌，你会怎么办？"

洛枳面无表情。

"然后，江百丽说：'嗯，那我就跟他们说，算我一个。'"

洛枳没有忍住，还是笑出声来，胖女生倒是很高兴自己的话收到了效果。

这时候恰巧百丽走过来，把作业本甩给洛枳，胖女生有些心惊地躲到一边去了。

"帮我交作业吧，我回去补觉了。都是照你的抄的，交的时候别把咱俩的放在一起。"

百丽成日晨昏颠倒地看着小说，上网灌水，然后发呆，不怎么走出宿舍，常常发短信让洛枳给她捎外卖回宿舍吃，因此和戈壁的约会也一定少了很多。

洛枳没有问过她和戈壁的情况如何，只是偶尔提醒她一句："期中考试了，抓紧点儿。"

"我也没什么目标，怎样都无所谓吧，考试过了就好。"百丽从电脑前抬起头，朝她笑。

其实洛枳也没什么远大抱负，但是她习惯了往前走，不得不去争抢，连打架都要比别人厉害。

心里有怨恨的人，动力总是比别人强大些。

想到这儿，盛淮南的名字又在心间冒出来。

老师从门口进来，疑惑地看着打着哈欠却和他走着相反方向的江百丽。

一百人的课堂，很难记住一个人的名字，尤其是几乎从来没有出现过的百丽。

"对了，洛枳加油。"

百丽出门的一瞬间，短信倒是飞进了洛枳的手机。

这句话，百丽每天都要说。仿佛洛枳的任何进展都能成为她自己的快乐似的。因而洛枳非常难为情，百丽对她的事情一点儿都不了解，她不知道怎么样才能让百丽明白，其实，八字还没一撇。

"我这个人其实很 simple（简单），那种 conference（会议）对我就实在是 boring（无聊）啦。"宏观老师是 Columbia（哥伦比亚大学）的"海龟"，讲话中英文混杂的情况已经让洛枳他们见怪不怪了。

"好吧，书归正传。Basically（基本上）这种 inflation rate（通货膨胀率）在 developing countries（发展中国家）是十分 tricky（复杂）的。Given（鉴于）它的 money supply（货币供应量），这种 moderate inflation rate（适度的通货膨胀率）实际上是 beneficial（有利）的一件事情。"

洛枳揉揉耳朵，无奈地笑。这时候手机振动，陌生的号码窜进来。

"你好，是洛枳吗？很冒昧地打搅，我想问问你今天下午有时间吗？我有些关于盛淮南的话想跟你讲。"

洛枳把短信看了几遍，慢慢地回复。

"我跟他不熟，你有什么要紧事的话就直接跟他说吧，抱歉哈。"

短信再没有来。

而洛枳自己早上发给盛淮南的短信，现在也还没有回复。她有时候觉得自己这么等着太蠢了，不管她是在上课还是做作业，每条短信她都第一时间回复，然而对方却不是。

她关机，再开机，总是希望开机时能蹦出几条短信，反复几次后终于为自己的卑微感到恶心了，干脆拔掉了电池塞到装满书的书包最底层——她很懒，所以懒得掏出一本本厚重的书去寻找电池，手机得以消停了很久。

甚至消停到让她忘记了。

睡前掏出电池，开机，设定闹钟，发现原来还真的有新短信。

"明天下午三点，咖啡厅，辩论队有点儿事情想让你帮忙。请你一定要来。手机没电了，借用同学的。　盛淮南"

洛枳第一反应是早上那条莫名其妙的信息。不过，她记得早上的短信是动感地带的号码，现在这个 132 开头的是联通的号码。

她想了想，发送过去一条："我们不是约好了明天四点一起看电影的吗？"

"？我什么时候说过要看电影啊？你想看电影？"

"哦，没事了。三点是吧？我知道了。"

洛枳盯着床板想了想，爬起来打电话。

第二天下午三点，洛枳走进咖啡厅，里面人很少，显然没有盛淮南的踪迹。有人朝她招招手，果然是那天超市门口的红衣美女。洛枳走过去坐到她对面。

女孩化着精致的妆，脖子上系着一条金棕色的丝巾，眉宇间有一丝不易察觉的戾气。

"你好。我叫许日清。"

洛枳把手机、钱包放在桌面中间，朝她点点头。

"四点钟不看电影吗？会不会来不及？"许日清的笑容有明显的挑衅意味。

洛枳也笑了："你该不会真的觉得自己挺聪明的吧？"

"怎么？"

"你能想到换手机号再发，还在我问四点看电影的问题之后镇定地赌我是在诈你，就说明你猜到早上发过匿名短信之后我已经起疑心了，对你后来冒充盛淮南发的短信也半信半疑。你胆子很大，也的确赌对了答案，不过，我们省去这些绕弯子的猜忌，如果我直接把电话打给盛淮南去问他，会怎么样？又或者，你发短信的时候正是临睡前男女朋友们互道晚安的时间，你就不怕恰巧赶上我正和真正的盛淮南发短信？我要是跟他说了这件事，然后今天把他也拽到咖啡厅来，你会不会觉得很刺激？"洛枳慢悠悠地折着纸巾，说话的时候故意不看许日清，但是余光紧盯着对方的反应："明明漏洞百出，你哪儿来的自信？非要冒充，你也冒充张明瑞啊，事先和他讲好，不容易穿帮。"

对面的人沉默了一会儿，说："你知道我，也知道张明瑞。"

"不过其实我对你知道得很少。"

"你既然分析得这么清楚，为什么要来？"

"可能是好奇吧，我也八卦的。"

"既然好奇，那为什么我昨天早上发短信直接约你的时候，你不答应？"

"矜持嘛，"洛枳自顾自地笑，打断她，"美女，你快说主题吧。"

"你是盛淮南的女朋友？"许日清看着她的眼神几乎有怨念了。

"啊？不是啊。"

"那你刚才为什么说男女朋友……"

"我刚才的意思是说从你的角度考虑，你既然认为我们是男女朋友，那么骗人的时候就要周到些、高明些，不要撞到枪口上。"

"为什么你肯定我认为你们俩是男女朋友？"

"你找我来，是玩十万个为什么？你要是不这么认为，那今天干吗找我来？"

许日清低下头，一开始提着的锐气被洛枳搅了个乱七八糟。洛枳瞟了一眼屏幕早已暗下来的手机，也没有说话。

"你的意思是，你不是盛淮南的女朋友喽？"

"其实我跟他不熟，那小子让人没有安全感。你从来不知道他在想什么，也不知道他说话是真是假。"

洛枳用义正词严的语气说着，内心却有些汗颜。虽然是谎话，却有几分真。盛淮南不就是这个样子吗，唯一不同的是，洛枳自己也深陷其中。

许日清听到这句话的时候，提了一口气。

"那盛淮南跟你提起过我吗？"

洛枳点头，许日清漂亮的脸蛋儿其实很憔悴，粉底打得厚，却遮不住眼袋和嘴角的痘痘。那种疲惫让她心生怜惜，狠话说不出口。

"盛淮南……说，跟你和张明瑞发生过一点儿误会。"

"误会？！"许日清目光一凛。

洛枳挑起眉毛，等她说话。

然而许日清什么都没说，只是低着头咬着嘴唇上皱起的死皮。

"你找我来，想说什么？"洛枳担心地看了一眼手机。

"没什么。"

"那好吧，如果我是盛淮南的女朋友，你原本想跟我说什么？"

许日清已经恢复了一脸冷冰冰的表情，讥诮地笑："世界上哪有那么多如果。"

"世界上的确没有'如果'，"洛枳手指敲着桌子，"不过有很多'但是'。"

许日清冷漠地摇着头，又不讲话了。洛枳突然觉得不耐烦，很想立刻就离开。她长长地舒了几口气，平复下来才说："该不会想告诉我，其实他喜欢你吧？"

许日清没有生气，声音只是微微有些抖："是又怎么样？你不会懂。别跟我要证据。"

证据？

洛枳突然想起阿加莎的一本书，*Endless Night*（《长夜》）。

Ellie 坐在地上抱着吉他自弹自唱，男主角在一旁看着她。

Ellie 说："You looked as if you loved me."（看上去似乎你爱上我了。）

那时候故事还没有展开。男主角贪图 Ellie 的家底，娶了她，又和别人合谋害她。洛枳一直对那部案情并不复杂的小说很着迷。她不清楚 Ellie 是不是一开始就知道那个男子根本就不爱她，但是那个夜晚，她对着自己的丈夫，用虚拟语气说："你看我的样子，仿佛你爱我一样。"

Ellie 并没有任何证据说明她丈夫不爱她，甚至所有的细节都表现了男主角的无微不至——但是，她就是知道。

爱情只是一种感觉而已，她们却都拼命搜集证据。许日清的证据都盘踞在盛淮南的眼角眉梢。一个动作，一个语气。他没说过"我喜欢你"，甚至都没说过一句"真喜欢跟你在一起自习"，所以无论她把自己的真相喊得多大声，仍然没有人相信。

眼角、眉梢不过是一场误会。

洛枳很疲惫地长叹一口气。

"证据有个屁用，反正连欠条都没打，他就不认账，你还能把他吃了？"她选择了最粗俗的大白话，慢吞吞地说，"你们一没有血缘关系，二没有国仇家恨，谈恋爱根本不是什么原则问题，既然他喜欢你，他干吗不认账？你再糊涂下去，我真的很想抽你。"

然后，大约有五分钟的时间，她们两个都没有说话。

"是因为……他之前的女朋友吗？"许日清平静了很多。

"如果是，那么就更简单了。他还是喜欢人家，不喜欢你啊。"

"你说了半天，不过就是想让我相信，他不喜欢我。"

"许日清——"洛枳的表情已经疲惫不堪。

两个女孩木然地对视。

"这口气就真的咽不下去了吗？认输就那么难吗？"洛枳慢慢地说，"你不过就是不肯认输而已。"

许日清愣了一会儿，突然大哭出来。洛枳迟疑了一下，有点儿头皮发麻地看着周围好奇的顾客，还是坐到对面去，轻轻地拍了拍她的背。她哭着，嘴里只是小声地说："凭什么凭什么凭什么……"

咖啡厅的免费面巾纸上还能看到粗糙的草棍痕迹，但洛枳没有办法，还是给她递了过去。顺手拿起手机，关机。

大约十几分钟后，许日清终于平静下来。

洛枳放松地笑了起来。

"笑什么？"

"如花美眷啊，我恨自己不是男的。"

"你要是男的，我还真可能喜欢你呢。"许日清脸上的妆都花了，睫毛膏粘到下眼睑，整个人彻底地成了熊猫。然而她笑起来是灿烂的，那种毫无保留的笑容让洛枳都动容——不过，她在盛淮南面前笑的时候，是否同样毫无保留？

从洗手间整理完毕回来的许日清脸上干干净净，虽然痘痘很明显，但是眼神明亮。

"我还要好好想想，"许日清朝洛枳抱歉地一笑，"不过谢谢你。"

"不谢。"洛枳摇头。

道别的时候，许日清犹犹豫豫地说："其实……"

"什么？"

"我刚才有一瞬间，突然觉得，你好像张口闭口没一句实话。"

洛枳刚想说话，凉风呛进嗓子里，咳了半天。

"对了，第一个发短信的手机号是我的，你存下来吧。"许日清摆摆手，朝食堂方向走过去。

洛枳目送她离开，才想起来把手机重新开机，拨通了张明瑞的号码。

"还行，时间不太长，看来你的手机话费还够用。"洛枳如释重负。

"后来怎么了？你把电话直接给掐了？"张明瑞问。

"许日清哭起来不知道什么时候才停，不能便宜了动感地带，所以我帮你把电话挂了。后来没有再说什么，聊了点儿别的，情绪缓和下来后我们就从咖啡厅出来了。"

"谢谢你了。"

"不必了。我现在还在考虑，我这次到底算是积德还是作恶。"

"肯定是积德。不过你的嘴巴真是厉害，是不是平常话说得太少了把你憋的啊？"

洛枳笑笑，不置可否。

她面对许日清时尖酸刻薄义正词严，其实很心虚，甚至有些愧疚。然而张明瑞的存在让她略微心安地认为，自己是在行善。

"洛枳，她会好过来吧？"

"嗯，我觉得是吧，顶多再痛哭几场、纠结几天，应该会好的吧。"

"她看着精明，其实特别傻。要是像你那么聪明就好了。"

"你觉得我聪明？"洛枳觉得很好笑。

"不是吗？"

洛枳知道，她真的不是个很聪明的人。她所有的小聪明都用来维护可怜的自尊心了。

昨晚她直接把那两个匿名的号码发送给张明瑞，张明瑞过了几分钟回复她，动感地带的那个号码是许日清的，132 的那个号码是他认识的一个法学院的同学的。

"怎么回事？"张明瑞问。

洛枳据实相告，张明瑞很快把电话打过来。

"洛枳，能不能拜托你帮我一个忙？"

洛枳慢慢地听着张明瑞前言不搭后语的叙述，只是问他："你确定我们两个是在救人，而不是拆散了一对具有潜力的情侣吧？"

"洛枳，你不是不了解盛淮南。"

我不了解。洛枳叹口气："或者我是在帮你行凶。你可以借我的手除掉盛淮南这个情敌在许日清心中的地位。"

"如果你非要认为我们两个是互惠互利，我也没办法。"

"谁跟你互惠互利？"

"这么说吧，我是为她好，但并不是因为我喜欢过她，"洛枳感觉张明瑞特意强调了一下那个"过"字，"至于你是不是喜欢盛淮南，答案在你心里，我从来没有猜测过。我已经把盛淮南和许日清的事情都告诉你了，明天你见到她可以自己判断我说的对不对。我只是希望你能帮帮她，我相信你的口才和判断力，若是换了别人一定会把事情搞砸，比如我。"

他认真的长篇大论之后，洛枳哑口无言，只是说："我试试。"

处理许日清的事情并不是很难。任何人都是这样，处理别人的事情总是大刀阔斧，一下抓住主要问题，轮到自己却纠缠于细枝末节不肯放手。张明瑞把电话打到洛枳手机上，安静地听完了一场电话会议。

在许日清哭泣的间隙，洛枳突然觉得，张明瑞是个很让人温暖的男生。

很少有男生愿意费尽心思地去用女生的方式来救赎一个女生，而且，不是为了得到。

"总之，请你吃饭吧。"

"那就三食堂吧。我几乎每天五点半都在三食堂等待新出锅的面包饼。"

"跟我家小狗一样，我高中时每天晚上七点回家之后喂它，于是它天天六点半就开始蹲在门口等。"

张明瑞看起来心情不错。

临睡前，洛枳收到了许日清的短信。

"我很羡慕你，洛枳。我也希望有骨气在他面前像你那样冷静不在意，你讲的那些话，我不是不懂，只是面对他，做不到。回想起来，我的确很丢脸吧？如果可以，我倒是希望老天给我一个机会在他面前说些很有尊严、很硬气的话，或者淡淡地、若无其事地聊天说笑——呵呵，我是说，无论真假。"

无论真假。

说者无意，听者戳心窝。

第 27 章　我们约会吧

　　"周六法导翘掉吧。我叔叔在后海盘了一家酒吧，开业让我去看看，捧个场。我不大想去，不过顺便可以去后海玩。前几天别人给了我一大堆优惠券，还有西单溜冰场的会员卡。对了，还有王府井金钱豹的优惠返券，我已经订了位，总之一起去吧。"

　　洛枳看了半天，小心翼翼地回复："都有谁？"

　　过了几分钟，她有点儿后悔。

　　幸亏没有后悔太久。

　　"我只订了两个人的位子，什么都有谁？你还想有谁？！"

　　又来了。盛淮南偶尔骄傲嚣张的逼问，总是让洛枳有种暧昧的错觉。

　　她并没有去过后海，周六早上临出门前上网查了一下地图，记住了公交、地铁换乘路线，刚要出门，百丽突然从床上直直坐起来。

　　"慢着，让我看看你穿什么呢？"

173

微微卷曲垂至腰部的漂亮头发，浅灰色休闲衬衫，外面套着 V 字领米色毛衣，松松垮垮地垂到腿部，配上及膝的宽口软靴。

"……行吗？"洛枳一歪脑袋，认真而略微羞涩地问，忘记了自己曾经鄙视过百丽的着装品位。江百丽看着她那副紧张的样子，不由得笑出声来。

"保护好自己，我怕他没定力。"

洛枳呆了一会儿，恼羞成怒，两步就攀上梯子伸手去掀百丽的被子。两个人笑闹了一阵，百丽看了一眼枕边的闹钟说："你们约的几点啊？快走吧，别让人家等。"

洛枳讪讪地从梯子上跳下来，拎起椅子上的包。

"底子好真的是太有用了，平时清汤挂面也没关系，关键时刻有涂抹的余地啊。"

口气有几分故作幽怨的戏谑，然而话音未落，两个人都想起了陈墨涵。

洛枳不再说话，悄悄地走到外面带上门，在门锁"吧嗒"一响的瞬间听到里面含含糊糊的一句：

"洛枳，加油。"

然而推开宿舍大门看到门外双手插兜悠闲自得的盛淮南，她一下子没了底气。

自己会不会太隆重了点儿？干吗搞得好像真的去约会一样？她的手握在冰凉的门把儿上，想起不久前欢乐谷里嚣张恣意的笑闹和被他牵着时心里的甜美，觉得自己这一身装备可笑至极。她很少打扮，也不怎么化妆，今天仔细地搭配了一下，虽然粉黛未施，却已经跟平常大不相同。

纵使介怀，早上挑选衣服时，她的郑重和忐忑却是真情流露，再怎么告诉自己冷静也没有办法。毕竟她只是普通的女孩子而已。

她平静地走到他面前，抬眼一笑。既然已经这样，就当作做梦好了，好歹也是一场青春，她还没有像别人那样好好装扮着和喜欢的人一同并肩前行的经历。

盛淮南总是一副悠然自得的样子，此刻却也微红了脸，声音有些发涩地说："挺好看的。"

她不谦虚，又是歪头一笑："我知道。"

他倒没有揶揄她大言不惭，她越笑他的脸越红，清了清嗓子挑起一个话题："我有一件跟你这件很像的灰色衬衫，早知道我也穿那件了，正好是……"

是什么？洛枳愣了愣，耳朵烧起来，低头对他说："走吧。"

他一把拉住她的胳膊："往哪儿走？西门往这边。"

"可是……"

"离你们宿舍最近的是西门。"

"但坐车不是要去东门吗？"

"哪个门不一样？跟着爷走吧！"

洛枳不再争辩，一心一意地跟着他走，抬头看到他的背影离得那么近，前所未有的近，不觉鼻子有些酸。

没想到对方忽然回过头来。

"你干吗总走在我后面啊？"

她也没想到，竟然成了习惯，沉默地跟在背后，实在不是什么好习惯。

盛淮南别扭地叹口气，拖慢了几步，直到他们并肩。

洛枳侧过脸，明目张胆地看他微红的脸庞和明亮的眼睛，不知道为什么很高兴，低下头一步步极其认真地走着，好像每走一步，脚下就能开出一朵花。

出了校门，盛淮南果然又是扬手拦出租车。洛枳叹口气，他们有很多细小的不同，但是这细节的背后贯穿了几十年的命运。

她努力把所有煞风景的沉重想法都抛诸脑后。

下车的时候先看到的是一座突兀的城楼。威武自然不假，但是在灰乎乎的街道上被川流不息的出租车、公交车映衬着，它的威武高大倒是显得有些滑稽。洛枳多看了两眼，盛淮南在一边笑："要照相吗？"

洛枳白了他一眼："对了，我可以不去吗？"

盛淮南想了一会儿："到附近了你就找张长椅坐着等等我吧，我去说几句话就出来。"

洛枳坐在长椅上目送他离开，好看的背影让她弯起嘴角偷偷笑。初冬的风并不冷，裹挟着细小沙尘，没有秋风那么清爽。背后的湖平淡无奇，光秃秃的柳条在风中懒洋洋地飘来荡去，她把整个上身伏在大腿上，双手环抱，下巴正好抵住膝盖。最近的时光总是混沌，仿佛真的是在做梦，没有思前想后，没有畏首畏尾，没有障碍重重，她那么水到渠成地走向他。

可是，隐隐地担心，镜花水月，好像真的一戳就破。

睁开眼睛的时候恰好看到他的鞋子，这个人简直就是特意出现，来告诉她不是做梦。

"这么快？"

"我说跟……同学一起来的，他们就说没什么事情，让我回来找你了。反正我待在那儿也挺莫名其妙的，谁大白天的去给酒吧捧场啊？"

他的左右手各拎着一瓶可乐："百事还是可口？"

"可口吧。"

他把百事递到她手里："你们女生不是应该比较喜欢喝百事吗？"

她疑惑地看着他，盛淮南有点儿心虚地别过头，好像后悔失言。

洛枳想起洛阳踏入大学后的第一个寒假，回家过年期间请她吃麦当劳，自作主张地点了草莓新地给她，没想到她不喜欢。

"你们女生不是都喜欢草莓吗？"

"你上大学成妇女之友了？连这点儿消费偏好都心中有数？"

洛阳脸一红，说："哪有，不就是陈静喜欢……"

她了然一笑，女朋友就等于全体女生。

因此盛淮南的窘迫，她也一瞬间领悟。高三时，他和叶展颜被置于高压监控下，很少能见面。那时候，班里的人都戏言百事可乐将取代红豆成为相思的代表物——盛淮南每天托人送给叶展颜一瓶百事可乐，而叶展颜大大方方地在桌边悬挂了一个网兜，里面满满的都是深蓝色的瓶盖，被来往的同学触碰着，招摇地晃晃荡荡。

洛枳不戳穿，正低头要去拧瓶盖，盛淮南一把拿过去，拧开了又塞回给她。

她被这种小小的体贴熨平了心中的犹疑，随口接了一句："其实可能是因为百事比可口要甜一些。"

尽管在暗恋的少女时代她会因为这些瓶盖而黯然神伤，但是，她从未因为那些真情真意而忌妒怨毒。何况都已过去。

她并不在意，只要他不在意。

绕着湖边转了没多久，就被一个三轮车夫盯上了。车夫先是吆喝说一百元拉他们两个转一圈，洛枳说太贵了，不理他。他絮叨了一阵子，开始唱起歌来，也不离开，就骑着车慢悠悠地跟在他们背后，一首接一首地唱。

洛枳觉得脸上发烧，侧头一看，盛淮南正优哉游哉地盯着她笑。

幸灾乐祸。

"二十。"她转头对车夫说。

"这怎么成啊，您开玩笑哪！加点儿，五十，最低了。"车夫也嬉皮笑脸的。

"我们只带了二十，没钱，你赶紧走吧，别耽误拉别人。"她向来不大会讨价还价，一心只希望他赶紧走开。

"哟，丫头，你这不是寒碜你男朋友吗？带二十块钱来后海玩？"

"他不怕寒碜！"洛枳满脸通红地扯起盛淮南的袖子往前走，没想到被盛淮南用力拉进怀里。她惊讶地僵住了，盛淮南很自然地把手紧紧地箍在她肩上，大声笑着说："上车吧大小姐，我还是很害怕寒碜的。"

洛枳觉得肩头发烫，不知道该说什么，像被猫叼走舌头一样，讷讷地向前走。

第 28 章　心有灵犀

车夫仍然在用有些油滑的腔调给他们介绍着各条胡同的名称来历，曾经是哪位名人的府邸，现今又被谁买下了……洛枳恍恍惚惚地听着，其实更多注意的是三轮车发出的吱吱呀呀的声音，和鼻尖嗅到的隐隐约约的清香。

为什么他身上总有洗衣粉的味道？是因为衣服没有漂洗干净？可能他自己都不知道吧。她低头偷笑，这种细枝末节啊。

到了一个陡坡，三轮车爬起来很吃力。车夫屁股离开座位，站起身努力地蹬车。洛枳觉得吱吱呀呀的声音好像是摩擦着自己的心脏一般，看着那个五十几岁、两鬓斑白的车夫有些不忍，于是在他背后小心地说："您看……要不这段我们先下去？"

"哟，丫头，寒碜完你男朋友，又来寒碜我？"

盛淮南在一边忍不住笑，车终于艰难地爬上了坡，很快又是一段下坡，车速变快了很多，有风掠过耳边，几丝头发扫在脸颊上痒痒的。洛枳有些气闷，赌气地大声说："我是好心。"

"可不是嘛，我知道，您揣着一颗火热善良的心和二十块钱呢！"

车夫说完爽朗地大笑起来，洛枳老实地住了嘴，横了身边笑嘻嘻的人一眼。

"你猜，我在想什么？"他仍然止不住地笑，眼睛里的光芒让她不敢看。

"你在想，我也有今天。"

他点点头："可惜我总是猜不出来你在想什么。你的心事太多了。"

洛枳不知道应该怎样回应，她看着塑料布做的窗子，慢慢压抑着暗涌的思绪："至少这一点你没看错啊，我的确心事很多。"

"而且不喜欢解释，好像解释很掉价似的。"

她笑了："那我活得可真是憋屈。"

"可不是。"

洛枳一直自认虽然不爱讲话，可并非不善于讲话。然而此刻，看着这个她生命中唯一不停揣摩、不停想念的人慢慢地试图走近她，她突然语塞，不知道怎样才能恰到好处地引领他走过来。

"我猜，你应该一直非常想拥有一个心有灵犀的知己吧。"

盛淮南依旧饶有兴趣地继续着他的心理学探索，洛枳却走神儿了。她想要的并不是什么知己，她想要的也不仅仅是让别人懂得。在她成长的道路上，不知道从什么时候起，就已经屏蔽了其他人，除了至亲，只剩下一个模模糊糊的盛淮南。她从来没有想过让别人了解她，但也从来没有拒绝过别人的了解。没有希冀过知己，所以很少失望。

也许她曾经让别人失望，比如丁水婧，但是她并不觉得愧疚。

冷漠是抗拒的伪装。

然而，如果那个"别人"是盛淮南，洛枳不知道，她是不是会奢求一份心有灵犀。

"心有灵犀只是一个不负责任的神话，让我们对他人产生不负责任的过高期望。不解释又怎样，别人误会我，并不会使我落入他们所设想的那个因果。我们都是凡夫俗子，没有大智慧，才会落入一种祈求别人了解自己的痛苦中。"

她慢吞吞地说，却并不清楚自己想说什么。

"丫头，你这么说就怪了，那如果有人诬陷你杀了人，马上要来报复，你也可以不解释？"

车夫突然插话进来，洛枳被他的话震慑住了，想了想不知道怎么反驳——其实她刚才太混乱，连自己说了什么都记不清。

"丫头别生气，我看你俩聊天，也不听我给你们介绍，就插了句嘴，你们接着聊啊，不用听我刚才胡说。我觉得你的境界的确是好的，不过我也是话糙理不糙哈。"

洛枳承认，车夫讲得很实在。

"也许从大处着眼，你即使这辈子被冤枉了、被人弄死了也没关系，反正他有他的业报，你仍然继续你的因果，六道轮回，路还长着呢。不过，我们都是愚蠢的凡人，能看到的也只有这辈子。很多事情，还是不看破比较好吧。"盛淮南及时插话进来给她解围。

就在洛枳恍惚觉得自己二十年的人生是不是在人际关系方面处理得太草率和莽撞的时候，盛淮南突然说："跟你做到心有灵犀，真的很难。"

沉默了一会儿，他又说："但我还是希望我们之间永远不会有误会。跟你心有灵犀是一般人做不到的，不过，我不是一般人，这个艰巨的任务，就交给我吧。"

盛淮南微微脸红，说完话就转过头去瞟窗外的胡同大院，没有看见洛枳瞬间蓄满泪水的眼睛。

车夫依盛淮南的要求，把车子停在了"九门小吃"的胡同口。盛淮南付了钱，然后扯着她的袖子往里面走。洛枳回头，穿过背后三三两两的游客去看正在擦汗的车夫，只可惜人家仍然背着身子，自始至终，她都没有仔细看过车夫的长相。

午饭两个人扫荡了"九门小吃"。爆肚王、脆皮鲜奶、奶油炸糕、驴打滚、豆腐脑儿……摆了一桌子，盛淮南突然问："喝豆汁吗？"

洛枳把脑袋摇得像拨浪鼓："听说像泔水。"

他笑了："你这形容跟我爸说的一样。"

"是啊，大家都这么说。"

"不喝人生不完整！"盛淮南仍然不放弃劝说。

"你怎么不喝？"她反问他。

"……我的人生已经完整了。"

"哦，看你的样子就知道，还是残缺的人生比较美。"

洛枳吃掉了全部的脆皮鲜奶，终于觉得有些挪不动步了。

"我果然英明，晚上吃自助就应该带上你，简直赚大了，成功地诠释了吃自助的最高境界。"他坏坏地挑眉看着她。

"嗯？"

"扶着墙进，扶着墙出啊。"

洛枳学着格斗动画片里的动作，一个手刀招呼到他的后背上，却被他反手抓住。两个人都很用力，一开始也没什么反应——直到他们都放松了力气，她发现被他抓在手心里的指尖一下子变得滚烫，连忙抽出手，说："走吧。"

盛淮南很久之后才找到自己的嗓子，开口说："去溜冰吧。"

休息区玻璃外，很多孩子在老师的指导下练习旋转。洛枳看得入神，反应过来时，盛淮南已经穿好了冰鞋，正一脸无奈地看着自己。她连忙坐下，把白色的花样刀放到脚边，开始脱鞋子。

因为被他注视着，洛枳很紧张，在心里不停埋怨自己为什么穿了这样麻烦的靴子。她勉强把左脚穿好，系鞋带的时候不小心打成了死结，开始穿右脚的时候，盛淮南突然半跪在她面前。

"笨死了，你确定你当年不是走后门上的大学？"

洛枳停下手，还没有咀嚼清楚这句挖苦里满溢的暧昧和呵护，他已经低下头，接过她手里的鞋带开始穿鞋孔，动作顺畅利落。

系鞋带的时候，盛淮南的头抵着洛枳的膝盖，让她有一点儿腿软。洗发水的味道和围巾上洗衣粉的味道混杂在一起，梦境一般，多年不变。

恍恍惚惚中已经和他牵手滑行在透着凉气的冰场中，连他嘲笑自己三脚猫的滑冰水平时都没有反驳，反而真的像只小猫一样温驯害羞地低下头去。

重新坐在场边休息时，她突然很想知道，许多年后如果自己回忆起今天，究竟会是什么心情。

那心情，取决于经过了多少时间，更取决于，他们两个人最终的结果。

"想什么呢？"

洛枳瞥他一眼，慢吞吞地说："你不是比一般人都厉害吗？给你机会施展读心术。"

"你都活了二十年了，我才认识你两个月，你总得给我一段时间啊。"他递过来一支巧克力味道的可爱多，自己撕开一支草莓味道的吃起来。

"你喜欢草莓的？"洛枳很想笑，突然想起洛阳说过的，你们女生是不是都喜欢草莓味道的啊。

"我不喜欢啊，"他咽了一口冰激凌，"买完后才想起来，你喜欢巧克力不喜欢草莓，所以这个我吃喽。"

洛枳想起，聊天时无意中提到过自己喜欢巧克力味道的冰激凌。她眯起眼睛笑，对他说："谢谢你。"

"对了，你的期中也都考完了吧？"

"嗯，包括法导的期中论文在内，都结束了。"

"不过，期末也快到了。"

"是，很快。"

"以后一起去自习吧。"盛淮南突然提议。

"好啊。你一般都在哪里上自习？"

"图书馆，你呢？"

洛枳认真地解释道："图书馆总是需要占座位，空气流通又不好。不过有一点好处是，桌子很大。我一般都去一教，破旧了点儿，但是人很少，不用特意找座位。"

"怪不得我总能在图书馆遇到各种同学，但是始终没有见过你。"

"我平常也很少去借书。"

盛淮南疑惑道："你不是很喜欢看书的吗？"

"是啊，不过我比较喜欢买回来看。我喜欢新书。图书馆的书被很多人碰过，脏兮兮的，摸着都发烫。"

盛淮南突然笑得贼兮兮的。

"怎么？"洛枳不解地问。

"幸亏你不是男生……"他收住了话头，继续笑。

洛枳歪着脑袋想了一会儿，也笑起来："处女情结？少来了，重点不在这里。即使是图书馆的新书，我也不喜欢。"

"那又为什么？"

"因为迟早有一天要还回去。一想到有天它不属于我了，我就特别心慌。我一定要买到手里，捧着它看，一边看一边做摘抄，把它保存得像新的一样，让它乖乖地待在我的书架上面。不过，书架上早就放不下了，有一大箱子都在床底下呢。"

"我可不可以理解为占有欲太强、安全感太少？"

洛枳吐吐舌头："你以为心理学是这么简单的学问吗？"

盛淮南居然也吐了吐舌头，她又觉得耳朵发烫，赶紧把头转过去。

"不过有时图书馆里能看到很有趣的事情，比如电影中的那种一男一女无意相撞，书散了一地，然后……"他又开始笑了，"真的挺俗套的，大一的时候，张明瑞每次说累了要离开座位去书架转转，都会很随意地撞一个，他自己说这就是传说中的撞大运——可惜，每次撞到的都是四眼钢牙、学术机器，没有长发飘飘的白衣妹妹。"

"他应该去古典文学一类的区域撞大运啊，这种东西要看各院的女生基数的吧？"洛枳脑海中突然出现了张明瑞嬉皮笑脸的样子，忍不住也开始笑得贼兮兮。

"不过，虽然我理解他的心理，但仍然觉得还是真正的'无意撞见'比较有感觉啊，回忆起来会有点儿缘分天注定的感觉。"

盛淮南的话让洛枳有点儿沮丧，是啊，我何尝不知道，她默默地想，没有说话。

"当年，我喜欢叶展颜的时候，"他开口，洛枳忍不住惊异地扭头看他，盛淮南原本自然而然的一句话被她吓得停顿了一下，"怎么了？"

"没，就是……话题转换得太快了。"

他在她面前提起叶展颜，用这样随意的口气，毫不掩饰。她心里一块石头落地。之前郑文瑞的话和游乐场里的短信而引发的猜测不攻自破。他已经可以这样平静地提起她，不是吗？

"当时我喜欢上她了，所以对于去食堂吃饭这样的无聊活动就多了很多期待，或者说，对所有走出教室的活动都多了期待，如果这样遇见会感到很高兴，但是绝对不会特意跑出去到处晃荡。很多人会在课间刻意在走廊里散步，就是为了增加和心里的某人遇见的机会。但是，如果努力限制自己的行动，让生活保持平时的状态，却多了一个期待，那样感觉会很不一样，我不知道你能不能理解……"

"好像缘分是自己跑过来，而不是你故意寻觅来的。"

"你比我简练多了，"盛淮南做了一个嘴角抽筋的表情，"文科生万岁。"

洛枳没有理会："难道，就一点儿不同之处都没有吗？一丁点儿特别行动都没有？"

她不知道期待得到的答案是什么。

"不过还是会有点儿小变化，说出来也许你会笑呢。"

"我保证不笑。"

"那时候，我知道她晚饭之后喜欢在操场上和好朋友们一起边聊天边散步，偶尔还在升旗台旁边坐一会儿，所以，每次吃饭之前我都会跑去占场地，就站在升旗台旁边的那个篮球架下，很快就有哥们儿看出端倪了。后来他们就很够意思地帮我去占地方。有时候偶尔在走廊里看到她，擦肩而过，我会突然和旁边的哥们儿开玩笑，故意笑得很大声、很开朗，我的朋友都觉得我在那段时间里间歇性羊痫风。"

你也会有这样的表现？洛枳笑出声来："不过，你不会觉得很别扭吗？比如说，害怕自己出糗？我知道男生一起打球有时候会很野蛮，爆粗口啊什么的，所以会不会因为她在场，表情动作都变得不自然？"

"啊，会的。不过，就算别别扭扭，投篮的时候越想进球就越不稳定，不光没出风头还经常出糗，可是，想想，那种感觉倒也不坏啊。"

盛淮南笑得很爽朗，洛枳低下头去看自己的脚尖。

他本就那么耀眼，出个糗倒更可爱。大大方方地去追求，大大方方地去表现，出彩也好出糗也罢，回忆起来都那么明朗骄傲。

真好。他们的爱情那样坦荡。爱情本来就应该这么坦荡。

盛淮南打断了她的思绪："话说回来，我好像高中真的没见过你。"

"是吗？"你见过，只是没注意。洛枳觉得讨论下去也没意思。

"你一定是一个宅教室的人吧，总是不出门。我们对门班有几个男生女生挺显眼，天天在走廊上转，有一次连着几天去厕所的时候都没在路上碰见这几个人，我都怀疑他们是不是集体退学了。"

他们显眼，所以几天不见就以为人家失踪了。我就是天天在你们班门口蹲着，也像从来没有出现过。洛枳笑，说："还是待在教室里比较舒服，下课可以继续看小说看漫画，当然我上课也看。"

"多读书是很好的，"他点头，"可以在别人的教训里汲取自己的经验。"

"其实，看书在更多的时候没有什么指导意义，反而让我知道，世界上不缺少活得憋屈的人。"

他认真地看着她："你会觉得很憋屈吗？"

"你不是说我心事多吗？忘了三轮车上谁说我活得憋屈了？"

"难道没有很好的朋友吗？"

洛枳歪着脑袋想了想，其实根本不用想，只是她不希望她斩钉截铁地说"没有"会显得她变态："嗯……没有的。我是说，那种推心置腹值得信任的朋友，没有。"

"所以就看书？"

洛枳不知道怎么解释，她害怕盛淮南认为她冷漠怪僻——然而转念一想，为什么要隐瞒？她的确如此。

"那如果觉得困惑，有想不通的事情，不跟朋友交流怎么办？书里会有答案吗？"他问。

"应该没有，不过至少会让你知道，从古到今跟你有同样烦恼并且同样在寻找答案的人有很多，你不孤单。而且，前人的经验的确有很多值得借鉴。"

他又笑起来，洛枳才发现他脸上有很微小的酒窝。

"是吗？比如，曾经山盟海誓，爱得难舍难分，后来为什么变得乏味透顶？书里有答案吗？"

她从他的话里硬是嗅到了几分带有戏谑的悲伤。她猜到了原因。

"加缪说，"她慢慢地回答他，"爱，可燃烧，或存在，但不会两者并存。"

　　盛淮南听完后沉默了一会儿，说："嗯，我爸说得对，多看书是有好处的。比那些婆婆妈妈的家伙讲的道理深刻简单得多。"

　　洛枳盯着自己的鞋子，慢吞吞地说："我们被日常生活琐事逼迫出了一点儿生活智慧，这并不假。只是我们想尽办法去阐释和描绘的东西，前人早就把它说得通透，好过千倍万倍，没有自己发挥的余地了。所有的事情，都不是空前绝后。"

　　盛淮南沉默了许久，伸了一个懒腰，重新靠回椅背上："你就是这样感觉到祖先们的存在，然后就不孤单了？"

　　话说得有几分戏弄，洛枳并没有生气。

　　书，除了让她沮丧于自己的粗鄙之外，曾经也给过她许多快乐。在她寂寞而卑微的少年时代，当对那些光鲜靓丽的青春渐生羡慕的时候，另一种优越感同时升腾起来，好像一个老人俯视着不识愁滋味的小孩子一样。而这些优越感，全部来自那些书。

　　自然，也来自于她的贫穷和沧桑。

　　她没有反驳，站起来，把冰激凌的包装纸扔进附近的垃圾桶，说："我去滑一圈。"

第 29 章　故事姐姐

　　一整天的花销都是盛淮南在负担，洛枳觉得很不好意思，虽然对方的举动看起来那样自然，她仍然觉得非常难堪。

　　到了"金钱豹"，他们分别去扫荡，把菜摆了一大桌子的时候，她抓住机会小声说："今天谢谢你了。"

　　盛淮南朝她摆了一个无奈的表情说："拜托，你谢什么啊？"

　　多说无益，她知道他会明白的，所以安静地吃东西，不再解释。

　　"你要真想谢我，就给我讲一个你小时候印象深刻的人吧，作为答谢。"

　　"为什么？听起来怪怪的。"

　　"可是我上次也给你讲了我的小皇后啊。我觉得你长成现在这个性格，肯定小时候的经历很不一般。"

　　"我再说一遍，心理学不是那么简单的学问，别什么都往童年心灵创伤上猜。"

　　"说吧，我想听，保证不笑你。"和刚才她央求他讲初恋时的口气一样，他

189

的表现倒更有撒娇的意味。

洛枳不好意思，点点头说："好吧，你不要嫌故事太无聊。"

她本来有一瞬间的冲动想要给他讲那个故事——但是，似乎早了些，似乎现在的他，还没有办法理解她。心有灵犀是一个不切实际的梦想。

她低头思索了一会儿，不停地用叉子戳盘子里的鱼生。

"我小时候有一个很崇拜、很喜欢的小姐姐。"

她的开篇就很乏味。

"不是小哥哥啊……"

"你少来！"

盛淮南坏笑一下摆摆手。

"五岁的时候，奶奶家的老房子动迁，我和妈妈两个人临时租了一个小房子，住在城郊的平房大院。那个地方现在变成了开发区，不过我住在那里的时候还是土路，春天的时候扬起灰尘打在脸上让人睁不开眼，和小伙伴玩'红灯绿灯小白灯'的时候会踩到狗屎，下雨后路上泥泞得寸步难行，实在不是什么好地方。可我总是觉得那里很美丽，下雨后总会有彩虹，周围都是平房，没有什么可以遮挡住彩虹的建筑物，所以天空很辽阔。我好像在那个时候把这辈子的彩虹都看完了，以至于长大后只能在喷水池附近看到不完整的残片了。那个时候的彩虹好漂亮，完整的，像桥一样横跨天空，我们许多孩子总在一起讨论，彩虹脚下到底是什么？得出的一致结论是，天池。"洛枳笑起来，突然回过神来，"啊，抱歉，我跑题了。"

盛淮南认真地听着，摇摇头说："没，你继续。"

他的表情认真极了，洛枳微微有些紧张。

"我的小伙伴都不上幼儿园，家里大人往往酗酒打架，所以通通都处在没人管的状态。

"我们的头儿是故事姐姐。

"姐姐已经上小学了。我记忆中她一点儿都不漂亮。但是她有个好朋友，很漂亮——不过这是当时的印象，现在想来，所谓漂亮不过就是因为她总穿裙子，马尾辫上总有鲜红的头花。哦，还有个男孩子，是她们的同学，三个人总是一同上下学。"

"你知道后来发生什么了吧？三角恋。"洛枳笑起来。

"那天，姐姐又一次心不在焉地给我们讲故事，前言不搭后语。故事散场的时候，我就悄悄背着别人问她：'姐姐，××和××是不是不跟你好了？'

"我看出来，是因为这两个人已经很久不出现了，偶尔从我们这群小破孩儿身边走过也只是冷漠地看一眼故事姐姐。那个女孩子还总是哼一声，骄傲地扭过头去。

"故事姐姐那时候毕竟还小，实在是很难掩饰自己的情绪，听到我八婆的问题，眼圈立刻就红了，说：'我怎么知道？'

"有天晚上，我和另外一个小姑娘目睹故事姐姐与那两个人吵架。我记得当时漂亮女孩的红发卡在路灯下面闪啊闪啊，她仰着头，用北方话来讲，劲儿劲儿的。

"我们两个小丫头立刻冲上去维护我们的女神，可是，当时她们的对话实在超出了我的理解范围。

"我从小就不喜欢问为什么，反正大人都说长大了就知道了，于是我执着地相信长大，长大是一切的谜底。我会把所有当时不理解的都记住，记得牢牢的，然后等待长大。也许这是我对那时候的记忆分外清楚的原因吧。有个长辈说，人的执念，往往就是这样开始的，因为孩子即使能做到懂事，也无法通透。"

盛淮南的眼神闪烁了一下，洛枳没有看到，继续说：

"所以那时候他们的对话，我同样没有问为什么，却记得格外真切，即使听得一头雾水。

"故事姐姐说：'你们两个好，我没意见，为什么这么对我？'漂亮姐姐立刻反驳：'你别装什么都不知道、什么都不在乎，你不就是喜欢××吗，你那点儿心思我还看不出来？你自己做的那些坏事，挑拨离间，你以为我不知道？'

"故事姐姐一下子就急了，说：'谁说我喜欢他？'

"一直站在旁边耍酷、没有讲话的男孩子××突然开口说：'你敢说你真的不喜欢我？'"

说到这里，洛枳和盛淮南一同笑起来。

"现在想起来，那几个人的表情和语气都既幼稚又做作，甚至斗嘴和吵架的目的都退居其次，关键是终于有机会像电视剧里的大人一样神经兮兮地演戏了。

"可是，不可否认，他们很认真。

"那两个人也有一个小喽啰，只有一个。于是我和另外的小丫头也加入了战斗，不过对手是他们身边的那个小喽啰。我虽然不怎么讲话，但在院子里也是出了名的牙尖嘴利，属于见了大人就乖得像只猫、见了小孩儿就凶得像只雕的那种孩子。我们的嘴仗基本上维持在'你为什么帮他们不帮故事姐姐''我乐意''乐意吃屁''嘣你二里地'这种无限循环上面。但我们俩最终还是赢了。赢得超级漂亮。

"故事姐姐输得相当惨，跑到我找不到的地方去哭。她对我格外好，比对谁都好，可是我只能用低级的骂人来帮助她。

"我现在还记得她给我讲的故事，那个做生物实验时把狼的脑子炒熟了吃掉结果每天半夜的时候都要跑到实验室去偷吃尸体的女大学生的故事，还有那个爱上凡人的天使为了拯救爱人的生命剪掉自己一米多长的金发结果光荣挂掉了的故事，还有彩虹桥的底座所在的村庄有个世界上最好看的少年，等等。

　　"我很喜欢那个姐姐，她信誓旦旦地说这些故事写在什么世界名著里，但是书名她通通忘记了。其实，这些都是她自己编织的梦，她就是那个天使，她遇见了那个少年。用现在的话来讲，YY 而已。我不知道你会不会理解，其实她有特别丰富的内心世界，她只是太寂寞了。

　　"不过我现在想，她应该是太过沉溺于自己的故事了。她越来越孤僻，小朋友们不喜欢她讲的恐怖阴森的故事，学校里的同学好像也不是很喜欢她，所以，只有我经常跟她坐在一起。不过，我们之间相差了六岁，实在是不大容易成为朋友，我不能拯救她的寂寞。

　　"但是相反，她可以让我不寂寞。我告诉过她一个秘密，一个很长一段时间以来我都无法说给别人听的秘密。我不知道她会不会将这个秘密编成别的故事，但是我相信，秘密放在她那里，是安全的。

　　"有邻居阿姨告诉我妈妈，让我最好离她远点儿，她爸爸精神不正常，家里没人管她。

　　"还好，妈妈没有限制我和她的来往。其实现在我已经记不得故事姐姐的长相，只记得最后的那几天，我要搬家了，坐在卡车的副驾驶座位上回头看。故事姐姐和一群野孩子冲我招手，她哭了，我也哭了。她说，洛洛，你以后一定要做很有出息很有出息的人。洛洛，不要忘记姐姐给你讲的故事，也不要忘了姐姐。

　　"她甚至说，我可能是世界上唯一记得她的人。

　　"上高中的时候，每次写作文，记叙文也好、议论文也好，我都会胡编乱造一大通。老师问我某个论据是哪位名人的事迹，我都会说，这是在某本书里看到的，书名我忘记了。其实还真的是跟着她培养出不少坏习惯。比如胡思乱想，爱说谎。"

　　洛枳停下来，看着若有所思的盛淮南，说："是不是很无聊？"

　　他郑重地摇头："一点儿也不。"

洛枳松了一口气，笑了。

"不过，你刚才说，你也给那个故事姐姐讲过一个秘密，是什么？"

她一怔，本能地摇头："小屁孩儿的事情，早就，早就记不清了。"

轻松的晚餐氛围还是被洛枳那个莫名其妙的回忆给打乱了，不过和他们第一次吃饭不同，这次的沉默并不尴尬，反而有点儿悠然自得的默契。

"说到作文，我记得你高中的时候，好像作文写得很好。"

洛枳猛然抬头，盛淮南吓了一跳。

"不是吧，爷夸你一句，你就这么激动？"他笑。

洛枳收回自己的目光，小声地问："你看过吗？说实话。"

盛淮南有些摸不着头脑，但是仍然说了实话："那时候学年语文教研组总是发优秀作文给我们看，我一篇都没看，通通都当演算纸了，因为背面没有字。抱歉。"

"这有什么可抱歉的？作文那种东西，千篇一律的，又假又俗。"洛枳低头，匆匆地说。

"对了，你着急回宿舍吗？回去的路上，我带你去一个地方好不好？"盛淮南忽然凑近她，眼睛里有很真诚的光芒流动。

理科楼的顶层，盛淮南努力拉了几下铁门，落得一手灰尘，没想到还是被锁得严实，纹丝不动。

"平时都不锁的。"他叹气，很懊恼地回头去找洛枳，没想到洛枳走开了几步，跑到远处拉开了顶楼尽头的一扇窗。

"这里没有锁哦！"她笑得开怀。

然后率先攀上窗台，猫腰钻了过去，轻巧地落地。

凛冽清爽的空气灌了满怀，气流让她有一瞬的窒息。她的发丝飞扬，遮挡住了视线，好不容易用手按住，睁开眼，华丽的景致撞入眼帘，猝不及防。

理科楼靠近北门，平台的视野刚好将学校内外划为泾渭分明的两个世界——一半是校园内静谧浓暗的夜色，沉沉的树影仿佛波涛凝滞的海面，在遥远的地方起伏，树丛掩映中的一栋栋宿舍和教学楼好似凸出海面的岛屿，安稳沉静；而另一半，则是商业区通明的灯火，车灯缀成的珠宝河流缓缓穿过一栋栋璀璨耀眼的楼宇，骄傲地对抗着漆黑的夜空。

"很美吧？"

盛淮南的呼吸就在耳畔，她一阵战栗，想要回头，却舍不得。

"喜欢吗？"

洛枳用力点头，忽然想起自己是背对着他的，好傻气。

很长时间，他们默默注视着两个世界，一言不发。

"我……我很喜欢站在高处看下面的人。不知道为什么。我说的……不仅仅是真的站在高处吹风。你明白吧……好像从那样的角度看事情，就一定能够清楚些。实际上，我也说不清。"

他第一次对她吐露这些混沌却深沉的心思，她自然心底温暖，珍而重之。

"我也是，只不过我以前是被迫的。"

"被迫的？"

"在人群中不自在，合不来。也许是因为小时候接触的小伙伴太少，所以不知道怎么融入，朋友越来越少，索性不再尴尬地讨好那些团体里的中心人物，后来就一个人玩，越来越边缘化。不过就和站在高处看别人一样，我自己主动选择往上爬，然后从孤僻的被拒绝的局外人，慢慢转变成站在芸芸众生之上与众不同的人，好像这样就能明目张胆地孤独，超凡脱俗地孤独，不用再被别人可怜，甚至自己都觉得有满足感。说白了，不过就是养成了习惯，再为了面子上好看点儿而把这些简单的状态赋予一种特殊的含义，好像就真的超凡脱俗了。"

她说着说着就糊涂了，惊醒了一般不好意思地眯眼睛笑，说："你呢？应该不是被拒绝的局外人吧？你是有选择的权利的。"

盛淮南将目光投向南面几点邈远的灯火。

"总是感觉，你好像认识我了很多年一样。"

洛枳本来就觉得自己最后一句话说得不知深浅，慌忙为那句话的冒昧而道歉，抬眼却看到他有些遗憾的宽和笑容。

"吹风太久会感冒的，我们走吧——你喜欢就好，我常常过来，以后一起吧。"

以后，一起。

洛枳微笑说："好，我们说好了。"

第 30 章　大梦初醒

"今天逃课了，又推掉了 Tiffany 和 Jake 的见面。明天晚上如果你没有什么事情的话，能不能去看看 Jake？他很想你。"

"好啊。"盛淮南笑起来。

走到宿舍楼的路灯下时，他突然停下来，从背后的书包里拽出了一个大纸袋。

"我那天从书店经过的时候买的，本来想改天送给你，但是今天早上出门的时候一激动就背出来了。这一路，累死我了。"

洛枳瞪大眼睛接过沉甸甸的纸袋—— 一共六大本，纪伯伦全集。

他背了一天？脑子抽风了吧？——不过，他不是说喜欢叶展颜的时候，朋友总说他间歇性羊痫风吗？

她胡思乱想，大脑慌乱，也不知道应该摆出生气的表情还是高兴的神态。

"我……我特别喜欢纪伯伦……喜欢《沙与沫》……你的后背疼不疼？"

洛枳的结结巴巴似乎让盛淮南特别开心，他亲昵地揉了揉她的头发，也不管这个举动是否会让洛枳更加害羞。

"喜欢就好。"

身后突然传来哗啦啦的响动。洛枳回过头，看到一个穿着紫色呢绒大衣的女孩子正在踹一辆自行车。

女孩抬起头露出面庞，是郑文瑞。

洛枳有些局促，小声地问："车子坏了？"

"链子掉了。"郑文瑞没有看她，依旧狠狠地踹着自行车的后轮，发出一阵阵哗啦啦的响声。

"我第一次看到有人能把掉下来的链子踢上去。"盛淮南依旧笑着，眼睛却微微眯起来。洛枳第一次发现，他的气质冷冽起来的时候真的有些怕人。郑文瑞听到这句话深吸一口气抬起头，在和洛枳目光交错的一瞬间，盛淮南一把揽过洛枳的肩膀把她带走，转过路口直奔宿舍楼的门口。

洛枳站到楼门口的台阶上，不远处郑文瑞仍然在大力地踹着那辆自行车，仿佛已经把自行车当作了她来踢。道别变得很尴尬，她把目光从郑文瑞那里收回，看到盛淮南一脸关切。

"别怕。"他说。

他的温暖让她一下子振奋起来，点点头，搂紧了怀里的纸袋，书尖锐的边角戳到了胃部，她也不觉得疼，微笑着说："真的真的，很谢谢你。"

他双手插兜闲闲地站着："该道谢的是我，我好久没这么开心过了。明天下午去找 Jake 玩，是吧？今天你也挺累了，快回去休息吧。"

宿舍大门吧嗒一声自动上锁，他却不离开，努努嘴要求洛枳先走。她背过手，低下头像个小媳妇一样地笑，然后抬起眼睛朝他点点头，转过身大步离开。

然而那一声声哗啦啦的噪音，在她转过拐角奔进走廊里的时候，仍然在身后不放弃地纠缠着她。

她闭上眼睛，告诉自己，你没有错。

第二天中午，正准备给盛淮南发短信告诉他下午的见面时间，他先发来了短信。

"有点儿事情，不能去了，抱歉。"

突兀而简洁，洛枳握着手机愣了半天，觉得有点儿棘手。先是回复了一条"没事，你忙你的"，然后开始犯愁，如果这次再放 Jake 的鸽子，两个孩子可能要把她拖进自己家的小仓库里关门放狗咬死了。

她拨了一个电话，朱颜去上海了。Jya 告诉她刚好要联络她，两个孩子有点儿发烧，已经由保姆陪着去看病了，她下午不用过去了。

被两方一起放鸽子，事情虽然好办了很多，她仍然觉得心里空落落的。在宿舍里转了五六圈，终于镇定下来，把外出的衣服脱下来，换上随意的格子衬衫和运动长裤，坐到书桌前面翻开单词书，休息的时候又看了几集英剧。差不多五点二十的时候，她披上毛线外套，奔向三食堂热腾腾的面包饼。

端着餐盘坐下的时候，她看到张明瑞从远处走过来，她嘴里塞着吃的，只能摆摆手，指指眼前的座位。张明瑞看到她点的菜，嘴巴张成 O 形："你还真是……天天晚上都吃面包饼啊？"

"就是觉得挺好吃的，每周都要吃好几次。不过也说不准什么时候就会觉得腻烦了。"

他笑了。

"什么时候你觉得腻烦了，一定记得告诉我。"

"为什么？"

"不为什么。"张明瑞低下头去认真地喝粥。

"对了，昨天法导课，你和盛淮南怎么都翘课了？不会是去约会了吧？"

洛枳抬头正考虑要不要说实话，手机忽然响起来。她几乎想要去给中国联通写赞歌，每次她窘迫的时候，手机都会善解人意地来电，这不就是科技以人为本吗？

是妈妈。洛枳一边咬着热乎乎的面包饼，一边认真地跟电话另一端的妈妈扯皮。挂机的时候，张明瑞已经吃完了。

"你吃饭这么快？"洛枳有点儿不敢相信。

"是你打电话太慢好不好？"

她有点儿不好意思，毕竟打了半天电话把人家晾在一边也不是很礼貌的行为，赶紧快速咬了几口面包饼，又往嘴里塞了几口菠菜以表诚意。张明瑞皱着眉头看她，伸手按下了她的筷子："得了，你别噎着。"

洛枳慢慢地吃了一会儿，面前的人悠闲地靠在椅背上，双手枕在脑后，目不转睛地盯着她，这让她有点儿不解。

"你……没吃饱？"

"轰我走是不是？"他愤愤地瞪她一眼。

"不是不是……"她摆手的时候，张明瑞已经把盘子和碗筷都收进餐盘里并站起身来。

"行行行，我走，我还得给我们宿舍老大和盛淮南捎外卖呢，这两头猪。"

洛枳伸出去拦他的手停在半空。

"他怎么不自己出来吃饭啊？"她缓缓地说。

"谁知道，从今天早上起床就不对劲，窝在宿舍打了一天魔兽，也不怕眼花。我们老大更猛，在床上看了一天的《大唐双龙传》，中午饭就是我捎给他的煎饼果子。我告诉你，这就是异地恋的坏处，没有女朋友天天缠着，全都成了宅男……"

张明瑞还在说什么，洛枳已经听不进去了，她木然地咬着面包饼，木然地跟张明瑞道别。

他不是说自己有事吗？

胸口有种胀满的感觉，钝钝地痛，却又不是特别难过，悬在空中半死不活。她胡乱地收了盘子回到宿舍，戴上耳机继续看英剧，费了很大劲儿才看进去。

临睡前，盛淮南没有发送道晚安的短信。她很想问一句怎么了，想了想，终于还是关机。

周一早上开始正常上课，她的世界里，盛淮南再次慢慢消失。她想要伸手抓住什么，却是徒劳。她能握住的只有短信，可是思来想去找不到一个适合开头的方式——她以为他们已经很亲近，但不得不承认，他想要靠近她，轻轻松松就能走过来得到她的笑容招呼，然而她想要追上他把他的背影扳过来却那么难——她那么多年都没有勇气做到，现在仍然如此。

距离横亘在面前，驱散几天前密集的甜蜜烟雾之后，她清晰地看到，他仍然在远方，只有一个背影。

洛枳连着三天都能在晚上的三食堂碰到张明瑞，他也和自己一样排队等待面包饼。洛枳一直没有提起盛淮南，她担心他，却也有些怒气，更对自己还是被他牵着鼻子走这一点感到沮丧，尽管，她从很早之前就一直这样。

"对了，盛淮南感冒了，这两天不知道怎么了，也不说话，也不理人，也不正经吃饭，病得挺重的……那个，你们俩……其实我一直不知道，你们是不是真的……但是……"

对面的张明瑞径自纠结着措辞，洛枳却将目光慢慢放到远处砂锅居窗口的长队上。

他感冒了吗……

一个念头种下，被她打压下去，却又在她坐在一教写作业的时候浮上来。她觉得心里很不踏实，英文原版书上密密麻麻的字符好像乱码，根本看不进去。她索性合上了书，收拾干净桌面，背起书包冲出了门。

站在嘉禾一品的门口时，她突然懂得了自己曾经百般鄙视的江百丽。即使在她这个外人眼里看来江百丽实在太傻，即使戈壁对她不好，即使付出没有回报反被嘲笑，但是那时候，她那么晚站在这里抱着给生病男友买的热气腾腾的外卖，一定是幸福的。

她现在才明白。如她此刻一样幸福而悲壮。

皮蛋瘦肉粥、香甜玉米饼和清炒芥蓝，感冒的人应当吃清淡些——洛枳满心欢喜地把塑料袋抱在胸前，匆匆跑了几步，身子忽然往前一倾，手里的袋子就飞了出去。

路上的地砖缺了一块，她正好陷进去。膝盖猛地跪在地上重重地撞击了一下，刚开始没什么反应，只是微微地麻了一下，几秒钟后，刺骨的疼痛顺着膝盖蔓延到全身。她低下头忍了半天，眼泪还是滴答滴答大颗地掉下来打湿了地砖。

不会这么幸运地……残废了吧？

她动不了，连后背都僵硬了，偏偏双腿是软的，想要坐，又坐不下来，只能直直地跪着，勉强用双手扶地支撑。抬眼看到白色的袋子就在自己前方不远处软塌塌地躺在地上，粥盒已经滚出来，盖子翻落，粥洒了一地，此刻正嘲弄地冒着热气。

洛枳苦笑了一下。

她演的哪出苦情戏，居然这么到位？

摔倒的地方是一条比较僻静的小街，白天还有些人气，到了晚上九点过后，除了网吧的大牌子还亮着灯，其他的店早就已经漆黑一片。她就是在这里孝顺地跪上一夜，也不会有人注意到她。

不知道过了多久，洛枳缓缓地挪动了一下刚刚摔到的左膝，没有想象中那么痛，更多的是酸软。她用诡异的姿势一点点挪动着，终于从屈辱的三跪九叩变成了席地而坐，才发现一直五指张开死死地撑住冬天夜晚冰凉的地砖，现在双手已经僵硬冰冷了，稍稍蜷起五指都会觉得疼。

又过了很久，她才深吸一口气，站起来，缓缓地拍掉身上的土，一步步地走回嘉禾一品。

当初想要给他买夜宵的炽烈心情已经灰飞烟灭，她的心和晚风一样飘忽凄凉，现在的一切举动只不过就是一种执念，一种即使没有人在看也要完成这场戏码的骄傲的执念。

领位的服务员仍然是刚刚的那一个，看到她愣了一下。洛枳朝她苦笑着，举起双手："摔了一跤，都洒了。"

服务员是个俏丽的小丫头，听到她的话体谅地笑了笑，把她让到靠门的一桌，拿来了点菜单和铅笔让她自己画，又过了一会儿，端来了一杯白开水，冒着热气。洛枳吹了半天才喝下一口，在小服务员经过自己身边的时候抓住机会朝她微笑道谢。重新点完菜，她慢慢地走到洗手间整理了一下，镜子里的人并不是很狼狈，裤子也没有破，仿佛刚才刺骨的疼是做梦一样，居然没有丝毫痕迹。

她总是这样，内伤外伤，全都让人看不出来，仿佛看破红尘刀枪不入，让丁水婧她们白白冤枉。她说自己不在意，也不想解释，然而车夫的确话糙理不糙，如果真的有天有人因为这些误会产生的恶意而捅了自己一刀，她也不怨？

想不通。摔了一跤仿佛老了十岁，她重新把粥抱在怀里，小心看着地面，更加慢吞吞地。

到了盛淮南的宿舍楼下，才想到最重要的一点——自己要怎么送上去？

男生楼门口来来往往的数道目光已经让她头皮发麻了。她慌忙拨通了张明瑞的电话，响了很多声都没有人接。该死的，洛枳在心里狠狠地诅咒了他一下，又傻站了几分钟，还是害怕粥变凉，又掏出手机，往他们宿舍打了一个电话。

宿舍电话自然也是从学姐那里得到的。至于为什么不打给盛淮南本人，她也不知道。

接电话的是一个不熟悉的声音。她松了一口气。

"你找哪位？"

"请问是盛淮南的宿舍吗？"

"是是是，你等等——"

"别叫他！"洛枳慌忙大叫，电话那边被她的气势震慑住了，很久才小心翼翼地问："女侠，你……有何贵干？"

洛枳被他气笑了，但也不知道该说什么，深深吸了一口气，觉得还是直说的好。赶紧把粥送走，她腿软，想回去睡觉。

"我是他的崇拜者，听说他感冒了，所以买了热粥，不过不好意思见他本人。你要是方便的话，能不能下楼一趟帮我捎上去？麻烦你了。"

洛枳的声音清甜，电话那边估计是想到有热闹可看，忙不迭地答应："成，立马下楼！"

想到对方不认识自己，洛枳放松了许多，看着从玻璃门走出来的穿着拖鞋睡裤、邋邋遢遢的男生，她笑得眼睛弯弯，打了个招呼把塑料袋送上去。

"美女，我可先说好，我们老三可是人见人爱花见花开，仰慕者能拿簸箕往外撮了，编上号直接就抽六合彩。你这份心意好是好，期望别太高，否则最后伤心可就难办了。"

对方半是戏谑半是认真的一番话让洛枳哭笑不得，她点点头，说："谢谢，我知道了，辛苦你了。"

老大对她平静的样子有点儿惊讶，认真地看了她几眼："你……叫什么名字？"

"问这个干吗？您给编个号吧，我回去等着抽奖。"

迎面慢慢吹来一阵风，拂过半分钟前还紧贴着热粥外卖的腹部。她打了一个哆嗦，把手放在余温尚存的肚子上摩挲了几下。

她回头看看灯火通明的男生宿舍楼，又抬头看看北京没有星星的夜空，忽然觉得一切都很没意思。

第 31 章　雨天

十一月末，冬日降临，北京整日阴沉着脸，让人几乎忘记了蓝是什么颜色。

自从几天前宿舍通了暖气，洛枳就窝在房间里不愿意出门了。

她晚上没吃饭，从零食存货里随手拽了一盒方便面。吃到一半的时候才发现没有味道，原来粉末调料包被落在了盒子里。她这两天总是迟钝而混乱。洛枳用叉子把那个油渍斑斑的透明小袋子从面汤里钩出来的时候，恶心得起了一身鸡皮疙瘩。

高中时她泡面的速度是最快的。站在开水房的窗台边，听着热水器发出咕噜咕噜的声音，麻利地把油包蔬菜包调味包——撕开。有时候油包开口撕得太小，只能用力把里面凝固的油往碗里挤。当时有个不认识的男孩子站在一旁皱着眉头看她挤油包，那场景历历在目。

洛枳知道那个男孩子始终没有说出来的话。

的确，那样子挤出来的东西，很像大便。颜色、形状和……动态效果，都很像。

不过，今天倒是很顺利，可能是因为天太冷了，油都结块儿了，撕开以后方方正正的一大片落在碗里，一点儿意思都没有。

面碗扔在桌子上，里面还剩下一半的面条。洛枳没有食欲了，拿面巾纸把调料包擦干净，放在手里颠来倒去地玩，看着里面的调料粉和蔬菜末儿，发呆。

初中的同桌有个诡异的习惯。他每天都会带来一包方便面的调料，然后倒进自带的矿泉水瓶里面，很卖力气地摇匀，蔬菜粉末就在里面上下沉浮，水的颜色瞬间变成棕黄色。

然后，他很享受地开始喝，那种很珍惜的样子，一小口一小口，半闭着眼睛，自然也看不到洛枳扭曲的脸。

最终还是忍耐不住了，有一天她问，你哪儿来的那么多调料包啊？

他瞪大了眼睛，一副天经地义的样子。我家天天早上煮面条，好几包方便面一起煮，调料包都放进去不得咸死啊，当然每次煮面都能省下一两包调料粉啦。

那……好喝吗？

他很慷慨地把瓶子递过来说，来，尝尝。

那个矿泉水瓶子的边角已经磨得发白，里面的液体更是惨不忍睹。洛枳的目光久久地停留在瓶口的水渍上，咽了一下口水说：不了，谢谢。

男孩当时的眼神有点儿受伤，可是什么都没有说，把矿泉水瓶塞回书包，然后表情难堪地伏在桌子上做物理题。

后来洛枳再也没有看见过他喝那种饮料。现在想来她觉得很难过，这些无害的生活细节，她当年干吗嘴贱地问个没完。

不过洛枳一直没有道歉。道歉是第二重伤害，与其重新提及，还不如当作什么都没有发生。

然而毕业的时候，同桌送给她整套的阿拉蕾。

"你喜欢看动画片，对吧？"

她小心地收起来，高兴地点点头。

"考试加油！"同桌有点儿没话找话的窘迫，班里的人都走得差不多了，他仍然堵在过道上。

"你也是。"洛枳说。

"我有什么可加油的啊，反正能上职高就不错了。"

洛枳知道，这时候安慰人家条条大路通罗马是非常没有意义的行为，所以只能笑笑。

沉默了一会儿，同桌突然开口："洛枳，你讨厌我吗？"

她惊讶地仰起脸："怎么会？"

"真的？"同桌兴奋得满脸通红，"太好了，我也喜欢你！"

洛枳傻眼了，好像被偷换概念了，但是看到同桌高兴的样子，话堵在喉咙发不出声音。

"你不爱说话，我又老是做奇怪的事情，控制不住自己，自习课常常捣乱影响你学习，还喝奇怪的东西让你觉得恶心……后来我都不喝了，你也对我好多了，也跟我说话，我特别高兴。"

洛枳张着嘴，完全跟不上他诡异的思路。

"我老是猜我今天这样是不是让你生气了，明天那样你是不是就高兴了……呵呵，其实，你根本就没注意过我吧？我后来才知道，我跟你提起很多事，你压根儿就不记得了。"

同桌笑得憨憨的，继续说："总之，你是我见过的最优秀的女孩，一定要加油。我特别相信你，你会成为最了不起的人。"

最了不起的人？你怎么可以对我有这么过分的要求？然而洛枳什么都没有说，朝他很灿烂地笑，随手抓起了自己铅笔盒里的一支用了好几年的自动铅笔。

"我用了很久，最喜欢的，幸运铅笔。送给你，祝你考试成功，以后也一切顺利。"

她撒谎。她总是撒谎。但是换同桌一个永远珍视的记忆和最开怀的笑容，洛枳并不觉得自己有什么错。

何况，她不经意间让那个男孩子患得患失地猜测自己的心思，猜了那么久那么久。

现在的一切都是报应。

洛枳从回忆中走出来，略略迟疑，就坚定地将调料包倒进热水杯里，拿勺子快速搅匀，狠狠地喝了一大口。

虽然怪了点儿，但是真的不难喝。

外面突然下起大雨。北京初冬时节很少有雨，所以这场雨特别冷清，凉意好像要渗透到骨子里去一样。

洛枳打开窗子，楼下奔跑的行人纷纷怪叫着，雨声中，泥土的气息冲进鼻腔。她咧嘴勉强笑了一下。

笑不出来。

这是第二次，盛淮南人间蒸发。

她后来还是鼓起勇气给他发过几条短信，询问他感冒怎么样了，对方都不回复。周六的法导课，洛枳正坐在座位上纠结，远远地看到他走进门，然而他一眼都没有朝她的方向看。

洛枳不知道是难过还是愤怒，她根本没有反应能力。

更恐怖的是她那无法自控的短信幻听症。关机，开机，没有新短信，再关机，再开机……

诺基亚在这一刻终于死机。

洛枳，你没事吧？

她面对着重启的屏幕，打算开口笑。

抗拒了几秒钟，她忽然猛地关上窗，伏倒在宿舍的床上，虽然姿势不像百丽那样夸张，但本质没有区别。

没有号啕。只是眼泪慢慢渗出来，她放弃了抵抗。原来在乎一个人的时候，表面上装成什么样子都没有用，那些曾经被她鄙视的种种情绪一一放肆地浮上心头。

如果，如果曾经丁水婧真的很在乎她的看法和态度，那么，这段时间以来自己一定没让人家好受过。将心比心，洛枳很愧疚。

所谓报应。

生活毕竟不是演电影，电影中段剧情开始转折的时候，天时地利都顺从着主人公的觉醒而大逆转——当然，她也觉醒了。她满口谎言，满心算计，迂回却勇敢地去追求自己爱的男孩。

却没有逆转。

老天这样忽冷忽热地对待她，她那"终于勇敢了一次"的决心和骄傲感立即溃不成军。

她可以做决定，但是她真的说了不算。

终于哭累了，就像曾经在操场跑圈跑到虚脱。

擦干眼泪，待了一会儿，她翻开桌上的单词书。

是不是世界上所有的单词书的第一个生词都是"abandon"？许多人雄赳赳气昂昂地报名托福雅思 GRE，发誓好好坚持背单词，看到的第一个生词，却是"放弃"。

但是洛枳，洛枳，你要加油。

突然书桌上手机振动，而且是连着两下。洛枳吓了一跳。

盛淮南，以及张明瑞。同样的一句话。

"你在哪儿？没有被大雨困在外面吧。"

她回复张明瑞："谢谢关心哈，在宿舍窝着呢。"

半小时后，洛枳从门外冲进宿舍，推门的瞬间热气扑面而来。她把书包摔在椅子上，发现自己有点儿抖。可能是天气太凉了。她蹲在地上，抓住自己的胳膊，思绪混乱。

似乎都没有意识到自己抓得太紧，松手时胳膊上有几道白印，渐渐泛红。

收到短信的那一瞬间，她没有回复盛淮南，而是立即麻利冷静地把平底鞋套上布袋放到书包里，揣着一个干净塑料袋，打上伞，不顾一切地冲出了宿舍。她挽着裤脚穿着拖鞋，踏着洪流走到了宿舍附近的小咖啡厅。远远地看到大门口躲雨的人很多，她悄悄地从侧门进去，跑到卫生间擦干净腿脚上的水，把伞和拖鞋放进事先准备好的塑料袋中，塞进书包，换上平底鞋，放下裤脚。

很好，看不出来她冒雨跑过，仿佛从一开始就被困在这里一样。

她看的那些侦探小说一瞬间都转化成决断力，让她迅速地做出了这样的举动。

她必须抓住这次机会。

然后，看看手机——盛淮南又来了一条信息："你在哪儿？"

她回复："单向街咖啡厅，死定了。我已经把塑料袋套到了头上，准备冲出去。"

发送。

洛枳知道，虽然她并不像大家看到的那么淡定自若，可是也从来没有这样离谱过。

她的心惴惴的，总有感觉，这是最后的机会。快回信息，快回信息。她卑微地在原地转圈。

她很害怕他只是回复一句："那你慢慢跑，小落汤鸡。"

无意中偏头透过墙上的镜子看到了自己苍白的脸上掩饰不住的焦虑和做作，她慢慢地凝固在原地，然后对着镜子惨惨地一笑。

她也不过如此嘛。

他的短信到来的时候，洛枳已经神色如常。

"等我，我马上到。"

洛枳的冷笑渐渐变得有些凄凉。因为之前太恐惧、太期望，反而冲淡了应有的喜悦。这也许是她最大的悲哀。

她坐在椅子上等，大家都在看雨，她在看掌心。

抬头的瞬间，看见盛淮南站在旁边出神地望着自己。

洛枳站起来微笑，他拎着一把很大的伞，伞尖正在滴水。盛淮南面无表情地朝她点点头，慢慢地打开书包，拿了一件雨衣出来。粉色的雨衣，上面画着纯白无嘴猫 Hello Kitty，一身蓝色工装裤，无辜得要命。

她愣了一下，抬头，盛淮南的脸上隐约有一丝微笑，她看不懂。

洛枳一直讨厌那只猫，她不喜欢没有灵气的猫，傻呆呆的，没有魂魄。

当然，还有更重要的原因。她见过这件雨衣。

"雨太大，打伞也没用，你穿上雨衣，双重防护。老板娘，有塑料袋吗？给我两个。洛枳，你穿在脚上防止鞋里进水。我就不用了，反正都湿透了。"

她没有问他从哪里来，也没有道谢，只是按着他的吩咐做事，然后被他拉走。戴上雨衣的帽子，听外面的雨声都会不同，好像被隔离在自己的世界里。她心里复杂得难以言说。从收到他的短信到现在，不是不幸福，可是，雨衣就是让她皮肤灼热。

他们一路蹚水，洛枳躲在雨衣里，转头都很困难，总被帽子挡住视线。

"对不起，鞋都湿透了吧？"

盛淮南看了一眼脚下，没说话。

"感冒好了吗？"

他的表情缓和了些，点点头，或者说，洛枳隔着半透明的粉红色隐约看到他点头。

"为什么不说话？"洛枳皱着眉，压抑着心底翻腾的不开心。

"没什么可说的啊。"他笑，只一瞬间，又是那么云淡风轻的笑容。

到宿舍楼门口，盛淮南说，快进去吧。

洛枳语塞，只是说"真的谢谢你"。

"客气什么？"标准的盛淮南式笑容，不知是不是洛枳多心，她在那笑容里看到了恶意的捉弄和讽刺。

她身体一僵，不知道是不是赌气，这一路隐忍不发的愤怒让她无法这样狼狈地离开。他们就这样默默站了很久，最终还是洛枳投降了，最后一次道谢，然后转身。

他在这样的天气里，记得她，发短信问候她，蹚着大水来接她。

但是又为什么……

"再见。"她颓丧地低下头，脸上仍然波澜不惊。

"洛枳。"他终于叫她，眯眯眼笑着，左手摸后脑勺儿，和他无数次真诚的笑容一样，但是今天的一切看来都不同。

"什么事？"

"你能不能……记得把雨衣还给我？"

洛枳突然感觉到脑子里嗡嗡作响，仿佛灵光一闪的柯南。同样是发现真相，柯南同学很兴奋，她却很狼狈。

"放心，肯定还给你，洗得干干净净的还给你。我不喜欢 Hello Kitty。"洛枳低垂着眼，冷淡地说。

盛淮南没有说话，好像并没有对她的态度感到诧异，他微微眯起眼睛，眉目间闪过一丝失望。

"为什么。"他用的却不是疑问句。

"一个图案而已，哪儿有那么多为什么。"她摇摇头。

"那你喜欢什么？"盛淮南的口气有点儿不悦。

"我喜欢什么？"洛枳听出了他的语气，突然觉得非常不解和委屈。

洛枳，大雨天，你跑出来干什么？她忍住眼泪，笑了，歪着脑袋看着地上的水坑："我小时候，爸爸给我买过一件绿色的画着小青蛙的雨衣，虽然也很幼稚，不过我很喜欢。"

盛淮南终于有点儿疑惑地皱起眉。洛枳笑得更灿烂。

"更重要的是，我爸爸再也不能给我买雨衣了。"她直视他，慢慢不再笑。

他们就这样在大雨天里对视，对视很久。洛枳感觉到自己所有的力气都赌在这一场莫名其妙的战斗里了，一直看到盛淮南眼神一暗转过头去。

转身，刷卡，进楼。

自扇耳光的感觉，不过如此。

她记得那两个背影，粉色的 Hello Kitty，以及绿色的大眼睛小青蛙。

高三的四月，下午去学校领二模成绩。她一不小心在校门口滑倒跌了一身泥，抬头看见牵着手的一粉一绿。进门的时候，女孩子把雨衣脱下来塞到男孩子的手里，甜甜地说——

"你帮我保管，这辈子都要带在身边。"

"为什么？"

"这样，"她笑得很美，又带有几分狡猾，"以后每一个雨天，你都能来接我。"

为什么？他用前女友的雨衣来接她，冷冷地笑话她，为什么？

然而最刺痛她的是当时盛淮南身上的那件大眼睛小青蛙的雨衣。

　　五岁那年的深冬，大雪纷飞。她在外婆家里接到电话，爸爸说，洛洛，爸爸下班就去接你，外面雪下得太大了，路不好走，可能要晚点儿。不过你要乖，如果你乖乖待在家里，爸爸就去给你买新雨衣，上次咱们在三百货二层看到的那件小青蛙的雨衣！

　　可是妈妈不让。

　　咱们不听妈妈的，冬天穿雨衣怎么了？咱们就下雪天穿！

　　她捧着电话高兴地叫，期待了一下午，站在外婆的厨房里直转圈，还碰翻了水盆。

　　她没有等到爸爸。

　　爸爸死了。

第 32 章　旁观者的青春

那天下午她坐在书桌前，额前的几绺头发被雨打湿，软塌塌地贴在眼前，怎么都拨不开。情绪在皮肤下游来游去，愤怒、委屈、不解、伤心，稍不注意就会浮上来，可是她没有理会。洛枳翻开阿加莎的自传，一直看到晚上八点，然后开始做统计学的作业，然后洗衣服，然后打扫房间，然后关上灯睡觉，居然很快就睡着了，没有做梦，第二天早上清清爽爽地去上自习。

她经常为一些小细节感伤感慨感动，真的有大事发生的时候，反而无动于衷。就好像灵魂深处有另一个更强大的洛枳，平时潜伏起来，任由她占据身体，软弱胡闹，可是关键时刻二话不说会接管躯壳，统领灵魂，把那个敏感多愁的她晾在一边。

看书到十一点半，眼睛有些疼，她洗漱完毕，躺在床上努力入睡。

可能是白天为了提高效率而喝了太多咖啡，洛枳睡不着，翻出 shuffle（苹果的一款 MP3）开始听听力，却发现自己竟然只存储了新概念 4 的课文，没有其他可听。

216

她不能听新概念 4，听了会发疯。

百丽还没有回来。她翻来覆去胡思乱想，忽然想起高二的末尾，自己坐在台阶上来回地听新概念 4 第一课却怎么也听不懂的情景，莫名笑了起来，笑着笑着，不知怎么就流眼泪了，然后一发不可收拾。

已经过了午夜十二点。她起身洗脸，换好衣服，戴上耳机，出门散步。

那场雨下了两天一夜，傍晚才停。天气已经格外冷。洛枳缩了缩脖子，往北面的商业区走，因为那里还有明亮的灯光，虽然很多店铺都已经关门，但几家二十四小时营业的餐馆里仍然有人在高声说笑。大街上偶尔有几个行人匆匆穿过夜色，最热闹的却是飞扬的垃圾。

走到千叶大厦前的时候，她抬头看了一眼，映入眼帘的大幅广告是白水晶。

施华洛世奇。

她突然想起了叶展颜。

或者说，她从来没有一刻忘记过叶展颜，甚至更甚于百丽把陈墨涵的照片放在钱包里。

那个被她潜意识隐藏起来，从来不在他面前提起，却又留出一段小尾巴供自己小心翼翼地把玩的，盛淮南的前女友。

至于为什么要避开，她也不知道。也许是出于怜悯自己，也许是出于心机。

她已经记不清动机。

那些阴暗动机慢慢地和它纯洁的伪装合为一体，每天都有一层薄膜扣在身体上面，时间越长，撕下来的时候就越疼。

自打分文理，洛枳就和叶展颜在同一个班，然而几乎没有什么交情。见面的时候也许会打个招呼，但也只是在避闪不及的时候回以礼貌的笑容。更多情况下，她会转过头去看墙上物理学家的画像来避免那个招呼。她和叶展颜没有什么过节儿，这种回避和冷淡不仅仅针对她一个人。她自认为和大多数人都一直相安无事。

相安无事，这句话说出来已经有些土气了。

当时她没有看过张爱玲的书，对这个女作家也听闻甚少，所以无意中听到叶展颜她们最爱的那句"现世安稳，岁月静好"时，心中不免微微一震，向往的不得了。

只可惜后来才知道，在婚书上写下这两句的并非张爱玲，而是那个惊才绝艳的负心人。动荡岁月命运不堪，只留下不明真相的后人在 QQ 签名里用这个誓言一遍遍地晒着幸福。

洛枳从来都不在意别人是怎么生活的，活得怎么样。但是不能不承认，叶展颜那样青春而真诚的笑，每每都会让她有些羡慕。有时候她也想，很多年后，她会不会后悔自己年轻的时候没有穿上漂亮衣服，梳着流行的发式，站在阳光下那样开心地笑？

不是不羡慕。那是另一种、更富有色彩的青春。

她经常对着主楼梯前的穿衣镜照自己的样子，并不是为了整理仪表。镜子里的女生微微苍白，面容清秀，眼神淡定。也许是自恋，也许是自怜，也许这两种感情根本没有区别。她喜欢抱紧怀里的卷子低下头穿过长长的走廊，每当这时候就会没来由地为自己感到骄傲。多年来，也只有这种没来由的骄傲像影子一样牵绊着她，好像这样就不寂寞了，或者她的骄傲就来源于这份矜持的寂寞——她也不知道。

3 月 24 日，上午第二堂课的课间。还没有走到班级门口，她就听见里面的欢呼与掌声。叶展颜正站在讲台前，被一群人簇拥着，小麦色的皮肤微微泛红，漂亮的面孔上既有平时的张扬和自信，又带了一点点羞涩，很特别的味道。

她绕到班级后门，走到第三排自己的位置上，扫视一下沸腾的教室，知道没有机会抢占讲台发卷子了。坐下的时候看到同桌许七巧正在偷笑，还不时地用眼角瞟她，脸上明摆着写了一行字："问我吧，我知道很多内情。"

她把卷子摆好，微微笑了一下："怎么了？"

"了"字还没有收尾，许七巧就急急地说："三班的盛淮南跟她表白了。"

她愣了不到一秒钟，继续僵硬地微笑，摆正桌子上面的笔袋没有说什么。许七巧看了她好几眼，她才发现自己的表现有些让人恼火，这么劲爆的新闻居然只给出这种反应，难怪许七巧有些不高兴，这个把八卦事业当作生活重心的女生已经开始撇嘴了。很早她就知道许七巧不愿意调到她身边来坐，很简单，因为她的漠不关心，而班主任恰恰就是利用这一点整治许七巧。

她识时务地追问："用短信表白的？"

"你听说了？你怎么知道的？"

余光所及的范围内大家正在传递叶展颜的手机，而叶展颜正手忙脚乱地往回抢，焦急而幸福的目光尽收眼底。她耸耸肩，笑得脸部有些僵硬，说："看这形势就知道。"

"是啊，你猜猜盛淮南是怎么说的？"

手机被传到了她们附近，前排的女生转头把手机丢在了她的桌子上。叶展颜已经扑过来，许七巧眼疾手快把手机夺走了，而叶展颜则和洛枳从侧面撞了个结结实实。

好像闭上眼睛，就能清晰地回忆起颧骨的肿痛。

大家一边问"没事吧没事吧"，一边还在哈哈大笑。她没顾得上揉脸，赶忙对满脸通红的叶展颜说："你还好吧？"

叶展颜摇摇头，站直了大喊："你们这群没良心的，赶紧把老娘的手机拿来！"许七巧的哑嗓子几乎同时响起来，"叶展颜叶展颜，盛淮南来电话了"！

教室再一次沸腾了，叶展颜一把抢过手机夺门而逃，后面几个男生大声喊："叶展颜，你可千万别跟盛淮南说'他们欺负老娘'啊！"

盛淮南。她记得这个名字，当时这个人抱着皮球站在台阶上，夕阳从他的

背后照射过来，在她的眼底铺满了温暖的色泽。他笑得眼睛弯弯，对她说："我叫盛淮南。"

高一，她再次听到这个名字，时空错位的违和感。

现在，这个名字再次脆生生地出现在她的耳边。洛枳趴在桌子上，塞上耳机闭上眼，苏格兰风笛的声音盖过了外面的喧嚣。

那张专辑的名字叫作《爱尔兰画眉》，天知道为什么。

上课大约五分钟后，叶展颜敲敲门走进教室，很多人在下面偷笑，英语老师瞪了叶展颜一眼也没有说什么。英语老师总是尖声尖气像煞有介事地说话，那堂课她的声音却格外弱，似乎没有意识到教室下面暗涌的说笑声。许七巧一直在和后桌的女生传字条，洛枳却很急躁地想要把那张专辑听完。

一堂课过后再次下课，大家的热情仍旧高涨，纷纷围着叶展颜问东问西。洛枳低下头，悄悄走上讲台开始写字。

本来直接说就好了，但是不想在这个时候声嘶力竭地喊"大家安静"，更不想破坏了气氛。煞风景是个大罪过，她不希望扫了大家的兴。她把数学老师对月考卷子的处理要求悉数写在黑板角落，写完了后一转身，发现一个男孩子正站在教室前门门口，那一刻只有她的位置可以看到他。

"请问你找人吗？"她问。

"哦，麻烦你了，我找叶展颜。"男孩子有好看温和的笑容和比笑容还让人沉醉的声音。她点点头，对着教室中间的热点喊：叶展颜！

本来她说话的声音就不大，此时更是被教室的声浪盖过了。她喊了两声都没有人理她，心里狠狠地问候了一下大家的老妈，还是朝门口的男孩子温柔地笑笑说"你稍等一下。"

她挤到叶展颜身边，控制表情，努力做出神秘兮兮的样子，对她说，门口有个帅哥找你。

不出所料大家又是一阵起哄，她和所有路人甲一样谢幕，转身回到黑板前一笔一画地写着数学老师絮絮叨叨的嘱咐。

如果有人真的关注她，真的想了解她，一定能看出，从来都是一副漠不关心的样子的洛枳那天破天荒地在众人面前表现了八卦兮兮的贼笑，一切的一切都彰显了她的慌张和欲盖弥彰，然而，没有人发现。

她认认真真用力地写着，没有回头，她相信门口一定聚满了人，两分钟前只有她才看到的角度，现在人山人海。

他们在这所学校里生活了三年，渐渐的，所有人的脸都开始变得熟悉，无论是在开水间还是在小卖部，哪怕说不出对方的名字和班级，在大街上看到时也会立刻意识到这个人曾经和自己在一所学校里走走停停。

然而盛淮南在溜冰场认真地问她："你是不是经常宅教室，我怎么从来都没见过你？"

我怎么从来都没见过你。

连她自己都怀疑自己究竟有没有存在过。

第 33 章　施华洛世奇

　　洛枳对"纯粹"二字的痴迷几乎到了病态的地步。在校花和校草的故事风靡的时候,她仍然掩耳盗铃,眼中只有盛淮南一个人,继续写着只和他有关的日记。

　　当然也并不能总是完全视而不见。躲不开的时候,她曾经看见过他们两个几次。

　　她很高兴地看到,他们的恋爱不像那些张扬的学生一般,有机会就黏在一起卿卿我我。和大家一直私下猜想的相反,叶展颜很安静,反倒是盛淮南的话很多。洛枳坐在偏僻的行政区顶层最后一级台阶上听 CD,看新概念 4,他们两个没有注意到她。那两个人坐在五、六层交接的楼梯中央,没有牵手,没有拥抱,看着一本数学书,盛淮南好像在絮絮地给叶展颜讲什么,洛枳没有摘下耳机偷听。

　　她一直坐到屁股发麻,他们还是不走,堵住她的路,她并不想惊吓到他们,所以只好一直坐在那里。巴赫的无伴奏大提琴组曲很好听,新概念的课文反而蜕化成了一堆没有意义的符号,飘在眼前,进不去大脑。

222

她索性合上书，托腮安静地坐着。余光的范围里有两个人，一粉一白，认真地钻研着什么，美好得不得了。洛枳发现自己并没有觉得悲伤，反而很轻松，她对他们的爱情有种宽广而温柔的呵护，反过来也保护了她自己。

然而终于回到班级里的时候，洛枳从后门看到许七巧等人围住了叶展颜。她在人群中央大声地说："我老公教我数学了！"大家起哄问什么什么啊，叶展颜略一沉吟，笑嘻嘻地说——

奇变偶不变，符号看象限！

绝倒。大家笑，起哄，骂她恶搞。

叶展颜的炫耀和张扬，让楼梯上两个人低着头温柔美好的样子在一瞬间崩碎。洛枳默默地坐回到座位上，喧闹声从右后方传来，她低下头摆弄那本厚厚的《语文基础知识手册》，翻来倒去地看，好像里面藏着高考的秘密。

高考之后的那个夏天，班里的同学无论得意失意，都喜欢聚在一起一醉方休。洛枳只参加过一次，在角落看着他们呼朋唤友，"满上满上"的喊声此起彼伏。醉醺醺的叶展颜忽然走过来坐到她身边，大着舌头说："那个白痴这次居然没有考第一。"

洛枳笑，说："第三名，已经很厉害了，考试无常，理科的竞争向来很激烈。"

"你说他会不会扔下我？会不会爱上别人呢？北京那么远。"叶展颜一低头，眼泪掉下来，肩膀耸动，一副楚楚可怜的样子。

洛枳有点儿羡慕，叶展颜永远不会被郁闷和悲伤扼杀，她会痛快地发泄。

虽然她这副样子还是让洛枳觉得失望，这样的叶展颜，看起来只是个小姑娘，没有她平时见到的自信洒脱。

"是福不是祸，是祸躲不过。感情这种东西说不准，你只能相信他。"洛枳淡淡地说。

原本只是想要安慰她一下，说些诸如"你对他来说是最特别的，距离不是问题"一类的话，然而也许是同学会中的她实在沉默得过了头，一脱口，就是这样残酷的话。

又或许，她的忌妒和怨毒时刻不放弃寻找透气的机会。

叶展颜愣了一下，然后含着眼泪笑。

"洛枳，他妈妈不喜欢我。"

她曾经听到很多人安慰叶展颜："他妈妈没眼光，连你都看不上，让他儿子打光棍儿去吧"——然而她只能苦笑。旁观者不负责任的打抱不平，永远只具有添乱的功效。

"爱屋及乌是世界上最荒谬的举动，你和他妈妈都很爱他，但是没有必要接受彼此。十年后，你们结婚的时候再考虑婆婆和儿媳妇的问题吧，好好享受现在的时光就可以了。叶展颜，不洒脱就不像你了。"

叶展颜很久都没有说话。

"洒脱才像我吗？"

"嗯。"洛枳有点儿不耐烦了，"我想，他也一定喜欢你洒脱大气的样子。振作点儿。"

叶展颜突然扑哧乐出来。

"怎么了？"洛枳问。

"你怎么知道他喜欢什么？呵呵，算啦。嘿嘿，我知道啦，谢谢你。你看这个好不好看？"叶展颜忽然抹了一把眼泪咧开嘴笑，把一个坠子从领口拉出来。

美丽的白水晶，是一只天鹅。

"他送我的——施华洛世奇的，好看不？不过，翅膀有一个地方磕破了，你看。其实最神奇的不是他送我天鹅，而是他和我爸在我过生日那天送给我一样的东西！哈哈，你说，我是戴我爸那个好，还是戴他送的那个好？有时候真的觉得，虽然也有不如意的事情，日子还是特别幸福，是不是？"

洛枳有一瞬间的恍惚，身边叶展颜绽开灿烂的笑脸，美丽的眼角甚至还有些没擦干净的泪痕。她也笑起来，说："嗯，是，开心点儿，你爸爸妈妈给你起这样的名字，就是要你笑得灿烂些的。"

叶展颜突然转过头来看着她，慢慢地却不笑了，那一双眼睛好像看进洛枳的灵魂里一样，无礼而执拗。

洛枳愣住了，但也没有回避，只是坦然地看着她，不移动自己的目光，也没有问她要做什么。

"叶展颜，你能不能快点儿？就差你了，怎么那么磨蹭！"

"行，你真行。"叶展颜的声音轻得几不可闻，然而洛枳还是听到了，仿佛幻觉。

她被叫走，继续喝酒去了。洛枳很好奇，为什么世界上所有的对话都是这样，每当进行到快要进行不下去的时候，就会有人来救场？

所以这个世界上的故事层出不穷，一个比一个精彩，永远不冷场。

她发现自己手脚冰凉。

那是洛枳对叶展颜最后的印象，她不明白对方为什么这样看着她。也许这将成为她人生中永远的未解之谜。

洛枳离开同学会之后，坐车来到了商业区隆龄大厦一层化妆品和钟表首饰专柜，她妈妈在这里站周生生的专柜。

她跑去看以前从来没有留意过的施华洛世奇。

黑色的专柜，闪亮的水晶。然而洛枳知道，真正美丽的不是水晶，而是背后的射灯。

就像她不忌妒叶展颜的美丽和透彻爽朗，她叹息艳羡的是她背后的支撑。

射灯让水晶晶莹剔透光芒四射，而叶展颜成长为今天的样子自然也有原因。

她转回到原地找她妈妈。

"去哪儿逛啦？"下午四点，商场人很少，妈妈心情很好，摸着宝贝女儿的头，笑得很舒心。

"卖水晶和琉璃的地方。"

"你不说我还忘了，这两天商场打特价返利，那边有个卖水晶的店，还有一个是玉器店，几个小丫头都跟我挺熟悉的，好像还能比特价再便宜一点儿，你想不想要个什么礼物？高考结束了还没给你买过什么。"

"算了，不想要。"她笑笑。

上大学后，盛淮南就一直在她心里沉睡，仿佛被遗忘了一般。即使听说了他和叶展颜分手，她也不曾蠢蠢欲动过。

她明明过得很好的，至少她以为是这样。可为什么会这样不堪一击？

盛淮南和学生会的学长推开烧烤店的门，三三两两地聊着天往学校走。

他忽然看见了一个穿着白色毛衣的女孩子，在风中高挑瘦削的背影很眼熟。

他跟学长说："你们先走，我想起要给寝室同学带点儿吃的回去，我回去再点几串鸡翅。"

那个女孩子仰着脸出神地看着千叶大厦，高空的射灯光散落在她脸上勾勒出柔和的线条，两条晶亮的泪痕闪烁不止。

盛淮南站在她身后，也抬起头，只能看见一堆乱糟糟的相机和化妆品广告。

洛枳恍恍惚惚地走到学校幽暗的小路上，突然听到背后有人一脚踏在了枯树枝上发出声音。

她没有慌乱地回头，而是继续镇定地走了两步，突然拔腿开始跑，跑了一段距离才转身看，发现路灯下的人影很熟悉。

是盛淮南。

　　她狂跳的心慢慢平复，午夜的凉意让她牙齿打架。路灯在尽头倾斜虚假的橙色日光，把洛枳的影子驱赶到身前，拖得很长很长，伸展过窄窄的小路，轻轻地覆盖在了盛淮南身上。

　　他们又开始毫无头绪地对视，如同那个雨天。

　　记忆中，叶展颜那一刻的目光里满是不甘和怨毒，洛枳不懂。

　　而此刻，盛淮南的目光里，满是温柔的怜悯和悲哀。

　　洛枳突然很想冲过去捂住他的眼睛——不要那样怜悯地看着我。

　　她从小就害怕被怜悯，何况是被他。

　　"为什么？"她问。

　　"我和学生会的几个学长一起吃饭出来得很晚，无意中看到你，怕你一个女孩子独自回来不安全，所以悄悄跟在你后面。"

　　我不是问这个。她摇摇头，却不想再追问，看盛淮南的样子，即使她指代得清楚明白，答案也一定是一句明知故问的"什么为什么？"

"那真谢谢你了。"洛枳觉得又冷又疲惫，额头发烫，不想再纠缠下去。

"能不能问你一个问题？"盛淮南的语气不容拒绝。

"说吧。"

"你喜欢我，对吗？"

洛枳抬起头，不敢置信地看着对面的人。

"你还是不要撒谎比较好。"

"什么意思？"她低声问。

"没什么意思。你总还是有实话的，对不对？"

洛枳不知道是寒风还是愤怒让自己发抖。

但是她没有底气。她的确撒了很多谎，只是她不知道他怎么会发现。

摆在凳子横档儿上的肥肉，三根筷子，和所有的处心积虑。

"你到底想说什么？"

"其实我们不应该绕弯子，如果你不喜欢我，也对我没抱什么希望和兴趣，那么，你不应该对我的态度这么戒备，只要照直说就可以了。"

洛枳挺直了脊背："所以你不用听我说了，你都推理出来了。虽然答案未必合你的心意。"

"你……"

"我，"洛枳深吸一口气，"我喜欢你，的确。"

她终于表白了，这句在她脑海中转了许多年的"我喜欢你"，在北京初冬的深夜，被当事人用不耐烦的冷冽眼神逼问出来。

这句话说出口的时候，盛淮南的眼睛里，却是浓重的失望和不忍心。

"你应该猜得到啊，"洛枳冷笑，"我要是不喜欢你，你牵我的手的时候，我早就一巴掌扇过去了，为什么我没有？"

沉默了很久，盛淮南表情复杂地问："你是……想做我的女朋友？"

洛枳没有露出盛淮南想象中的表情，任何一种都没有——惊诧也好，愤怒也好，不解也好，甚至欣喜，都没有。

她微微蹙眉，眼睛里蓄满了悲伤。

什么狗屁问题？他耍她，他居然这样耍她。

她努力仰起脸，笑得很甜蜜。

"你想娶我吗？"她问。

盛淮南显然没有反应过来："我干吗要……"

他脱口而出，停在半空中定了定神儿："为什么问这个？"

"想，还是不想？"

"未来太遥远了吧，这些都说不准的。"他不看她。

"我问你，是不是'想要'娶我，没问你是不是一定能够娶我。未来太远，谁都说不准，重要的是你有没有那份心。你的潜台词就是，既然我喜欢你，那就先跟我谈恋爱试试，然后再考虑是不是转正签合同？"

她笑嘻嘻的态度似乎激怒了盛淮南，他冷淡地一摆手："OK，我不想跟你结婚，怎样？"

洛枳还在笑，盛淮南认识她以来，她第一次笑得那么恣意张狂。

"盛淮南，你知道吗，伟大领袖毛主席曾经说过，所有不以结婚为目的的恋爱都是耍流氓。"

臭流氓。

她说完，就摇摇晃晃地转身离开。

听到开门的声音，百丽吓了一跳坐起身来。走廊的柔和灯光打在洛枳的脸上，她满脸泪痕，正好对上同样泪流满面的百丽的眼睛。

百丽惊讶地张大嘴，洛枳很少晚归，更不用提哭泣了——但是她也没有说什么，躺下来，继续一边流泪一边努力入睡，只听见旁边窸窸窣窣的声响，渐渐模糊。

洛枳在适当的时机大病了一场。

回忆每到夜深人静的时候总是闹得很凶，本来那天晚上就因为受凉而感冒发烧，她却同时又开始失眠。

洛枳把自己的作息时间切割得支离破碎，半夜睡不着就索性爬起来学习看书听 CD，白天却照常上课。

百丽试着劝她不要这样拼命学习，她只能笑笑说："我白天已经睡过了啊，你见过谁能一直晚上不睡觉的？我真的睡过觉了。"

"可是你白天还照常上课，什么时候睡觉啊？"

"有空闲时间就睡觉呗，困了就睡，不困就不睡喽。"

"洛枳……你是不是不开心？"

"是。我特别不开心。"

她干脆地回答，脸上的冷漠却让百丽什么都不敢问。

没撑住几天，就病倒了。洛枳昏昏沉沉地躺在床上，浑身酸软，嗓子哑得说不出来话，左侧卧右侧卧仰卧俯卧通通呼吸困难。

她总梦见高中。醒来时，眼泪总是沾湿了枕巾。

原来人真的是会在梦中哭泣，哭到枕头都晒不干。

原本，她是说原本，那段时光，应该可以被淬炼成美丽的故事，淹没在黄冈题库和成堆校内模拟卷的琐碎片段中，只等年老的她平心静气地拼凑出多年前那个梳着马尾的苍白少女的模样。她隐忍的暗恋，一半出于自卑，一半则完全是骄傲。那些默默地跟在男孩子背后，穿越走廊里大片大片光阴交错的晨曦——她原本可以拥有这样一段剪辑得美好而完整的青春。

尽管她的故事不像表面上那么美好单纯，至少她对得起自己。那算不上开心，但也绝对纯净的一个人的爱情，至少可以在午夜梦回的时候拿出来抱在怀里，用旺盛的想象力和记忆力把它烧出几分颜色，温暖自身。

可是现在，那份执着而无害的暗恋好像被贪得无厌的导演制片人狗尾续貂，让她不忍心去想这短短不到三个月的遭遇。没有原因，没有结果，一段感情就这样被践踏得破烂。

一想到就会疼到心口翻腾。

多好，她终于表白了。

不是气喘吁吁满面通红地爬上六楼站到三班门口的少女洛枳。

她只是站在冷风中，面对对方不耐烦的眼神，有点儿悲壮无名地承认，是的，我的确喜欢你。

那不是表白，是招供。

她半夜醒来咳到快窒息，挣扎着爬起来去喝水，手腕一软打翻在地，哗啦一声，一地狼藉。

所谓覆水难收。

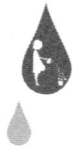

第 35 章　对不起

连着旷了三天的课，她终于在一个白天醒来，窗外雪白刺目，恍若隔世。

放在床上的手机突然振动起来，是妈妈来电话。

"洛洛，这两天好吗？我看电视上说北京下雪了。冷不冷？"

"不冷。"

其实洛枳也不知道外面冷不冷，因为她一直没有出门。张明瑞发短信问她为什么法导课没去，她开玩笑说病得要死了，他居然说要来宿舍楼看她，在她百般推托下才终于作罢。晚上的时候，他却打来电话说自己跑到嘉禾一品去买粥了，要送上来。洛枳吓了一跳，只能求助于百丽，后果是下楼接应的江百丽后来逮到机会就笑得八卦分分的让她招供。

这几天，就是这样过来的。

"你的嗓子怎么了？这么哑，感冒了？"

"有点儿。没事，不严重，不发烧，只是咳嗽。放心，我吃药了。"

"你能好好吃药就怪了。怪不得，我昨天晚上做梦，梦见你染头发导致过敏，嘴巴肿得和《功夫》里的周星驰似的，都说不出话了。我心里越想越不对劲，打电话问你好不好，果然是病了。"

"母女连心嘛，"洛枳大大咧咧地笑，没想到嗓音像鸭子叫一样难听，"你总是太惦记我了，然后就做怪梦。别迷信，这东西不能信。不过我倒宁肯嘴巴肿起来，省得说话。"

"怎么了？"

"没。就是嗓子疼。"

"给那两个孩子上课，是不是特别累？"

"不累，就是哄小孩儿。很简单。两个孩子也挺懂事的。"

她向朱颜请假，对方直接派司机给她送来了阿胶和盛在保温杯里的燕窝。

"怎么可能不累，你净糊弄我！"

洛枳突然很想咳嗽，赶紧闭嘴压制住，放弃争辩。

"我们这儿的一个同事，就是假期你见过的那个付姨，她要去北京送儿子——她托人在酒店给孩子找了工作。正好我让她给你捎了点儿吃的，还有件羽绒马甲，你可以在宿舍穿。本来想让你去火车站接她一下，把他们送上地铁，正好也把东西拿回去。你病得这么重，我看算了。"

"没事，你把车次时间告诉我。就发我短信吧，省得我忘了。上班还行？"

她妈妈以前成天站柜台，去年检查出来轻微静脉曲张，经人介绍，去了塑料模具厂食堂给职工做饭。洛枳听着妈妈跟她讲食堂里的人事纷争、是非曲直，也会发表几句见解，有时候劝劝，有时候逗逗。

说起单位，妈妈话匣子打开，聊了很久才挂电话。

洛枳仍然记得，五岁那年，妈妈背着走不动路的她到处上访，被人威胁后依旧硬气得让人安心，一手搂着孩子，一手举着菜刀，平静地对一轻局的主任说，我天天背着它上班，我可以一直背着它，一直等到你们弄死我。

时光荏苒。她长大了，妈妈老了，也开始拿着电话絮絮地跟她讲些杂七杂八的琐事。她知道妈妈太寂寞，四十多岁的女人，没有可以天天在一起不忌讳也不违心地讲体己话的好朋友，也没有丈夫。

洛枳面对的烦恼再多，毕竟还是有未来可以寄托的，她的寂寞大多数来自自恋和骄傲，当然也有矫情。她可以转变心态轻易摆脱寂寞，也可以期待未来某一天某一个人能帮她解脱——可她妈妈的寂寞是实实在在的，是人生接近终结和定论的时候，回到家里面对着简陋空洞的墙壁的时候，呼吸中缠绕着不尽的凄凉。

每个星期的电话，从她汇报日常生活渐渐变成了妈妈像小学生一样讲自己的生活，而她则在另一边应和着：嗯，嗯，对，怎么回事，这个人怎么这样啊，别跟他一般见识……

洛枳捏着手机，笑容从甜美渐渐变得苦涩。

她仰起头，把眼泪憋回去。最近她飙泪的指数直逼江百丽。

突然手机又振动起来。

"洛洛啊，我想来想去还是觉得有点儿不对劲，那个梦老在我眼前转悠。你真没事？有事别憋在心里，说出来就好。"

洛枳憋着的眼泪终于还是打在了衣襟上。

"妈妈，真的没事。"

妈妈，世界上原来真的有母女连心这么回事。

"雅思准备得怎么样啦？

"没什么问题。"

"哦……真的没事，那我挂了啊。"

"妈，是你有事吧。"洛枳很轻松地说，笑出了声。

"我梦见你爸了。"

她听见窗外起风的声音，树枝上残留的几片干枯的叶子虽然剧烈地抖动，却仍然没有掉下去——苟延残喘至今，又有什么用？

"妈妈，"洛枳听见自己的声音在颤抖，"你当初嫁给爸爸，没有后悔过吗？"

"没有。"电话那边的声音听到这个问题反倒平静了很多。

"可是……"

"最初几年，一家三口那么快乐，虽然后来你爸不在了，我们熬过苦日子才熬到今天……当然现在的生活跟别人也比不了，可是最开始时的好日子我这辈子都会记得清清楚楚，不管我多么恨那些人，这是两回事。而且，没有这些，也就没有你。可能，我和你爸爸这辈子，就是为了迎接你。"

洛枳捧着电话，眼泪好像断线的珠子，她捂住听筒，不敢出声。

"洛洛，说实话，你这么小就能自食其力，我又心疼，又骄傲。你爸妈不是有本事的人，命也不好，但是老天爷把你给了我，我就没有理由怨什么了。但是，有些话一直没跟你说。我不希望你负担我的生活，你也不要觉得亏欠了我什么。你的生活是你的生活，我知道你不可能不挂念我，但是，心不要太累。我有时候很埋怨我自己，我光顾着教育你要懂事要争气，结果把你变得太懂事、太小心翼翼了。妈妈记挂你，不只是怕你出意外，也不是怕你生病。我老是在想，洛洛是不是不开心啊，是不是有压力啊，是不是有心事啊？可是我知道，你一句也不会跟我说。"

她捏紧了手机，把头深深地埋进抱枕中。

终于挣扎起床坐在椅子上，她用手拢住油腻的头发，呆呆望着窗外。已经12月中旬了，大地白茫茫一片。还有四天，她就要跑到北语去考雅思了。一不小心，手里的剑桥真题就打上了几滴眼泪，干了之后便皱皱巴巴地凸出来。洛枳盯着泪痕，莫名其妙地笑了一下，转而又撇撇嘴。

她这场病，只是因为憋了一口气在胸口，吐不出来。

对不起。

她对着墙壁上的镜子说。短短的三个月时间在脑海中一闪而逝。

对不起。

我用了你珍藏的记忆去伪装、表演、现宝、取悦于人。

百丽进门的时候，正好看见洛枳面无表情地俯身做题。

"外面下雪了。"百丽说。

洛枳没有回音。

百丽有点儿尴尬，又说："过几天考雅思吧？"

洛枳仍然没有说话。

百丽仔细地看了看洛枳，发现她散下来的长发里藏着一根耳机线。她走过去一把拉住，扯下来："大小姐，下楼看看，下雪了！"

洛枳抬起头，苍白的脸上浮现出一个大大的笑容。

江百丽愕然地向后退了半步，这厮莫不是疯了吧？

眼皮底下，洛枳铺在桌上的演算纸上密密麻麻的都是中文。

"你不是在听听力？"

"听歌，练字。"洛枳张开双臂抱住百丽的腰，"江百丽，我真喜欢你。"

果然疯了。百丽一巴掌拍在洛枳的脑门儿上。

第 36 章　其实我真的不想相信你

洛枳一天之内做完了两本一共八套剑桥真题，头昏脑涨，傍晚的时候穿好衣服打算去图书馆还书。许久不出门，迈出宿舍的一刹那竟然有点儿忐忑。

百丽在背后喊她："多穿点儿，太阳落山了，你还发烧，外面冷。"

洛枳笑了："太阳落山了？你这话说得真像村妇。"

百丽翻白眼："你赶紧照照镜子，哟哟，这笑得……苍白羸弱，还有点儿勉强，楚楚可怜啊。"

洛枳依言照照镜子。其实起床洗脸的时候她就看到了，自己一个星期瘦下去了一圈，下巴尖尖，脸色白得不像话。

没出息。她扯扯嘴角。

"对了，你要是能下楼，今天晚上你自己去楼下接张明瑞吧，我估计他看到你一定特高兴！"

"我给他发短信，告诉他我病好了自己去吃饭，他今天不会来了。"

"什么啊，切，"百丽撇撇嘴，突然小心翼翼地问，"洛枳，你和那个叫盛淮

237

南的……你生病是因为他吗？"

洛枳听后僵了一下，然后仰起头看天花板，认真而慢吞吞地说："我觉得……主要还是温度和病毒的原因吧……"

江百丽的抱枕直接飞向她的后脑勺儿。

出门瞬间，她听见百丽幽幽地说，我们宿舍的风水太差。

她抱着书走出楼门没几步，竟意外地在小路上看到了盛淮南。洛枳一瞬间惊讶地抬起头去看柿子树的枝丫——没有柿子，甚至没有一片叶子。

盛淮南也随着她的动作抬头，只看到一片被枯枝分割得支离破碎的灰色天空。

"有……飞机？"他迟疑地问。

洛枳扑哧笑出声，这样的遇见和开场白，让她一瞬间不禁怀疑之前连绵的秋雨和清冷的夜风，不过是她病中的一场梦。

"我上大学后其实很少见到你，但是我记得很清楚，刚刚开学的一天下午，我在这里碰见你。那时候，我被柿子砸了。"

她略略失神，语气平静，目光穿过了盛淮南，却怎么也回不到几个月前那个和风煦阳的下午。

他又带着那种"原来你也不喜欢吃肥肉"的表情，笑得温和，说："那个女孩子是你啊。"

洛枳点点头："不好意思，我先走了。"

"洛枳，你……病好了吗？"

她闻言愣了愣："哦。"

盛淮南看她的眼神有隐忍的愧疚和温柔，洛枳不解，晃晃脑袋不做考虑。

"外面冷，还是少出门比较好，把病彻底养好。"

"我是去图书馆还书。"她扬扬手里的剑桥真题，"知道了，谢谢你。"

"你快考雅思了？"

"是，周六在北语。"

"嗓子这样哑，考口语怎么办？"

"又不是考播音员，发音清楚就没关系的。"

"那……好好加油。"盛淮南笑，略微有点儿尴尬的样子。

洛枳忽然想起来，有些事情还没有处理完毕。

"哦，对了，你现在有急事吗？能不能等我一分钟？正好碰见你，我还东西。"

"什么？"

"雨衣啊。"洛枳的口气里什么特别的意味都没有。盛淮南扬起眉毛，深深地看着她，她也坦然地将目光迎上去："你等等，我马上下来。"

"把书放这里，我帮你拿着吧，省得你抱着它再折腾一趟，慢点儿跑，小心戗风咳嗽。"

洛枳毫不掩饰地皱起眉头瞟了他一眼，点头说"谢谢"，把书放在盛淮南手里，跑了几步刷卡进门。

盛淮南翻着手里的书，可是上面没有洛枳的笔迹。零星几页有些歪歪扭扭的水笔字迹，一看就是以前某个借阅的男生的字。只有最后一页摸上去凹凸不平，好像是被主人垫着写字，笔触太用力都印在书上了。他闲着没事，就对着稀薄的光照努力辨认上面是什么字，怎么都看不出来。

朝女生宿舍楼门口张望了一下，他卸下背上的书包，掏出一支自动铅笔，轻轻地在页面上涂了几下，凹进去的白色部分从铅灰色的背景中浮现出来。

"浑蛋"。

他张口结舌了半天，哑然失笑，乖乖地合上了书。

洛枳走下来，递给他一个半透明的袋子，隐约看得到里面粉色的雨衣。

"洗好晾干了。"

"谢谢你。"

"是我谢谢你。那我走了。"

"那天晚上，我问你关于喜不喜欢我的事情……"

她本来已经走出去一段距离，听到后转回头，明明白白地看向他。

"嗯，我喜欢你，怎么了？"她无法掩饰语气中的激动和不耐烦。

盛淮南良久缓缓地说："也许我错了，对不起。"

"我真的忍不了了，"洛枳笑，"你第一次为张明瑞喜欢我道歉，第二次为高中不认识我道歉，第三次为我喜欢你道歉——你的是非观真是特别啊。"

盛淮南没有还口。

洛枳本想一走了之，可还是努力压制住因为情绪激动而颤抖的双肩，用平静缓慢的语气对他说："我不知道你之前对我做的事情是因为事出有因，还是纯粹因为你心理变态。如果是事出有因，我本来想问问你为什么，可是你连问都不问我一句就，就……"

她顿住，又勉强笑起来："呵呵，说起来，其实你也没对我怎么样，是吧？也没说什么太过分的话，没打我没骂我，只不过就是让我觉得很难受，心里很疼而已——只是一种感觉而已。"

洛枳说完，收起笑容，认真地看着他："爱情也只是一种感觉而已。"

盛淮南动动嘴唇，想说什么，最终还是没有讲。

"你好像不打算告诉我为什么，我也不问了。我只说一句，我也许撒过谎，但这些谎言只是帮我维持一种错觉和平衡而已，我从来，没有，做过任何道德上有愧于人的事情，一件也没有。"她一句一顿地说，像是被告的总结陈词。

背后依稀听到盛淮南轻声地说："其实我真的不想相信你。"

还完书才发觉饿得胃痛，她临近六点钟才奔进三食堂，可是已经错过了面包饼——晚上只烤一锅，现在一个也不剩了。她只买了一碗粥，想了想，又赌气似的买了水煮牛肉、辣子鸡和麻辣烫，虽然嗓子还没好，鼻子又堵塞，但是嘴巴里一直没味道。

她需要刺激。

刚坐下不久，就看见张明瑞兴高采烈地端着盘子跑到她身边坐下。

"你怎么……"

"你不是说晚上自己吃饭吗？我估计你会来买面包饼，我排队的时候没看到你，后来就坐在那个窗口附近，等了半天也没有，我看都要卖完了，怕你吃不上，就又折回去多买了两个，不过现在都凉了。我叫师傅帮你去热热吧。"

洛枳张张嘴，话还没说鼻子先酸了。

"谢谢你。"她埋进白粥热腾腾的一片白雾中，不想让他看到自己如此狼狈的表情，没想到，下一秒钟张明瑞伸出食指做出颤巍巍的样子大叫起来：

"不是吧，洛枳，你怎么成这副德行了？人比黄花瘦啊，啧啧，一个星期没洗澡了吧？"

她抬头恶狠狠地剜了他一眼，夹了一口水煮牛肉塞进嘴里，没想到咬到花椒，舌头麻得更是什么都尝不出来了。

"你大爷的。"她含混不清地说。

第 37 章　被偏爱的都有恃无恐

　　周六仍是漫天大雪，她很早就出门去等公交车，车却因为路况的原因迟迟不来，她赶紧伸手打车，一路上暗暗祈祷不要迟到。

　　早上的校园行人很少，她进门后就沿着每隔十米处张贴的考点路线指示标往前走。一个穿红色羽绒服的女孩子跑过来搭讪，问她是不是也去找考场。两个人结伴而行，不咸不淡地聊几句，呼出的白气瞬间被迎面而来的漫天风雪裹挟着呼啸而去。洛枳一瞬间恍惚觉得风把声音也一起带走了。

　　"我是学旅游管理的，我们学校这个专业当年招生的时候收了好多钱，和爱尔兰的一个什么什么大学——名字忘了，反正也没名气——联合办学，雅思一过 6 分我大四就能出去，念三年，直接把本科变成双学位，研究生就是那个爱尔兰大学的在读了。不过我也得能过 6 分啊，我这都第四次了，上一次是 5.5，差点儿没把我肠子悔青了。我四级还没过呢……"

　　不知是不是因为下雪，女孩子略微沙哑的嗓音在空旷的校园里并没有产生太大的响声。

洛枳一边走神儿，一边听着女孩子抱怨自己爸妈多管闲事。

"这年头，谁都知道出国没有前几年那么容易唬人了。我这德行，加上那某某爱尔兰大学，一看就是拿钱堆出来的，写到简历上也没人要。我跟我妈说，我毕业就回省，就在我爸开的洗浴中心当大堂经理，小破地方招聘大堂经理都说要硕士学历，你说这不是有病吗？……"

迎面跑来一个肤色黑亮的老外，短袖 T 恤加单薄的运动长裤，对着穿得厚厚实实的她们笑了笑，洁白的八颗牙，和脸形成了极为鲜明的对比。

"靠，你别说，这黑哥们儿还真帅。"

女孩刚说完，跑过去的老外突然回头，响亮地用带京腔的普通话回答："一般一般，谢谢啊！"

洛枳失笑，身边的女孩笑完后又回归沮丧："我的英语绝对赶不上他的汉语一半利索。"

分考场排队的时候她们道别，洛枳朝她挥挥手说"加油"，女生大大咧咧地一笑，一副天不怕地不怕的样子。

被偏爱的都有恃无恐。洛枳心生羡慕。

进了考场，洛枳依据指示调试好了无线耳麦，手指不安分地拨动事先已经被考官摆在桌上的专用下蛋铅笔和橡皮，然后百无聊赖地伏在桌上等待。身边的男人看样子年龄不小了，正倾过身子笑嘻嘻地搭讪："小妹妹，第几次考啊？"

洛枳向来是外表和气的人，也不免皱了眉说："第一次考。"

"哦，没事没事，别担心，一般第二次开始就能越考越好了。"

洛枳气笑了。

监考的英国老太太语气和蔼笑容温暖，然而当她看到一个女孩提前翻动了考卷的一刹那，立即拍桌大喝一声"You！"尖厉严肃的嗓音把洛枳吓得心脏都被戳了个窟窿，手一松，下蛋笔就跌落在地。旁边那位一回生二回熟的大叔帮她捡起来，笑嘻嘻地轻声说："答得挺快嘛。"

洛枳皱眉无视。

阅读考试结束时，考官要求大家将试卷背面朝上放在桌子上，谁也不许动。身边的男人却不断朝她使眼色，示意她把卷子翻过来让他抄两笔——她漠然地把头扭到另一边。

下午考口语的时候她是第三位考生，坐在门口静等时遇到了前面走出来的考生。

"小心点儿，印度人。"那个沮丧的考生垂着肩膀扔下一句就走。

洛枳涣散的精神紧急集合。

果然是个皮肤很黑的印度籍女考官，然而对方一开口居然是漂亮的美音。洛枳着实吃了一惊，反而觉得像天降喜讯，整个人都亢奋起来。两个人的语速都快得像辩论会了，但是交谈得很愉快。

洛枳的嗓子本来已经恢复正常了，现在却有些吃不消了，变得略略沙哑，说话之前总要清嗓子

考官说，我还有最后一个问题：

"为什么有时候记忆和事实有出入？"

洛枳张了张嘴巴，哑然失笑。

她低下头默默地想了十几秒，才扬起脸慢慢地说："也许是某种自我保护吧。事实已经够糟的了，何必在回忆的时候还要为难自己。"

很武断而感性的回答，也缺乏逻辑。考官有几秒钟的愣神，然后给了她一个极其耀眼的灿烂笑容。

洛枳却在那一刻沉重地叹息。这样清醒的白天，一切都如此真实，桌子，椅子，粗糙的触感，暗淡的光泽——这样的真实把她记忆中珍藏的一切映照得很荒谬。过往的一切究竟是真实，还是粉饰？

走出考场的时候已经是下午三点。雪不知道什么时候停了，道路交通却更加拥堵，她只能沿着马路踩着新雪慢慢走。不一会儿，凛冽的寒风就将她的鼻

尖冻得失去了知觉。

她忽然想起来考完试后还没开机。屏幕刚刚亮起不久，手机就开始不断地振动。洛阳，张明瑞，百丽，妈妈……很多人给她发来短信询问考试情况，甚至还有许日清，想必是张明瑞告诉她的。洛枳觉得心里很暖，一边走一边低着头回复。过了几分钟有电话打进来，是妈妈。

"洛洛，考完了？"

"刚出考场，你的电话真及时。"

"心灵感应。"妈妈在电话另一边笑，"怎么样？"

"挺好。"

"对了，你们圣诞节放不放假？"

"我们圣诞节放什么假啊，你以为我在哈佛啊？"

"我上次跟你提到的那个付姨说，她有个亲戚在铁路局工作。你要是圣诞节前后回来，可以买站台票上车后再补卧铺的学生票，回北京的时候你和付姨他们一起，羽绒马甲也不用她给你捎过去了，你正好可以把他们送上地铁，听明白了吗？"

洛枳对这种啰唆的叙述只能没脾气地笑："明白，明白。"

妈妈絮絮叨叨地给她讲具体如何找列车长，时间车次，又问她有没有要紧的课程，说了很久才放下电话。

12 月 24 日是星期六，洛枳计划周五早上上车，翘掉政治课和体育课，周日晚上返校。

今年 12 月 24 日，是父亲十五周年的祭日。

洛枳已经有点儿记不清出殡的场景了，从自己家里到火葬场，一路遇到无数陌生的亲戚。在冗长繁杂的仪式中，她都只顾着哭，只有一个阿姨负责照看穿戴重孝的自己。

她只要哭就可以了，孩子的悲伤纯净而简陋，只需要看到一个不会动、面

色惨白、冰冷冷的爸爸，只需要听到人家一句"爸爸永远回不来了"，就能哭到昏天黑地，直到累了，平静一会儿，休息一下，再被人提及几句，再哭……

反正会有很多人蹲下抱着她说"苦命的孩子"。她可以一直哭下去。

但是不知怎么，在阿姨怀抱中的她突然抬头。葬礼那天也是下着大雪，比现在这一场还要大。

雪花是天空的碎片。

她睁大眼睛看着雪从无到有渐渐变大然后落到自己眼里，冻住了眼泪。那样的压抑和盛大突然让小小的洛枳不再抽噎，而是转过身去看人群中的母亲，嘴唇发白颤抖、正在砸一个泥盆却几次都砸不碎的失去力气的母亲。

她知道，艰难的日子才刚刚开始。

那一刻，悲伤加重，越过了孩童懵懂的悲伤和眼泪。

刚放下电话，手机又振动。

这次是盛淮南。

"雅思考完了？"

"嗯，挺好的。"

同样的问候，来自别人，她就笑笑说"谢谢"，来自他，就会感动异常。人的心永远都是偏的。

"一般别人就算是考得好也只会说一句'嗯，就那样吧，还行'。你还真诚实。"盛淮南的声音很明快。

"是嘛。"洛枳没有斗嘴争辩的心情。

盛淮南停顿了一下，又问："回学校了吗？"

"正在路上。雪积得太厚，又堵车了，我走回去，还好北语离咱们学校不远。"

"我去接你吧。"

"这儿堵车，能过来的只有直升机，你怎么接？"

"呵，对啊。"盛淮南笑了，有点儿尴尬，很久都没有说话。洛枳没戴手套，手指很快就僵硬了，可是她没有催促。

"冷吗？"他问。

"嗯。"

"没戴手套？"

"嗯。"

"那把电话挂了吧。你感冒还没好吧？嗓子还是有点儿哑。把手揣到兜里好好暖和一下。预祝你考出好成绩。"

"谢谢你。"

洛枳把冰凉的手机放回书包里。前面的十字路口混乱不堪，行人在车辆的夹缝中自如地穿梭。她愣愣地看了一会儿，然后低下头继续往前走。

被伤得再狠，只要对方问一句"疼不疼"，就能活过来。

迎面来的风吹走了她残留在脸上的笑容。

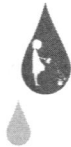

第 38 章　开往冬天的列车

　　火车行进中一直很平稳，本来这样听着铁轨的声音躺在床上胡思乱想是很惬意的，可是下铺的孩子一直吵闹，让洛枳很厌烦。

　　小孩儿一直在往地上吐口水，还把大家的鞋子踢得到处都是，在别人睡觉时大声地喊一些外星人才听得懂的话。

　　洛枳忽然想起高二时，女生们一起坐在体育馆的看台上等待期末考试，叶展颜和她的朋友忽然因为某个话题叫嚷起来。叶展颜叉着腰站起身，在热烈地表达了对婴儿的喜爱之情后皱皱眉头说，我最讨厌六七岁之后的小孩子——等我有了小孩儿，他一长到四岁我就掐死他。大家哄笑，说小心你刚掐死孩子，你们家盛淮南就掐死你。

　　洛枳承认，虽然有时候会暗暗笑她的偏激和幼稚，却又不得不承认听她讲话很痛快，让人有不自觉的亲近感。

　　心里偷偷闪过的大逆不道的念头通过别人的嘴巴事不关己地冒出来，不是不惬意。

那个孩子又认真地往地毯上吐起了口水，末了，用含混不清的口齿，学着电视上肥皂剧主人公的口吻说，还好，我留下了自己的——痕、迹。

末了还特意把那两个字加重拖长。

哪儿跟哪儿啊，洛枳笑得肚子都疼了，涨红了脸却不敢出声。小孩子和小狗都一样，到哪里都要留下自己的痕迹。

转念一想，谁不是这样？渴望被别人肯定，也是想在他人的生命中刻下属于自己的痕迹吧。被忽略和被遗忘都让人难堪失望，有时恨不得像这个孩子一样，用这种无聊的方式证明自己存在过。

天色渐晚，夕阳慵懒地照进车厢，快要到家了。

其实她并不是很想家。她的年纪距离真正的思乡还很远，虽说少年老成，可是对过去生活的怀念与怅惘依旧带着青春的张扬标签，只是偏偏要伪装出一副深沉的样子而已。

她还是向往远方，还是不懂得深切的怀念。

她想家，只是像个孩子依恋妈妈。父亲的面孔，其实早就模糊不清。

洛枳下床，坐到走道边的椅子上，面向与火车行进相反的方向坐着，这样看起来，火车像是在拼命追赶着自己丢失的时间。北京向北的平原上一片荒芜，偶尔会看见一棵突兀的树，孤零零地戳破无波的平静。

这样安静的时刻，火车穿梭于现在与未来之间、北京和家乡之间。她觉得第一次逃脱了自己所有的记忆。没有回忆，没有憧憬，没有揣测，甚至没有情绪。

洛枳突然想要大逆不道地不再背负她妈妈的后半生，也不想再记得上辈人这辈人的所谓恩怨，像个白痴一样没有责任、没有骄傲、没有尊严，让这列火车就此脱轨在荒原中爆炸，火焰彻底把她吞噬烧个一干二净，或者永远开下去，开出中国，穿越西伯利亚，冲进北冰洋，彻底埋葬冻结在冰川下。

列车猛地急刹，车厢剧烈晃动了一下，她惊喜地抬头看着邈远的天。

然后回归正常的车速，一切平静，只有车轮驶过一节节铁轨接缝处产生的轰隆隆的响声。

她想起不相干的初中物理题，窗外没有里程指示牌，手中只有一块秒表，如何估测火车时速？奥妙就在那有节奏的轰隆隆的声音里吧？

她看见，那个吵闹的孩子终于睡着了。

第 39 章　破碎的湄公河

　　一下车，洛枳就看见妈妈围着围巾站在站台上。她丢下行李箱，奔过去狠狠地抱了一下穿得像只大熊的妈妈。妈妈的笑容变成生气的皱眉——"洛洛，我说你多少遍了，火车站这么乱，你怎么能把行李箱原地一扔啊？你以为自己在外多年啊，还给我来什么拥抱……"

　　洛枳厚着脸皮笑，和妈妈一起走过去捡起行李箱，穿过广场去坐公交车。

　　家乡的地上有些泛黑的残雪，不像北京刚刚银装素裹的样子，风也要凛冽得多。

　　回到家发现，屋子里并没有想象中温暖。

　　"今年暖气烧得不好。明年开始分户供暖就好多了，放心，"妈妈转身进了主卧，"我买了电暖风，现在就打开。"

　　洛枳的小房间还是没什么变化，一看就知道妈妈每天都会打扫得干干净净。她的房间没什么明显性别特征，床上没有玩偶，桌椅都是白色，床单是蓝灰条纹，唯一的色彩可能就是墙上的大幅《灌篮高手》海报，只可惜是陵南队，一水白色的队服，和墙壁一样寡淡。

海报是小学时买的，时隔多年。她很少买这种东西。同龄的女孩子们喜欢三五成群地长时间挤在小店里，淘各种各样好看的自动铅笔、圆珠笔、水笔、橡皮、折幸运星的彩纸条、折千纸鹤的正方形彩纸、明星的大幅海报……她从来没有买过。那天突然来了兴致，从小摊上买回最喜欢的动画海报后，就卷成一个纸筒悄悄放在桌边，怕妈妈看到了会骂她。没想到第二天早上醒来发现，海报已经被妈妈贴在了墙上。

这么多年，虽然略有暗黄，但没有卷边或者破损。

妈妈把电暖风推过来，说："你的屋子小，很快就能暖和。行李箱一会儿再打开收拾，先坐这儿暖和暖和。"

她和妈妈并排坐在床边，拉着手笑。

"北京冷不冷？"

"比家这边暖和多了。"

"是，咱们这儿这两天降温，风刮到脸上像刀子似的。我们下班回家的时候全都缩着脖子把脸藏在围巾里面，还是冻得够呛。宿舍里暖气烧得怎么样？"

"挺好的。宿舍屋子小，保温也好。不过，我前两天电话里都告诉你了……"

"我再问一遍不行啊？！"

"行行行。"洛枳吐舌头一笑。

笑完后她们忽然都不讲话。洛枳抬眼去看结了厚厚冰花的玻璃。

"明天早上不用着急去得那么早。十五周年，奶奶家的人应该也会去。他们应该都是赶着一大早去把骨灰请出来，咱们就十一点到吧，正好能避过去。见面都是尴尬。"

洛枳想起小姑姑一脸防贼的表情，苦笑一声。

"行。从咱家坐车的话，九点半走就行了吧？"

"不用。我们模具厂食堂的送货司机老陈说明天单位的车闲着，大冷天的，让他送咱们去吧。"

"哟，公车啊，"洛枳夸张地晃晃脑袋，"那好呀。"

"我给你热菜去了。"

"嗯。"

洛枳自己一个人盯着电暖风通红的电网发呆，刚刚脚冻得发麻，现在缓过来了，又痒又疼。

把骨灰盒从火葬场请出来，供上供品，烧纸——按照规矩，这些和出殡一样都必须在中午之前完成，所以每天早上殡仪馆都人满为患。她和妈妈以前都提前一天去看爸爸，这次是十五周年，仍然还是要避开。

虽然奶奶已经去世，再也不会指着妈妈说"克夫相"了。

吃完饭回到屋里，她发现手机里有一条未读信息。

"平安夜请你吃晚饭？"是张明瑞。

"我回家了。"洛枳回答。

"回家？是……回家吗？"

"废话。家里有点儿事，必须回，抱歉，圣诞节快乐。"

"这样啊……圣诞快乐！回家后正好能好好调养调养。"

洛枳每次想起张明瑞，就觉得很放松很温暖。

好像洛阳。

想谁来谁，手机很快又振动了一下，这次是洛阳。

"我听姑姑说，你回家了？"

"是啊，现在正在家里。"

"回家真好啊。羡慕。"

洛枳愣了一下，羡慕什么，羡慕她回家给爸爸上坟？

她笑笑，回复："等你结婚了要是还能这么顾家，嫂子一定高兴。"

她刚发送成功，这边同时也进来了一条短信。

"在公司加班累死累活的，还是当学生好，总之羡慕死你了。"

洛枳知道，洛阳一定是也意识到了自己的失言，匆匆转移话题加以胡乱解释。

洛阳永远在洛枳最需要的时间和地点出现，即使给她的都是没有意义的"别难过，想开点儿"等廉价安慰，还经常说错话、帮倒忙，但是洛枳可以将他的笨拙悉数收罗，安然接受。也许因为家人是不同的。

她再怎么千疮百孔、十恶不赦，在家人面前永远都不会觉得羞耻和无地自容。

厨房里传来炒菜的声音，洛枳坐在座位前觉得无聊，就抬头去翻小书架，发现最显眼的是一本不知为什么没有收起来的《五年高考三年模拟》。她突然想起丁水婧。如果自己也回去复读了，是不是还能考到 P 大？

洛枳踮起脚抽出那本练习册，想试着做一套地理题玩玩，然而练习册太重，她一个不小心就脱手了，练习册"啪"地砸下来，险些正中她的头。

几张纸从练习册中掉了出来，跟在后面慢悠悠地飘落。

洛枳捡起来，发现是高二去缅甸参加活动时写的日记。当时为了减轻行李重量，她并没有带着那本厚重的日记，所以只是随手写在了凌乱的纸片上。

然而为什么不夹在日记里，反而出现在练习册中？她想不清楚。

皇宫里游人太多，照相都困难。我刚刚回到酒店，就看到 2 队先下车的同学在大厅围在一起叽叽喳喳地说什么，走近了一问才知道是写明信片。有当地人在酒店门口兜售好看的风景人物明信片，写好后不用自己贴邮票，直接递给前台服务生就可以了。

我其实没什么必要写明信片。给妈妈写有些做作，我又记不清洛阳的地址，学校里更是没有多少亲近的朋友。但是想了想，还是去买了一张。

我为他买了一张明信片。

湄公河的旖旎风光。河尽头的天边是傍晚的红霞，在角落里还有一弯清亮的月，我实在是很喜欢。本打算回到房间再细细琢磨怎么写，但是一冲动，决定立刻就写。我也挤到桌子边去，想了想，大笔一挥：

'这里很美，我很高兴能来到这里，容许我炫耀一下。其实我很想念你，不只是当我在远方。可是我不能说。'

有点儿矫情的一段话，写完后手却真的在颤抖。

只写上地址，寄信人一栏保持空白，交给宾馆的服务生。

就在他转身离开的一瞬间，我下意识喊住他，然后说了一声"sorry"就把明信片抢回来撕掉了。大家都知道我去了缅甸，明信片这种东西放在信箱里，他们班级所有的人都看得见，明摆着跟自己过不去。

何况，他有女朋友，在别人眼里，我这封信的道德意义就不仅仅是表白了。

明信片硬硬的碎片放在掌心，握起来有些硌手。

手里是被我撕扯碎的湄公河。

我把它扔进垃圾桶，2队的领队看着我一个劲儿地眨眼睛，那是个很喜欢大笑的皮肤黑黑的女人。

我对她说："It's for a boy. I miss him."（"这是给一个男孩的。我想他了。"）

"But why did you tear it up?"（"但为什么你要撕了它呢？"）她瞪大眼睛。

我笑笑："I made some spelling mistakes."（"我有些地方拼错了。"）

非常严重的拼写错误。

"Don't be so nervous."（"别这么紧张。"）她大笑着说。

小心驶得万年船。我怎么能不紧张？

可是谁又能保证，有天沧海变桑田，我这艘小心翼翼的船，不经意间就会在时光里搁浅呢。

洛枳看完，坐在桌边傻笑了一阵。

她还记得高二，五月的那天傍晚，她被叫到校长室。

校长坐在实木办公桌对面，教导主任江老师坐在桌边，背后的窗外红霞漫天。洛枳很放松地坐下，看向那个皮肤有些松弛、神情也很疲惫的女校长，礼貌地笑了笑。

"你笑起来很好看。"

校长的开场白让她起了一身鸡皮疙瘩。

"暂时不能告诉你我为什么找到你。不过，你得回答我一些问题，可以吗？"

"好的。"她并不担心这种故弄玄虚的场面。

"洛枳，文科班的，对吧？江主任推荐你过来的。本来我们想找的是男生，已经定好了几个候选人，我个人很看好三班的盛淮南。不过，江主任说最好还是见见你。我也有点儿好奇。"

她本来懒散的心情紧急集合，一种莫名其妙的好胜心开始蒸腾，不论校长找她的目的是什么，她都要胜过盛淮南。如果这是盛淮南很期待的一件事，那么她要让他知道，是谁夺走了他想要的东西。

这和当初在理科班的时候想要考学年第一一样，是赢得他瞩目的方式。她并不美丽张扬，也没有让人一见倾心的活泼性格，但是她希望自己身上总有让他微微炫目的一面。

总该有一点儿吧？

更何况，她在想象中与他争输赢，已经争过了整个童年和半个青春。都习惯了。

和校长的谈话对她来说不是很困难。她对答如流，彬彬有礼，温和可亲，旁征博引的同时也没有忘记加上谦虚的笑容。

虚伪的表皮被时间和阅历一层层叠加得越来越厚。

校长忽然笑了，说："我决定不见盛淮南他们了，你是我面试的第一个学生，我觉得不会有人比你更出色，就是你了。

洛枳愕然。原来，原来校长还没有见盛淮南，原来盛淮南还不知道她赢了他。

有点儿觉得没意思。

作为学生大使出访缅甸参加公益活动，行程却安排得好像公费旅游。

她终于可以不需要考虑家里的负担，痛痛快快地出去玩了。

应该高兴的。

缅甸旖旎的风光被拍成了照片封存，唯一没有被拍下也是唯一被她铭记在心的，只不过是一条破碎的湄公河。

洛枳钻进被窝，刚刚打开的棉被很凉，她把自己蜷成一小团，焐热了一个区域就小心地伸展一下，进攻更大范围。

临睡前意外地收到了百丽的短信。

"我和他分手了。"

洛枳觉得有点儿不一般。百丽和戈壁分手过很多次，但是从来没有给她发过短信。

"真的假的？"

"应该是真的。因为是他提出来的。"

这句话看得洛枳哭笑不得。

"不要喝酒不要胡闹，晚上记得锁门，下雪了很冷，出门散心不要走太远，多穿衣服，小心着凉。"洛枳知道劝什么都是废话，只是嘱咐她要小心。

"幸亏你不在，否则又被我吵死。"

"又？看来你挺有自知之明：)对了，这次自己放音乐听吧。"

"洛枳，谢谢你。"

"好好照顾自己。心结打不开无所谓，吃饱喝足穿暖是正道。"

洛枳叹口气，劝别人的时候，她倒是永远心思透彻、看淡红尘，拿得起放得下。

承担他人的痛苦的时候，我们都分外坚强。

第 40 章　凭什么不恨

　　洛枳和妈妈到达殡仪馆的时候，一向拥挤的停车场里只有寥寥几辆车。郊区比市内还要冷许多，北风刮过，仿佛细细的刀片一道道地切过脸庞。洛枳戴着手套，可是双手仍然冻得失去了知觉。

　　停放骨灰的大楼里已经空荡荡的了。大厅收发室的管理员正要出门，看到洛枳和妈妈有点儿诧异，接过妈妈手里的证件本和钥匙看了一眼，说："副本啊。"

　　管理员急着出门，考虑了一下，说："反正没人了，我要去吃饭，你们进去吧，还完骨灰后把小门给我带上就行。"

　　他说完就打开了走廊的门，朝妈妈点点头，走了。

　　洛枳知道这里没什么可以偷的东西，除了骨灰。

　　那栋大楼很古怪，比外面还要阴冷几分。洛枳和妈妈上了三楼，找到了第五个房间，第四个架子，第六排第四列。小玻璃窗里是暗红色的骨灰盒，中间镶嵌着爸爸年轻时的黑白照片。

爸爸很帅，带着一股无产阶级工人乐观勃发的气质。

玻璃窗一打开就启动了里面的小小电子录音机，哀乐缓缓响起来。妈妈扶着梯子，洛枳站在上面，小心翼翼地把外围的陶瓷做的桃子、冰箱、洗衣机拿出来递给妈妈。清理完毕后，她轻轻地把爸爸的骨灰盒捧出来。

殡仪馆经过多年整治，已经将烧纸供奉的地方从外面的黄土野地移到了专为追悼的大院子里面。一排烧纸专用的黄铜炉子沿着院子的围墙铺开，被烟熏得早就看不出原来的颜色了。

十一点半，平常拥在这里凭借给死人"念叨超生"来讨生活的一群老婆子也不在。一阵阵北风把炉膛中残余的纸灰扫到洛枳的脚边。

她用冻僵的手帮妈妈把水果、酒和爸爸的灵位、骨灰摆好，然后一起点燃纸钱。

热气扑面而来，微微温暖了她冻得没有表情的脸。

妈妈还是哭了。面色惨白，眼泪像断线的珠子。

洛枳转过头去躲避妈妈的絮叨："给你送钱来了，那边过得好不好？洛洛那年考上大学后，冬天就不能回来给你上坟了，今年特意回来看看你。你女儿能自己赚钱了，我现在这个工作比以前那个可心多了，不用总站着，腿脚也好多了……"

洛枳的眼泪含在眼里，就是不愿意落下去。

其实，她怨父亲。

他待妈妈好，待她也好，她和妈妈的生活到今天这个地步不是他的责任，可是，奶奶家的人心凉薄，以及他自己的死亡，仍然让妈妈一生孤苦。

世态炎凉。一腔怨恨平摊到世间众人的头上，每个人得到的责问都轻得不如一声叹息。所以，洛枳干脆把浓烈的恨意一分不减地都送给父亲和奶奶家的人。曾经，也送给过盛淮南。

她考上大学那年，妈妈执意让她去看看过世的外公外婆。她第一次抗拒她妈妈。她谁也不要看。

外公执拗古板，外婆势利虚荣，两个人都激烈反对妈妈嫁给爸爸——这其中自然有爱护女儿的考虑，但恐怕也掺杂了门当户对和面子方面的心结。外公一生清廉守旧，不肯帮做普通电工的父亲换工作，外婆则在母亲婚后坚决与之断绝关系。洛枳父亲因事故去世，外公外婆退休病故，妈妈的几个亲兄弟姐妹只有洛阳的父亲是个厚道人。骨肉至亲，也不过如此。

至于奶奶一家，当年攀附妈妈家里的地位未果，父亲死后，冷脸大骂妈妈祸水克夫命，把洛枳关在房中，却把妈妈赶出家门。

奶奶家的老房子动迁，分房指标甚至包括老房子留下的板材、家具都被几个姑姑和叔叔刮了个一干二净。

她凭什么不恨？

纸都烧尽，一堆黑灰下面还有零星的火红余烬，偶尔迸出一丝火星。

妈妈在背后收拾灵位，洛枳拄着烧火棍，轻轻地开口问：

"如果你能收纸钱，那么在天有灵，为什么不帮我们？

"我很早就想问你。"

妈妈嘴唇发白，有些要虚脱。

"我自己送回去。妈妈，你带上东西先上车吧。"

"别，一起回去。你不害怕？"

"怕什么？都是死人。"

洛枳神情冷漠，接过妈妈手里的灵位和骨灰，把钥匙揣进兜里，转身进了大楼。

楼梯间只有洛枳自己的脚步声，回音空旷地来回碰撞。

她踩上梯子，把骨灰盒和灵位以及装饰都摆好，放下窗子上的白色纱帘，然后关上。

顿了顿，又打开。

"爸爸。"洛枳唤了一声，眼泪突然掉下来。

"我错了。当我什么都没说吧。你多保佑妈妈。"

她关上门，掏出钥匙锁好。

洛枳慢慢地往楼梯间走，侧过头，看到五号房间窗子的角度刚好迎接射进来的正午阳光，光线中灰尘缓缓地飘浮，上下翻转。

美得不像话。她失了魂儿一般走进去。

这个房间的玻璃柜上都有红色的小绸缎，把相邻的两个玻璃窗连起来。

都是死去的夫妇。去世后被儿女移到这个房间，骨灰并排放着，拿红绸子连起来，中间贴一幅老夫妇的合影。

她站在玻璃窗前，一张一张地看过去。

以前的人多好，不管爱不爱，感情积累起来，照样白头不相离。

红绸子一牵，生死都羁绊。就算无论如何都生不出爱情，至少在心里烙下印记，永远抹不掉。何况，情有独钟多半是小说里作者的幻想，人心难测，这么多年，世间不是也只出了一对梁祝化蝶？

屋子里实在太冷了，她的脚在室外的时候就已经僵硬，一不小心左脚绊在右脚上，一个趔趄跌倒了。冬天穿得多，摔得不是很疼，她正要爬起来，一扭头忽然看见最下层的玻璃窗。

玻璃窗已经碎了很久，但是碎片都落在柜子里面，如果不注意根本看不出来，里面落了很多灰，正中的合影也歪倒在一边。洛枳鬼使神差地伸手把照片拉出来。

平常的老夫妇合影。但是老太太的脸一片混沌，鼻子、眼睛模模糊糊地都飘离了原位。

洛枳吓得一抖，后背瞬间爬满了汗，却没有把照片扔掉。

她小心翼翼地把照片塞回去，打着冷战，挣扎着爬起来冲进阳光中，扶着窗台大口喘气。

突然裤袋里的手机振动，她第一反应只感觉大腿上有东西在爬一样，终于还是吓得"啊"的一声大叫起来。

哆哆嗦嗦地拿出手机。

"盛淮南　来电"

"喂。"

"洛枳，没来上课吧？刚才给你打电话，好几次都不在服务区。发的短信你收到没？法导小测。我帮你答了。"

心在一瞬间安定下来。阳光照在她肩上，侧脸被晒得稍稍有些暖意。

"小测是吗？我没有去，谢谢你了。"

"圣诞节大家都跟丢了魂儿一样，张明瑞也没来，我一个人写了三份，手都抽筋了。"

盛淮南的声音明快得有些做作。洛枳换了一只手拿手机，往刚才那只手上呵了一口气，继续重复："不好意思，真是谢谢你了。"

电话那边沉默了一下。

"为什么没来上课？病还没好吗？"

"我回家了。"

"回家了？"

"是，家里有点儿事。"

"你在哪儿说话啊，怎么感觉这么不清楚，好像信号不好。"

"我在……"洛枳话还没说完，突然眼前的门口处闪进来一个女人，动作太快了，仿佛是在水上漂。洛枳吓了一跳，尖叫起来，被对方恶狠狠的眼神把尖叫的尾巴狠狠斩断，她哑在半空。

"洛枳？洛枳！"

那个女人居然穿了一条鲜红的裙子，长度到膝盖以下，因为里面套着臃肿厚重的裤子而起了静电，紧贴在腿上；上身用紫色花围巾包裹着，只露出一张憔悴的脸。

"洛枳？！能听到吗？"

女人直愣愣地看了洛枳一会儿，就径直走到左侧的架子旁边，找到一个小窗格，隔着玻璃朝里面望，窗格的高度刚好能让她抵上额头。她就这样背对着洛枳，开始絮絮叨叨低声默念着什么。

"洛枳，你没事吧？"

洛枳猛地回过神来："我……没事。"

"你在哪儿？"

"我在第一殡仪馆，停放骨灰的大楼里面。"

"那是……"

"我爸爸的忌日，今天。十五周年。现在我自己一个人把骨灰盒还回来锁回柜子里。我以为整栋大楼里只有我一个活人。你知道吗，刚才我看到一张照片，合影里的老太太没脸。不知道是不是魂魄顺着打碎的玻璃窗飘出来了，说不定现在正看着我呢。呵呵。对了，你怕不怕鬼？其实我不害怕，不过这里真的好诡异啊，到处都是红绸子，可是为什么那个老太太没有脸呢……"

洛枳不知道为什么说这些，声音轻快明朗，却刹不住闸，胡言乱语。

"洛枳！"

盛淮南的声音很大，洛枳的耳膜震得一疼，终于清醒过来一点儿，停住不说了。

"对不起，我胡说八道了。"

"你……害怕吗？"盛淮南温柔地问。

那声音安定关切，洛枳对着空气感激地笑笑，忘了他看不见。

"死人哪里有活人可怕。"洛枳笑。

她转过头，笑容就僵在了脸上。

那个女人缓缓地回头看着她，然后从手里拎着的布口袋里慢慢抽出了一把黑亮的大剪刀。

"可是这儿有活人。"她喃喃道。

第 41 章　女巫来自旧时光

洛枳下意识地看了一眼门口，盘算着自己如果现在跑过去，会不会被她半路截住。这次她真的害怕了，眼泪在眼眶里转。她知道，此刻回避对方的目光方是明智之举，可她就像中了邪一样紧盯着人家看。

好像真的过了一个世纪那么久，她紧张得脖子都痛了。

女人悠然地转回去，拿起剪刀，"咔嚓"一下剪断了两个窗格之间相连的红绸子，然后以剪刀背为武器，狠狠地砸碎了两个隔间的玻璃，将里面所有的供品摆设都取出来砸在地上。这才幽幽地笑了，把剪刀收回布包，缓缓地走向她。

洛枳注视着她，慢慢放下听筒，没有听到里面的人不断地在呼叫她的名字。

"你是他女儿吧？"

沧桑沙哑，但是声音极美。这句话的语气并没有一丝一毫的阴森感，反倒像个平常的长辈。如果忽略她诡异的着装和过分衰老的体态，能看出她年轻的时候一定是个美人，有着让人过目难忘的尖下颌和细长的凤眼，只可惜被风霜侵蚀得难以看出本来面目了。

"你的眼睛跟你爸爸长得真像……"

女人说着，就伸出手去触碰洛枳的脸。洛枳并没有躲避，也许是因为完全惊呆了。本来就冰冷得麻木的脸颊被同样冰冷的手掌覆上，只有一些迟钝的触感。

她突然撤回手，洛枳的目光跟随手垂下，看到她自然弯曲的五指全都泛红发肿，有点儿不忍地偏开头。

"我来的时候发现他的骨灰被人拿走了，就一直躲在最后一排柜子的后面等，我看见是你进来送骨灰的。"

"你妈妈她还好吗？我都不认识她，我原来还恨过她，我原来还咒你们是活该。是我糊涂啊。"

那女人缓慢低沉的美丽音色在房间里飘浮着，渗进空气中上上下下的浮尘。她只说了几句，可洛枳觉得声音盘桓了几百年。

看到洛枳呆呆的样子，她笑了，眼角深深的皱纹比眼睛眯起来的那条缝隙还要明显。"你别害怕，我不是鬼。我要是鬼早就去投胎了，投个好人家，重新活一遍。"

她边说边往外走，那条红色的裙子很快消失在门外。

洛枳呆了许久，才想起手中的电话。

"喂，你还在吗？我没事。"

她有点儿愧疚，却不知道其实是自己轻得仿佛羽毛的一句话救活了电话另一边的那个人。

"跟你说话的那个人，走了吗？"

"走了。"

"你要是害怕就别挂电话。柜子锁好了吗？锁好了就往外走吧，别害怕，我在电话这边呢，赶紧离开那儿吧，乖。"

她从那一幕中回过神来，听到电话那端温柔得好似哄孩子的语气，突然呜咽一声，眼泪簌簌落下，说，好。

"刚才老头儿刚一说交卷子，大家就都站起来了，全都在利用交卷子的混乱场面互相对答案。其实这次的题挺厚道的，大部分都是填空、选择，只有一道大题。

"我的同学给了我几张 Mr. Pizza 的优惠券，我记得那天你跟我说你挺喜欢吃金牌土豆的。本来今天想请你吃的……"

盛淮南的声音一直在洛枳耳边响着，痒痒的。她快步走向门口，却又停住了，转头去看刚刚被那个红衣女人剪断红绸的两个隔间。

那里面两位逝者的姓名看上去并不熟悉，然而玻璃柜深处贴着的合照，让洛枳讶然。

是她的爷爷奶奶。

原来，她的爷爷奶奶的骨灰摆放在这里。洛枳用空着的那只手捻起红绸，拇指摸索着断茬儿，若有所思。

"……我们也是上课上到一半才知道要小测的。老师在中间休息的时候说要测试，还意味深长地朝我们奸笑一声，说想发短信叫人的赶紧发，要不直接打电话吧，咱们只休息十分钟。

"张明瑞那厮手机没电打不通，人又不在宿舍，我找不到他。我又赶紧给你打电话，结果始终不在服务区。是不是殡仪馆那边离市区太远，信号不好啊？

"洛枳，你在吗？"

他婆婆妈妈起来也真是够唠叨的。洛枳知道，盛淮南是怕自己还在想刚才那一幕，所以努力说些琐碎的事情让她不再害怕。

"我在。我刚走出大楼。"声音听起来也不那么空旷了。

"好了吗？"

"走到阳光里就不害怕了。"

"那就好。"

空无一人的大院，洛枳默默地站在门口，手机因为长时间通话而变得有些发烫，反而温暖了她的左耳。

"盛淮南？"

"嗯？"

"我们现在又要重新做'好朋友'了吗？"

电话那端只是沉默。

"你还是不打算告诉我之前为什么要做那些古怪的事情来整我吗？为什么突然消失，为什么……然后简简单单地抹平，重新开始，大家还是好同学？"

盛淮南依然没有回答。

"似乎是我在自己都不知情的条件下做了让你很愤怒的事情呢，那么你为什么又打来电话做友好同窗呢？如果这是报复我的新手段，在你明知道我……我对你……总之如果这是另一种报复，我觉得你还是把天下太平收起来比较好。反反复复地耍人，这未免太狠了点儿。"

洛枳看到妈妈从停车场走过来，远远地招了个手。

"法导的小测……真的谢谢你。"

电话那边终于有了回音："从开始到现在，你都说三遍'谢谢'了。"

洛枳淡淡地笑了："三遍'谢谢'和三遍'对不起'，彼此彼此，何况我的谢意比你的歉意单纯得多。还没吃中午饭吧，赶紧去吧，我挂了。"

电话那边有清晰可闻的喘息声，好像还有话要说，洛枳却在对方开口的瞬间按下了挂断键。

"妈妈！"

"你一直都没出来，吓死我了。刚才看见一个像精神病似的女人从这个门出来往那边一路小跑走了，我就赶紧过来看看你是不是出事了……"妈妈已经眼睛通红，再说几句就要哭出来了。

"我没事，你别害怕。"

妈妈自从上车起就把她拉进怀里摸着她的头，好像小时候一直说的"摸摸毛吓不着"。洛枳不好意思地看了坐在驾驶位上的陈叔叔一眼。

手机因为刚刚通话而产生的温度仍未退去，她握在手里，温暖一点点传递到心里，略略有些酸。

早上在车上，陈叔叔一直在和洛枳说话，问学校专业、北京的生活，又讲了讲认识洛枳妈妈的经过。然而中午返程的车上，三个人都没有说话。

洛枳感觉陈叔叔喜欢妈妈。

她直觉他是个不错的人，但是不打算多想。

那是妈妈自己的事情。她所需要做的只是在这一路上努力地表现出她也很喜欢陈叔叔。

这样的话，真的有那么一天，妈妈就不会顾及她会不会不高兴了。

冬天的阳光徒有光彩，透过车窗晒在脸上仿佛假的一般没有丁点儿温度。洛枳的思绪一直缠绕在刚刚那个女人身上。当母亲殷切地询问是否撞上了那个精神病的时候，她坚定地摇了摇头。

她当时完全被震撼傻了。刚才那个女人用右手捧着她的脸，衰老而美丽的眼睛里发出了怎样的光芒啊。她仿佛被施了蛊一样定住，却完全看不懂对方眼中流动的波涛。

她就像是从过去的时光穿越而来的女巫，照片里时光定格的年轻英俊的父亲，和眼前这个怪异不堪的红裙女人，那一幕想起来总有说不出的契合感。好像身边的妈妈、陈叔叔、窗外的阳光都是在时间长河里向前流动的遥不可及的真实世界，洛枳却因为自己的那双眼睛而被她诅咒，停留在了凝固的时空中。

　　她隐瞒了妈妈，告诉自己，都是幻觉。

　　回到家里，和妈妈吃完午饭，洛枳说，想去高中看看。

　　"这么冷的天，往哪儿跑？！"

　　洛枳坚持，直到妈妈摇摇头嗔怪道："快去快回。"

第 42 章　讲故事的人才是上帝

　　洛枳并不是很喜欢回高中。

　　她一直觉得学校是个很残酷的地方，一座一座，安静地伫立在荒凉的时间轴上，把青春固定在狭小的空间里、苦涩的奋战中，还要自欺欺人地说青春无悔、愿赌服输。明明处在最美好的年华，却要听信年长者的欺骗而把快乐与希望寄托于毕业和长大。它们张大嘴吞吐着一代又一代人，从不留恋过往，只是漠然地看着像洛枳这样的可怜人回头寻找记忆，却提供不了一丝余温。

　　振华高中仍然开着门，虽然是周六，可高三年级还是要上课的。

　　她的班主任仍在高三带班，所以她在收发室签了个名儿说找齐老师，就直接被放进去了。

　　正是下午第一堂课。这届学生穿的校服已经跟他们当时不一样了，可是从开着的门往里面看，里面的学生年年相似。

　　桌子上堆积成山的练习册、卷子、水瓶、零食，扔在地上或者挂在椅背上的书包，教室里因为冬季许久不开窗而微微有些发霉的味道一路弥散到门口，然而里面为了高考而奋斗的孩子们并没有异样的感觉。

学校的分区清楚明白，把各个年级和行政区、实验室等分别划开。洛枳认真地走过每一个她曾经停留过的地方。好像有变化，又什么都没变。

走着走着，就被回忆淹没。

一楼的那条走廊，如今仍然光影分明。她记得曾经走在她前面的人总是微昂着头，背挺得很直，喜欢用左手拎着书包，右手插着兜，走路时，后脑勺儿发丝轻扬。

班级门口换了门牌和新的班标，却仍然连门口的大理石地砖都看起来亲切熟悉，他不记得她曾在这里面对面地跟他说话。班里正在沸腾，只有她看到他站在门口，说："同学，麻烦帮我找一下叶展颜"。

六楼的女厕所也换了新门板，和走廊墙壁的颜色不大搭调。当年她憋了一路表白，最后竟一头撞进了这里。

还有大厅栏杆对面的窗台。

高三第一次模拟考试成绩公布，3 月 24 日，也是他和叶展颜一周年纪念。他仍然考了学年第一，不过已经不重要了，他通过了保送生考试，进了 P 大的生命科学学院；另一边的叶展颜更是从来不为成绩烦心。洛枳倒是考了文科的第一，然而她的总分数可怜巴巴的，和盛淮南相差了 78 分。

虽然文理不同，但她每次都会在相同的科目上和他暗暗比较一番，这次输得真是彻底。

她抱着自己的一摞一模卷子穿过走廊，刚好经过窗台边。盛淮南与叶展颜并肩坐着，闲适而同情地看着满走廊因为一模成绩惨淡而痛哭的学生。这样逍遥的两个人。

她被深深刺痛了。

那种刺痛感现在依然真切，却被时光镀上了一层膜，一种怪异的隔阂感横亘在中间。洛枳自嘲地笑了笑，透过窗子看到了操场上的旗杆。

她想起毕业典礼那天，她是文科第一，理科第一却是另一个人。她和那个矮小的男孩子一起做毕业时的升旗手，眼角瞥到站在第一排的盛淮南和同学毫不在意地说笑，并没有往主席台上看——老师纷纷为发挥失常的他可惜，他却不以为然。只是他永远不知道，台上的那个女生很想很想和他一起做升旗手。

很想很想。

另一个升旗手力气太小，国歌都奏完了他们的国旗距离顶部还有一段距离。两个人一着急就使劲往上拽，国旗就像小兔子一样一蹦一蹦地升了上去，底下的毕业生们大笑。她红了脸，看向盛淮南的方向。盛淮南也在笑，不过是指着旗杆，对着叶展颜，好像在说，你看。

你看。

盛淮南与她的牵绊太深，走到哪里，就回忆到哪里。如果真的把关于他的部分抽掉，那么她走过的这一路就会立刻寡淡成黑白默片。

洛枳忽然觉得遗憾，为什么没有给别人讲过自己的故事呢？

小时候那个故事姐姐的智慧，她现在才懂得。

她也一定会把自己的故事讲得很好听。实际生活中，时间控制束缚了她；而在故事里，她是主人，控制着空间和时间四处飞驰，并且能把被日常琐碎所掩埋的线索捡起来，重新梳理编排，誓要把听众讲到如痴如醉、泪眼滂沱。

然而只是想法而已。故事也许并不像她想象的那么容易讲——因为讲着讲着，就会怜悯起从前那个被困在时间里眺望未来的自己，心里很难过。

她的故事，无非就是暗恋，世界上最容易保全也最容易毁掉的感情。

暗恋和单恋还是有区别的。大街上，某女揪住某男的袖子大声喊"我哪一点不好，你为什么就是不能爱我"——这些都是单恋，但并不能算作暗恋。她想，她对得起"暗恋"这两个字。

至少曾经对得起。

曾经，她有着把秘密带到坟墓里去的决心。

似乎只要一闭上眼睛，她就能回忆起 11 月 4 日那天中午，她怀里抱着全班的英语卷子穿过空无一人的办公区走廊。她高一所在的班级是尖子班，高分段考入这所重点高中的尖子生济济一堂，大家都很在意升上高中以来的第一次期中考试。那一次，英语成绩是最后出来的，居然比语文成绩都慢了半天。

每一科成绩公布之后，大家都会自己核算一下总分，所以英语成绩公布前，班里的同学基本上已经自行排出了前几名的位次。她大致翻了翻卷子，发现英语成绩也许会对排名产生逆转的影响。想到在班里翘首等待成绩的同学们，心里有了一点点凌驾一切、俯瞰众生的得意。

实在是很变态。

阳光从左边一排硕大的窗子透进来，光线苍白明亮，刺眼但是不温暖，落在地面上，被窗棂和墙壁切割成一段段的。她闭上眼睛，穿梭在光影交错中，安静地感受薄薄的眼皮外面交替出现的灰褐色和橙色。忽然想起，小时候课文里总说"我们的学校有着宽敞明亮的大厅"，"宽敞明亮"真的是一个美好的词，默念一下，会觉得心情都变好了。

就在这时候，前方语文办公室的门开了，班主任探出头来，正好遇到她，就扬了扬手里的一沓纸说："太巧了，我正要去找个学生帮忙，洛枳你过来一下。"

有时候她想，如果当时规规矩矩地大步朝前而不是自我陶醉地磨磨蹭蹭，就不会遇见班主任。当然，她不打算把它冠以"命中注定"的名号。

同一所学校，总会有交集。何况，她奔着这所全省最好的高中冲过来，不也是有他的缘故在里面吗？

办公室里，一个老师正在高声吹嘘自己班里的男孩子语文得了 140 分。班主任让她把班级的总分排名复印六十份，为三天后的家长会做准备。她拿起单子正要走，老师又叫住她，说："把这一份学年成绩分布表也印一下吧。"

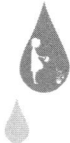

　　她接过来一看，是一张很大的表格，横轴是班级序号，纵轴是分数段。第一排上面写的是"880分及以上"——第一次考试总分是950，数语外各150分，物理化学历史地理政治各100分。看了一下自己的分数，正好884分，可以上榜。她窃喜了一下，表面上却克制住没有情绪。

　　她一直都很能装。

　　只有三个班级在这一栏出现了，她们二班上面写的是"4"，一班上面写的是"2"，三班上面写的是"1"。下一栏就是"840~860"分，各个班级的人数陆续出现了。

　　她一边转身出门一边对老师说："我们班考得很不错啊。"

　　老师微闭着眼睛很矜持地抿嘴一笑，在办公室同人面前压抑着喜悦，忽然不知怎么睁开眼，大声说"你等一下。"

　　她拿出一支自来水笔，对洛枳说："在表上写几个字再去复印。"

　　洛枳问："写什么？"

　　她指了指三班第一行的位置，说："就在这里写，盛淮南，921.5。"

第 43 章　因为执念，所以不见

她平静地点点头，接过笔，发现那一行的空间实在太小，于是把名字写在了标题和表格之间，一笔一画认真地写。

盛，淮，南。

没人告诉过她他的名字怎么写，但是她从小就知道。

他不是说过吗，淮南是南方的一个区域，虽然他是北方男孩子。

老师惊异地扬扬眉毛："咦，你怎么知道是这么写啊？"

她笑，我也不知道，直觉吧。

低头看了看，这个人的名字孤零零又很突兀地站在远离大家的地方，安静而寂寞。带着骄傲的味道。

后来她回家的时候，不知为什么去买了一个厚厚的很贵的本子，有着做过泛黄处理的质感纸张和内敛的灰黑色磨砂封皮。她在橘色的台灯下写了高中的第一篇日记，用那种灰蓝色的水笔一次次地写这个名字，可是始终还原不了那种在办公室里握住笔杆故作镇定的姿态。

她不知为什么当时忍住了好奇没有问关于这个人的信息，也没有故意在老师面前表现出对他的成绩一丝一毫的赞言和惊讶，只是低下头去，没有表情地，认真努力地去写他的名字，力透纸背。

成绩单发下去的时候，大家在下面长叹哀号的样子在她意料之中，曾经各个初中的翘楚，收敛了自己的锋芒，装出一副自己很弱的样子猛夸别人，见到成绩也是做出天要塌了的悲壮模样，大都是伪装。

她坐回自己的座位，突然很想知道三班的同学看到了他的成绩会不会大声而夸张地拍着他的肩膀说"你小子太厉害了"？那么，他是会得意地抿住嘴巴故作谦虚严肃，还是会笑笑说"偶然，偶然"？

她五岁遇见他，然后跃跃欲试了十一年，把他当作假想敌，却在那一刻发现，距离好像真的是这样大。别人眼里无所不能的好学生洛枳，在第一次考试的时候意识到，优秀、卓越和完美并不是近义词。之前，她也一直略略注意着会不会有盛淮南这个人的消息，曾经以为会成为同班同学，可是他升学考试马失前蹄，成绩只是刚刚过了振华的录取线，并没有进入尖子班的资格。她曾经暗地里骄傲了好一阵子，甚至妈妈在别人面前夸口的时候也觉得她很争面子。

她比"他们家的孩子"要强，不是吗？

没想到，他的出场让她有种自打耳光的难堪，甚至不敢想象妈妈来开家长会的时候，看到那张单子上面的三个大字和触目惊心的成绩，会是什么想法。

但是，不这样出场，就不是那个让她执念十一年的人了。

洛枳的高中生活极其简单乏味，日子不咸不淡地过。上学，放学，永远人满为患的 122 路车，吃饭，学习，洗澡，继续学习到头发干透，然后睡觉。

但是从她写下他名字的那一刻起，生活开始变得极有目的性。

期中考试后，她的同班同学都对这个人议论纷纷，她的座位靠着窗，倚在窗台上发呆的时候能够清楚地听到后桌两个女孩子叽叽喳喳地谈论着他。现在洛枳已经想不起来那两个女生陶醉而略有羞涩的样子了，她仍然记得她们的声音，甜腻刺耳，发出"盛淮南"这三个音节的时候，把结尾的"南"念得骄傲明朗，又那么温柔暧昧。

一旦第一次听说了一个人的名字和事迹，他从此就会频繁地出现在你的生活中。对于洛枳来说，奇怪的是，他是她隔壁班的同学，她不停地听到他的传言，却从开学到现在一直都没有见过他。

她想，也许见过的，只是她不知道那是他，毕竟，谁会知道五岁的孩子长大了会是什么样子。然而那些女孩子都说，他很好看。如果她们没有撒谎的话，洛枳相信自己应该是没有见过他的，因为她在这所学校里看到的大多数男孩子，都不怎么样。

期中考试之后的几个星期，这个人的名字和消息都不再需要她刻意留心了，"盛淮南"三个字充斥于各种各样的谈话。

比如经过篮球场的时候听到别人大声喊"盯住盛淮南"，她却心一慌转过头去故意不看球场。

比如后桌的女生说，语文年级小测盛爷排他们班倒数第三，古诗词一个空都没填。代课的语文老师拎着卷子大声问："谁是盛淮南，还想不想考大学了？"

比如她的同桌午休时看完篮球联赛决赛回来说，三班赢了，拿冠军了，他们班同学把盛淮南抛到空中，可是落下来的时候没接住。

比如新的一周她串组坐到门口附近，听到一群男生喧哗着路过。一个女孩子大声地喊着："邹晋、盛淮南，你们俩这周值日还来这么晚！"

又比如她们班主任在提到这个名字的时候总会叹一口气，好像自己班期中考试总成绩第一的风光都被三班那个学年第一给盖过去了。

不知道从哪一刻起，洛枳的脑海中有了一个清晰的愿望，或者说，短期理想。

她暂时不要见到这个人。

她很少走出教室，生怕一不小心就遇见了。期中考试一结束，她就开始疯狂地学习，把书桌收拾得整洁有序，书包挂在椅子背后，书桌里塞满了练习册，桌面上只有一个乌龟笔袋，善良无辜的眼睛亮亮的，看着她沉默地做题，刘海儿被她拨上去又垂下来，一遍又一遍。

高一的洛枳，在别人的眼里是一个一天说不过五句话的女生，如果要形容，只有四个字：简单干净。简单干净的衣服，简单干净的马尾辫，简单干净的表情，简单干净的语气。

一片空白。

然而，她的疯狂努力并不是出于和偶像剧中的现代灰姑娘一样的动机，为了和家世显赫的男主角平等相待而努力闭关修炼，一个月后一出场就艳惊四座……她还没有见过他，谈不上爱慕。

其实说到底，她是胆怯的。

那个美好的小男孩，一直是大方友好的，她清楚这一点。尽管漫长的时间里她追逐着这一点儿幻象，把他当成假想敌，用不平、愤恨来驱赶着自己，但仍然没有忘记那个无辜纯良的笑容。她把自己包裹在浓浓的恨意里面，因为仇恨比宽恕和爱要来得轻松直接，给她提供活下去的源源不断的动力，每天早晨醒来，都有重要的使命感。

然而终于雄赳赳气昂昂地考进了振华，跟这个人走在同一所校园里，每天都有遇见的可能，她竟然有种荒唐的近乡情怯的感觉。何况，这个人的名字风风光光地一出场，就把她这么多年自以为是的努力和骄傲贬得一钱不值。

很简单，她怕了。

她不是没有幻想的人。有的时候就是执着于某种场景和感觉，念念不忘。

所以她绝不会特意去探寻和遇见，她只是期盼，上天能再给她一个和五岁的时候一样美丽的并非人为的际遇。比如，某天在隔壁班，在她完全不知情的时候，爆发出一阵惊呼——快来看哪盛淮南，这次考试这个女生的分数比你高，你认识她吗？她是二班的。

　　然后在走廊里面，别人就会指着她说就是她，洛枳。她回头的时候，在一群男孩子中看见盛淮南，和她认识他的时候一样干净好看的盛淮南。她会朝他笑笑，用她最好看、最骄傲也最平静的笑容，然后转身回到班里面，把一颗心彻底地按到水底下去。算是一个告别，了结了一切。

　　这样的幻想比偶像剧桥段还要白痴，自己想想都羞耻，却的确是埋在她心底最炽烈的愿望。

　　人总是需要一些仪式的，仪式给人庄重感和宿命感，给人信心。

　　开始和结束同样要庄重而完美。

　　可是老天不会给她任何希望。

　　期中考试后的第三个星期，她就遇到了他。

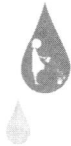

第 44 章　情深说话未曾讲

12 月 4 日。

天气已经很冷了。她穿得很多，像只要过冬的熊。站在车站等车的时候，遇见了在隔壁班的一个小学同学。

同学说："你等什么车？"

她说："122 路。"

同学刚要开口说什么，身子却扭过去盯着她的背后。她顺势回头，耳朵边已经传来了同学小声的尖叫："天，盛淮南。"

其实她想赶紧扭头不要看的，为了她心里念念不忘的"初次遇见"。可是，那个人太显眼，她甫一转身，就不可能看不到他。

一个穿着白色运动外套、背着黑色 NIKE 书包的背影，高大清爽，落日余晖淡淡晕染着他的左半身，右半身留在阴影中，好看得就像、就像……她发现自己的万能类比法失去了效用。

如果人生有后悔药，她希望那天阴天。无论是五岁还是十六岁，阳光都帮着他蛊惑人心。

然后，他转过身来看站牌。

他长大了，小时候清秀的眉眼更加舒展精致，长得那么好看，恰好和她的幻想一模一样——还有什么比这个更可怕的事情吗？

"他怎么今天来坐公交车呢？平时都是他家司机来接他的。天气冷了，他们也很少出来打篮球，都没机会见到，今天真是赚了。"

她微笑地听着同学说，一边长久地注视着他。

三个男生、两个女生走过来，其中一个男孩狠狠地拍了他的肩膀一下。他们说笑，偶尔一起动手整人。两个女孩子都不跟盛淮南讲话，只和另外的男生斗嘴，然而眼神都在不经意间挂在他身上。

洛枳忽然想起那张表格上他的名字，站在远离大家的地方，骄傲而孤单。

其实他看起来并不是的。至少，是受大家欢迎的，会在篮球比赛后被抛到空中的，会被很多人围住的好脾气、好人缘的少年。然而他眼睛中永远保持的那点儿寂寞和疏远，似乎并不是她的错觉和想象。

收破烂的老头儿骑着三轮车经过，他几步追上去，把掉下来的一摞报纸放回车上，然后打算继续回到人群中聊天。结果没走两步，报纸又掉下来了。周围几乎没人动，他又跑起来追上车把报纸放上去，然而车身因为坑洼不平的路而颠簸了一下，报纸再次掉下来，细细的塑料绳支撑不住，几乎马上就要散架了。

眼前的场景逗得洛枳几乎要笑出来了。懊恼的盛淮南锲而不舍，像个小学生一样气鼓鼓地抱起摇摇欲坠的一大摞废报纸，狠狠地扔到车上——老头儿感觉到了震动，回头看了一眼，反应过来怎么回事后，沙哑含混地说了一句：谢谢你啊小伙子。

他的白色运动外套沾上了不少灰，听到老头儿的道谢有点儿不好意思，挠挠后脑勺儿，笑了，眼睛弯得像月牙儿一样，和小时候一样，也和洛枳一样，反而显得比刚刚和那些同学在一起的时候要真诚快乐许多。

洛枳不知道为什么突然有点儿慌乱，耳朵发烧，错开一步往同学身后一躲。没人注意到她的异样。

为什么他不是一个傲慢自私、令人生厌的阔少爷？或者说，他为什么不是丑丑的、邋遢的样子？

那样事情会简单很多。

他坐另一路公交车先走了，洛枳继续和同学不咸不淡地随意聊着，空虚的闲谈掩盖了心底深深的失落。

他的耀眼和美好，让她在122路停下的时候从车门玻璃上看到了自己的渺小和卑微。

十一年孜孜不倦，原来那么可笑。她单方面地羡慕，单方面地忌妒，单方面地挑战，单方面地铭记。多么卑微。

车门向两侧打开，正好把洛枳的镜像从正中剖成两半。

高一四次大考，盛淮南每一次都把学年第二名甩出很远。

而洛枳高一时得到的最好成绩就是学年第四名，虽然在一千多人的高手如云的年级里也算很值得骄傲了，但她只是收起了成绩单，在学习的时候也不再憋着一口气。

郑文瑞曾经问她，凭什么放弃，凭什么要甘心。

洛枳那个时候就懂得，没有凭什么，只是不得不。要把日子过下去，除了接受，没有别的办法。要把日子过好，就要在接受的同时，把这份无奈的"不得不"美化成自己主动而明智的选择，把被逼无奈的妥协幻化成人生大智慧，并且首先让自己深信不疑。

他永远不会知道，她在高一泯灭了所有恨意，沉默地接受了这份失败。

那年的夏天，她填了学文科的志愿表。

仿佛一种逃避。和田径运动员比赛唱歌，和歌手比赛跑步，她只是选择一种让自己不要那么难过的道路。

然而今天回头看，她是庆幸的。幸亏他比自己强大那么多，幸亏他在自己前方走，留下背影让她不甘地追逐，否则，她可能会在赢得一个粗鄙的胜利后失去航标，失去所有的期盼和乐趣。

更重要的是，她发现自己每天都在想这个人。自从有了一张确切的脸，她的感情就在自己没有注意到的时候悄悄转化，转化到让她惊慌的地步。

她，喜欢上他了。

看到他会紧张，过后会傻笑。他参加数学联赛得奖，她跟着高兴；他们班在篮球联赛中陷入苦战，他屡屡突破受阻，她跟着心焦。她是个最最普通的女孩子，用最最普通的方式喜欢上了一个人。

这份喜欢，让她人生中第一次关注一个"别人"的荣辱喜悲。

她变得更沉默。

高一的寒假，情人节。她点亮台灯写了一篇长长的日记。她用隐忍的方式享受折磨自己的快乐，从不纵容自己的好奇心和迷恋，这让她觉得自己保持着一份那个年纪独有的可笑的清高，好像这样她的爱就能比后桌喋喋不休地念着他名字的女孩子的爱要更加高贵纯洁似的。

聊以慰藉。

高二是个新的开始，她告诉自己。

校庆典礼上，他作为学生代表发言。

很多人在这种场合都捏着自己手里的稿子声情并茂也紧张兮兮地念，他却始终那么自如。恰巧作为值周生在主席台下站岗的洛枳什么也看不见，只是在听到熟悉的开场白的时候，眼圈忽然红了。

如果说曾经有那么一丝怀疑，怀疑自己喜欢的只是这么多年想象出来的泡影，那么看着不远处观众席上为他沸腾的人群，也早就笃定了自己的喜欢。他值得她的这份感情。

因为这份笃定的喜欢，她把自己从愤恨和忌妒中解脱出来。

他是无辜的、崭新的、美好的。是会在篮球比赛结束后，别人都往教学楼撤退时帮着劳动委员把乱丢的矿泉水瓶子收到垃圾袋中的温柔少年；是过生日时被班里同学扣了一脸奶油蛋糕也笑嘻嘻地不生气，却在晚自习上课铃打响的瞬间竖起食指让大家噤声回班的班长大人。他与洛枳那些琐碎怨毒的前尘往事无关，超脱于盘根错节的恩怨关系，虽然比起小时候多了几分伪装，那张笑脸却仍然没有丝毫裂痕。

她曾经以为他是遮挡着她成长道路的障碍和心魔，却从来不知道，他也是她十几年的人生中千里迢迢绵延不断的一方阳光。

第 45 章　致我们终将腐朽的青春

洛枳曾经看过岩井俊二的《四月物语》，那个因为暗恋而努力学习最终奇迹般地考上了武藏野大学的女孩子，比她自己要单纯幸福得多。如果她是懵懂平凡的，只把他当成坚持的目标和动力，那么这份隐忍的暗恋可能会更加让人唏嘘。不过她不是。她有自己的骄傲和责任，那种"追赶他，变得和他一样强大"的信念只是帮助她走得更有乐趣和动力而已。毕竟，想着他总比日复一日想着她妈妈背地里哭泣的时候耸动的双肩要轻松得多。

他就这样自信地领先着，而她喜欢着、追逐着，学业、爱情两不耽误。

不过，即使什么都不敢说，她仍然在寻求着某种契机让自己能够引起他的注意。

高一初夏的每天下午，只要一下课她就去操场上乱逛，就为了看看他会不会在操场上打球。可笑的是，她从来不敢明目张胆地往他们班打球的篮球架附近移动，反而专门避开，在遥远的角落里脸红心跳，仿佛一种奇特的体育锻炼方式。

好像生怕走近一点点，全世界都会识破她的意图，戳穿她的心思。

洛枳每次想起来，都会很诧异，自己还真是纯情得够呛。

她的文科班的语文老师同时也教三班，这一点让她兴奋又不安。洛枳知道自己唯一比他优秀的地方只有作文了，可是那些古板的题目、用烂了的论点论据、正反论证、排比比喻……她猜测他必然是不屑的，否则也不会出现那句著名的"谁是盛淮南，还想不想考大学了？"

所以，每次考试，她都认认真真地写作文，花尽心思把那些死气沉沉的俗套路数给花样翻新，从思想境界到遣词造句，让文章既可以中规中矩得高分，读起来又不令人生厌——这样，语文老师拿着范文去三班念，或者学年里把优秀作文印成范本发下去的时候，他看到的她的文章，必定不会是让他嗤之以鼻的八股文。

然而，她那样小心翼翼地写，他竟然一篇都没有看。

尽管他们从未相识，可是洛枳高中时最想要知道的一件事就是，他究竟认不认识自己？至少听说过吧？那印象是什么呢？有才华？勤奋？还是死气沉沉的书呆子？他听说过文科班学年第一是谁吧，看过她的作文吧，他喜不喜欢？

后来，在那所谓的第一次约会里，她终于得到了答案。

那些作文，他都不曾看过，只是用来做演算纸。课堂上，语文老师朗读着她的作文，他在台下安然入睡。

张明瑞说，盛淮南"从来都没有注意过你"。

回忆的时空中有许多小小的念想，像漂浮的气泡，被真相的细针一个个戳破。

她走累了，就跳上行政区四楼的窗台边坐下，扭过身去看荒凉的操场。

她一直很喜欢这个窗台，从高一开始就喜欢来这里坐着想事情。宽大的边沿可以让她整个人都侧身坐上去，抱着膝盖愣愣地看一晚。可惜后来盛淮南和叶展颜不知怎么总来霸占这里，她常常走到附近才在昏暗的光线下辨认出两个人影，只能遗憾地折返。

不知道算不算她和他某一方面可悲又可笑的默契。

洛枳定定地看向窗外。荒凉的操场上，落叶被风裹挟着转圈，偶尔旁边暴露黄土的足球场上还会卷起小型的沙暴，打在窗子上发出沙沙的响声。

还是夜里更漂亮，白天的一切都真实丑陋得让人心惊。洛枳忽然醒悟，怪不得那天盛淮南带自己去理科楼平台看夜景的时候，她觉得如此熟悉——振华的夜景，其实有着双生的面孔。

被繁华市区包围的净土，被万千璀璨灯火拱卫的黑洞。

高二下学期开学，盛淮南遇到了叶展颜。

洛枳从不间断的日记空白了十天。

她的难过更多的不是因为他有了女友，而是他的女友的个性和她天差地别。洛枳才恍然明白，无论如何积极表现，她都不是他的那杯茶。

在此之前，她原本以为青春可以停驻在那里，他安然地前进，她愉悦地追赶，小心地收集着关于他的一切，甚至在了解他的某些小细节上，她比他本人还有信心。何况，他们之间的羁绊延续了这么久，这种所谓缘分也许意味着什么，小说里不都是这么写的吗？她的幻想不是毫无根据。

她在日记中写：

我向来不自信，然而，不知为什么，冥冥中我总是觉得，他和我总有一天是会在一起的，或者说，我们之前也一直都是在一起的。

事实证明，她还是不要太自信比较好。

曾经几次，入梦前，她告诉自己，有一天要光明正大地把日记本摊开给他看，对他说，我看得出，你什么时候是真的高兴，什么时候是礼貌，什么时候是不耐烦。我觉得你很寂寞，我希望你能相信我，因为我……

洛枳很少有属于那个年纪的女孩子的粉红粉红的小梦想，如果刚才那个"摊牌"算一个的话。

但是现在不需要了，叶展颜会懂得他的隐秘的喜怒哀乐。即使叶展颜不是很懂，也不必如洛枳一样偷偷摸摸地观察揣摩——他会主动告诉她。

算了，洛枳。

她把日记摊开在桌前，空白，然而没有哭。

人的执念并不是想斩断就斩得断的，你可以尽情地发誓要忘记，但是过后只能徒劳地斥责自己的无能和出尔反尔。

洛枳再一次摊开日记本小心翼翼地往下写的时候，她发现，假装洒脱实在太累了。对自己诚实是一件很重要的事情，否则，她只有更孤单。

就像她曾经固执地告诉江百丽"不要在别人的故事里做路人甲"一样，她在自己的日记里贯彻了这一点。三年的日记里似乎只提到过一次叶展颜——那个雨天，一粉一绿的雨衣，他穿着的那件小青蛙，是她父亲未能兑现的承诺，何其讽刺。种种情绪交织在一起，洛枳第一次在日记里对他们的幸福表达了深深的羡慕！这种羡慕里有着对自己生活的无限疲惫感。

这是唯一一次。洛枳把头靠在冰凉的玻璃上，眼角瞟着自己模糊的影子，自嘲地笑了。

那本日记里写满了他用三根筷子吃饭，他没收到的撕碎的湄公河，他在着装上的几种固定搭配，高三P大招生会上他挤过她身边时她闻到的洗衣粉与衣物柔顺剂的味道，以及，每天早上他穿了什么衣服几点出现在学校附近的转角，他永远左手拎着书包挂着白色耳机……即使重复，她也能写出不一样。

一个内容，一个名字，一个视角。

她的三年就是这么过来的。

有时候纯粹的描写重复到乏味，这时她就会在日记里祈祷许愿，为自己的成绩，为自己的未来，也为他的。

比如他去参加保送生考试的时候，她在日记里很少女情怀地写：

你只要和以前一样发挥就没问题了，不是吗？而你从来不会紧张，我知道。

又比如高三第一次月考他莫名其妙地跌出了前三，她在日记里笑话了他好一阵子，最后淡淡地总结道：

被大家这样善意嘲笑和幸灾乐祸，其实真的是因为你的强大让我们心服口服。

她从他身上收获了很多色彩，他却从来没有因为她的索取失去什么，反而得到了很多理解和祝福。

只是可惜了那本日记。

高考前，学校彻底放假让高三学生回家备考。兵荒马乱的最后一天，大家都需要把很多东西一齐拿回家。洛枳拎着大包小裹挤公交车的时候，突然很想问问盛淮南有没有尝试过这种感受。

她回到家清点东西才发现，自己的日记随着一大摞卷子和一本《黄冈题库》一同找不到了。

洛枳慌了神儿，想起自己把一大塑料袋的废旧卷子和做过的校内练习册都扔进了班级后门的垃圾桶，当时收拾得太匆忙了，是不是把日记本也夹带进去了？

洛枳心里"咯噔"一声，她踏过地上的几袋子复习资料，飞奔出家门，在大马路上扬手打车，用自己最有气势的声音说："振华中学，求您快点儿！"

然而当她冲到班级门口的时候，只看到张敏在锁门。

"张敏，那个，那个垃圾堆……都已经扔掉了吗？"

张敏呆呆地看她："对啊。"

洛枳几次张开口都是以咳嗽收场："那个，咳咳……"

"你别急，"张敏张着嘴巴想了一会儿，"主任说今天垃圾特别多，告诉我们别往厕所的大垃圾桶堆了，刚才扫除的同学一起把垃圾都抬到后操场的垃圾站了。所有班级的垃圾好像都在那里，全都是卷子和演算纸什么的，可壮观啦！"

洛枳听了，气儿还没喘匀，二话没说就朝后操场跑过去。

天幕已经变成了深蓝色，光线越来越暗。她必须把纸张贴近自己才能看清上面写的是什么。洛枳站在垃圾山前，绝望地翻找着。尽管大部分是废纸和旧书，但是几次都不小心抓到脏东西：剩了半瓶却没有盖盖子的营养快线，黏糊糊的香蕉皮……她忍住恶心，扒开所有口袋，通过里面的资料判断是不是自己班的垃圾。

"喂，洛枳，是这里！"

张敏不知道什么时候跟过来了，指着一个黑色的大塑料袋对她挥手。

洛枳奔过去，两个人一起把垃圾袋彻底推倒。张敏丝毫不嫌弃地陪她一起翻，翻到一半才突然讪讪地笑起来："对了，洛枳，你在找什么啊？"

洛枳已经把三个袋子都翻遍了，日记本连影子都没有。她抬起头急急地问："就这三个袋子吗？还有吗？"

张敏努力想了想："不是我负责收垃圾，我记得好像不止三个袋子，但是我只找到这些。"

洛枳轻轻地坐下来，手上的营养快线已经干透了，黏黏涩涩的，又沾上了油墨，变得黑乎乎的。她把双手摊开在面前，面对庞大的垃圾山，苦涩地牵动着嘴角笑了一下。

"张敏，谢谢。我不找了。"

她告诉自己，找不到就算了吧，有些负担，丢掉也好。马上要高考了，她还要努力考去他的大学，只是一本日记而已，又不是真人，哭什么。

对啊，哭什么。她坐在地上，眼泪好像没关好闸门，在她鼻子也不酸、心里也不疼的情况下，仿佛眼睛里出的冷汗，没有预兆。

她总是觉得，那本日记就是回去的钥匙。而现在她回不去了。

一地纷飞的卷子和演算纸，有的署名了，有的没有，各色笔迹被主人们抛弃在这里，掩埋了她的日记，也掩埋了她三年亦步亦趋的青春。它们会在明天被收走，和营养快线和香蕉皮和被咬了几口的面包一起腐烂发酵，成为一堆恶臭。

她趴在张敏的怀里号啕大哭，而张敏什么都没有问，敞开她有些酸臭汗味儿的胸怀抱住洛枳，轻轻拍着她的背。

洛枳就这样把她的青春遗弃在后操场，慢慢腐朽。

一路恍恍惚惚，她终于走到了终点，空旷的顶楼。

当年她坐在这里背新概念 4。

洛枳发现墙壁都被粉刷一新。边边角角都刷了个干净，自然也就找不到那句话了。

毕业典礼之后她独自来到这里，用圆珠笔在最角落的地方认认真真地写着——

"洛枳爱盛淮南，谁也不知道。"

第 46 章　我们都是说谎精

洛枳正要走出大门口的时候，突然迎面遇到丁水婧。

丁水婧拎着一大袋子零食，披着白色羽绒服，没有拉拉链，露出里面毛衣上巨大的流氓兔。她的头发长长了很多，零散地披在肩上，鼻尖冻得通红。

洛枳哑然，丁水婧更是张大了嘴，一副不可置信的样子。

"你为什么在这儿？"丁水婧指着她问。

"家里有点儿事，所以临时回来一趟，顺便过来看看……看看你。"

丁水婧脸上的笑容足以晒化南极冰山。

洛枳又心虚又愧疚。

撒谎不算本事，如果能自欺欺人就更完美了。

门卫并没有拦住丁水婧，似乎已经对她自由出入习以为常。洛枳没有问她为什么在别人上课的时候跑出去买吃的——她在学习上从来不走寻常路，也不需要别人担心。

两个人走到大厅，坐到窗台上。

"其实去操场上说话更方便，不过太冷了，"水婧说，"抱歉，你来看我，却发现我逃课。"

"没什么，你一直心里有数。"洛枳微笑。

丁水婧轻哼："论心里有数，谁比得过你？"

洛枳一愣，她不明白为什么话还没说两句，丁水婧就语气不善。

沉默了一会儿，丁水婧低下头说："不好意思。"

洛枳迅速转移了话题："什么时候去考美术专业课？"

"一月份。先考电影学院，然后是中央美院，再然后是北广和清华美院。之前还有大连和上海的几所学校，不过都在咱们本市设有考点，不需要特意过去。"

"按理说，你现在应该在画室里待着吧？我记得当年咱们班许七巧也要艺考，临考试前一个月都不怎么来上课了。"

"我很少过来，反正我只有这两个地方可以待着，一个地方腻烦了就去另一个。再说，我要是不过来，今天怎么碰得到你？"丁水婧眨眨眼。

洛枳咋舌，差点儿忘了自己撒的谎——她明知道这个时候丁水婧应该天天闷在画室备考，居然还好意思说是来学校看人家。

丁水婧也没难为她，转头继续聊起这届高三生的情况。

"文科被你独霸天下的日子一去不返了。现在的文科学年第一是几个女生轮流坐庄的，而且好像还斗得鸡飞狗跳的。"

"成绩说话，有什么需要斗的？"

"任何一个领域都有斗争的潜力。你看皇上的后宫，每天都很无聊，皇上那个大嫖客宠上谁了抛弃谁了，谁怀孕了谁流产了，谁生了儿子谁生了女儿，不就这些事，人生短短几十年，有什么可斗的？人家一群女人不是照样斗争得不亦乐乎，还给几百年后我们祖国的电视剧事业贡献了那么多活色生香的题材？"丁水婧笑得很嘲讽，"学生也一样，预备党员、模拟联合国代表团、纽约大学短期交流，当然还有最重要的 P 大和 T 大的自主招生，各大高校的小语种名额，这一届斗得比后宫还精彩。比你坐镇振华文科的时候有意思多了，你让我们错过了多少好戏。"

"也许吧。"

"咱们那时候，文科班唯一值得看的大戏就是叶展颜和盛淮南了……"她迅速地看了一眼洛枳，顿了顿，"不过，估计你也不关心。话说回来，咱们俩现在坐的窗台，曾经是人家小两口经常坐在一起聊天的地方呢。"

洛枳感觉到，丁水婧说完后再次飞快地看了自己一眼。

她低头看了一眼屁股底下的大理石窗台，笑笑："是吗？"

两人沉默了一会儿，丁水婧忽然说："再待一会儿就能吃晚饭了，去食堂？"

夕阳已经照在后背上了，洛枳回头看了看，说："我得回去了，你呢，去画室还是教室？"

丁水婧并未因为她的拒绝而不悦："教室吧，我总得把吃的送回去。"

"你既然更多时间泡在画室，为什么买这么多吃的放在学校？"

"谁告诉你是我自己吃的？帮别人买的，估计我现在才回去，她们几个已经饿死了。"

又有新朋友了呢，洛枳想。不论身处什么样的环境，丁水婧永远呼风唤雨，从不孤单。

"那就祝你一月份各种考试顺利吧。"

"谢啦。欸，对了，你……有男朋友了没？"丁水婧笑着，但是表情有点儿紧张。

洛枳摇摇头。

"喜欢的人也没有？"

洛枳笑："你是不是刚才一直憋着这句想八卦我啊？"

"别打岔，有没有？喜欢的人？"

"没有。"

"没有？"

丁水婧的脸色一点儿一点儿地冷了下来，略微等待了一会儿，还是没走。

"怎么了？"洛枳问，倒是觉得她欲言又止的样子有点儿眼熟。

"说两句真心话会死吗？你家人都是这个毛病吗？是遗传吗？"

丁水婧撂下这句话转身就跑了，很大的步子，脚步声回荡在大厅里，渐渐地随着伶俐的背影消失在转角处。

洛枳第一次在和别人的对话中丈二和尚摸不着头脑，在原地呆站了许久。

"我家人……怎么了？"

晚上吃饭的时候，妈妈说已经把行李给她收拾好了。

"反正你一月中旬就回来了，只剩下半个多月。行李箱基本上清空了，但还是带回去吧，寒假方便往回拿东西。"

洛枳啃着排骨，点点头。

过了一会儿，妈妈又说："我怎么老觉得你有心事。"

洛枳愣了一下，摇摇头："没有啊。"

"没有男朋友啊？"

洛枳笑："没有。我的心事就非得是这个啊？"

"其实……我刚才突然想起来，以前高三收拾你的桌子的时候，我看到了几张纸。我没偷看你的日记啊，先说明白。那张纸是自己掉出来的，从你的练习册里。我以为是演算纸，就瞟了一眼。发现是什么内容之后，就没看，给你塞回去了。大致是跟一个男生有关。"

洛枳把骨头吐到桌子上的小垃圾盒里。

"您没看就知道跟男生有关，真神。当初您应该去学地质勘探，省得他们到处乱挖，您瞟一眼，就知道地底下埋着什么。"

"我真没看，"她妈妈倒是急了，"瞟一眼能看到很多关键词的。"

哎哟，还关键词呢……洛枳嘴角抽了几下，无语。

"但是我一直相信你，我觉得你心里有数，所以也没嘱咐你什么，就把纸放回去了。"

"嗯。"

"那个男生后来考到哪儿去了？"

"我都想不起来你说的是什么日记，哪个男生？还有这事？"

洛枳的神色看起来并不像撒谎。妈妈给她盛了一碗汤，不知道该怎么把话题继续。

"有要好的男同学，就跟妈说。"

"是。"洛枳扑哧一声笑出来，"妈，你也是。"

妈妈愣了一下，直接上手掐起洛枳的耳朵。

"明天早上在火车站和付姨一家碰面。早点儿睡吧，睡觉前再想想有没有什么东西落下的。"

"嗯。妈，晚安。"

"睡吧。"

洛枳发现，妈妈的背影佝偻得越发厉害了。

她鼻子一酸："妈。妈……你不怨爸爸和奶奶家吗？……还有外公。"

妈妈笑笑，态度平常得好像她刚刚只是问了一下明天气温多少度一样，转身走过来给她重新掖好被角，笑着说："我爱你爸爸，我对他和他家里人好，也为你做了能做的一切，苦是苦，我没有愧疚，也不怨。"

"洛洛，我一直觉得对不起你。你很争气，但我老是在担心，是不是我在逼你？你什么都不说，也没有别的孩子那么活泼，初中有一段时间连笑都不笑。我那时候老是背着你哭，我不知道怎么办，家里负担也重，我又怕耽误了你，连哭的时候都觉得要是被你看见了，你肯定压力更大、心事更多……你现在上大学不在家里了，我一回家就在你这书桌这里坐着想以前的事情，还是觉得，我要是怨你爸爸、奶奶和外公，也都是因为他们对不起你。"

妈妈说着，眼睛看着窗户上厚厚的冰花，长长地叹了一口气："我怨谁恨谁、过得高兴不高兴都无所谓，我只是希望你不要怨。他们都死了，你怨也无所谓。但是，你还年轻，心里不难受吗？我跟你爸爸感情深，你要是也有喜欢的男孩子，设身处地地想一想，应该能明白，我不可能有怨言，我一直都很高兴。"

洛枳把头埋进柔软的枕头，泪雨滂沱。

这才是爱吧。她真的太肤浅了，沉浸在自己的伤怀中，以为沉默着负担了一切，其实从来都不够坦荡宽厚，总是计较着得失利弊。

她的爱和恨，其实最后都反射给了自己，所以才会伤得那么深。

第 47 章　岁月的童话

洛枳讨厌白天的火车。

如果是晚上的车，她现在可以爬到上铺去睡觉或者看小说，而不是坐在下铺的位置一遍遍用无聊的话来安慰眼前的阿姨。

付姨是个略胖的白皙女人，保养得很好。她的儿子长得和母亲很像，是个清秀单薄的十八岁男孩，见到外人的时候会腼腆地抿嘴一笑。孩子的爸爸却很矮，又瘦又黑，皮肤干裂起皮，眼角的皱纹极深，虽然他很少笑，也能看得清楚。

非常不像一家人。洛枳想。

丈夫和儿子坐在过道的折叠椅子上，下铺床上只有洛枳和付姨。付姨抓着她的手边说边掉眼泪，她在一旁陪着说些"放心吧孩子出门闯荡闯荡也好，不能总在家里""既然有亲戚照应就更不用担心了很快会适应"等不需要大脑处理的废话。

男孩子在职高学的是酒店管理，现在在北京东直门附近一家大酒店做前台经理的表姐给他在那里找了一份工作，所以夫妇俩一起送他进京。付姨的眼泪从开车到现在就没有停过。她丈夫不知道是舍不得还是已经不耐烦了，劝都不劝她，只是自己黑着脸盯着窗外看。洛枳听她絮叨了一个小时，应和的话颠来倒去地说，终于词穷了。

"这孩子就是不好好学习，当初念个职高就以为万事大吉了。反正当时我们也没有门路给他弄进重点高中，念普高的话还不如念职高，反正都考不上好大学。现在就业这么难，三流大学干脆不如不念。你看你多好，我跟他说了多少遍了，我们单位韩姐家有个高才生……"

洛枳觉得谈话的方向有点儿不受控制，连忙岔开："阿姨，你以前就认识我妈妈吧？"

"对啊，当时一起在一轻局上班的嘛，我俩在一个办公室，结果她才待了一年半就……当时你爸爸……的事情实在出的不是时候。"

你是说，我爸爸死的不是时候？洛枳并没有露出一丝异样的表情。

"也怪你妈妈，闹得太凶了。我们当时都劝她，你外公那边即使不退休也没法起什么作用，就暂时忍一忍，那个风头过去再查，总要还你们一个公道的，可她怎么都不听啊。"

洛枳仍然没有说话。

她对付姨是有印象的。当年付姨没有帮过妈妈，但也没有落井下石。

付姨觉得有点儿尴尬，于是继续说："不过，这个世道我是看明白了，不管怎么黑怎么不讲理，老祖宗说的善有善报恶有恶报还是灵验的。你看，你妈妈后半辈子就有你撑着了，多有后福的人！我们后来又在模具厂食堂遇见的时候，她跟我说起你，把我们都羡慕死了。"

洛枳苦笑，她的确是妈妈今后生活的唯一主线和希望所在了。

"而且，以前一轻局的那个处长，就是现在咱们二把手……听说有人要联手动他了。估计也就是过了这个春节的事。你妈妈跟你说过了吧，有人来找过她，听说当初厂里改制时那批报废老化器材的事情是挺关键的证据之一呢，人家让你妈妈写了材料，我觉得都这么多年又把这事翻出来，连他老爷子的裙带关系都不顾了，说明上面要整他的人一定有来头，我估计这回能扳倒他，肯定有戏。你们也好好出出气……"

洛枳脑子嗡地一下，茫然地看向付姨。她有很多话要问，动动嘴唇却没有问，因为潜意识里她什么都不想知道。

不知道，就不会有困惑和烦恼，不会为难。

"……这事现在还保密，我也被调查组的找到了，但是也就跟你说说，人家说了，不能走漏消息。反正我觉得快了。这就是古话说的：不是不报，时候未到。"

付姨还在不停地说着什么，洛枳站起身从包里拿出水，默默地喝。

这件事，她妈妈没有告诉她。

为什么？

北京站一如既往地人满为患。洛枳把付姨一家三口带进地铁站，指着路线图告诉他们如何换乘，然后目送他们坐上了跟自己方向相反的地铁。

"有什么需要帮忙的就找我，"她把自己的手机号告诉了付姨的儿子，"你方便的时候，我去东直门那儿看看你也好。"

她说完，付姨的眼泪又开始往下掉。再不舍得，孩子终是有他自己的路要走。

终于看到地铁消失在黑洞洞的隧道里面，洛枳长出一口气。

有人在背后拍了她一下。

她回头发现，盛淮南正靠着站台黄线边的柱子笑着看她。

洛枳愕然，既没打招呼也没有笑。她还沉浸在付姨带来的消息当中，忽然看到他出现在眼前，有种荒谬的不真实感。

"你见鬼啦？"他笑，脸色有点儿暗。

让洛枳惊讶的是他的嗓音，似乎是重感冒，哑得不像话。

那声音让她恍惚，不知怎么听起来竟有些熟悉，乱麻般的记忆露出一个线头，她努力伸出手去，却无论如何都抓不住。

盛淮南笑了一会儿，看她不讲话，觉得有点儿尴尬，于是清清嗓子说："上次电话里，你说过会坐这趟列车回来，我估计是周日。我今天晚上正好在崇文门附近跟学生会的几个部长办点儿事，结束了就顺便过来看看能不能碰到你。没想到你是和别人一起出来的，我不知道你是不是愿意让人家看到我，所以一直跟在你们后面来着。幸亏你把他们送走了，要不然我就要尾随一路了。"

"在地铁站遇到同学也没什么大不了的，他们看到也不会怎样，你想多了。不过还是谢谢你。"洛枳淡然。

盛淮南不笑了。他想了想，一把接过她的行李箱说："书包沉吗？我帮你背。"

洛枳抿紧了嘴唇，她白天在火车上心神俱疲，完全没有心思跟他和和气气粉饰太平。她紧紧攥着行李箱的拉杆不松手，说："盛淮南，你到底要干什么？"

他的手僵在半空，然后慢慢垂下。

"我让你讨厌了，是不是？"

洛枳一愣，你他妈装什么蒜——话没出口，行李箱就被夺走。盛淮南拖着它大步朝着出口方向走过去，边走边说："现在乘地铁的人太多了，坐出租吧。"

洛枳几步追过去，周围有行人投来异样的眼光，她突然觉得再拉扯就没意思了，于是也低下头，跟着他向外面走。

北京的风比家乡的柔和许多，他们半天才拦下一辆出租车，风一直吹，她都没有觉得冷。

两个人一起坐进后排，在广播 DJ 的港台腔中一起沉默。车子穿梭在北京的夜景中，所经过的地方时而繁华美丽、时而落魄脏乱。这个城市在两种极端中安然膨胀。

"后来……害怕吗？没做噩梦吧。"盛淮南开口的时候声音艰涩，那种陌生又熟悉的感觉再次席卷了洛枳。

前一天晚上，也许是担心殡仪馆里发生的事情，他曾发短信给她，对她说好梦，洛枳并没有回复。

"不害怕了。谢谢你帮我答法导的卷子。"

"这是你说的第四遍了。"

洛枳没有接茬儿。

到学校的时候，计价器刚刚蹦到62。洛枳掏出钱包，盛淮南按住她的手，什么都没说，只是淡淡地看了她一眼。于是她没有争辩，直接把钱包塞回口袋，顺便抽出被他按住的手。

低下头，想起欢乐谷的太阳神车，心里居然仍然会疼。

"对了，今天是圣诞夜。你吃饭了吗？"盛淮南站在宿舍楼门口问。

"我不饿。"洛枳笑得勉强，"谢谢你接我。你感冒了吧，病得很重对不对？外面冷，快回宿舍吧。"

盛淮南上前一步拦住她："洛枳，是我太冲动，没有考虑清楚前因后果就对你那样的态度，我先道歉。"

他道歉的时候仍然这样镇定安然。

洛枳抬起头，明明白白地盯着他的眼睛："什么前因，什么后果，说清楚。"

"我暂时还不想说。"

"那你考虑吧，考虑清楚了前因后果，再考虑对策，在你做出最终的决定之前，我们就假装不认识彼此吧。万一你后来发现我果然罪大恶极，可是之前又跟我缓和了关系，又接站又吃饭的，后悔了就再甩我一耳光，假装大家不是很熟——呵呵，您慢慢考虑，我又不着急，这辈子考虑不明白，就下辈子接着考虑。"

他吃惊地睁圆了眼睛，柔软的睫毛在橙色灯光下有着毛茸茸的轮廓。

"好吧,"他轻轻放开了她的手腕,"我们找个地方聊聊吧。"

洛枳内心有些挣扎,低头不语。

"陪我去楼顶吹吹风好吗?自打那次带你去过之后,就没再去看过夜景。"

"你真的很喜欢那里,感冒了还吹风。"洛枳笑笑。他的哑嗓子让她有点儿心软。

"高中晚自习的时候,我也喜欢到咱们行政楼的窗台坐着看夜景。算是怪癖吧,不过我觉得这两个地方挺像的……"

洛枳猛地抬头。

似乎有什么敲中了她的头,瞬间一片清明。

"盛淮南,你高一的时候,是不是在行政区四楼的窗台,遇见过一个人?"

他们在那里说过话。那个她喜欢的、后来却被他和叶展颜霸占了的四楼窗台。

他们竟在那里说过话。

回高中故地重游和盛淮南的感冒碰巧发生在同一时间,洛枳脑海中的记忆碎片忽然拼接在一起,拼凑出了一段被她忽略的往事。

高中一年级第一个期中考试的前夕,晚自习的课间,洛枳因为复习得心烦溜到行政区,在漫长的走廊里沿窗漫步。她时常会经过几对黑暗中的情侣,悄悄地绕远,画个弧线,再走回到窗边。

那时候她漫无边际地想,如果将这一路不断躲避的轨迹画出来,会不会像儿童画中呆板的海浪?

终于到了一扇相对安静的窗前,她跳上去坐着,将半个身子都依靠在冰凉舒适的玻璃上。十月末北方雾重,行政区走廊漆黑一片,只有窗外远处的商业区遥遥送来微弱的光线,蒙蒙照亮玻璃上一层薄薄的水汽,她就用指尖在上面默写方程式。

但是无论如何系数都配不平。她恼了,抹掉,换一块继续写,再抹掉……

不一会儿半面窗都画满了。

旁边传来轻轻的笑声。

她吓了一跳，转过头，硕大窗台的另一边站着一个高个子男生，光线实在太暗，他又背对着窗子，看不清面目。

"不好意思，"男生的声音很沙哑，似乎是重感冒，"我就是想说……你的硫化氢的分子式写错了……"

洛枳哑然，连忙改掉，转过脸感激地一笑，忘了对方肯定看不清。

"我化学不好，"她笑着说，"只想着硫化氢是臭鸡蛋味道，就加了个 O。"

男孩的笑声很粗，夹杂着咳嗽，看来病得不轻。

"借你半边窗台行吗？我很喜欢站在高处看夜景，但是附近情侣太多了，没有清静的地方。"

她欣然同意。

他们沉默着一同观赏很远处高架桥上车灯串成的炫目珠链，直到不远处一对情侣发出的声音越来越大。

她的脸像火烧一样，那个男孩也不自在地屡屡清嗓子。

"高中生就这么劲爆。"他开口缓解尴尬的气氛。

"有什么稀奇，"她笑，"小学高年级就已经有恋爱的了。"

"小孩子懂什么？"

"懂的懂！"她突然来了兴致，"其实小孩子之间自以为是的爱情才有趣呢。"

盛淮南的眼神一开始很迷茫，随着洛枳的讲述，突然明亮起来，一瞬间又暗下去。

"是你。"他的语气里有一丝洛枳听不懂的遗憾。

"原来连续两次跟我推荐《岁月的童话》的，是你。"

那个时候，洛枳突然有一种疯狂的念头，想要将自己小时候婚礼上认识的那位皇帝陛下的故事讲给这个黑暗中素未谋面的陌生人——这么多年，没有人承担过她回忆的重量，有时候她只是很想要找到一个树洞，把一切安安稳稳地放进去，即便不合时宜。

然而终究还是胆怯，她想了想，压抑住突如其来的放肆冲动，轻声说："你有没有看过一部动画片，叫《岁月的童话》？"

男孩似乎是挠了挠后脑勺儿："迪士尼的吗？"

"不是，"洛枳侧过身子比画着讲，"里面有一段情节是这样的：五年级的小女主角在放学路上被一个暗恋她的男孩子截住了。两个人都很尴尬，男孩子红着脸想了半天不知道怎么表白。后来突然不知为什么开口问了女孩子一个奇怪的问题。"

"什么？"

"晴天、阴天、下雨天，你比较喜欢哪种。"

男孩剧烈地咳嗽了几声："下雨天。"

"……我没问你。"洛枳不好意思地踢了一下窗台。

男生咳嗽得更剧烈了，不知道是不是在害羞。

"总之……"洛枳继续，"女孩子想了想说，阴天。男生特别开心，笑得很灿烂说，我也是啊——然后转身就跑了。"

"完了？"

"完了。"

"很浪漫啊。"

"嗯？"洛枳不解。

男孩笑了："所谓浪漫，就是没有后来嘛。"

他们忽然一同沉默了。沉默中只剩下呼吸声，窗台两端的距离，开始弥漫起若有若无的暧昧。

洛枳的心没来由地狂跳，她慌乱地说："我回班了。"

男生的声音像是闷在水壶里："你……那……再见。"

她跑得太快，后面的人喊什么，搅乱在她自己噌噌的脚步声中。她听不清，余音回荡在空空的走廊里，像是海浪声久久不散。

"你最后问我什么？"洛枳抬起头。

盛淮南看向远方的路灯，神情温柔。

"我问，你叫什么名字。"

第 48 章　你喜欢我喜欢你

他问她叫什么名字。

洛枳愣愣地看着盛淮南，忽然红了眼眶。

两个星期后，期中考试成绩公布，她在成绩单上一笔一画地写下"盛淮南"三个字。这三个字长在阳光里，站在离她很远的地方。而那个黑暗阳台上的小小插曲被她遗忘在脑后，转身孤绝地陷入一场漫长无果的追随之中。

如果她对他讲了皇帝陛下的故事，会怎样？

哪怕没有讲，如果她告诉了他自己的名字，又会怎样。

追不回来的假设像冰锥扎进胸口，洛枳心痛得几乎要窒息。

她闭上眼，努力克制住心中翻涌的情绪，顿了顿，问："现在你告诉我吧，你为什么这样对我，那些前因后果是什么。"

盛淮南反而看上去有些六神无主："我改主意了，对不起，我……我现在不能说。"

"……你再说一遍？！"

她第一次失态，语气都有些不对了，怒火却无法控制。

"我现在不能告诉你。"盛淮南也第一次在她面前慌了神儿，只会摇头，一双眼睛仓皇地盯着她，像个做了错事却咬死了不承认的小孩儿。

"你他妈这不是欺负人——"

她咬住舌头，发着抖把脱口而出的脏话又咽了回去，深吸一口气，迅速地迈大步绕过他跑进了宿舍楼。

再多待一秒就会哭。

进了宿舍，才想起行李箱还在他手里。洛枳长叹一口气，她妈妈的确有先见之明，在火车站就告诉过她，行李箱这个东西，真的不应该乱丢。

她还在愣神儿，对面宿舍的同学刚好敲门来借作业，不知道是不是平安夜单身太无聊，竟破天荒拉着洛枳聊了起来。

洛枳麻木地应和着，同时慢慢地整理着纷乱的思路。

付姨所说的每一句话仍然在耳边萦绕着，震撼却不真实；少年呼着白气的粗哑嗓音却近在咫尺，她不敢深思。一天之内经历了太多，洛枳脑中一片混乱，仿佛有一列列火车轰鸣而过。

然而即便如此，乱糟糟的思绪中，那个在窗台水汽上写下的方程式还是浮现在眼前，每一笔的结尾都向下蔓延出一条浅浅的水线，渐渐地把眼前喋喋不休的女生的脸都遮住了。

她说晴天阴天下雨天，你喜欢哪种。

他说，下雨天。

洛枳的目光渐渐失焦，直到一只手在眼前晃来晃去。

女生并没有怪罪洛枳的心不在焉，只说不该拖着她讲这么久的话，谢谢她借自己作业，还留下一个扎着丝带的平安果送给她。

洛枳盯着桌上凭空出现的苹果和远去的作业，半天缓不过神儿。又在椅子上呆坐了一会儿，再次想起自己的行李箱。

她摩挲着手机，左思右想，还是打给了张明瑞，想问问他在不在宿舍。

电话刚刚接通时她听到了其他男孩子大嗓门儿的起哄声——"说，圣诞节到底和谁去的798？是不是许日清？"

张明瑞有些尴尬的声音半晌才响起来："喂，洛枳？"

她正在措辞，忽然听到电话那边门被摔上的巨响声。

"怎么了？"

"我也不知道，我这边刚接通电话，盛淮南就提起行李箱摔门出去了。他在那边打游戏打得好好的，也不知道抽什么风……那箱子是你的吧？我在提手那个地方，看到了你以前没摘掉的航班信息什么的，问他他也不搭理我……"

洛枳哑然，手机又振动了一下，显示：呼叫等待，盛淮南来电。

她几句话结束了和张明瑞的通话，接了另一边。

"我的行李箱在你那边……睡衣和电脑都在里面。"电话通了之后的沉默中，她先开口。

不知怎么，她感觉到，电话另一边的人是笑着的。

"五分钟后你下楼吧，我现在过去。"

"不用了，"她的声音僵着，"正好我室友回宿舍，经过楼下的时候能帮我捎上来。"

他呆了几秒钟："那……那我怎么知道哪个是她？"

"我会告诉她，认准了门口站的男生里长得最帅的那个，就是你。"

有时候洛枳自己也不明白，为什么她的愤怒和不满总是带着嬉皮笑脸的假面。

他不依不饶："万一认错了呢？"

"你觉得这个时候拖着行李箱站在女生宿舍楼门口的男生可能被认错吗？"

她的语气有点儿不好，不过盛淮南一向是个脾气很好的人，至少在表面上，很懂得克制，也很会照顾场面。

她等着他说句和缓的话，给彼此台阶下。

"我不管，要么你自己来拿，要么你就别用电脑，别穿睡衣……"他停顿，语气很冲，"光着睡算了。"

洛枳有点儿发蒙，想都没想就按了挂断键。

下一秒钟，她却发现自己的嘴角止不住地上扬，似乎这个气急败坏的、一点儿都不像盛淮南的举动，让她突然摸到了彼此的心跳。

丑陋而罕见的那张脸或许才是真实的。

这时候又有人敲门，是楼上心理学系的同学邀请她们填写调查问卷。她和对方交谈了几句，又坐下花了不到十分钟填完，接受了一支作为奖励的塑料玫瑰花。

然后江百丽拖着箱子突兀地出现在门口。

洛枳的第一个反应，是讶异地低头看了看自己仍然紧紧攥在手中的手机，明明还有刚刚通话的余温。

"啊呀！你猜我在楼下碰见谁了？"

洛枳原本那股想要冲过去面对面捕捉盛淮南蛮不讲理的脸孔的豪情，就这样被那个行李箱扑灭了。

百丽将行李箱竖在屋子中央，坐到自己的座位前，唾沫横飞地说："我看到盛淮南站在那里还觉得奇怪，以为是等你呢，转念一想，咦，你们不是闹翻了吗？"

她没在意洛枳的僵硬，继续说："我还愣着呢，是他自己走过来说'你是洛枳的室友吧'？那副样子特别礼貌，又特亲切，但我最烦这种人。"

百丽优哉游哉地晃着腿，咬了一口手中捧着的煎饼。

"他说你把行李箱落在他手里了，托我带上去。然后我就瞟了他一眼，说：

'哦，谢谢您。'"

您。

洛枳眼前忽然浮现出江百丽活灵活现的神情。

江百丽有意无意地告诉他，洛枳病还没有好，之前幸亏有一个男生天天给她送饭——那种别有用心的埋怨和炫耀，暗含着打抱不平的姐妹义气——洛枳默默地听着，心慢慢地灰了下去。

"这人简直变态，他听着听着就开始笑，好像特高兴，心里石头落地似的，跟我说给你带个好，好好保重。你说，他是不是脑子有病？"

洛枳微笑。

如果刚才盛淮南有过慌不择言，那么此刻百丽对她的每一句描述听在他耳朵里，都代表着万分确定的舍不得和放不下。

她飘忽不定的心思终于又被他抓到了手里，恐怕此刻他连心脏都跳得笃定。

有恃无恐的人最可恶。

她突然觉得冷。看着仍在义愤填膺的江百丽，洛枳不知道怎么办才好，心中涌起一种温柔的无奈，只能走过去，俯身轻轻抱了抱她。

"呀，你干什么……"

"谢谢你，百丽。"她笑着说，顺便把手机轻轻地放在桌上，再也没有看过一眼。

它不会再响起了。她知道。

洛枳听到一阵窸窸窣窣的声音，混沌的梦境渐渐淡去，被课堂上的喧嚣取代。她爬起来，迷蒙地看向身边。一个陌生的男生正在啃鸡蛋馅饼，正是塑料袋发出的细碎声响将她唤醒。她穿着黑色连帽外套，一坐起来，硕大的帽子就盖住了眼睛，帽檐上一圈绒毛把她温柔地包围了起来。

本学期最后一堂法导课。

趴在桌上睡觉时被压迫的视神经慢慢恢复过来，她掀起帽子，从阶梯教室的最后一排向前面望过去，涣散的视线渐渐向着一个方向聚焦。张明瑞在遥远的第三排，正扭过身子站着和后排的人说些什么，然而她最先注意到的是旁边盛淮南的后脑勺儿。

她不是故意看的，眼睛却习惯性地在茫茫人海中自动对焦到最熟悉的人。在背后亦步亦趋那么多年，她闭上眼睛也许会模糊他的脸，却能从一万个人中认出他的背影。

这时候盛淮南也回过头加入了张明瑞等人的谈话，看上去有点儿心不在焉的样子。他说了几句，忽然环视全场，像是在找谁。

洛枳拿起水杯站起身，从后门走出去。

明亮的灯光，喧闹的走廊，人群，一同组成了巨大的烘干机。几天前的夜晚，女生宿舍楼前的对峙，每一句话都湿漉漉地藏在心里，此刻被曝晒得干巴巴的，看不出曾经丰沛的原貌。她觉得自己像一把锈掉的菜刀。

她排在接热水的队伍末尾，盯着头顶灭掉的节能灯发呆。

如她所料，圣诞节之后，盛淮南再没有给她发过任何短信。偶尔在校园里远远看到他，依旧是和同学和乐乐的样子，一切如常。

他的如常嘲讽着她的失常。然而，这一次洛枳没有再感到不上不下的焦心。

她知道，他不会给出一个交代了。

也许他只想吊着她，所以每次都在她将要放弃的当口儿，送上恰到好处的温柔，让她无法割舍，让他再次胜券在握。

他不爱她，不妨碍他想要让她爱他。

真没意思。洛枳回过神来，揉了揉有些发涩的双眼，低头拧开热水龙头。手背被水珠溅到，她打了个哆嗦。

第 49 章　只要得不到

乏味的课程在她的走神儿中进入尾声，教室又渐渐热闹起来。洛枳在笔记本上匆匆记下期末考试的时间地点和复习范围，在教授宣布下课的瞬间抓起书包和大衣冲出后门。

今天是这一年的最后一天。之前朱颜问过她愿不愿意到自己家去住几天，一起度过元旦假期。她原本要一口答应，没想到百丽在几天前神情落寞地问她："洛枳，可不可以陪我去参加学生会的跨年酒会？"

她错愕："你什么时候加入学生会了？"

不是一直作为编外人员给戈壁跑腿的吗？她把后半句吞进肚子里。

"我是书友会的成员，他们这次的酒会也邀请了各个社团的负责人，总之去的人很多。"

"干吗要我陪？"

百丽低着头，眼珠仍然四处乱转。

"我听说，陈墨涵要去。"

洛枳感到自己的双肩不受控制地下沉："你该不是要……"

"我不是去闹，不是去给他们脸色看。人家要是会看我的脸色就不会甩了我。我只是好奇，我真的很好奇，他们在一起真的有多般配，我就是想看看，就是想看看……"

洛枳及时地止住了百丽话语中的哭腔："行行行，你要是能控制住自己的情绪，我就陪你去。"

百丽忙不迭地点点头："相信我。"

信你才怪。洛枳揉揉太阳穴，突然反应过来，学生会？那岂不是……她想要反悔，看见百丽瘦得尖尖的下巴，拒绝的话却讲不出口。

从百丽发短信告知洛枳她分手的消息到现在，整整一个星期过去了。江百丽夜夜听歌失眠，红了眼眶，瘦了相思。曾经在戈壁偷瞟美女的时候气愤地叫嚣着要减肥大作战，现在真的瘦下来，却失去了意义。

最恐怖的是还要打起精神，虚弱又虚伪地对院里一群打着谴责戈壁的旗号来幸灾乐祸的八婆说，一切还好，还好。

人前装欢。

再消沉，都要摆出笑脸。谁愿意白白让别人捡笑话？

洛枳将给两个孩子上课的时间提前，以便晚上早些回来陪百丽。站在东门口的冷风中等车时，她收到了洛阳的短信。

"你嫂子来北京了，明天一起吃饭吧。"

洛枳感到一股久违的暖流流过心间。

她在玄关处换拖鞋的时候觉得家中安静得过分，总是在客厅转来转去嘟囔着谁也听不大懂的英语的两个菲佣没有现身。洛枳曾经问过朱颜，为什么一定要用菲律宾女佣，她们在北京理应不具备香港菲佣价廉物美的特性。

当时朱颜微笑着说，听不懂中国话的最好，心里踏实。

洛枳愣了一会儿，心领神会。

两个孩子的课一上完，洛枳就被小丫头拉进她的房间里。Tiffany 大病初愈后和朱颜一起去了香港，粉红色的小衣橱里立时挂满了战利品。洛枳坐在床上，看她一件一件地把新衣服秀出来。朱颜晚上要带他们出席一个酒会，Tiffany 万分认真，于是她也很热心地帮忙参谋到底是选择小洋装还是小旗袍。

终于选定了，Tiffany 兴高采烈地去洗澡。洛枳不经意地侧过头，看到朱颜默默地站在门口，正微笑地看着女儿的背影。

"你是什么时候进来的？我都没发现呢。"

"还真是好久没看见你了。"朱颜笑着走过来，递给她一杯茶。

"生了一场大病。"

"流感？"

"不知道，一半着凉一半心病吧。"

"怎么了？"

洛枳笑着跟她讲了自己的经历，从第一次勉强算是约会的出游，到盛淮南忽然的翻脸，雨天她被逼迫承认的表白，回家祭奠时的奇遇……直到行李箱的回归。

以及窗台边迟到的那句"你叫什么名字"。

"大概就是这个样子，"她停顿了一会儿，笑，"你可以理解为我被狠狠地耍了。"

朱颜沉默良久，往茶杯中加了一块冰糖，搅拌着问："那个男孩子，真的像你想象的那么好吗？"

洛枳看向朱颜，对方的眼里满是狡黠的笑意。她转过脸，万分认真地想了想，才慢慢地说："我知道你想说什么。"

"高中的时候我不了解他，但他的确是个不错的人。一个各方面都值得被忌妒的人，能让所有人都夸赞而不中伤他，这已经很难得了。后来凭我仅有的几次和他面对面的接触，我觉得，他的确是个招人喜欢的人。"

她叹气，眼睛有些酸："至少招我的喜欢吧。"

朱颜若有所思地点点头："原来是这样，他还真是平安地长大了。"

"你的口气好奇怪，好像他原本应该死于非命一样。"

朱颜不知为何有点儿尴尬，沉吟了一下，才继续笑着说："不，我，我是说，我也觉得他很难得。你曾经跟我说过他，你形容的那种略带世故的早慧，往往会害了他，但是看起来，好像也没有。"

"我倒真的希望他不是那么好，这样我可以尽早回头是岸。"

"别找借口了，"朱颜笑，"看不破就是看不破。我敢说，如果有一天你发现他很差劲，一定比现在还难受。"

她看向透着稀薄暮色的窗台："也许有一天你不再喜欢他，但不可以厌弃曾经喜欢他的你自己。毕竟他是你的全部青春，他如果很不堪，那你的青春就等于喂狗了。"

洛枳咧咧嘴："简直酸倒牙了。"

朱颜没理会她，好像沉浸在了自己的思绪中。很长时间之后，她才直直地看过来："你怎么不去问他，到底是为什么？"

"他不说，"洛枳低头啜饮，露出了一点儿这个年纪的女孩子应有的恼羞成怒，"说了，我恐怕也不想听了。"

"矫情。"

朱颜语气软软的，却让洛枳红了脸。她干巴巴地接上一句："随缘而已。"

朱颜笑得愈加让她背后发毛。

"你之前也算是处心积虑了，又做导演，又做演员，埋了一路伏笔，现在又想假装一无所知，听从命运安排了？"

　　洛枳的茶匙磕在杯壁上，她狼狈地岔开话题："对了，我今天怎么没看到你家的那两个菲佣？"

　　朱颜欲言又止，下一秒钟绽开一脸笑容，对着刚从洗手间蹦出来的 Tiffany。

　　百丽的催命短信一条条冲进手机，洛枳五点钟气喘吁吁地推开宿舍门，看到的却是她穿着睡衣盘腿坐在床上举着手机的样子。

　　"你怎么还穿着睡衣？"

　　"我不知道穿什么。"

　　"这是什么规格的酒会？如果要求穿礼服，恐怕我就进不去了。"

　　"不用穿得特别正式，穿球鞋也可以进门。"

　　"那你为难什么？不必太费心想这些，你没办法跟陈墨涵斗艳。"

　　"我知道。"百丽没有反驳。

　　洛枳诧异地抬头看了她一眼。今天的江百丽平静得有点儿反常，她迎上洛枳疑惑的目光，微微一笑，苍白脱尘。

　　"我不会是看到圣母马利亚了吧……你别那样笑行吗？"

　　"对不起，我刚才突然想到，其实今天晚上盛淮南也参加这个酒会。我不知道你想不想见到他……"

　　洛枳咧嘴一笑："这有什么好躲避的，我们之间又没有什么。"

　　然后在嘴角无法抗拒地下垂之前，赶紧转过身假意去整理书柜上的复习资料。

　　虽然百丽对于他们之间的故事知道得不多，但是她每天喊着"洛枳加油"，朝夕相处，眼角、眉梢总能读出点儿故事，洛枳不知道怎么掩饰。

　　她听到背后江百丽下床的声音，伴着一句幽幽的"如果我当初也和你一样，把一切都烂在肚里，静悄悄的就好了。你喜欢别人也都是悄悄的，不被任何人知道，失败了都不丢脸"。

洛枳闻言一头撞在柜子上："这有什么丢脸的——等一下，我哪里失败了？"

想要嘴硬一次，却发现嬉皮笑脸的样子怎么也摆不出来。

她把《玛丽·斯图亚特传》抽出来又放进去不知道第几遍，始终找不到一个合适的位置，最后终于放弃，往桌上随便一扔，一屁股坐了上去，转过身，语气冰冷地说："对，我是挺失败的，我就是看准了自己有一天会很惨，当初才不像你一样，搞得满世界都知道。"

百丽正站在寝室中央，脱睡衣脱到一半，胸罩带子还挂在肩上，冷不防被洛枳吓到，惊慌失措地跌坐到下铺的床上。

她第一次听到洛枳用这样的语气讲话。掺着冰碴儿，却透着一股邪火。

两个人都沉默了。

江百丽刚想开口说"对不起"，就看到洛枳脸上浮现出的夸张笑容。

"快点儿换衣服吧，"洛枳顿了顿，又特意用很有精神的语气说道，"我突然想起来，《傲慢与偏见》里面好像说过，'将感情埋藏得太深有时是件坏事。如果一个女人掩饰了自己所爱的男子的感情，她也许就失去了得到他的机会。'所以，名著都证明了你才是对的，要热烈表达。"

江百丽笑起来："读书人说话就是一套一套的。"

转眼，脸却又垮下去："……那为什么我还是没得到他？"

尴尬却默契地无言对望之后，洛枳笑出声，江百丽则乖乖地爬起来，说："我穿你的衣服好吗？咱们身材差不多。"

洛枳指指衣柜，说："自己挑吧。你不是一直说，我的衣服都是寡居的人才穿的吗？"

百丽从衣服堆中抬起头，一本正经："我的确在寡居。"

洛枳浅笑，抬眼去看窗外飘起的清雪。

她曾经以为，她会这样沉默，怕的并不是丢脸，在意的也不是得到与否，只是不想被误解。她的那份感情里有着太多的曲折，不足为外人道也，思维直通到底的旁观者只会将她婉转的心思戳得鲜血淋漓。

直到那天，她提起那时候的阳台，他说："我问，你叫什么名字。"

洛枳才忽然明白，那种忽然爬满心房的痛楚和不甘，就叫作得不到。

说出来，咽下去，万众瞩目的追求，或者不为人知的爱恋，并没有哪种更加高明，也没有哪种更为高贵。

只要得不到，就一样百爪挠心，痛得不差分毫。

第 50 章　山雨欲来

最后，她们都穿着最简单的休闲白衬衫和牛仔裤。

"像不像双胞胎？"百丽一边扎马尾一边看着门上的穿衣镜微笑。

"我不要跟你像双胞胎。"洛枳斩钉截铁地回答，立即将橡皮筋取了下来，让头发散散地披着直垂到腰间。

两个人一边走出宿舍一边披上外衣，甫一推开楼门就被风扬起的雪花迎面截击。雪越下越大，像天空碎裂的缝隙掉下的粉末，大片大片渗透进路灯橙色的光芒里。

学生会的酒会在交流中心的大楼二层。百丽频频看表，拖着洛枳快步抄近路，走上了直通北门的石子路。路边灌木很久没有被修剪过，枝蔓横生，偶尔刷蹭到洛枳的外套上，摇一摇，抖落一地清雪。七拐八拐之后，交流中心的大楼现出踪影，二楼一排窗子灯火通明，有人影晃动。

洛枳看了一眼表情肃穆仿佛赴死一般的百丽，竟有些企盼这次老天能给她一个惨烈到不能收拾的结局，以便彻底清醒过来。

虽然她自己的结局惨烈得不输毫厘。洛枳的人生经历了一个巨大的断层，她发着烧哑着嗓子从悬崖底下爬上来，喘口气，还是要朝前走的。即使面具已经被盛淮南戳烂了，躲起来重新涂一层油彩，也要继续撑下去。

如果一场病一场伤心能把她直接渡到彼岸多好。要么成佛，要么成魔，而不是尴尬软弱地站在中间。对那个人，喜欢依旧是喜欢的；对自己，不能触及的仍然无法触及。

洛枳恍惚中抬起头，竟然看到推着崭新的山地车跟自己相向而行的郑文瑞。郑文瑞穿着深紫色的羽绒服，把自己包裹得严严实实，整张脸藏在围巾后，只露出一双细长的眼睛，呼吸的白气从围巾上方漏出来，仿佛里面着了火。

洛枳和她眼神交会，微微点点头笑了一下，就拉着江百丽让到一边想让她先通过。上次见到郑文瑞，正是洛枳和盛淮南那个梦幻的约会的结尾，这个女人怨毒地把自己的自行车踹得哗啦啦乱响，像个下蛊的女巫——如果是真的，那么她成功了。

然而等了半天，郑文瑞并没有经过她们身边。洛枳低垂的视线注意到停在自己脚尖前的车轮，诧异地抬起头，正好和郑文瑞诡异的笑容相对。

那张有些浮肿的白脸从围巾后一点点显露出来，努了努下巴将绛红色围巾的边沿压住。洛枳只注意到她歪着的嘴巴轻轻开启。

"呵呵。"

是嘲笑。严重而明显的嘲笑。郑文瑞笑完就神采奕奕地扭头走远，山地车在石子路上咕噜咕噜响得轻快。

洛枳还在疑惑不解，倒是身边的百丽很直率地大声说："精神病啊！刚从六院放出来过年啊？"

洛枳摇摇头拉着江百丽继续前行，她忽然惊呼一声："我知道了，我刚才怎么没想起来，是她！"

还没走远的山地车停了一下，然后很快地拐过她们身后的弯路消失在灌木之后。

"是她，32 楼钢铁侠。"

什么？洛枳迷茫地看向兴奋非常的百丽。

"这个女生是学计算机的，住 32 楼。你知道，32 楼全是理工科的女生——哎，不说这个，反正就是某天晚上，也就是一两个月之前吧，大半夜的，忽然楼下草坪里出现一个女生，拿着不知道哪儿弄来的榔头，使劲地砸着一辆破自行车，边砸边号啕大哭，声势那叫一个浩大哦。她把自行车完全砸变形了，连轮胎和链条都被扯出来扔得满草坪都是，整个一金刚大力神。本来大家还能接着看一会儿热闹的，结果有男生不知趣，居然拿着 DV 跑到近处来拍，把人家吓得呜呜哭着跑了，但还是被认出来了，照片都上 BBS 了。我刚才蒙了，没认出来，但就是她，没错。"

洛枳突然觉得，郑文瑞根本就是把那辆自行车当成是她来砸——这个想法让她有点儿不寒而栗。她紧了紧外套，说："别提这些了，快走吧。"

百丽和她挽着手，意犹未尽地继续说着八卦，那副眉飞色舞的样子让洛枳恍惚好像回到了几个月前。

几个月前，百丽没有分手，她也没有遇见盛淮南。

而郑文瑞，也发誓不再重复高中时的闹剧。

现在一切都朝着反方向前进了。

百丽托社团里的熟人要了一张邀请函给洛枳用，进门之后直奔二楼。楼梯口有许多学生打着手机忙碌地进进出出，穿着黑色小礼服的女孩子急匆匆地挤过洛枳的身边，蜜桃味儿香水的气息钻进她鼻子里。香水的主人已经踩着金色高跟鞋跑远，在大理石地面上碰撞出好听的声音。

洛枳朝百丽摊手："我们打扮得……好像是太随意了点儿。"

她发现百丽根本没有理她，目光早已越过了门口的众人。

璀璨的水晶吊灯下，一个穿着雪白露背小洋装，头发盘得无懈可击的女孩子正背对她们站着，而她面前的人，正是穿着深灰色西装笑得犹如三月春风的戈壁。

百丽定定地看着，没有一丝表情。

会场布置得有点儿古怪。穹顶光彩四溢的水晶吊灯周围，竟然缠绕了一圈又一圈小学联欢会常见的玻璃纸彩带；壁灯上挂着彩色气球，门口两侧墙上还各贴一个倒着的"福"字；会场靠门的前半部分是类似多功能厅小舞台的区域，似乎晚上会有表演；再往里延伸就能看到四列长桌，上面摆满了饮料和食物，是酒会的主要区域；整个大厅的最内部竟是半圆形的座席区，众多座位拱卫着两个圆桌，每桌十五六个座位。

洛枳在心中对这种中西合璧的风格嘀咕了半天，正要伸手去拉百丽，转头才发现在自己观察会场的时候，江百丽已经不见了。

她往墙角退了退，担心挡住在会场中央穿梭来回的忙碌干事，忽然听到背后不远处一个男孩子有些沙哑的声音喊着："戈部长找您！"她听到这个姓就下意识回头。不远处，盛淮南背对着小干事，闻声苦恼地咧咧嘴，用手背擦了擦额头。

然后才侧过脸，面对着小干事笑得很像盛淮南该有的样子："知道了。我一会儿去找他。"

洛枳靠在柱子边，突然笑了。这一明一暗，不情愿的社交，人前的面具，让她突然觉得他很可爱。

并不是出于倾慕的原因觉得他可爱。洛枳想起自己高中时也常常能观察到他这种人前人后的反差，每每意识到她或许比别人更了解他，心里就会有一种复杂的快慰。然而此刻，她暂时放下了混沌纠结的感情，抽身而出，仿佛旁观的路人无意中捕捉到了意趣盎然的街景。

只是个比其他男生成熟点儿、好看点儿的毛头小伙子而已。她想——朱颜也一定会这样说。

可她喜欢这个毛头小伙子。

洛枳赶紧打住了这个念头。她可不希望自己真的变成江百丽灵魂的双胞胎。

那对情侣站在会场中央。今天的戈壁风光无限。江百丽曾经提到过，前阵子学生会闹过什么风波，他恰好站在胜利的那一方。这次，他又带来了一个天仙般的新女友，传闻中的青梅竹马修成正果。双喜临门让戈壁脸上的招牌阔少笑容看起来比平日真诚许多。

洛枳看到盛淮南走过去，从背后拍拍戈壁。陈墨涵像职业模特一样站得很优雅，朝盛淮南微微一笑，明艳照人。

他们寒暄来寒暄去，似乎终于没话讲了。这时候戈壁扫视了一眼大厅，笑了一下打算起头新话题，突然看着远处脸色一变。尽管他很快恢复了正常，但陈墨涵还是注意到了，也朝着大厅的角落看过去，转头回来的时候笑得更灿烂，灿烂到有点儿幸灾乐祸的意味。

洛枳也顺着他们的眼光望过去。在戈壁背后几米远的窗台边，江百丽正侧着身子看风景，假装没看到自己周围种种幸灾乐祸的目光。她这时候才理解了江百丽坐在宿舍床上迟迟不下来时内心的纠结。以一个被甩的著名前女友的身份参与这个再也与她无关的学生会内部活动，需要鼓起怎样的勇气。

她打算从后半场绕过去陪陪她，避开这几个人的视野。刚走到一半就冲过来几个风风火火的男生，勉强搬着一堆线路缠绕的音响设备往舞台的方向走，将她拦在了半路。她耐心地等这几个人过去了，再抬头时，窗台边已经没有人了。

洛枳讶异地睁大了眼睛，有点儿不知所措。长发因为静电的缘故都贴在后背上，很难受。她将双手背过去，几下就松松地将头发盘在了脑后，忽然感觉到脖颈被一根凉凉的指头擦过，她一个激灵转过身。

是盛淮南，右手食指缠绕着她的脖颈上搭着的一绺长长的头发，随着她的转身，倏地从他的指缝中溜走了。

"你……你落下一束头发。"盛淮南尴尬地说。

"哦。"她垂下眼，把头发解开，双手扭到背后重新绾起来。正巧这时小干事又在远处喊盛淮南，他一边答应着一边对她说："没想到今天你会过来。一会儿他们安排有表演和游戏，今天晚上好好玩，结束之后，我把剩下的事情处理完，想跟你谈谈。"

洛枳思考了几秒钟，慢慢地说："你去忙吧。至于结束后，"她眼睛忽然瞟到了大门口的江百丽："有没有机会聊天，要看情况。"

盛淮南停住脚步，愣了愣，了然地笑。

"好吧，你们……你们别太过了。"

他轻快地转身走远，留下洛枳一个人。

闹哄哄了好一阵子，观众才陆陆续续进入座席区，台上的两张圆桌也坐满了老师和学生。P 大学生会有三个委员会，各设主席和会长，每个委员会还有一堆头衔和级别，盛淮南是执行委员会十五个部长之一；而戈壁所在的是团委，独立于学生会之外，更是一个臃肿庞大的机构。

洛枳坐在角落，旁观他们庞大的全家福，对江百丽说："我想起了我们小学的大队部，那是我参与过的最后一个权力中心。"

百丽只是笑，不讲话，认真地看着舞台上的两个主持人。

"你能不能把你那圣母般的微笑抹下去？你让我觉得我已经升天了。"

百丽从宿舍出发时还是说说笑笑的，现在却像个失声的布偶，好像暴风雨前的平静。如果不是自己亲眼看着她换衣服和整理手包，洛枳可能都会怀疑她偷藏了一瓶浓硫酸等待泼人，或者在腰上缠了一圈炸药包准备同归于尽。

酒会的开场和中国所有的大会一样漫长。主持人的插科打诨永远以冷场结尾，洛枳渐渐对台上明知白痴却不得已为之的一对漂亮男女有了一丝同情。开场流程包括了学生会主席新年致辞，团委书记新年致辞，副校长新年致辞，党委书记新年致辞，学生会监督委员会年度工作总结报告……洛枳打了个哈欠，眼睛半睁半闭的时候看到了盛淮南，站在舞台后方一群部长的中间，鹤立鸡群，此刻也在打哈欠。

他们看到了彼此还未合拢的嘴，盛淮南笑起来，而洛枳没有。她默默地看着他，一双眼睛寒星一般闪亮冷清。

全场暗下来，只留下舞台上斑斓的灯光，文艺表演开始了。

演出看得洛枳昏昏欲睡，底下有校长、书记坐镇，场上的气氛更是虚假。学生的演出少有精彩纷呈的情况，真正吸引人的原因只有一个：台上表演的是自己的朋友或敌人，而你正等着他们出彩或者出丑。身边唯一能说得上话的江百丽静谧沉迷得仿佛已经到达波罗蜜，洛枳的目光巡遍昏暗的全场，戈壁不在，陈墨涵也不在……盛淮南也不在。

她悄悄戴上耳机，用碎发微微遮掩住，开始听从网上下载的《寒蝉鸣泣之时》的篇末独白。其实耳机里的女人在叽里呱啦说些什么，她完全听不懂，只是那种感觉很好，清冷的女声把她与周围隔绝开。

也和之前发生的一切都隔绝开。

又是一年了。她想。

灯光忽然大亮，同学们纷纷站起来朝长桌子上的自助餐走过去，圆桌上面的领导也开始动筷子吃东西。百丽摆摆手对她说："我去洗手间，你吃东西吧，一会儿我回来找你。"

洛枳点点头，站起身揉揉发麻的屁股，快步走到餐桌旁。

身边的很多华服美女都不敢吃得太快，更何况总有精神抖擞的人在别人吃东西的时候来搭讪——比如此刻她身边的大一小姑娘，一边应付着话痨的师兄，一边小心翼翼地想把炸鸡翅吃得优雅得体。洛枳同情地轻叹一声，打了一杯柠檬茶，往盘子里放了八九块点心。

转身的时候差点儿撞到人，洛枳小心地扶住盘子，幸好只有柠檬茶洒了一点儿在地毯上，并不严重。她在确定点心都安然无恙之后才站定，也不抬头看眼前人是谁，就说了一句"实在对不起"，打算绕过对方往座席区走。那个人却微微往旁边挪了一步，挡住了她。

她隐隐约约感觉到对方说了什么，但是音乐声音太大，没有听清楚，何况现在腾不出手来摘耳机，只能茫然地抬起头望向对方。

很有棱角的一个男人，左手挽着西服外套，穿着亮灰色的衬衫，看起来大约三十出头的样子，脸上挂着笑。

"我说你吃得很认真。"他又说了一遍，洛枳这次听见了，咧嘴笑了笑，继续前进。和男人擦身而过的时候，对方竟然伸出手撩起了她左耳边遮盖住侧脸的几绺头发，看到耳机时，露出一副原来如此的表情。

洛枳皱眉往旁边撤了一步，头发从他的手心滑出来。

她回到座位上慢慢地把蛋糕都吃完，一小口一小口喝着温热的柠檬茶，有点儿想要离开了，可是江百丽仍然不见踪影。

竟然去了整整半小时洗手间。

圆桌上的领导们不知什么时候都撤退了，他们一离开，底下的学生就活跃多了，时不时有集体哄笑怪叫出现。她急着找百丽，巡视的目光又撞到那个男人身上。对方正在和戈壁聊天，两个人各执一杯红酒，侃侃而谈，那个场景看起来非常非常的……国产电视剧。不知哪里有点儿别扭。

男人好像背后长眼睛了一样，隔着这么远也感应到了她的目光，转过头微笑着举起手里的酒杯示意了一下。如果是戈壁做这个举动，她可能早就笑喷了，但是这个人举手投足都极其自然，算得上气度不凡。

男人的年龄果然不是白长的，戈壁本来就比一般男生要成熟些，在此人面前也只是个愣头青。洛枳这样想着，立刻闪身混入人群中，余光看到戈壁正在疑惑地寻找刚才被致意的人。

洛枳走出会场的门，跑到女洗手间门口喊了两声"百丽"的名字。

"江百丽？"一扇门被推开，洛枳低头看到一双银色高跟鞋，水钻里盛着晶莹的灯光。

陈墨涵的声音很甜，但是没有什么特点，她全副武装，笑得滴水不漏，好像发布会上的女明星。洛枳有些惋惜，似乎还是照片中长发飞扬的少女更灵动一些。

洛枳假装没见过陈墨涵，朝她点点头："对，我在找她。"

"你是谁？"

"我是她的舍友。你知道她在哪儿吗？"

"你去戈壁附近找吧。"陈墨涵笑起来，嘴角噙着的都是得意。她打开酒红色手袋，拿出化妆包开始对着镜子刷睫毛膏。洛枳站在背后，看着镜子里面左侧脸右侧脸比对个不停的陈墨涵，由衷地觉得江百丽说话不是一般的没水准。眼前的这个女人，无论如何都不可能是江百丽故事中那个不落凡俗的美人——倒不是说美人不能化妆，她只是无法容忍陈墨涵眼角、眉梢的浮躁和戾气。

洛枳脸上浮现出一丝笑容。陈墨涵倒是个敏感的人，冷下脸转身看她："你笑什么？"

洛枳瞪着无辜的眼睛问："你让我去隔壁附近找，可隔壁是男厕所啊！你在男厕所看见她了？"

洛枳说完就转身跑出杀机四伏的洗手间。

她刚刚重新回到座位上，就看见盛淮南走进门。洛枳所处的位置很隐蔽，她挂着耳机，把手肘挂在膝盖上，双手托腮，目光却穿过额前细碎的刘海儿，紧紧追随着他。

盛淮南在人海中仍然那么扎眼，却跟戈壁不同：他是和善内敛的，左右逢源但又不失于油滑。朱颜说得没错，不管她如何委屈不甘，都不曾因此而否定过盛淮南一丝一毫，在她自己心里，他就是完美的、万能的，即使会有背向人群笑容苦恼的片刻，也只是让他在她心中更加真实而吸引人，何况她从来不怀疑他下一秒钟就能从容地扮演起焦点。她甚至从来不需要考虑一下这完美背后是否有什么艰辛苦楚，仿佛天生铸就。就好像大家仰望太阳，没有人会多想一下它为什么发光，又会不会有一天燃尽。

洛枳微笑着，不知怎么，想起了穿着明黄色吊带裙的、活像村姑的自己。

"你们这个年纪，非要穿成这个样子，学着大人办酒会，真是有意思。"洛枳听到有人说话，摘下耳机，看到自己右边隔位坐着的又是那个陌生男人，不觉呆住了。

"没听到我说什么吧？我再说一遍，这种场合中最吸引人目光的其实并不是那种女孩子。"他说着，嘴巴朝门口方向努了努，指向正在戈壁身边巧笑倩兮的陈墨涵。

洛枳不知道是否应该礼貌地接一句话。

"真正让人注意的是你这样的女孩，打扮得很简单，看起来格格不入，好像有自己的世界。"

我想吐。洛枳忍耐着不让自己说出这三个字。

可是不得不承认，这个男人还是有本事将这种活像从劣质言情小说里摘录出来的话说得不那么恶心。

洛枳再三想了想，还是硬着头皮笑了笑，忍耐着呛回去的冲动，重新戴上耳机。

领导走光了之后，会场中的人群组成开始分化。大一小干事们都在自助餐桌附近徘徊，大二以上的核心骨干则聚拢到那两个硕大的圆桌周围，八卦、聊天、拼酒。洛枳听不大清楚他们在说什么，只是看到戈壁不停地被灌，陈墨涵并不拦着。戈壁几杯酒下去红光满面，周围人似乎开始八卦他的新恋情，陈墨涵时常做出不好意思的样子低下头，而戈壁除了笑还是笑，一杯一杯来者不拒。桌边有几个上蹿下跳的男孩子，其中一个总是不自觉地把目光斜向陈墨涵的胸部。

洛枳皱起眉。

终于抱得美人归。戈壁的笑容，并不是当初江百丽跟她吹嘘的那种"男孩子般单纯喜悦的笑容"。

只不过是再普通不过的得意，甚至说不上哪里有些苦涩。

那点儿单纯的喜悦，估计也是江百丽这个小说爱好者的幻觉。洛枳长叹一口气，右耳的耳机突然被人拔出去。

"你在听什么？"

那个男人居然还没走。洛枳像看怪物一样看着他把耳机塞进自己的耳朵认真地听了一会儿，又拔出来，自来熟地朝她笑："原来你喜欢 Daniel Powter（丹尼尔·波特），我也是。这首歌是他 2005 年写给可口可乐的广告主题曲。"

洛枳愣了半天，终于想起拉住耳机的线把它拽回来，问："你是谁？"

"你终于有兴趣知道我是谁了。"男人的笑容成竹在胸，仿佛在对洛枳说，假装清高是没有意义的。

"顾总。"

洛枳抬头，毫无意外地看见了盛淮南。

第 51 章　Drama Queen（舞会皇后）

　　那个被他叫作顾总的男人闲适地后靠，一只胳膊搭在椅背上，挑着眉头不说话，只是浅笑着点点头，在等盛淮南自我介绍。

　　盛淮南却没有再说什么，在这个顾总面前，他比戈壁略微镇定大方，可依然像一只背毛竖起的大猫。他径直走到洛枳和这位顾总的中间坐下，伸手取下她的右耳机："在听什么？"

　　态度那样亲昵自然，洛枳一分神儿，垂下头。

　　"我也喜欢这首歌，以前跑步的时候总是用 ipod touch 循环播放，直到听得恶心，再听见前奏就想吐。不过，你没和我说过你也喜欢它。"

　　洛枳默默无语地盯着他，他突然凑近，在她耳畔轻轻地说："拜托，我在帮你脱身。那个人是新年晚会的赞助商，家族企业的阔少。我不知道领导都走了，他为什么现在还留在这儿。"

　　"所以呢，"他的气息喷在她耳边，让她起了一身鸡皮疙瘩，有些异样的感觉，往旁边躲了躲，结果他反而凑得更近，"所以，你要是不想成为被包养的女大学生，就离他远点儿。"

洛枳失笑："你见过包养我这种姿色的女大学生的富翁吗？满场的美女，结果就挑上我？"

她说话的时候声音很小，侧过脸努力不让身边的那位顾总听到。

"他？……看中了你的气质也说不定。"

"白痴。"

"谁知道呢，也许他看上你，就是他白痴的最好证据。"

"我是说你。"洛枳一把夺过他手里的耳机，赌气地按了几下屏幕换成随机播放。

盛淮南没有恼，嚣张地一笑，像个得胜的十岁男孩，眼光若有若无地瞟过右边的那位顾总，示威一般地伸长左臂，把手从她背后绕过去，搭在了她的左肩上。

洛枳身子一僵。肩上温暖的触觉让她心口先是一软，转而升腾起浓重的怨怒和悲伤。她缓缓抬起左手，抓着他的手背挪走，然后按下停止键。耳机里，Scarlet's Walk（斯嘉丽之路）现场版在开篇的那个尖厉的高音处戛然而止。

"你——"

她的话没说完，注意力忽然被酒桌那边吸引过去了。

一个火红的身影出现在酒桌边，充满敌意地瞥了一眼陈墨涵，然后一脸假笑地高声对戈壁说："你们喝酒怎么都不叫我啊，上次我们不是还说喝酒的话谁都拼不过江百丽吗？戈壁，你记不记得当初你跟我们拼酒的时候，你家江百丽超级护着你，以一敌五那叫一个壮烈。江百丽去哪儿了？今天她不应该不在啊？"

喧哗的酒桌霎时一片寂静，陈墨涵的脸色仿佛刚从地窖里爬上来一样寒。而戈壁低着头看不清表情，并没有反驳，不知道是不是已经喝多了。红衣女生带着笑容环视全场，突然又一次大叫起来："江百丽，过来啊，你不是最能护短的吗？你家男人又被灌了！"

洛枳这才看见，不知道什么时候，百丽已经默默地坐在角落里了。看客们表情各异，却都默契地抱着胳膊看热闹，谁都不讲话。

更有趣的是，洛枳看到那位顾总脸上的表情堪称精彩——他先是迅速地顺着红衣女生的目光回头看了一眼右后方的江百丽，又扭过头来看洛枳，神色惊讶而尴尬，仿佛刚刚得知儿子不是自己亲生的一样。

江百丽缓缓站起来，表情平静安详，仿佛真的是拉斐尔画中走下来的圣母，一步一步从阴影步入光线下的酒桌，朝着红衣女生勉强地一笑，苍白而隐忍，左眼一眨，一滴眼泪恰好落下，被所有人明明白白地看到眼里，然后轻声说："我不是他的女朋友了。"

戈壁就在这个时候抬起头，洛枳惊讶地看到，他的眼睛红红的，脸上居然有泪。

百丽温柔地抿嘴一笑，拿起他面前的酒杯，仰头一口喝下，这几天她暴瘦下来，扬起的下颌连着脖颈，形成了一道很美的曲线。

"不能喝就少喝点儿，我知道你高兴，但还是身体要紧。"

百丽说完，就留下石化的众人朝会场的出口走过去。白衬衫勾勒出她干巴巴的可怜背影，此刻看起来，倒是决绝干脆。

这一幕真真叫绝，要说之前没有走场排练，洛枳都不敢信。不过耍帅永远是需要别人来善后的，洛枳立即站起身越过顾总，走到百丽刚刚坐着的位置上，拿起她遗留下来的蓝色羽绒服，朝着门口奔过去。而盛淮南则默契地拎起洛枳位子上毛茸茸的白色外套，跟了上去。

江百丽刚走出交流中心的大门就被洛枳追上。

"行了，幕布都落下来了，也该穿上外套了。我早就说过，你很有 cosplay（角色扮演）的天赋，简直是马利亚下凡。"

百丽接过衣服穿上，朝洛枳笑，笑着笑着就扑到她怀里哭起来。

好了，终于落入凡间成肉身了。洛枳一颗心回归原有的位置。

"你这招真狠。"洛枳轻拍着她的后背，轻轻地说。

即使曾经江百丽的善妒和戈壁的花心尽人皆知，但是今天之后，江百丽算是把圣母形象普及到了每个人——包括戈壁——的心中。一个星期前戈壁提出分手，她不哭不闹，甚至在不知道他们分手消息的小干事找到她帮忙时仍然不遗余力，这让戈壁大为震撼。今天戈壁红红的眼睛告诉洛枳，其实他还是有点儿愧疚之心的。江百丽胡闹了这么久，也终于算是扳回一局。

"我才不是圣母马利亚，"百丽含着眼泪朝洛枳恶狠狠地一笑，"我不会罢休的，我管他爱谁。总之，我绝对绝对不会让他们好过！"

她放开洛枳，指着她背后拎着外套的盛淮南大声说："洛枳是好女孩，你要是敢对不起她，咱们就走着瞧！"然后潇洒地大步离开。

她还是当圣母比较有前途，洛枳想。她硬着头皮转过身朝盛淮南尴尬地半鞠躬，说："对不起，她精神不大正常，你大人大量，就当笑话听吧，不过……我的确算个好女孩。"

冷笑话一般的收场之后，她打算夺过他手里的外套彻底逃离这场酒会，没想到盛淮南不松手。洛枳揪着帽子，他扯着衣角，两个人一时僵持不下。

洛枳抬头，看到盛淮南没有笑容的脸。他还穿着衬衫，领带已经松开，呼吸间白气缭绕，耳朵和鼻尖冻得有些红。

"进屋行吗？有点儿冷。"

他用空着的那只手挠挠后脑勺儿，人畜无害的笑容让洛枳愣了一下，手略略一松，立即被对方抓到破绽抽走了外套。洛枳上前一步去抢，他顺势扭过胳膊将外套藏到背后。她扑了个空，没站稳，一鼻子撞上了他的胸口。

鼻子很酸，她疼得眼泪一下子涌出来，泪眼模糊地抬头，根本看不清他的脸。

"盛淮南，你是不是想玩死我？"

第 52 章　平衡木

　　洛枳已经说不清流泪到底是因为疼痛还是别的。下一秒钟，她就被他拉进怀里，脸颊贴在领带上，丝滑的触感并不温暖，甚至比她自己的眼泪还要凉。他用抓着外套的那只胳膊揽住她的后背，另一只手则按在她脑后，轻轻地拥紧，像在给一只小动物顺毛。

　　"我……对不起。"

　　他的声音从上方传来，洛枳一下子清醒过来，努力挣脱了几下都挣脱不开。

　　"我原来只以为你的是非观很特别，总为奇怪的事情道歉。没想到，你道歉的方式更特别。"

　　他并没有回答她的冷嘲热讽，轻轻地放开她，却抓住了她的手腕。

　　"别冻坏了，进门去说吧。"他由不得她抵抗，强硬地牵着她走进门。

　　洛枳一直低头沉默地跟在后面走，一路收获了无数的"天哪！你们……"。盛淮南是用什么表情来面对他的那些惊讶而八卦的同学的，她一点儿也不想知道，只是低着头，努力让长发更多地遮挡住自己的脸。

然而，会场的场景让她暂时忘记了自己的处境。

桌子被掀翻了。大部分人都挤在自助餐区窃窃私语，一片狼藉的桌边只有那个红衣女孩站在那里。盛淮南转头去问门口的一个小干事，出了什么事。

"学长你可是不知道，刚才真吓死我了。我们正在这边玩果冻拼图，就突然听见一声巨响，盘子和碗碎了一地。大家全都愣住了，后来……"女孩子手抚在胸口一个劲儿地喘气，突然被身边的男孩打断了："是戈壁部长的女朋友和刘静学姐吵起来了。刘静学姐把桌子掀了。"

洛枳感激地看了那个男孩一眼。

盛淮南用力地捏了她的手一下，说："你不许跑，等着我。"

他说完就快步走到人群中去了，仍然紧紧攥着洛枳的外套，像绑着关键的人质。

洛枳认命了一样靠在墙上等待看戏，注意力渐渐被身边人的窃窃私语吸引过去。那个啰唆的女孩子小声对旁边人说："喂，是不是因为团委老师们都走了才没人出来拉架的啊？"

洛枳看到盛淮南和三个男生两个女生走到"风暴区"。女孩子们跑过去安抚那个叫刘静的红衣女孩，另外几个男生则把醉倒在椅子上面的戈壁架起来。盛淮南拍了拍陈墨涵的肩膀，示意她离开这里。洛枳才注意到，陈墨涵的小洋装上面有一块清晰的棕红色污渍，不知道是不是被泼上了红酒。

陈墨涵突然呜呜哭起来，委屈地跳起来扑到盛淮南怀里。盛淮南大吃一惊，倒退一步，然后迅速侧头看了一眼洛枳，眼神里第一次充满了无措。

洛枳原本惊讶地张着嘴，看到他慌张地朝自己的方向看过来，反倒扑哧一声乐出来。她加大了笑容，嚣张地直视着狼狈不堪的盛淮南。

哈哈哈——这是她对今晚所有事情的评价。

盛淮南摊开并举高双手，仿佛篮球比赛中努力向裁判证明自己没有小动作一般，洛枳的外套慢慢滑进他的臂弯。陈墨涵刚扑进他怀里的时候，他的手不小心碰到了她后背上裸露的皮肤，这让他头皮发麻，僵在原地被动地嗅着她带来的香水味儿，而远处的洛枳正幸灾乐祸地笑得开怀。

盛淮南皱了皱眉，轻声说："那个，同学，你平静点儿。这儿这么多人，你肯定也不希望让自己和戈壁难堪。"

陈墨涵哭得耸动的双肩滞住了，然后慢慢从他怀里撤出来。她用手轻轻挡在眼前，做出抹眼泪的样子。然而盛淮南透过她的睫毛膏清晰地看到，她根本就没哭。

这时候，他听到一声轻笑，原来学生会主席早就歪着嘴笑嘻嘻地站在一边。

盛淮南终是看不过去，走进人群对主席说："您看怎么办？不管怎么样，传出去也不好听。"主席才像梦游醒来一般懒洋洋地对他说："找几个人，赶紧把刘静和戈壁还有他那个天仙女朋友给我弄走！"

周围的其他干事也大梦初醒一般挪动起来收拾残局。主席敛起笑容，大声说："时间也不早了，今天的跨年就先到这里吧。文艺部所有的人都留下，把东西收一下然后结算。其他同学早点儿回去休息吧，大家新年快乐啊。"

刚刚筑成堤岸一般与事发现场保持距离的人群瞬间分解，洛枳的视线被纷乱的人影遮挡住。她寻思着自己是不是也该走了，捏了捏单薄的衬衫，皱皱眉，只好就近找了个座位坐下去，省得给别人碍事。

从被他拉进怀里的那一刻到现在，她狂跳的心就没有平息过。洛枳将手腕轻轻按在胸口，轻轻闭上眼睛。

但是咚咚的心跳声没有淹没理智。

你看，又来了，又要重来一遍了。她深呼吸，努力告诫自己，洛枳，如果你长了脑子……你知道应该……你知道……

如果你长了脑子，洛枳。

没有人可以耍你，除非你自己乐意。不要让这个死循环再来一遍。

她正在目光涣散地想着心事，眼前却被阴影遮蔽。盛淮南竟然没几分钟就从打扫战场中抽身，笑着对她说："走吧。"

"你不需要留下来帮忙吗？"

"帮个鬼啊？！"盛淮南低声牢骚，洛枳蓦然就看到两小时前那张背对着小干事兀自抱怨的脸，大大方方地出现在自己眼前。

洛枳终于拿回了自己的外套，连忙穿好，一边的盛淮南也披上了羽绒服。外面的雪已经停了，由于气温并不是很低，所以只积了不大厚的一层。洛枳认真地在没人踩过的地方烙上自己的脚印。

"我觉得你绝对有处女情结，你看你，连看书都一定要新书，还喜欢踩没人踩过的雪地。"

洛枳笑笑："对了，刚刚……"

其实她也不知道应该问什么，毕竟对学生会的情况一无所知。盛淮南耸了耸肩膀，宽慰她："没什么大事，就是几派之间斗来斗去而已，小家子气，很无聊。"

"会波及你？"

他意外地扬起眉，不知道是体会到了什么，立刻笑得很开心。

"别担心，不会的，我平衡得了，反正只是混着玩玩而已。"

话语中不自觉地带上了几分得意和嚣张。洛枳听在心里觉得发痒，这样的盛淮南恐怕并不多见，滴水不漏的人绝少表露出内心真正自负的一面。

这是否证明了她对他来说还算是特别？

洛枳控制不住地这样想，又更加控制不住地狠狠自嘲——都到这份儿上了，还在猜测自己的地位。

暗恋成了一种习惯，卑微已经根植到了骨子里，刮骨疗毒都抹不干净。

"其实，"他安静了一会儿才开口，"前阵子还是有点儿烦心的……因为学生会的事情。"

她不言语，静等他往下说。

"不过最烦心的其实是别人都觉得我应该烦心，"他看着前方，自嘲地笑，"虽然我和戈壁跟着的上级学长之间关系不好，但我们两个还是不错的。出事之后，他几次主动提出陪我借酒消愁，可我没有愁，所以哭笑不得，不得不躲着他。"

洛枳在盛淮南平静的叙述中，大致摸清了情况。学生会这个新年过得不太平。新年晚会的赞助本来已经由盛淮南的外联部搞定，可是十二月中旬的紧要关头，那家电子出口公司突然反悔。公司对学生会的解释是签协议的主管离职，协议并未通过公司流程审核，无法生效。

不生效，自然就不打款。

所有人都心知肚明，真正的原因在学生会主席身上。名义上，赞助都是依照既定程序，由盛淮南的外联部拉进来，实际上都是主席亲自接洽安排。现在一下子撤走，盛淮南就成了千夫所指——作为替罪羊，他总不能把这些放不上台面的东西打成报告交给团委老师，何况对方可能比自己还了解情况。

黑锅只能继续背着。

P 大的学生会主席一职是个肥差，面子无上光荣，又包揽巨大利益。无论是出去找工作还是保送研究生，有这个名头基本上等于手到擒来，同时利用职权之便，主席会捏着一些重要的校园项目的命脉，外快和回扣十分丰厚，所以每年选举的时候，各派争斗都暗潮涌动。

每年都有近三分之一的大一新生争先恐后地冲进学生会当个小干事，跑腿、搬东西、发传单——尽管大二能够熬成部长的人数寥寥。想要在学生会混下去，能力和毅力固然重要，但更重要的是前任部长或更高层的提携指派。半学期过后，大部分三分钟热血的小干事退部的退部、翘班的翘班；留下来的几个人中，只有一个能成为部长，其他人只能被友情封为副部——这个头衔自然就没有什么意思了，所以往往也是一走了之。不过学生会不缺人手，每年都有大批小干事拥进来，比"副部长"们要听话得多，也好骗得多。大二的部长们在下学期参选主席团，其中能有四五个幸运儿在大三成为副主席，而大四的学生会主席就要从这四五个副主席中产生。

金字塔一样的层级。

这个世界，向上爬永远不是一件容易的事，除非有人托着你往上跳。比如现任学生会主席，成绩一塌糊涂，就读于冷门调剂专业，但是家世背景让他和团委一些老师保持了良好的关系，选举前给众多选民砸的银子、请的饭局也最多。然而就在新年前，主席在南方某省招生办的父亲被双规，查处过程中，也顺带扯出提供赞助经费的几个公司的财务纠葛，让这些赞助商避之不及。

眼看新年筹办的几个活动都搁在了那里，团委的几个老师急得火上房，既不敢继续用他，也不敢贸然动他。现任主席就这样被冷冻了起来，像个傀儡皇帝。

戈壁却在这时找来了那个家族企业的赞助临危顶上——戈壁所追随的那一派副主席小团体本来就和现任主席明争暗斗，此举更是狠狠地甩了傀儡皇帝一巴掌。因此今天场面乱成这个样子，主席愣是站在一旁看热闹，也不出来镇场面。戈壁是今天挑大梁的人物，他上头的那些老师很巧合地都不在场，让这个丢脸的局面持续的时间长一秒，主席就更快乐一分。

盛淮南长长地呼出一口白气。

"烦死了。一档子破事，一个个还都像煞有介事的。下学期选举结束我就撂挑子。"

他有些孩子气的口吻让洛枳微笑起来，可面对这长长的、淡淡的诉苦，她实在不知道如何给予反馈。她自然是相信他说自己能够摆平，原本她也知道，盛淮南无意于此。

所以，也只能笑一笑。

忽然又飘起雪来。盛淮南和她远离了灯火通明的交流中心，走上了洛枳来时的那条小石子路。很长一段时间两个人都不讲话，满世界只剩下簌簌的雪落和嘎吱嘎吱的脚步声。

"你……还喜欢我吗？"

洛枳刚重重踏进雪中，听到他的话，立刻停住脚步，好像被掐起后脖颈的猫咪，钉在原地。整个世界唯一在动的只有他们两个呼吸产生的白气，来势汹汹，然后很快变淡消散。

从学生会的话题忽然跳到这里，她一下子有点儿发蒙，感觉到背后盛淮南在走近，连忙往前跨了一步，却被他拉住了手。

"我这算不算耍流氓？"他举起她的手贴到唇边轻轻地吻了一下，然后攥紧了贴在他的胸口。洛枳像瞪火星人一样瞪他，他终于忍不住笑出声来。

"如果我想娶你的话，那这就不算耍流氓了，对不对？"

盛淮南看着仍然石化的洛枳和她亮得吓人的眼睛，决定不再拐弯抹角了。

"洛枳，"他笑得胸有成竹，"我……"

"别！"

洛枳的喊声惊落了枝头的新雪。

第 53 章　真相有什么所谓

　　他的话被拦腰截断，面前的女孩尖叫一声，他第一次看到她这么失态。然而她大喊之后，又不说话了，只是定定地看着他，祥林嫂一般，只有眼珠间或在转，勉强证明她是个活物。

　　"我……"她冒出个单字，顿了顿，又笑起来，"放心，我就当自己什么都没听到。刚才就当什么都没发生。"

　　"什么都没发生？"

　　"你，你慢慢考虑一个月，如果还没变卦，再过来跟我说……说你刚才想说的话吧，三思。"

　　这似乎就是她刚才考虑许久的结果了。

　　盛淮南有些赌气了："我用不着考虑。"

　　"不不不，你冷静点儿，要考虑，一定要考虑，"她用力抽出手，一个劲儿地边摆手边往后退，"我刚才算了一下，你基本一个月变卦一次，我不知道你是不是也每个月都有那么特殊的几天，但我觉得你还是应该考虑一下，我怕了

344

你了……"

"你才每个月都有那么特殊的几天……"盛淮南被她气红了脸。

"我的确每个月都有那么特殊的几天啊。"她继续笑，可是他分明看得出她的笑容像糨糊贴上去的，颤颤地，快掉下来了。他甚至已经能窥见笑容下是怎样的悲哀和恐惧。

盛淮南上前一步去拉她，她就更往后退。他看到了她眼睛里明显的惶惑——她应该是真的怕他了。

他垂下手，勉强地笑了一下："对不起。"

洛枳不再躲，也没有像以前一样调侃或者嘲讽他的"对不起"，只是站在原地低下头，脚尖轻轻地摩擦着雪地，划出一道道伤痕。

"我不是好了伤疤忘了疼的人。"她的声音很轻，不像她从前说过的任何一句话，即使在被他逼到愤怒的时候，她也可以平静地开着玩笑反讽他，从未如现在一般对他示弱。

"你可以上一秒热情，下一秒就连一条短信都不发，消失好多天，拒人于千里之外，再见面的时候仍然一副别来无恙好久不见的样子，我受不了，"她苦笑，"但是我早就知道，你吃准了我喜欢你，你勾勾手，我就不计前嫌，配合你演好朋友。"

还演得天衣无缝，甘之如饴。

"你太自以为是了，盛淮南。"

声音轻轻的，每个字却都像是在指控。

不知道是不是因为热情被一桶冷水泼下，那句被她打断而没出口的话像咽不下去的馒头，梗在胸口，憋得盛淮南越发难受。他也不再假笑，带着一点点不悦，说："你不会以为我之前的行为都是精神错乱吧。"

感知到了他话里的情绪，洛枳敛去悲伤的神情，扬起脸反唇相讥："你是不是觉得，自己都不问前尘了，我现在应该三呼万岁啊？"

他越来越难堪，面子也有些挂不住。

"今天把话说明白吧。我到底做错什么了，你又勉为其难原谅我什么了？省得你开了天大的恩，我还不领情。"

她背着手看他。

盛淮南脸上忽然闪过一丝乏力。刚刚讲述学生会那样大的一个烂摊子时，他的脸上都不曾出现这样的无奈与疲惫。

"我一直不说的原因是，如果我能用自己的力量证明你是无辜的，那么事情的原委你都不必知道。虽然我不能说了解你，但至少清楚，你绝不会低姿态地去解释或者辩白。我指责你，你洗清罪责，可是这个过程之后，自尊和感情都伤到了。我……我很珍惜我们之前的……"

他没有说下去，懊恼了一番中心词，复又抬起眼，用一种苦恼的目光看着洛枳。

她一瞬心软，几乎要被这番说辞打动了，鼻尖落上点儿清雪，丝丝湿意让她蓦然想起那个雨天。

"你如果真的珍惜，之前就不会那样对我了，感情已经伤了，自尊也戳烂了，我们也回不到以前的状态，你还有什么不好说？"

盛淮南愣了。

"呵呵，是啊，"他有点儿破罐子破摔地笑了，背靠大树轻松地站着，晃了晃脑袋说，"我都搞砸了，是吧？"

洛枳不置可否。

"所以，有人和我说，你从高中时就开始暗……暗恋我，这是真的吗？"

洛枳没想到他第一句就问这个，肩膀微微抖动了一下，目光躲闪。

"你说重点。"

"你先回答我……这是不是真的。"盛淮南有些脸红。

"是不是又怎样？"

"你以前连喜欢我都承认了，为什么要在这个问题上拉锯？"

洛枳苦笑，伸手紧了紧衣领："不是的。这不一样。"

"因为我高中有女朋友？"盛淮南浮现出了然的神色。

洛枳闻言，啼笑皆非："这两件事情之间有什么关系？"

"那为什么不回答？"

她又沉默下去，眼里波光闪烁。盛淮南刚要开口说话，却看到洛枳转过脸，好像有颗眼泪掉下来。他很诧异，下意识地伸出手想帮她擦掉，手刚一碰到她的脸就被推开。

"说重点。"她的声音突然变得很冷。

他收回手，苦笑："那你是不是因为……因为暗恋我而一直……忌妒叶展颜？"

洛枳并没有如他想象中一样惊慌失措或者无辜地瞪大眼睛。从他开始问那个关于暗恋的问题开始，她回答问题的速度就变得很慢，每说一句话都要想很久，仿佛在思考应答的对策一般，盛淮南的失望之情溢于言表。

"我没有。"她依旧低着头，慢慢地，语气平静。

"你没有？"

"我没有。"

"那么……羡慕呢？如果你认为忌妒是带着恶意的话，那么羡慕——"

"羡慕也许有一点儿，"她忽然仰头去看远处交流中心缥缈的灯火，"但并非因为她是你的女朋友。"

她的缓慢回答不是因为杜撰谎言，而恰恰是在努力坦诚。盛淮南似乎是明白了这一点，于是也放轻了声音问，像在哄小孩子讲话："那你羡慕什么？"

洛枳像个任性的小孩子一样地笑了，说："水晶很明亮，是因为折射了光。我羡慕背后的射灯。"

洛枳看到盛淮南的眼神里布满疑云，竟然有些谅解。她不知道他为什么对这些细枝末节那么感兴趣，是拖延着不想说出那些指控，还是不知不觉偏离了

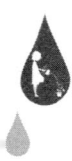

轨道，突然来了兴致想要了解她？

了解？洛枳笑容惨淡。其实他们之间，好像一直有千山万水阻隔着，他没注意到，而洛枳明明白白都看在眼里，在那辆摇晃的小三轮车上，他认真许诺的时候，她却转过脸，感动之余，仿佛早就升腾起了悲伤的预感。

承诺唯一的用途就是有朝一日用来对着自己抽耳光。

"好冷，你快说吧。"

"对不起，我磨磨蹭蹭，只是突然觉得对你直说……很难为情。"

"连我是不是暗恋你都好意思问了，还有什么难为情的？"

盛淮南一怔。

"我……和叶展颜分手之后，"他有些艰难地说，"她是不是在大一寒假末尾，也就是临开学前找到你，跟你哭诉了我们分手的原因，然后让你帮忙将一封重要的信和一个白水晶的天鹅吊坠一并在开学之后带给我？而你并没有。你反而告诉她，信我看都没看就和吊坠一起扔进了垃圾桶。是吗？"

洛枳半晌才想起，自己本应第一时间猛地抬头，用一脸惊诧无辜甚至愤怒至极的表情望着他。然而，她的姿势和表情都纹丝不动，安静地低着头，情绪越来越平静。

"难道是……真的？"

洛枳抬起头："就是这么一件事？"

"你觉得这是小事？"

"你的意思是说，我从中作梗，破坏了你们两个？"

"是。"

"你是什么时候知道的？"

"……在我们溜冰那天的半夜。"

洛枳歪头想了想，笑了："哦，所以第二天约好了去看 Tiffany 他们，你放我鸽子。"

盛淮南有点儿不自在，没有接茬儿："是有证人这样告诉我的。"

"证人？"她忍住笑意，"谁？"

"洛枳，我只是想听你说一句，到底有还是没有。"

"谁？"

"我不能告诉你……"

"谁？"她微笑着，平淡宽和。

盛淮南努力用平静的语气对她说："其实谁说的你不必知道……"

"我最后问你一句，谁？"

"好吧，"盛淮南耸耸肩，"她说她叫丁水婧。"

洛枳的目光好像平静无波的湖面，深得望不见底。

"我知道了。那么，你已经向叶展颜求证过了吧？"洛枳自顾自点点头，然后转身就要离开。盛淮南上前几步拉住她："就这样？"

"那应该怎么样？我应该泪流满面地说，你听我解释，事情不是这样的，真的不是这样的，你一定要相信我……嗯？"

她的嘴角上扬，笑容讽刺。

"可是我为什么要解释？你难道不知道无罪推定吗？"她边说边打着手势，"谁指控，谁举证。短信也好，通话记录也好，没有任何拿得出手的证据，我为什么要跟你在这件事情上面废话？嘴巴一张一闭，什么样的故事都可以编得出来，子虚乌有的事情如何驳斥？我问你，叶展颜高中时的好友列表里，有我这样一个人吗？这么重要的东西，为什么费尽心机由我转交？她有我的手机号码吗？因为她是你的女朋友，你们班上一同考上 P 大的几个男生和她关系都不错，为什么不交给自己的好哥们儿，而要将信交给我？"

洛枳的每句话都掷地有声，她甩开他的手继续往前走。

"我能不能知道，为什么你一开始不肯回答我关于……关于暗恋的事情？"

洛枳已经走出了一段距离，听了他的问题又转过身来。这个问题是她不能提的死穴，她周身因为刚刚的辩驳而聚拢的怒气转瞬消散，眼里又开始流动着汹涌的情绪。

"暗恋这件事，也是丁水婧说的？"

"是……她们都这样说。"

洛枳半眯着眼，目光迷离，穿过他飘到了很远的地方。

"那……听说的时候，你开心吗？"

盛淮南动了动唇。他开心吗？

真正"重点"的部分从一开始就被他们忽视了，兜来转去，他只是执着于一个关于暗恋的答案，而她，关心的竟是这件事。

"如果不是听说你因为暗恋做了后面的这些事，我想我会开心的。"

洛枳静默了片刻，忽然问道："你为什么要带叶展颜的雨衣来接我？"

"你果然知道是叶展颜的雨衣。"

"很多人都知道那件粉色雨衣。叶展颜很喜欢在班级炫耀你们的事情，事无巨细，"洛枳抬起下巴，嘴角有微微上扬的弧线，目光里竟然有了几分挑衅的意味，"我知道一件雨衣也有罪？"

盛淮南愣住了："她很喜欢讲这些吗？"

"你不知道吗？"洛枳笑，并没有继续这个话题，"于是叶展颜那件雨衣是你用来报复我的？替她出气？还真是不问青红皂白。"

"我……太冲动了。但也不是报复，不是为了她。我也说不清。她们都说，你很能伪装，但是这件雨衣能试出你真正的样子。"

你真正的样子。洛枳几乎要放声大笑。

"其实就算是报复，也没什么不对。你应该立刻相信叶展颜的。"

洛枳淡淡地说，那份事不关己的明事理，让盛淮南很难堪。

"所以你什么都没有做错，我理解的。如果是我的男朋友或者我的妈妈告诉我这样的事情，我也会无条件相信他们说的。你能来问问我，我已经很感谢你了。"

"洛枳，这跟亲疏没有关系。"

"死无对证的事情，怎么与亲疏无关？"

她摆摆手，留下了一个极其善解人意的笑容。

洛枳前行的时候，每一步都在雪地上留下咯吱咯吱的声音，毛茸茸的外套让她的背影看起来像童话中寻找归途的小动物。

盛淮南突然大脑一片空白。

"洛枳！"他脱口而出，"其实如果你说一句，你什么都没做过，我也许……我也许就能信任你。"

"我什么都没做过。"

洛枳扭过身子，淡淡地说。盛淮南措手不及，热血沸腾的一句挽留竟然被她的一句话浇灭。

"所以你信吗？我现在说了呀，"她笑起来，"你不信的。如果信任我，就不需要我说什么，也不需要费心求证，因为你的心会告诉你，这种事情，我不屑于做。"

盛淮南突然厌恶起自己。他明明是讨伐的一方，明明是质问的一方，为什么现在看起来却像一个胡搅蛮缠、胡言乱语的小孩子？

"你高中……怎么会喜欢上我的？"他忽然豁出去了，揪住自己想知道的问题，纠缠不休。

真相如何，他已经不再关心了。他只是很想问她，如果她真的喜欢他这么多年——那么她到底喜欢他什么？他们都不认识彼此，她为什么喜欢他？而她如果真的喜欢，为什么紧紧地抱着自己的回忆，却对真正的他这样抗拒？似乎这段感情为他所知晓，对她来说不是值得欢喜的，而是莫大的屈辱和悲哀。

她只是停顿了一下，没有回头，也没有回答，就抬步继续向前走。

"你说，如果这一切都没有发生，当年在窗台前，你没有逃跑，我们是不是……"

盛淮南话没说完，忽然眼前一黑，额头冰凉一片。他吓了一跳，扶住旁边的矮松，不明就里地拂掉正中脑门儿的雪球。

模模糊糊的视野中，洛枳还保持着投掷的姿态，似乎用了很大力气，可惜新雪松软，完全不能传达她的怒火。

"你……"

"……有时候，"洛枳低着头，声音微微颤抖，克制着汹涌的情绪，"有时候，我觉得和你说什么都没用，真恨不得痛扁你一顿。"

她觉得自己好像马上就要哭出来，连忙收敛了表情，转过头大步离开。

盛淮南的心情一点点平静，僵硬的后背肌肉慢慢松弛下来，摇摇头抖落发丝上的雪，把垂在身体两侧都有些冻僵的手轻轻插回羽绒服的口袋。

眼前的女孩子，背影不复当初的单薄孤寂。她微扬着头，每一步都走得踏实有力，步伐舒展而明快。盛淮南低头时忽然发现羽绒服的拉链上挂了一根长长的头发，一半绞在锁链中，一半随着风轻轻地飘。他伸手去拉，却怎么也拽不出来。

第 54 章　失之东隅

　　凌晨三点，江百丽小心翼翼地扭动门把手，蹑手蹑脚地走进门，看到洛枳抱膝坐在下铺的床上，随身听屏幕闪着光芒，照亮了她的脸庞。

　　"还不睡？"

　　"你去哪儿了？"洛枳的声音完全没有睡意，"我打你的手机，你一直关机。"

　　百丽不好意思地笑，然后慢吞吞地说："手机没电了。我……和一个新认识的朋友一起出去玩了。"

　　"新认识的朋友？玩到凌晨三点？"洛枳干脆关掉了随身听："你疯了吧？！"

　　"真的……很投缘。"

　　"男生吧？"

　　"是男的……不是男生。"

　　"……大……叔？"

　　"也不是大叔……他今年三十一岁了……他不是坏人。"

最后一句话让洛枳翻了个大大的白眼，尽管她知道百丽看不到。

"下次这种事情小心点儿，你真以为自己小白护体天下无敌啊。"

百丽咯咯地笑起来："洛枳，你越来越话多了。你是担心我才一直等到现在的吗？"

洛枳的嘴角弯起来，声音还是平板的："我失眠，跟你没关系。快睡觉吧。"

百丽洗漱换衣服，折腾了半天终于爬到床上。洛枳没有猜错，江百丽有了桃花，一定不可能安分睡着。她在上铺挺尸五分钟，突然一个翻身，对下铺的洛枳小声说："你睡了没？"

"要自八就赶快。"

百丽傻乎乎地笑起来："你知道吗？其实他是……他是学校今年的赞助商。刚刚也参加那个酒会来着。"

"哦，那是看到你脑袋上面的圣母光圈，然后注意到你了？"

"别胡扯。我们没有提今天晚上的事情，我觉得他应该没看到我和他们……"

"他姓顾吧？"洛枳毫不迟疑地打断她。

那么恭喜你，你的圣母光辉他从头沐浴到尾。她最终还是忍着没说。

"我真没想到，他后来和你……这男人有宗教情结吗？"

洛枳很努力地想要让自己的语气平静点儿——本来男人在会场上锲而不舍地跟她搭讪已经不可思议了，现在居然又看上了江百丽——她居然真的和江百丽成了双胞胎姐妹花？

实在非常伤自尊。

"你认识他？！"百丽激动地拍着栏杆。

"你先别管，你跟我说，你们是怎么认识的？"

江百丽轻轻地躺回到床上，许久没说话，只是幽幽地叹了一口气。

靠。洛枳在心里默默地说。

"如果没有他，我的鼻涕就要冻成冰锥了。"江百丽的开场白足以说明，她之前的犹豫不决并非做作，实在是出于少女的羞涩。

江百丽正在小路上默默地走，边走边怨念为什么没有带包面巾纸出来。止不住的眼泪可以用袖子擦，但是鼻涕怎么办？冷风吹在脸上，泪痕虽然很快就干了，却使皮肤仿佛黏住了一样，紧绷绷的，做个表情都困难。

她正在踌躇到底是不是要拿袖子擦擦鼻涕，突然背后有个男人的声音传过来："同学，麻烦问一下，这条路是通往那个皇家园林的吗？"

"什么皇家园林？这条路肯定不是，你要是不走出学校围墙，哪条路也到不了颐和园。"她不敢回头，挂着鼻涕回头一定不会有好事发生。

"不是颐和园……听说你们学校东南有一片挺漂亮的保护建筑，原来是皇家园林的，有假山有湖……"

"那边。"她伸出左手胡乱一指，仍然不回头。

背后的男声沉寂了一会儿，笑了起来——笑声倒真是好听。"你怎么始终不回头啊，我该不是撞到无脸鬼了吧。"

江百丽忍耐得青筋直暴，还是没了底气，小心翼翼地问："那个……你有面纸吗？"

男人走近一步，轻轻地碰了碰她的胳膊。她接过来才看到，是一条浅灰色手帕，质感极好。她猜到价钱一定不菲，虽然 logo 她不认识，但是好东西摸都摸得出来。

无论如何，她很绝望。

"那个……你有没有……面纸？我说面纸，一元钱一包的心相印！这个就不用了……"

你要么赶紧滚，要么给我面巾纸，我挺不住了！江百丽在心里哀号，一边颤巍巍地以一种极为扭曲的姿势，把手帕朝背后的男人递过去。

"没有。别磨蹭了，手帕送给你了。"

男人的声音带着笑意，虽然有点儿捉弄的意味，但仍是善意的。她狠了狠心，展开手帕，先装模作样地抹了抹泪痕，然后极快地擦了鼻涕，努力做到一点儿声音都没有，紧接着迅速地把手帕揣进兜里，回头朝对方讨好地一笑。

立时僵在那里。

橙色路灯下，黑色大衣包裹着的帅气男子，眉眼间有种稳重豁达的气质，正朝她绽开一脸洞悉一切、促狭又善良的笑容。

江百丽突然想起很久之前那辆把小混混儿都赶跑的黑色轿车，和那个装酷的少年。也是这样的橙色路灯，也是在她狼狈的时候，也是这样的黑色身影。她哇地哭出来，蹲在地上抱住双腿。这次，真的是无法收场。

她不是圣母也不是复仇女神。她只是普通的江百丽，普通到那个男孩子对她说"分手吧"的时候，她既没有办法淡然地掉头走开，也没有能力帅气地扬手甩一巴掌解气。想要高姿态一点儿，最终还是没出息地湿了眼眶，问他为什么。他不提陈墨涵，只说对不起，只说没有为什么。而她偏偏只执着于一个问题，为什么。

他无奈道："你真想知道，我现在就给你编一个好了。"

连理由都不肯给一个。

那个男人蹲到她身边轻轻地拍着她的肩膀，带着无可奈何的口吻说："不就是擦鼻涕吗？一点儿都不丢脸。"

"我被甩了，"她哽咽着说，"我也不知道到底哪个更丢脸。其实最丢脸的好像是，全世界都知道我特别爱他。"

他就这样温柔地拍着她，温柔地说："全世界知道什么啊？一天只有二十四小时，没有人愿意分神来看你。所以你也不要把自己的时间都用在看你前男友身上。"

他陪她慢慢地走着。江百丽很不好意思地把那条擦过鼻涕的手帕又掏出来用，但是这次没有回避他。

"你是谁？"她的鼻子堵了，发出的声音像感冒了一样。

"我叫顾止烨，是你们学生会今年的赞助商派出的代表，来参加今天晚上的酒会的。"

"我叫江百丽，"她高兴地说，"现在读大二，在经济学院。刚才我也在那个酒会里面啊。"

"那太好了，能不能陪我找回刚才开酒会的地方？我的车停在那儿。我觉得气氛无聊，自己出来逛的，结果迷路了，你们学校的路七拐八拐的让人糊涂。还好碰到你。"

她笑着说"没问题"。他的车停在交流中心的大楼后院。她看着他走向一辆奥迪。她分不清什么 A6A8 的，她只知道那是四个圈，只知道那是戈壁出现在她眼前时坐的车。该死的眼泪，手帕已经被她团得皱巴巴的了。

他打开车门的时候抬手看了一眼表，说："你要是不想回去，反正距离新年还有差不多三小时呢，我们一起去喝一杯好不好？"

江百丽想对洛枳发誓，她当时的确是考虑了一下的——可是他笑得像个大男孩，举起双手投降一般对她说："我不是坏人，也不是怪叔叔。"

她立刻坚定地点了点头，生怕点头点得晚人家说她矫情。

其实她去的并不是酒吧。他突然改变了主意，说酒吧太乱了不适合她，问她有没有什么想去的地方。她想了半天才说，你看哈根达斯怎么样？说完又觉得大冬天的自己怎么这么犯二，恨不得把舌头咬下来。她希望他否决，又怕他笑她。

没想到，顾止烨毫不在意地笑笑说，走吧。

走吧。

百丽很感激他的态度。戈壁总是对她冷嘲热讽的，好像她说什么都不对。所以，她觉得顾止烨说"走吧"的时候简直太淡定、太男人了。其实她也不知道应该跟他聊什么，只是在他面前她很安心，他比她大很多，早就褪去了戈壁他们那样的男孩子身上的焦躁和尖锐，懂得分辨绅士和软弱、霸气和装酷之间的区别。

"平常除了学习之外，都喜欢做什么？"

百丽努力地想了一下自己能称得上业余爱好的行为，得到的结论很沮丧："在线看小说，BBS潜水，看韩剧，我还喜欢上天涯八卦……"

没想到，顾止烨并没有笑，反而继续津津有味地问："喜欢看什么小说？"

百丽更窘迫，她很希望自己能喜欢上点儿什么××流派的代表作，或者××届诺贝尔文学奖获得者的早期作品一类的。和这样一个温文的男人面对面坐着，是应该谈论一下这种话题的吧？但是，她还是决定说实话。

"言情小说。尤其是台湾的早期小言。"

当初一直在陈墨涵面前掩藏着怕为她所不屑的那句话，终于还是光明正大地讲了出来。说了又怎样，她想，有品位没品位难道是你说了算？

她以为他会满脸迷惑地问她那是什么，没想到，他皱着眉头苦恼地长叹一口气。

"就是那种小开本的言情小说吧？封面花花绿绿的？"

她点头。

"我也觉得挺好玩的，怎么办，你会不会笑话我？一个三十一岁的大男人？"

他愁眉苦脸的样子夸张得好像演戏，却很可爱。百丽哑口无言了半天，只能轻轻地说："其实……你喜欢看这个，是有点儿变态……"

她的坦白逗得他一笑。

"我大学时有个女朋友很喜欢这些东西。我一直怀疑这种口袋书有什么让人着迷的，看封面就觉得头疼。那时候我工作压力很大，别人听起来是家族企业，好像我是个阔少，只需要到夜店烧钱就行了——甚至连我当时的女友也这样想。其实，烦心事很多，钱再多也不是我的，而我父亲对我要求非常高，其他几个叔叔也都在争……"他停下来，喝了一口水，看向她。

"跑题了，说这些干什么？总之，我那个小女友总是傻乎乎的，捧本书窝在沙发角落，一会儿哭一会儿笑的。她一点儿都不漂亮，身材也是胖胖的，但是我很喜欢她的单纯天真。只不过，久而久之，这种单纯让我觉得是在养女儿，她丝毫没有去工作或者成长起来的打算，只想靠着我这棵树。何况那时候我也没钱，连棵树都不是。我累了。

"后来分手了。她有二十几本书落在我家。我不知道是不是你说的什么台湾小言。很久之后有一天，我突然想起她——那时候我接触的女人都是……不说也罢。总之我很怀念她，所以就随便拿起一本书来看。书其实挺有意思的，没那么多钩心斗角，比现实生活夸张了许多，的确也就哄哄女孩子。不过更重要的是，我在那里看到了我那个普通又单纯的小女朋友。"

百丽长长地叹了一口气："对不起，我不会安慰别人。"

"干吗要安慰我？"他笑，目光放远，整个人沉浸在回忆中。

百丽笑起来："要是我室友在就好了，她特别毒舌，不过说话挺有道理的，虽然冷了点儿，但是是好心人。"

"你室友？"

"嗯，其实今天晚上，她是陪我去参加的酒会。我本来是去砸前男友的场子的。"

她的后半句让他笑喷了出来："砸你们学生会的场子？好歹我也是赞助商之一啊，后来你砸了没？"

"没有。"她摇摇头。

那时候她还不知道自己竟然无心导演了一出借刀杀人，最后成功地砸了场子。

"我以前是典型的没大脑，只会三板斧——哭，闹，说分手。今天……洛枳说我终于学得聪明点儿了，但是我不喜欢这样。我觉得我变了。"

百丽咧嘴想笑，可嘴角是向下的，她及时收住。她在会场外漫无目的地晃荡了半小时，一直在告诉自己，爱情不是无私奉献吗，不是成全吗，不是只要他过得好就好吗，那她又何必这样？即使他学生会的"仕途"有她陪着往上爬，但是那段灰头土脸的日子过去了，站在顶峰一览众山小跟他并肩的不该是面黄肌瘦、姿色平庸的糟糠妻——你看你看，会场中那一对璧人，她干什么讨债一样耿耿于怀？她是不是太自私了？

可是她真的有点儿恨。她觉得已经被掏空了。她已经给了他一切，想要再白手起家，已经不可能了。

然后她就遇到了刘静——刘静怎么会放过这样一个打击她的机会？戈壁利用过刘静，江百丽在又哭又闹之后得到了戈壁的赔罪和回心转意，而暧昧过的刘静在学生会拉票结束之后就被戈壁当作弃子了。面对咄咄逼人又不冷静的刘静，江百丽有生以来第一次有了智商。她装作一副楚楚可怜的样子，成功地把火力引向了会场中的陈墨涵，但是在最后仍然轻轻地对她说："我可跟你不一样，即使和他新女友相比，他还是更心疼我的，谁让我对他那么好？"

刘静终于怒了。江百丽没有猜错，刘静想要利用自己来打击陈墨涵，既让百丽难堪，又让陈墨涵没面子——学生会谁不认识戈壁和江百丽？戈壁还是要往上爬的，而刘静已经渐渐被边缘化，一个大二的副部长，别人不在乎她，她自然也不在乎别人，闹一场又怎样？

江百丽要的恰恰就是这样的场面。她要所有人知道戈壁辜负她，也要所有人——包括戈壁在内，都知道她江百丽曾经对戈壁全心全意，如今仍然以德报怨。她的这番行为，旁人看起来固然觉得愚不可及，但是论同情分，一定飙高。

最最重要的是，她最终的砝码是，她相信，戈壁还有良心，戈壁也不是完全不爱她。

即使不爱，她陪他走过的时光，也没有通通喂了狗。

"后来……后来留了联系方式，他送我回来的。"

"心里很爽吧。"洛枳懒洋洋地说。

"在路上捡了一个新朋友，这么投缘，我当然……"

"喂，三十一岁正是有魅力的时候，既青春又成熟，温柔多金，帅气体贴，你居然用'新朋友'来概括，真能扯。"

"别闹了。对了，他还说下次叫上你一起吃饭呢。"

算了吧。洛枳想起晚上跟她的耳机过不去的男人，就头皮发麻。

"其实……如果他真的不错的话，我觉得你……"洛枳迟疑地开口，却落不下结尾。

上铺的百丽对洛枳的省略号良久不言，最后重重地翻了个身。

"他是个好人。可是我爱戈壁。"

洛枳语塞，第一次觉得江百丽酸不溜丢的爱情宣言让她没有嘲讽的勇气。

江百丽刚刚在水房里细心轻柔地洗干净了那张灰色的手帕，把它挂在床边的栏杆上，洗衣粉的清香悠悠传到枕边。这两个人都曾经在路灯下站着，同样的场景，并不能同样心动。世界上的确是有"非你不可"这种事情的，即使把所有的男人都拉到橙色路灯下摆同一个 pose，她也只爱一个不知道好在哪儿的戈壁。

"对了，洛枳，那个盛淮南……"

　　百丽开口，迟迟没有听到回音，有些诧异，探出头去看向下铺。洛枳正在翻手机，屏幕的白光映照到她的脸上，毫无表情。

　　隔了很久，洛枳才轻轻地开口说："睡吧。"

　　窗外又飘起清雪。她们都以为对方已经入睡，却在泪眼模糊的那一刻听到另一声啜泣。

Unrequited Love

暗 恋 （下）

橘生淮南

八月长安　作品

湖南文艺出版社
HUNAN LITERATURE AND ART PUBLISHING HOUSE

博集天卷
CS-BOOKY

目　录

目 录

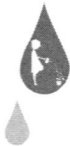

序章　他们问，后来呢

Dear Diary：

　　我曾经给 Tiffany 和 Jake 念过一个安徒生写的童话。

　　很久很久以前，有一个皇帝。传说他领地内有一只比一切都美妙的夜莺，可他竟从不知晓。一群仆从历尽千辛万苦将夜莺捉来，将传说变成现实，夜莺的歌声风靡全国。然而邻国进贡的一只机械仿制品，因为曲调流畅、易于模仿，身上又镶满了珠宝玉石，很快就取代了夜莺的地位。夜莺在大家对仿制品的膜拜和围观时，翩然而去。

　　我念到这里，两个孩子满脸怅然，不停地问："就这样吗？就没了吗？后来呢？后来呢？"

　　后来呢？后来大家忘记了夜莺。后来仿制品发生故障，修理，又故障。后来皇帝病危，所有人都在谈论他的死期和未来的新帝，只留他一个人在病榻上，看着月光下的死神一步步走近。这时候他听见了夜莺的歌声，在窗外，一如当初般美好，流泻的旋律不是仿制品的匠气可以捕捉模仿的。死神请求夜莺继续唱下去，为此贡献了自己的王冠和镰刀，因此无法再收割皇帝的生命。

我知道两个孩子在期待什么。他们期待国王重新认识到夜莺的可贵，期待夜莺像夜晚的王者一样归来，期待短视浅薄的臣民在夜莺面前垂下头，羞愧于自己当初令明珠蒙尘。

然而，故事的后来并不总能让他们如愿。

夜莺打消了皇帝要砸碎冒牌货的念头。它说自己会在想来看看皇帝的时候，栖在黄昏的树枝上，歌唱那些美满幸福的，也歌唱那些受苦受难的。它歌唱善，也歌唱恶。它将停留在穷苦的渔夫身旁，飞向远离皇帝和皇宫的每个人身边去。

它说："相比皇冠，我更爱您的心。"

"不过，我想请求您答应我一件事：请您不要告诉任何人，说您有一只会把什么事情都讲给您听的小鸟。只有这样，一切才会美好。"

于是夜莺飞走了。

而皇帝站起身，对那些进门查看自己死状的侍从说："早安。"

我知道这个故事对 Tiffany 他们来说，远没有快意恩仇的故事好听。也许很久之后，他们长大了，当过国王，也当过夜莺，才会明白，旁观者眼中的团圆，未必是戏中人愿意承受的。

有时候最美好的故事就是无人知晓的黄昏里，树梢上婉转的低语。

那是我给他们讲的最后一个故事。他们家那时已经辞退了司机，工作结束后，我独自乘地铁回学校。在黑暗的地道里，白色的铁皮世界随着轨道摇晃，我看着冷清的车厢中仅有的几个乘客，揣摩他们那张面孔背后的故事。

也许僵硬的表情下潜藏着对一个人的思念；也许一边看报纸一边腹诽不给钱的加班；也许九死一生，终于与过去挥手道别，过上了普通人汲汲营营的生活。

我们都是一样的人。庸庸碌碌，看上去不配拥有出众的故事；被生活撮成一堆，甚至无法分辨出几许不同。

然而我们都知道自己那个独一无二的秘密。概括起来，是几句雷同的话；铺展开来，却有千差万别的纹路与质地。它像一个胎记，凝结在衣服下面，平常你不会刻意想起，却总在独自一人的私密时刻，脱衣，洗澡，低下头，忽然望见。

秘密让每个人变得不一样。

所以夜莺的歌，不必唱给殿堂。

如果有一天，轮到我来把秘密讲成故事。

我想说的故事叫作"我喜欢过一个人"。

这句话也许让很多人唏嘘。

而他们真正想听到的是，后来，我们有没有在一起。

如果我说，后来我们在一起，然后吵架，然后分开，然后又在一起，后来分别有外遇，后来因为买房子的事情互相猜忌，后来领了证，后来婆媳大战。

如果我说，后来我表白了，对方却没有理会，然后我们反目成仇，然后我们冰释前嫌，各自幸福了。

当然，我是瞎编的。我的故事里没有那么多现实到逃无可逃的后来。故事讲得好的人，总是知道在哪里结尾，裁剪冗余，留下最好的。

直至故步自封，退而结茧。

这样，我的秘密就美不胜收。它叫作暗恋，叫作青春，叫作遗憾，叫作见好就收，叫作不老的少年。

可我不是那样的人。

很多人都爱过一些自己得不到的人，又或许因为得不到才爱。

而我要的并不是美丽的遗憾。

我原来并不知道我是个这样勇敢的人。

后来呢？

后来，每个黄昏，夜莺落在窗外的树梢上。

这么多年我念念不忘的，原来竟是这些，而不是那个人。

——摘自洛枳的日记

第 55 章　劳动人民的智慧

"你陪我去，好不好？"

"什么？"

她们两个十一点才醒过来，错过了新年的第一个早晨。洛枳正在床上打哈欠，模模糊糊听见上铺江百丽犹豫地提问。

"他……顾先生约我今天中午一起吃饭。"

洛枳怔了怔，把剩下的半个哈欠打完。

"所以呢？"

"我不是问过了吗？"上铺传来江百丽剧烈翻身的声音，床板吱呀吱呀地响，"要你一起啊！我都答应人家了，他也同意我带着室友一起去，你能不能……"

洛枳不耐烦地正要回绝，抬头就看到江百丽殷切的眼神——目光里的那种活气似乎久违了。

爱情其实永远是男人和男人的战争。要忘记一个旧男人，最迅速的方式就

6

是认识一个新男人。

她没有打趣江百丽，闭上眼睛躺回床上："几点钟啊？我还能再睡半小时吗？"

"你今天看上去还挺高兴的。"

洛枳刚坐进后排，就听到顾止烨这句不知道算不算是打招呼的开场白。目光所及只能看到他和江百丽的后脑勺儿——百丽原本要和她一起坐在后排，却被她直接推到了副驾驶那边。

"你说我？"

"说的就是你啊。比我昨晚见到你的时候，气色好多了，好像心情也不错。"顾止烨悠悠地说道。

"你们见过？"百丽兴致勃勃地转头看顾止烨。洛枳一时语塞，她是不可能如实控诉坐在驾驶位的那个男人昨晚的举止是如何变态的，幸而顾止烨四两拨千斤地回答道："昨晚她和学生会的一个男生在一起，我们说了几句话。"

百丽朝坐在后面的洛枳鬼鬼地笑了："盛淮南？"

洛枳叹气。

明亮的天光使昨晚晦暗的经历一层层被抹去，她想起"顾止烨"这三个字的时候甚至都有些怀疑他们是否真的遇见过。然而看到驾驶位上转过来微笑打招呼的脸，一时间许多画面交杂着涌进脑海：碎了一地的餐具，掀翻的桌子，莫名搭讪的顾止烨，魂不守舍的江百丽，霸道的盛淮南，白雪覆盖的小路，还有那个荒谬到让她难以生气的谎言。

所有画面都是无声的，仿佛强行静音，在车窗外呼啸的风声与校门口小贩的吆喝声的衬托下，支离破碎，恍如隔世。

"关窗吧，我开暖风。"顾止烨贴心地帮江百丽系上安全带，"昨天你说什么来着？想吃老北京小吃？其实我也没吃过，他们都说九门和护国寺不错，我看就去后海好了。"

后海。洛枳默默闭上眼睛。江百丽，你去死吧。

她依旧话很少，江百丽出于羞涩也不怎么讲话，只剩下顾止烨一个人时不时找一些话题，诸如"快期末考试了吧""宿舍暖气怎么样""新年休几天假"，让场面至少不会冷得太过分。还好，在吃饭的时候，顾止烨和江百丽勇敢地开始尝试豆汁，并且愉快地强迫洛枳也喝下一口，三个人笑笑闹闹地融洽了许多。

走出九门小吃所在的胡同，洛枳就对另外两个人说自己想要随便转转。

百丽"腾"地红了脸，急切地想要挽留她，倒是顾止烨宽和地一笑："那我俩就去别处坐坐好了，天这么冷，你打算回学校的时候给百丽打电话吧，说不定我可以过来接你一下，把你们俩一起送回去。"

"不用了，我今天晚上在金融街那边约了我哥哥和嫂子，下午就不回学校了，你们去玩吧。"

洛枳目送顾止烨的车离开，江百丽在里面用力招手，似乎是在发泄对洛枳逃跑的不满，洛枳却从每一下挥舞中读出了她的快乐。

其实她刚刚很想揶揄略微紧张的百丽，最终还是保持了沉默。虽然和百丽愈加熟悉，关系愈加亲密，可她仍然不知道应该怎样做一个乐于穿针引线调节气氛的标准闺密，何况即使百丽会答应顾止烨的午饭邀约，洛枳也并不能确定他们究竟熟络到怎样的程度了。

有时候一句噙着笑意的贼兮兮的询问，可能会惊跑公子哥儿，也可能伤害坚贞不渝的好友。

最最重要的是，洛枳并不能确定，顾止烨到底是不是个"好人"。

洛枳茫然地站在胡同口，发现自己完全不认识路，她只是希望尽快给那两个人制造独处的机会，却发现把自己给扔下了。

她从来不记路，每次都要事先查好地图带在身上，仅有一次漫无目的地乱走，就是跟着盛淮南，就是在后海。他当时笑得很嚣张，对她说："跟着爷走，爷就是方向。"

你就是方向。

洛枳把手挡在额前，遮蔽湖面反射的阳光。已是深冬，两岸的杨柳和上次过来的时候相比变得更秃了些。她漫无目的地沿着湖边走，偶尔绕过几个在湖边练嗓子或练剑的老人，经过一家又一家沉睡中的酒吧。

她忽然想起了那个骑三轮车的大叔。萧条的冬景就像凝滞在画板上的静物图，除了洛枳这个旁观者，竟然找不出其他还有些生气的元素。不知道那些平日溜来溜去忙着揽客的三轮车夫是否通通隐匿到小巷子幽深的阴影中去了。

彼时她还言之凿凿，不解释，不挣扎，就不会落入对方假定的那个因果中。

车夫笑嘻嘻地问："丫头，你这么说就怪了，那如果有人诬陷你杀了人，马上要来报复，你也可以不解释？"

诬陷。

真是个乌鸦嘴。她想着想着就笑起来，鼻子却像在柠檬水中泡过一样酸。

"姑娘等人，还是自己一个人逛？一百块钱拉你转一圈？"

洛枳仿佛被雷劈了一样，脖子慢慢转过来，几乎都能听见自己的骨骼咔嚓咔嚓响动的声音。

"还是一百啊……我今天……真的只带了二十……"

车夫笑起来，她终于看清楚了大叔憨厚朴实的面孔，眼角和脸颊上的皱纹深陷，一道道阴影愣是连炽烈的午后阳光都照不亮。

"二十就二十吧，上来，拉你转一圈！我还记得你呢，哎，对了，你的小男朋友呢？"

洛枳走向小三轮车的步子停住了，她顿了顿，在"他不是我男朋友""师傅你说谁啊""我们分手了"三个回答中快速地抉择了一番，最后笑笑说："我们……我们吵架了。"

这个答案将她自己都惊到了，似乎嘴边流露出的才是真实的想法。

真实地映照出了她到底有多么不死心。

三轮车师傅看出了洛枳的低落，伸出手招呼了两下："行了，姑娘，小情侣哪儿有不拌嘴的，看在你们吵架的分儿上，再给你抹掉十块钱吧。"

塑料布和硬纸板糊成的车厢根本挡不住风，洛枳紧了紧外衣，有些担忧地抬头望着三轮车师傅的背影，透过胳膊下的缝隙看到他戴着手套，这才安心了一些。

"师傅……你怎么不介绍胡同了？"

"说了你也不听啊，你的心思都不在这儿，还想你男朋友呢吧？"

虽然是独自一人，洛枳听到他满口"男朋友男朋友"的，还是尴尬地红了脸。

"丫头，你俩为啥拌嘴了？"

"因为……"洛枳语塞。

对话之初一个小小的谎言，需要牵扯出一整套的虚构情节来支撑。每个谎言背后都有一个故事，有时关乎说谎者，有时取决于被骗者。那些谎言背后潜藏的私欲和悲伤，洛枳第一次清清楚楚地触摸到。

说出口的故事就像冰山山顶，那些真相都潜伏在海面之下，隐秘而庞大。

比如，她用那些巧合和惊喜来哄骗盛淮南；又比如，叶展颜用一块水晶来推翻洛枳苦心营造的甜蜜。

昨晚的一切至今也无法让洛枳产生一丝一毫的愤怒情绪。也许因为故事太过拙劣，也许因为始作俑者对她而言已经淡化成了两个无所谓的名字，也许因为她自己也不清白。

洛枳忽然发现，这个故事的脉络竟然如此简单。

叶展颜和丁水婧用她们的谎言，击败了洛枳的谎言。

只剩下盛淮南站在中间，妄图找到真相。

这样一想，被争来夺去的盛淮南，被骗的时候竟然有一点儿尊贵而执拗的可怜——她为什么要恨他呢？被骗的是他啊。

"就是一个误会而已，"洛枳笑笑，"因为……"

她深吸一口气。

"我们俩是高中同学，但我不是他的第一个女朋友。前几天，他的前女友突然跑来说他们俩当年分手是因为误会，她诬陷我，说这个误会是我造成的。"

虽然是编造拙劣而简略的故事，但她讲话的时候语气竟然不自觉地有了些委屈和撒娇的意味，好像一瞬间就入戏了。洛枳不由得咋舌。

"那么丫头，你说实话，是不是你做的。"

"不是，她在胡说！"

她竟说得越来越大声，尾音都冤屈得很。

在当事人面前死撑着拒绝解释，做出理解并淡然的高姿态，却在不相干的外人面前斤斤计较、义愤填膺——洛枳不得不承认，她错怪了盛淮南。他固然做了许多伤害她的蠢事，但是在这一点上，他对她的认识还是准确的。

死要面子活受罪，只能把愁肠百结拿到陌生人面前去讨一个公道。

"那你和他解释啊！这他妈不是胡说八道欺负人吗？"三轮车师傅也大嗓门儿地吼了起来，洛枳却泄了气。

"没用的。"

"是你解释了他不听，还是你压根儿不愿意解释，还是你害怕解释了他也不听你的，跌份？"

人民群众智慧多，三轮车师傅几句朴实的话就把洛枳那点儿面子戳了个千疮百孔。她不再讲话。

三轮车开始爬坡，师傅又站起身来骑，小车板吱呀吱呀叫得凄惨。终于上去了，他长出一口气，咳嗽了几声，忽然回过头朝她笑了笑。

"丫头啊，我说话难听，但是道理是这个道理，你凑合着听。"

"……您说。"

"我觉得吧，人这一辈子，哪儿来那么多误会？都是自己作的。你男朋友和他以前的姑娘要是真的爱得死去活来的，什么误会都拆不散。误会算个屁啊，两人都好得穿一条裤子了，就应该指着对方鼻子骂娘，不解释清楚就他妈同归于尽！——话糙理不糙啊，丫头，你别往心里去。"

车子拐了个弯，她像个沉默的稻草人，随着车一起歪向一边。

"所以啊，他俩玩完了就是玩完了，你得硬气点儿，看见过老牛护犊没？我倒不是说那个意思哈，但是那是你男人啊，你得站出来，该解释就解释，你是他女朋友啊，他敢不信你，就大耳光扇丫的，扇明白为止！"

洛枳目瞪口呆，半张着嘴说不出话。

师傅话音一转："当然，扇完了你还得哄回来，背地里教训就行了，男人要面子呢。"

看她只是呆傻状地点头，师傅恨铁不成钢地停下来，跳下车。

"得了，丫头，你也别在我这儿蹭车玩了，有这工夫还不如赶紧去找他呢。你弄不明白他，就叫过来，我帮你教育他！"

洛枳望着师傅那张沟壑纵横的黑脸，渐渐恢复了神志。她似乎是被气氛感染了，轻快地跳下车，揉了揉被冷风吹得有些僵硬的脸，努力笑到最大范围：

"嗯，我立马就去！——调教好了再给您带过来！"

"去吧！丫头，别给我丢脸！"

她蹦蹦跳跳地跑到胡同口，回头朝三轮车大叔挥手，脸上满是幼稚的笑，心就像泡在42℃温水里一样舒坦。然后被冷风一吹，忽然就清醒了。

她是他的女朋友，她赌他爱她，他一定会相信她。他不相信，她就抽他。

编造的甜蜜小故事被大叔写上了一个很好很好的结局。她自己也在这个故事里做了十分钟的美梦。

然而，这并不是洛枳和盛淮南的故事。

洛枳回过头，凝视着广袤的湖面上那轮温暾暾的太阳，藏在薄薄的云层后面，没来由地让人心中不痛快。

忽然耳边响起朱颜那语气凉凉的两个字。

"矫情。"

是啊，她步步为营了这么久，小心翼翼地写下这样一个剧本，一个连在不相干的三轮车师傅面前都要用谎言去维护的剧本，现在被别人恶意地一笔转折，难道她真的就要按下心中的愤懑不平，做出一副听天由命、清者自清的姿态吗？！

洛枳在身边一个"关门大吉"的小店门玻璃上望见了自己模糊的身影。她蓦然想起高中时主楼穿衣镜映照出的那个苍白却坚定的少女。

暗淡，眼里却有不可遮挡的光芒。即便当年她无法驾驭那件明黄色的吊带裙，心中也仍抱着对未来的期许。

未来会有很多色彩斑斓的吊带裙。未来会精彩，会不一样。

她终究是不甘心的。

去和他说。

洛枳在心中告诉自己。

她心中明澈，竟兴奋得发抖，似乎有点儿迫不及待地去见他。正在这时，手机在口袋中振动起来，"洛阳来电"。

"哥，怎么了？晚上吃饭计划有变？"

"那倒不是。你下午有事吗？"

她咧咧嘴，哂笑起来，决定还是不要那么猴急地去找盛淮南，于是明快地说："没事。"

"正好，帮我个忙吧。"

洛枳从西单地铁 A 口出来的时候已经迟到了。她问了好几个人都指不准路，迷迷糊糊中来到了一条萧条的大马路，跟洛阳约好的那个"××牛排"依然连个影子都没有。她昨晚手机忘记充电了，现在屏幕一片漆黑，无法跟洛阳联系。才六点半，路上已经很冷清了，偶尔有几辆出租车穿过，她思前想后，再磨蹭下去，似乎只能冒着被扁的危险，扬手叫停一辆出租车来问了。

洛枳掏出硬币抛向空中，决定正面左转、背面右转。一元硬币掉在地上的时候叮叮当当没有停住，竟然一路朝前滚。她急忙追上去，弯腰几次却都捞不到，只能狼狈地像小鸡啄米般跟着。硬币终于在岔路口躺倒下来，她呼出一口气。

正面，左转。

洛枳抬起头，看到左侧人行道上五米开外一对养眼的情侣，以及他们背后一块小小的橙色招牌，"××牛排"。

真是准哪。洛枳微笑。

盛淮南和叶展颜就站在她面前，显然对她这个追着硬币杀出来的"程咬金"的出现十二分的意外。

洛枳的第一个反应却是笑出来。并不是见到熟人后礼貌的条件反射——她只是觉得好笑，实在太好笑了。不由自主，灵魂仿佛飘到了半空中，开始扮演起上帝，低头怜悯地审视自己所处的局势。

"新年快乐。"

她发誓，这辈子从没笑得这么灿烂过。

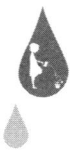

第 56 章　别人的爱情

叶展颜剪掉了长发，梳着 Bobo 头，比高中时更漂亮了。她穿着玫红色的羊绒大衣，脚踩一双深灰色过膝软口靴。洛枳拾起硬币抬头，第一眼看到的就是这双靴子。

真好看，靴子哪儿买的？

洛枳发现自己真是正常，正常到满脑子都是正常女生对于正常着装的正常好奇。可是放到她身上，这恰恰是最不正常的。

"洛枳，真是巧啊！"叶展颜的笑容和洛枳很相似——过分灿烂。灿烂的背后掩饰着什么，也许她本人也不清楚。

"我和爸爸来北京过新年，之后我就要留在北京学一年的法语，学校会派我去法国读两年书再回来。2+2 的项目。未来我们会经常见面的，哪天出来一起逛街吧，我想死你了，好久没有一起逛街了！"

叶展颜甜甜地笑着，仍然随和可亲，只是不似高中时说话那样恣意张扬，也没有了霸气的脏话口头禅，收敛得颇有几分淑女气质。

洛枳默默地看着那张美丽的脸庞，霎时间，高中时的许多过往画面涌现在脑海中：几句话就让丁水婧跑来指责她冷落同学的叶展颜，最后的同学会上像野猫一样朝她眯起眼睛的叶展颜……叶展颜早早就释放过危险的信号，她怎么从未发觉呢？

"好久没有一起逛街了？我们从没一起逛过街。"

洛枳敛容说道。

叶展颜肩膀微微向后一张，嘴唇动了动刚想讲话，背后突然传来跑步的声音。

"洛枳！洛枳！"

洛枳仍然觉得神奇，她和叶展颜仅有的两次无法继续下去的对话总有别人来救场。洛阳从橙色的牌子下跑过来，说："老远就看见你了，打你的手机又关机，我和你嫂子急坏了，以为你路上出什么事了……"

洛阳跑到他们身边的时候，打量了一下，对盛淮南和叶展颜点点头，然后接过洛枳的包说："还真沉，你把它带过来了吧。"

"当然。"她朝洛阳笑笑，意外地看到叶展颜惊讶地瞪大眼睛。

"你是……"

叶展颜喃喃自语，洛阳疑惑地歪头看她："我们认识吗？洛枳，你同学？"

"高中同学，"她指了指叶展颜，又转向盛淮南，"和她的男朋友。"

她只有在介绍盛淮南的时候才看了他一眼——盛淮南低着头，眼睛偏向行道树的树根，装饰灯的银色灯光打在侧面，有种不真实的忧郁。

她扫了一眼就收回目光，朝洛阳笑笑。

"外面怪冷的，赶紧进去吧。新年快乐，我们先走了。"洛阳朝对面的这对小情侣笑笑，他虽然不知道这种场面是怎么回事，人也迟钝，但是自己妹妹脸上的假笑他还是分辨得出来的。

洛阳的手很暖和，洛枳被他拉着，冰凉的手心里还紧紧攥着那枚一元硬币。

"再见。"洛枳朝他们两个摆摆手。

盛淮南看向她的目光中流动着不明的情绪，而叶展颜则大方地笑出来："洛枳，你什么意思？"

一定要纠缠吗？洛枳抿嘴笑了一下，感觉到洛阳捏着她的手紧了紧，侧过头看到哥哥皱了眉。她乏力的心忽然被注入了暖流。

很多时候人不应该奢求什么知己，有一个亲密的人就够了。你的知己随时可能站到你的对面去，而亲人才会牵牢手站在你的身边。他也许不知道你在纠结什么，然而你做出的所有决定，哪怕第二天就推翻，他也会支持你，也会抱抱你，说："看，又犯傻了吧？"

"我的意思很简单，"洛枳回过头，缓慢却肯定地说，"你不是和你旁边那个人说，我是用谎言拆散了你们两个的罪人吗？那你还笑嘻嘻地说要和我一起逛街？这出戏的情绪不对啊，叶展颜，你才是撒谎太多，一不留神走错片场了吧。"

洛枳说完就拉着洛阳离开了，她没心情观察身后两个人的反应，走着说着，却恍然大悟。

她那样隐忍自己的感情，怎么可能一点一滴都被别人抓在了手里？柔软的心思和秘密被制造成尖利的暗器，一切攻击都无比精准，究竟为什么？洛枳一直拒绝正视前一晚盛淮南坦陈的一切，此刻那些字句却密密麻麻铺成了一条路，伏线千里，源头清晰可辨。

洛枳转过身。

那两个人依旧在原地，叶展颜一脸冰冷地注视着她，怨毒的目光似曾相识。

洛枳却笑起来，眼睛眯成月牙儿，弧度大到渐渐无法看清眼前的一对璧人。

"叶展颜，把我的日记本还给我。"

"什么？"叶展颜倒是一愣。

"我高考前不小心弄丢的日记本，请你还给我。你，或者丁水婧。"

忽然意识到的这个事实让她疼得心口翻腾，那本日记是她最最私密的事情，却要当着三个人的面说出来。她撂下话转身就走，一秒都无法停留。

虽然她答应了三轮车大叔不能那么尿。

要有霸气，要解释清楚——可她终究不是斗士，看见两个人并肩而立，所有累积的情绪和心思悉数泄尽。姿态难看，赢了口水仗又有什么用？

那本日记里的每一个字，都是尊严的底线。

视若珍宝，小心翼翼保护的感情，落在了旁人手里，反过来深深地扎了她一刀。

洛阳牵着她沉默地走了一段，不知道是否应该关心一下，洛枳却很快就像没事了一般，笑嘻嘻地抬起头，指着店门口的橙色招牌说："你知道吗？我是掷硬币找到这里的。"

洛阳最终还是咽下了所有疑问："又不戴手套！"他只能埋怨一句。

叶展颜也不戴手套，洛枳想，所以人家把手伸进盛淮南的口袋里取暖。

那是当时她抬头，除了叶展颜漂亮的靴子之外，看到的第二个小细节。

她曾经在日记本中执拗地只描画盛淮南一个人的身影，那些字句却落在了另一个人手中。多年来自欺欺人的无视，此刻终于还是把两个人牵手的样子刻进了眼底。

洛枳木木地看着洛阳阻住她的去路："到门口了，怎么不进去？"

直到洛阳伸出手，用粗糙的拇指揩去她脸上冰凉的眼泪，她才发现自己竟然在哭。

"被欺负了？"洛阳皱起眉头关切地看着她，微微弯着腰，左手揉着她的头发。

她只是流眼泪，本来一点儿要哭的感觉都没有，听到这句话，却一头扎进哥哥的怀里，漾开了哭腔。

哇哇哇，像个六岁的孩子。

"不哭啊，咱们不哭，你哥明天就到建材市场雇几个兄弟，拿麻袋把他们套住，吊起来打……"

　　她被逗笑了一下，然后反而哭得更惨，揪着洛阳风衣的前襟，哽咽得无法呼吸，憋红了脸，畅快而狼狈，好像除了哭，这世上已经没有任何一件事是她能做的了。

　　到底还是这样了。

　　最后也只是这样了。

　　她好半天才止住了哭泣，擦眼泪擤鼻涕，整理了好一会儿才抬起头，做出神采奕奕的样子问洛阳："看不出来吧？"

　　洛阳苦笑着点点头："嗯，看不出来。"

　　洛枳最后回过头去看那个空无一人的十字路口，心里竟然一点儿都不疼了，好像那根神经被折腾得太疲乏，终于绷断了。

　　终于死了。

　　三轮车大叔，对不起啊，你说的都对。

　　误会根本阻止不了爱情，谎言也不能。

　　可是我忘了跟你说，我对你撒了谎，原来我跟你讲的是别人的故事。

　　都是别人的爱情。

　　"走吧，进去吧。"洛阳拍拍她的肩膀。

第 57 章　难得糊涂

"念慈姐！"

洛阳听到洛枳对陈静的称呼，不免一脑袋冷汗，而陈静早就在座位上兴高采烈地招呼她了。三个人坐下后服务生把菜单递给洛枳一份。她低头默默研究了很久，觉得头都大了，索性放下，对陈静说："嫂子，我跟你一样。"

陈静也放下菜单，朝洛枳眨眨眼，又扭头注视着洛阳说："我跟你一样。"

洛阳长叹一口气："你们逼我。好，我要套餐。"

"什么啊，套餐里没有奶油浓汤！"陈静闻言按住洛阳的菜单。

"没有就没有呗。"

"不行，你重新点。这个我不喜欢。"

"那你想要什么？"

陈静低头又看了一会儿菜单，抬起头，继续温柔地笑："随便吧，反正跟你一样。"

洛枳憋不住乐出声，抬眼看到旁边的服务生也弯起了嘴角。

吃饭果然可以让人心情变好。新鲜的食物焐热了胃，一边紧挨着的心脏也沾染到了一丝暖意。洛枳的牛排要了全熟，纹路清晰，厚厚的一大块，中间还连着骨头，切起来十分费劲。刀叉碰撞在餐盘上发出的声音让她有点儿不好意思，她只好放下刀叉喝了一口汤，陈静却又在另一边弄出一声极有金属质感的噪声。

"不行了不行了，什么破玩意儿。"陈静连发牢骚都是声音轻柔的。

"哥，你动作真熟练。"

洛阳的变化，洛枳清晰地看在眼里。不再是大学里纠集一帮哥们儿直冲烧烤店的大男生，现在的洛阳穿着浅灰色衬衫，把陈静的牛排端到自己面前，轻轻松松切成小块，骨头顺利地剔除推到一边，然后放回到她面前，又端起洛枳的这盘。

"不用了，我自己来吧。"

"得了，你别制造噪音了。"

"这才半年，你居然变化这么大。"

"不就是切牛排比你利索吗？别告诉我，你因此觉得我步入精英的行列了。"

"嫂子，你不觉得吗？我说的可不是切牛排，是气质，成熟多了。你原来就比别的男生稳重，不过那顶多算是先天性格。现在不一样了，反正不一样了。开始有魅力了。"

"嗯，对，我该有点儿危机感了。"陈静笑着接上。

"而且，我觉得我哥的气质有点儿变忧郁了，好像有心事似的。以前总是傻乐傻乐的，现在有点儿像男人了。是因为开始工作的关系吗？男人都是这么长大的吗？"

洛枳一直在用唠唠叨叨的方式来避免自己回想刚刚街上的一幕，一边低着头吃东西，一边前言不搭后语，并没有看到自己的无心之言让陈静的眼睛微微一抬，转瞬目光又低垂下去。洛阳左手的叉子不小心碰到水杯，发出"当"的一声。

场面一时安静下来，洛枳吃了两口觉得不对劲：洛阳盯着叉子，而陈静捧着的果汁杯子停在了嘴边。

"怎么了？"

洛枳有些后悔，在亲人面前过分放松，她都不知道自己说了什么，更不知道自己是不是哪句话犯了他们的忌讳。

"男人不是这么长大的。"洛阳认真地说完，朝洛枳眨眨眼睛笑起来。洛枳傻愣愣地看着他。洛阳什么时候学会这种笑容了？这种笑容明明是戈壁和那个顾总的标志。

"你傻了是不是？我让你带的东西呢？"

洛枳反应了两秒钟，才有点儿结巴地说："现……现在？"

陈静一头雾水地看过来，洛枳立刻俯身从放在脚边的书包里掏出一个纸袋递给洛阳。洛阳低下头，从纸袋中掏出一个盒子，却不拿上来，而是自己打开，在桌子底下鼓捣了好一阵子，然后突然放到桌子上。

一个陶塑的小女孩，穿着天蓝色的高领毛衣和白色及膝裙，眉眼淡淡的，鼻子上架着银色框架眼镜，笑得很温暖。

陈静的陶塑人偶。洛枳看到陈静笑得仿佛洁白的山茶花，不禁从心底里为洛阳高兴。周围认识的所有人，包括她自己在内，总是把日子折腾得鸡飞狗跳，然而眼前的哥哥嫂子，在最紧张的高三气定神闲地牵起手，考入同一所大学，西子湖畔携手四年看透风景，仍然能在细水长流的今天因为一个小小的陶塑女孩执手相看，甜蜜得好像时间都停住了。

洛枳从后海走出来就接到了洛阳的电话，他给了她一个地址，说自己实在太忙，刚好趁今天见面让她去代领一个完成的工艺品。三天后是陈静的生日，他要制造一个惊喜——洛枳没想到，洛阳居然等不及，这么快就拿出来了。

是希望自己做个见证者吗？她想着也会心地笑起来。

"生日礼物？"陈静笑着，看看洛阳又看看洛枳。然而洛阳低头指指人偶左手臂上挂着的手袋。那个小手袋是棕色的，并不是陶塑，而是毛线织的。陈静伸手去摸，拇指、食指轻轻一捏，感受到袋子里物件的形状，瞬间瞪大了眼睛，用一副难以置信的样子看着正笑得高深莫测的洛阳。

洛枳疑惑地皱起眉，看着陈静小心翼翼地从那个毛线手袋里捏出一个闪亮的指环。

两个女人不顾餐厅中众多顾客的侧目，一起尖叫起来。

"我说啦，男人不是这么长大的，男人要长大呢，一定要没事找事给自己添一个负担，美其名曰学会承担责任。喏，老婆，愿不愿意成为我的负担？"

陈静抿嘴笑着，眼中泪光点点。洛枳双手托腮，幸福地微笑，看他仔细万分地给她戴上戒指，餐厅暖色调的壁灯给对面的两个人镀上了温暖的色泽。

她人生中经历的第一个求婚。

无论如何，总归还是会见证到让人心底一暖的、别人的爱情。

"念慈姐，就这么答应了？"

陈静看了一眼洛阳，故意愁眉苦脸地长叹一口气："唉，能怎么办，这辈子就这么凑合到老吧！"

从餐厅走出来，洛枳再次回头看了看那块橙色的小招牌，它在这条格外冷清的长街上兀自闪耀着。童话故事中，主人公逃出黑森林中的巫婆的魔爪，一路狂奔，总会在路的尽头看到这样一盏温暖的灯。

洛枳还在胡思乱想，洛阳突然拍了她的头一下："发什么呆呢，走啦，送你回学校。"

"你不是说十点钟同事还约好要去酒吧吗？我送洛枳回去吧，正好我们俩顺路聊聊天，你忙你的。这两天我过来，耽误你不少聚会，今天还是别缺席了。晚上我自己回宾馆，明天开完会我再去找你。"

陈静挎上洛枳的胳膊，朝洛阳做了一个"请回避"的动作。洛阳皱着眉头说："喂，你们不会在背后说我的坏话吧？"

"都嫁鸡随鸡嫁狗随狗了，何必啊。"洛枳笑着说，陈静伸手去拧她的脸，她赶紧闪身躲开。

"那好吧，你们小心点儿。"

洛阳的背影让洛枳出神了几秒钟。她哥哥好像真的有点儿不一样了，然而她说不出来是哪里——也许真的就是笑容中的那一点点忧郁？

侧过脸，竟然看到陈静同样一脸迷茫。

一路上她们从期末考试聊到女生权益协会里的各种八卦。地铁车厢里，灯管洒下苍白的光，把洛枳的疲惫照得无处躲藏。

"没睡好？"

洛枳打了个哈欠："这几天有点儿疲劳。"

"你哥这阵子也是总加班，昨天晚上在他租的公寓给他炖了点儿鱼头汤，里面加了人参片和枸杞，对常常熬夜的人很管用。最近你也马上要期末考试了吧？熬夜的时候容易饿，但是也别吃太多大荤大火的东西，越是油腻的越对身体不好，多喝酸奶，多吃水果青菜，对眼睛好。早知道，今天把汤放到保温瓶里给你带一点儿过来就好了……"

可能是意识到自己的啰唆，陈静停住了嘴，有点儿不好意思地笑起来。

洛枳始终觉得陈静的笑容是"贤妻良母"这四个字的最佳诠释，看着就心安。陈静披着多年不变的"清水挂面"，一身淡雅得体的装束，脸上也总是挂着温暖人心的笑容——好像纵使相交不深，她自己也并没有太曲折的过往和复杂的心思。而且无论你和她说什么，再扭曲再离奇，她都会理解，都会给你一个让你不再孤单的笑容。

陈静是个宝。洛枳很骄傲自己的哥哥是个有眼力的人。

"念慈姐，我哥真是好福气，当初他得多有品位才能追到你啊。"

陈静愣了一下："不是吧，你不知道吗？当初是我追的你哥哥。"

"啊？"

"高三的时候，我一直在帮他补语文，而他帮我补习物理，你不知道吗？"

"我知道啊，可是……"

陈静笑出一排整齐的牙齿："他从来没有跟你说过吗？高三下学期运动会结束的时候，我们两个一起回家，我对他表白的啊。"

"我第一次见到你就是高考前他把你带到图书馆来的那次，我一直以为是我哥哥追你的，怎么会……不过这都不重要。"洛枳笑了，都快结婚的两个人，谁还在乎是哪个先追求的。只是陈静这样文静的性格，想象她主动倒追，还真有点儿震撼到洛枳。

"你哥哥其实想得很周到，周围的朋友都以为是他追的我，他从来都没有跟别人提过我们是怎么在一起的，不过在别人眼里，我们在一起并不是什么奇怪的事情，反正之前我们总在一起复习，就有人传过我们的八卦。只是我没想到他连你都没告诉过。"

洛枳耸耸肩："娶到你，到底还是我哥赚大了。"

"哪儿有，"陈静笑，"当时可是有好多女生追你哥哥呢，却从来没有人追过我。大学里也一样。"

从外貌上来看，陈静的确很不出众，虽说并不丑，但是站在帅气高大的洛阳身边仍然有"不般配"的感觉。然而陈静总是淡定大气的，看到她在洛阳背后柔柔一笑，别人总是会觉得两个人有种说不出的和谐。

"所以当然要先下手为强啦，"陈静继续说，"还好成功了。"

她朝洛枳眨眨眼，难得出现俏皮得意的表情。

"看来真的是所有人都不知道呢。"陈静靠在玻璃门上自言自语，若有所思。

"不对，有人知道的。"陈静忽然缓缓地反驳了自己。

"啊？谁知道？"

陈静没有说话，目光飘到黑漆漆的窗外，过了一会儿又朝门上的电子显示屏看了看："快到站了吧。"

"是啊。"洛枳静静地看着她。

地铁缓缓地停下，陈静恢复常态，亲昵地挎起洛枳的胳膊，迈步走上站台。

陈静和来北京开会的同学一起住在P大附近的校办宾馆，下了地铁后，两个人一起朝学校的方向走去。陈静明显话少了很多，有一搭没一搭地勉强聊着，终于到了校门口，她要朝右转，而洛枳要进门。

"早点儿休息吧，你看你的脸色白成什么样子了。"陈静捏捏洛枳的脸蛋儿，手放下来的时候，洛枳刚好注意到那只简约大方的戒指。

"刚才一直忘了问你，收到私订终身的戒指，开心不？"

陈静先是甜蜜地笑，然后渐渐收敛笑容，犹豫了很久才轻轻地问："洛枳，其实这个礼物，他并不是打算在今天送给我的吧？"

洛枳抬眼看她，觉得有些奇妙。女人的直觉真的很可怕。

"其实……我也觉得有点儿奇怪。我哥之前打电话说三天后是你生日，这是礼物，正好今天见面就让我帮忙取出来捎给他。我猜可能他看今晚气氛太好了，突然改主意想让我也在场见证一下，防止你反悔，嘿嘿。"

洛枳干笑了两声，陈静嘴角向上一勾。

"你老哥把礼物从包里掏出来之后，虽然很努力地躲着，在桌子下面鼓捣了半天，但我还是看到他从自己包里掏出戒指往小人偶的挎包里塞——傻丫头，你觉得洛阳做事会这么匆忙吗？居然当着我的面，偷偷摸摸地现场塞戒指？明

27

显就是临时决定嘛。他倒是越来越会随机应变了，呵呵。"

洛枳低着头不说话。她想起哥哥让她把礼物拿出来时那个眨眼微笑的熟练表情，不得不承认，这一切的确怪怪的。

可她还是笑着宽慰陈静："但是——但是，你想，如果是临时起意，他怎么会那么巧合地随身带着戒指啊，是不是？"

陈静伸手拍拍洛枳的绒线帽，说："傻丫头，你哥去刷卡，你去洗手间的时候，我翻了他的包，看到了戒指的发票和取货单。他也真的就是碰巧今天去取戒指的。"

陈静的声音仍然柔柔的，这样的一番侦查动作被她讲出来时，淡然得好像她们谈论的是北京元旦期间的气温。

"嫂子，"洛枳有些慌，不再叫她"念慈姐"，"你们……怎么了？"

陈静不知道是第几次伸手捏她的脸蛋儿："我们没怎么呀，傻丫头。"

洛枳心底漫溢出丝丝凉意。

"既然你怀疑，为什么还假装不知道手袋里是什么，假装捏到戒指形状的时候兴高采烈的样子，为什么……答应我哥？"她一脸迷惑，她的世界中唯一完满的一对，竟然也在温暖的橙色灯光下潜藏着让人不安的暗潮涌动。

陈静好像听到了什么童言无忌的笑话一样，温柔地笑起来。

"为什么不？他愿意娶我，我愿意嫁他，为什么不答应？"

是的，为什么要因为这些细节而矫情？可是真的不在意，又怎么会在冷风中对自己陈述那一点一滴的怀疑？洛枳觉得自己越来越读不懂周围的每一个人，也越来越读不懂爱情了。

也许她从来都没有懂得过。她之前的一切通透，不过是自以为是。

"傻丫头，你也是个大人了。难得糊涂。"

陈静的背影慢慢消失在小街尽头。洛枳一直知道，陈静的温柔背后不是没有锐利，也从没有忽视过她绵里藏针的机敏聪慧。然而这似乎是她第一次看到陈静柔柔地笑着，对自己轻轻巧巧地说："我翻了你哥哥的包，看到了取货单啊。"

曾经有人笑称陈静和洛阳是模范夫妻，从不吵架从不闹别扭。陈静笑，说因为两个人的性格都很平实，没什么棱角，好说话。

洛枳今天才知道，他们不是没有棱角，只是那些棱角被稀泥包裹起来了而已。

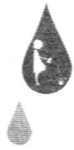

第 58 章　麦琪的礼物

新年假期刚刚过去，期末考试就来临了，连江百丽都把宿舍的桌子收拾干净开始看书。

第一科要考的是马克思主义哲学与基本原理，闭卷。洛枳之前一直在复习专业课，特意把这一门留到临考试前突击，心知反正复习早了也一定会忘光。

"一本都不剩了，我刚在电脑上查到的，全部被借走了。"

洛枳在手机收信人一栏选择"百丽"，按下发送键，接着从图书馆的电脑上注销，拎起书包走出机房。早上出门前，江百丽央求洛枳去图书馆帮忙借本"马原"的教材。戈壁把教材弄丢了，周围的哥们儿都没有多余的书，学长学姐的旧书也纷纷扔掉或送人了，而教材中心也没有存货，关键时刻竟连一本都找不到了。

最终，他又找到了百丽头上。

这是戈壁分手后第一次联系她。他逃了一整个学期的马原，签到一直是跟他选了同一堂课的江百丽代劳，所以专业课逃得天翻地覆的江百丽竟然在大家纷纷放羊的马原课上拿了全勤。戈壁终究是太过懒散，临考试的时候才想起来复习，却找不到书。

洛枳拧着眉头欲言又止。她很怀疑江百丽是在假装圣母以继续酒会上的阴谋，还是……真的是圣母。

百丽很快回："谢谢了，这个时候去借书基本不可能再借到了，我自己想办法吧。"

洛枳正要走出大厅，转念一想，不如就在图书馆自习好了，如果能找得到座位的话。

图书馆除去一层外，其他每一层都有好几个规模不小的自习室。洛枳坐电梯直接到六层，然后一层层下楼梯寻找空位。图书馆冬季暖气烧得很足，又不开窗通风，这使得洛枳走进每一个自习室，都会在温暾停滞的空气中闻到些许混杂着的陌生人的体味。

自习室乍看上去并不拥挤，但每个座位都被一摞摞的书霸占着，主人大多不在场，看起来就好像高中时大家都去上体育课了。

她一直下楼梯到二层，看到最后一个自习室也没有希望了，于是大踏步离开。

"洛枳，洛枳！"

声音很小，是用气息在发声。洛枳回头，看到张明瑞正兴高采烈地朝自己挥手，坐在他左边的女孩子也抬起头，朝她礼貌地笑。

是许日清。

洛枳很高兴地走过去，看了一眼桌面上的书，笑了，小声说："你们也复习马原？来得真早啊。"

"我们七点钟过来占座位的，哪儿像你这么胸有成竹啊，十点半才慢悠悠散步过来。"张明瑞把右边座位上的资料往自己的桌子上拢了拢，说，"这个座位没人，是我们用来放东西的，你坐吧。"

原来如此，洛枳道了谢就坐下了。

"靠，你们文科生高中时是不是就一天到晚学这种东西啊？"张明瑞郁闷地用圆珠笔敲打手里的教材，"这些颠来倒去都在说些什么啊，文科生居然没有发疯还考上大学了，都应该用糕饼寿桃供到庙里去，你们都是超级赛亚人。"

洛枳憋着笑，轻声说："你高中会考没考过政治吗？"

"我们会考都是走过场，我都是抄的，从来没背过。"

"不背人生不完整，赶紧看书吧。"洛枳拿圆珠笔杆敲敲他的书。

许日清默默看着他们俩，抿嘴浅浅一笑，低下头继续温书。快到十二点的时候，张明瑞烦躁地扔下笔，低声说："烦死了，去吃午饭吧。"

洛枳点点头，探询的目光投向许日清，对方也笑着表示同意。于是他们把书简单归拢一下摞在桌上，各自带着手机、钱包，穿好外套，一同走出了自习室。

刚踏进走廊，张明瑞就吼起来："这他妈是正常人能背的下来的吗？"

旁边有个正在下楼的男生很大声地附和："对啊，等我背下来估计也成变态了。"

他说完，突然贼兮兮地瞟了走在张明瑞一左一右的洛枳和许日清一眼，用一副"你小子艳福不浅就别抱怨了"的表情朝张明瑞咧嘴一笑，三步并作两步走下了楼梯。

洛枳不知怎的，忽然想起了当初张明瑞对自己提起过的他俩和盛淮南的三人行。

盛淮南。洛枳的思维有一秒钟的停滞，然后立刻侧过头笑着问："你们选的是哪个老师的马原课啊？"

"等等，我要买本杂志。"去食堂的路上，许日清跑到路边的报刊亭前，低头扫了一眼让人眼花缭乱的架子，拿起一本 32 开略微有些厚的杂志，说："我要这个。"

"八块钱。"杂志摊的大妈头也不抬。

"你怎么总不戴手套啊？"

许日清用食指和拇指捏着杂志的一角，有点儿哆嗦地回头说："食堂挺近的，没必要，我嫌麻烦……"

洛枳忽然表情很尴尬。因为张明瑞刚刚那句问话是对自己说的，而许日清回头接话的时候，刚好看到面对面呈对话姿势的他们俩。

张明瑞嘿嘿一笑："有你觉得不麻烦的吗？懒，挨冻的不还是你自己？"

洛枳心中一动，张明瑞极其自然地转过目光看着许日清，镇定机智的一句话化解了三个人的尴尬。许日清从一开始茫然无措的表情中恢复过来，讪讪地笑了，像个小媳妇一样不好意思地瞟了洛枳一眼，小声反驳张明瑞："哪儿有！"

"把手揣兜里暖和着吧，杂志我帮你拿。"张明瑞伸出手，接过许日清的杂志。许日清把手揣到羽绒服的口袋里，再次朝洛枳腼腆地笑笑，好像在说："让你看笑话了，他总是这样。"

这样的许日清，和那天咖啡厅中咄咄逼人的盛装美女判若两人。洛枳微微落后了两步，看着前方一黑一红的两个背影，心里有小小的快乐。

许日清有飞扬跋扈的一面，也有这样腼腆羞涩的一面。到底哪一面是真正的她？或许独处时更为真实？但是那个时候的她并不出现在任何人面前，对别人来说没有任何意义。

有什么样的互动，就会表现出什么样的自我；什么样的对象制造什么样的真实，只是给不同的人摆出不同的断面而已。

那么在盛淮南面前的自己，是不是太变形了？即使依靠那些共同点而如愿被他爱上，也只会成为一段漫长的演艺生涯的开始。

"喂，想什么呢？"

洛枳回过神来，张明瑞正朝落后的她招手，宽和的笑容中有些她看不懂的意味。

三个人占了座位后就各自去打饭。张明瑞最后一个回到座位，端着三个面包饼。

"你今天没买面包饼啊？"他诧异地看着洛枳。

"排队的人太多了。"

"好久没在三食堂看到你了。"

"三食堂这么大，难免碰不到。"

许日清突然插话："你们经常一起吃饭吗？"

"嗯，最近这一个多月吧，我总在三食堂吃饭，张明瑞也是，所以经常能碰到。"洛枳笑着解释。

张明瑞坐下后夹起一个面包饼放到她的盘子里："要吗？我有个哥们儿刚好排到窗口，我让他帮我买了三个。"

"我没吃过，给我一个行吗？"许日清问道。张明瑞站起来说："行，你自己拿吧，我再去买。"

许日清伸向面包饼的筷子停在半空："为什么？"

"我只吃一个吃不饱。"

"哦，"许日清盯着盘子默默地算了一下，一个是洛枳的，两个是他自己的……"那不用了，你，你吃吧，我自己去买吧。"

许日清突然站起来，张明瑞客气的话还没说出口她就朝卖面食的窗口跑过去了。

张明瑞愣愣地看着她跑远，耸耸肩笑了一下，又坐回座位。

"对了，洛枳，你……和盛淮南在一起了吗？"

她听完就呛住了，咳了好几声才缓过来："你能不能适当铺垫几句再问这么劲爆的问题？"

"在没在一起啊？"

张明瑞的声音是轻松而随意的，但是脸上的笑容有点儿假。

洛枳摇头："没啊。"

"可他……我觉得他最近怪怪的。唉，反正问他他也不会跟我们说，只能问你了。"

"我跟你说过我喜欢盛淮南吗？"

张明瑞低头用筷子扒拉着盘子里的青椒炒土豆丝，过了一会儿才反问："难道不是吗？"

洛枳长叹一口气："呼唤逻辑啊逻辑。"

"用不着呼唤。那你敢说你不喜欢吗？别撒谎。"

洛枳莫名地很想笑。她自己精心保管的秘密就像被投入石子的湖心荡起的涟漪，一圈圈扩散。这个曾经被以为牢不可破的遮掩，现在看来竟然这样明显。

郑文瑞、叶展颜、丁水婧、江百丽、张明瑞……以及盛淮南本人，他们都问她："你是不是喜欢盛淮南？"高中时的洛枳如果知道了，恐怕会昏死过去。

"我们不如聊聊许日清。"她微笑着转移话题。

"许日清——"张明瑞把尾音拖得很长，犹犹豫豫。

"你们——"洛枳和他同时说。

"你别误会！"张明瑞大叫。

"我误会什么了？"洛枳笑得更贼，"我还什么都没说呢，我看你倒是挺希望我误会的。"

"其实……"张明瑞急急忙忙摆手，筷子上沾的米粒被甩出去，在空中画了道漂亮的弧线，轻轻落到桌边一个身影的袖子上。

那个人把米粒弹开，叹了口气。

"真是巧啊！"

他们抬头，看到盛淮南完美无缺的笑脸。

"哟，你也来吃饭？"张明瑞愣了几秒钟才冒出这样一句话。

盛淮南朝张明瑞扔了一个鄙视的眼神："这都被你的慧眼识破了。"

他兀自坐到洛枳身边，把餐盘放到空位上："背书背得想骂人，文科生的日子不是人过的。"

"你当初怂恿我选法双的时候，不是说你'前女友'总是喊着文科很难，所以想要体会一下文科生的生活吗？专业课考完，双学位也要考试了，法导也要闭卷，没天理。"张明瑞苦着一张脸，在把"前女友"三个字吐出来的时候依然一脸无辜。

洛枳若有所思地看了张明瑞一眼。

盛淮南的脸上波澜不惊："是啊，高中时看他们文科生背书背得要死要活，我还觉得不理解。就那么几本书，每次考试之前都要重背一遍，而且背了半天写了一卷子密密麻麻的答案，文综的分数还是普遍比理综低那么多，我真是搞不懂。"

"对了，你不是文科生？"张明瑞看着对面的洛枳说，"你那时候背历史、政治需要反复好多遍吗？你们可是背了整两年啊，怎么有那么多人还是背不下来？"

洛枳正在低头喝玉米粥，并没有回答。

"喂，问你呢，你不是文科的吗，你们考前都会这么突击背书吗？"张明瑞用筷子尾端梆梆地敲击着桌面。

"呃？"她抬起头，朝左边一歪，笑了，"我记不清了。可能是吧。"

盛淮南沉默着，用筷子轻轻地戳着碗里平整的米饭，戳出一个一个的小洞。

洛枳想起，她也曾赌气过，那次在法导课上盛淮南买来薯片，她如数收下，说话时却刻意不看他，耍小别扭——当时连洛枳自己都无法相信，她还有这样任性的一面。

那时候，对方招招手，立即就可以挽回。

直到此刻，洛枳终于明白，其实盛淮南也许从第一次见面就感觉到了她对他的好感。多么显而易见。

不论她内心怎样风云诡谲，其实她只是喜欢他，从一开始，就没有改变过。只要这一点被抓在手里，不管发生什么事，不管她表面上态度如何，输家都是她。而他却可以微笑着随时出现在桌子边，弹开米粒，说，好巧。

好巧，你喜欢我。

够了吧。她想。

"许日清？"盛淮南看到了端着盘子傻站在不远处的许日清，朝她点头示意，然后问斜对面的张明瑞，"你们上午一起自习的？你们三个？"

"对啊，我们仨。"张明瑞回头招呼许日清。

许日清慢腾腾地走过来，表情紧张，应对措施还没想好，演技勉强及格。盛淮南的表情有些尴尬和愧疚，好像如果早知道许日清也在，他一定不会跑来这里让人家难堪。

那为什么故意来让我难堪？洛枳皱皱眉，放下叉子，开始撕面包饼。

"你也来吃饭啊。"许日清僵硬地笑了笑。

盛淮南第二次被问到来吃饭这个问题，歪头苦笑："是啊，学得无聊，想休息一下，唯一正当的理由就是吃午饭。"

"哦……上午在哪里自习的啊？"她边问边和洛枳一样把面包饼撕裂。许日清有双很美的手，只是当着盛淮南的面，动作太过文弱，饼撕了半天也撕不开。

盛淮南顿了顿："一教。"说完就不自觉地朝左边看了一眼，可左边的人自顾自地揪着面包饼，动作熟练，毫不羞涩，听到他的话没有任何反应。

"一教？"

"对，清静，人很少。"

"怎么不去图书馆了？一教多冷啊，暖气烧得也不好，冻坏了怎么办？"

盛淮南愣了一下，突然的安静让许日清也意识到自己的话太过亲昵，张明瑞的脸上慢慢浮现出意味深长的浅笑。

突然，洛枳发现新大陆般惊喜地说："许日清，你买了麻辣鸭脖子？我能吃一块吗？"

这个打岔打得很差，许日清却恍惚了一下，立刻抓住救命稻草般热烈地跟洛枳讨论起鸭脖子来。

"喂，你是成都的嘛，你说呢，对不对？"

她们聊到四川小吃的时候，许日清突然侧过脸问张明瑞，表情带有一点儿示好的意味——洛枳心中一片明净。

刚才许日清慌慌张张的，对盛淮南说了些亲近的话，此刻怕是疑心张明瑞因此吃醋，所以笑得这么讨好。

张明瑞在发呆，因而没有回答，让刚才因为鸭脖子而缓和的场面突然又冷清了下来。

他们继续各吃各的饭，嘈杂的食堂里，仿佛有隔音的结界将四人桌笼罩了起来。

盛淮南碗中的米饭动也没动，仍然显示一个"井"字，好像已经凉了。

默默无语的一顿饭终于吃完了，送餐盘时，张明瑞对盛淮南说："你还要待在一教吗，要不要跟我们一起去图书馆自习？"

盛淮南看了一眼洛枳，忽然高兴地呵呵笑起来："洛枳，你们在图书馆自习？"

洛枳抬眼看他，眼中平静无波，什么都没说。

"我记得高中的时候有篇课文，叫作《麦琪的礼物》。"他自顾自地说道。

"对啊，怎么了？"许日清最后一个把盘子摞在残食台上面，回头兴致勃勃地问，却不小心迎上了张明瑞阴沉的目光。

许日清有些慌，不知道该说什么，嘴巴却控制不住地想要赶紧扭转这古怪的气氛："跟我们一起去图书馆自习吗？图书馆比较暖和，旁边还有一个空位呢。"

张明瑞浅笑着又看了她一眼，对盛淮南说："对啊，到图书馆来吧。"

第 59 章　最是微笑虐人心

洛枳轻轻抬起袖子，闻了一下，不出所料地沾染了三食堂油烟的味道。

然而身边的男孩，脱掉在食堂一直穿着的羽绒服后，露出了里面的深灰色衬衫，坐下的时候带过一阵轻微的风，仍然有清香的洗衣粉的味道。

凭什么。

他用银白色的钢笔在纸上唰唰地写着，发出好听的沙沙声，让人恍惚的沙沙声。

她低头抿嘴笑了一下，掏出耳机戴上。

洛枳盯着手里的马原教材，目光只胶着于一个字上，周围的字都围绕着这个字开始打转，慢慢地成了一个旋涡。

困了。

尽管知道刚刚吃完饭就趴在桌子上容易胀肚，她还是俯身从地上的书包里掏出了米黄色的大象抱枕扔到桌上。对于这个像变魔术一般出现在桌子上的抱枕，其他三个人都吃了一惊。洛枳习惯性地做了两个深呼吸，揉了揉胃部，然后眼睛微闭，很惬意地向下倒。

她直接砸到了桌子上，颧骨和桌面接触的时候发出巨大的响声，半个自习室的人都回头朝她的方向看。洛枳没有叫出声来，只是用手狠狠地压着脸颊，疼得泪水在眼圈里打转。

她抬起头，恶狠狠地瞪着坐在桌子对面的张明瑞。

张明瑞手里拿着大象抱枕，嘴巴张成"O"形，故作惊讶地看着她。洛枳许久没有说话，只能低着头按住颧骨来止疼，等到眼泪慢慢归位，她才重新慢慢抬起头来，咬牙切齿地轻声问："你，你想死是不是？"

张明瑞笑得像个恶作剧得逞的七八岁孩子。

七八岁，狗都嫌。

洛枳迅速站起来，身子探到前方一把将抱枕抽回来，按在桌子上，冲对面的人狠狠地一龇牙，然后脸朝下把自己埋进米黄色的梦里。

她睡觉的时候喜欢用双手环抱住枕头，脸朝向右侧。闭上眼睛还不到两秒钟，她就觉得脸上发烧。

他坐在右边。

即使他可能根本没有看她，她也能隔着眼皮感觉到射向自己的视线。她皱了皱眉，迅速把脸转到左边去，只留下后脑勺儿。

洛枳渐渐入梦，恍惚中听到对面椅子被挪开的声音，好像有人离开了书桌。等她睡眼惺忪地爬起来的时候，对面的位置没有人，张明瑞和许日清都不见了，桌子上面只有两堆书和几张草稿纸，还有凌乱的七八支笔。

她朝右边看了一眼，盛淮南也不在，银白色的钢笔还没有盖上笔帽，反射的阳光一下子晃到了她的眼睛。她一偏头躲开，肩头的衣服滑下来。

她这才发现，自己身上竟披着盛淮南的黑白灰拼色羽绒服，滑落下来的时候带走了大部分的温度。她打了一个哆嗦，赶紧把衣服拉上，小心地把胳膊伸进袖子里穿好。宽大的羽绒服把她包围起来，有一种难以言说的温暖。

洛枳忽然想起什么似的，小心翼翼地举起袖子，闻了闻，然后满足地笑了，果然也是有油烟味道的。

其实他们都一样。

她把脸颊贴到抱枕上，双手环抱住自己，用羽绒服的温度温暖自己。胸口有个角落变得酥软，可是，也只是一瞬间。

洛枳伸手帮盛淮南盖上笔帽，然后站起身，抓起桌子上的手机、钱包，打算到空气清新的地方转转清醒一下。她把手伸进羽绒服口袋的时候，不小心碰到里面一个硬硬的东西，掏出来一看，是一个棕色牛皮钱夹。洛枳用指尖在皮面上轻轻敲了两下，想起江百丽钱夹里陈墨涵的照片，她不禁猜测，这里面会不会也有一个人的照片？

她没有打开，重新放了回去。

手揣在口袋里。新年那天，叶展颜的手也揣在这个口袋里取暖。

她揉揉发麻的脸颊，觉得胃里存了好多气，想打嗝儿又打不出来。走廊清冷的气息让她微微打了一个寒战。

窗外是一片灰白色的景致。洛枳印象中的北京没有红墙绿瓦，也没有方方正正的盛大厚重。P大所在的区域是这个城市最为尴尬的地带，老的已毁掉，新的未建成，一切都披着灰沉沉的外衣，挟带着灰沉沉的空气。暗淡的色彩像是用落了叶的枯枝涂抹的，偶尔一阵冷风带着尘埃和废纸翻滚，给画面带来那么一点儿可怜的动感。

洛枳抬头发现自己已经绕了好几个圈，走到了二楼的科技图书文库。她心知这一类著作自己能看懂的不多，除了里面的《十万个为什么》，正要移步离开，突然听到一声轻微的啜泣。

走廊空无一人，文库门口只有一个正在打盹儿的工作人员趴在借阅处的漆木桌子上。她四处打量了一下，在右侧的楼梯口看到一抹红色的身影。洛枳挪过去一点儿，抬起头——许日清正坐在二楼通向三楼的楼梯台阶上，头埋在膝盖上，看不清脸。透过栏杆，她还能看到站在通向三楼的那段台阶上的一双鞋，侧面一个大大的白色对号。

张明瑞和许日清。

许日清努力压抑着，仍然有隐隐约约的哭声传过来。洛枳退后一步，轻轻地走开。

背后突然传来一声沙哑的带着鼻音的问话："你是报复我吧。我是想跟你道歉的，但是觉得重提那件事很难堪，所以才当作什么都没发生和你相处的。其实你是在报复我，对不对？"

"我真的没有。"

"你有！"

"你听我解释……"

"我才不听！"

洛枳差点儿不合时宜地笑出来，不由得停下脚步。

"其实我是知道的，"许日清的声音幽幽地在走廊中回荡，"圣诞节那天，我们一起去798。你们宿舍有人和我说，你刚一回去，就被他们几个押解进屋，他们逼着你说和我的进展，你却说我们只是朋友。"

"你说，你喜欢的是别人。"许日清慢慢地说。

张明瑞沉默着，洛枳等了许久，也没听到他的回应。

"我早就想问你，可总觉得问出口实在是难堪，万一呢，万一你是因为不好意思而胡说的呢，万一呢……那样多伤感情。"

世间大多数阴差阳错，其实一开始是可以说清楚的，不是不可回避，也不是造化弄人。阻挡在其中的，都是彼此的自尊和所谓的体谅。洛枳轻叹。

"其实我都猜到了，"许日清冷笑，"其实你喜欢——"

"我以为你能吃一堑长一智。你适可而止。"

张明瑞冷淡干脆的声音让抱着胳膊靠在墙上偷听的洛枳略吃了一惊。她知道，自己其实一直低估了张明瑞。盛淮南是一道光，硬是把周围的一切都照出了阴影，比如张明瑞。他在洛枳的生活中，是以一个爱傻笑脸红、总是掐架却常常嘴拙的单纯大男孩的身份出场的。然而今天在报刊亭门口，他态度极为自然地接了一句话，缓和了三个人的尴尬，洛枳才开始正视他。

正视的结果，让她心中不安。

"我怎么不知道适可而止？我要是不知道适可而止，我凭什么回头？真正爱一个人，连几个月的耐心都没有，连等待都做不到？好，我的确没有资格让你等，可是你为什么天天和我在一起？我找你自习、吃饭，你为什么不拒绝？你还敢说你这么暧昧不是在报复我，不是在给我错觉？你和他有什么区别？"

许日清的声音空洞而凄凉，响亮得几乎不需要偷听了。洛枳眼前浮现出那天咖啡厅中流泪到无助的美丽脸孔。她有些担心地看了一眼身边，文库的管理员居然打起了鼾，一声接一声，脸部赘肉下垂，堆积在桌上叠了两层。

她想自己这辈子也不会忘记这个滑稽而悲哀的场景。

张明瑞却笑了起来，好像许日清说了什么很冷的笑话。可是即使看过这么多次他的笑容，洛枳无论如何也想不出来此刻他的表情究竟是什么样子。

"是你跑过来跟我说旧事不提了，大家还是好朋友——当初你喜欢盛淮南的时候，你跟我也和现在一样经常一起自习、一起吃饭，所以现在好像我没有跟你玩什么暧昧吧？至于你说等待……那我问你，如果现在盛淮南回头，你接不接受他？"

"不会，我不会。有人回头我会等，有的人我不会了，我不是不长记性的人。"

"对，我也不是不长记性的人。"张明瑞轻声笑了。

洛枳低下头，长长的刘海儿投下的阴影遮住了眼睛。

"你就这么恨我？连朋友都做不成？非要报复我？"

"做朋友完全可以接受，其实我已经在这样做了。我没报复你，我只是很正常地拒绝了一个我不喜欢的人，你想的太多了。"

洛枳叹气，许日清完全不是对手。不论口才也不论气势，喜欢一个不喜欢你的人，还与之理论爱情，根本就是找死。

她拔腿离开，最后听到张明瑞温和而冷漠的一句："我不跟你玩暧昧，今天开始，就当彼此不认识吧。"

洛枳闭上眼睛，仍然能回忆起报刊亭前那一幕：张明瑞帮许日清拿着杂志，许日清双手插兜，在洛枳面前很羞怯地低头微笑，齐刘海儿被冬季的冷风吹起来又落下去，像招摇的裙裾。

张明瑞真的看不出来吗？

那时许日清很久很久才道谢，小声说："你老是对我这么好。"而他笑嘻嘻地说："啧啧，你反应真慢。"

一句戏言，却错过了千山万水。

"如果错过了太阳时你流了泪，那么你也要错过群星了。"泰戈尔总是说些看似温暖实则残酷的话。

最是微笑虐人心，比如张明瑞，比如盛淮南。

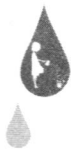

第 60 章　再见，皇帝陛下

洛枳独自一人走在空旷的走廊里，脚步声好像心跳，平稳而寂寥。路过一个窗台的时候，忽然一道阳光射过来——仿佛是灰白色云雾遮蔽的天空突然裂了一道口子。

神明降临了一样。

洛枳抬手遮住眼睛，心念一动，回头去看自己的影子，在褐色杂花大理石地面上，无言地拉出一道极长的简单痕迹，还有一半投射到了墙壁上，转折得触目惊心。

口袋在这一刻振动起来。她伸手掏出来，是盛淮南的手机，屏幕上闪现着"叶展颜来电"。

洛枳第一个念头竟是想起了那天在游乐场看到的短信，彼时显示屏上还是"展颜"而非"叶展颜"。

手机在掌中温柔地振动，洛枳不禁嘲弄地想，自己竟也开始从这种蛛丝马迹中寻找心理平衡了。转过脸的时候，头发掉进羽绒服的领子里摩擦着脖子，痒痒的，很舒服。她抱着胳膊，手机就一直在怀里抖啊抖。

溜冰场里王子般半跪着帮她穿冰鞋，记得把可爱多的巧克力味道让给她吃，查火车的到站时间想着去北京站接她，乐事薯片五袋一个系列，会去寒冷的一教自习希冀偶遇她，会在她睡梦中为她披上自己的羽绒服怕她着凉……

都是盛淮南的小恩惠。因为太过欢喜，她才把这些小恩惠扩大再扩大，扩大成爱情。其实，都是怪她自己。

从他们第一次牵手，到他莫名其妙的疏远。

从咖啡厅的小皇后到后海之行，再到那个狼狈的雨天。

从新年酒会后差点儿成真的表白，到二十一小时后，她看到他和叶展颜像从童话中走出一样站在她面前，能感觉到的只有掌心中的那枚硬币冰凉硌手。

许日清可以高声谴责，狼狈到不可收拾仍然带有一份骄傲和痛快。而她，则干干脆脆吸取教训，躬身退出。

洛枳上前一步踏入阴影中继续前行，叶展颜的电话戛然而止。她终究还是没有那份斗争和澄清的心意。她想起后海的车夫。不解释，不纠缠，是不是真的就不会落入那个因果？她曾经有一瞬间愤恨得浑身发抖。天降人祸，轻而易举地砸毁了她步步为营、小心设计的爱情。然而一秒钟后，又被一种深深的疲惫感覆盖。

洛枳悄悄回到自习室，盛淮南已经坐在里面了。他的位置对着门口，洛枳刚一进去他就能看到，然而他并没有抬头，只是皱着眉头奋笔疾书，十分专注的样子。

高一时洛枳努力学习，想要跟他一较高下，每天都熬夜看书，但是大部分时间都不专心。现在想来这就是差距吧，不光是智商问题，即使在勤奋上，他的密度也击败了她。

她绕了一圈才走到他背后，脱下羽绒服，轻轻挂在椅背上。盛淮南这才惊醒一般地回过头，看到是她，轻声说："你回来了。"

洛枳低头细心地把袖子下摆塞进口袋里防止拖到地上，没有看他，点点头说："谢谢你了。刚才你有未接来电。"

她回到座位，把书放在腿上看，低着头。盛淮南掏出手机看过后，重新放回口袋中，默默看了她许久，似乎想要说什么，终于还是叹了口气，转过身继续看书。

洛枳不自觉地微笑，在他转过身重新开始学习的时候，抬起头去看他。

他身上穿的就是那件传说中跟自己一对儿的深灰色衬衫吧。那天她穿着深灰色衬衫扭怩着走到他面前，满心欢喜地以为，后海堤岸沿线的漫步，所有细细碎碎的对话，都是铺在幸福路上的鹅卵石，她终于不再亦步亦趋，终于和他比肩。

此刻，那个人就在自己身边。

他伏在桌前，她靠在椅背上，椅子比桌子拉后了一段距离，所以这个角度看过去，她仍然在看他左侧的背影。他们所坐的位置正好在窗边，冬日的阳光即使没有温度，也仍然保持着夺目刺眼的光泽，薄薄的白色纱质窗帘过滤了阳光，光线敛去了直射的嚣张，柔柔地弥漫在室内。然而窗帘并没有拉紧，仍然露出一道中缝，细细的一线阳光斜着劈下来，正好把盛淮南和他左斜后方的洛枳连成一线。

在他的头顶上方，可以看到空气中飞舞的浮尘。

盛淮南是一道光。

洛枳想起高中的自己。考试前大家都在说自己看不完书，开夜车突击，只有她可以闲闲地翻着课本浏览重点和主线。然而平常的时候她又太过努力，像一根绷得太紧的弦，好像轻轻一碰就能听到利箭发出的嗖嗖声。很多人对她无视——那种无视与对张敏的忽视不同，大家对张敏的忽略带有几分廉价的同情和不屑，然而对洛枳，那种无视带有淡淡的敌视和不满。

刻板印象，就像连线游戏。优秀与高傲，寒酸与可怜。众人远观，远观不需要大脑。但相比她不懂收敛的锋芒，是什么让盛淮南灿烂夺目而又不灼伤别人？

洛枳看着白色纱帘，忽然明白了。他的外表好像美丽的百合形状的落地灯，磨砂的白色灯罩，打散了所有的锐利。

锐利的光射入水面，升腾起些许暖意。暗流潜动，水底的人抬头看到的是摇曳恍惚的一片光彩，不会追究太阳究竟有多热。

阳光下的盛淮南留给洛枳一个如此蛊惑人心的侧面，完美的下颌线，挺拔舒展的双肩和脊背，专注的姿态，甚至连笔尖下的沙沙声都与众不同。

可惜她不是待在水底的人。她和很多因他而失意的女孩子一样，是挣扎着浮上水面看太阳的人，是仰起头不知死活的人。因为仰视，太阳才如此耀眼，耀眼到被刺盲仍不自知。

灼伤的青春，也值得骄傲吗？

正在她盯着他的背影若有所思的时候，盛淮南忽然没有预兆地转过头看她。

洛枳的目光并没有一丝闪躲。如果眼睛真的可以讲话，那么她已经用最平和的方式告诉了他一切。她和他有过很多次对视，聊天时忽然沉默，目光相接让她脸红地偏头；或者某个雨天，她穿着粉红色的 Hello Kitty 雨衣，泪眼模糊，胸中愤懑不平；又或者是那个初冬寒冷的夜里，橙色的灯光下，她被他怜悯的眼神刺痛。

这次好像不一样。

他欠她一份心有灵犀，所以他不会读得懂。她曾经无数次地跟随着他穿梭在早晨一明一暗、光影交错的走廊里，无数次地想象，如果此刻他回转过头，她会不会突然心事败露，落荒而逃？

依稀记得，他第一次回头，是在那个柿子落下来的时候。她的确落荒而逃，高中时的预想如此富有自知之明。

然而今天，她没有逃走，甚至目光没有偏移哪怕一分。

这样的场景，是高中时的自己幻想描摹了多少遍的？她高中时每见到他一次，都会那么认真地在日记里记下来，场面描写、动作描写、神态语言描写，加上自己的心理描写……然而。

然而书架上那本新的日记，直到今天仍然只有一篇日记，一篇没有写完的日记，记述一个柿子掉下来的瞬间。她再也没记日记，也不会在他的目光下逃走。

这样的转变中间，究竟经历了多少疲惫不堪的期待与失落、羞耻和愤怒，整颗心都被拉扯到无法恢复原状。

洛枳突然再也没有兴致去关心日记本的去向。感情一旦变味儿了，不如被时光的洪流裹挟而去。抱在怀里，也酿不成酒，醉不了人。

都放了吧。

盛淮南的眼睛里波涛汹涌，他好像有很多话想要说，然而洛枳突然没有了聆听和探询的兴致。

他们从来没有这样近，也从来不曾这样远。

洛枳合上手中的书，将抱枕、笔袋一一塞进书包，穿好外套。

"洛枳，你……"她看见他艰难地动了动唇，阳光打在他的后脑勺儿上，耳朵边缘细微的绒毛都清晰可见。她忽然微笑，上前一步，俯下身子，毫不迟疑，歪着头轻轻地在他唇上啄了一下。

这个吻太匆忙，干干的，其实什么感觉都没有。倒是他左眼的睫毛刷到她的眼皮，有些痒。还有他因为惊讶而圆睁的眼睛，在她俯身的一刹那，她看到自己在他瞳孔中的倒影瞬间拉近变大，措手不及。

她拎起书包。

"再见了，皇帝陛下。"

　　她最好的年华全部都铺展在他的细枝末节中，可是道别的时候，她都没有抬起头好好看过他一眼。

　　不是因为丁水婧的诬陷，不是因为叶展颜挎着他的胳膊。

　　误会其实是最最微不足道的障碍。他们之间没有误会，因为他们从来没有彼此理解过。

　　耳机里，黄耀明轻唱"请轻轻一吻，证明这个不是路人"。

　　吻过，才是路人。

第 61 章　没有人活该被俯视

　　张明瑞独自一人回到自习室，盛淮南抬起头，两个人目光相接，面无表情地对看。张明瑞朝洛枳清空的座位望了一眼，什么都没有问，低下头继续翻书，拿起笔在演算纸上涂涂画画。

　　盛淮南也没有问许日清去了哪里。

　　刚刚洛枳沉睡的时候，盛淮南听到一阵窸窸窣窣的声音，对面的许日清把一张字条塞给了张明瑞。张明瑞展开瞟了一眼，揉成一团，点点头。

　　于是这两个人就一同走出了自习室。许日清的表情再明显不过，明显得就像张明瑞对洛枳的戏弄和关心。盛淮南知道，这两个人一定是出门摊牌去了。

　　张明瑞平时总是嘻嘻哈哈很憨厚的样子，可是盛淮南一直都知道他实际上是个清醒且有决断力的男生。他们都明白，该残酷的时候只能残酷，哪怕伤了面子，留下裂痕。

　　然而同样信奉干脆简单的自己，现在明明就是在做一件极其不干脆的事情。他就像得了一种怠惰的病，只会愚蠢地拖，仿佛水落石出是靠时间拖出来的，他只要站在旁边看就可以了。

只是没有考虑到，水落石出，还有个同义词叫作沧海桑田。

再见了，皇帝陛下。

他的犹疑，让时间把她隐藏的锐利和骄傲打磨得如此耀眼，几乎伤到他。

阳光渐渐暗淡下去，太阳重新被云层遮挡住。盛淮南发现书上所有的字都连不成句，颠来倒去不知所云。明明几分钟前刚背过的那一大段，现在看起来如此陌生。

他抬起手，用食指轻轻地碰了碰自己的嘴唇。那个吻，比他自己的触碰都要轻，却又重得让他心里钝痛。有句话哽在喉咙里，直到她的背影消失在玻璃门后，他也没能说出口。

最最简单的一句话。

盛淮南大义凛然地把浅绿色的马原教材合上，问张明瑞："咱们院以前有人挂掉这科吗？"

张明瑞抬起头："没听说。干什么，你想被载入史册？"

"不看了，看不进去。"

"你疯了吧？明天就考了。"

"可能是吧。"他笑。

盛淮南收好书包，站起身离开，经过张明瑞身边的时候，听到了一声不大不小的"其实有时候你这种样子真是挺欠揍的"。

他愕然，不知道对方是不是在调侃他打定主意裸考马原这件事，不过低下头看到张明瑞不苟言笑的侧脸时，立刻领悟了。

"彼此彼此嘛。"他发现自己的脸颊也是僵的。

坐电梯到理科楼顶层，然后从最角落的侧楼梯上去，就能爬上全校最高的天台。

他一直很喜欢站在高处，空旷无人的高处。忘了是在哪里听说过的一句话："这个世界上有些人生来万众瞩目，有些人生来不甘寂寞。如果天性不甘寂寞的那个人恰巧拥有万众瞩目的命运，那自然是两全其美。"

盛淮南自知是不甘寂寞的。

只是他所谓的不甘寂寞，并不是指热闹的朋友圈——站在最高的地方，看着下面庸庸碌碌来来往往的人潮涌动车水马龙，就能给他一种既充实又完满的快乐——当然，一定要用俯视的姿态。

他害怕所谓的亲密无间。倒不是担心自己的缺点暴露无遗而遭到他人的遗弃，他只是不希望他们失望。

这细微的差别是不是勉强称得上善良？盛淮南不常胡思乱想，可是一旦思维出轨，就天马行空再也拉扯不回来了。

天台的铁门是半掩着的。他忽然有一点儿不明不白的期待。

是……洛枳来这里了吗？

他曾经带着洛枳来过这里。他们唯一称得上是约会的游玩，后海、西单、王府井，究竟走过哪些地方，他已经有些记不清了。印象最深刻的，是她一路上说过的很多话，像用小刀浅浅刻在了记忆的幕墙上。

她说起的故事，倾诉的困惑，隐藏着的嚣张和骄傲，低头时温柔的期待和羞涩。

送她回宿舍前，他突发奇想，说："我带你去一个地方，好不好？"

这个天台仿佛是他的秘密基地。高中时学校里有个常年不开放的图书馆，其实也有方法从外面爬上那个不高的天台，他有时候逃了晚自习就爬上去吹风，谁都不知道，包括叶展颜。

其实早就已经很喜欢洛枳了吧——就是那种喜欢，让人变得想要陈述表白自己的一切，又想分享自己的所有秘密，就等她夸赞一句：这里真好。

也是那天，他含含糊糊地说起自己格外喜欢站在高处看下面的人。洛枳背靠商业区繁华绚烂的夜景，目光投向学校北侧零星的邈远灯光，许久才慢吞吞地说："我也是，只不过我以前是被迫的。"

她喃喃地说了一大堆话，好像在和深处的自我对话，半晌才醒过来似的，不好意思地眯着眼睛笑，问："你呢？应该不是被拒绝的局外人吧？你是有选择的权利的。"

最后那句话说得如此肯定，仿佛已经认识他多年，了解至深。

盛淮南目光放空，沉默良久，身边的女孩慌忙道歉，说自己冒昧了。可是她不知道，在她低头说"对不起"的时候，正是他突然很想拥抱她的时候——手都抬了一半。

她面对他的时候，有时会格外地小心翼翼。她的谨慎小心和他自己的犹疑骄傲，常常联手扼杀了拥抱的机会。

就像四年前，她的拘谨戒备与他的吞吞吐吐，一个时间差，就错过了整个窗台的风景。

记忆奔涌出来，盛淮南触在门把手上的食指冰凉。是你吗？

凝神一听，竟然有人在说话。

"都别说了，明天还要考试，好好复习吧，我不想讨论这个问题了。"

"没心思复习，你今天把话说清楚。"

"有什么可说的。你还不明白？就是你这种看不清眉高眼低、死缠烂打的人才让她压力这么大的，你还没完了是不是？！"

竟然是三人行的摊牌。他听了一会儿，一个显然是占了先机的男生趾高气扬，另一个则咬定了"过去"二字不松口。更有趣的是，夹在中间的女生硬是不肯给一句痛快爽利的结论，一直说着模棱两可的话安抚双方，反而越闹越僵。

他慢慢踱下楼梯，苦笑着，思绪回到了两年前。

那一刻，叶展颜坐在体育场高高的看台上，居高临下地看着他们。六班的一个他现在已经想不起来样貌的男生满脸泪痕，好像琼瑶剧里的马景涛一样大吼，吼叫的内容他已经记不清。他侧过头去看叶展颜，叶展颜虽然没有笑容，嘴角仍然可疑地上扬，眼睛微微眯起来，危险而诱惑，但有一丝压抑着的张扬和喜悦——那个表情和他所以为的叶展颜大不相同。

如今回想起那个争风吃醋的幼稚场景，盛淮南不由得难堪地笑了出来。可他当时竟然认真地压抑着自己心底那种无聊的情绪，郑重而礼貌地对着咆哮的男生说："作为她的男朋友，我请你不要骚扰展颜。"

后来怎么收场的他已经记不清了，总之他刻意保持的优雅和冷静似乎没过多久就沦陷于对方口齿不清的纠缠中。最后他有些疲惫地呆站在那儿，叶展颜不知什么时候从看台上下来，从背后抱住他——他仍然清晰地记得她微凉的怀抱，和一句很轻很轻的话："你是真的爱我的吧？"

原来，爱情是要考资格证的。人需要各种各样的形式来证明自己，那些过后冷静下来会觉得愚不可及的各种折腾，在当时的情绪中却是重要的过程。就好像没有喷火龙的阻隔，骑士和公主的爱情就不会圆满。

年轻真好。盛淮南加深了笑容，门后的争论在他耳朵里，交织成了小孩子们自以为是的欢乐闹剧。

他刚下了两层楼，突然从上面冲下来一个男生，在楼梯间和他擦身而过。一个女生追下来，另一个男生喊着女生的名字紧随其后。盛淮南诧异地想，何必一副大事不好的表情——毕竟打头阵的那个泪流满面的男生还是选择了走楼梯而不是直接往下跳——只要还活着，就没什么大不了。

他折回去，爬上楼梯，重新推开了天台的门。

北京冬天荒凉的风吹乱了他的头发。这个城市披着灰色的水泥外套，灰黑色的残雪让它看起来更狼狈。今天路上的行人很少。

盛淮南闭上眼睛，有些想不起来洛枳的样子。

他曾经能够清楚地感觉到她的情绪变化，即使并不确定她背后真实的想法，但情绪本身的颜色，他还是可以分辨得清楚的。

这种辨识能力并不是出于对洛枳的情有独钟。这种能力一直是他的习惯，甚至是他得意的把戏。

他从小就喜欢叼着一盒牛奶坐在机关大院的花坛边上，默默地观察来来往往的人。到家中拜访的叔叔阿姨坐在客厅里开始对父亲说明来意的时候，他就抱着皮球站在无人注意的地方，静静地看。

这么多年，他尽管无法记住那些谨小慎微、谦卑礼貌的面孔的主人都是谁，说了什么，可是暗潮汹涌的话里有话、平和的眉眼、夸张的假笑与捧场的面具下那可能的扭曲表情，逐渐填满了他乏味的成长。

这种默默的窥视，就像一种儿童不宜的游戏。

机关大院里，错综复杂的利益交缠，就这么挤在一起，是需要这样一张谨小慎微的脸的吧？包括他父亲。

拿这样的经验去看身边同学那小小的心计和虚荣心，实在是轻而易举。尽管少女千回百转的心思他无法有切身体会，然而一旦发现苗头，他就立刻微笑着用最温和的眉眼来一边断绝她们的梦想一边尽可能降低伤害，耍这种把戏，他还是有一定能力的。

洛枳曾经对他说："你太自以为是了，盛淮南。"

可是，他从来都没有猜错啊。

他似乎又看到她俯下身吻他，动作轻缓从容，却好像隔着一层浓重的白雾，什么都看不清。再也看不清。

再见，自以为是的皇帝陛下。

他早就该知道，从来就没有人活该让他俯视。

背后的门吱呀一响。盛淮南的心仿佛被看不见的手瞬间攥紧，他猛地回过头。

一个身穿紫色羽绒服的微胖身影闪现在门边，额前几绺稀疏的刘海儿，遮不住她惊呆了的神情。

是郑文瑞。

盛淮南平静下来，笑笑对她说："是你啊。好久不见。"

的确好久不见。最后一次见到她，应该是将近两个月前，北京最后的一场秋雨。

洛枳藏在粉红色 Hello Kitty 雨衣下的身体微微颤抖，泛白的嘴唇动了动，对他说："更重要的是，我爸爸再也不能给我买雨衣了。"

雨帘遮不住她的视线。

洛枳离开后，盛淮南站在雨中很久。他把伞压低，安静地听着雨点打在伞面上的声音。明明被试探的是她，结果反而像是自己的一切都摊开在了湿冷的空气中，无法掩饰。

那一刻的心痛让他忽然有种冲动，想要立刻打电话把她叫出来，他会问清楚的。他打开手机，却看到两条未读信息。就在这时候听到了脚步声。他在抬眼的时候看见了郑文瑞，她不知道什么时候出现在自己身后，打着红色雨伞站在雨幕中，满脸泪水。

"我给你发短信，为什么不回？"她的声音有些凄厉。

他低头看手机，原来那两条信息都是她发的，已经有十五分钟了，他都没打开看一眼。

"你在哪儿？没有被雨困住吧？"

"你在哪儿，没有被雨困住吧？"

第 62 章　你才喜欢郑文瑞

盛淮南看到郑文瑞出现在门口的一瞬间，脑海中冒出的却是高中那几个哥们儿在食堂嬉闹时开的玩笑。

每次晚自习前大家约好了去占位打球，总有两三个人要么窝在教室自习，要么就是和暧昧的女生闲聊，把打球的事情忘得一干二净。于是有天陈永乐在食堂用筷子敲着桌边，大声地拖着长音说："都他妈的给我听清楚了，今天晚上，跟一班打练习赛，运动场最里面的那个篮球架，谁都不许迟到。我再说一遍，谁都不许迟到！谁不来，谁就喜欢郑文瑞！"

原本严阵以待的男生们听完最后一句话，全体笑喷趴倒在桌面上，弄翻了一盆红烧茄子，惹得食堂人人侧目而视。

第一个缓过气来的男生挣扎着说："陈永乐你滚蛋，你才喜欢郑文瑞呢，你们全小区都喜欢郑文瑞！"

盛淮南虽然知道这样讽刺挖苦一个女孩子是不对的，但是仍然不免被这刻薄的玩笑逗乐了，只能克制着不要笑得太大声，甚至都没办法对这个笑话产生

一丝一毫的愧疚不安或者愤怒不平。

高一入学时谁都不曾注意过郑文瑞。她成绩中游，很少讲话，衣着普通，相貌平平——甚至有点儿难看。盛淮南在帮老师发第一次期中考试的物理卷子时，面对这个陌生的名字愣了一下，转头去问坐在第一排的同学，人家给他指向窗边的角落。他一走过去，正在座位上吃饭的女孩立刻把饭盒盖扣上，慌张地抬起头，却不小心呛到，捂着嘴咳了半天，然后跌跌撞撞地冲出教室往女厕所的方向去了。

他傻站了一会儿，然后在满当当的桌子上找了一个干净的地方把她的三张卷子放下。铝饭盒旁边的白纸上，带鱼肉的刺被吐得乱糟糟一团。

等他发完卷子回到座位上，那个女生却低着头走到他面前，笑得很慌张，对他说："对不起，刚才呛到了。"

"你没事就好，你也没对不起我什么……"

"那你，你找我……找我什么事？"

"我……"盛淮南哑然失笑，说，"我发卷子而已。"

刚刚给他指方向的第一排的同学回过头善意地嘲笑他说："喂，你行不行啊？好歹是班长，刚开学的时候我们的档案都是你帮老师整理的，到现在咱们班同学的名字还认不全。郑文瑞，我允许你扁他！"

盛淮南不好意思地朝郑文瑞笑笑，一边感慨着，这个女孩子，怎么会像透明人？

郑文瑞不再维持她那灿烂而怪异的礼貌微笑，嘴角垮下来，什么都没说就转身走了。盛淮南呆坐在座位上，前排的同学一个劲儿地赔不是，说自己只是开玩笑，没想到这个女生真的生气了。云云。

盛淮南放学的时候找到她，跟她道歉，然而她只是低着头，倔强地抿着嘴巴。这样出奇内向的人，你永远分不清她是在生气还是在羞涩，那张脸上没有什么生动的表情，只有一双小眼睛，偶尔抬头看他一眼，亮得吓人。

他无奈，就差剖腹谢罪了，难道真要他血溅当场？盛淮南的姿态大多也是装出来的而已，他有点儿不耐烦了，耸耸肩，拎起书包朝门口走去。

"不怪你。……是我的错。"

她平板的声音里貌似压抑了许多他无法辨识的汹涌感情，淹没在值日生挪动桌椅嬉笑打闹造成的喧哗声中，听不真切。然而在她抬眼逼视他的一瞬间，那双几乎喷火的眼睛让他无法确定，自己究竟是不是真的被原谅了。

"多……多大点儿事啊，什么错不错的，反正现在我认识你了嘛，郑文瑞啊，你好，我叫盛淮南，请多关照——你看，这不就结了吗，我估计我这辈子都忘不了你了。"

他无奈地苦笑着，摸摸后脑勺儿，然后胡乱地点了个头，逃亡一般从后门溜出去了。

一向被大人称赞稳重的盛淮南，竟然也有稀里糊涂狼狈逃窜的时候。

如果说那时候这个女生的奇怪只是表现在抿着嘴巴内向倔强的注视上，后来她的变化则可以称得上令人瞠目结舌。她的名字也是这样慢慢走进了大家的视野，甚至成了陈永乐对于打球迟到和旷赛者最严厉的惩罚措施。

她会在那个喜欢东拉西扯的语文老师正讲到兴头上的时候，大声冒出一句："能不能正经讲课了？有完没完？"

也会在大家都马马虎虎对付的课间操中，姿势标准，一丝不苟，甚至用力得过分，以至于所有人都喜欢站在她后面做操，一边观摩一边笑到肚子痛。

又比如，她的成绩突飞猛进，中午吃饭的时候她也边吃边做练习册，左手持勺右手持笔，抓紧时间到令人胆寒的地步。

严肃，古怪，刻薄。

最主要是丑。

男生喜欢在背后议论她，或者已经远远不仅"背后"了。前排几个女生很喜欢跑到盛淮南他们这群男生座位附近闲聊，有一段时间大家雷打不动的话题就是郑文瑞。每当陈永乐等人拿郑文瑞开涮的时候,几个女孩子总会假装很吃惊的样子娇嗔道:"哪儿有你说的那么严重,什么啊,净胡扯,人家哪儿得罪你了?哎呀,哎呀,你好讨厌啊……"然而语气中满溢着赞同,在陈永乐追加的"你说不是吗?我哪儿说错了,你看,她那个德行……"中,每个人都收获了很多快乐。

无人背后不说人。有些人的存在好像仅仅是用来被娱乐的,单纯地协助促进了同学关系的融洽进展。

在他们每天的谈话笑闹中,盛淮南只是偶尔捧场地笑笑,尽管很多时候觉得他们有些过分,他也只是不动声色地把话题引到别的地方去,从来不曾指责过他们。他的善良让他同情那个奇怪的女孩子;然而另一方面,他的聪明又让他懂得,凌驾于众人之上带着至高道德感的指责并不能真的帮助这个女孩子摆脱这些嘲笑挖苦,只能让自己陷入不利的境地,甚至还会带来很多意想不到的麻烦。

说白了,盛淮南追求的是找到同时满足善良的天性和圆滑的处世之道的方式。他几次三番勉强地参与到他们无聊的谈话中,为她引开话题,直到有一天自己都烦了,索性戴上耳机听音乐,屏蔽所有的愧疚感。

偶尔他会侧过头去看看她,郑文瑞坐在左前方窗边,抿着嘴巴咬牙咬到脸颊上的腮骨像鱼一样微微鼓起。她仿佛拥有特异功能一般,常常能在第一时间立刻转过头对上他的目光,盛淮南无一例外地被吓到。

那双眼睛总是充满说不清的愤怒火焰,沿着视线一路烧向他。

就这么记仇吗?他想不通,摇摇头,把音乐的音量开大,低下头去做题。

高二的时候,她已经成了班级前五名的稳定成员,但仍然勤奋得吓人,常被老师拿来当作进步典型教育全班。高三冲刺阶段,她甚至被老师调到了盛淮南附近,用来镇压这几个调皮的男孩。那时候已经没有人敢明目张胆地议论她了——在他们这样的重点高中,好成绩意味着话语权,郑文瑞渐渐不再是无名小卒。

然而，盛淮南记得最清楚的并非她坐火箭般蹿升的成绩。高三寒冷的初春，她穿着清凉装做课间操震动全校。解散的时候，陈永乐他们笑嘻嘻地说她是振华高中版芙蓉姐姐。郑文瑞以斗牛的姿态从背后冲过来，飞身甩了他一个耳光。

所有人都惊呆了。

然而，她并没有训斥陈永乐什么。

她转过脸，腮帮上青筋抖动，几乎是咬牙切齿地看着站在不远处的盛淮南，他甚至清楚地在她的瞳仁中看到了两团跳跃着的蓝色火焰。

盛淮南站在人群中，所以她的直视并不能被确认为是单独投向他，仿佛是对所有人的沉默控诉。

她转身大踏步走开，浅绿色的系带凉鞋在地砖上敲击着，铿锵有力。

所有人都呆若木鸡，只有盛淮南默默地笑了。

有意思。他想。

然而他从来没有想到的是，大一下学期，春天刚刚染绿学校湖畔的垂柳梢，他意外地接到了郑文瑞的电话，约见。

他到得早，正在湖边徘徊发呆的时候，忽然听见背后中气十足的一句："我喜欢你！"

那句"我喜欢你"，因为说话人太过紧张和直接，脱口而出的瞬间，语气竟然很像"快点儿还钱"。

是的，他一直以来的想法是对的。这个沉默的女孩子，就是一座加了盖子的火山。

盛淮南讶然，两秒钟后才找到自己的表情，调整到熟练的笑容，带有几分理解、几分疏离，说："对不起。"

女孩刻意画过眼线的眼睛又亮了几分，然后敛去了光芒，二话没说，干脆地离开了。

盛淮南在湖边发了一会儿呆。波光粼粼的湖面偶尔反射过来一两道阳光，刺痛了他的眼睛。他不知怎么就想起了那时班级里不新鲜的空气中攒动的后脑勺儿，老旧的黑板，秃着脑袋的班主任，前桌男生堆了半米高的摇摇欲坠的卷子，和坐在一条窄窄的走道左边的那个几乎不讲话的女孩子。

好像过往的年华在自己毫不留意的情况下就这么溜走了。他周围的许多人都喜欢回忆，喜欢在 space（空间）或者 blog（博客）上写些带着小情调的追忆性的日志，只有他一直都缺少回头看的心意。

高中毕业后的那个暑假，他去叶展颜班级的同学聚会上接她。喝得醉醺醺的叶展颜靠在他肩膀上落泪，喃喃自语道："旧时光再也不回来了。学生时代也不回来了。都不回来了。"

"淮南，你会回来吗？"

他有点儿好笑地说："为什么要回来？人不是应该一直朝前走的吗？"

叶展颜苦笑，说："你果然不会懂得。因为你没有遗憾，所以你从来不回头。"

他笑笑，没有再说话。

所有人都觉得，他过得完美无缺。旁观者永远保留着武断的自信。

然而刚刚从湖畔回到宿舍，他就接到了陈永乐的电话。

八卦传播的速度是极快的。那句中气十足的"我喜欢你"惊吓到了湖边的一对"鸳鸯"，当时他们俩谁都没有注意到，树后长椅上坐着一男一女。男生也是振华高中的，更是陈永乐的初中同学。陈永乐挨郑文瑞巴掌这件事成了他的大耻辱，挖苦郑文瑞从此不再是消遣，而是关乎尊严的执念。

"哥们儿，我同情你啊，大众情人的光环下的确有风险啊。"

盛淮南冷淡地笑笑，不置可否。

陈永乐在那边絮絮叨叨地说，他在电话另一边心不在焉地听："嗯嗯，没，哪儿有，你净胡扯，得了吧！别提这事了，你最近过得怎么样……"

"说真的，用不用我帮你问问她，我让她把为什么喜欢你一条条地列出来，然后发给你，你照着单子，一条条地改。"他在电话那边乐不可支，盛淮南却失神了很久。

女孩子们为什么喜欢他，他是知道的。被喜欢，是对魅力的一种证明。然而，如果对方爱上的只是你那张鲜亮的皮呢？

他又想起洛枳，想起那天吃饭的时候聊到粉丝对明星的爱，他不屑地说："其实和聊斋没区别，不过是妖精的画皮。"

洛枳摇摇头，伸手捏住他手背上的皮肤，轻轻地向上扯了扯，说："当然不一样。我们的皮是剥不下来的，即使是虚伪的面具，戴久了，照样血肉相连。"

他当时注视着对面的女孩，心口再次有温水流过的感觉。

血肉相连。盛淮南抬起手，看着自己温暖干燥的掌心，掌纹的走向清楚干净，没有多余的支线，也没有迷惑。透过五指的缝隙，他看到，靠着铁门伫立在面前的郑文瑞，额发被寒风吹乱，终于遮住了她多年来从未熄灭过的眼睛。

第 63 章　我为什么爱你

"我可以到天台上吹吹风吗？"郑文瑞问。

盛淮南不知道怎么回答好。对方仍然是执拗的眼神，刺目而强悍，态度生硬得并不像在礼貌地询问。

请便，天台不是我家开的。他心里想着，脸上自然地露出温和的笑容："当然，你怎么这么客气。"

郑文瑞猛地上前一步，咄咄逼人地笑着问："那你是不是马上就要走？"

如果是高中时代，这句话会让他以为这个女孩子讨厌他至极，恨不得用赤裸裸的手段赶他走。后来对方讨债一般的凶狠表白过后，聪明如他，瞬间触类旁通地理解了郑文瑞。

如洛枳所说，每个人都有一张自己画的皮，那么郑文瑞这张皮，肯定是只厉鬼，疾言厉色，掩饰的不过是内心的无措。"厌恶"这个词，有时候只是为"不被爱"打掩护。既然被拒绝会带来显而易见的落魄和尴尬，不如一开始就画出一张铁骨铮铮、眉毛倒竖的脸来怒视对方。

盛淮南自知这种居高临下的分析终归也是仗着对方倾心于自己，更是仗着他并不在乎对方。他的同情和理解，在某些人眼里好过践踏和漠视，而在某些人眼里却虚伪至极，是比辱骂还要严重的欺侮与蔑视。

刚刚的温和笑容被他一点点收回，盛淮南叹口气，淡淡地说："这不是我家天台，所以你爱来就来。这也不是你家天台，所以我想走就走。"

郑文瑞愣住了，终于低下了她高贵的额头，喃喃道："我，我不是赶你走。"

盛淮南感觉到气氛开始朝着古怪的暧昧转变。如果是平常，他一定会第一时间闪到门边，礼貌地告诉她冬天风大小心着凉，然后解释一句自己吹风吹得头痛必须赶紧回宿舍睡一觉，最后理由充足彬彬有礼不伤和气地——逃跑。但说不上是什么原因，他这次没有打圆场，转身回到栏杆边继续看风景，只是再怎么做出无物无我的样子，也只是表皮。背后照射过来的灼热视线并不是错觉，记忆中他一次次在这样的目光下哭笑不得，不需要回头也知道，郑文瑞正站在背后一动不动地紧盯着他，用盯着杀父仇人的方式。

口袋里的手机振动起来，依旧是叶展颜的电话。刚刚在图书馆，洛枳进门的时候平铺直叙地说了一句"你有未接来电"，脸上连一丝裂缝都没有。曾经在游乐场的时候，她看到叶展颜的短信，表情中有一道尴尬不自然的裂缝，不知道什么时候，竟已经弥合得完美无瑕。

"喂？"

"淮南，明天有考试吧？"

"嗯。"

"好好加油。打电话就是想告诉你，我爸爸给了我两张票，保利剧院上演《人民公敌》，听说很不错，刚好是你们放假当天晚上七点的场次。不许偷懒，考好了我们一起去看！"

叶展颜的声音好像一大串口服液的小瓶子在一起乒乒乓乓地撞，清脆明丽，传到他耳朵里的时候，却乱成了一大片。

"淮南？"

做朋友。

他最后说"再见"，她哭着说："做朋友吧。"

做朋友是起点不是终点。只做朋友怎么可能满足。

"再说吧。我有点儿事，先挂了。保重身体。"

明天有考试，盛淮南终究还是想到了这一点。他应该放下所有的胡思乱想，回图书馆，学习。

即使高三那年叶展颜问他如果自己在高考那天被人绑架，他会不会放下考试奔去救她；即使这个问题并不比"我和你妈同时落水你先救谁"高明多少；即使他信誓旦旦地说高考可以重来，世界上没有第二个叶展颜；即使那时候他说的是真心话；即使彼时深爱，面对危急存亡的选择，他自然会放下一年一次赶庙会一般的高考——可是叶展颜并不知道，如果没有人命关天，只是她在高考当天要求和他分手，或者让他在爱情和高考中做一个选择——也许他放下她的速度，比计算一百以内的加减乘除还快。

为爱疯狂这种事，盛淮南这辈子也许都不会理解。

被洛枳扰乱的心绪在叶展颜的电话响起的一瞬间恢复了正常。他拎起地上的书包，大步朝出口走过去。

"要走了吗？"郑文瑞没有挡住他的路，也没有凶巴巴的，这次倒是很平静。

"嗯，去自习。"

"我刚刚一直在数数，看你的礼貌能坚持多久。结果是，207秒，四分钟不到。其实，你真的不必特意装作不讨厌我的样子。真的。"

"我没有。"盛淮南懒得解释。

"你表面上不讨厌我，实际上很讨厌。我表面上讨厌你，其实一点儿都不。你受的是短暂的小委屈，我受的是长久的大委屈。"

一股无名火席卷全身，盛淮南从图书馆走出来的那一刻开始就努力克制着的情绪，此时终于崩盘，他皱起眉头，明明白白地盯着她，说："没人能给你委屈受，除非你自找。"

郑文瑞没有针锋相对，反倒回避了目光。

"对，我自找。我不光自找，自虐，而且还总是让你知道我不好受，让你愧疚，我这个人很可恶吧，奇奇怪怪的，还一副阴魂不散不知好歹的样子，对不对？"

"对。"

冷冰冰地扔出这个字，之后，他还是有些不忍心，顿了顿，又和缓地补上几句说："你是奇怪了点儿，不过……不过也没有你自己想象得那么不堪。而我，我也没有你想象得那么好，彼此彼此。"

"不是的，"郑文瑞笑得很苍白，"你一直以为我跟她们一样，都是把你当成完美无缺的雕像来膜拜的吧？她们一个个都是有条件、有资本的女孩子，她们爱你是因为她们爱做梦，也有资本做梦，所以把你想象得太好了。我没有资本做梦，所以从来都是像个小偷一样在背后观察、等待，你们每一个人，每一个，我都看得清清楚楚，包括我自己。"

她一直笑，一直笑，笑到弯下腰，笑到蹲下来抱住膝盖，笑到哭。

盛淮南觉得自己又回到了高中体育场的看台上，仿佛那个六班痛哭流涕的男生重新站在了他面前，让他尴尬又好笑，却不敢真的笑出来，暴露了自己的残忍。

"她们爱你，有的把你当成自己的成就来爱，有的把你当成自己的荣耀来爱，有的把你当成理想和执念来爱。我爱你什么？我爱你的冷淡、你的自私，你眼中只有有利的事情，你瞧不起周围庸庸碌碌的家伙，你聪明，你自负，你清醒——但我最喜欢的是，每次你假装温和礼貌、平易近人的样子，每次你披上那张皮走出宿舍走进人群，我在背后看着，看到千疮百孔，我还是喜欢。"

一阵风吹起盛淮南的衣角，铁质拉链打到脸上，冰凉凉地疼。郑文瑞的话犀利无情，又有些酸酸的肉麻，甚至偏颇，然而仍然字字句句戳进他心里。

"我怎么才能不喜欢你？看到再多你的丑恶面，我还是喜欢，怎么办？"

他抓着门把手，轻轻地攥了两下。

"我喜欢你自己知道别人也知道的优点，也喜欢你自己知道但是别人不知道的缺点，甚至，包括所有你自己都不知道或者你根本就不愿意承认的那部分。我该怎么办？"

她突然摘下书包，单手抓着，另一只手伸进去掏了半天，拎出来一张薄薄的纸，表面似乎浸过脏水，有种皱巴巴的脆弱。

"我高一的时候给你写过匿名信。你知道那是我吗？我把它夹在你的练习册里，第二天做值日的时候就看到它在你的座位下面，被踩得全是湿淋淋的脚印。你就是这样对别人的。如果不是匿名信，你为了维护自己的形象，至少也会妥善保存，对不对？"

盛淮南看她的眼神渐渐迷茫得像在看古诗词填空题。

"后来我才发现，你根本不认识我，发卷子都找不到我的座位。开学那么久了，你还不认识我。你踩了我的信，我却一直把它带在身边，不管换什么书包，都会把它揣在里面。我有时都会产生幻觉，是不是再拿出来的时候，它就会变成两封，书包里会不会长出回信……"

也许只是翻练习册的时候不小心抖落的吧。他觉得无奈，想安慰安慰她，却无从开口。

"你别这样，"他叹气，干巴巴地说，"你让我觉得自己把你给毁了。"

郑文瑞声声泣血，却在这时候抬头，笑得意气风发。

"可惜，你永远不知道我毁了你什么。"她说。

神经病。盛淮南耐心尽失。

他大力拉开铁门，回头瞟了她一眼，什么也没说，只是轻蔑地笑了一下。

第 64 章　她与地坛

洛枳只需要一步，就退回了属于自己的壳。

她连一教都不再去，窗外天寒地冻，不如省去那些路程，待在有暖气的宿舍里，只在洗澡和吃饭的时候才出门。江百丽则有几天连床都懒得下，除了洗澡和上厕所，午饭、晚饭都是洛枳带回来，而早饭就直接睡过去省略掉。

不知为什么，有那么两三天的时间，百丽一直不开机。宿舍电话因而响得很频繁，洛枳去接，电话那端永远是戈壁，但她通通按照百丽的吩咐回答说："对不起，百丽不在。"

"好手段啊，终于反客为主了。"洛枳又一次放下听筒，一边按着计算器一边笑。

百丽在床上翻了个身，书页唰唰地响，"其实……我也不知道我这样子，到底想做什么。"

洛枳的食指在乘号上方悬空了一阵子，钝钝地落下。

她想起马原考试前的那天晚上，自己拎着水壶沿小路往宿舍楼走，突然在树下听到江百丽的声音。

"真的不用谢。"

于是洛枳很没有道德地绕了个大圈潜入树下长椅的后方，不远不近地看着长椅上两个人的背影。

"书给你了，我要回去了。"

"百丽……对不起。"

"什么对得起对不起的，明天好好考试，虽然你高中政治总是考得特别好，不过，还是大致看看复习范围吧。"

"你总是……对我这么好。"

洛枳轻轻地叹气，对话开始朝着苦情的方向发展了。

"因为我爱你啊。"

江百丽轻松坦然的一句话，仿佛在说"因为咱们是好哥们儿啊"。

"所以，你用不着对得起我，我爱你，自然就会对你好，你也不必因为受了我的恩惠就这么愧对我，说白了都是我乐意。就像你爱陈墨涵，可以等她这么多年，也没埋怨过什么，道理是一样的。等我什么时候不爱了，也就结束了，你不必操心的。"

洛枳心中耸然一动，几乎为这段话击节叫好。转念想到自己，竟觉得深深地败给了百丽。她当年那些不为人知的深情和翘首期盼的等待，通通都是自己乐意，现在竟然心态失衡，想要从盛淮南身上讨个公道——他固然在倚仗着这份感情而轻视她，但把她送过去让人奚落的，还不都是自己。

愿赌服输。

因为图书馆的道别而郁结的心思就这样被江百丽悄然化解。

当初她问许日清，这口气是不是就是咽不下去？

旁观的时候，每个人都是智者。洛枳闭上眼睛，轻轻抚着自己的心口，叹了口气。

要甘心，谈何容易。

但时间会让她认命，这未尝不是一种拯救。

"其实……我觉得墨涵变了。"戈壁的声音有些含糊和没底气，洛枳拿脚尖轻轻地踢了地上凸起的树根一脚。

"她一点儿都没变，她高中就是那个样子，"百丽坦然地说，"只不过现在她搭理你了，就是这样。"

百丽站起来，在路灯下，洛枳看得出，即使对方现在的口气再轻松坦然，本质上仍然还是全副武装、严阵以待的——和每天穿得马马虎虎的样子相比，此刻的江百丽应该是为了见戈壁刻意修饰了一番，还化了妆。

"我走了，以后有麻烦事，我能帮得上你的话一定尽量帮忙。毕竟墨涵学校离咱们太远了。"

洛枳忍不住轻笑，江百丽的温柔刀，刀刀见血。

她拎着水壶经过独自一人坐在长椅上发呆的戈壁，偷瞟了一眼，却发现，那张英俊的脸上，的的确确写着迷茫。

后来她才知道，因为实在借不到书，百丽把自己的马原教材一页页地重新复印了一本，甚至在上面做了很多笔记，给他画了重点，还附赠了一沓 BBS 上下载的提纲。

洛枳想着，重新扭头去看伏在床上蓬头垢面的江百丽，不禁怀疑，这个女人究竟是段数越来越高，还是打着报复的旗号难以自拔？

"那个……中心极限定理的证明到底考不考？"百丽被洛枳盯得有点儿心虚，忙岔开话题。

"考。"洛枳点头，床上顿时翻来覆去一阵号叫。

期末考试终于结束的那天，江百丽成功地敲诈到了洛枳的一顿晚饭。

最后一门是统计学考试，洛枳曾经矜持委婉地表示自己统计学还算值得信赖，江百丽也凭借自己双眼 5.3 的无敌视力从阶梯教室的后排把洛枳的卷子富有创意并极具隐蔽性地复制了一番。为了制造出自己的确是原创的假象，她把答题纸写得满满的，很多一点儿意义都没有的计算步骤也通通扩展得不亦乐乎。

直到洛枳发现有一道大计算题自己好像做错了。

在她豪迈地从左端起向右下斜劈一笔的瞬间，听到背后不明物体"咣当"撞到桌子上的巨响。

考试结束后，江百丽捂着脑袋说："撞傻了，你得赔。"洛枳点点头："好吧，算是我的错，不应该给你的智商雪上加霜。晚上一起去吃饭吧。"

江百丽先是雀跃地点头，然后就开始支支吾吾。

"怎么，没空？"

"也不是……"她拉上书包拉链，甩到背后背好，"就是今天不是最后一天考试嘛，然后说好了要庆祝的。"

洛枳无法接受这句连主语都没有的含糊答复："说好了？和谁说好了？"

"一群……高中同学。约好五点半在西门，还有半小时，我先走了，回去放书包。那个，那个，明天晚上，明天晚上一起吃饭，说好了哦！"

她说完就撒腿跑远，留下洛枳一个人呆站在人来人往的教学楼门口。

一群高中同学。

她叹口气，心中了然，无奈地踢着脚下被残雪半掩的小石子。

口袋里的手机嗡嗡地振动起来，发信人那一栏显示的竟是许日清。

"你们考完了吧？明天地坛公园有旧书市场，要不要一起去看看？"

洛枳有点儿意外，"好啊，几点？"

"路线我查好了，明天早上十点，我到你们宿舍门口找你，如何？"

"没问题。"

她按下手机的 hold 键时，左肩膀被人撞了一下，一个急匆匆冲出来的男生，一边跑一边回头不好意思地朝她笑，右手半举在眼前致歉，一溜烟不见了踪影。

那个傻呵呵的笑容，像极了一个人的侧脸。就在昨晚，三食堂，她遇到了张明瑞。图书馆一别之后已经一个多星期没有见面，他们聊起天来依旧是嘻嘻哈哈的，从雪灾冻雨到期末考试，一同声讨变态的试题，讽刺食堂越来越不靠谱的菜式搭配……

洛枳几乎记不清他们说过什么，愉快轻松的对话中，两个人都很聪明地绕过了一切敏感尴尬的话题。她发现，张明瑞其实是个很善于跟别人合拍的人。

现在发现会不会太迟钝？

走出食堂的时候，洛枳给江百丽带了一份鱼香茄子盖饭打包，摇摇头说："她天天吃这个，我都腻烦了。"

张明瑞笑笑说："什么时候你彻底对面包饼和三食堂腻烦了，不想来了，千万记得告诉我。"

"啊？"洛枳抬起头，"为什么要特意告诉你？而且这句话，我印象中你好像和我说过好多遍。"

"不为什么。"张明瑞摆摆手，拎起书包朝图书馆的方向去了。

洛枳一边回忆着一边摆弄手机。许日清只约过自己两次，她希望不会两次都是为了男生——那么，她们两个都会变得很可怜。

晚上十点半的时候，洛枳正坐在桌前从袋子里拎出面膜细细展开，还没开始往脸上贴，门忽然被推开。她吓了一跳，双手停在半空中，精华液顺着腕部缓缓地流向手肘。

江百丽眼睛通红，然而脸上的神色是悲喜交加的，并不是全然的愤怒或者悲伤。洛枳张口结舌，不知该不该问她一句"你怎么了"。

然而对方只是扔下大衣、踢掉鞋子，照例爬到上铺，将头深深埋进被子里，呜咽着说："洛枳，帮我看着，我只哭十分钟。"

这一幕好像已经很久没有上演了，洛枳叹气说好，然后转身随手从 iTunes 的播放列表里选了一首曲子。

苏格兰风笛高远空灵的旋律流泻一室。洛枳恍然。她曾经用这张 CD 遮蔽了叶展颜最快乐的那节课上铺天盖地的窃窃私语，现在又用这宽容的声音来覆盖江百丽隐忍的低泣。

第二天，她九点五十分出门，百丽仍在上铺睡得酣。在楼门口见到同样很早到达的许日清时，洛枳觉得眼前一下子亮了起来。她认识的女孩子中，只有许日清可以把红色穿得这样明艳、这样充满生机。

平心而论，洛枳真的非常喜欢许日清，她向来对漂亮的女孩子抱有好感，何况许日清远不仅是漂亮而已。

对方见面就自然亲密地挽住了自己的胳膊，这让几乎从未跟女生拉手或者挎着胳膊并肩走的洛枳有一瞬间的僵硬，然后慢慢放松下来，惬意地享受着对方带来的温暖。

在北京上学快两年了，洛枳却并没有对这个繁华现代而又古旧破落的城市生出太多游玩的兴趣。也许是因为地坛旧书市场的邀约，昨夜她做梦的时候竟然回到了高一的语文课堂上。一脸青春痘的实习老师正在做最后的汇报课，主讲史铁生的《我与地坛》节选。

实习老师声情并茂地朗读课文，然后用乏善可陈的口才拼命启发大家讲讲自己的母亲。洛枳的梦一向瑰丽离奇，然而这一次画面淡如水墨画，宛如一瓢水把记忆冲淡，只是朴素地重新勾勒一遍而已。

梦里，叶展颜正在发言，说着她早逝的妈妈。妈妈因为医疗事故离她而去，临终前叮嘱她要听父亲的话——美丽的少女哭得像要融化掉，也把周围的女孩子感染得泪流成河。

煽情的选秀节目里常有选手伴着背景音乐在主持人的诱导下讲起自己的父

母，一边说感谢，一边抿着嘴巴流眼泪。观众也许会被感染得涕泪涟涟，也许会因为心情不好而翻脸说好假好做作。洛枳心知，大多数人当众提到父母时，都会控制不住泪腺上的水闸，哪怕平时与妈妈冷脸相对、话不投机，说起"母爱"二字，照样如泄洪般势不可当。

她理解，却不懂为什么。

《我与地坛》，洛枳清晰地记得这篇文章，课本上节选了第二章，她读后也心生感慨，为此特意买了史铁生的很多文集来看。原本以为这个讲述母亲的散文与课堂上飙高的空气湿度相互作用，也会让自己联想到艰辛的母亲和艰辛的年代，然后跟着一同流下咸涩的泪水。然而奇怪的是，她的眼睛自始至终都是干涩的。小时候的模糊影像渐渐清晰，母亲的剪影仿佛静音的纪录片，被残酷的生活剪辑得毫无感情色彩。

洛枳的妈妈打过她，塑造过她，也让她看清了爱的背后有多少无奈和心酸。没有母亲是完美的，她们也曾是少女，也曾迷茫困惑被诱惑，不会因为晋升为母亲就忽然变得正确无比。

她和她一起在生活中成长，一起度过那些寒冷的时光。

洛枳趴在课桌上听着大家此起彼伏的哭声，独自想象着史铁生日复一日坐在轮椅上逃避人世，看着眼前的一片倾颓，寻找生的意义——那究竟是怎样的一种感觉？

这感觉自然不会被包括她在内的大好年华的孩子们懂得。她们完整、健康，做着梦，被生活的河流带往未来——她们如何能够懂得？

整篇文章里，能被这些少女拿出来作为共鸣的，也只有母爱这一点了。

在她淡漠地环顾四周，把每一个哭泣的女孩子都审视一番之后，忽然感觉到叶展颜平静的注视。那双美丽的眼睛里除了平静还是平静，仿佛脸颊上还未擦干的几滴泪水都是一不小心洒出来的珍视明眼药水。

她当时挑了挑眉，目光里应该是有些许询问的意思在，甚至因为自己的漠然被对方发觉而有一点儿心虚。然而叶展颜并没有回应，毫无痕迹地转过头去注视着在讲台前用感情饱满的语调不断煽动大家情绪的实习老师，表情瞬间松动，眼里好像又泛起了泪光。

再次梦到这个场景，洛枳才意识到，她自以为平静的生活周围一直有着深深浅浅的暗影，它们也许连缀成了某种图画，暗示着某种内容，可是她太专注于自己的世界了，竟然什么都没有发现。

或许她早就落入了她们为她设置的因果。

第 65 章　明天又是崭新的一天

　　地铁车厢空荡荡的，她们找到靠门的地方并排坐下，刚才一路上断断续续的谈话一不小心就找不回来了，搭在一起的手臂也因为刚刚一前一后上车而松开了。病态苍白的节能灯灯光照在她们脸上，在封闭的车厢里，光线给人一种时间就此打住的错觉。

　　洛枳从来都不排斥沉默，更不会将它臆想为尴尬、冷漠或者对抗的表现形式。只是显然许日清并不擅长在沉默中相处，洛枳从对面的玻璃上可以看到她有些局促，不停拨弄眼前漆黑如墨的齐刘海儿，像碎碎的串珠门帘一般，拨开，合上，再拨开，再合上……

　　"今天人好少呢。"许日清终于开口。

　　"是啊，"洛枳点点头。她也想找点什么话题，至少缓解一下身边女孩子的紧张，但是搜肠刮肚，无功而返，"人……好少呢。"

　　说完，她不觉有些愧疚。

　　列车再次启动，甬道两侧鼓动的风声涌入她们之间，彼此再也无话。

地坛公园有些让洛枳失望，熙熙攘攘的人潮上空，行道树间扯起了粉红嫩绿的大条幅。小摊主们一脸漠然地坐在小凳上，妇女们一边贩卖烤鱿鱼、烤烧饼和凉茶，一边回身去咒骂自家满地撒野跑得正欢的泥猴儿，头上裹着的花花绿绿的三角巾和大条幅相映成趣……洛枳一脚踏过地上的黄色塑料袋，这场面让她面颊抽筋。

她也算慕名而来，可是，没有赶上史铁生所描绘的黯然颓败。围墙上没有残雪，天空中没有残阳，一片和谐大好，实在不适合感怀。

她没有赶上好时候。无论什么事，她永远都慢一拍，永远错过最好的时光。

至少史铁生赶上了吧，她想，那样的时光给了那样的人，就够了吧。反正她既不需要，也不会懂得。

洛枳越发坚信，今后和不熟悉的人见面，一定一定要选在热闹的地点，让周遭的热气掩盖自己的冷清，于人于己都有好处。她俩在人海中挤来挤去，为了防止走散，不停地彼此呼唤要跟紧对方，时不时地询问一下互相都对什么样的书感兴趣……许日清很自然地拉住了洛枳的手，两个人都没有戴手套，她的手也不比洛枳温暖到哪儿去。

"我总是忘记戴手套。你也是吧？"她回头朝洛枳笑，洛枳刚想回答，却看到许日清收敛笑容，低下头转过去了。

洛枳不名就里，逆着人流跟随她跌跌撞撞地挤了好久，才想起那天报刊亭前，张明瑞和她们俩关于手套的乌龙对话。

即使张明瑞很自然地化解了那一瞬间的尴尬，然而哪个女孩子不是心细如发？许日清怎么会不明白。

两只冰凉的手紧紧握在一起，握到山无棱天地合，恐怕也暖和不起来。

许日清买了一堆法学专业的课外读物，装了一书包，手中还多了一个沉重的塑料袋。洛枳转了半天，却只买了一本《毛主席语录》。

"买这个做什么？"许日清把塑料袋往地上一放，揉了揉被勒出了红印子的右手，凑过来看了一眼。

"我也不知道为什么会买，"洛枳轻轻翻了翻，生怕用力过猛将这本泛黄的旧书扯裂，"可能因为它够旧吧。我很少买旧书。"

的确是一本足够古旧的书，最外层的封皮已经磨没了，只剩下内页的标题。每一页都有主人的笔迹，红铅笔或蓝铅笔，认真得仿佛小学生一般，某一页上好多个"林彪"都用黑笔重重地打了叉。

"我觉得这种书有魔力，说不定哪天晚上，前任主人的魂魄就入梦来跟我拉家常呢。"

"哈哈，"许日清大笑时很动人，"满脑子什么乱七八糟的想法啊。我以为你会买很多书呢，听说你很喜欢看书。"

"嗯，"洛枳点点头，"不过，我还是喜欢买新书。"

她想起盛淮南用他的半吊子心理学知识分析她的处女情结。

洛枳努力驱赶这些阴魂不散的念头，低头看了看许日清庞大的书包和塑料袋，贡献出自己的书包："来，把你的书分到这里一半，我帮你拿着吧。"

许日清不好意思地笑笑说："好啊。"

终于从公园走出来，已经是下午三点半。她们中午什么都没吃，把边边角角转了个遍，最后拎着沉重的袋子茫然地站在大街上。

"饿了。"洛枳摸摸肚子。

"回学校吃，还是在附近找找看？"许日清正说着，忽然惊喜地拍了一下手，"对了，我突然想起来，这附近应该有三元梅园的店吧？我想吃杏仁豆腐了。"

洛枳茫然地点点头，说："好，你指路。"

天色渐晚，头顶天幕一片蓝紫色。萧索的北京冬天总是让洛枳想起小时候跟着妈妈为生计奔波东跑西颠的那几年，每当太阳完全落下去的时候，她就会感觉到心底一阵凉，一种想哭却又并非出于悲伤的感情充盈了整个身体，直到

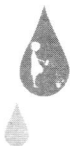

夜幕彻底降临才会消失。即使彼时她还年幼，即使直到今天她仍然无法理解这种对于黄昏的向往与恐惧，这种感觉也仍然在每个黄昏击中她，从未失约。

"怎么了？"许日清站住，看着有些魂不守舍的洛枳。

"没怎么。"洛枳咧了咧嘴，跟上她继续向前走。

许日清的方向感差得惊天地泣鬼神。她们像拖着水泥袋子的民工一样气喘吁吁地徒劳转圈，终于在繁华的交叉路口看到了红黄相间的牌匾。

"看到了，那个红黄相间的，是吧？"许日清兴奋地指着前方。

"麦当劳吗？"

许日清用空闲的右手臂狠狠地勒住洛枳的脖子："我告诉你，中国的民族产业就是被你们这群人逼上绝路的！"

洛枳肃然，点头点得像广场上觅食中的鸽子。

许日清吃了小半碗就放下了。

"吃饱了？"洛枳抬起头问。

"没有想象中好吃。不吃了。"她微微噘着嘴，像偶像剧中骄傲美丽的大小姐。洛枳眯起眼睛看她，竟然觉得怎么都看不够，每个角度都很好看——并不是美得惊天动地，但就是很好看。

于是她也点点头："其实地坛也没有我想象中那么……"她想了半天，也没找到一个合适的词来形容。"没有那么好。"最终不得已，用了朴素而万能的"好"字。

许日清诧异："那你以为地坛应该是什么样的？"

洛枳不知道应该怎么说，低头沉默地笑了笑。

"你怎么是这样的人？"

洛枳闻言有些糊涂地微张着嘴看着眼前的女孩，对方托腮望着她，和自己一样一脸的探询与不解。

"我是……怎样的人？"

许日清摇头："你跟我们第一次见面的时候相比，太不一样了。"

"我们第一次见面的时候……"那次受张明瑞的嘱托，她扮演了一次恶女人和知心姐姐的合体，然而无论怎样努力回想，记忆都有些模糊，两个人究竟说了些什么？

富含目的性的见面让她的行为举止有些变形，究竟留给许日清怎样的印象，她自己也完全没有把握。

"其实那天和张明瑞一起自习的时候，我就觉得你和我印象中不一样。今天再看到，发现更不一样了。"

洛枳用食指抹了抹额头，发现果然是一手的油光。她不知道应该说些什么来回应许日清，场面因而再次冷清下来。其实她心里有些难过，明知对方正在努力地说些坦诚的话，她也不是不想迎合，只是不知道该怎么承接。这一路上，她们时不时也笑着开玩笑，说到某本书的时候也会激动地讨论一番，然而话题就像一串断了线的珠子，在沉默的荒野四处跳跃，偶尔捡到一颗，光泽耀眼，却是孤零零的。

她们缺少相处的感情，兴趣有交集，中间却横亘着彼此都努力装作看不见的两个男孩，那时不时的冷场和沉默，并不是毫无缘由的。但许日清还是付出了努力，想要找到一根线将彼此串联起来。

洛枳真心喜欢这个明朗的女孩，那样澄澈的一颗心，想哭就哭，想笑就笑，爱就爱，不爱就不爱，即使回头，也从不扭怩。

多好。可惜谁都不懂得珍惜她，自己更是没资格替她惋惜。

"有个东西，请你帮我转交给张明瑞。"许日清从书包中将所有的书一股脑儿掏出来摆在桌子上，最后从书包底部揪出一个NIKE（耐克）的袋子。

"当年我钻牛角尖的时候被他痛骂一顿，他被我的冥顽不灵气得甩手就走，可是走前怕我着凉，还是把自己的衣服披到我身上了。后来我跟他关系缓和，

重新成了好朋友，一直想要把衣服还给他，又害怕衣服让他想起大家闹翻的那段很尴尬的日子，所以就这样拖着，直到现在，还是没有还。"

洛枳接过袋子，伴随着哗啦啦的响声说："我知道了。"

许日清笑起来："跟你在一起真是轻松，你很讨厌说废话，对吧？我记得第一次在咖啡厅见你，你还是挺能说的，头头是道，条理分明，但是后来再见到，话就少了那么多。"

洛枳笑："其实我的确不大喜欢说话。第一次见你的时候可能正好赶上我情绪不大稳定，话多。"

许日清托着腮看向蓝黑墨水一般的夜色，轻轻地说："我情绪一直不大稳定。"

"自己觉得痛快就好。"

"但是我也并不痛快。"

"很少有人活得痛快，你并没吃多少亏。"

许日清闻声笑得很明媚，洛枳由衷地赞叹，这样的笑容，谁看了不痛快？

"你看，又来了，其实你挺牙尖嘴利的。"

"我就当你其实是想说伶牙俐齿。"洛枳无奈地笑笑。

许日清嘴角上扬，狡黠地扬扬眉，左手一直在用小勺蹂躏着碗中已经碎成渣滓的杏仁豆腐，沉默了一会儿，又说："张明瑞是个很好的男孩。"

洛枳点点头。

"我想我没有辜负当初他的教导。盛淮南拒绝我的时候，我一直挺难以自拔的。但是期末考试的时候张明瑞也拒绝我了，我吸取教训，这次抽身得挺干脆的。"

清清爽爽的陈述句，洛枳心中赞赏。

华灯初上，许日清仿佛化身文艺片中的孤寂独白，丝毫不需要洛枳的反馈，只顾着自己絮絮地说。

"我也不确定你是不是已经知道我跟张明瑞闹翻的事情了。你什么都不问，好像什么都知道了似的，让我看了就心虚。不过，其实是我自己什么都张扬，所以总觉得别人都知道我的那点儿丑事。"

洛枳低头笑。这算什么丑事。

能在阳光下晒干不怕人知的伤心事，再苦也干净透亮。要知道，这世上有多少人的难过是不可说的？

"呵呵，反正这一年连撞两次南墙，事不过三，再撞南墙我'许'字倒着写！"

霸气的宣言之后，许日清的声音还是软了下来："我一直都觉得我挺好的啊，所有人都觉得我不错，为什么我喜欢了两个人，每个都错得不能再错了？你知道吗，当初我喜欢盛淮南，跟张明瑞赌气，我告诉他，我爱撞南墙，跟他一毛钱关系都没有，让他赶紧离我远点儿。当时他也不服软，还说，当然跟他没关系，撞傻了自己兜着去！结果，没想到是真的，的确是我自己兜着。张明瑞竟然这么快就喜欢上了别人。"

"我那时候就想，故事里那些一直一直等着女主角痴情不变的男配角，全是骗人的，就是在骗我这种吃着碗里望着锅里的白痴。勇敢地奔着锅去吧，即使失败了，至少手里还有一碗粥可以果腹。

"其实都是我自己太能作。"

许日清的眼底亮晶晶的，迎着窗外橙色的路灯和牌匾上的霓虹，流光溢彩。

洛枳沉默着伸出手，覆盖上她冰凉的手背。

"张明瑞喜欢你，洛枳。"她说。

洛枳平静地看着她，没有点头没有摇头，没有惊诧也没有了然，古井无波。她们对视了很久，许日清先转过了头。之后再也无话，枯坐了一会儿，洛枳说："我吃完了，走吧。"

当地铁车厢苍白的灯光在头顶摇晃时，身边的许日清累得歪倒睡去了，沉沉地靠在洛枳肩头，沉静的粉红面颊那样美好，美好得不应该叹息。

在许日清的宿舍门口，洛枳将塑料袋中自己的那本《毛主席语录》取出来，

把整个袋子递给许日清，说："那就再见了。"

"嗯。"

洛枳离开的时候，听到许日清在背后清晰地问道："洛枳，你说，我和你会成为好朋友吗？"

她想了一会儿，问："你有很多朋友吗？"

许日清肯定地点点头，做出了一个和她的开朗笑容很匹配的肯定回答："当然。"

所以不差我这一个。洛枳放心地点点头说："我想我们很难成为朋友。尽管我非常非常喜欢你，我说真的。"

她想，她终于对许日清说了一句很坦诚的话。

许日清愣了一下，她没想到对方并没有和大多数人一样热情地回应着说："当然啦，咱们现在不就已经是朋友了吗？"——她有些不甘心，但同时又因为这句实话而感到欣慰。

"你喜欢我就好。至少还有人喜欢我，"她还是笑到最大幅度，"说真的，洛枳，我最近才明白，如果我能对爱我的人好一点儿，离讨厌我的人远一点儿，永远不去试图讨好和解释，我是不是会得到更多呢？"

她摆摆手进门离开，口袋太重，让她的背影看起来有些笨拙。

洛枳独自走在小路上，准备回宿舍，手机振动起来，是许日清的短信。

"别像我一样，回头太晚。要么及早，要么永不。"

洛枳不知道应该回复什么。她也许是在告诫自己，关于张明瑞的事情，不要重蹈她的覆辙。洛枳觉得有些感动："好好休息吧，傻丫头，明天的事情，明天再说。"

许久之后许日清才回复："你说得对，明天又是崭新的一天。也请你不要为我担心。"

最后一个小分句带有一点点自作多情，然而无疑是自信而可爱的。洛枳难以不喜欢这样的许日清。

但也必须承认，她丝毫不曾担心过对方。

一个拥有那么耀眼笑容的女孩子，跌倒了，哭一哭、闹一闹，还有很多人哄她爱她。

她还有很多明天。

洛枳抬头，晚上的天空有些阴沉，暗红色，低垂着，像是不断迫近的末日，压抑着说不清道不明的疼。

明天。洛枳生命中的每一天，都和它的前一天与后一天一样，毫无区别。

第 66 章　死局

　　洛枳刚刚和许日清道别就立即给张明瑞发了信息，问他有没有时间出来见个面，有东西要给他。

　　洛枳拐个弯儿望见自己的宿舍楼时，张明瑞的短信钻进了手机，说："你如果在宿舍的话，现在就下楼吧。"

　　她远远看到张明瑞等在楼下，手中拎着的塑料袋正往外冒着热气。腾腾白雾，浓郁的食物香气让她感觉到胃里一阵绞痛——一整天只吃了些冰凉的酸奶和奶酪，现在饿得受不了了。

　　"好香。"她从背后叫他。

　　张明瑞吓了一跳，转过身，先是咧开嘴笑，忽然想起初见的往事，又疑心地闻了闻身上的羽绒服："红烧牛肉味儿？"

　　洛枳失笑："我说煎饼。"

　　"别提了，我们的懒鬼老大，整个就是一株长在宿舍床上的蘑菇！我刚从自习室回来，他就发短信让我给他捎煎饼果子。的确很香，你没吃饭吗？要不你等我把煎饼给他捎回去，一起去吃饭吧，反正我晚上也没吃多少，正好也有点儿饿了，没办法，煎饼太他妈诱人了……"

洛枳愣愣地看着他，直到他自己也不好意思地挠挠后脑勺儿："对不起啊，今天一整天在图书馆复习法导，都没说话，憋成话痨了。那个，你要给我什么东西？"

她笑起来，把手中的袋子递给他："你的衣服。"

洛枳没有解释衣服的来历，为了避免尴尬，她在张明瑞接过衣服的那一刻立即问起："法导复习的如何了？正式考试都结束了，双学位非要拖后一周，我都没有心情复习了，气数都散掉了。"

"不是还有三四天吗？其实我知道，就跟马原一样，我现在背书的话肯定考试的时候都忘记了，还不如考前通宵一夜狂背，然后趁热上考场！"张明瑞一边说着一边掀开袋子看了一眼，脸上的笑容没有一丝变化，将袋子换到拎着煎饼的那只手上。

"也对。"洛枳松了口气，点点头。

"所以一起去吃饭吗？"张明瑞问。

"好。你先回去给室友送吃的吧。"

"那一会儿我给你打电话吧，天冷，你先回宿舍等着吧。"

"你尽快，都七点多了，食堂都快关了，一会儿就只剩下麻辣烫和包子铺了。"洛枳从口袋中掏出手机看了一眼。

"那就出去吃呗，我请客。为了法导考试，一鼓作气把剩下一半的人品攒全。"

"剩下一半的人品？"

"当然，前一半已经攒够了，"张明瑞苦笑起来，"我的自行车丢了。估计是卷入隔壁学校的黑车市场，进入流通环节了。"

洛枳忽然想起第一次见到张明瑞时的情景，不自觉地眯起眼睛笑出了声。张明瑞看到她眉眼弯弯、嘴角上扬的样子，有点儿慌，结结巴巴地问："笑什么？"

"你自行车骑得不错。"她点点头。

张明瑞反应了一会儿，确定自己认识洛枳之后都没有在她面前骑过自行车，才慢慢地问："你看见过我骑自行车？"

洛枳点点头："我还看见过你吃泡面。"

"你火星人附体了吧？"张明瑞站在原地思索了半天，才想起某个秋光明媚的下午，因为跟老六他们打牌输了，他只好捧着康师傅牛肉面边吃边骑车，同时见到迎面路过的每个女同学，都要大声问对方"饿吗，一起吃吧"……

他很窘迫地挠挠头，正想着应该怎么解释自己当初的怪异行为，头顶橙色的路灯突然灭了，他抬头，张着嘴愣了一会儿。洛枳却茫然地看向张明瑞，目光的焦点落在远处，仿佛他凭空消失了一般。

"……张明瑞……你在哪儿？"

他想都没想，迅速伸出一只手卡住了洛枳的脖子——"我有那么黑吗？！"

洛枳眉开眼笑，却在这一刻听见背后淡淡的一声："张明瑞，老大都快饿疯了。"

张明瑞收回胳膊，不再笑，说："正好我俩要出门吃饭，你要是回宿舍，帮我把煎饼捎给老大吧，刚买的，还没凉呢。"轻松的语气中暗含机锋。洛枳低下头当作没听出来。

"我不回宿舍。"背后的声音一丁点儿温度都没有，却也听不出愠怒。

洛枳想要撤离这个尴尬的场景。她把手伸进裤袋，暗中作业，无比熟练地翻开手机按了几个键，一串华丽的铃音就响了起来。她连忙假装接电话，朝张明瑞歉意地点点头，往拐角处的花坛走，边走边说："喂？哪位？"

还没走出多远，贴在耳边的手机猛地振动起来，吓得她差点儿直接扔出去。

她还是保持了冷静，急忙按下接听键，生怕后面的两个人发现自己的窘境，没想到手机中传来的是那个无比熟悉的声音："太假了吧，看不起我的智商吗？

你一向都用振动的，刚才的铃声是怎么回事？"

她回头，盯着那个示威一般高举着手机朝自己微笑的人。

盛淮南站在不远处，因为路灯罢工，只有手机发出幽幽的光，照着他冷冰冰的笑容。

洛枳站了一会儿，三个人谁都不讲话，等腰三角形的站位在地上勾勒出了孤零零的灯塔形状。

她突然不耐烦起来，大步走回去，对张明瑞说："快把煎饼送回去吧，一会儿就全凉了。等你下来再一起去吃饭吧。"

张明瑞点点头，呼出一口白气，抬腿朝路的尽头走了过去。

背影的确很黑，又穿了黑衣服，在沉沉的天幕下分不清正面背面。

"真不给人面子，"洛枳笑笑，扬扬手机，"我撒谎不也是为了躲避尴尬嘛，你何必这么犀利。"

黑暗中对方只有一双眼睛亮晶晶的，模糊的轮廓勾勒出沉默的剪影。洛枳出门时衣服穿得太单薄，此刻微微刮起一阵风都能让她浑身起鸡皮疙瘩，手也攥了起来。她跺了跺脚，就在这一瞬间，头顶的路灯不治而愈，一瞬间橙色灯光从天而降笼罩了他们，仿佛冷清舞台上仅有的追光，将他们和周围安静的黑暗隔绝开。

洛枳仰起头，灯光落入她的眼中，点亮了两盏温暖的圆灯笼。魔法般的一刻让她忘记了此时尴尬的沉默，真心地笑起来，圆灯笼慢慢弯成两弯月牙儿。

何必这么阴阳怪气呢，就算信了叶展颜。洛枳把盛淮南的拆台理解为替叶展颜和他们那份被中途打断的爱情抱不平。他不会知道，她才是真正被打断了爱情的那个人。

她的睫毛投下阴影，敛去了无可奈何的神色。

"我回去了。"她说。

晚上终究没有和张明瑞一同吃饭。张明瑞发来短信，告诉她，宿舍老六突然肚子抽痛，怀疑是急性阑尾炎，他们急急忙忙把他送去校医院了。她回复一条"bless（愿神保佑）"，自己下楼也买了香喷喷的煎饼。大约晚上十点，她再次收到张明瑞的短信。

"拍完片子，出结果了。"

"怎么样？要转院吗？"

"转个头！他只是岔气了！"

洛枳笑起来，身子往后重重地一靠，组合书桌震了一下，有什么东西从柜子的顶端掉下来。她急忙闪身，差点儿被砸个正着。"咣当"几声，东西先是掉在桌子上，然后又跌落至地面，最终滚到她脚边。

一瓶午后红茶。

震荡得太猛，瓶子里金棕色的茶汤都泛起了白沫。洛枳捡起来，拂掉上面的灰尘，许久没有动。

时间定格。

她仰起头看向柜子顶端，想起当初自己是怎样小心翼翼地踩在椅子上踮起脚把它高高地放上去，又站在下面傻看了很久。稀薄的落日余晖穿越窗子照进来，透过金色的液体在墙壁上折射出异样动人的光斑。她努力回忆着当时是怎样抓起它，他的手指又是怎样拂过自己的手背，还有那声潦草到听不真切的道歉，默然抓起另一瓶迅速转身离开的背影……

命运的齿轮咔嚓咔嚓转得嘲讽，只是那时候她竟然丝毫没有听出来。她试着去拧瓶盖，手心攥得通红，终于听到塑料断裂的响声。洛枳踱步到窗边，刚刚想喝，忽然如梦初醒般停下，仔细看了一眼保质期。

保质期仍然没过。她小口小口地喝着，目光懒散地望向楼下。橙色的路灯下，早已空无一人。

蓦然回首，那人不在灯火阑珊处。或者说，他从来就不曾在她背后等待过她。一直以来独自站在灯下的都是她，只不过这一次，连她都离开了。如果他回头，会不会失望于背后徒留下一地光芒？也许不会吧，她想，他从来不回头的。即使回头，他也从来不知道自己曾经以怎样的姿态守望和等待过，自然不会失落。

对方这样看待自己，她刚刚的那些话自然也没能说出口。

手中的红茶不知不觉已经见了底，洛枳不知道是不是刚才煎饼里的甜面酱刷得太多，让她渴成了这个样子。

她扬起手，瓶子"嗖"的一声，进了垃圾桶。

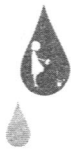

第 67 章　人间烟火

　　洛枳在图书馆看了一整天的法律导论，闷得额角青筋一跳一跳，下午四点左右，她收到了江百丽的短信："说到请客，今天还有效吗？"

　　其实距离专业课的最后一门考试已经过去两天了。江百丽连续爽约两次，每次都是神秘失踪，只是发了条短信要求改天再说。洛枳无奈地一再更改海底捞的预订座位。

　　"嗯，还有效，那就今天晚上吧。你要是再敢爽约，就等着吃糕饼寿桃吧，我每年七月十五烧给你。"

　　她们两个快要到达海底捞门口的时候，江百丽的手机响了起来。她低头瞟了一眼屏幕，迅速地看了一下洛枳，有些不好意思地别过头去，轻声接起来："喂？喂？"

　　洛枳笑笑："我先进去吧，里面太吵了，你在外面打完电话再进来找我。"

　　海底捞的服务员一如既往地热情，笑容璀璨真诚，丝毫没有程式化的感觉。

别处服务员的微笑让你觉得他们很礼貌，而这里服务员的笑容却让你诧异——他们为什么这么开心？

她冰封住的心一点点活动起来，被火锅飘香的气息融成碎冰，现在看到一张张如此鲜活的笑脸，她终于觉得自己的心脏开始缓慢地、试探性地跳了起来。

结束了呢。

收起旧的教科书，打扫房间，买车票，然后去看看半个月没见的 **Tiffany** 和 **Jake**，把兼职的资料通通翻译完毕，错过的动画更新通通补全，新年时买回来却尚未来得及拆封的《历史研究》终于可以一点点读下去了……

多么充实的生活，好像轻易就和遇见盛淮南之前的日子毫无痕迹地拼接起来了，中间半年的辗转反侧牵扯纠结，从来没有发生过。

很多事情，可以想通，可以看破，然而却不能放下，不能忘记。

那么就算不能放下，不能忘记，她也可以不再提及，不再想起。

来来往往健步如飞的服务员，还有过道上甩着功夫面的小伙子，火锅沸腾的响动，氤氲的热气，潮水般涌动着的欢声笑语，还有空气中辣丝丝、油腻腻的人间烟火的香气。

洛枳的笑容一点点放大。

质朴的少年时代曾经历过的那些赤裸裸的贫寒与卑微，尚且可以咬牙扛过，因为憧憬着以后的"更好"，因为知道自己可以变得强大，大步越过一地险阻。然而，此时此刻心灵浅滩上缓缓流过的酸涩，只能用时间来中和。

爱情的求而不得，是她无论怎样努力去变得"更好"也无法改变的现实。

不过，洛枳知道，只要还活在热闹的人间，哪怕坐在鼎沸的人声中感受到的只是浮夸的虚热，久而久之，终究会把记忆蒸发得一干二净。

她正发呆，服务员走过来询问她是否要点菜，她告诉对方，正在等人。

正说着，有人敲了敲桌面。洛枳只看到敲桌面的手指上戴着银戒指，知道是江百丽回来了，头也不抬地扔给她一句："慢死了，正好回来了赶紧点菜。"

"洛枳……"江百丽欲言又止。

她疑惑地抬头，看到满脸通红地把脖子缩进羽绒服里的江百丽，以及她背后那个穿着黑色大衣、笑得很温柔的顾止烨。

洛枳思考了两秒钟，迟疑地说："相煎何太急啊……当初说好了不能找外援也不能打包带走的，你是真心实意要吃穷我啊，太没素质了！"

背后的男人笑得很明朗，看来挺开心："这顿我请，你们俩放开了肚皮吃，怎么样？"

洛枳轻轻地捏了捏羞涩的江百丽的脸蛋儿，朝顾止烨笑笑，说："我早就看出来了，你是个好人。"

"我觉得你的气色越来越好了。"

洛枳闻言抬了一下头，不小心将竹筐中所有的菜一股脑儿都倒进了锅里，溅了她自己一脸。

"没事吧？"百丽急忙把桌上消毒过的毛巾递过去，洛枳接下后轻轻在脸上擦了几下："没关系，就溅上几滴而已。"

她用筷子把麻辣锅中过剩的蔬菜夹到奶白色的骨汤锅里，笑起来："可能因为已经考完试了吧，心情当然好。"

饭吃得有些闷，还好周围喧闹的背景音让沉默显得不是那么尴尬。吃火锅这个行为本身充满了参与感，面对热气腾腾的水面，三个人还是很开心的。

顾止烨几乎没怎么吃，一直在帮她们往火锅中下各种菜品。百丽吃到一半才想起来问对方一句："你不是说没吃饭吗？怎么不吃？"

"不是很饿。"

"那你为什么……"为什么非要过来？她说到一半，停住了，"还是吃点儿吧，睡觉前会饿的。"

"也好。"

百丽从骨汤锅捞出很多青菜，注意到洛枳带着笑意的目光，不好意思地对顾止烨说："那个，我记得你说过不吃辣，对吧？"

"嗯，你还记得啊。"

洛枳低头笑得更灿烂，感觉到百丽在桌子底下踢了自己一脚，连忙站起身说："我去洗手间。"

当她正对着洗手间的镜子笑出十二颗白牙的时候，背后蹿出一个身影狠狠地勒住了她的脖子："你想死是吧？活腻烦了是吧？你舍得死，我就舍得埋，信不信？"

透过镜子，洛枳看见自己背后的江百丽脸上那半笑不笑尴尬万分的表情，笑意不断加深："我死不死不重要，反正我知道，你肯定舍不得死。"

百丽放开她，靠在镜子前叹了口气："不是你想的那样。"

洛枳也不再笑："我什么都没想，只是觉得你紧张的样子挺有趣的。"

百丽不好意思地低下头，把碎发拢到耳后："其实我也不知道到底是什么样子。只不过，洛枳，如果现在跟我们一起吃饭的是周杰伦，我也会脸红的，这跟喜不喜欢没关系，我是说……"

江百丽还在兀自纠结措辞，洛枳了然地摸摸她的头，说："顾叔叔比周杰伦帅，嗯？"

百丽立刻抬头龇牙，洛枳以为她要为周杰伦讨公道，没想到她张牙舞爪地大喊："什么顾叔叔？！他哪儿有那么老？！"

洛枳浅笑。喜欢离爱还有一段距离。但是，看样子，至少有点儿喜欢吧。

洗手间里负责帮顾客递送擦手纸巾的服务员一直低头抿嘴笑，百丽叫嚣到顶点的时候才发现自己成了洗手间一景，慌忙拉着洛枳跑出了门。

顾止烨开车送她们回学校，不出意外地堵在了西直门。"西直门的这个桥……"顾止烨说了一半，无奈地笑了起来。

"听说没有人不抱怨这座桥的。到底为什么啊？建了桥居然比不建还要堵？"百丽身子一歪倒在洛枳身上。

"听说是因为这座桥设计的，从空中俯瞰是一个中国结。"洛枳说道。

百丽扑哧一声，戳了戳洛枳："喂，当初这座桥是不是中国联通投资的？"

这个极为无聊的笑话却让顾止烨笑起来，洛枳透过正前方的倒车镜看到这个男人眼角、眉梢的暖意，那是盛淮南、戈壁他们这些男孩尚无法拥有的气度和魅力，有种说不清道不明的踏实和危险，交织在一起，绵延成他嘴角恰到好处的弧度。

顾止烨说已经是晚上了，担心不安全，坚持要送洛枳和百丽到宿舍楼。路过超市的时候，百丽偷偷跟洛枳嘀咕了一句"卫生巾用光了"就急忙跑进去了，剩下一头雾水的顾止烨和反应慢半拍的洛枳站在原地。

"她去做什么了？"

"一件很重要的事情。"洛枳嘴角抽筋。

"百丽真的挺有趣的。"

洛枳停顿了一下，慢慢地说："是，很好的女孩子。"

她有些想念火锅店，因为此刻的沉默太过刺耳。江百丽不在的时候，顾止烨也不再特意找话题寒暄，拿出手机开始看。洛枳呆站了一会儿，打了个哈欠，把头偏向背离顾止烨的那一侧。

她看到了盛淮南，双手插兜闲庭信步，经过校医院，一步步靠近超市门口，然后不经意中抬眼，瞥见了并肩站在这里的自己和顾止烨。

洛枳一路注视着他走近，那个人闲适地融入了浓重的夜色中，口中呼出的白气让他看起来像一列减速的小火车。她被自己的想法逗笑了，猛然发现东门小超市这个地方，竟然是自己第一次鼓起勇气冲过去帮他和许日清解围的地方。

盛淮南眼底写满了诧异，他站住愣了一秒钟就落落大方地走过来，点点头说："顾总。"然后转头问她："怎么在这儿？"

声音亲切自然，甚至有几分做作的热情和熟稔。

很像他，又很不像他。

洛枳虽然早已熟悉，每次和盛淮南尴尬闹翻过后再次见面，对方都能将场面粉饰得歌舞升平——然而这次有点儿过头了。

其实自己不也是一样。即使嘴角酸涩下垂，拼了命也会让它上扬到最大弧度。可以关上门咬牙，可以躲起来切齿，人前只能笑。

是不是应该庆幸，自己和他，从来都是同类。

"我等人。"洛枳也礼貌地笑。

"哦，和顾总一起等？"

顾止烨一脸憋不住笑的样子，说："对啊，我们等同一个人。"他说到一半终究还是笑了出来，问："洛枳，这位学生会的干部，是你的男朋友？"

洛枳和盛淮南同时开口："不是。""还不是。"

"还不是"是什么意思？洛枳瞪圆了眼睛看他，盛淮南的表情里没有作弄她的故意为之，反而有点儿较劲的意思。

她被彻底激怒了。

洛枳冷下脸，努力调整着呼吸使自己胸口的起伏能够平息下来。她转过头不讲话，顾止烨竟然也没有打圆场。

盛淮南站了半分钟，三个人的沉默远比两个人难熬，他再开口的时候声音略微喑哑："我晚上还有事，那我先走了。"

"再见。"洛枳点头作别。

"跟我第一次见你们的时候，感觉不大一样了呢。"

洛枳想起那天告诫自己不要沦为被包养的女大学生的霸道而孩子气的盛淮南，有些心酸，长叹一口气，却看到顾止烨脸上高深莫测的笑。

"我说，感觉你变得不大一样了。"他又重复道。

"可能酒会的时候比较瘦一点儿。"她淡淡地说。

顾止烨沉默了一会儿："这话接得好冷。"

许久，江百丽还是没有出来，他低头点了一根烟，有些含糊地说："你好像对我很戒备。"

"哪儿有。不过我们两个又不要交朋友，想那么多做什么。"她笑。

"百丽最好的朋友，自然应该是我的朋友。"

这样的姿态和立场让洛枳的心情复杂起来，她低头整理了一下外套的口袋，郑重地说："尽管我知道这话是废话，但还是要说，请你善待她，哪怕你并不是想要追她。"

"如果我是呢？"

"那就更要真心地对她好。我希望你是个好人。"

"说得好像你根本不相信我是个好人似的。"

"因为我的确不大相信。"

"凭什么？直觉？"顾止烨啼笑皆非。

洛枳抬头平静地看着他："就凭第一次见面时您搭讪我的样子。"

第 68 章　乱

顾止烨很久没说话，仿佛在斟酌用词，不一会儿才轻描淡写地说："那天可能是个误会。"

她笑起来："我想我没有误会你，但是恐怕你现在正在误会我。"

洛枳不是没有想过，她此刻冷淡地说起这些，也许会让顾止烨误会为自己在吃百丽的醋，毕竟她才是第一个被搭讪的人。但是对她来说，相比被顾止烨误会，更要紧的是，如果顾止烨的确是个四处狩猎的登徒子，她至少可以在百丽尚未沦陷之前，给这个人一个警告。毕竟，当时的新年酒会，即使称不上美女如云，洛枳和百丽在其中的打扮都毫不起眼，甚至百丽和戈壁、陈墨涵的那场闹剧，顾止烨也从头看到尾。究竟是什么原因让他在一开始死皮赖脸地搭讪洛枳，转头又追出去结识江百丽的？难道真的是被她们俩所谓的"独特的气质"所吸引？洛枳自然不相信这种鬼话。

说是警告，由于眼前的男人让她感到了年龄和阅历造成的巨大差距，所以即使字斟句酌，洛枳仍然觉得自己的每句话都稚嫩得好笑。她知道自己的脑子绝对转不过他，想要探听他的真实想法恐怕是徒劳，贸然劝诫百丽，效果更会适得其反。

即使担心，也只能选择观望。洛枳一直相信，在感情问题上，凡人自作聪明的举动不但无法力挽狂澜，反而极有可能推波助澜。

顾止烨只吸了半支烟就掐灭了，顺手扔进了身边的垃圾箱。他饶有兴趣地看了洛枳半天，才点点头，说："我懂了。"

百丽终于走出来了，塑料口袋中装满了零食。洛枳猜到，她一定是用这些遮掩着最中央的苏菲夜用卫生巾。

"你这么着急跑进去，就是为了买吃的？你没吃饱？"顾止烨一脸的难以置信。百丽窘迫极了，支支吾吾半天，洛枳连忙插嘴："啊，我想起来了，咱们辅导员让你明天一早帮她看孩子，对吧？"

百丽把头点得像捣蒜："对对对，哄孩子，所以买了好多吃的。"

正当她松了一口气的时候，洛枳却看到顾止烨眼底一丝狡黠的笑意，低头发现，大包的苏菲夜用卫生间不知怎么已经被挤到乐事薯片的旁边，硕大的logo 让睁眼说瞎话的她们俩看起来很蠢。

洛枳也憋住笑，把手搭在百丽肩膀上，把她向前推，说："走吧，回宿舍。"

顾止烨的手机忽然振动起来，他摆摆手示意她们稍等，就走到稍远的绿化带那边去接电话了。过了两三分钟他才走回来，笑着问她们："好歹最后一门结束了，你们回宿舍后会狂欢吗？"

百丽摇头："又不是第一次期末考试结束，狂欢什么啊。其实也没什么好做的，就是上网闲逛呗，看看电视剧，BBS 灌水什么的。"

"那不如去唱歌？"

洛枳看到百丽的眼睛闪亮起来，刚想出声阻止，百丽就拉着她的胳膊跳起来："好啊好啊！不过现在……学校附近这几个 KTV 肯定早就满了，都快九点了，又是周末，考试一结束好多人都去唱歌了，社团期末聚餐什么的……"

顾止烨被她一会儿兴奋一会儿沮丧的样子逗笑了："没事，反正有车，我们就去远一点儿的地方看看，唱完了我把你们送回来就好。"

百丽建议："远一点儿的话，白石桥附近有一家'钱柜'！"

顾止烨考虑了片刻，摇了摇头："我知道雍和宫那里有一家很不错，去看看？"

洛枳发现友情果然是一种麻烦的东西，比如她此刻面对百丽一脸期待的表情，"算了吧"三个字无论如何也说不出口。

要出发的时候，洛枳接到了洛阳的电话。他特意打电话来告诉她，不知道什么原因，今年的火车票很难买，劝她不要像往常一样优哉游哉的，提早准备为好。

洛枳忽然想起陈静，于是在洛阳询问过自己的期末考试情况之后，没头没脑地问起："哥，你很爱念慈姐吗？"

洛阳失笑："你考试考傻了吧？这都哪儿跟哪儿啊？"

"回答问题！"她只有在洛阳面前才会撒娇一般佯装发怒，这一面却吓到了坐在副驾驶位上的江百丽，对方索性回过头半倚在椅背上注视她。

"爱，当然爱，爱得要死要活的，我这辈子就爱四个女人：我妈、陈静、你，还有我未来的女儿。"

洛枳不知道自己异样的心慌来自哪里，听到洛阳略带调侃的再正常不过的回应，也无法放下心来。

"唔，很好。我没事了。"她闷闷地说了一句，准备挂电话。

"……陈静跟你说什么了吗？"

在洛枳"再见"二字即将脱口的瞬间，洛阳忽然抛出这个问题。看似不经意的语气，却有那么一点点紧张，仿佛有人揪住洛枳的一根头发轻轻地扯了一下。

她没有说话。密闭的车厢内，自己的呼吸声和心跳声都能听得一清二楚。

"陈静想多了。"洛阳淡淡地说。

洛枳仍然没有讲话。

"我只是替她觉得可惜，没有别的意思。小姑娘太鲁莽了，我觉得不值得，就是这样。你们都想的太多了。"

洛枳听得满腹疑惑，但是仍然保持沉默。

沉默是最好的逼问。

"好了好了，你也别跟着凑热闹了，女人就是多事，小八婆，考完试就好好休息吧，听见没有？"

估计洛阳仍然在加班，电话那边，写字间里含糊的对话声、键盘的敲击声与电话铃声，和洛枳这边的一片寂静形成鲜明的对比。

那样的环境里，的确不适合细细地谈感情。

洛枳点点头，又想起这样对方也看不见，忙说："哥，其实念慈姐什么都没说，我就是突然想起一个笑话，想学着吓吓你，没想到的确诈出点儿内容。我需要封口费。"

洛阳在那边安静了几秒钟，才笑出来，说："行，这周末一起吃饭吧。"

挂断电话，洛枳才看到一条新信息。是盛淮南，说："我是说真的。"

她盯着屏幕看了一会儿，然后抬手删除短信，删除联系人。她发现自己在按下删除键的时候，并没有哪怕一秒钟故作姿态的迟疑和犹豫，很干脆。

每当他们的关系降至冰点，她都会在被窝里捧着手机一页页翻看曾经亲近时的短信记录。来来回回，哪怕只是一行省略号，都被她留存好，直到收件箱撑爆了，才万分不舍地挑出最不重要的删掉。一字一句的暧昧与试探，是深夜里仅有的一点点光芒，带着自欺欺人的温度，告诉她曾有的热烈不是假的。她就依靠这些渺茫的信息和判断，将他飘忽不定的背影用实线勾勒清晰。

她鄙视自己的行为，却一夜夜地浏览，像背不完的书、猜不透的考题。

"你跟你哥打电话啊？"

"嗯。"

百丽翻白眼想了想："我见过一次，他来咱们宿舍，你拿了一本书给他。我当时就想，你哥好帅啊，气质很好，他怎么会是你哥哥？你看你长得这么平民。"

洛枳几乎吐血，半晌才想起来："你当时没睡觉啊？"

"我趴床上看小说呢，大气儿都没敢出。"

"我哥长得也就一般吧，看起来挺顺眼的。我觉得可能是因为他工作了，打扮和气质有点儿变化，你身边的男生都是邋邋遢遢的半大毛孩子，对比当然很强烈。"

"我一开始还以为他是你男朋友呢。后来我才发现，作为一介平民，你的野心还不小，居然看上了更帅的，话说盛……"她忽然停住，吐吐舌头，很慌张地看向洛枳。

洛枳本来想甩过去一句"帅帅帅，你以为我是你啊，找男朋友只看脸"——突然觉得在顾止烨面前讲这些很没意思，更担心对方会误解这些玩笑，觉得江百丽肤浅。

索性闭嘴。

快到门口的时候，顾止烨又接了一个电话，车里还算安静，只有百丽一边看杂志一边轻声哼歌，电话另一端却非常吵闹。一个女孩子不得已大声地对着电话用吼叫的方式说着什么，洛枳听不真切，但模模糊糊的几个字还是能辨识得出的。

顾止烨将车停在门口："你们先下去，在前台等我，我去停车。"

霓虹灯下，洛枳看到江百丽脸上色彩流转。

"原来是'糖果'啊。我来过的。"百丽笑笑。

洛枳愣了愣，本能地感到有什么地方不对劲，但还是拉紧了她，穿过门口等客的出租车队朝里面走。

顾止烨很快赶到了，对服务生说："有预订。"

"请问先生贵姓？"

他愣了一下："哦，免贵姓顾。"服务生皱眉低头去查阅记录，他转过身朝洛枳和江百丽做了个手势，示意她们到远处的沙发上坐着。

过了几分钟，服务生走过来笑着说："两位里面请。"

穿过流光溢彩的走廊，在包房渗漏出来的混乱的音乐声中，洛枳听到了一声细细的呼唤："江百丽？"

江百丽没听见，依旧噙着笑，毫无反应。洛枳却透过镜面看到了站在她们后面不远处的陈墨涵的侧脸，一瞬间决定假装失聪，拉着她快步向前走。

"百丽？"

这次是男声，洛枳感觉到江百丽的身体僵了一下，不由得心中哀叹，完蛋了。

江百丽惊讶地转过头，戈壁和陈墨涵站在洗手间门口。戈壁一只脚已经踩在了门口的台阶上，此时侧过脸，带着难以置信的表情看向她们。

"百丽，怎么不走了？"

顾止烨从后面追上来，话音未落，戈壁就先笑着打招呼："顾总，好巧啊。"

洛枳叹了口气，这下可热闹了。

陈墨涵带着假笑看了江百丽一眼，就推着戈壁往洗手间走："你不是着急要去吗？还傻站着干什么，人家几个人还要去唱歌呢。"

戈壁看了一眼江百丽，又看了一眼顾止烨，头也不回地推门而入，陈墨涵紧跟其后。走廊里只剩下他们三个人，而服务生早已消失在走廊拐角处。

"怎么了？"顾止烨一脸不知就里，百丽勉强勾起嘴角，说："同学而已，走啦走啦，去唱歌。"说完就一个人大步朝着走廊尽头走了过去。

洛枳疑惑地观察着顾止烨脸上的表情，想要找出一丝破绽——这个人在酒会上将江百丽和戈壁的闹剧从头观摩到尾，就算江百丽不清楚，旁边还有自己这个知情者，然而他此刻的那一脸无辜竟浑然天成。

"我都知道，他是百丽前男友吧，"他看到了洛枳皱眉凝望的神情，笑起来，"好歹也是一件丢脸的事情，你就让我假装不知道吧，省得百丽难过。"

洛枳点点头，心中稍觉宽慰。

江百丽是绝对的麦霸，洛枳坐在一旁负责帮她点歌，也私心发作，擅作主张点了几首烂大街的情侣对唱给他们俩。

刚刚的一幕让她瞬间做出了一个决定，宁肯将百丽推向这份前途未卜的新感情，也誓要阻挠那份旧的。

然而在顾止烨点了一首《独家记忆》的时候，洛枳敏感地发现，江百丽又有点儿不对劲了。

我喜欢你，是我独家的记忆。

不管别人说得多么难听。

江百丽站起身说了句"我去洗手间"，就急急地出了门，甚至还没跑出房间的那一刻就捂住了嘴巴。

不用说，又是一首背后有故事的歌。

屋子里只剩下顾止烨和洛枳，顾止烨也不再唱，靠在沙发背上，双手枕在脑后不说话。这样呆坐了一分钟后，洛枳嫌背景音乐太恼人，索性按了静音。

静下来，却凸显了尴尬。

顾止烨忽然站起身，说："我去抽支烟。你唱吧，刚才到现在都快一小时了，你还没唱过呢。"

他说完就推门出去了，留下洛枳一个人坐在昏暗的包间里。她伸长双臂，舒服地仰头靠在沙发上，轻轻闭上了眼睛。

记忆是盖棺论定。不论曾经多么甜蜜或者痛苦的经历，变成记忆的时候，总是需要最终的结果来为之上色的。结果美满，曾经的艰涩苦楚也都能裹上蜜色；结果惨烈，曾经的甜蜜芬芳也必然蒙上尘土，时时刻刻提醒着自己，早知如此，何必当初。

洛枳此刻终于想起了这首《独家记忆》，也想起了"糖果"。小镇姑娘江百丽大学一年级时兴奋地和洛枳说，戈壁带她去了一家好大的KTV，离学校很远。戈壁给她唱的第一首歌是《独家记忆》，陈小春的。

"戈壁唱歌可好听了。真的真的，特别好听。"

那首歌真的是唱给你的吗？

我喜欢你，是我独家的记忆。

不管别人说得多么难听。

戈壁爱陈墨涵，才是他的独家记忆。估计此刻江百丽才终于明白。

也恭喜她，这首歌从今天开始属于她，戈壁也成了她的独家记忆。

"一个人来KTV，而且还不唱歌，你真是有个性。"

门被推开，门外乱糟糟的音乐也乘虚而入。洛枳睁开眼，半晌反应不过来。

眼前倚在门上探进来半个身子的男生，正是几小时前在超市门口和她尴尬分别的盛淮南。

她张了张口，端正了坐姿，最后还是笑了一下，不知道说什么。

盛淮南毫不见外地走进来，回身关好门，就到她身边坐下。洛枳下意识朝旁边挪了挪，心想这个包房怎么这么小。

"那个顾总把你一个人扔在这儿了？"

洛枳皱眉看着点歌屏幕，不悦的表情直接挂在脸上。

盛淮南刚说完就立刻急急地摆摆手："不是，我不是那个意思。我……我经过了好几次，看到你们三个人在唱歌。我是说……"

这种语无伦次的致歉连他自己都觉得无奈，盛淮南停顿了一会儿，就不再说话了。

洛枳眉头渐渐舒展开，终究还是缓和了语气问他："那你怎么在这里？这里距离学校很远的。"

"我……我被朋友叫过来唱K。"

他的手肘拄在膝盖上，笑得有点儿紧张。

"来了才发现挺无聊的，包房里面很闷，空调温度太高了，喘不过气来。"

洛枳点点头，没搭腔，也不知道应该说什么。

"出来上洗手间，路过这里，从玻璃门正好看到你。我还在想呢，你跷着二郎腿，双臂打开，很大爷的样子嘛，让人很想给你左右各塞一个陪酒小姐在怀里。"

哪儿跟哪儿啊。盛淮南的玩笑像硬挤出来的，十分无趣，听着尴尬得很。

你怎么了？你今天被谁附体了？怎么一点儿都不像你？

不适感造成的疑虑差点儿让她脱口而出，结束了独白的盛淮南突然转头看她。

即使已经挪开了距离，她仍然被他和点唱机夹在中间，灯光洒下彩色的星星图案，在他脸上身上游走。他们离得太近，她忽然语塞。

即使她已经不再对每次偶遇都欣喜若狂并将它赋予丰富含义，此刻仍然舍不得开口赶他走。情感和理性交战，胜利的永远都是情感。

无论靠近还是远离，最后的结果都是难过。

这时口袋中的手机振动起来，是一个陌生的号码。洛枳连忙接起来，顺势站起身朝门口的方向走过去，脱离了他的包围。

"洛枳吗？我是顾止烨。我陪着百丽，带她兜兜风。暂时先不回去了，真不好意思。你继续唱歌吧，或者叫几个朋友过来一起，我请客。真的很抱歉，把你一个人留下。"

兜风吗？洛枳有点儿欣慰地笑了一下，也好，尴尬的偶遇和故地重游虽然让百丽失态，但对他们来说不失为一个契机。

不过，她忽然想起另一件事："那个，这里应该是离开的时候才结账吧？你怎么请客啊？"

对方似乎是惊讶于她居然在关心这个，而且如此直白，不禁失笑。

"是啊，对不起，我疏忽了。一小时180块，你要是现在就离开，估计也就360块，你现金带够了吗？有信用卡吗？百丽回学校的时候，我让她捎给你，真是……是我考虑不周。不过，你直接就问出来了，还真是……还真是挺有趣的。"

"嗯，我有学生信用卡。那么我就唱通宵了，你说的，钱你来付，我不会忘记管你要的。"

顾止烨在电话另一端爽朗地笑起来。

"好，你自己小心点儿。"

在对方要挂电话的瞬间，洛枳差点儿就开口问："顾总，您是认真的吗？"转念一想，问不问又有什么意思，感情的事顺其自然，即使他只是随便玩玩，即使江百丽是饮鸩止渴，你情我愿的事情，何必畏首畏尾。

这就是爱情理论，你可以搓扁揉圆，颠过来倒过去，怎么说都有道理。

她放下电话，回过头，看向阴影中那个好像凭空出现的男孩。她印象中千百个他的形象：背影，侧面，正面，拎着书包的，夕阳下追赶捡垃圾的三轮车的，在冰场上滑行的，大雨中撑着伞的……怎么叠加都无法把颜色涂抹得更深，深得和此时眼前的他相提并论。

这个故事就像裹脚布，糟糕的电影无一例外有一个糟糕的结尾，每一刻你都觉得它好像要上字幕了，下一秒却又出现了一个新的镜头，交代着一些毫无意义的细节。

但反过来说，也是件好事。她的表现一直很糟糕，所以上天给了她不断练习的机会，一次又一次地修正。磨平她的骄傲，舒缓她的紧张，消灭她的期待，抚平她的愤懑。

这么长时间以来的拉扯，纵使是毁掉了她想要利落洒脱地给这段感情画上句号的希望，但也缓冲了痛楚。太漂亮的收尾等于另一重意义上的美化，与其让人念念不忘，不如用平庸来摧毁。

"你到底想做什么呢？"

她走过去，坐下，双手放在膝盖上，做出放松而真诚的姿态看着他。

第 69 章　迷魂

盛淮南避开她的目光："来唱歌啊。什么做什么？"

"那你唱吧，"她皱皱眉，忽然站起身，把话筒塞到他怀里，"我还一首都没唱呢，今天你付钱好了，反正你很有钱。今天本来是别人请客，这样我还能再白赚一份。"

"贪小便宜吃大亏。"他尴尬地笑。

"亏已经吃了，再不贪点儿岂不是更亏？"她眯起眼睛。

盛淮南握着话筒张张嘴巴，还没想好说什么，洛枳已经站到点唱机前弯下腰："你要唱什么？我帮你点。"

"洛枳……"

她转过头看他，目光炯炯，竟然盯得他眼神闪躲。

他背后就是镜子，或者说，其实四面墙都是镜子。他垂眼回避的时候，她的目光就被镜子中的自己吸引了。她以为自己的眼睛里会是懒散和释怀，然而镜中人明亮的视线中写满了愤怒和嘲弄。

恶狠狠的，刺得她自己都难受。

回想起刚才的对话，她尖酸又无聊的诙声，实在无味。这场时光的默片，他玩儿票装蒜，她演技太烂，结果才如此难看。

洛枳的手指停在点唱机屏幕上的"返回"键上许久，终于收了回来。

如果说，这样的纠缠证明了他们之间的确是有缘分的，那么红线上也是被打了太多的结，疙疙瘩瘩，伸出手却不知道应该先解开哪一个。将就着继续，谁看着都难受；一刀斩断，她又舍不得。

"你到底想要怎么样啊，盛淮南？"

他牵着叶展颜的手，却对顾止烨说，目前"还不是"她的男朋友。

他指责她背地里恶毒捣鬼，却跑到一教去碰运气寻找可能在自习的她。

他讥笑着问："你喜欢我？"却又把羽绒服温柔地披在熟睡的她的肩上。

盛淮南，你到底在想什么呢？

话说出口的瞬间，洛枳甚至决定，如果他还装傻，她就像三轮车夫说的那样，大耳光抽过去，然后拎起包就逃跑。

做好了准备，她略微紧张地攥了攥拳，满怀希望地看着他——自己也不知道是希望他坦白还是希望他装傻，好让自己抽个痛快。

他似乎并不打算跟她在这近乎一团乱麻的问题上纠缠，而是转过头，有点儿不自在地说："你别怪我多管闲事，我是为你好。不管你们是怎么熟识起来的，你还是应该离那个顾总远一些，这个人在某些方面的口碑……"

洛枳讶异地睁大了眼睛，但是并没有跟他解释自己和顾止烨的关系，她生硬地打断他："好，我明白了。"

盛淮南突然无奈地叹口气："洛枳，你知道吗？我倒是希望你能气得满脸通红地对我说'我跟谁在一起跟你没关系，你凭什么管我'一类的……"

洛枳啼笑皆非。

盛淮南浑然不觉，继续阐释着他的歪理："我总是觉得，你如果能失控一次，埋怨我几句，或者干脆指责我，不要总那么滴水不漏，也许我就能离你近一些，也许……你明白我在说什么吗？"

一句愤怒的"你凭什么管我"其实带着几分委屈和撒娇的意味，所以就能更亲近，是吗？洛枳在心里画了个问号，抬头明媚地笑："那么，为什么是我而不是你呢？"

"什么？"

"为什么不是你来抓着我的肩膀气得满脸通红地说：'你说，你和那个顾总到底什么关系，我不是说过让你离他远点儿的吗？'"她学着他的语气，挑着眉，笑得很讥讽。

盛淮南安静地低着头，双手握着麦克风，两根拇指交叠，来回摩挲。

他就是不说话。

洛枳觉得自己要火山爆发的瞬间，他突然站起身，说："那就唱歌吧，我请客。"说完就走到点唱机前认真地选起歌来。白光打在他的脸上，洛枳看到他微蹙的眉头，万分郑重却又有些不情愿的别扭神情，一时也不知道该做何反应。

刚才的话题说完了？洛枳觉得自己被他摆了一道，像一颗哑弹。

下一秒响起的前奏竟然是詹姆斯·布朗特（**James Blunt**）的《你最美丽》（"*You are beautiful*"）。

"这首歌不大好唱……"她喃喃自语。

"反正对我来说都一样。"盛淮南一副豁出去了的懒散样子，猛地倒向背后的沙发，优哉游哉地跷起二郎腿，在熟悉的旋律响起来的时候，唱出了第一句，My life is brilliant.（我的人生缤纷灿烂。）

洛枳完全惊呆了。她终于理解了"对我来说都一样"是什么意思了。

盛淮南闭着眼睛放开了唱歌，旁若无人，微扬着头，那种浑不吝的样子让她惊讶。

洛枳僵硬的表情面具开始慢慢崩裂。

You are beautiful, it's true.

（你那么美丽，千真万确。）

But it's time to face the truth.

（但，是时候面对现实了。）

I will never be with you.

（我永远不会拥有你。）

一曲终了，他挑挑眉毛，一副喝多了的样子，粗声粗气地问她："怎么样？"

洛枳咽了咽口水。

"太难听了。"她低下头，觉得自己也喝多了。

盛淮南开怀大笑，笑得仰过头去，把麦克风扔在一边。洛枳一开始木木地看着他笑，看着看着，也跟着笑起来。

"我没想到你唱歌这么难听。"

"有多难听？"

"不能更难听了。"

她话音未落，他就又开始笑，然后一跃而起，好像禁欲多年之后忽然爱上了音乐一样，越过她接着点歌。

"不，还能更难听。"他声音轻快地说。

洛枳傻傻地坐在一旁，一边赞叹他的涉猎广泛，一边惋惜，自己喜欢的歌几乎被他糟蹋了个遍。后来竟然也渐渐习惯了，沉默地任由他跑调跑得不知东南西北，然后在《自由循环》（"Free Loop"）到副歌部分的时候，一把拉过另一只麦克风和他一起吼。

他惊异地看了她一眼，然后眉开眼笑，一把抓住她的胳膊，拉着她站起来，更加忘情地号着高音。

洛枳被拉了个趔趄，但没有挣扎。她也不知道自己在做什么，热血直往脸上涌，总之不要扫兴就对了。

如果有酒就好了，她想。

没想到，盛淮南比她直接得多："要不要去喝酒？"

她被说中心思，吓了一跳，看向那个面颊红红、眼睛明亮、意气风发的少年。他紧紧地攥着她的左胳膊，摇了又摇，还没喝呢，似乎已经高了。

手心出汗。

其实她还有太多问题没解决，太多疑惑没有答案。历史经验告诉她，这一场开怀就是下一场伤怀的序幕。

洛枳，你要冷静。

然而她点头，说："好。"

他扔下麦克风，拽起她的包，说："走！"

洛枳叹了口气。

其实她唱歌很不错，可是谁也没给她机会唱。

这样想着，于是也扬起笑脸，说："走。"

他仍是拉着她的左胳膊，疾步行走在富丽堂皇的走廊中，混乱的音乐穿耳而过。她一路小跑，脑袋还有点儿昏昏沉沉的。

谁来泼我一头冷水吧。洛枳心想。

就在这时，前方包房的门向内拉开，两个女孩、三个男孩一拥而出。高个子男生一边打着电话一边四处张望："靠，谁知道他跑哪儿去了，这小子不接电话，我有什么办法……"

然后盛淮南就停了下来，前面的五个人也陆陆续续转过身看着他们。

洛枳先看见的是挂着两个夸张的白色耳环的胖女生。许七巧的面部语言一如既往地精彩丰富，滴溜溜乱转的眼睛把在场的每个人都扫了个遍，依次上演了惊讶、愤怒、兴奋等多重表情。

高个子男生放下电话，咽了好几次口水，才尴尬地笑起来："你跑哪儿去了，我打了好几个电话你都没接，怎么出去上个厕所这么半天，我们以为你掉进去了，正想去捞你呢……"

洛枳安然地躲在盛淮南身后，嘴角噙着一丝笑，并没有挣扎着将左胳膊从他手中抽出来——她的右手四指却紧紧地攥了起来，做好了挥出去的准备。

你如果撒手。

盛淮南，这一次，你如果敢撒手。

"洛枳也在啊，真巧。"叶展颜轻轻地拨了拨头发，缓缓闭上眼睛，笑了笑，才又慢慢张开，却不看她，"真巧，一起来唱歌吗？"

洛枳被盛淮南挡着，只能看到叶展颜的半张脸，橙黄色灯光下，完美的妆容遮掩了对方所有的情绪，依旧是笑容明媚、语气温柔，却少了一丝活气。

"不用了。"盛淮南说。

洛枳感到他攥紧了她。

"我们得回学校了，太晚了。改天再一起吃饭吧，谢谢哥儿几个叫我来。"他笑着，拉了拉她，示意她跟上。

她沉默无语地经过他们身边，目光没有朝身边的几个人偏离一分，只追随着左前方那个人的背影，后脑勺儿昂扬的发丝和记忆中分毫不差。

"淮南！"

叶展颜的呼唤终于还是如洛枳所料想的一样在背后响起。盛淮南停了一下，回过头先是看了一眼背后的洛枳，然后目光飘向叶展颜。

"真没想到今天能在这儿碰见你。你们几个女生也别玩得太晚，你和永乐他们几个的学校是相反方向，晚上如果自己打车的话小心点儿。"他说。

洛枳这时候才回过头去看了一眼背后的群像。

场面静默了几秒钟，那个高个子男孩笑着开口打圆场："不是，今儿个不是故意，都是碰巧的。对了，那边那位同学是……盛淮南，你看你也不介绍一下！一起来唱歌吧？"

盛淮南笑起来："唱个鬼啊，得了吧，你们根本不管我的死活，我最烦唱歌了。"

众人表情都有点儿尴尬，叶展颜忽然问道："为什么？"

洛枳憋不住笑了，感觉到盛淮南拉住她的手又紧了紧，似乎是在威胁她不要说出去。

他迅速转过身，拽着洛枳边走边喊："改天再聚，今儿我们俩先闪了哈！"

我们俩。

洛枳觉得好像被灯光晃瞎了眼。

兜头冷水没泼成，却灌了满肚子迷魂汤。

洛枳坐在大厅沙发上，结完账的盛淮南走过来。

"你结账时帮我问了没？"她仰头看着他。

"问了。姓陈，怎么了？"盛淮南疑惑不解。

洛枳若有所思地点点头说："谢谢你。"

两个人一起走出门，冬天冰冷的空气涌入肺里。洛枳好像突然醒了过来，她低头拉上外套的拉链，一不小心夹到了下巴，疼得咝咝吸凉气，这更加剧了她清醒的过程。

她却有些留恋迷糊些的自己。

洛枳抬起头去看店面巨大的霓虹墙，由衷地觉得"糖果"这个名字实在是很可爱。她不自觉地一直仰着头盯着眼前的流光溢彩傻笑，过了好一会儿才发现盛淮南没动静了，左看看右看看，望见他正站在右后方盯着她，一脸严肃。

她不知道说什么。周围的出租车都等着接活儿，密切地关注着任何一个刚出门的客人。她被盯得发毛，迟疑着挪到他身边，发现他也是一副有点儿不知所措的样子。

洛枳皱眉，他这是犹豫还是后悔？

不知道从哪儿来的勇气，她伸出双手抓住他的肩膀，微微扬起头，深深地看进他的眼里。

先开口的却是他。

"对不起。"盛淮南垂下眼睛。

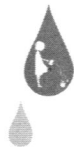

第 70 章　夜奔

　　洛枳的心就像太阳神车俯冲而下，抓着他肩膀的手也滑了下来。

　　又来了，她想。

　　盛淮南却急急忙忙地反手抓住了她的肩膀，按得很用力："我是说，之前所有的事情，对不起。你你你……你耐心听完！"

　　她失笑，歪头说："你结巴什么？"

　　盛淮南挠了挠后脑勺儿，也笑了："我也不知道，我就是觉得……好像说慢了一步你就会揍我似的。"

　　"对。"

　　盛淮南瞪圆了眼睛，洛枳严肃认真的表情让他笑出声，许久才收敛了表情，说："我也觉得你应该揍我。"

　　洛枳饶有兴致地看他一点点地变回她所熟悉的那个盛淮南——表面上并没有太多区别，可她就是能感觉得到，那一丝慌张已经不见了。

　　见到她和张明瑞在一起的时候，见到她和顾止烨一起站在超市前的时候，

KTV 里面僵持着不点歌的时候，他身上紧绷着的一根弦，上面挂着他无法掩饰的忌妒和孩子气。她感觉得到。

男人的孩子气是让女人安心的理由。

然而，这一丝孩子气带来的紧张慌乱已经不见了，他重新控制住了场面。

也许是因为她毫不犹豫地和他走了，她的不拒绝让他优越而笃定。他一直不就是这个样子的吗？

"盛淮南？"

"你先听我说，"他郑重地看着她，"整件事情我都错怪你了。我很后悔。但是，关于叶展颜的事情，如果我不愿意说，你可不可以不问我？"

洛枳看了他很久，刚刚抓着他双肩的手已经滑到了腰部，她索性收回来，也不再倾向于他，站直了身体。

她甚至都没有就这个问题提出疑问——叶展颜的哪件事？过去的还是现在的？栽赃陷害的，还是偷日记本的，还是新年牵手的？我为什么不问？

"好。"

盛淮南如释重负地笑了。他长出一口气，紧抓着她双肩的手也放了下来，插回口袋里，环顾周围，耸耸肩，语气轻松地问："走吗？打车回学校？"

洛枳低头笑了。

"我改主意了。你自己回去吧，我想回去唱歌。"

反正是顾止烨请客嘛，她想。

不用看都知道此刻盛淮南脸上会是什么表情——一定是无辜地瞪圆眼睛，神态好似一头面对弓箭时歪着头不解的鹿。

洛枳迎着风大步走回去，刘海儿被风高高扬起，吹凉了一脑袋的迷魂汤。她好不爽，心里像堵了一大团棉花。

她猛地推开玻璃门，门口的服务生甚至都没反应过来，伸手要帮忙拉门的时候，她已经目不斜视地冲着前台走了过去。

"小姐几位？"服务生赶紧追上来。

洛枳刚要开口，忽然被大力地向后一扯，后背撞进了一个怀抱中。

"老婆别闹了，闹够了没有？"盛淮南一边说一边朝服务生道歉，得到对方见怪不怪的笑容回应后，硬是把她架出了大厅。

洛枳大力挣脱开，回过头怒视着他："你干什么？"

"我知道你心里不舒服。"

"你又什么都知道了？你是不是觉得，我的所有反应都在你的意料之中？"

"什么？"

"这件事情不明不白地折磨了我这么久，可是你一拉我我就跟你跑了，你只要说一句话，我就答应你前因后果什么都不问——现在一切又尽在你的掌握了，可以按照你的步骤慢慢来了，是吗？你现在确定了我果然还是喜欢你的，之前冷淡不理你，包括和你道别，都是在演戏、是在矫情。现在好了，你有充分的自信和自由按照你自己想象的方式来操作，我肯定会贱兮兮地配合你，不是吗？"

洛枳的语气很温柔，讲话时身体却微微地颤抖着。她用尽力气控制自己，结果却用力到脖子开始痛。

"对啊，"盛淮南刚刚一直低着头听她讲，现在终于抬起头，目光炯炯地看着她，"你说得特别对，你口才多好啊！你们都很有能耐。叶展颜喜欢我就像喜欢名牌包。你呢？你喜欢我什么？你就是喜欢你的那点儿记忆而已，你又知道我的什么？！"

洛枳知道，她此刻也一定是无法控制地目露凶光。

"这就是你讽刺和践踏别人的理由了？因为我爱得太肤浅，没喜欢到你的深层本质？没看到你灵魂的闪光点？我怎么喜欢你是我的事，是我的私事，你用不着跑来帮我规划我应该怎么去喜欢一个人！"

"我凭什么不管？！你喜欢的是我，大活人，不是充气娃娃！"

她怔了怔，实在难以想象"充气娃娃"这四个字会从盛淮南的嘴里冒出来。不远处，几个哥都靠在车门上笑得前仰后合，就差给他俩叫好了。洛枳霎时间大窘，低声叫道："你胡扯些什么？"

盛淮南却红着脸强词夺理："充气娃娃就是充气的洋娃娃气球，你想哪儿去了？"

洛枳冷笑："是嘛，您真是童心未泯。"脑子里却是不相干的念头——男生就是男生，表面上再王子也不过就是男生。她又想起充气娃娃，想笑，却怕那一腔积蓄已久的怒火悉数泄尽，再也找不到矫情的机会与理由。

意难平。

他说错怪了她，一句"对不起"就要弥合之前的一切，什么都不解释，还希望她不要问。她可以不问，但她不爽。

宁肯像许日清和张明瑞，一个要解释，另一个大叫"我不听、我不听、我不听"，好歹够痛快。

盛淮南恰好用双手箍住了她的肩膀："你听我解释……"

我不听！洛枳还没开口，突然因为这时机来得过分巧合而破功，哈哈笑了起来。盛淮南的脸更红了，大声地说："那个东西我只是听说过，我也没有见过！"

洛枳一愣，怒目而视："谁要听你解释这个？"

他看着她，慢慢地弯起嘴角，眼睛里是一片温柔的海，连接着灯红酒绿和远空那轮邈远的月。

"还去喝酒吗？"他微笑着问。

洛枳低头："充气娃娃解释完了？"

"走吧！"盛淮南完全忽略了她刚刚的挑衅，长长地呼出一口气，在袅袅白气中很霸道地大声说，"走，我们去夜袭圆明园！"

第 71 章　我听说的你

他们打车到 101 中学，偷偷摸摸地穿过操场，找到了 BBS 夜袭攻略中提到的守卫薄弱地点。

洛枳小心翼翼地高抬右腿跨过去，终于骑坐在了高高的墙上。夜风吹乱了她的额发，她深吸一口气，清冽的刺痛感在胸口膨胀，这种摇摇欲坠的感觉让她心里发空，脚下的夜色仿佛深沉的暗河，她一不小心就会跌落进去，被时间冲走。

盛淮南几下就翻了上来，动作比她轻巧利落得多。刚刚洛枳笨拙又胆怯地往上爬的时候，盛淮南一直在围墙下面扶着她，最后推着她的屁股使劲向上一托。洛枳脸一红就启动了超能量，坐火箭一样冲了上来，脱离了他的帮扶。

"骑在墙上的感觉不赖嘛。"他狠狠地拍打了一下背后鼓鼓囊囊的书包——里面装着提前买好的几听啤酒和一瓶红星二锅头。

当时在"7-11"（便利店）里，洛枳拿起 Rio（鸡尾酒品牌）和磨砂瓶子的日本清酒朝他晃了晃。盛淮南不屑地摇了摇头，直接拎起了一瓶二锅头："要喝就喝烈性的，那些算什么。"

洛枳心里冷笑，不动声色地将清酒放回冷藏柜。

喝烈性的？你就嘴硬吧。

在"7-11"白亮得过分的灯光下，她把啤酒取下来的时候窥见了酒瓶后面的镜子，那里面的女孩子，唇色苍白，两颊和鼻头却是红彤彤的，一双眼睛闪耀着兴奋而又执拗的光芒——她赶紧转过头去。

她害怕这样冷静的灯光嘲弄自己不长记性，晒干胡闹的勇气。

"喏，"盛淮南刚刚走出"7-11"就递过来一罐啤酒，"你要是没问题，干脆先喝一罐热热身、暖暖胃。"

洛枳迟疑了一下，然后一把接了过来，抠开拉环。

他们站在"7-11"门口相对而立，仰脖咕咚咕咚各自干掉一罐。洛枳斜觑到玻璃后面一脸惊诧的店员，赶紧闭上了眼睛。

"我先下去，"盛淮南伸出一根指头在发呆的洛枳面前晃了晃，"下去可能比上来要难一点儿，所以我先下去在围墙下面罩着你。你要是真的掉下来顶多砸死我，所以……所以你不要乘人之危，千万手下留情。"

洛枳被他气乐了："你小心点儿。"

"这点儿高度算什么。"话没说完，他已经一转身撤回左腿往下去了。洛枳还没反应过来，离地一米多的时候，他就松手跳了下去，稳稳落到了地上。

"下来吧，"盛淮南拍了拍手上的灰，"慢点儿，别擦伤了手掌。你又没戴手套吧？"

洛枳闭上眼睛咽了一下口水，硬着头皮先将左腿跨过围墙，面朝圆明园坐了一会儿，发觉这样跳下去会面朝下栽倒，于是又费工夫将坐姿变换成了背朝圆明园，两条腿搭在了围墙外面，想了想才明白这样更不对。她有点儿心急，不知道墙下的盛淮南是不是已经不耐烦了，冷风袭来，额头上冰凉一片，才发现自己出汗了。

最后，她背朝圆明园跪在了围墙上，脚钩着围墙边，手紧紧抓着石头，保持着微弱的平衡。

"洛枳，你就保持这种姿势，脚踏在墙面上，慢慢滑下来，支撑不住了就直接跳下来好了。我在下面呢，别怕。"

她眼里已经急出了泪花，慌乱地点点头，想到对方看不见，才压抑住哭腔，说："我知道了，我不怕。"才滑了半秒钟，就因为手臂力量太弱而直接掉了下来。

"唉，你上辈子真是笨死的，"盛淮南从背后紧紧架住她的胳膊，将她拥在怀里，确定她没事后狠狠地揉了揉她的头发，"好了好了，总归是下来了。"

洛枳不好意思地低着头嘴硬："我没翻过墙，出去的时候再翻就有经验了。"

盛淮南大笑起来："出去的时候我可不翻了，我看还是带着你去找保安自首吧。"

洛枳咬紧牙关抱着他的胳膊，就像落水的猫抱住一截浮木，恨不得把爪子抠进去。

他们一前一后，默默地沿着狭窄的湖岸土路向园子的更深处走。若不是一轮圆月挂在当空，这种黑漆漆的荒园怕是伸手不见五指。小路左侧是宽广的湖面，右侧是杂乱的灌木，张牙舞爪的秃枝在夜色中平添了几分恐怖的气氛。

倒是湖面，因为结了冰，被月光照得一片莹白，一路绵延到看不见的远方。

"你确定你能找到大水法？"她将外套背后的帽子罩在头上，耳朵已经被冻红了，不禁有些担忧地抬头去看走在前方的男孩。他的耳朵被月光照着，也是红彤彤的。

"那是什么东西？我要找的是电视上常常用来做布景的那几处西洋风格的断壁残垣。"

"那东西就叫大水法，谢谢。"

"……记住这些有什么用啊！"

这种强词夺理、气急败坏的样子——有种奇异的感觉在心间升腾，洛枳歪头一笑，不自觉地带上了几分促狭的口吻。

"喂，高中的那些传闻，都是真的吗？"

"什么传闻？"

"比如，你从来不背古诗词，每次语文考试那五分的古诗词填空都白白丢分，一个字也不写，是吗？"

盛淮南后背一僵，咕哝了几句才说："投入产出比太小啊，背了好半天，才五分，而且那么多篇，我背的那部分还不一定中标，何苦呢？还不如多睡一会儿。"

那语气让洛枳不由得想要伸出手去揉他的脸。

"那……那他们说你们老师逼迫你背新概念的课文，你不到一个星期，就把第四册倒背如流……"

"谁说的？太能扯了吧，老师只是开玩笑而已。我从来没有背过新概念，对它的印象就停留在'Pardon（原谅）'上了。哦，还有第三册第一课的标题，什么'A puma at large（逃遁的美洲狮）'的……"

洛枳怔怔地听着，不觉失笑，搞什么啊，害得她硬着头皮背了一整本。

她不知道是否该继续问下去。虽然她清楚他只是血肉之躯，可日复一日的描摹和想象中，他仍是她造的神，照耀在据说和听闻中。

但是，她更喜欢这样的他，不是铜墙铁壁，不是惊才绝艳，只带着小小的嚣张，将自己说得平凡而不重要。

她真心喜欢他将自己说得平凡而不重要。

"其实我有好多好多问题要问你。"

前面的人脚步一滞，然后继续向前走："什么？"

"不用紧张，只是些无关紧要的事情而已。"

无关紧要的事情。她徐徐地在他身后问，问他高中一共有几次坐122路回家，问他是不是在比赛后被兴奋的同学们抛到空中却没有接住，问他摔得痛不痛，问他是不是经常逃避扫除……

他没有不耐烦，柔声地一一回答，有时候也会羞赧地大吼："不要问了我不记得了"……

"最后一个问题，你身上怎么总有洗衣粉的味道？"很好闻呢。

"可能是……因为洗衣服总是漂不干净吧……"

她一愣，然后就傻笑起来。竟是这样。

"这都是你当初听说的？"轮到他发问。

洛枳低头笑，心里不知道是什么滋味。

"其实高一的时候我听说过你的不少事情，很大一部分拜我的后桌所赐。对了，你认识她吗？她叫张浩渺，曾经和你上过同一个补习班，还坐同桌呢。"

盛淮南微微侧过脸向后看，一脸茫然："谁？"

洛枳哑然。

后桌那两个叽叽喳喳的女孩子，总是将自己对盛淮南的喜爱之情张扬而坦率地铺展开来。洛枳何尝不知道，对暗恋的人来说，彻底封口不言固然是一种自我保护，然而将一颗真心藏在戏谑夸张的示爱中供人玩笑，其实更是一种安全的宣泄。

大家都当她们是开玩笑，谁也不知道，其实她们是认真的。

高一末尾的一个上午，逃了体育课的洛枳看到后桌张浩渺趴在桌子上安静出神地微笑，那笑容温柔羞涩，却发着光。她不由得也愣住了。张浩渺抬头看到她注视着自己，红了脸，突然开口说："我跟你讲一件事情，你不要告诉别人哦。"

她们其实不熟，洛枳也对这种"不要告诉别人"的秘密并不十分感兴趣。然而那天直觉告诉她，这件事是她想要了解的。

"好，你说。"

"你别笑我哦，我只是突然发现，盛淮南果然是个很好的人。"

洛枳甚至还挑起眉头，做出从迷惑不解的"盛淮南是谁啊"再到恍然大悟的全套表情。她也不知道自己在伪装什么。

"昨天晚上我们一起上英语课的时候，我有点儿走神儿，就在那里玩橡皮，可是一不小心橡皮就飞了出去，掉落在他脚边，然后他笑了一下，就是那种……就是那种很无奈又很温柔的笑容，弯腰帮我捡了起来，说了句，小心点儿。"

洛枳静静地等着，发现张浩渺已经讲完了。

"完了？"

"完了。"

"……这有什么啊？"

张浩渺恼羞成怒地白了她一眼，猛地站起身出门去了，把洛枳一个人尴尬地留在原地。她心里的确是这样想的，这有什么啊——却又很想叫住对方，说，其实我了解的。

其实我了解的，真的。

"怎么了？"盛淮南停住脚步，回头看磨磨蹭蹭的洛枳。

洛枳正在神游，此刻赶紧补上一个笑容："没什么，走吧。"

他不记得张浩渺，那个补习班坐在他身边的胖女生，那个整整一年都在哀叹竞赛补习班讲课像天书，却一直舍不得退课，硬着头皮穿越大半个北城去上课只为了坐在他身边的花痴女孩……

她叫张浩渺，他不记得。

她叫洛枳，曾经他也不记得。

但是这又有什么好难过的呢？这些隐忍的喜欢，如果只是为了自娱，那么已经得到补偿；如果目的是得到，那么各凭本事，各凭缘分，又为什么要他来承担呢？

从相识之初到此刻，她那颗跌宕起伏的心终于如身边的湖泊一样，在月光下凝结成了一片雪白。

洛枳突然笑了起来。

"到底怎么了？"盛淮南终究还是停下脚步转过身，他逆着月光，在她眼前只化作一个剪影。

"我发现我自己好像有些改变了。"

她大步走到他前面去，然后转过身倒退着走，这样就能借着月光看到盛淮南迷茫又有些紧张的神情。

"我好像想通了，或者说，以前我一直都能想得通，但是心，"她抬起右手用食指在左胸口画了个十字，"心里始终是堵着的。我不知道我为什么难过。"

"但是现在，"她微笑起来，"我发现我既不惋惜，也不生气，也不憋屈了。"

他安静地看着她。

"我是不是喝多了？"她揉着鼻子。

"应该不是。"

"我觉得我好像是喝多了。"

他背过手拍拍身后的书包："太好了，那赶紧再喝点儿。"

洛枳被逗笑了，一口白牙在月光下闪着柔和的光泽。盛淮南伸出手去揉她的脑袋，动作慢下来，目光渐渐凝结在玉带一样的湖面上。

"怎么了？"

半晌，盛淮南才收回目光，看向她："有时候我真的很害怕，害怕我和你听说的不一样。"

洛枳抬起眼，忽然意识到他们并不是这里唯一"偷渡入境"的人，远处天空飘起一盏盏孔明灯，星星点点的火焰渐渐融化进幽暗的天空中。她不知道要从何说起，那些"听说"并不只是肤浅的、对传奇的崇敬和仰视。然而，她又本能地觉得自己懂得他的害怕。

她却不知道要如何让他明白她不只是听说。

在他们还是"好朋友"的时候，她曾经用无数真假参半的谎言来让他感慨他们这样像——她用笑容来表达一切不快乐的情绪；她喜欢阿加莎·克里斯蒂多于福尔摩斯；每次坐公交车都选择坐在同样的位置；喜欢玩《逆转裁判》；讨厌肥肉，会把肥肉摆在凳子横档儿上；用三根筷子吃饭；高中时，每周五晚上放学会带着很多练习册回家过周末以减轻愧疚感，但是会很快沉迷于在线漫画以至于周一把它们原封不动地带回来……

然而，这些相见恨晚都是假的。或许她曾用谎言打动他，但她喜欢上他的理由从来就不是这些。透过这些愉悦对话制造的烟雾，她知道盛淮南心底的不快乐。那是一种微笑着的不快乐，不信任任何人也不关心任何人的寂寞。纵使她不了解这其中的缘由，但从她第一眼见到车站上和几个同学一边聊天一边假笑的男孩开始，她就知道。

然而，她不想谈论这些。

"我听说的你和别人听说的，恐怕不一样。"

洛枳看向邈远的孔明灯，不知道那里面究竟承载着谁的希冀，柔软地飘向夜空，熄灭，飞散。她自己的愿望不在纸灯里，却不会熄灭。曾经小心翼翼却怎么都到不了的目的地，在放弃的当口儿，胡天黑地作了一番，竟看见他站在面前——她不会再退缩一步。

"我不想再'听说'，只想听你自己说。哪怕说假话，我也能听懂真相。"洛枳郑重地直视着盛淮南的眼睛。

他看向她，铺天盖地的动容，在目光中怦然而生。

第72章　每朵云都下落不明

盛淮南放弃了寻找大水法的想法，在湖边找了一块平整的大石头拉着洛枳坐下来，想了想，将书包中所有的酒都掏出来立在地上，把扁平的空书包递给她："垫着坐吧，就在这里一醉方休好了。"

洛枳轻笑："好。"

他拿起一瓶红星二锅头，折腾了半天才发现打不开，苦笑了一下，拎起一听啤酒，"啪"地扯开拉环递给洛枳。

他们碰杯，却不知道该说点儿什么祝酒词，只是相视一笑。洛枳觉得冷，心里却是暖和的，好像住进了荒原的温柔乡。

"你知道我是什么时候第一次看见你吗？"他仰头灌了一口酒，再开口的时候，声音有些涩涩的。洛枳直觉她将听到的也许是些他讲起来很艰难的事，下意识地抓住了他的衣服下摆，抬起头，给了他一个宽和的眼神。

盛淮南感激地一笑。

洛枳记得他第一次当面认出自己是那天在超市门口，他与许日清拉拉扯扯，

133

她出手解围，犹如神兵天降。

"其实这样说来，我真是庆幸自己对人过目不忘。"盛淮南道。

高考后的暑假，文科班最后一次同学聚会，他去饭店接叶展颜。人已经走得稀稀拉拉，叶展颜还在窗边坐着，见到他来了，突然指着窗外一个正在过马路的白衬衣女孩，说："喏，那个就是传说中的洛枳，你看怎么样？"

传说中的，我怎么不知道？什么叫"我看怎么样"？

盛淮南闻到叶展颜身上的酒气，心想她果然糊涂了，匆匆朝她指的方向瞟了一眼。正好此时有人喊"洛枳"，那个女孩转过头。

他耸耸肩说："还行啊，问这个干吗？"

叶展颜忽然笑了，那个笑容和他之前熟悉的笑容完全不同，不知怎么，居然很悲哀。

"很好是吧，我也觉得很好。"叶展颜说完，潸然泪下。

他一头雾水，忘了纠正她，他只是说还行，隔这么远连鼻子眼睛都看不清，他能说什么？盛淮南赶紧掏出面巾纸帮她擦眼泪，她只是反反复复地说一句话："的确很好，的确很好……你看，你马上就要去那么远的地方了，离我那么远。"

那副脆弱的样子让他觉得陌生而心疼。他从背后抱着她，却不知道说什么好，只是用下巴在她头顶蹭了一下，说："傻瓜。"

洛枳沉默不语，心中肃然，一阵冷风拂过她的脸，好像命运那只看不见的手，冰凉却怜惜。

盛淮南当时并不知道那会是他最后一次见到叶展颜。之后的一个月，他们只能通过短信和电话联系。妈妈彻底控制了他的闲暇时间，先是把他打发到香港去五日游，又命令他陪表弟去马尔代夫玩了一个多星期，紧接着爸爸在上海的朋友发出邀请让他去给自己家的孩子辅导高三数学，他的爸爸妈妈更是一口答应。他无奈，但同时也觉得离家前还是顺着父母的心意比较好。然而一转眼就到了要去北京报到的时候，家里人去机场送他，叶展颜自然不方便出现——

很荒谬也很无奈，他居然再没见过她。

大一上学期寒假回家之前，他们就分手了，此后再无联络。

那天，超市门口，盛淮南叫出洛枳的名字给自己解围的时候，想起的就是莫名落泪的叶展颜。

洛枳哭笑不得。

他最后一次见到叶展颜，冥冥中竟然好像是专门为了引荐洛枳。而和洛枳的第一次见面，他却满脑子都是叶展颜。

她心里有她的不为人知，他脑子里也有他的心酸曲折。

"你第一次和我喝咖啡，就看出来我……我对你……有意思了吧？"

洛枳还是说不出"喜欢你"三个字，只能结巴两下，用不伦不类的"有意思"含糊过去。

盛淮南的啤酒停在嘴边："你想听实话还是假话？"

"假话。"

"我哪儿有那么自作多情。"

洛枳放声大笑。

平心而论，和洛枳在咖啡厅的第一次聊天让盛淮南很愉快。在他看来，洛枳没有流露出那种让他厌烦的、故意用清高来遮掩的热切。相反，她很自然，毫无痕迹。

"你都是装的吗？"

"嗯，大部分，"洛枳越发感觉到了自己的变化，似乎这段时间的磨砺教会了她真正的坦然和自信，"重来一次，我还是会选择假装。"

"了不起，"他赞赏地笑笑，眼神牵连着遥远的夜空，淡淡地问，"你说，这种心态算不算自恋？"

洛枳摇头："可是你并没有猜错。"

盛淮南仰头灌下最后一口啤酒，晕晕乎乎地又拿起一罐。

当年他用短信表白，然后到文科班门口找叶展颜。她问："你怎么知道我一定能接受你的表白？"他笑，说："我一看就知道你喜欢我啊。"

我一看就知道你喜欢我。这句话，他以前对着各种找借口搭讪的女生皱着眉头腹诽了许多次。虽然他的感情经历是空白，然而就像他不需要偷过东西就能分辨出来火车站里哪些是扒手一样，有些事情看一眼就够了。

可是面对叶展颜说出这句话时，他居然有一点点不自信和恐慌。对方一下子红了脸，说："你……别那么自恋。"

那时候，她们班级的同学趴在门口八卦兮兮地张望着他们俩，间或起哄，盛淮南破天荒没有一点儿厌烦。他从来都讨厌自己的事情被别人插手，那天围观的人群，因为他心情好，都被当成是幸福的见证者了。

"是啊，我几乎没有猜错过。"他呵呵笑起来，说的是几乎，心里想的是全部。

洛枳也灌下了最后一口啤酒，呛了一下，啤酒沿着嘴角流下来一点点，她还没抬起手，盛淮南已经用手背帮她抹了下去。他好像有点儿醉，脸很红，眼神飘忽，动作没轻没重的。

洛枳的脸腾地烧起来，不自觉地朝旁边挪了挪。

盛淮南不让她问叶展颜的事，他自己却不断地说。她知道，他一定是因为叶展颜而不痛快，却一丝忌妒的感觉都没有。

"喂，我问你……"洛枳说话间抬起眼睛，突然看到晴朗的夜空里，月亮边缠着一抹洁白的云彩，很高、很远，薄如面纱。月色隐藏在云的背后，周身发出琉璃般的华彩。

日晕天将雨，月晕午时风。

那么一瞬间，好像一切都不存在了，她怔怔地看着天上这片孤零零的云，仿佛一头扎进了如烟的往事。

就这样吧，她答应了不问，就再也不问。

他们沉默地喝着酒，渐渐也就暖和起来了，直到盛淮南有些迷迷糊糊地垂下头，晃了晃，就往她肩头一靠。

洛枳心中温柔地叹息。

这点儿酒量怎么靠得住啊！

她早就听说过，他酒量极差，那些关于高考后同学聚会的各种小道消息，只要与他有关，她都听说过，所以才会在他要买烈性酒的时候心中哂笑。虽然他说害怕自己与她听说的不一样，然而这件事情，她总归没有听错。

这样想着，她还是解下自己的围巾，往他的头上缠了几圈，像不擅包扎的护士，将他通红的耳朵保护起来。

"你不知道，我收到那个丁什么的女孩子的短信时，心里有多生气。"

他含含糊糊的语气，像个孩子。

"彼此彼此，你也让我很生气。"她边说边喝，想起那件雨衣，不觉有点儿咬牙切齿。

"可是，"他眼神涣散地抬起头看她，"那天晚上我跟踪你，你在路灯下，特别坦然地说，我的确喜欢你。我发现你说的是真的，真的对我……有意思，"他也避开了每每让她勃然大怒的"喜欢"和"暗恋"这种字眼，抬起手轻轻地、反复地敲了敲胸口，"这里，这里就像一瓢温水直接浇了下来。"

洛枳哭笑不得，想起他对语文课的厌恶，心知这种形容真的是难为了他。然而每一个字都敲着她的鼓膜，手指微微地发抖。

"我当时觉得，叶展颜虽然爱耍脾气，但她一定不会说谎害人。"

洛枳静静地听着。

"但是我舍不得你。"他钝钝地说。

其实只是舍不得。

舍不得那个曾经眼神明亮地看着他微笑的女孩子消失不见，擦肩而过的时候像对待陌生人一样疏离冷淡。

哪怕她恶毒狡诈、深藏不露，哪怕她手段卑劣，只要她爱他。

洛枳心里有一块冰哗啦一下瓦解，忽然就红了眼眶。

她终于明白了自己一直以来错在哪里。原来她独自一人在这场旷日持久的沉默暗恋中耽搁了太久，对每种难过和伪装驾轻就熟，却从未懂得，在两个人的感情世界中，一锤定音的，不是心有灵犀的睿智，不是旗鼓相当的欣赏，更不是死心塌地的仰望。

是心疼，是怜惜。

是两难境地里，那一点点无可奈何的舍不得。

正如她曾经掷地有声地讽刺他："死无对证的事情，怎么与亲疏无关。"

"还真是不分好歹呢，自恋狂。"她心中温热，声音却很冷淡。

"才不是，"他挣扎着起来，大着舌头纠正，"我理智上绝对是非分明。"

感情上却不知好歹。

她含着眼泪的笑声被风裹挟带走。

盛淮南靠着她慢慢地睡着了。他们到底没有找到那些"不重要"的断壁残垣，洛枳也并不觉得可惜。左肩沉沉的，摇摇欲坠，她犹豫几许，终于还是轻轻地抬起左手，揽住他的肩。

怎么好像颠倒过来了。她心中发笑。

时间像夜风一样呼啸而去，她搂着他，看着湖面尽头那一抹云，心中安然。

他们聊了什么，还有多少疙瘩没解开，她已经不在意了。

灵魂回到了身体里。

不知道过了多久，肩膀酸痛的洛枳听到盛淮南咳嗽了两声，努力坐直了身子，迷蒙地望着前方："几点了？"

洛枳揉了揉肩膀，艰难地站起身子，拎起屁股底下的书包，拍了拍交给他："不知道，我们回去吧。"

她死活不肯走正门，也不愿意去挨园子里保安的训，宁肯再翻一次墙。盛淮南睡醒后，清醒了不少，大手搭在她的肩膀上，愧疚地帮她敲了敲。

他们原路返回，依旧是盛淮南推着她的屁股把她送上了围墙。

她安稳地坐在上面，像个骄傲的女皇，任凭风吹乱她的头发，也不去管，反而高昂着头眺望东方的鱼肚白。盛淮南很快也翻了上来，紧挨着她的边坐好，两个人谁也没讲话，四条腿在高空晃来晃去，像喝醉了的船夫在摇桨。

他的左手小指碰到她的手背。洛枳的心跳忽然快得过分。

下一秒钟，他的气息铺天盖地倾覆了她。牙齿撞在牙齿上的时候，她笑场了，目光越过他微红的脸庞和气急败坏的眉头。

第一缕阳光从她背后伸出手，温暖了少年的脸庞。洛枳从他镶着毛茸茸金边的头顶望过去，西边的天空明亮得一片空白。她已经找不到那蒙着云彩面纱的月亮了。

每朵云都下落不明。

每轮月亮都不知所终。

第 73 章　相见恨晚

洛枳坐在商厦一层的咖啡店角落，边打哈欠边等待周六仍在加班的洛阳。她点了一杯白巧克力摩卡，然后就托腮坐在桌边，用调羹将上面的奶油抹来抹去，时不时微笑。

也不知道在笑什么。

那天她回到宿舍时已经是早上七点了。打车回学校的时候路过麦当劳，盛淮南让她在车上等，几分钟后捧着两杯热饮和一个纸袋走出来，递给她说："冻坏了吧？"

她想着，像当时一样，将咖啡杯贴在脸颊上，好像还能感觉到那天清晨的温度。

推开宿舍门的时候，江百丽竟没有睡，像个女王一样坐在上铺，睥睨众生，在洛枳小心翼翼地踏入房间的那一刻，笑得奸诈万分。

洛枳知道之前的几个晚上她推迟海底捞的约定，都因为和戈壁一起出去了；而她从"糖果"落荒而逃之后，顾止烨陪她到深夜，虽然没什么承诺，可也足够暧昧。

"恭喜你啊，"洛枳吐掉漱口水，抬头仰视沐浴在晨光中的女王，"前几天还哭哭啼啼呢，现在就在两个帅哥中间左右为难了。真是三十年河东，三十年河西。"

百丽笑了，普通女孩子的虚荣和羞涩背后，却有一丝丝无奈。

洛枳钻进被窝，迷迷糊糊渐入梦乡的时候，忽然听见上铺传来江百丽有些沙哑的声音。

"昨天晚上，我们在包房里的时候，戈壁也和陈墨涵的一群大学同学在唱歌。我猜，他一定还是唱得那么好听，一定让陈墨涵在同学面前很有面子。"

洛枳在清浅的梦中叹息。

"在顾止烨唱那首歌之前，我忽然收到了他的短信。他说，他还记得第一次和我去 KTV，点了一首《独家记忆》。他当时很想把这首歌唱好，狠狠地震慑一下我这个土包子，哈哈。"

百丽干巴巴地笑了几声，许久才慢慢地说："他说后来好可惜，不知道怎么就迷上了胡乱飙高音，秀难度，唱小众摇滚，却忘记了认认真真地给我唱一首口水歌的感觉。"

"抱歉，终于把材料都送上去了。越到过年前越忙，来实习的三个学生一个比一个没用，交代的事情办不好，就知道坐在那儿刷网页挂 QQ。"

穿着黑色羽绒服的洛阳从远处跑过来，坐到洛枳对面。

"实习生不是常常抢着干活儿吗？"洛枳有些疑惑。

"我们部门的这几个不是走正常招聘程序进来的，都是主管的亲戚或者朋友的孩子，来这儿干活儿只是为了开个实习证明，以后简历上好看点儿。"

洛枳点点头："去哪儿吃饭？这顿饭可是我无意中敲诈出来的。"

　　洛阳笑了，表情有点儿尴尬和无奈："你想吃什么？"

　　洛枳仰头想了想："我听说南锣鼓巷有家蚵仔煎，你看怎么样？"

　　冬天的南锣鼓巷有些冷清，巷子两侧的特色小店有许多都早早关门了。洛枳从岔路口拐出去，急急地跑到一扇木板门前轻轻推开，然后放松地长出一口气："哦，还好，没有打烊。"

　　店很小，只有三张石桌，看起来像住家专门开辟出一个小客厅做生意似的。冰柜里有许多台湾产的罐装饮料，点餐时洛阳拎着一罐嫩绿色的饮料苦着脸问洛枳："这个芭乐……是不是'香蕉你个芭乐'的那个芭乐……"

　　洛枳被他的绕口令逗笑了，点点头："好像是。"

　　饭菜上得很快。洛枳中午没吃饭，一直低着头攻击鲜嫩的蚵仔煎，也没有注意洛阳许久没有动筷。她终于吃完，喝了一大口阳桃汁，才发现洛阳面前的凉面几乎还是满的。

　　"你不饿？"

　　"不饿，中午吃了两人份的工作餐。"

　　"拿给我吧，我没吃饱。"

　　洛阳笑了，把盘子推给她，自己靠着石桌旁边的书架闭目养神。很久之后他睁开眼睛，看到桌上的蚵仔煎、凉面、洋葱圈、鱿鱼圈被一扫而光，只剩下一点点残渣。

　　"饱了？"

　　"嗯，"洛枳低头用面纸擦擦嘴，"有点儿撑。"

　　"有什么高兴事吗？我看你好像气色不错。"

　　洛枳抿嘴笑起来，眯着眼睛不回答。

　　然后就是更长时间的沉默。店主和服务员都在门后另一个房间里聊天，有些清冷的小屋里只有他们两个相对无言地坐着，死盯着面前的盘子。

　　"票已经订了吗？"还是洛阳打破了沉默。

"明天直接去火车站碰碰运气，学校附近的订票点没有卧铺。"

"我大年初一的时候才能回家，上个月订了机票。如果你明天买不到票，赶紧给我打电话，我帮你联系一下我们公司用的那个代理商，实在没办法就坐飞机回去吧。"

洛枳点头，歪着脑袋忽然笑了。

"笑什么？"

"没，"她笑眯眯地摇摇头，像只善良的小狐狸，"这个气氛……没什么可说的，我还是回学校吧。吃人家嘴短，拿人家手软，我会闭紧嘴巴的。"

洛阳有些啼笑皆非："那你原本想问什么？"

"你当时电话中提到的'她'。"洛枳索性直视他，不再东拉西扯。洛阳还是笑，笑得越来越淡，最后望着天花板上的吊灯出神。

上午在印刷间签字赶制材料的时候，他闻着复印机独有的那股奇怪的味道忽然很想吐，有些眩晕。想起下午即将见到洛枳，那个还在校园中纯纯的妹妹，低头再看看自己一尘不染的皮鞋，洛阳有些恍惚。等待材料送达的五分钟里，他用代理 IP 登录了 Z 大的校园网，只是工作了半年，曾经的学生时代就恍如隔世。BBS 上面因为校园热点事件盖起的口水高楼，在他看来无异于过家家的小朋友垒出的沙堡。

洛阳回过神来，苍白的灯光下，洛枳清澈的眼睛正不依不饶地紧盯着自己。

"一个小师妹，以前关系不错，大一都快念完了，不知道什么原因忽然就退学了。你嫂子对我们有点儿误会，不过后来澄清了，就这么简单。"

洛枳愣了一下，低下头微微思考了一会儿，没有继续问下去，只是笑着点点头："算了，我不问了。不过，哥，我希望你能珍惜念慈姐。"

她自己也觉得这种嘱托肉麻而无意义，洛阳却并没有笑她。

她说让他珍惜陈静，却不敢问，他是不是真的如她一直以来所想的那样深爱着陈静。

"还用你说？傻丫头。"

"那就付账。"

洛阳无奈地笑了，伸手摸摸她的头，喊了服务员结账，一边掏钱包一边顺口问："上次在牛排店门口，那两个人是谁？一男一女。"

洛枳愣了一下，旋即摸摸鼻子："没谁，都过去了。"

洛阳也不再追究。所有一言难尽的故事，他们都学会了不再刨根问底，也没有时间和心情再去聆听细节。很多时候彼此所需要的不过是询问时表现出的关切而已，所以干巴巴的一句简介，就已经足够了。

洛阳看着洛枳消失在学校门口，才转身钻进了等在一边的出租车里。

连着几天加班连轴转，他终于可以好好休息一番了。刚打开公寓的门，他就看到带着黑眼圈的室友从厨房端出泡面，端坐在客厅一边吃一边看中央六台的国产电影。他疲惫地打了个招呼就回到自己的房间，倒头便睡，连衬衫都没有脱。

一觉就睡到早上八点，他竟然连睡了十二小时有余。

而且，竟然梦见了她。

洛阳梦见丁水婧在接到第四个电话的时候终于下定决心关手机的样子，嘴角带着乖乖女的笑容，手指却坚决地按下了关机键。这个画面持续的时间很短，只是一个片段，夹杂在其他乱七八糟的梦中间，显得很突兀。

可他醒过来的时候，不记得所有连续不断的乱七八糟，唯独记得这个短暂的瞬间。

冬天的阳光洒在被子上，浮尘在空气里招摇。

那时候，讲台上的老田正十分投入地讲着三位一体。

"圣父、圣子、圣灵，这三者的关系会有多种不同解释，其中也产生了很多矛盾和纷争，最终导致了基督教的一次分裂，我们常常谈起的天主与东正的分歧之一就是对这三者关系的不同理解。一会儿我们的讨论课就从这个话题和宗教战争开始说起。"

丁水婧在纸上随手画了一大一小两个人手牵着手，大人吐出一个烟圈一样的东西，她给它加上了个尾巴，在边上写上"Hi, holy ghost（你好，圣灵）"。她正要给大人的头上画上光圈，描了一半，本子就被老师抽走了。

"大家看，丁水婧同学的画充分揭示了东正教的观点。"

底下有善意的笑声和掌声，洛阳看了看丁水婧的侧脸，她的嘴角微微地上翘，眼睛里满是俏皮的得意。

洛阳窝在温暖的被窝里不想起床，闭上眼睛就好像听到了老教室里空荡荡的笑声。

几乎每堂课，老田都会拿丁水婧的画来当辅助讲义，大家习以为常。中世纪史是一堂公共选修课，主讲的田学平是历史系有名的包公脸，因此选课的学生并不多。

丁水婧为大家所熟悉，只是因为第一堂课里，她坐在第一排正中央，居然在本子上画老师的漫画。老田一招"空手夺白刃"把画纸抽走，对她怒目而视，然而丁水婧只是淡淡地笑了一下，平静地问："老师，您看，我画得像吗？"

回想起来真的很奇怪，这堂课开设了多年，课堂气氛一直死气沉沉，那天竟有几个同学起哄说，展示一下看看吧。一直都板着脸讲课的老田自己偷偷看了一眼，扑哧一声乐了，大家就更壮着胆子说展示一下、展示一下。

果然很像，老田的招风耳、黝黑的脸膛和招牌的歪嘴笑容——底下笑成一片，居然还有掌声。老田说："要不是你画得像，我都懒得管你，来，上讲台来自报家门吧。"

"大家好，我叫丁水婧，是国际政治学院国际法专业的新生。"

老田扬扬眉毛说："哟，我还以为小才女是艺术学院的，下次别画得那么好，我就不会注意到你了。有时候天赋也是一种负担呢。"

丁水婧有一瞬间的失神，然后耸耸肩膀说"**谢谢老师**"。洛阳现在也不知道自己当时是怎么了，在丁水婧回到座位上的时候从后面递给她一张字条，上面写着："你好，我是数学系的洛阳，已经大四了，就在你身后，认识一下。"

十分轻浮的搭讪。

一年后的毕业生酒会上，洛阳站在台上敬酒发言，底下的同学忽然起哄，让模范情侣洛阳和陈静讲述恋爱史，从刚认识的时候开始讲。洛阳并不喜欢闹哄哄的场面，底下熟悉不熟悉的种种面孔看得他头皮发麻。不过也没有什么难以忍受的，毕竟在别人看来，他和这种热闹温馨的场面再契合不过了。

"就那么认识了呗。"他随口说。

"高中同桌而已，"陈静在一旁温柔地接上，"高一时还是我先跟他说的第一句话。"

"什么啊，原来是嫂子主动啊。我们大家误会了这么多年啊，老大太不像话了。"宿舍的老三在底下起哄。

"你以为我像你啊，搭讪漂亮小姑娘是我干的事吗？"

洛阳自己刚说完，就在大家的哄笑声中愣住了。

那一刻，他好像又看到丁水婧转过身来，好看的脸上是**慵懒**的笑容。"嗯，我最讨厌数学。你好。"

和丁水婧这样打过招呼之后，两个人就再没有说话，下一周的中世纪史课前，洛阳走进教室的时候，看见丁水婧坐在第一排朝他招手，脸上是落落大方的笑容。于是他走过去和她坐在一起。

丁水婧的桌子上有两本书，一本是老田指定的教材《中世纪简史》，另一本实际上是她漂亮的涂鸦本。丁水婧听课很不认真，总是在书上面涂涂画画，有时候老田不知道说了什么触动了她，她就会很快地翻开涂鸦本，乱写乱画一阵子。

丁水婧永远都坐第一排，画的画永远会被老田发现，被发现后她也不怕，仍然懒洋洋地在下面接老田的话茬儿，一老一少、一唱一和的样子让人觉得很温馨。洛阳脑海中对于中世纪史那门课的知识已经所剩无几，然而他始终记得丁水婧频繁振动的手机。她似乎有那么多的朋友，短信不断，噼噼啪啪的按键声像冬日的柴火烧得正旺。

那天正好是期中课堂即兴辩论会，法学院的学生和历史系的学生争先恐后地站起来慷慨陈词。老田也意气风发地参与评论，好像岁月倒流，皱纹都舒展开了。最后老田终于想起了丁水婧，在下课前，他带着一脸饶有兴味的笑容看着丁水婧说："我们的画家同志想说点儿什么吗？"

当时，丁水婧刚刚推了洛阳一把说"你看你看"，冷不防被点名，发出了很响亮的一声："啊？"

洛阳听到了笑声，很善意的笑声。大家都把这个小妹妹当成迷糊而又搞笑的角色。她是课堂的吉祥物，所有人都很喜欢她，常常会有人在进教室的时候和她打招呼。洛阳问起，丁水婧往往会恢复一脸懒懒的表情说："其实我不认识。"

丁水婧慢慢地站起来，先是看了洛阳一眼，然后朝老田笑笑，像个孙女一样讨巧的笑容。大家都因为她奇怪的安静而把目光聚焦在她的身上，等待着她说出和以前一样卖乖的笑话。然而，丁水婧温柔的声音、流畅的语言和脸上天使般的笑容使气氛来了一个逆转。

那天丁水婧的侃侃而谈让老田很高兴，洛阳却很困惑。老田做总结的时候，洛阳问丁水婧："你刚才推我想要说什么？"丁水婧连忙翻开涂鸦本，指着上面的一个人头说："你看，这个人像不像刚才说'信仰是思想懒惰的一种表现'的那个男生？"

大大的鼻子和善良的眼睛，还有一头乱发。

"嗯，像，当然。"

丁水婧很得意地笑了，又在本子上面涂了两笔："你看，现在他像不像老田？"

洛阳差点儿一口水没喷出来，果然，丁水婧的这个举动让洛阳一瞬间怀疑，发言的男生是老田的私生子。

让洛阳欣赏的是，她并不是没有注意到大家对她发言的赞赏——毕竟，能做出那么精彩大方的即兴演讲的人不可能是不懂得体察观众的人，可是丁水婧就像习惯了一样，并不是出于羞涩和谦虚而与洛阳避而不谈，只是因为习惯了，所以才懒洋洋地没什么兴奋和骄傲。

因此洛阳没有夸她，没有像对其他女孩子一样笑得很温和地说："啊，谁说美女肚子里没有墨水？"

洛阳从来都不是喜欢计较输赢和气势的人，他心里通透，做事稳当，人缘也极好，自然不会在她面前自卑。可是不知道怎么，他就是不想夸奖她，不想让她像对待别人一样，诧异地看自己一眼，然后淡淡地说："哦，谢谢，也就那么回事，没什么了不起的。"好像这样自己就会在丁水婧心里被划归为某类俗人，再也没有变得特别的可能。

特别。洛阳在那间旧教室里盯着琥珀色的光影，慢慢地、慢慢地，开始感觉到胸腔中的心脏格外有力地跳动起来，怦怦，像强劲的水泵，连带耳边也开始轰鸣。他回过头看她，发现她也正侧过脸看自己，笑得俏皮，里面包裹着一丝过早显露的默契和随之而起的欣喜。

她笑得很好看。他想。

生活总是深深浅浅、光影交错。有人得到浓墨重彩，有人轻描淡写地经过，有人在你生命里屡屡划过却留不下痕迹。而有些人，一面之缘就嵌入大脑回路深处，走进记忆里，仿佛不请自来，过期居留。

"你画画真的很有灵气，"他拿过那张涂鸦仔细地端详每一笔的走向和纹路，突然转头看她，"你画一张我的画像，行吗？"

他们离得有点儿近，洛阳转头的时候意识到了这一点，不动声色地将脖子向后缩了缩，又像煞有介事地举起纸，朝着另一边有光线的方向抖了抖。

他听见丁水婧在背后笑。转回头的时候，她已经拿着本子在画了，只是用左手挡着，不让他看见涂鸦的过程。

"别人看着我就不好意思。"她没有抬眼，嘴角却弯着。

然而，洛阳看到的是两个人的画像，半身，并肩站着，分别靠近纸的左右两侧，中间留出了一个人的空白。

"这是……"

"我觉得，人的特征和神韵，还是在与别人互动的时候最容易表现出来。我没看见过你和别人在一起时是什么样子，所以就画了我们。"

洛阳定神盯着，画中的自己不知道为什么，好像活泼得过分，像个大一新生。

"这幅画哪里有互动？"

"当然有，"丁水婧用炭笔的另一端在纸上画了个圈，顿了顿，却又抬起头笑，笑得洛阳不敢直视，"你看不出来吗？"

"好吧，那这幅画送给我吧。"

"不行，我觉得画得很好，我要自己留着。"

女人无理取闹起来真是奇怪。还好陈静不是这个样子。

当然有时候，奇怪点儿也没什么不好的。他想。

下课的时候，陈静忽然出现在门口，朝他招招手，指指右手拎着的外卖，温柔地歪头一笑。

洛阳的余光看到丁水婧狡黠的微笑，八卦得恰到好处。

"女朋友？"她问。

"是。"他朝丁水婧点点头，拎起书包先一步离开了教室。

"学妹？"陈静问。

"是。"

回过头，他看到女孩伏在桌面上望着地面上的某一点，美好的侧面仿佛安静的油画。正午的阳光从厚重的酒红色窗帘缝隙漏进阶梯教室，正好打在她身上，就像上帝偏爱的追光。

她恰好也偏过脸看他们，嘴角向上一勾，若有所思地打量着。

洛阳心中悚然一动。

世界上很多事情，都开始于那一眼若有所思的打量。

"学妹吗？"他回过神来，身边的陈静依旧温柔地笑着，像时间打了个旋儿。

"你刚才问过了。"他笑，左手接过外卖，右手轻轻牵住她。

裤兜中手机"叮"的一声，提示新信息。

是丁水婧说："你和你女朋友的关系真有趣。"

他不知道这句话是什么意思。

第 74 章　Two strangers fell in love
（两个陌生人坠入爱河）

洛枳是早上五点钟被江百丽的手机铃声吵醒的。然而手机的主人还在上铺睡得酣熟，翻了个身，硬是将那个又吵闹又振动不停的"炸弹"从缝隙里砸在了下铺洛枳的肚子上。

洛枳咬着牙爬起来，正要敲床板，忽然瞥见屏幕上闪烁着的"陈墨涵来电"五个字。

洛枳思考了两秒钟，还是决定把江百丽弄醒，让她自己来面对这一事实。然而拿着手机爬梯子的时候，拇指不小心碰到了接听键，手机并不是扬声器免提状态，可她还是隔得老远就听见里面几乎是撕心裂肺的一句："你自己和她说，和那个贱人搅在一起相提并论，我都为自己丢脸！"

"你别闹了！"

洛枳呆呆地听着江百丽的手机兢兢业业地用那不怎么灵光的破喇叭播放着陈墨涵和戈壁机关枪一样的争吵声。她连忙再爬上去两级，狠狠地推着江百丽的肩，用气声喊着她："喂，醒醒！"

电话却在此刻断了。

洛枳听见的最后一句话并不完整："江百丽，你给我听好了——"

陈墨涵的话断在半截，她猜是戈壁将电话摔了。

江百丽此时才睡眼惺忪地坐起来："干什么？"

睡意全无的洛枳将手机塞到她手里："未接来电，你……"话音未落，江百丽却身子一歪，靠着墙斜斜地躺倒，就这样睡了过去。

她静默了一会儿，将手机轻轻地揣进江百丽睡裙胸口的兜里，然后下了梯子，钻进被窝，拿起自己的手机，熟练地拨通了百丽的号码。

又一阵让人心悸的响铃加振动划破了黑沉沉的空气，不同的是，这次伴随着江百丽心悸的尖叫声。

洛枳的心里终于舒坦了不少。

江百丽听洛枳讲述了刚才那个短暂的电话的全部内容后，好长时间没说话。

"看样子，前女友的复仇计划进展得很顺利嘛。"洛枳打趣道。

她已经彻底清醒了，那个被打断的梦境像急速退去的潮水一般，无论她如何努力伸手挽留，梦中的情景已然模糊得不可救药。

可她始终记得，她梦见了火葬场的那个红衣服的女人。

她的五官就像退潮时遗落在沙滩上的贝壳，在淡退的薄暮中，竟然愈加清晰。

洛枳正魔怔，突然听见上铺江百丽的鬼哭狼嚎。

"反正我烦死啦！"江百丽不断地踢着被子。

"矫情。得了吧，我知道你心里欢喜得很。"

江百丽急急道："不是，真的不是……虽然……但不是！"

上铺安静了好一会儿，江百丽才声音低落地说："其实，是我在找碴儿。戈壁他应该是可怜我吧，所以才主动找了我好几次，也许是希望和我做朋友。但我从来没给过他一句好听的话，总是用各种方式刺激他、讽刺他。我没想到，他不像以前那样脾气暴躁地和我翻脸，不管我说了什么。你别笑我，我从没见过他那样服软，我真的……"

洛枳盯着头顶棕色的密度板，手指敲着床沿，轻轻地说："我觉得，分手后，只有不甘心的那个人，言谈中才会总带着机锋。"

江百丽止住抽噎。

"他让着你，也许是因为还爱你。不过我倒觉得，这只是表象，他早就不需要再通过言语上的胜利和压制来彰显他的优势地位了。和谈恋爱的时候不一样，他早就赢了。适当服软，可以让你不要给他制造太多麻烦，缓和关系，甚至能让你再多爱他一会儿。"

洛枳也不知道自己是不是应该继续，狠狠心，还是说了："我不知道对他来说，这种多一会儿的爱到底有什么作用，可是对你来说，肯定没意义。"

"洛枳，"江百丽有些底气不足地说，"有时候，你把戈壁想得太坏了。"

"没，"洛枳笑，"我只是对你的魅力有正确的认识。"

"滚！"江百丽从床沿探出头，气急败坏地将手机像扔手榴弹一样朝洛枳砸了过去。就在这时，手机华丽的铃音再次响了起来。江百丽脸色煞白，不安地盯着下铺正在打量屏幕的洛枳，头发倒垂下来，像个女鬼。

洛枳抬头朝她冷笑了一下，直接接起了电话。

"对不起，您拨打的用户正在耍脾气。"

江百丽差点儿一头栽下来。洛枳听了几句后，对电话另一端说道："我会告诉她的。"然后就挂断了。

"谁？"

"你家顾叔叔。他说希望没有打扰到你，他现在在巴黎，午夜时分，刚和客户吃完饭，窗外就是埃菲尔铁塔，忽然想起你很喜欢巴黎，就很欠考虑地打给你了。不过没想到是我接的，跟我说不要吵你了，转告他的话就好了，保重。"

江百丽有些呆，迅速将头缩了回去，不知道是不是脸红了。

"真浪漫。"洛枳眯着眼睛，愤怒地盯着江百丽那只贴满了 Hello Kitty 贴纸和水钻的手机，心想，早上五点钟打电话的精神病竟然都和自己的上铺有染。

"我们没什么的，"江百丽表白道，"顾止烨他什么都没说过。"

洛枳反应了许久，才明白"什么都没说过"的含义。

她以为他和江百丽打得火热，也亲见他对百丽的呵护与关心，但追根究底，仍然只是恰到好处的牵肠挂肚，百分之百的游刃有余。

只是暧昧，轻轻地吹着耳边风。

"唉，老男人呀。"江百丽干笑。

"三十几岁，名字骚包的家族企业阔少而已，"洛枳翻了个身，"比你多活了十年，自然段数高。这不是你前阵子特别喜欢的成熟类型吗？"

"其实，我没那么坚贞啦，"百丽的声音温柔如水，"可是我觉得我搞不明白他，就在眼前，却不知道怎么接近，我又担心是自己在自作多情，所以全都是他在主导。"

"你以为小说里泡上阔少的女生都是吃素的啊？"洛枳被她逗笑了，"光记着贼吃肉，没看见贼挨打。"

江百丽尖叫起来，没有手机可扔，就把眼罩扔了下来。

"不过，"闹了一阵江百丽沉寂下来，"我承认我有点儿喜欢他，但也没那么喜欢。可能是条件太好了，我从来没想过这种诱惑会降临到我头上。"

然而她此生的怦然心动，被确确实实的喜欢铺天盖地砸中的心动，永永远远地与路灯下倚着车微笑的少年连在一起。

不是不会再遇见爱情。只是长大了，见识得多了，再也不会用那样的方式遇见爱情了。

洛枳想到了盛淮南。

"你知道吗？戈壁和我说，说他和陈墨涵在一起，没有想象中快乐，反而没有和我在一起的那种……感觉。"

"那还不简单，废什么话，让他和陈墨涵分手啊！不分他不是男人。"

江百丽再次将头发垂下来："你吃炸药了？"

洛枳愣了愣，她也发现自己格外兴奋，一大早睡不着的原因或许不全是电话的错。

"其实我也觉得他在说谎，"江百丽轻声说，"你知道吗？顾止烨告诉我，当你觉得男人可能在撒谎的时候，他就一定是在撒谎。我说，他不认识戈壁，不了解他。他说，认不认识都不会有错。"

怎么不认识。洛枳皱皱眉，却不得不承认顾止烨这话很有趣。

"为什么呢？"

"他说，因为他就是戈壁。"

洛枳的心跳漏了一拍，她也不知道自己在担心些什么。明明只是一句蛮有道理的、善意的警示。她正在思考的时候，听见了上铺江百丽没心没肺的笑声。

"不过洛枳，我现在觉得挺开心的，考完试了，最难熬的分手初期也挺过去了，马上要过年，还有顾……总之啦，我觉得我应该开心点儿，其实人生挺美好的，什么都不缺。"

洛枳翻了个白眼："能这么想的人，至少缺心眼儿。"

这次连枕头都扔了下来。

洛枳走进法导考试教室的时候，发现平时只坐了寥寥数人的最后一排此刻

已经满满当当，甚至最后三排都已经被瓜分完毕，一群人隔位就座，正低着头狂翻书。

正在这时，她看到阶梯教室中间有个"黑人"正朝自己夸张地挥舞手臂。

"给你留位置啦！"

张明瑞占了一整排位置，洛枳这才知道他在这个课堂上竟然有这么多熟人。

"这位是文科生姐姐，抓紧时间，快点儿拜！"

旁边几个五大三粗的男生闻言赶紧做出熊猫烧香的动作，对着她念念有词地拜了起来。洛枳哭笑不得地放下书包，转身看着张明瑞说："复习得怎么样了？"

张明瑞耸耸肩："他要是敢挂我，我就废了双学位，不学了。你没看见吗？"

他说着，指着自己的下巴，睁大眼睛："我复习得都瘦了两圈，你看你看，瓜子脸！"

"⋯⋯瓜子尖朝上还是朝下？"

在一群大汉对着表情扭曲的张明瑞捶桌狂笑的时候，洛枳感觉到一只手搭在了自己的肩头。她回过头，盛淮南站在比自己高一级的台阶上，像高中时一样单手拎着书包，微笑着看她。

"复习得好吗？"

洛枳定定地盯着他拎着书包的手，脱口而出："我写过好多次了。"

他的习惯，在日记里。

"什么？"

她回过神来，笑着摇摇头。盛淮南也不追问，揉了揉她的头发，走下来把书包挨着她的放下。另外几个男生纷纷起哄道："原来是你的妞啊，太好了，能不能借我们抄一下⋯⋯"

你的妞。

洛枳看到张明瑞咧着嘴，又合上，又咧开。她转过头避开他的无措，放下折叠椅坐好。盛淮南坐到了她左边，张明瑞原本坐在她右边，此刻忽然站起来，拿着书包，带起一阵风。

然后又坐下。

他摸索着拉开书包拉链，从里面掏出一袋花花绿绿的乐事薯片。看到洛枳注视着他，笑了笑，说："早上没吃饭。特意来占座的。你可得靠谱哦。"

洛枳默默点头，深吸一口气，咬着嘴唇什么都没说。

张明瑞费了半天劲才打开，吃了两口，突然毫无预兆地无声笑起来。

"为什么呢？"

"嗯？"

张明瑞认真地看着洛枳，慢慢地说："为什么，每次打开黄瓜味儿薯片的一瞬间，我就忽然很想吃番茄味儿的。"

洛枳点点头，说："是啊。"

我也是呢。

考试波澜不惊地结束了，被起哄说要肩扛大任的文科生洛枳最后什么忙都没帮上。六道主观题，满卷子的空白，所有人都奋笔疾书，不会答的题也长篇大论，誓要乱中取胜，看花阅卷人的眼睛。

只是考试进行到一半的时候，后门忽然被推开，两位带着红袖箍的五十岁左右的女老师长驱直入，直直地走向倒数第四排坐在最外侧的一个鬈发男生，动作利落地从他的桌洞中掏出一本书，摔在了桌面上。

男生的卷子留在桌面上，本人垂着头收拾好书包，跟着那两位不苟言笑的女老师离开了教室。

"他完蛋了，"盛淮南看向讲台，用很轻的声音说，语气中有些惋惜，"按规定，只要一次就没有毕业证了。"

惊心动魄的小插曲很快被大家抛在脑后。洛枳有些心慌，更加规规矩矩，写到手酸。

考场的前门被锁住了，考试结束后，洛枳随着浩浩荡荡的人群往后门走去，她低头专心系着外套的扣子，一抬眼就在前方看到了郑文瑞那张浮肿的白脸。郑文瑞在她看过来的瞬间转回了头，走得庄重。

一级一级宽台阶，一级一级迈上去，在嘈杂的人声中，郑文瑞的身躯在她眼前晃，好像一抬鼻尖就会撞到。

盛淮南却在这时候从手机上翻出一条笑话，伸到她眼前让她看："我刚开机时收到的，你看！"

她翻了个白眼，他却笑出一口白牙，说："目测了一下，还有七级台阶就结束了。"

洛枳听懂了，也转过脸朝他微笑。

下午，盛淮南去上 GRE 课，洛枳拉着江百丽在她离校之前做最后一次大扫除，从她桌底下扫出不少满是灰尘的小物件，都是她平时大呼小叫到处找不到的。

洛枳捏着一盒还没拆包的万宝路问她："你也不抽，有害健康，给你扔了吧。"

江百丽正蹲在地上饶有兴致地看一本刚扫出来的脏兮兮的言情杂志，头也不抬就"唔唔"地答应下来，过了一会儿才大叫一声从垃圾桶里将烟捡了回来。

"好不容易才鼓起勇气买的，虽然没怎么抽，也别扔了呀，多浪费。"

"你抽烟的方式才叫浪费。"

"就你懂。"

"本来嘛，"洛枳放下扫帚，"真正会吸烟的人，都是真的吸进肺里面，然后鼻子、嘴巴一起吐烟圈的。你只是在嘴巴里面过了一遍而已。"

"你吸过？"

"我看电影的。"

洛枳这样说着，心里想到的却是洛阳。半年前的那个暑假，她结束了大学一年级的生活，而洛阳刚刚到北京安家落户。回乡的火车是洛阳去站台送她的，列车缓缓开动的时候，她看到洛阳低头点了一支烟，深深地吸一口，吐出来，被风拉扯成一条白线。

那是她第一次看到洛阳吸烟，也是第一次看到他的眼睛里波涛汹涌。他没有看她，却和他的烟一起注视着铁轨的尽头，不知道在想什么。

陈静并不知道洛阳吸烟。洛枳也再没见过洛阳在她们面前吸烟，甚至从未闻到过烟味儿。

可他低头点烟的样子，熟练而自然，好像烟已经是他不离不弃的老朋友。

五点半，洛枳准时出门去三食堂，绕过堵在门口排队买烧烤的人群，停在了距离卖面包饼窗口几米远的地方。

张明瑞穿着上个星期她代许日清转交给他的外套，只露出一段黝黑的脖子。

她想起在 DQ 那天，他们看到邻桌夫妇抱着的十四个月大的小娃娃。张明瑞大呼可爱，还大言不惭地说，自己以后一定也会有个这么招人疼的儿子。

洛枳当时用小勺挖着暴风雪，笑得邪恶。

"你可别找长得太白的姑娘啊。"

"为什么？"他果然愣头愣脑地追问。

"会生出斑马来的。"她还没说完，就开始哈哈笑。

洛枳回忆起一幕幕，心里五味杂陈。她不知道盛淮南在面对无以为报的喜

159

欢的时候，究竟是什么心情。

也许不会像她现在这样心软而酸楚。

所以才会有很多人因为这份心软而做蠢事，比如藕断丝连地"做朋友"——给对方渺茫的希望和无用的安慰，看到那短暂的缓解，自己也会减轻心中的愧疚吧？

她固然知道张明瑞不需要她的同情，正如她拒不接受盛淮南的怜悯。

想想你自己，想想你自己，这没什么，她在心中不停地默念。

洛枳在张明瑞刷了饭卡端起盘子的瞬间，闪到了柱子后面。

她想等张明瑞找好地方坐下来吃饭了，再沿着他视觉死角的方位找路线离开。

然而，张明瑞一直端着盘子走来走去。这时候的食堂人并不多，空位子到处都是，可他抻着脖子看来看去，似乎怎么也找不到一个赏心悦目的座位——洛枳迷茫地偷看了许久，忽然心中雪亮。

"以后你不想吃三食堂的面包饼的时候，千万记得告诉我。"

张明瑞说过好多次。

他不是在找座位。他是在找她。

洛枳闭上眼睛，让眼皮和黑暗一起阻击滚烫的泪水，竟然真的硬生生地忍了下来。

那个男孩已经找得有些疲惫，失落的神情挂在脸上，眼睛却没有放弃搜索。洛枳猜不出，她不来三食堂的时候，他到底需要找多久才能认命地坐下来吃饭。

张明瑞看着大门口的方向，忽然笑了，男孩端正的脸上仍然是倔强的神情，嘴角却翘得勉强。那个自嘲的神情只持续了一秒钟，他就低下头，将盘子里的面包饼倒进了旁边的残食台，大踏步地离开了。

他也许从来就没有喜欢过面包饼吧，洛枳想。

她记得自己高中的那本日记最后一篇的最后两句话。

那是已经记不清出处的摘抄。

Two strangers fell in love.

Only one knows it wasn't by chance.

两个陌生人坠入爱河，只有一个知道爱绝非巧合。

再也不会有男孩端着面包饼，"偶然"地出现在她面前，说："好巧啊。"

她也不会再出现在卖面包饼窗口的队伍里了。

第 75 章　红玫瑰与白玫瑰

洛枳与江百丽一起将硕大的箱子搬到宿舍楼门口，洛枳帮她刷卡撑开了电子门。

"一路平安！"洛枳摆摆手。

"提前拜个早年哈！"百丽笑着招手，拖着红色行李箱的单薄背影隐在薄薄的晨雾中。顾止烨送她去火车站，因此一大早将车开进了学校，停在不远处的十字路口，人站在车尾吸烟，遥遥地对洛枳点了个头。

洛枳并没有在学院统一订学生票，她每次都是回家前一个星期自己跑去学校附近的订票点，因为只有这样才可能买到卧铺。然而这次春运的情况比往年更加紧张，订票点悉数告罄，洛枳在送走百丽后，也不得不一大早赶赴北京站碰运气。

从地铁口走出来的一刹那，她又有些恍惚。每次来北京站，她都会觉得胸口处有种不知名的感慨，跟着心脏一起跳动着。站前广场黑压压的人群，仿佛是上帝失手泼下的墨迹，所有人都面目模糊，却在广场上空蒸腾起一片交织着焦躁恐慌的烟云。

洛枳的目光瞥向三五成群紧搂着大包小裹挤坐在灯柱下面的农村女人，视线在她们的头巾和饱经风霜的眼角、嘴角打了个结，迅速转开脸。

她深吸一口气，朝着售票大厅走过去。大厅里倒还算井然有序，票务信息屏下面有十几个窗口，后面排着一列列的队伍。洛枳研究了一下信息屏，赫然发现近几日去 R 市的各种卧铺票已然售空。

碰碰运气吧，她想，于是挑了最短的那列队伍站在了最末尾。随身听里面的音乐极大地缓解了她的无聊，黯淡的售票大厅似乎也被旋律上色，宛如通过摄像机滤镜，她也成了电影的一部分——配乐永远跟着她，随着歌曲的情绪起伏，面无表情地在心里演绎各种悲欢。

洛枳等了一会儿才发现队伍纹丝不动。她往旁边走了几步，向前面张望，才看到窗口处堵了四五个人，还不时有人晃过来妄图加塞。很快队伍中就有了躁动的气息。

规矩是一种最容易被破坏的东西，不遵守规矩会带来额外的利益，利益不均又会导致因为不公平而产生的愤懑，对于公平的追求恰恰又会打破平衡，最终被踩得一地渣滓的，就是形同虚设的规矩。

比如现在。她嘴角上翘，一脸讥讽地看着姗姗来迟的工作人员在队伍里进行调解，已经有四五个人吵了起来。

"洛枳？"

她从看热闹的心情中被唤醒，回头时，竟看到盛淮南的脸。

白色羽绒服的挺拔少年，短发清爽，笑脸盈盈，仿佛是上帝泼墨时不经意遗留下来的空白，在人潮涌动的售票大厅，有种不真实的光彩。

她眼里的他，总是蒙着薄纱。

"你怎么在这里？"

"我刚刚去送团委陆老师的小儿子上火车。今天团委有活动他脱不开身，让

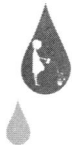

孩子自己坐动车又不放心，所以让我来送送他。刚才本来想直接坐地铁回去补一觉，又觉得正好来了火车站，不如到售票大厅参观一下春运盛事，结果居然遇见了你。"

他喘了口气，然后用无可奈何的眼神看她："你为什么不告诉我你一大早要来买票？我陪你过来不好吗？"

自从那天夜袭圆明园后，她在法导考试之外就没有见过他，只是通过电话、短信联系。盛淮南的短信不再回复得时快时慢、飘忽不定，然而洛枳担心打扰到他的 GRE 课程，很少和他聊个没完。

"我是你男朋友啊，你应该叫我的。"

排在队伍前面的中年女人闻声回头，肉色套头毛衣，绣花牛仔裤，衬得人又黑又胖。她龇着牙，一边笑一边用指甲剔着牙。

洛枳一愣，下一秒钟就被盛淮南拉出了队伍。排在她后面的大妈也不客气，赶紧上前一步将她的位置顶替了。

拜她所赐，半天不挪动的队伍终于向前面移了移。

洛枳惋惜地回头看着队伍："我好不容易排了半天……"她脱口而出，转回来果然看到盛淮南耷拉下眉毛，一副恨铁不成钢的表情。

"排什么排啊，显示屏上都说没票了。"

"万一我排到的时候，有人退票了呢？"

洛枳被盛淮南用"你是白痴吗"的表情看得耳朵发烧，认命地垂下头："好吧，那我只能坐飞机了。"

"坐什么回去交给我，"盛淮南把双手压在她肩上，"你先告诉我，为什么不和我说，你今天要一早赶过来？"

洛枳被他近在咫尺的直白的眼神逼迫得六神无主，目光渐渐下移到他的嘴角，又想起做梦一样的翻墙经历，第一缕晨光中的亲吻，以及自己在酒精作用下放肆的笑场，心就突突地跳得剧烈。

她从来没有在清醒的情况下，和他这样近。

过了许久，她终于决定讲实话。

"我习惯了一个人。不想麻烦你。"

"可我是你男……"

"这个我更不习惯！"她急了，就喊起来，惹得旁边不少人侧目而视。

盛淮南定定地看着她，脸上的表情不是困惑，也不是愤怒。她看不懂，只能用软软的语气，继续实话实说："我的确从来没有想过在一起以后的事情。"

和日记本相依为命的少女时代，她有时候会用第二人称来与假想中的盛淮南对话，一边在心中鄙视这种行为，一边无法控制地脸红心跳，像孤零零地在太空中遨游的卫星，日复一日地将来自地球人的信号传送给不知在哪里的外星人。

倒也渐渐习惯和平静。

然而，即使她高中时一直在和他"对话"，即使她曾觉得冥冥中自有定数，即使曾经坚信"我们一定会在一起"——她也从来没有想过，在一起后，应该怎样，又会怎样。

和她处心积虑、全副武装的接近不同，现在他们真的接近了，毫无伪装。

"我也不知道谈恋爱该是什么样子，你轻轻松松地就能说是我……男朋友，可我真的不知道女朋友要怎么做，是不是所有事情都要一起做，是不是能自己解决的事情也要折腾你，是不是……"

盛淮南忽然在人满为患的大厅里哈哈笑了起来，眼睛都眯成了一条线。

他一把将洛枳拉进了怀里，她也跟着他的胸腔一起共鸣。洛枳一下子蒙了，旁边人的目光让她赶紧闭上眼睛，深深地将头埋进他的怀里，埋进她一直喜欢却被他说成是漂不干净的洗衣粉的清香中。

"没谈过恋爱啊，没关系。我谈过，我教你。"他的声音中满是笑意，坚定而温柔。

洛枳一愣，先是羞涩地笑，反应过来后狠狠地踩了他一脚。

她瞪着他："谈过恋爱了不起啊？"

盛淮南笑得更开心："吃醋？这就对了，恭喜你进入角色。"

他们离开了售票大厅，坐进旁边的肯德基，好不容易在大包小裹的旅客离开后抢占了一个双人桌。盛淮南把洛枳按在座位上，然后站起身，说："吃早饭了没？你要没什么特别想要的，我就做主喽。"

"好。"她点点头。

盛淮南坚决不同意她去买站票，说十几小时站在春运人满为患的列车上，一定会死。洛枳想了想，觉得也很成问题，索性就不坚持了。

"别喝可乐了，给你点的热可可，今天可真够冷的。"

他坐到对面，衣料摩擦发出窸窸窣窣的声响，在嘈杂的人声中竟格外清晰。

"我还是让洛阳帮我问他们公司的票务经纪吧，那就只能坐飞机走了。"

"洛阳？"

洛枳笑着解释："哦，我哥哥。舅舅家的孩子。"

"舅舅家的孩子，为什么和你一个姓？"

洛枳失笑："从来都没有人问过我这个问题。理科生真严谨。我随外婆姓。我家这一代，都随外婆姓。"

洛枳看到盛淮南"为什么"三个字的口型都摆出来了，却仍然吞下肚子，她也没有善解人意地为他主动答疑。

或许还没办法一下子走到那么亲密的境地。

但他说要教她，反正慢慢来。

"那这次，你能不能不让你哥帮忙？"

她正在撕上校鸡块的糖醋酱包装，听到这个问题，歪头看他："那要怎么办？"

"给我点儿时间，我帮你问问我爸妈在北京的朋友，看能不能想想办法。D字头、Z字头和T字头的车不少都留了内部票，也许能有办法弄到一张，我试试。实在不行的话，把身份证给我，我帮你去问在国航工作的哥哥，等我GRE课程结束了，你和我一起回家。"

洛枳抬眼看他："为什么？"

"什么为什么？"盛淮南的声音让洛枳蓦然想起那天电话里拒绝还她行李箱的无赖男孩，"我是你男朋友，这些事自然要我解决。而且我想跟你一起走，你居然问我为什么。"

洛枳连忙解释，盛淮南愤愤不平地大口吞下一块汉堡，佯装不理会她。

她大窘，直接掏出身份证拍在桌子上："给你，我们一起飞回去。"

盛淮南这才眉开眼笑地接过来，看了一眼，脸上的表情变得很古怪。

"小姐，请问这真的是你的身份证吗？"他指着上面猪头一样的照片问，"我要怎么跟我哥说这是我女朋友啊？等他见到你本人，会觉得我在劈腿。"

洛枳飞起一脚踢在他的小腿上。

他们并没有直接回学校，薄雾散去，天气正好，于是搭地铁换乘到了王府井去逛王府井书店。

进门就看到张爱玲的作品又多了某个版本，鲜艳的海报贴在扶梯旁。

盛淮南也看到了，虽然脸上带着洛枳意料之中的迷茫。她又想起古诗词填空的事情。

"《红玫瑰与白玫瑰》是她写的吧？那个米饭粒和蚊子血的。"

"哟，你知道啊。"洛枳忍着笑，下一秒钟却想起了洛阳。

退学的小师妹。你们想多了。

其实她一直不敢去验证自己的猜想，洛阳也一定知道她发现了什么。同样的事情发生在别人身上，她一定会为陈静鸣不平。然而现在她知道，她不懂洛阳，不懂陈静，也不明白感情。却本能地维护和理解自家的哥哥。

盛淮南在她脑门儿上弹了一下，唤回了她的胡思乱想："我还是懂点儿文学的好不好。除了这个，我还知道另外八个字——现世安稳，岁月静好。"

眉目中满是"快来夸我"的自得。

洛枳恍惚，她没见过这样的盛淮南，即使去后海那段时间他们熟识，他也曾这样放松地展露过幼稚而亲昵的一面，但那时她不敢有所回馈，总是沉沉的，像背着什么。

他这样也好看。她忽然很想走过去亲亲他。

洛枳被这个念头惊到了，慌张地低下头。

这种感觉，就是恋爱吗？

曾经她喜欢他，却不会被这种突如其来的念头击中。

"你怎么了？"

她连忙转移话题："这八个字并不是她说的。"

"那是谁？他们都说是张爱玲。"

洛枳笑："他们是谁？是叶展颜告诉你的吧？"

那八个字曾经令她的高中同学们如此心折而惆怅，带头的就是叶展颜。那时他们热恋，然而对于除了课程表之外什么都无法确定的高中生来说，这八个字只能是触不到的镜花水月。

盛淮南的表情有点儿尴尬和自嘲，却没有伤感。洛枳看在眼里，揪起的心也平静下来。

"我和你讲前女友的事情，你不会生气吧？"

洛枳笑："你说要教我谈恋爱，自然要你告诉我该不该生气。"

"……这次不能生气。"

"行。"她脸上满是狡黠的笑意。

那是高三第一次月考家长会的事情。

他的一个高二学弟林杨慌慌张张地给他打电话说："哥，你可千万别骂我，我也不知道我妈是怎么知道的，可能因为她老是偷听我打电话吧。总之今天我们也开家长会，我妈遇见你妈妈了，特三八地把你和叶学姐的事情告诉你妈妈了。大人讲话我在旁边也不能说什么，你妈妈回家可能要审你，你千万做好心理准备！"

洛枳莞尔。那时候，很多成绩好的学生家长都会互相联系，互通有无，协同监视，出了这样的事情倒也正常。

盛淮南对此并不是毫无准备，这样的事情，因为叶展颜的高调和自己的坦率，早晚都会被老师和家长知道。

然而，他妈妈回家的时候什么都没有说。

他知道，自己的母亲永远习惯于在背后为他"扫清障碍"。他告诉叶展颜，如果他妈妈给她打电话，希望她谅解，同时什么也不要理会，无论他妈妈说什么，一定要全部告诉他，他来处理。

他平静地告诉她，他会保护她。

家长的干预是让所有早恋的孩子都心慌恐惧却又兴奋不已的。叶展颜先是眼泪汪汪地说自己连累了他，然后又扑到他怀里说谢谢他这么"男人"地保护自己。几出戏后她就恢复了神采飞扬，大大咧咧地坐在走廊的窗台上笑得阳光灿烂。

剥离了所有当时当地的感情色彩，那一幕此刻看起来就像小孩子过家家一样无趣和幼稚，无论是眼泪汪汪但是却透露出兴奋的叶展颜，还是那个故作镇定表情淡然而又心潮澎湃地说"我会保护你"的自己。

盛淮南的语气平淡，洛枳却不免听出了其中的怅惘。

"可是，那才是青春吧。"她安慰他。心里却酸了起来。

盛淮南听同学说自己的妈妈坐在老师办公室里的时候，飞奔过去敲门，面无表情地问他妈妈为什么干涉他的事情，在班主任面前伤了他妈妈为人母最要紧的面子。他妈妈阴沉着脸看着他，终于勃然大怒——没有喊叫没有训斥，而是径直走出办公室要去找叶展颜。

他将他妈妈堵在半路上。

盛淮南至今仍然记得自己手心出的汗。他并不是喜欢对父母唯唯诺诺的乖宝宝，但是从小到大都没有和他们起过冲突。

他妈妈最终还是离开了。

这件事情不知是怎么被传出去的，他突然成了英雄。叶展颜每天看到他时，笑容绽放得好像早春的桃花。

但他记住的是母亲回家后对他说的话。

"盛淮南，"她叫他的全名，"不是我故意为难你们。"

"你记住今天，记住你当时说的话和你背后的女生，也记住所有围观看戏的人，不管他们是为你叫好，还是说你愚蠢。一年以后你就知道，我为什么要你结束这种不合时宜的关系。你长大了，但是还没有成熟。"

洛枳无言地叹息，这话说得像她记忆中那个冷厉的妇人。可自己却从这居高临下的话中，听出了深深的灰心和无能为力，包裹在强硬的态度之下。

或许是错觉吧。

盛淮南在和叶展颜分手之后，难堪得不愿意面对自己的母亲。然而，他那消息灵通的母亲在他寒假回家之后轻描淡写地说："给你报了旅行团，签证的事情你自己联络他们吧。"

丹麦、挪威十日游。

"去散散心吧。"她说。

可能，传说中的人物都是这样，在创造了让后人津津乐道的壮举之后，就退缩到了他人所不知的琐碎中，渐渐发现自己的生活其实也逃不脱那些无聊的老路，然后，就不再冒傻气。

他踏过哥本哈根街道上古朴的小方砖，一瞬间陶醉在时间静止的童话世界里，再一抬头，旅行团里一个一直很吵闹的大婶正在面包店门口吵吵嚷嚷地照相，摆出万年不变的 V 字形手势——他哑然失笑。

才想起，叶展颜用看英雄的眼神看他的时候，曾让他记住两句话：

现世安稳，岁月静好。

来之不易，我们一定要幸福。

她写给他看，于是他就稀里糊涂地念了许多遍，竟然真的记住了。

"其实这句话是胡兰成说的，"洛枳微笑着说，"他们结婚的时候写了四句话：'胡兰成张爱玲签订终身，结为夫妇，愿使岁月静好，现世安稳。'前两句是张爱玲写的，广泛流传的后两句，其实是胡兰成想到的。"

然而这对爱侣后来的故事，同样事与愿违。

她正兀自感慨，突然听见旁边盛淮南声音低落地说："其实，我真的一直不大明白，这两句话到底是什么意思。"

他被逼背了好多遍。五分的填空题他都放弃了，却把这根本不是张爱玲说的八个字，背了好多遍。

洛枳的眼神突然软下来，一点点忌妒凝成的酸意被心底温柔的暗河冲淡，她破天荒主动地上前一步，伸出双臂拥抱了他。

他回抱她，用力地。

"你知道我在售票大厅的人群里看见你的背影时，是什么感觉吗？"他问。

洛枳不说话。

你做什么事情都不叫我，也不主动联络我。我看着你在那里排队，忽然觉得我离你特别远。

从我问你高中是不是……暗恋我，到现在，你的反应，都让我不知道该怎么办。你总是让我觉得，这一切都跟我没关系。

除了那八个字，我还知道一句话，也是很多人都在说的'世界上最遥远的距离，就是我在你身边，你却不知道我爱你'。我不知道你是不是这样想，但我觉得，更遥远的是，我知道你喜欢我，却不知道你喜欢的到底是不是我。

"所以你不想黏着我，也不需要我陪着你。我只是个你想象出来的假人而已。"

"充气娃娃吗？"她终于插话，想要缓和气氛，却没有等到他的笑容。

这个家伙。她不知道怎么告诉他，他的担心和恐慌却让她不再恐慌。所有的欢喜终于踏踏实实地落在了心底。

于是她也敛去眼中的戏谑，仰起头，踮起脚。

他一愣，然后将她抱得更紧。下一秒钟却被她狠狠地咬到了下嘴唇。他吃痛，却没松手，反而更凶狠地回敬了过去。

"我们到底还是成了以前我最鄙视的那种，在公共场合搂搂抱抱的情侣。"半晌，她松口气，低笑着说。

"再说一遍。"

"……我们到底……"

"只要最后两个字。"

洛枳笑了，被他搂得太紧，连笑声都闷闷的，像咳嗽。

"情侣。"

第 76 章　时间的罐子

"在写什么？"

盛淮南头刚凑过来，洛枳就慌忙掩上扉页："记点儿事情而已。"

"从上飞机开始就低着头写啊写，什么事情那么急着记下来？"

正在这时，飞机开始缓慢地朝着跑道飞行，大家纷纷将桌板收起来，洛枳也合上笔记本扣上安全带。

她只是重新开始记日记了而已。

那本只写了一篇日记的笔记本在书架的角落被挤得可怜巴巴。洛枳从王府井书店回来的那天下午，终于将它抽出来，拂去灰尘，坐到书桌前。用了多年的钢笔在接触到纸面的那一刻，仿佛有了灵性，流畅的一字一句轻易地将中间空白的岁月弥合得毫无瑕疵。

曾经有位作家说过，他会不断地把自己最美好的时光转移到文字中去，借以逃避时间的流逝。

洛枳深切地懂得这种感觉。高中生活乏善可陈，然而看着自己厚厚的写满

了字的日记本，会觉得每一天都有了清晰的面孔。

没有白过，没有浪费。一千个日日夜夜都在手里握着，沉甸甸的，像某种证明。

可惜那些滑稽而伤感的对话，那些将盛淮南称为"你"的只言片语，那些被日记本收纳起来的岁月，最终还是被倾倒进了时间的洪流中，无可逃避。

她不再对日记中的盛淮南讲话，却可以在日记中记下和他讲的话。

她失去的某种情怀，换取了温热的、有着心跳声的快乐。

"他刚刚将头凑过来要看，头发都擦到了我的耳朵，痒痒的，像只好奇的小狐狸。"

不过真是肉麻。洛枳尴尬地将日记本收了起来。

飞机平稳飞行的时候，盛淮南站起身从行李架上取下笔记本电脑："看电影吧？"

"好，看什么？"她随手帮他放下桌板，一眼瞥见电脑桌面上有个文件夹，名字叫"她喜欢的"。心里有一瞬间的狂喜，好像发现了恋人偷偷收集的关于自己的东西，却又不动声色，窥视到了对方对自己的一腔爱意然后佯装不知——

直到盛淮南轻轻松松地直接点开了那个文件夹，还回头朝她笑了笑，一副讨表扬的贱表情。

她笑惨了。

那部电影的名字叫作《岁月的童话》。

吉卜力工作室作品。

小学五年级的妙子。

晴天阴天下雨天，你喜欢哪一个？

时间不可阻挡地向前，好的故事却可以让过往的碎片回光返照，精心挑选，细细打磨，把那些不该被遗漏的通通带回来。洛枳靠在盛淮南肩上，分享一半的耳机，惬意地眯着眼睛，看影片中的火车将成年的妙子送回过去。

"你知道吗？我喜欢这部电影，并不仅仅是因为怀旧的情怀。"

"还因为什么？"他轻轻地亲了亲她的头顶。

"好东西仅仅有好的意愿是不够的，还要有好的形式，才不会辱没故事。比如你看，他们排练舞台剧的时候，妙子在练习时自己加了一句台词，'乌鸦先生再见'，被老师批评为出风头——你注意过吗？当时，妙子身边的一个女孩子的神态刻画得极为传神，就是……"她出神地想着怎么措辞，"就是，略带同情又有些'让你出风头，活该'的那种幸灾乐祸的表情。非常棒的细节呢！"

他搂紧她的右肩："对，只有好的意愿是不够的。"

"明明是很少有人会注意的地方，他们依旧这样敬业而细致。"

"因为真的喜欢自己在做的事情啊。"

洛枳看向他，舷窗外的阳光照在他脸上，近得几乎能看清他脸上细小的绒毛。

"那你喜欢的事情是什么呢？"

盛淮南沉默了。电影的片段不断闪回，妙子依旧在成年和少年之间行走。她回忆起刚刚开始学习分数除法的年纪，让人沮丧的数学成绩和天书一样的除法法则。

$\frac{2}{3} \div \frac{1}{4}$ 的算法始终让人搞不懂。妙子的姐姐生搬硬套除法法则，硬要她记住用 $\frac{2}{3}$ 乘以倒过来之后的 4，然而妙子一直试图用切蜜瓜的办法来演示 $\frac{2}{3}$ 和 $\frac{1}{4}$ 相除，怎么算都是 $\frac{1}{6}$，终究还是失败了。

盛淮南这时候笑笑，说："她只是需要一个办法来把它具体化。"

"有什么办法吗？"

他很得意地刮刮鼻子说："我一定能讲明白。假设你把一个盘子平均分成四份，每份就是 $\frac{1}{4}$ 个盘子，在每一个 $\frac{1}{4}$ 盘子上面都放上 $\frac{2}{3}$ 个蜜瓜，那么一整个盘

175

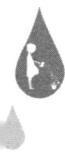

子上面有多少个蜜瓜——这样就很简单了啊。她只是有些混淆概念而已，而她的姐姐只是给她硬套公式，不解释为什么，当然会让她沮丧。"

"盛老师果然很厉害。"

"那当然，我以前总是给别人辅导数学，包教包会哦。"

奇变偶不变，符号看象限。

洛枳忽然想起叶展颜。

单位圆，三角函数——其实后来的课堂上，洛枳发现叶展颜果然还是不懂，却可以在他面前不懂装懂。她们在伪装这一点上倒的确是很像，她不知道如果自己有机会，是不是也会拿一些蠢问题去问他，在那份小心翼翼的后怕中，体会自己制造的甜蜜。

如果是以前，一定会的吧。

可她不希望直到最后，他喜欢的也是一个虚假的洛枳，哪怕他因为不好的那部分而不再喜欢她。

"可惜啊，"她笑起来，"我数学还可以的，以后也用不着你辅导了。"

她迷迷糊糊快睡着的时候，听到他合电脑的声音。

"谢谢你当时给我推荐了这么好看的电影，不过高中的时候，说实话我看了两遍，甚至还觉得有点儿无聊。现在我发现，的确是部好片子。"

高中。她心中叹息。

"其实，我当初以为窗台边的那个人是叶展颜。"盛淮南一边往包里装电脑，一边貌似不经意地说。

洛枳诧异："当时你感冒了，我可没有，我和叶展颜讲话的声音差很多啊。"

"你以为男生和你们女生一样，对细节那么注意啊，什么指甲鞋子头发颜色的，看一眼就都记住了。我第二天就想不起来窗台边那个人的声音了，又去了几次那个窗台，都没见到人，也就不再碰运气了。后来遇见叶展颜，我提起我喜欢在那个地方看夜景，她立刻说她也是，高一开始就常常在晚自习溜出去，到行政区窗台坐一坐。"

盛淮南把书包扔在座位下面，收起桌板，像讲述别人的故事一样，语气平淡地说。

"后来我就问，我是不是高一时在那里遇见过你，你是不是那个跟我推荐《岁月的童话》的女生。现在想起来，她的确很聪明，没承认也没否认，当时就脸红了，看着鞋子傻笑，然后抬起头问我，那要不要现在再去窗台坐坐？"

洛枳仿佛能从他平凡无奇的叙述中，一眼看到叶展颜当时娇憨的样子。

"我自然就以为窗台边的就是她。当然，我跟你说这些并不是想要表示我是被骗了，如果她不骗我我们就不会在一起什么的——我那时候早就准备对她表白了，这些细节，是与不是又能怎么样，我不是因为高一的偶遇而对她有感觉的。"

你能不能不要这么肆无忌惮地跟我讲前女友……洛枳心中有些奇怪的感觉，却并不是吃醋，相反，竟然很有探听的欲望，甚至为他能够平心静气地讲述这些而高兴。

"不过，这的确让人激动，因为她的默认，那段感情就给人一种命中注定的感觉了。"

爱情产生的原因千奇百怪，青春期激素躁动的时候撞上一个女孩若有所思的眼神，如坠冰窟的人生低谷拉住一双温暖的手，谈婚论嫁的当口儿遇见一个条件合适的人——爱情来者不拒，只要它合适地嵌入彼时你心中的缺口。

"巧的是，我怀疑整件事情是她说谎，也是因为圣诞节那天晚上，我得知窗台边的女生原来是你。"

命运奇怪的循环。

盛淮南的手指按在旋钮上，来回拧了许久，慢慢地说："从那一刻起我才开始回想以前的很多事情，我发现自己可能从来就没有真正了解过叶展颜。她比我想象得复杂多了，却一直都藏着。可我未必就喜欢单纯的傻大姐，她为什么要伪装呢？我不明白，但是我们之间的感觉早就没了，所以也不必去探究了。"

他突然转过脸，看向洛枳："我之前问你，如果高一时没有绕这么一个大圈子，我们因此就认识了，大家的命运会不会都改变——当然，我还没说完，你就拿雪球砸我了。真彪悍。"

洛枳有点儿尴尬地咧咧嘴："可你当时的确很欠打。"

"那你现在能回答问题了吗？"

洛枳微笑着想了想，说："这个问题恐怕只有平行世界的洛枳能回答了吧？也许我们高中就早恋了，现在正好是我们分手一整年；也许你高二时遇上叶展颜就把我甩了；也许……"她顿了顿，也转过脸看他，"也许我的生活会很明朗，很普通，很多秘密和压抑的感情都不复存在，我也不再是今天这个样子的洛枳。"

洛枳觉得，相比所有未知的可能，她还是喜欢今天这个样子的自己。

时间偷走的选择，总会在未来用它喜爱的方式还给你。

她微笑着沉入梦乡。

等行李的时候，洛枳接到了妈妈的电话。看着屏幕上闪烁的名字，她望了望正在不远处的传送带边认真地盯着每一件过路行李的盛淮南，退后了几步，按下接听键。

"妈妈？"

"洛洛，下飞机了？坐机场大巴回来吗？"

"嗯，我正在等行李。"

"本来说让你陈叔叔来接你的，结果今天厂里有事，要用车。"

"妈妈没事啦，本来也是厂里的车，这么用不好。"

"唉，哪里不这样。"

洛枳苦笑，忽然耳边炸响一句："这个行李是你的，没错吧？"

"洛洛，你和同学一起回来的？"

"啊……对。"她看着一手一只行李，正指着出口的方向朝她微笑的盛淮南，心突然沉了下去。

"男朋友？"

洛枳沉默了许久，在是非题中盘桓，终于下定决心，点头说："对。"

电话另一边的安静不知道是出于惊讶，还是出于对她隐瞒至今的怨气。

"……叫什么名字啊？能不能带来让我见见？"

盛淮南拖着两只行李箱，在她前方慢慢地走，时不时回过头看她是否跟得上，每次回头都带着微笑。

洛枳怔怔地看着，高中光影交错的走廊和此刻明亮宽阔的机场大厅重叠在一起，她觉得自己也和妙子一样，走进了时间的回廊。

唯一不同的是他。现在他在回头看她。

"洛洛？"

她回过神，深吸一口气，心下坚定。

"刚认识不久，见什么啊见，以后再说吧。我回家和你说。"

她假装用轻快的声音回答。

"打完电话了？"他刚刚善解人意地和她错开一段距离，此刻就放慢步子走回到她旁边。

她点点头。他习惯性地揉了揉她的头发。

"不去坐机场大巴？"

"我爸爸的司机过来接我们，已经在外面停车场等着了。"

洛枳顿住："什么？"

盛淮南拉过她的手："放心啦，只是司机江叔叔而已，不会看见我爸妈的。如果你不想，我暂时也不会告诉他们有你这个人的。"

　　洛枳任由他拉着走，心中的秘密却在咕嘟咕嘟冒泡，沸腾，争先恐后冲上来，在水面上炸裂。飞机在这个城市落地，那些盘根错节、枝蔓纵横，此刻全部都伸展开来将她束缚住。

　　"盛淮南！"

　　她看到司机遥遥地朝他们招手，忽然停步，脱口而出他的名字。她的眼睛有些酸，被她强行忍了下来。

　　正如她逃避的一切，和泪水一起，封锁在身体里，宁肯和时间一起腐烂掉。

　　"不管以后发生什么，你一定要记得，我是真心喜欢你的。"

　　他惊呆了，却没有急着说些什么来安抚，更没有问为什么。

　　"我答应你。"他的手心温暖，轻轻地捏了捏她的手背。

　　爱让人是非不分，这可能是它最可贵的地方。

　　你要记得。你一定要记得。

第 77 章　针锋相对

洛枳走到升旗台前的时候，叶展颜还没到。她默默猜测着叶展颜将自己约到这个地方的原因。

以前盛淮南的班级常常在这里打篮球，她是知道的。在溜冰场，他和她说，明知道会在这里遇见叶展颜，明知道会紧张出糗——"但那感觉倒也不坏"。

只是当时他不知道，遥远的某个角落，另一个女孩子左顾右盼地在操场闲逛，心里装着自习室，又控制不住自己的双脚，偏偏转到太阳彻底落山，也不敢看他们班的场地一眼。

两年过去了。

收发室的值班老师竟是当年文科班的语文老师，见到她开心得很，和她聊了一阵子就放她进来了。

"不过现在快过年了，高三补课都停了，你过来也看不到别的老师了。"语文老师提醒她。

"就是随便转转。"她撒谎。

老师脸上满是了悟的神情，很是体谅她怀旧和伤感的情绪。有时候，教文科老师的自以为是蛮可爱的。

洛枳几步走上升旗台，站到锈迹斑斑的旗杆旁边。升降绳在猎猎风中抖动，她举目四望，那片曾经校服的海洋只是一闪，就在白雪覆盖的操场上消失得无影无踪。

她看到叶展颜从角落的边门走出来，玫红色的身影斜穿过雪地，美不胜收。

她们打招呼。没有寒暄。

"你猜，我为什么这么着急发短信找你出来？"

"我希望是还我日记本。"

叶展颜挑眉哂笑："我没拿过你的什么日记本。你为什么总跟我提这个？到底是什么日记本？"

洛枳微微一愣："我以为是你。否则，那个谎话你是以什么为依据编出来的？"

那个宛如天方夜谭的谎话其实并不容易编造。

不了解洛枳和盛淮南当时的熟识程度，就不会掌握到好的时机；不了解洛枳的个性，就不会编出那样死无对证又让她不屑解释的故事。

更重要的是，他们没有其他途径可以知道：洛枳喜欢盛淮南。

"什么谎话？我从不撒谎。"叶展颜仰头。

洛枳叹气。

"我没录音也没摄像，更没有安排证人埋伏在旁边抓你的破绽，你就说实话吧。否则，我们两个大冬天跑出来一趟就是为了面对面扯谎，何苦。"

她说完就跳下升旗台，自顾自往教学楼的方向走："这里太冷了，去楼里吧。"

叶展颜却没作声。

她走到一半，转过身，看到叶展颜仍然站在高高的升旗台上，昂着头，迎着风，沐浴在阳光里，像个巡视国土的女皇。

洛枳忽然好奇，叶展颜究竟在这片荒芜的白雪上看到了什么。

一定和自己看到的不一样。

学校一楼大厅竟然已经设立了自动贩卖机，洛枳走过去买了两罐热咖啡，递给叶展颜一罐。

她们一同走上四楼，在文科班曾经的教室门口站了站，然后就近坐在了走廊尽头的窗台边，肩并肩。

"就是这么一间小破教室，居然关了我们整整两年。现在再让我回到这个动动胳膊肘时都能碰到人的地方，还不如杀了我。"

故地总有种魔法般的压力，可以将人重新逼迫成原来的样子，拂去叶展颜面庞上的脂粉，让她重新像高中时一样语气随意，嗓门儿洪亮。

洛枳却不怎么想和她追忆似水年华。

"我刚才问你，没有日记本，你是怎么编出那么一大通瞎话的？"

叶展颜露出不耐烦的表情："没完没了。我真没拿过。那套说辞有一大半是丁水婧编的。"

"那么，拿日记本的是丁水婧？"洛枳若有所思，焐热了手才拉开咖啡罐的拉环，香气溢出来，随着袅袅白烟一同飘向另一边的叶展颜。

"我不知道。不过，也只有她能想得出这么离奇的鬼话，我一开始不明白她为什么尽心尽力地帮我这些，后来才知道，她这辈子就遇见过两个完全不给她面子的人，居然是一对兄妹，不整死你，我都瞧不起她。"

洛枳差点儿被呛住。

是的，那天洛阳说出Z大退学的小师妹这句话时，洛枳已经将蛛丝马迹串

联起来，想通了这一关节，只是她没有问出口。

"窥视欲太强了是病，得治，"叶展颜道，"丁水婧太习惯通吃了，朋友的朋友也是她的朋友，朋友的敌人也是她的敌人。"

洛枳不该以为叶展颜当初泼辣而口无遮拦的一面已经被淑女的新形象所倾覆。这才是真正的叶展颜，而不是盛淮南面前那个娇憨的傻姑娘。

她转过头去看那张美丽的侧脸："你也认识洛阳？"

"哦，"叶展颜漫不经心地用手指在玻璃的灰尘上写字，"她退学后我们见过几面。她给我看过一张照片，她和一个男孩子，并排站着，却留了一段距离在中间。不过，我是那天在金融街看见了你们俩，才知道他原来是你哥哥。丁水婧倒是没和我说起过这一点。我以为她那么讨厌你，只是因为被你扫了面子呢。原来她也只是利用我而已。"

"你们两个人，还真谈不上谁利用谁。"洛枳直言。

叶展颜斜睨她一眼，并没反驳。

"但是，丁水婧为什么迂回地找我的麻烦，而不是直接去跟我嫂子谈谈？"

"你以为她没有？"叶展颜啼笑皆非，"你以为别人都是吃素的？"

洛枳讶然。

"不过呢，"叶展颜幸灾乐祸的声音跳跃在晨光中，"你嫂子更不是吃素的呀。"

洛枳不想再与她谈论自己哥哥的私人感情，在叶展颜兴致正浓时，忽然转换了问题："你和盛淮南一年前就分手了，怎么这学期忽然想要重修旧好？"

叶展颜立刻冷笑道："关心这个干什么？我碍着你事了？"

洛枳点头道："差一点儿。"

一层冰霜瞬间覆上叶展颜的面庞。

其实洛枳并非故意刺激叶展颜，即使身边这个美丽的女生曾经差点儿摧毁了她珍而重之的感情，她也没想要在此时通过言语争锋来报复。于是她和缓了语气，笑着解释道："我只是出于好奇，怎么你做的每一件事，都刚好破坏了我的计划。"

也许是讶异于洛枳的坦然，叶展颜被"破坏了我的计划"这个说法逗笑了，放松了一些戒备："当然是因为有小人不断地拿你刺激我。你认识郑文瑞吗？"

洛枳默然。叶展颜哼了一声，讥笑道："那个丑八怪。"

她念出这三个字时的笑容是毫无保留的灿烂，天真无邪的神情出现在这张初具风情的脸孔上，连洛枳都有点儿失神。

她有资格说她们所有人是丑八怪。

叶展颜浑然不觉，继续说："这个丑八怪和许七巧一样，因为丑，所以比别人离爱情远，八卦的欲望也更强，死八婆。她喜欢盛淮南很久了，一听说我们分手了，就总是抽冷子发一些嘲笑我的短信。我倒没有很生气，只是觉得这种人可怜。"

郑文瑞和许七巧是很不一样的。然而洛枳没有出言纠正，这不关她的事。

叶展颜目光涣散地盯着窗外，过了一会儿，开口继续说："直到有天她发短信说，她在一个什么什么超市门口看见你和盛淮南在一起，你们去喝咖啡了。郑文瑞问我是不是很后悔，早知如此，当初会不会努力学习也考去 P 大。"

叶展颜说完就哈哈大笑起来，笑得上气不接下气："这个郑文瑞脑子有病吗？她发这么一句，想让我回复什么？祝天下好学生终成眷属？"

"可是郑文瑞的话到底还是起作用了。"洛枳打断她。

叶展颜果然不再笑了。

为什么在郑文瑞的一条短信后就忽然决定要放手一搏？难道真的是因为多了一个竞争者，激起了叶展颜的好胜心？洛枳不解。

她没有兴趣陪叶展颜闲聊，她答应赴约也只是为了满足自己的好奇心，想更多地知道这个诬陷背后的故事。现在叶展颜透露的信息已经足够她自己勾勒出真相的概貌，怪不得叶展颜每次远程打击她的时机都那么精准。她想起从后海回来的那天晚上，在草坪上砸自行车的郑文瑞，忽然不寒而栗。

太阳隐身到一片云后，光线忽然黯淡下来，就像两个人之间降温的气氛。

洛枳加快了谈话的进度，引入正题："所以之后你就找了丁水婧来帮你？丁水婧可能是拿了我的日记本，所以很了解我，你们就商量了这么一个办法？可是这个谎言很容易被戳穿。"

"我赌盛淮南信我。丁水婧赌你不会解释。"

太阳再次从云层后现身，霎时间照亮叶展颜的半边脸颊，她笑意更盛，却和冬天的阳光一样没有温度。

"她赌赢了。我赌输了。"

这是落井下石的最佳机会。然而洛枳只听到自己心中一声叹息，什么都没说。

"你今天急着把我叫来，"洛枳满足了所有好奇心，终于想起今天约会的主题，"是要做什么？"

叶展颜没有回答，反而转过头，直勾勾地盯着她。两人坐得很近，洛枳甚至能从那双大眼睛里看清楚自己的影像，几乎要融化在她深棕色的瞳仁里。

视线中诡异的压力竟让洛枳的手心渗出冷汗，她立刻跳下窗台。

叶展颜忽然大笑起来，问她："我刚才那样子，是不是特别吓人？"

"是。"洛枳点头。

"是不是像精神有问题？"

她再次迟疑地点点头。

叶展颜的美丽带着一点点异域风情,虽然她不像混血儿,气质中却有些微的邪气,藏在童稚的笑容下,从来没有这样明显地展露过。

"你跟张敏很熟?"

话题转得太快,洛枳有点儿跟不上。

"张敏?算不上吧,不过,我的确比你们和她关系好。为什么忽然问起张敏?"

洛枳自己有时候也搞不清楚张敏和姜敏。这个沉默寡言的女生高二的时候把名字改成了姜敏,听说是妈妈再嫁,她也改了姓氏。然而大家早就习惯了旧的名字,常常还会姜敏、张敏地乱叫一气,反正两个姓发音也差不多,她自己也从不纠正。

张敏是个反应有点儿慢的女孩子,似乎对洛枳颇有好感,常会跑过来和她说说话,问几道地理题的解法,拿着饭盒找她吃午饭。

但绝对算不上亲密的朋友,充其量只是两个不惹眼的女生做个伴,上了大学后甚至都不再联络。非要说特别的经历,恐怕就是在操场翻垃圾堆的那一次了。

她对此仍然心怀感激。

"张敏和你提起过我吗?"

洛枳倒真的努力想了很久。

"就问问你,还挺认真,"叶展颜阴阳怪气,"果然天下好学生终成眷属。"

洛枳没有理会她,想清楚了就回答道:"我记得有天中午,我没有去食堂,她拿着饭盒过来找我,坐在我旁边吃。正巧你和几个朋友从前门进来,她突然和我说,你现在和以前很不一样了。"

"然后呢?"

"没有然后了。我没有问下去，她也没有再说。"

叶展颜沉默，许久才说："张敏很好。"

所以呢？洛枳用询问的眼神看向叶展颜。叶展颜突然伸出手，摸了摸洛枳的脸。

这个怪异的亲昵动作让洛枳怔住了。

"听我讲个故事行吗？"叶展颜微笑着重复，"听我讲个故事。"

第78章　往事并不如烟

"你知道吗？张敏的脑子·是有病的。"

初二的某个中午，同桌女生眼睛滴溜儿乱转，莫名其妙地冒出这样一句话。

叶展颜抬起头，愣住了，过了一会儿才把嘴里塞满的番茄炒鸡蛋咽下去。

"什么意思？"她小心地问。

"你怎么老是这么迟钝？！"同桌嫌弃地白了她一眼。

叶展颜低下头不辩驳什么，她早就习惯了。同桌的女生是自己的朋友——其实叶展颜不大清楚什么是朋友，反正转学过来的时候这个女生就是自己的同桌，指出女厕所的位置并且每次去厕所的时候都会叫上自己的是她，给自己介绍全班大部分同学的名字却顺带把人家的八卦糗事都放在姓名后面加以解释的也是她，中午一起吃饭的还是她。是她是她都是她，是她"拯救"了孤僻又呆板的转校生叶展颜。

叶展颜并不喜欢她，她这样的人不过是每个班级中大多数普通女生的代表，没多少脑子，跟风，有点儿小恶毒又不是太离谱，没个性又八卦。

偏偏内心是自命清高的，不甘泯于众人，所以就把身边人给"众人化"了，比如叶展颜。

叶展颜你好呆啊，叶展颜这种题你都不会做啊，叶展颜你怎么老是这么磨蹭，叶展颜你连孙燕姿是谁都不知道？

但是别人又都说她是自己的好朋友，因为更多时候她会说：叶展颜我去厕所，你去不去？叶展颜我那个来了，你有没有带卫生巾？叶展颜你看昨天晚上的音乐盛典颁奖典礼了没有？叶展颜你是不是又忘带鞋套了，今天有计算机课……

她们最大的友情危机来自于那天叶展颜穿上了爸爸的同事送给她的浅蓝色连衣裙而没有穿校服，也没有用那个俗不可耐的红色小星星发卡把刘海儿像傻妞一样别到侧面，而是让它们随意地趴在额前——于是，前排那个长得像河马的、最喜欢跟叶展颜的同桌斗嘴瞎贫的男生在转身借橡皮的时候不自然地多看了她两眼。

这两眼让敏感的同桌非常不爽，看向叶展颜的眼神里也多了几分"就你爱显摆"的鄙视。下午叶展颜又把头发别上，"河马"大胆地向她示好：你头发散下来比较好看——叶展颜惶惑地瞟了一眼气鼓鼓的同桌，说："不不不，还是别着好，还是别着好。"

初中生的审美观不过如此，一片呆滞的脸孔中，敢于把长长的头发散下来的女生，敢于利用班主任不在的一切机会脱下校服外套的女生，敢于在书包外面挂上很多毛绒玩具的女生，敢于最早涂指甲的女生……这样的女生就是美女。

至于身材，至于长相，通通没有这些喧宾夺主的外在条件能吸引人的目光。

所以，那时候的叶展颜不是美女。

没有人会认真地看看她光洁的额头和绵长微翘的睫毛是不是显示出了潜力美女的苗头。

叶展颜在走神儿时发现同桌的眼神已然不耐烦，连忙讨好似的问："我真的听不懂啊，为什么说张敏脑子有……有病？张敏成绩多好啊，老是考第一呢。"

"这个东西跟脑子聪不聪明没关系的好不好？今天我们几个去语文办公室看成绩，正好碰上她妈跟老师谈话。我们几个在屋里的时候他们就不说了，所以我们出门后就留在门口听了一会儿，你猜怎么着？"

叶展颜这才想到，同桌和几个女生上课的时候一直在传字条，下课时也抓住一切时间和别人兴奋得叽叽喳喳——原来是在八卦这个。

她不想破坏同桌的兴致，装出很想知道的样子问："怎么了，难道是张敏妈妈说她脑子有病？"

"你这才叫脑子有病好吧？谁的妈妈会这样说自己的女儿啊？"

同桌嘴角一撇，叶展颜突然有些愤怒——的确，谁的妈妈也不会这样说自己的女儿。

只有你们这些缺德的八婆才会这样说。

"那是因为什么？"她忍住脾气。

"她妈跟老师诉苦，说张敏的爸爸已经没法儿在家里接着待下去了，闹得邻居都受不了，还总是往街上跑……"同桌说到这里，忽然像煞有介事地看了一眼周围，然后压低声音说，"衣服都不穿的，就往街上跑呢！是被家里人好不容易找到绑回去的。前几天刚刚被送到精神病院去，否则张敏就要被打死了——她爸爸是武疯子，在家逮着谁就打谁。她妈妈说自己做护士，总要倒夜班，照顾不了张敏，让老师多担待呢。她希望张敏有出息，能考上振华。"

同桌自己说得兴高采烈，正在兴头上，没有注意到叶展颜已经不吃了，默默地盖上饭盒盖子。

"爸爸是精神病，她好可怜哦。成绩好有什么用呢？"同桌干巴巴地说，同时，把饭盒里的香菜都用筷子挑出来，堆到饭盒盖上面。

"这跟张敏脑子有病有什么关系？"

同桌侧过头，像看傻子一样看着叶展颜："你白痴啊！不知道这种病是遗传的吗？她早晚也会疯的啊！"

同桌刚刚说完这句话，叶展颜呼地站起身，面无表情地说："我去上厕所。"

同桌往嘴里匆忙扒了两口饭，说："你等会儿再去，我也要去厕所。"

叶展颜如同未闻一般径直朝门外走去，没有理会背后同桌惊异的一句："你吃错药了？"

叶展颜从来不吃药，以前她要喂她妈妈吃药，现在不必了。

去年她妈妈就跳楼死了。

当时叶展颜从高高的窗口望出去，静默地站在那里看，想象着血慢慢溢出来，溢出来——只能是想象。故事中跳楼的人身下血流成河，会开出火红的花。然而站在十五楼的高度看下去，什么都看不清。

她心里却想着，总有这样一天，果然有这样一天，它终于来了。

报警的不是她，而是路人们，一层层将她妈妈的尸体包围起来的路人们。

对这个从天而降的女人的解脱，比她自己的女儿还要惊讶和惋惜的，路人们。

她和以前的同学解释说，她妈妈是擦玻璃的时候从楼上不小心掉下去的，后来说辞又变成了车祸。

她自己都有点儿不明白到底想要遮掩什么，可看着同学们窃窃私语的样子，她知道，遮掩总是没错的。

后来父亲善解人意地帮她转学，转到一个如此遥远的新初中。这次，她再也没和任何人说起过自己的妈妈。

于是这一次，她妈妈没有死。

他们可以说张敏脑子有病，说精神病会遗传，甚至分不清精神病和神经病的区别——但是谁也说不到她头上来。

渐渐地叶展颜发现自己是如此天真。北方不大的城市里，人际关系像千丝万缕的蛛网，将她紧紧地束缚在其中，动弹不得。

她看到家长会后，自己的爸爸在和张敏的妈妈寒暄。张敏妈妈高高的颧骨和瘦削的两腮充满了叶展颜的视野，她的大脑还没什么反应，腿一下子就软了。

她妈妈跳下去那天，她都没有感到这样的害怕和难过。

她记得张敏妈妈的面孔。

几年前，妈妈还没死的时候，在疗养院通风不良的探望室里，她跪坐在椅子上，从铁栅栏往一个大房间望，眼睁睁看着自己的妈妈和另一个不认识的男人坐在近在咫尺的桌子边相谈甚欢。她妈妈抓着对方的手，一脸苦楚，泪水沿着深深的法令纹往下淌。

"你不知道我为了这个家付出了多少，我根本睡不着啊，头发一把一把地掉啊。你说，佛祖为什么不救救我，我都按你说的，念了十几遍了呀……"

那个男人疙疙瘩瘩的脸一直在抽搐，不知道是不是药物起作用的原因，每说一句话，脖子就往旁边扭一下，看得她心惊肉跳。

"心心心……心诚，你的心，不不不……不诚……"

门开了，她看到彼时仍是短发的张敏妈妈走出来。

原来那个男人是她爱人。

叶展颜避之不及的东西，却是大人不想憋闷在心中的。她看着自己的父亲风度翩翩地站在教室门口，安抚着将悲伤都摆在脸上的张敏妈妈，脑海中浮现

出的却是自己同桌那张令人生厌的脸。

原来是她，他们认识。她完蛋了。

叶展颜一步步退离教室门口的人群，落荒而逃。

"我病了两天，回校的时候以为天都塌了，结果发现什么事情都没有。张敏妈妈过得苦，这种人诉苦也成习惯了。张敏自然什么都知道了，她也来找我诉苦，以为我俩同病相怜。我吓得躲得远远的，话都不敢跟她讲。后来我很担心她因此生我的气，把我妈妈的事情传扬出去。但是她什么都没说。"

洛枳蓦然想起，高二文科班刚组建的时候，有男生不好好值日，活儿都是张敏一个人干。叶展颜还曾经打抱不平，把几个逃跑打篮球的男孩子揪了回来。

也许是微不足道的回报。

叶展颜忽然低头打开手包，拿出一只打火机和一包寿百年，对着洛枳走过场般客气了一句："不介意我吸烟吧？"

"不介意。"洛枳说着，微微拉开了自己这一侧的窗子，露出一道缝。

叶展颜嗤笑一声，熟练地点烟，夹在纤细白皙的手指间，很美。

"对了，我听说，你很羡慕我？"

洛枳从没像此刻一样恼恨自己那本事无巨细的日记本。她冷着脸没回答。

"丁水婧说的，你很羡慕我，"叶展颜继续说，"不过她说，不是因为盛淮南。我一开始不理解，后来就想通了。"

她忽然拨开自己的玫红色大衣的下摆，将上衣微微撩起一点儿，露出了腰间一道褐色的狭长疤痕。

"我妈烫的，还羡慕吗？"她又笑。

洛枳默然。正如叶展颜能了悟她羡慕的是什么，她也能看出，叶展颜说自己不值得羡慕，也不只是因为这道疤。

叶展颜腰间的疤是很小的时候留下的。精神病先兆的母亲拎着刚扒拉过煤炉炭火的铁棍在家里四处挥舞，狠狠地戳在了叶展颜的身上。儿童的愈合能力没有想象中强大，那道阴影至今也没有淡退，无论是身体上的还是心灵上的。

叶展颜从未在任何人面前埋怨过妈妈，虽然怨她至深——可叶展颜从小就知道，只要她敢开口，错的就是她，所有错误都要她来承担。

"她好歹是你妈妈，十月怀胎把你生下来。"所有人都会这样教育她。

可是生孩子谁不会呢？

叶展颜唯一看过的名著就是《简·爱》。她一直想着，如果有一天给别人讲自己的故事，只需要一句话就够了——假设罗切斯特先生和阁楼上的疯老婆曾经有过一个孩子，那个孩子可能叫叶展颜。

叶展颜的父亲是个农村穷小子，会画画，字也写得好，和叶展颜母亲结婚的原因或许是爱，或许是为了大学毕业后能留在城里，但真相已经没人知道。随着叶展颜母亲的疯病愈加严重，他们之间哪怕曾经有爱，现在也都成了捕风捉影。

叶展颜长大后曾经设想过，如果妈妈并不是精神病，而是双腿残废，她的父亲会不会更忠贞一些呢？

爱情不怕身体残破，却承受不了灵魂的面目全非。

父亲的形象在幼年的叶展颜心里一直很模糊，只记得妈妈神志还算清醒时，一家人曾经一起庆祝他加入省书画家协会，任了个什么职位，然后才一年多，就忽然借一个机会混进了京城艺术圈，还到北京某美院当了个挂职老师。

她妈妈家还算殷实，外公很早就去世了，外婆身体还硬朗，一肩挑两头，照顾着疯魔的女儿和年幼的外孙女。这种照顾并不慈爱体贴，外婆心里不好受，脾气又暴躁，骂人能骂出花来，她和妈妈一个动口一个动手，常把叶展颜修理得哭天抢地。

洛枳听到这里，忽然开始好奇。

那个初中时小心谄媚、担惊受怕的小可怜儿，究竟是怎么一咬牙蜕变为了高中时水晶般耀眼张扬的校花？

最清楚的人也许是她初中的同桌吧，可自己无从知晓了。

叶展颜小学二年级期末考试那天，妈妈再次严重发病，被强制送去了医院。外婆也在和妈妈扭打的过程中跌倒，病了半个月。老人病过一场后精神一日不如一日，忽然觉得大限将至，要把烂摊子托付给逃去北京的叶展颜父亲。几次电话唤不回女婿，老太太在一个下大雪的早上提了轻省的行李，二话不说踏上了去北京的火车。

叶展颜还记得老太太刀刻一般的面容。

"你们娘儿俩，到底还是得指望他。"

外婆把"罗切斯特先生"和他的"简·爱"堵在门口，捎去了阁楼上疯女人的消息。小腹微隆的"简·爱"不敢相信，狂奔离去。

"我外婆可不是善茬儿，"叶展颜笑道，"那个女学生大着肚子退学了。我爸灰溜溜地从美院辞职，回家待了三个月，看我外婆身体好些了，就又走了。"

她只顾自己讲，没有注意到洛枳听到这个故事时突然灰下去的脸色。

她从这个缺席了自己成长岁月的父亲身上，学会了"豁得出去"这一重要的人生智慧。她父亲豁得出去，为了户口结婚，为了前途抛家弃子，义无反顾，于是成了最后的赢家——丈母娘病死了，疯老婆追着丈母娘跳楼了，一切隐患解除的时候，他刚好功成名就。只剩下一个女儿，也挺省心，漂亮又乖巧，只要给零花钱就好。

"我不恨他，反倒佩服他，"叶展颜认真地说，"我要做我爸爸，不要做我妈妈。"

洛枳内心极度震动。

"但是他当年欺骗美院的女学生，后来也恶有恶报，只不过报应在了我身上，"叶展颜俏皮地点着脑袋，"你猜那个女学生是谁？"

"那个女同学，居然是盛淮南的小姑姑，亲姑姑。"

洛枳震惊的神色让叶展颜非常满意，笑容中的那丝悲意越发浓烈。

"有意思吧？嗯？有意思吧。"

不是所有的巧合都让人会心一笑。

"这是你们分手的原因吗？"洛枳问。

"为这种事有什么好分手的，"叶展颜嗤笑，"就算他妈说我俩是表兄妹，我都不会分手，不生孩子不就好了？"

洛枳先是一愣，然后哈哈哈笑起来。

她不记得自己已经多久没这样大笑过了，叶展颜不过随口一说，看她这么开心，自己琢磨琢磨，也一起开怀大笑。

奇怪又有趣的场景，她们这样的关系，为了这样一个不合时宜的笑话，心灵却靠得前所未有地近。

"我记得，"叶展颜悠悠地呼出氤氲的白烟，"咱们那次同学会，你跟我说让我洒脱点儿，洒脱才像我，盛淮南一定喜欢我大气点儿，嗯？"

"好像是，"洛枳点头，"客套话。"

"但我不是个洒脱的人。你当时的话让我很火大，因为你说中了。关于我，他什么都不知道。他和所有人一样，喜欢那个样子的我，我就演给他看，演给大家看。久而久之，我就真的是一个又活泼又洒脱的人了。"

风将叶展颜吐出的白烟吹向走廊另一端那扇遥不可及的窗。洛枳的目光顺着烟雾飘远。

那么真实的叶展颜呢？也许还没有长大，被留在了初中教室的角落，小心隐藏着秘密，等着被理解和拯救，却被现在光彩照人的她刻意遗忘。

最深沉的阴影，背面总有最灿烂的光。

"可是你为什么特意把我叫出来呢？"洛枳道，"既然你担心张敏向我泄密，为什么现在又自己讲出来了？"

"我希望你能帮我把这些讲给淮南听，我自己怎么都说不出口。"叶展颜声音颤抖，烟灰打着转掉落地面，带着慢动作的美感，"丁水婧告诉他，你扔了我的分手信。我给他打电话，他都没问过我一句那封信上写了什么。虽然是不存在的一封信，他还是拒收了。他不会为我主持正义了。"

你哪里有正义。洛枳皱着眉，却没反驳。

"怎么样？我再求你一次，这次你一定要帮我。"

洛枳摇头："你自己去吧。我没有办法还原你想说的每句话。"

叶展颜露出不出所料的神态。

"那我换个请求，你永远不要告诉他我们见过面，我对你说过的任何一个字，你都别透露，我会自己去和他说。"

叶展颜是不是脑子有问题？洛枳被她绕糊涂了，觉得怪怪的。

"好吧。"

不知怎么，她竟然一丁点儿都不担心叶展颜将对盛淮南倾诉衷肠。

叶展颜好像很开心，她跳下窗台，走了几步，在垃圾桶上摁灭烟头。

"那我走了。"叶展颜忽然说。

"啊？"

洛枳还蒙着，叶展颜竟然真的铿锵有力地向着楼梯间走去，阳光将她身上玫红色的大衣照得格外耀眼。

走出一段距离后，她忽然停住，转过头说："有件事想跟你说声'对不起'。我记得一模的时候我跟丁水婧告状，害得你俩闹掰了。其实我没喊你去打排球，我就是和盛淮南说这话的时候看见你从眼前走过去了，觉得你那个自命清高的德行特别碍眼，就随便陷害了你一下。不好意思。……但是不保证以后不陷害了。"

洛枳没回应，只是淡淡笑了一下。

"就是你现在这个德行，烦死了。"

高跟鞋声在楼梯口转弯，咔嗒咔嗒，渐渐消失不见。

洛枳摸摸自己的脸颊。高中时，她的冷漠有一多半是自我保护，然而现在能全程如此平静地面对叶展颜，是因为真的有底气。

所谓淡定，所谓高姿态，所谓心平气和，不过就是因为你早就是赢家。

结果已经是最大的报复，何必在乎口舌上是否占了上风。

第 79 章　你给我多少时间

"你在家吗？"

洛枳正坐在窗台上胡思乱想，手机突然嗡嗡地振动起来，盛淮南的名字在屏幕上跳来跳去，像天使的来信。

"我在振华。"

她正在踌躇如果他问起自己为什么来振华可怎么办，既然承诺过叶展颜，她就不会将这段对话说出去。

短信息却很快跑了回来。

"等我。"

洛枳在阳台坐了一会儿，后背被阳光烤得暖暖的。

一年前她听说他们分手，也曾听说过不少人的闲言碎语，最后拼凑出的原因却很普通。

和所有异地恋的分手都一样，低估了时间与距离，高估了自我和爱情。

盛淮南在网络上的痕迹始终少得可怜，无从揣测；叶展颜的网络形象一直都活跃而快乐，似乎在学生会做了积极分子，像一只终于从高中囚笼逃脱的水鸟，分手这件事在她的页面上连个水花都没溅出来，没有人觉得她受伤了。

回家的飞机上，洛枳倒是问过他。

"一个假期没见，自从上了大学，她就变得很怪，情绪忽好忽坏，作得很。问为什么，她也不说，好像憋着一股情绪，对我爱搭不理的，总说学生会很忙。期末考中国近现代史前，她发短信说'分手吧'。我犹豫了一下，觉得她向来是个有一说一的人，不会拿这种事开玩笑，就回复说'好吧，保重'。"

"完了？"

"完了。"

"心里……不难受吗？"

盛淮南这次认真回忆了一下："比起难受，更多的是莫名其妙。"

"就没问过为什么？"

他诧异："为什么要胡搅蛮缠？"

洛枳抚额，也不知道自己到底希望得到怎样的答案。她希望他是个深情的人，却又不希望他对前女友深情，真是矛盾得很。

洛枳看了看时间，估摸着盛淮南快到了，就跳下窗台下楼去了。

到了教学楼的一楼大厅，她站在光荣榜前仰头看。

又一届成绩优异的尖子生的照片贴得满墙都是，放大的证件照上，每个人都面容肃穆，端正得好像印刷用的铅字。

谁能想到，这些庄重得像中年人的照片的主人笑起来时是怎样的青春逼人？谁又知道，每个笑容背后究竟又藏着什么秘密，埋葬在这所学校里。

就像叶展颜，心里有那么多故事和恐慌，却从没告诉过她喜欢的男生。

她知道自己凭借怎样的性格让他心动，于是变本加厉地扮演，去强化那个被爱的原因。

"叶展颜喜欢我像喜欢名牌包。"盛淮南曾经在气急的时候如是说。

洛枳倒觉得盛淮南看轻了叶展颜的付出。她也许需要一个最完美的男朋友，但虚荣和爱情未必总是两相冲突。与其用名牌包做比，倒不如说，她爱他，如同水晶爱射灯。

那么他爱她，何尝不是爱上了一本封面漂亮的书，却从来没翻开过。

盛淮南就是这时候出现的。洛枳回过神来，听见了背后的脚步声，忍着没有回头，直到他从背后将她揽在怀里，才低下头，笑得像只偷油的小老鼠。

"喂，我问你，"她抢在他前面开口，"新年的时候，你为什么牵着叶展颜的手？"

抱着她的人僵了一下，半天才语气发虚地说道："我说我们没可能了。她说，能不能最后再牵一次手在街上走，以前在学校里都不敢。"

洛枳心中一片柔软，竟有些事不关己的唏嘘。

"好吧。但是以后不许这样了。"她低声说。

背后的人忽然笑了，亲了一下她的头顶。

"老师，我找的是她！"他转身朝远处的收发室大喊，将她拉过去。洛枳脸上的笑容还没退去，就看到值班的语文老师惊讶的表情。

"哎呀，原来你们两个……"语文老师的大嗓门儿在空旷的大厅回荡，洛枳尴尬得不知所措，盛淮南却笑眯眯地搂着她的肩膀说："般配吧，老师？"

"般配什么？"语文老师忽然来劲了，"你看看人家洛枳的成绩，再看看你自己，你当年的卷子差点儿没把我气出心脏病来……"

"天赋不行嘛，"他无赖的语气给洛枳阴郁的心情注入了一股活力，

"所以找个语文好的女朋友，才好意思回学校来看您啊，这也算是回报师恩啊。"

她不禁莞尔，语文老师被他气得倒吸一口凉气："那不也是我教出来的？！"

"所以才来谢您啊，没有您为人师表，我可到现在都找不到女朋友啊。"

洛枳恍惚，光荣榜上面的一张张脸孔似乎也都因为他的胡闹而有了笑意。

这个站在她身边、紧紧拥着她的男孩。

她只是沉默地站在一旁，看着他浑不吝地和一直以来就拿他没办法的语文老师斗嘴，竟然一点儿都不再可惜当年那些被他当作演算纸的作文范文。

阳光正好。

洛枳的妈妈问过她几次关于男朋友的事情，都被她用各种方式搪塞了过去，只说正在尝试着相处，还没确定关系，是大学同学，人很好，理工科，很老实。

妈妈心疑，却也渐渐不再问个没完。

除夕的晚上，陈叔叔也到她家来吃年夜饭。临近半夜十二点的时候，她躲进冰冷的阳台，冻得浑身都在抖，哆哆嗦嗦地给他打电话。

"新年快乐！"

"新年快乐。"他的声音是喜悦的，却有些疲惫。

"怎么了？"

他笑了一下："你听出来啦？只是我爸爸妈妈在除夕夜大吵了一架，刚才劝得累了而已。我自己没事的。"

每次他提到爸爸妈妈，她都不知道说什么。

盛淮南倒不介意，自己转了话题："过完年之后，一起去图书馆看书吧。市图书馆现在不需要借书证了，开放阅览和自习，估计这阵子人少，我想背单词，你能陪我吗？"

"当然，"她温柔地说，"早点儿睡吧。"

"谢谢你陪我。"

"干什么这么见外？"

"嗯，晚安。"

"晚安。"

"等一下！"

"做什么？"

"亲亲我。"

洛枳大窘："……什么？"

"亲亲我。"他像个撒泼的孩子，幼稚却执拗。洛枳冻得耳朵发红，握着电话的手心竟然出汗了。

"Mua！"她心一横，就很肉麻地发出了亲吻的声音。

她甚至不知道这亲吻在外面震耳欲聋的鞭炮声中，他究竟能不能听见。

他应该听见了。因为他说："洛枳，我好喜欢你。"

阅览室里，洛枳最终挑了两本电影画报坐了下来。盛淮南在对面，从宽大的桌子底下伸腿过来踢她的鞋子。洛枳抬头，看到他眉头紧锁，一副看书看得极为认真的样子。

她也不动声色地低头继续看，然后狠狠地踩了他一脚。

对面的人扑哧乐出声来。

她穿着鸡心领的黑色针织衫，新羽绒服的商标就贴在脖子后面，痒得受不了，抓了几下之后索性脱了下来，却又觉得冷，只能认命地再穿上，拿了几张纸巾铺在脖子后面，将皮肤和商标隔开。

"我去厕所。"盛淮南站起身。

过了十分钟，洛枳正盯着《世界百大恐怖片》的简介，看得津津有味，突然背后一凉，披在身上的外套被抽走了。

她惊得抬起头，看到盛淮南拿着一把黑色的大剪刀冷笑着站在背后，咔嚓咔嚓剪着空气。

洛枳垂下肩膀："想吓唬我没那么容易。你要做什么？"

盛淮南有些失望地看着镇定的洛枳，拎着她的外套回到自己的位置，然后将自己的羽绒服扔了过来。

"穿上，别冻坏了。"

说完，他就操起那把大得吓人的黑铁剪刀，低下头翻开洛枳的外套，竟开始认认真真地用宽阔的剪刀刃，一下下挑开商标边上那细细密密的针脚。

洛枳微张着嘴巴，羽绒服传过来的温度让她心里暖洋洋的。

谈恋爱果然影响学习啊，她看着把 GRE 红宝书推到一边的盛淮南，搂紧了他的羽绒服，只顾傻笑。

"你哪儿来的剪刀？"

"借阅处的大妈那儿借的。大妈看我长得帅，二话没说就借给我了。"

不用照镜子她就知道自己笑得贱兮兮。

她也不再看书，索性托腮呆望着他的每一个动作，笨拙却小心。她觉得自己可以这样一直看下去，看到地老天荒。

真正的幸福往往都是惶恐的。某一个瞬间，洛枳突然伤感起来，想起那个被叶展颜冒领的窗台故事，它曾经成就过叶展颜的感情，也阻拦了她的回归。命运的地图早已写就，纵横交错安排妥当，因果前缘一个不落，好像早就拿着剪刀，站在恰好的时间节点，咔嚓一下，剪掉所有的美梦。

只有他们一无所知，天真地以为可以不落窠臼。

而她，还有多少时间？它又给他们多少时间？

盛淮南费了九牛二虎之力收拾好了外套，用一副"有什么大不了"的表情将衣服扔给她，也收起了单词书，装进书包里。

"出去玩吧！"

"玩什么？"

"比如……放鞭炮？"

"你再说一遍？"

"走！我们去放鞭炮！"

这人是盛淮南？她觉得自己当初一定是认错人了。这样想着，也麻利地收了东西，笑着摸了摸再也不刺痒的脖子，"走吧。"

可是等他们买好鞭炮，提着袋子走到一条僻静的背街时，盛淮南竟然不敢放。

洛枳默默无语地看着他拿着从小卖部买来的打火机，小心翼翼地凑近"小蜜蜂"，因为不敢靠得太近，点了几次都点不着。

"你……从来没有放过鞭炮，对不对？"

盛淮南有些难堪："所以才想过来玩嘛，小时候我妈妈总是担心得特别多，死活不让我有机会接触。再说每年都有一堆因为爆竹伤残死亡的新闻，我自己也断了这个念想。"

所以现在才这么笨。洛枳走过去，从他手中接过打火机，回过头笑得很阴险："站远点儿，看好了！"

盛淮南点头如捣蒜。

"小蜜蜂"急速旋转着升空，又落下来。洛枳得意扬扬地看向他，不出所料，在那双好看的眼睛里也满是单纯的崇敬。

曾经，高中的时候，她那样孜孜不倦地努力，希望能有哪怕一次机会与他平分秋色，让他知道世界上还有一个不容轻视的女孩子在默默地看着他；现在却仅仅因为胆子大、会放鞭炮而被他刮目相看。

洛枳哭笑不得。她用脚尖踢了踢已经干瘪下去的"小蜜蜂",半真半假地说:"哥们儿,多谢了。"

不久,盛淮南点燃鞭炮的动作就比她利索多了,似乎是为了一雪前耻,他动作迅速地消灭掉了剩下的鞭炮,一脸寻求夸赞的表情,被洛枳捏了捏脸蛋儿。

不管多么优秀的男人,总有一面像孩子,只展现给爱的人看。洛枳从来不想扫兴,更不曾因此而诧异或者失望。

每每看到他流露出孩子气的一面,她心里总会泛起温柔的情绪,想要好好地将这一面保护下来,用自己的力量去留存这份天真,哪怕螳臂当车,也要试着去对抗残酷的时间。

他从后面抱着她,两个人一起一摇一晃地往前面走,沿着空无一人的街道,踩着满地鲜红的鞭炮碎屑,不知道要走向哪里。

"有时候我真的很担心,你会发现我没有你想象的好。"

洛枳微笑,知道他在背后看不到。

"你说,如果有一天,你发现我不行了怎么办?"

她疑惑:"哪方面?"

盛淮南的身体忽然一僵,半晌才说:"下流。"

洛枳一头雾水,半天才慢慢明白过来,咬牙道:"谁下流?果然是心里有什么就看到什么!"

盛淮南半天才克制住咬她的冲动,淡淡地解释道:"我是说,如果有一天,我不再是你当初喜欢上的盛淮南。"

洛枳仔仔细细地思考着,并没有急着去剖白什么。

"我记得,蒙肯说过:'男人通过吹嘘来表达爱,女人则通过倾听来表达爱。

而一旦女人的智力长进到某一程度，她就几乎难以找到一个丈夫，因为她倾听的时候，内心必然有嘲讽的声音响动。'"

她认认真真、一字一句地背诵着，盛淮南忽然停住了脚步，将她的双肩扳过来，满眼笑意地看着她："谢谢你，这样我就放心了。"

"为什么？"

"显然你的智力还没长进到会嘲讽我的程度。"

洛枳连白眼都没憋出来，就被他扬扬自得的样子气笑了。

"说真的，我特别喜欢看你认真地说着一些我一点儿都不想听的名人名言的样子。"他拉开羽绒服的拉链，将她整个人包进了温暖的怀里。

她双手环上他的腰。

"你为什么要问我这个问题？"

"不知道，就是忽然心慌。我不知道你喜欢我什么，直到现在还是担心，如果有一天我不再是你欣赏的那个盛淮南，该怎么办。"

"只要你还是现在的你，哪怕明天因为某些事情身败名裂、众叛亲离，我可能更开心，因为这样，就只有我喜欢你了。"

"真的？"

"假的。"

"假的？"

"我还是希望全世界都喜欢你，因为你也喜欢全世界都喜欢你，对不对？"

盛淮南被她的绕口令逗笑了："算是吧，对。"

"即便如此，你也只能陪着我。"

他大笑起来："嗯，一定。"

女人谈恋爱时果然爱说蠢话。

洛枳埋着头，几乎要沉睡在他舒适的臂膀中了。苍白的少女时代，那些隐忍而微微苦涩的记忆像发生在另一个世界的事情，来不及告别，倏忽不见。

"到底还是成了一对庸俗的情侣。"她喃喃自语，不知道是开心还是失落。

盛淮南却搂紧了她。

"世界上最幸福的事情，就是和一个不庸俗的人，做一对庸俗的情侣。"

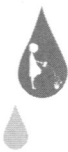

第 80 章　序曲

"超市里木瓜减价，我买了三个，你要吗？我已经切了半个，桌上那半个你自己拿走吧！"

洛枳刚刚推门进宿舍，就听到江百丽聒噪地大叫。她抬眼看到，百丽已经早早地换上了初夏的七分袖衬衫，却在外面披着羽绒服，正坐在上铺捧着半个木瓜用小勺挖着吃。

洛枳皱眉，将手机、钥匙都扔在桌上，斜眼看她："现在这个季节的木瓜能好吃吗？"

江百丽愣了愣："你管它好不好吃呢，丰胸啊。"

洛枳大笑起来，江百丽的坦诚总是让人心情明朗。

"我就不用了。"她反身骑在椅子上，将下巴轻轻搁在椅背上，拿起一本《布莱希特诗选》，胡乱地翻着。

"难道你已经不用丰胸了？"

洛枳一个眼刀杀过去，盯着江百丽的前胸冷笑："呵呵，聊胜于无。"

洛枳读到第四首的时候，江百丽的电话振动起来。洛枳曾经苦劝她放弃那些惊悚的华丽铃音未果，新学期她换了新手机，竟然从来没有设定过任何响铃，这让洛枳万分惊诧。

后来才得知是顾止烨的功劳。洛枳唠叨了一年，顾止烨只是在江百丽手机铃音响起时笑了一声，就让她心虚地调成了振动。

洛枳能明显地感觉到，江百丽在改变。她的心情和笑容渐渐恢复到大一初见时的样子，行为举止却越来越沉静大气，也不再逃课、不再邋遢——至少是在努力保持着整洁。

当然，这些改变更多的是体现在人前，并没怎么惠及洛枳。

"跟老男人恋爱真是获益匪浅啊。"等江百丽终于挂掉了和顾止烨的电话，洛枳一边看书一边感慨道。

"我们没有在恋爱！"百丽说着说着又叫了起来。

电话中确实少有当初与戈壁热恋时的黏腻，百丽的声音是快乐的，然而语气和措辞保留着距离，更像暧昧的朋友。

每一个电话的结尾，都是百丽在说："那你忙吧。"

那你忙吧。

你要是爱我，就应该立刻笑着说，我不忙。

"你感冒好点儿了吗？听起来鼻音还是挺重的。"

百丽耸耸肩："我估计怎么也得一个星期才能好吧，不过不发烧了。"

"清粥小菜的确能降温。"她没抬头，轻轻地翻过一页。

江百丽红了脸，吭哧了半天也说不出一句话。

洛枳是昨天十一点半接到的电话，戈壁，说自己此刻正在宿舍楼下，请她下去一趟，捎点儿东西给百丽。

猪肝菠菜粥，清汤娃娃菜，香煎豆皮，一盒安瑞克，一盒康泰克。

洛枳怔怔地看着一桌东西，想起楼下戈壁憔悴的样子，竟然第一次对江百丽的手段生出了几分佩服。

江百丽眼睛亮亮的，盯着那熟悉得不能再熟悉的猪肝菠菜粥，脸庞通红，不知道是因为发烧还是别的。

还是洛枳先问她："陈墨涵后来有没有再找你的麻烦？"

江百丽摇头。

"奇怪，她不可能没发现戈壁心猿意马啊，她那样的女孩子，怎么能咽得下这口气？"

"我当初不是也大半夜为他跑过好几趟，扯平了。"百丽声音有些抖，爬上床去，一口也没有动。

"说得真委屈。"

"本来就委屈。"

"得了吧，"洛枳笑，"当初明明心甘情愿的，怎么现在又说得好像你多委曲求全似的？"

江百丽头蒙在被子里，许久许久都没有说话。洛枳于是关上灯，将飘香的食物扔在了漆黑的夜里。

洛枳想着昨夜的插曲，眼前纸面上的文字都开始打转了。

"其实，顾止烨跟我说过，容易动情的人，其实心最狠。"江百丽回忆起昨夜的事情，坐在上铺幽幽地说。

"当然，"洛枳点头，"因为健忘嘛。"

"但是，我觉得戈壁真的不是心狠的人。"

"唔，"洛枳掏出日记本开始抄诗句，"那就去叫戈壁跟陈墨涵分手啊。"

这样的话她不知道说了多少遍，每次她想要将百丽从旧情难忘的泡泡中砸醒过来，就会将这话再重复一遍。

江百丽自然不会真的这样去和戈壁讲。

不试探，不追究，就不会尴尬，不需要直面现实。

而不敢去讲的原因，才是她幻灭和清醒的理由。

新学期，一切都很平静。洛枳一整个假期都没和自己的妈妈提起过从付姨那里知道的消息，也没听盛淮南提起过自家的事情，心中那股莫名的惴惴不安也渐渐平复。

洛枳和盛淮南这学期选了两门同样的公共选修课，一门羽毛球课，三门周六授课的法律双学位课程——张明瑞上学期的法导果然挂掉了，自此放弃了法双。

两个人每周都一起去打羽毛球，上自习、看电影、打游戏，坐车去各种久负盛名的地方吃东西……

像所有普通的情侣一样。

一开始，洛枳羞于在宿舍里打电话，后来也慢慢放开了。因为办了情侣套餐，所以话费极少，她常常洗过澡后戴着耳机坐在床上，一边翻书一边有一搭没一搭地和他聊天。

间或傻笑。

直到江百丽忽然从上铺垂下头，哀怨地说："你完了。你谈恋爱后一点儿都不酷了。"

一脸"你看看你自己现在什么德行"的痛心疾首。

"觉得恶心了？"洛枳冷笑。

"非常恶心。"

"恶心也受着吧，你以前恶心我的时候我都记着呢，君子报仇十年不晚。"

江百丽哀号着躺回上铺。

洛枳曾经在每天早上醒来的时候，都会怔怔地拿起手机，看一遍前一晚睡前的短信，以此来确认现在的幸福不是一场梦。时间久了，倒也不再诚惶诚恐。

四月末的风已经格外温柔，天色将晚，淡紫色的云霞散散漫漫地铺展在碧空里。洛枳从食堂背后的小路绕去篮球场找盛淮南，边走路边想事情。猛一抬头，才注意到就在自己前方不远处，一对情侣正停在小路中央。男生骑在自行车上，扭回头看自己的恋人，女孩子则跳下了自行车后座，踮起脚去嗅路边的丁香。

"摘下来一枝，插到花瓶里摆桌上吧。"男生建议。

"那是要做什么呀，人家开得好好的，你忍心吗？"

女生竟是许日清。

两个人笑闹了一阵子，许日清重新坐到车座上，男生确认她坐稳了才缓缓起步，慢慢消失在小路的尽头。洛枳舒了一口气，走到他们刚才停靠的地方，也不觉侧过头去嗅那凄迷的丁香香气。

那个当初结着丁香般愁怨的姑娘，已经渐行渐远。

她走到篮球场边的时候，比赛早已散场，只有几个穿着球服的男孩子还坐在篮球架下一边喝水一边聊天。看到她走过去，他们纷纷鬼鬼地一笑，就知趣地拎起包离开了。

盛淮南正在投篮，跃起到半空，手腕轻抬的瞬间看见了她，于是嘿嘿地笑起来，球砸在了篮圈边上，弹到洛枳身边。

洛枳一直觉得，篮球落地时的声音像两个人的心跳。

盛淮南一个接一个地投篮，洛枳扔下书包也跑到场上，将球捡起来一次次传给他。

看男孩子打篮球，果然还是应该离得近一些，远远地观望觉得平淡轻巧无比，可是距离近的时候，就能听到衣服摩擦的声音、喘息声、脚步声，才觉得观者的心脏都跟着剧烈地跳动起来了。

洛枳的心脏此刻就跟着它的生命力跳动。橙黄的路灯在墨蓝色的天幕下为他们两个人撑起了一把温柔的伞。她微笑着看他运球、跳跃，听着空心进篮的声音，心底忽然生出一种难以言说的快乐。

她终于不必心不在焉地在操场上面乱晃了，终于不用在这样的时候故意把脸侧过去了。

那么多人爱过他。只有她走到了这一步。

这种快乐对于得不到的人来说自然是残忍的，可她无法因此而强制嘴角不许上扬。

这样想着，竟然也不再为心底那点儿不敢揭开的秘密而感到过分恐惧了。

洛枳，加油。

她默默地对自己说。

"我哥哥，洛阳，下个月5号要回家乡办婚礼，我需要回去一趟。本来想要叫你一起的，可你不是快要考6G了吗？我想，你还是待在学校好好复习吧。"

洛枳一边说着一边将餐盘放在窗边的空桌子上，坐下来。

盛淮南坐到她对面，点头："那好吧。"

他用小勺搅了搅碗里的皮蛋瘦肉粥，忽然问："上学期，我生病的那次，给我送粥的女生，是你吧？"

洛枳好不容易才挑起一筷子面，闻声抬头，面一下子又全滑落进碗里了。

"哦，你突然失踪的那次啊，是我。"她挑挑眉。

盛淮南讪讪地一笑。

"不过，你怎么知道的？"她好奇。

"应该就是圣诞节那天晚上，我拖着你的行李箱回宿舍，跟老大扯淡，他忽然问我上次生病的时候送热粥的女生是谁，怎么突然就没影了。"

盛淮南生病期间咳嗽得很厉害，神色阴郁地在宿舍待了一整天，狂打游戏。下午，张明瑞给他捎了泡面和煎饼，吃得他胃里火烧火燎。晚上十点左右，老大接了一个宿舍电话就跑下去，然后拎上来一个袋子——皮蛋瘦肉粥、玉米饼和蔬菜。说来惭愧，他实在猜不出是谁送的，感冒来得急，除了宿舍哥们儿外，没有人知道——也可能是院里某个看他没有去上课的女生？但是老大不应该说不认识。

洛枳也想起当时那个有点儿猥琐却又热心肠的男生，笑了笑。

"我当时问起老大这个女生长什么样子，老大的描述是，美女。"

洛枳得意地刮了刮自己的鼻子。

"这描述简直像放屁一样等于没说。"盛淮南面无表情地继续说，无视洛枳在桌子下面踢他的腿。

"不过老大说，那女孩真是挺好玩的。老大逗她说让她别抱太大希望……"盛淮南忽然停住不说了，似乎想到什么不好意思的事情。

"我来帮你接着说，你们老大说，追你的美女都能编上号码去抽六合彩了，姑娘就顺口让他给赐个编号，对吧？"

那时候，洛枳在丢盔卸甲的当口儿仍然能够用玩笑挽回失地；现在，她似乎在渐渐退去那层锐利和骄傲，再上演一次，未必能说得出同样的话。

她正在发呆，却被盛淮南用筷子另一端敲了头："又瞎想什么呢？我问你这事只是想谢谢你。"

唯一没变的是，她仍然不善于应对他认真说出的感谢和致歉，连忙掏出面巾纸递给他说："擦擦汗。"

"你帮我擦。"对面的男孩端着粥，头也不抬。

洛枳叹口气，认命地伸手过去帮他擦了擦额角。

不知道是不是她想得太多，最近的盛淮南似乎安静了许多。他待她仍然很好，却像被什么心事压着，越发沉重。

"你还好吗？我觉得你最近不开心。"

盛淮南没接茬儿，忽然停下来，盯着筷子说："你以前也练过用三根筷子吃饭吧？"

洛枳愣了愣。她到现在还并未跟他坦白过自己骗他的这些事情：三根筷子、肥肉块，乃至……小皇后。她只能点点头。

"我们再试试好不好？"

看到他开心的样子，洛枳也觉得心里舒服了一些，于是站起身又拿了一双筷子，一根递给他，一根留在自己手中。

她硬着头皮上阵，面条在她的筷子上面一个摆尾，就甩了她一脸的面汤。

他们一起笑起来，盛淮南拿起面巾纸，在她鼻尖上轻轻地擦了擦。

"只是最近我爷爷的情况有点儿不大好，"他一边帮她擦脸一边轻声说，"他是个很有趣的老头儿，住在乡下。我还想什么时候有机会带你去看看他呢。他年轻时曾经横渡什么江来着，养了很多小动物，什么都会，三根筷子吃饭是他最早发明的。我看了好多年，高中的时候才忽然想要学着做。"

洛枳沉默。

"外公也是，心肌梗死，已经进了重症监护室。我也不知道最近怎么了。爸妈天天吵。呵，总觉得，好像有什么要发生了。我不知道。我真的不知道。"盛淮南侧脸望向窗外沉沉压下来的夜幕。

洛枳想说点儿什么，却害怕声音发颤，只能轻轻地抓着他的手，轻轻地。

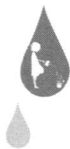

第 81 章　灰姑娘

洛枳对婚礼的感情一直很复杂。

她参加过不少婚礼，也亲眼见过不少情侣商量起婚礼的细节时屡屡闹矛盾，甚至吵到婚礼搁浅。两家为面子而生闲气，不可开交，心力交瘁。

这么多年的演变，婚礼已经失去了当初那种庄重的仪式感，两个早就领了结婚证的人，还要站在司仪面前，像模像样地说"我愿意"，在她看来简直匪夷所思。

真的会被那比结婚证的小红本还要迟到了大半年的"我愿意"三个字感动吗？

即使是她自己的哥哥嫂子，她开心归开心，对婚礼仍旧充满了抵触情绪。

不知道是不是因为人生中参加的第一个婚礼以伤心收场。虽然年幼，却记忆犹新。

洛阳打电话告诉她婚礼的日期时，洛枳还是直白地表达了自己的不解。她一直以为他们会等到陈静硕士毕业之后再领证结婚，没有想到，求婚之后的一切势如破竹。

"反正拖着也没什么区别,结婚了,都安心。"

安心吗?她想起丁水婧,于是没有继续问下去。

洛阳在电话另一边似乎是伸了个懒腰,边打哈欠边说:"幸亏是在家里办。家里那边有你舅舅、舅妈和陈静爸妈折腾着,我俩省心不少。不过,老人家的眼光真是愁人啊,他们挑的请柬都是看起来特别喜庆也特别丑的那种,还好陈静对这些事情也不在意。我俩既然当了甩手掌柜,也就不对这些小事情叽叽歪歪了。"

洛枳笑起来:"那就好,省心最好了。我知道,好多人一场婚礼下来憔悴消瘦,夫妻反目,还不如你们这样。无论如何,你们结婚我特别高兴,恭喜!"

洛阳却转了话题:"我听你妈妈说,你有男朋友了,还死活不带给她看?不带给她看也没问题,我总得看看是何方神圣吧?"

洛枳又听见心底的秘密咕嘟咕嘟上涌的声音。

由于星期五下午她就要飞回家乡参加婚礼,所以将 Tiffany 和 Jake 的课程安排在了周三的晚上。

她站在东门口招了一辆出租车,司机一听她要去的别墅区的名字,有些疑惑地透过后视镜看了她一眼,盘算了好一会儿才想好应该怎么走。

新年后朱颜就辞掉了两个菲佣,开始雇钟点工在中午和晚上到家里打扫卫生,给两个小孩儿做饭。后来到三月,她将司机也辞掉了,所以洛枳都是坐出租车来往。

"只能这样了,我给你报销好啦,"朱颜当时在电话中抱歉地说,"我这半年很少待在北京,留着司机也没什么用。不过得辛苦你了,没事就多去几次,看看他们俩有没有闯祸。周末搬过来住也行。"

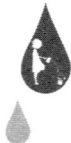

她宁肯拜托洛枳。洛枳至今也没有见到过朱颜的任何一个朋友或亲人出现在别墅中帮她照料孩子的起居。四处迁徙的单身女人总有这样的无奈。

自从春节之后，洛枳只见过朱颜两面。Tiffany 说妈妈一直在美国和新加坡之间飞来飞去，连她和 Jake 都很少能见到。

"妈妈说，我们可能又要 move on（搬家）了。"Tiffany 坐在沙发上晃着腿，小小年纪，将这句话说出来的时候并无不舍或担忧，像是早就习惯了。

Move on，去往新地方，奔向新生活。

她只能更加频繁地跑去看这两个小孩儿，像半个妈妈一样照顾她们。洛枳有时候会感慨，她和朱颜之间竟然有这种毫无理由的互相信任，再一联想到这其中的缘故，她不觉叹息。

洛枳在玄关脱鞋子，突然听见一声久违的"你来啦"，惊喜地抬头，看到那个年轻的孩子妈妈正倚着楼梯朝她笑。

朱颜似乎又消瘦了些，但因为剪了非常利落的短发，露出修长的脖子和平直的锁骨，所以看起来反而更加精神了。她系着围裙，手里抱着一摞废旧英文报纸，竟然有些灰头土脸。

"好久没自己打扫过房间了，做了一下午还是杂乱无章。"她自嘲道，边说边露出奇怪的笑容。

"我可不是来帮你干活儿的。"洛枳连忙跳起来声明。

洛枳给两个小孩儿上完课，从楼上下来，看到朱颜还在和一客厅的杂物搏斗，不觉失笑。

"我都多久没见你了，上次本来有机会一起出来玩的。"洛枳抱怨。

四月末春光正好的时候，洛枳曾经将 Tiffany 和 Jake 带出来，一起去玉渊潭看樱花，也叫上了盛淮南。两个孩子时隔大半年终于又见到他，自然开心得不得了。

"当时你明明也在北京，"洛枳走过去和她一起坐在客厅的地上，帮忙将各种 CD 和书籍装入纸箱子，"可惜你临时有事又不能来了。我还想叫你出来看看他呢。"

洛枳故意说得轻松，另一面却紧张地窥探朱颜听到盛淮南时的反应。

朱颜神色如常，头也不抬地干着活儿。

"我看他干吗，"她耸耸肩，"要是我见了，发现不顺眼，你得多左右为难呀。一边是友情，哦哦，一边是爱情。"说到后面直接唱起来，洛枳被气笑了。

"不喜欢就不喜欢呗。我倒觉得你会喜欢他，我眼光多好。"

"呵。"朱颜冷笑。

"他还说下个月天气热一点儿，就再带他们俩去欢乐谷玩呢，你要不要一起？"

"我可不去。"朱颜摇头，没有注意到洛枳有些复杂的神情。

洛枳也不再劝，低头麻利地包装封箱，思绪慢慢回到了春风和煦的玉渊潭公园。

其实没什么好看的，樱花林太过分散，无法形成遮天蔽日连绵不绝的美。如果要说惊喜，倒是一株株干枝上盛开的白玉兰。

在他和两个孩子其乐融融的时候，洛枳没有忘记向盛淮南讨说法。

"当初问你要不要来给两个小孩儿上课的时候，你的短信真是气死我了。"

"哪条短信？"他忙着给 Jake 照相，一边按快门一边疑惑地说，无辜得让洛枳差点儿以为自己记错了人。

洛枳咬牙切齿地翻着手机里的短信，然而和他的短信息实在太多，她都舍不得删，翻着翻着就淹没在过往甜蜜温馨的海洋中了。

"算了，"她锁定屏幕，"找不到了。总之是讽刺我哄小孩儿还要钱的。"

"不可能。"

"真的！"

盛淮南沉默了一会儿，才慢慢地说："那就是我太天真了。有时候我的确会说一些自以为是的话，拿自己的生活去框定别人，伤了人，自己都不知道。"

这样正经的道歉，让洛枳有些不自在。

"算了，我也只是忽然想起来而已。"

"不，"盛淮南认真地看着她，"这半年来，我一直都想跟你说，我看你打工、赚钱，很勤奋地自立，越来越觉得自己实在很惭愧。"

他转过头去看两个正踮起脚去嗅满树怒放的白玉兰的孩子："我说的是真的。最近越来越这样想。相比之下，我才是什么都不懂的那个。"

洛枳盯着这样的盛淮南，久久不知道该说什么，慌乱的心跳仿佛鼓点，前段时间一度渐弱，此刻又缓缓地放大了音量。

"发呆想什么呢？"

洛枳回过神："啊？没，就是想起那天去玉渊潭，他俩很开心。"

"是想那天在玉渊潭的你男朋友吧？"

你男朋友。相处快半年了，洛枳听到这种叫法竟然还会害羞。

"其实，"她有些迟疑地开口，"我觉得，梦想成真的感觉，有点儿虚假。一切都很完美，但好像又少了点儿什么。我也觉得我改变了不少，开始依赖人，以前自己习惯一个人做的事情，现在却觉得孤独，他不在，心里就空落落的。这样是好还是不好呢？以前总是嘲笑那些情侣，现在才明白，站在外围遗世独立地评判，是最简单的事情。"

洛枳没有在朱颜脸上看到那种"恋爱中的少女你醒醒吧"的揶揄。

"我觉得这再正常不过了。"朱颜整理东西确实是毫无头绪的，她一边讲话，一边像是赌气一样将手中一大摞装 CD 的塑料盒子"哗啦"一声全部塞进一个箱子里，狠狠地用胶带封住，然后一屁股坐在纸箱上，抬头看向洛枳。头顶橘黄色的壁灯将她的脸色照得明亮，她像个少女一样伸直双腿，晃着脚丫。

像个少女一样。

三十多岁的女人，做起这样的动作来毫不做作和别扭。洛枳突然明白朱颜的魅力所在，就像那张她和陌生男人的照片一样，你从她的眼睛中看不到她的年龄、她的过往、她的未来。

看上去，永远有一份与单纯无关的天真。

虽然只是看上去。

洛枳垂下眼："你说什么正常不过？"

"正常的意思就是说，童话故事结束了，生活开始了。"朱颜微笑，站起身走过来，弯下腰去捏她的脸。

"要不要来罐这个？"朱颜一边说着一边小心绕过一地乱糟糟的箱子和没来得及收拢的杂物，拐进了厨房，几秒钟后重新出现，还没走到桌边就将一个东西扔了过来，洛枳手忙脚乱地接住。

一罐冰凉的啤酒。

"不喝茶了？"

"喝茶哪有喝酒爽，而且必须是啤酒，什么红酒、洋酒都死到一边去！"朱颜似乎是被打包折磨疯了，讲话和动作都和平时不大一样。

洛枳顿觉心中快活不少。

她们"啪""啪"两声拉开拉环，洛枳听到楼上 Tiffany 跑来跑去的声音，将食指比在唇上："别让小孩子看见我们这个样子。"

朱颜耸耸肩，伸出手示意洛枳碰杯。

"曾经有一段时间，在他们还特别小的时候，我一个人带着两个孩子讨生活，有时候他们哭闹起来，我甚至有带着他们跳楼同归于尽的冲动。这样一晃，居然也十多年了。"

朱颜晃着手里的啤酒罐，眼睛亮亮的。

"你刚才说什么，童话结束了？"洛枳连忙转移话题。

"对呀，"朱颜仰头灌下一大口，冰得直晃脑袋，半晌才能开口讲话，"灰姑娘嫁给王子了，生活开始了。童话故事一般只讲前半部，因为这样小孩儿喜欢看，只有大人才要面对后面的故事。"

年少时仰望的从一而终、一尘不染的神圣爱情，最终不过就是一念起一念灭，和其他事一样，没什么特别。

大人本身就是如此复杂的动物，阴暗的内心，牵绊的关系，披着伪装的自尊心，怎么可能酿造出一份不含杂质的感情？

她拍拍洛枳的手背："欢迎成为大人呀。"

一罐喝完，朱颜意犹未尽，又跑去拿了两罐，递给洛枳。

"对了，你妈妈知道……"

"不知道。"洛枳立刻回答。

沉默了一会儿，她们又碰杯。

"真是不听妈妈话的姑娘。"朱颜咯咯笑了起来。

"我以前不知道我是这种爱逃避的人，走一步看一步可不是我的习惯。"洛枳叹息。

"船到桥头自然直，总会有办法，只要你坚持。"

洛枳猛地抬头，眼睛亮亮地看着她："那你的坚持，现在有结果了？"

朱颜扑哧笑了："我坚持什么了？"停顿了一下，她还是点头："我要去美国了，嫁给设文。"

洛枳摸索着一直在流"冷汗"的啤酒罐，一股气从胃里冲上来，一直冲到鼻腔，她竟开始流眼泪。

"哭什么？"朱颜诧异，"你不恭喜我？"

"我会想你的。"

洛枳抹抹眼睛，用脚踢了踢角落的纸箱："我一定会很想你。"

星期五，盛淮南送她上飞机，在安检口笑着亲了亲她的额角，说："早点儿回来，路上小心。"

她点头，看着盛淮南那张熟悉的脸，突然涌出一股深深的不舍。

只是回去两天而已。她也不知道这来势汹汹的情绪是怎么回事，好像生离死别似的。她低下头掩盖热了的眼眶，轻轻捏他的手背："走了。"

第 82 章　我愿意

　　整场婚礼洛枳都没怎么帮上忙。她起了个大早，和妈妈一起赶到舅舅家里，然后作为男方家属随着车队一起出发，穿越半个城市去陈静家。

　　塞红包、砸门、求伴娘放人这些活动自然有洛阳的一群高中好哥们儿帮忙，她站在半层楼下仰头看着门口热热闹闹挤作一团的伴郎团，渐渐也被喜庆的气氛感染了。

　　陈静家不大，忽然拥进去这样一群人，很快就连站的地方都没有了。洛枳徘徊在楼道里面听，洛阳率领着伴郎们已经站在陈静房间外面苦求新娘开门了，里面陪伴的伴娘扔出来一道题，要洛阳说二十个夸新娘的四字成语，并交出工资卡才能进门。

　　洛枳微笑着听远处老哥在起哄声中绞尽脑汁地说出越来越匪夷所思的成语组合。

　　又过了不知道多久，完成了摄像、敬茶等一系列过程，终于陈静被洛阳用公主抱的方式抱着出了门，在摄像的指挥下，下一段楼梯停一段，拍着特写，走得极慢。

按照传统，新娘子要穿着红色的高跟鞋，直到上了婚车开到夫家的楼下之前，脚都不可以落地。

人们纷纷走在新娘的哥哥后面，洛枳此时终于能看到跟在人群最后面的洛阳了，站在高高的台阶上，一身黑色西装，胸口别着一朵很丑的红色胸花。

看到洛枳的视线落在自己胸前，洛阳摆出一副苦相。

"你以后结婚可别这么折腾，简直是不要命。"

"老人喜欢热闹嘛，传统一点儿，越烦琐越好。"

"得了吧，"洛阳笑，拿起手中的矿泉水瓶子敲了敲她的头，"两家人都要面子而已。"

她又想起朱颜。童话结束了，生活刚开始。

童话里的婚礼只有圣坛上的"我愿意"。生活中却要抢订酒店，商议酒席菜单，反复和宾客确认出席人数，考虑将谁和谁安排在一桌；司仪话太多了烦人，话太少了场面冷清；车队太讲排场了浪费钱，太朴素了新娘、新郎没面子；全听摄像的摆布索然无味，不听摄像的摆布就留不下美好纪念……

洛枳同情地拍了拍洛阳的后背。

由于洛阳并没有在家乡这边布置新房，所以车队又开回了新郎家，类似的步骤在洛阳的家中又重复了一遍。洛枳从乱糟糟的人群中脱身出来，突然接到一个陌生号码的来电。

"我是丁水婧。"

家乡的习俗中，正式的典礼必须在中午十二点之前结束，所以不到十点他们就到了酒店。宾客稀稀拉拉地入席，洛枳站起身对妈妈说："我去透口气。"

麦当劳就在酒店的斜对面，门面很小，只有一个低调的 M 记号。洛枳走进去，一眼就看到了穿着宽大的深蓝色连帽 T 恤的丁水婧，托腮坐在窗边的座位上，染了五颜六色的指甲，定神看着儿童游乐区几个抢滑梯的孩子，嘴角笑出浅浅的酒窝。

"头发都长这么长了。"

洛枳也不知道为什么自己竟然说出这样一句开场白，不觉失笑，坐到丁水婧对面，将包放在窗台上。

丁水婧笑得灿烂："你是不是吓坏了？以为我要去破坏他们的婚礼？"

她紧接着将面前的一杯橙汁推给洛枳："给你点的。"

"谢谢……美术考试怎么样？"洛枳喝了一口橙汁，没有急着去接她的开场白。

丁水婧一愣，倒也没对婚礼的事情紧追不放："还好吧，不过比我想象的还要黑啊，倒也不是非要花钱找关系打点，但架不住下功夫打点的人太多了。"

洛枳心领神会地笑笑。

"也可能是我常常涂鸦，涂习惯了，画不出规规矩矩的东西了，反正北京那一片的学校没戏了，恐怕要去上海或者大连了。这两个地方各有一所学校进了专业前十，高考只要别手抖，文化课估计没问题。"

丁水婧的语气很洒脱，面对洛枳时态度也非常平和，和去年冬天在学校遇见时已经很不一样了。要知道上次会面的结尾，丁水婧可是恶狠狠地骂了一句："你们家人都这个毛病吗？"

洛枳不清楚这种转变是否与洛阳结婚有关。

"那提前恭喜你了，好好加油。"她掩饰住疑虑，笑着鼓励。

丁水婧再也不讽刺洛枳的虚伪，也笑着接受："好！我会的。"

洛枳的手机在桌子上嗡嗡振动起来，屏幕显示"妈妈"，她接起来，谎称不舒服，在外面转一转。

"典礼开始我就回去。"

"马上就要开始啦！"

"好好好，我知道了！"

她索性关机。

"不要直接在联系人中把她的手机号码设置为'妈妈'，"丁水婧提醒道，"否则万一你的手机丢了，别人会顺着这个线索去诈骗的。"

洛枳若有所思："的确，我应该把里面一眼看出来是亲属的都改成他们的本名。"

"男朋友也要改本名哦，别直接叫'老公'。"

洛枳差点儿呛到："哪有这么肉麻的。"

丁水婧的手指在桌面上敲来敲去："和盛淮南在一起了？"

洛枳点头。

"冬天时我问你有没有喜欢的人，你还在嘴硬呢。"

"是啊，那时候我也不知道把柄都抓在你手里，本来我也没有讲实话的义务。说到这个，我的日记本，你是不是该还我了？"

"你怎么知道在我手里？"

"否则那件事情，"洛枳觉得故事拙劣得让她不想重复，只好用"那件事"代替，"你是怎么策划出来的？是你对盛淮南说我暗恋他好多年的。"

丁水婧挑挑眉："看样子你好像不怎么生气啊，我觉得我这辈子也没法儿理解你这种人了，"她再接再厉，身子向前探，认真地强调，"我们陷害了你哦。"

怪人，非要逼我揍你才爽吗？洛枳哭笑不得地摇摇头："既然结果是好的，过程我不想和你计较。计较了又能怎么样呢？"

"你这话才真伤人。太没成就感了。"丁水婧的声音平平的，半晌，却和洛枳一起笑了起来。

"其实，整件事情都是因为去年十月，我退学回来后很苦闷，在网上遇见了叶展颜。她说出来聊聊吧，我说好。然后呢，就互相诉苦咯。她跟我说起那个传说中的郑文瑞跑来刺激她，说盛淮南和你快要走到一起了。"

丁水婧顿了顿，看向洛枳："这个郑文瑞不是喜欢盛淮南吗？她这是干什么？心理变态吗？"

洛枳苦笑："其实我觉得，咱们每个人都有不同程度的心理变态。"

丁水婧没有追根究底，继续说道："那天叶展颜哭得一塌糊涂，跟我说她和盛淮南分手是有苦衷的，是被盛淮南妈妈拆散的，但是由于涉及盛淮南家中的事情，她就一个人都承担下来了，实际上心里很苦。"

洛枳微笑，并没有纠正丁水婧，分手本身与这件事情无关，但是如果复合，倒是可以利用一下这个苦衷。

"那时候我不知道为什么就是特别讨厌你。也许因为你不和我交朋友，不给我面子，也许因为我知道你和洛阳的女朋友，哦，老婆，"她停了几秒钟，笑笑继续说，"感情特别好。反正我说不清。恰巧又出于我那恐怖的窥私欲拿了你的日记本，总觉得自己其实是俯视着你的秘密的，结果你竟然还敢在我面前装，我特别受不了。"

"你恐怖的窥私欲？还是别这么说自己吧。"

"这话不是我说的，是洛阳说的。"丁水婧被洛阳这样评价，却不生气，笑容里竟有几分谈及知己才有的满足和得意。

洛枳一愣。洛阳也会讲这样的话吗？

丁水婧摆摆手："反正我就和叶展颜说你高中就喜欢盛淮南了，叶展颜勃然大怒。我当时倒想要提醒她，虽然大帅哥高中是她男朋友，可法律没规定别人不能喜欢他，尤其别人又什么都没有做，你管天管地也管不着别人想什么，不是吗？"

洛枳不知道丁水婧这段话说的是她还是自己。

"但我觉得她骂你，骂得我心里真舒坦，所以我就煽风点火，让她出马把那个帅哥抢回来。她听了之后，转身就走了。我估计，之后她应该就跑去联络盛淮南了吧？"

"应该是吧，"洛枳恍然大悟，点点头，"我看到过她联络他。"

游乐场的短信，松开的双手，连带那时候的难过一起退去。

"但我猜她没成功。盛淮南这个人我有所了解，毕竟我高中时和叶展颜关系也不错。这个男生打起太极来，堪称一代宗师。叶展颜都快气炸了，却无能为力，于是在 **QQ** 上跟我说，当时还有一件事情她没有告诉我，因为涉及你，而她觉得我跟你是朋友。"

"就是……那件事？"洛枳觉得不可思议。

丁水婧点头："就是那件事。什么水晶、分手信的。"

洛枳笑了："可是，叶展颜和我说，这个故事是你编出来然后教给她的。"

"我为什么要管这档子破事？"丁水婧嗤笑。

"可短信还是你发给盛淮南的啊。"

"我当时在 **QQ** 上就问她这事是假的吧，她一口咬定就是这么回事，而且希望我以知情人的口吻给盛淮南发短信，这样比较可信一点儿。"

丁水婧说着说着就开始笑："你爱信不信，反正我有聊天记录。我当时就是觉得整你一回也挺好的，这样你就可以主动来找我兴师问罪了，到时候我就把日记本摔你脸上，把你和洛阳的仇都报了。"

洛枳听到这里，反倒完全生不起气来。

丁水婧的样子就像个以恶作剧为荣的孩子。

"真的，"她用力地吸了一口可乐，两颊都凹进去了，"我还拿了一本《新华字典》练了好多次摔日记本这个动作呢，"她比比画画地说，甚至有点儿兴奋，"顺便说一句，你的日记写得真有意思。"

洛枳只是看着她，有点儿宽容地摇摇头。

"心理健康的人听到这些都应该把手里的橙汁泼我一脸，"丁水婧看着她，"说你呢，难道你真的心理变态？"

"我都被你搞得没脾气了。恶人先告状。"

丁水婧呵呵笑："结果短信发出去之后，盛淮南居然还是不理叶展颜，连你回学校碰见我的时候都一脸天下太平，提都不提，我当时就觉得自己白激动了一场。"

"后来，"她紧盯着洛枳，"后来我也算是补救了一把。我要是没记错，应该是圣诞节那天半夜，盛淮南打电话过来问我到底是怎么回事。我反问他，你觉得呢？我要说的都在短信里，你还想知道什么？"

然而盛淮南在电话另一端不断重复"不可能，你一开始就在撒谎"。

说来说去却只有一句话，洛枳抚额，当初他信誓旦旦对她说自己能查出真相，结果还是打电话去问丁水婧。

丁水婧说着说着好像想起了当时的一幕，嘿嘿地笑："我当时就想，洛枳真有本事啊，好好一个男生，被折腾得跟脑残似的。"

洛枳心底一暖。

她突然有点儿不想回到婚礼现场。从她认识盛淮南的那一天开始，她就绝少有机会和别人提起他，朱颜也许算一个，可提供不了像现在一样的快乐——丁水婧认识盛淮南，和她同龄，畅畅快快地讲着另一面的盛淮南，好像闺密堂堂正正地在议论她的男友一样。

有时候，和不相干的人提起自己喜欢的人，听他们评价、八卦，凝神搜集着所有自己已经知道或者从不了解的一切，能给人带来莫大的快乐。

请和我讲讲他。

我很了解他，可我就是想提起，想听你讲讲他。

讲讲我喜欢的这个人。

"然后呢，我就大发善心，和他说了实话。"

丁水婧停下来，看着洛枳。洛枳憋着笑："怎么，你难道在等着我说谢谢你？一开始就是你惹出来的事情吧？"

她"喊"了一声，不情不愿地继续说："又过了一段时间，叶展颜又在网上跟我说，她终于见到盛淮南了，很礼貌地约会了一次，什么都没提起，对方和她说，我们还是做朋友吧。"

丁水婧弹飞了鸡翅的包装袋："所以，我也没告诉叶展颜，事情我早就招了。"

面对她讨好的眼神，洛枳思索再三，终于还是投降了。

"虽然……好吧，谢谢你。"

丁水婧咬着吸管发了一阵呆，忽然抬起头软软地说："一会儿，你能带我去看看婚礼吗？"

洛枳的印象中丁水婧总是很伶俐的样子，从来没有用这种直愣愣的眼神看过人。

那眼神没来由地让人难过。

"我把你想知道的都和你说了，没有一句隐瞒。现在你能带我去看看吗？我不会让他们发现。就看一眼。"

可洛枳还是忍住了，那终究是陈静和洛阳的婚礼。

"恐怕不行。"

似乎是她意料之中的回答，丁水婧点点头，没再坚持。

"你都知道了吧？是洛阳告诉你的吗？"

洛枳摇头："我自己猜的。其实……你们具体的事情，我并不是很清楚的。"

丁水婧弯起眼睛，抿着嘴巴，笑得竟然有些不好意思。

不知道是为直白地问起这些而羞涩，还是因为洛阳没有在洛枳面前提起她而讪讪。

"你着急回去接着参加婚礼吧？真对不起，其实我叫你出来，只是希望你能帮我把这个东西……"她一边说着，一边从包中掏出一本厚厚的涂鸦本，封皮上是埃菲尔铁塔的照片，已经磨损得缺了半个角。

她唰啦啦翻到某一页，毫不犹豫地当着洛枳的面撕了下来。

"帮我给你嫂子。"

那张纸上是两个人并肩而立的画像，寥寥数笔，却格外传神。

丁水婧和洛阳。

下面是一行俊逸的钢笔字："相见恨晚。"

是洛阳的字迹。

洛枳皱了眉头："你想做什么？"

丁水婧拍拍脑袋，说："对不起对不起，我忘记演示给你看了。"她掏出笔，在旁边流畅地写下"相见恨晚"四个字。

和洛阳的笔迹一模一样。

"我以前拿着这张伪造的画和字迹去找你嫂子，告诉她别傻了，洛阳早就喜欢我了，只是因为负责才一直不敢告诉她的。我问她，都已经这个年代了，遇到这种事情还忍辱负重，这样做女人多没劲。"

洛枳讶然。

"我以为她至少会找洛阳闹一阵子呢。结果，她竟然咬牙忍了，在洛阳面前连一下眉头都没皱。"

丁水婧看着窗外灿烂到不适宜讲这些故事的天气，淡淡地说："她真有种。"

洛枳长叹一口气，根本不知道该说什么。

"跟她摊牌完全占不到上风，因为不管我说什么，她都没反应。唯一刺激到她的一句，恐怕是我问她：'你从高中一路追他到现在，就算追到手了，他真的爱你吗，对你动心过吗，你这样有意思吗？'"

洛枳想起地铁里，明晃晃的白炽灯和车窗外黑洞洞的隧道。

"你嫂子当时眼圈就红了。原来除了我，没有人知道是你嫂子倒追洛阳的呢。"

在所有人面前都维护着陈静的面子，却在丁水婧面前讲了实话，维护起自己的面子。

洛枳印象中的洛阳一直少年老成，没想到在让他动心的女生面前，他只是个少年。

丁水婧骄傲又落寞地笑起来："看到你嫂子的反应，我才知道，原来洛阳什么都和我说过。"

什么都说过，除了我喜欢你。

丁水婧伏在桌面上，从一开始她就急急地唱着独角戏，不让洛枳插一句话，只是害怕停下来，她就没法儿再洒脱下去了。

洛枳捏着手里单薄的一张纸，心里揣测着丁水婧究竟练习了多少遍才能将那四个字流畅轻松地写就，如此逼真。

他们之间到底有过多少故事——甚至不是故事，却比故事还要难以忘怀。

洛枳突然能够想象出洛阳在丁水婧面前的样子。

仿佛就在眼前。是她和陈静从未见过的，却清晰得仿佛就在眼前的样子。

一定很神采飞扬，一定很爱讲笑话，一定有点儿跳脱，有点儿愣头青，会和丁水婧一起大笑，做许多大胆而冒失的事情。

也一定会在某个时候低下头，点一支烟，熟练而陌生，眼睛里有别人从未看懂过的内容。

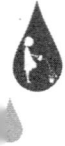

毫无预兆地，她就是能够体会到那种感觉，那种对着某个明知道不应该的人，生出一股无法克制的铺天盖地的爱恋，滚滚而来，却只能把心按在火苗上将它扑灭。

那是和陈静在一起永远都不会有的感觉。

然而洛阳一定知道，如果不是和陈静在一起，恐怕连永远都到不了。

一个人可以同时爱上两个人吗？

洛枳不敢再想下去了。

"这个，其实你没必要给陈静看。她和你不一样，并不是什么都要求有个明明白白的结果。她既然埋在心里了，我就没必要再拿着这个去和她说什么了。真的。"

她将那张纸推回给丁水婧，声音温柔。她恐怕是第一次对丁水婧如此怜惜而坦诚。

"不管你信不信，我忽然觉得我是明白你的。"洛枳说。

丁水婧看向她，那眼神令洛枳一瞬间想起曾经的许日清。

有一天，丁水婧也会跳下某个人的自行车后座，踮起脚去嗅丁香的味道吧？

"你不觉得我当第三者很可恶吗？"丁水婧歪头问。

"如果我跟你讲实话，你不要觉得我可恶就好。"

丁水婧沉默了一会儿，点头，说："说吧，我还没听过你说实话呢。"

洛枳失笑。

"其实在我内心深处，我很讨厌责任、道德、血缘、家族和规矩这些东西。我见过太多被这些东西压死的人，人生一世，总纠缠这些，才叫浪费。"

洛枳顿了顿，喝了口橙汁，好像才有勇气继续离经叛道。

"忠诚有什么意义呢？人真正应该做的，是对自己的感觉和情绪忠诚。你怎样想，怎样感觉，就怎样选择。成功失败，得到失去，都是选择之后的结果，却不应该是选择时的原因。"

丁水婧眼里蓄满了泪水："你这是在帮我自圆其说吧。"

洛枳笑："我帮你做什么？这是实话。"

我只是在说服我自己，这样才有勇气去面对同样大逆不道的未来。

洛枳和丁水婧道别，一路狂奔到大厅门口的时候，刚好听到陈静说："我愿意。"

她发现自己错了。任何时候，"我愿意"这三个字都那么打动人，哪怕在一场不那么打动人的婚礼上。司仪太过聒噪，宾客大多素不相识，小孩子在席间哭得太吵闹——可是一句"我愿意"，永远包含着或幸福或悲壮的勇气。

人心难测，世事无常。但我不愿意将自己的一切都交予这些不确定。总有一些事情，是我不计后果，跟随本心，甘愿乐意。

丁水婧离开前，洛枳问她究竟为什么退学。

不被人爱的大学女生有很多，并不是所有人都会用退学的方式收场，何况她没有迫不得已的理由。

"其实挺简单的。"

丁水婧刺激洛阳，说他是个懦夫，不敢追随自己真正的心意。洛阳反过来，用那种让丁水婧又爱又恨的宽和态度，安然地说："你也说过你热爱画画，不也还是坐在这里上国际政治学院的课，写着不知所云的论文？因为你听说这个专业出国比较容易，至于为什么要出国，难道你心里真的知道？你那么有天赋，那么不甘心，为什么不去考美院？因为世界上没有那么多冲动冒险的事情，大家彼此彼此。"

洛枳咋舌："所以，你就退学重考？"

"去办手续，学校辅导员轮番找我谈话，我妈妈爸爸威胁我要跳楼，我都挺

过来了。那时候不是不害怕，不是不想反悔，可是我也不知道是怎么撑下来的。我真的不知道。可能是疯了吧。"

她只是想要证明给洛阳看。

现在洛阳结婚了。

"但是我不后悔。"

丁水婧咬着牙哭。

"洛阳什么都没和我说，他跟我之间连手都没牵过。没有过暧昧的举动，没有出格的话，所以到最后，他说我误会了，他只当我是个好朋友，我都没什么可以反驳他的，连去找他的女朋友闹，都要自己伪造证据。"

丁水婧说到最后的时候，竟然笑了起来。

"可是他不知道。如果他真的说过什么，哪怕是这四个字——相见恨晚，我甚至都会心满意足地退到一边，成全他和她的婚礼。他光以为不留证据我就不会怎么样，其实我从来就没想要怎么样。"

我只想要他承认他喜欢我而已。

仅此而已。

洛枳端起酒杯，站起身。已经脱下婚纱、换上红色旗袍的陈静挽着洛阳的胳膊走到她所在的这一桌敬酒，朝她眨眨眼。

其实陈静未尝不勇敢。咽下一切，抓紧自己想要的，从不抱怨和追究。

洛枳被酒席吵得头晕。她摇摇头，放下万千思绪，全心全意地笑起来，说着吉祥话，将杯中的红酒一饮而尽。

第 83 章　所有人都会说再见

　　盛淮南结束 **GRE** 考试的当天得知了他的爷爷去世的消息，外公也病危了，正在抢救。

　　考点设在离 **P** 大很远的一所高校。洛枳等在大楼外，六月的天气已经有些热，考试快结束前，她跑去旁边的小卖部买了一瓶冰镇矿泉水，包上自带的毛巾，打算等他一出来就交给他。

　　盛淮南随着人潮走出来时，表情平淡，没有一丝笑意，见到洛枳才惊奇地扬起眉毛。

　　"你怎么来了？大热天乱跑什么？"

　　"给你！"她笑得很甜，"考场里有空调，一出来会受不了的，拿着一会儿降温。"

　　他拉过她，轻轻地亲在额角，一起穿过校园往大门走。

　　"考得怎么样？"

　　"不错。"

盛淮南从不假谦虚，洛枳笑着捏捏他的手心。

"我订了明天的机票回家。可能要待几天才会回来，参加完爷爷的葬礼，也陪陪爸妈。他们不大好。"

洛枳动动唇，不知道说什么。

"所以，专业课都拜托院里的兄弟了，体育课我准备了假条，其他几门选修，你罩着我咯。"他故意用轻松的语气说着，怕她担心。

洛枳点头："当然，我很靠谱的。作业肯定比你自己做的分数都高。"

"谁让咱们选的选修课都是西方美术史这种，你要是选一门地震概论，试试看是谁分数高。"盛淮南不服气地哼了一声。

洛枳大笑。

她轻轻甩掉他的手，用湿毛巾擦了擦手心的汗，然后仰起头去看头顶繁茂的枝叶。绿色的夜空上洒满了阳光的星星，在她脸上投下斑驳的影子。

他们一路慢慢走，很长时间谁也没有说话，空气安静得很温柔。

"前天叶展颜给我打电话了，我忘记告诉你了。她去巴黎念书，上飞机前跟我道别。"盛淮南忽然说。

她点点头。

"我都没跟她说几句话。"他补充道。

洛枳莞尔："我又没吃醋。她都半年没联系你了，人家对你也未必有什么想法了。"

"以后不会再那样了。"盛淮南轻轻地说。

"哪样？"

"发生任何事，我都会告诉你，我们把话摊开了说，不再有误会。"

洛枳抿着嘴，心生感动。

"好。说好了。"

洛枳在周一的早晨将盛淮南送出了校园，看他坐上出租车消失在红绿灯下的车流里。大雾弥漫，她甚至连最近的路口都看不清，之间一片模模糊糊的红色尾灯，一点一点，像迷雾深处潜藏了野兽的眼睛。

下午，她去别墅见朱颜，对方带给她的就是要搬离北京的确切消息。

自从两个菲佣消失不见，洛枳就隐约有了心理准备，直到陪她打包，陪她整理，听她说自己终于要嫁到大洋彼岸。这并不漫长的过程倒也让洛枳慢慢适应了，心里不再有惊慌的感觉。

客厅里堆满了各种用胶带封好的纸箱。洛枳突然有些想不起来自己第一次走进这里时的样子了。那架显眼的三角架钢琴应该是卖掉了吧，她想。

Tiffany 和 Jake 眼泪汪汪地抱着她哭，洛枳忍着鼻尖的酸楚，拍着他们的后背，抬起头，朝着站在玄关的朱颜微微一笑。

眼泪却在这时候落了下来。

"什么时候彻底搬走？"

"他们俩下周先过去。我这边还要处理房产的问题，恐怕要留到七月底。"

洛枳点头："去吧。多保重。"

千言万语堵在胸口。

"其实这样很好啊，我临走前看到你一切都变得这么好，和一年多前已经完全不一样了，自信又温和，不戒备也不忧郁了，多好，我都有种看到自己女儿成长的喜悦呢。"

洛枳破涕为笑："你说话怎么还是这么奇怪？"

朱颜照例还是为她泡了一杯茶："不好意思，还是普洱，凑合着喝吧。"

"也就只能在你这里凑合喝到这么好喝的茶了。"

"你在别的地方也不喝茶，没有对比，哪儿来的好喝不好喝？"

"我用不着嫁遍了全天下的男人才对比出盛淮南……"洛枳住嘴，差点儿咬了舌头。

朱颜笑起来，眉眼温润，恍惚中还是个大学女生的模样。

"嗯，这个我信。"

洛枳被她揶揄得目光闪烁，站起身说："我去陪陪他们两个吧。"

两个孩子仍是缠着她要听故事。书架上的书已经差不多被清空了，当年摆在这里的一整套显眼的《芭比娃娃》电影 DVD 的塑料壳常常会反射下午的阳光，光斑就落在书桌边的洛枳脸上，已经习惯了那份温度，现在忽然不见了，自然很失落。

洛枳拿起一本封皮有些旧的《安徒生童话》，心知这两个只喜欢漂亮东西的孩子应该是不打算要这本书了。

她坐在单人小沙发上，两个孩子倚在旁边，肩并肩坐在地毯上。夕阳投过彩绘玻璃在地上留下绚丽的光彩，洛枳一字一句地专注念着，像是行走在故事中的女巫。

"从前，有一个国王。"

一个国王遇见一只夜莺，后来他失去了它。

童话故事结束了。

Tiffany 却百思不得其解，夜莺的故事让她困惑："那只鸟为什么不让国王告诉别人它为他唱歌的事情呢？"

"有些事情不说出来比较好。"

小姑娘的小脑瓜儿歪了歪："我比较喜欢都说出来。"

洛枳拉拉她的马尾辫，看着这个终究会成长到心中存有秘密的小丫头，柔声说："嗯，那样的确更好。"

没有什么不可言说的难过和计较，那样的确更好。

晚饭后，朱颜给她结算了最后一个月的工资，亲自开车送她到地铁站。

"对不起，司机都辞了，回你们学校的路我不大认识，导航这个东西我更是从来就没试过，你知道，女司机就是这个德行。"

洛枳笑了："你敢开我也未必敢坐。"

乌云密布的夜晚，地铁口苍白的节能灯尽心尽力地扮演着月光。洛枳抱了抱朱颜，嗅着她头发上的玫瑰香气，心也定了下来。

"自己多保重，别太辛苦了。"

"我知道。"

"那我就走了。"

"……洛枳！"

她站住，看到朱颜温柔得像个母亲一样的笑容，一瞬间竟然鼻酸。

"我不知道未来的事情会怎么样，不过，我觉得你早就做出了选择。我知道，你认为自己是在用一个难题来遮挡另一个难题，最后还是都得面对，有点儿不知所措，但是……"

朱颜停顿了一下，坚定地说："但是，你喜欢他。这本身就已经是这个选择的答案了，你高一的时候就已经回答过这个问题了。"

洛枳像是崩溃了一般，小跑几步冲回到她面前，伏在她怀里哭。

朱颜拍着她的背，轻轻地说："你是我见过的最勇敢的女孩。"

"我走了。最后几天，如果有什么事情我能帮得上忙的话，尽管叫我。"

她擦干眼泪，摆摆手，大步朝着地铁站的方向走过去，朱颜的声音被风从背后送过来。

"洛枳，要幸福哦。"

声音里仍然是朱颜特有的戏谑，洛枳闭上眼好像就能看到她有些不正经的笑容，邪邪地揶揄着她。

"你恶心死了！"

也许再也不会遇见一个人，这样温柔而善意地聆听，帮助那个一直沉醉在少年梦境中的女孩子长大。

她没有回头。

晚上睡觉前，洛枳给盛淮南打电话，想问问那边的情况，没想到他却关机了。

她只能发一条短信表示问候。

宿舍的信号这几个月变得越来越差，那条简简单单的"你还好吗？"半天也发送不出去。

洛枳坐在床边，默默盯着手机屏幕上方的信号从四个竖条一路减少到一个短短的小点。

世界上有多少人之间的关系，是靠这样脆弱而无法控制的信号来维持的？

如果不上线，不开机，又有多少被想念的人就这样淹没在了人海中？

突如其来的恐慌爬上了她的后背。洛枳只能爬到床上，将手机保持开机，放在枕边，每当快要睡得迷迷糊糊的时候总会忽然惊醒，伸出手按亮屏幕，盯着某处空白，等待着一个迟迟不来的信封图标。

江百丽在这时推门进来，摔掉手机爬上梯子。

这一场景似乎已经很久没有出现了。从前的每一天晚上，江百丽都会在和戈壁吵架后气鼓鼓地冲进宿舍，扑到上铺折磨她的手机。

好像时光倒流，洛枳突然睁大眼睛。

好像江百丽从来没有和戈壁分手。

好像洛枳从来没有和盛淮南在一起。

"百丽？你怎么了？"

江百丽哭得嗓子都哑了："没事，陈墨涵找我的麻烦而已。"

洛枳翻了个身："没事，没事，没事了。"

盛淮南整个一星期都没有任何消息，洛枳中间收到过张明瑞的消息，说已经一个星期没看见他了，这都快期末了，他会不会有事？

她没法儿回复张明瑞，总不能说"我不知道"。

洛枳整个人都蒙蒙的，没有担忧，没有难过，像所有情绪都罢工了。

临近周末的时候，洛枳接到了妈妈的电话，说那位付姨独自来北京看儿子，就住在东直门那边他儿子工作的酒店附近。洛枳妈妈托对方带了些东西，要洛枳周六过去一趟。

她记了地址和电话，答应下来。

"洛洛，你和你那个小男朋友，最近……怎么样？"

声音里是有喜气的，又试探着，小心翼翼地，也不知道是为什么。

洛枳笑起来："挺好的呀。"

她想，自己的声音听起来应该是明朗的吧。

"你和陈叔叔呢？"

洛枳的妈妈好像松了一口气般："胡说八道！"

她也不逼问，就在这边笑眯眯地等着答复。过了几秒钟，妈妈忽然柔声道："其实我本来是打算过两天和你说的。"

"是要结婚了？"

"我俩是觉得，这边的事情差不多都……告一段落了，所以打算下个月挑个方便的日子去领证。不过他户口不在这边，在老家广西那边呢。其实他最近一直跟我提这么个事，他家在那边，两个兄弟合伙开了个小船厂，他当初也是因为家里的事情到这边来的，现在想回去。所以跟我合计，要不要一起去那边，到自家的厂里做事……"

洛枳一开始是认真听着的，渐渐就开始走神儿。窗外的那棵银杏树上落了一只漂亮的大喜鹊，正沿着枝丫一跳一跳，朝着她的方向靠近。

她握着电话走过去，信号开始变得忽强忽弱，妈妈的声音时断时续，显得如此遥远。

她微笑着看那只通体深蓝的美丽鸟儿。

原来是来报喜的呢。她伸出手，喜鹊并没有被惊飞，只是在不远不近的距离，歪着小脑袋看她。

"洛洛？你怎么看？我跟你二舅商量了半天，还是觉得等你大学毕业……"

"妈妈！"她出言打断，非常肯定地对她说，"去吧。"

她妈妈在电话另一端忽然就哭了起来。

周六的早上，洛枳依旧是被江百丽的电话铃声吵醒的。她从床上下来，走到桌边拿起水杯，抬头看到江百丽正坐在上铺兴奋地接电话，前一天晚上扎的马尾，睡了一宿后被压得完全翘了起来，看起来很像昨天翩翩而来的喜鹊。

"好啊，那你来接我吧，十点半怎么样？"

江百丽挂了电话就下来了，喜滋滋地抓起洗面奶和牙刷往洗漱间冲。

"顾叔叔要带我去东直门那里的麻辣诱惑，为期末考试打气！"

江百丽就像无限再生的女神，前一天晚上因为戈壁和陈墨涵的纠结情事哭到眼泡发肿，今天早上就能因为一顿饭开心得像个六岁孩子。

洛枳此刻才认输，自己的确不如她。

"你又原地复活了？"

江百丽刚拉开房门，听到这话，转过头，眼睛里亮得就像住了整条银河。

"我昨天晚上哭干净了，现在终于想通了。我决定彻底忘记戈壁，迈向新生活！"顿了顿，又补充道："当然没办法一下子忘干净，但是我决定勇敢点儿，去倒追顾叔叔！"

洛枳点点头，笑起来："嗯，去吧。"

她对百丽说去吧，对妈妈说去吧，对朱颜说去吧。

只有自己一个人站在原地，和一只歪着脑袋的喜鹊面面相觑，看着她们大步前进，抛下苦苦守着一部不会响起的手机的她。

或许她才是千里迢迢赶来报喜的鸟。

"对了，你们要去东直门是吧？捎上我吧，我今天正好也要去那边。"

第84章　新生活

洛枳并没有告诉顾止烨自己要去哪里。那家大酒店和东直门麻辣诱惑还有段距离，毕竟人家两人是要约会吃饭的，她不想耽误时间，所以就随便说了一个沿路的方位让他把她放了下来。下车后才又扬手叫了一辆出租车。

洛枳到的时候正是十一点半，酒店退房查房正忙。付姨的儿子也忙得团团转，根本没有时间带她去他妈妈住的地方。她索性就坐在大厅角落，拿出了笔记本电脑，一边修改简历一边等待。

有个相熟的学姐介绍她去一家规模不大的律师事务所实习，跟着一个专门做经济法的律师做助理，每天大概能拿到一百五十块左右的实习工资，现在急着朝她要简历。

朱颜离开后，她必须找到另一份薪水相当的工作。更何况，她原就不打算毕业后继续深造，总是要及早积累好各种实习经历，为以后找工作做准备。

洛枳低头奋战了半天，Word格式还是调得不满意。她伸了个懒腰，抬起头，竟然看到了戈壁和陈墨涵。

陈墨涵穿着浅蓝色的吊带衫，外面披着一件白色的亚麻开衫，墨镜遮住半张脸，洛枳一时有些认不出。然而，旁边那个穿着黑色 T 恤的背影必是戈壁无疑。

两个人都冷着一张脸，并没有牵手，看起来很像黑白无常结伴来索命。

洛枳才意识到，这里很靠近陈墨涵所在的大学。

想到江百丽终于下定了决心，她看到这两个人倒也不觉得太过添堵——直到十分钟后，她在大厅又看到了江百丽和顾止烨。

百丽和顾止烨相距有一段距离，两个人一前一后，有说有笑地朝电梯间走，并没有到前台登记。洛枳第一个念头还以为他们竟然进展如此神速，饭都不吃了就来开房……转念却觉得心慌。

她连忙将简历保存好。直接合上电脑塞进包里，大步朝电梯间跑过去。到拐角的时候，洛枳停了一下，微微歪过头去看，见到他们两个人进到电梯里了，才慢慢走过去。

电梯门缓缓合上，洛枳站在指示灯旁边静静地看。

十六层。

洛枳也搭乘另一部电梯上了十六层，幸亏酒店走廊很长，她拐出电梯间，刚好远远看见走廊尽头的顾止烨掏出一张卡，在门上刷了一下，推门进去，江百丽也笑嘻嘻地跟着。

她觉得有点儿怪异，可也没办法——她毕竟管不着你情我愿的事情。

虽然江百丽看起来不应该那么放松自然才对。

洛枳缓缓走过去，在他们房间附近待了好一会儿，才意识到自己此刻的行为非常愚蠢，正要离开，突然听见背后两扇门同时拧开把手的声音。她连忙闪身到另一间房门口，藏在了拐角。

江百丽和顾止烨。

陈墨涵和戈壁。

两个房间门对门，四个人同时走出来，面面相觑。

"百丽，你怎么在这儿？"戈壁的脸苍白一片。

陈墨涵则挎着戈壁的胳膊，笑得煞是甜美。

"我为什么不能在这里？！"

凭洛枳对江百丽的了解，她猜想这句话江百丽本来应该是想要说得淡定自若、清者自清的——然而眼中凌厉的神色和失控的音量都暴露了她有多惊讶和愤怒。

陈墨涵和戈壁十指交握，清清爽爽地出现在酒店这个暧昧的地点。即使江百丽早就接受了他们已成情侣的事实，也未必能够掩藏住突如其来的情绪。

"你不也在这里吗？"百丽的声音更大了。

戈壁脸色一暗，转过头去。

洛枳自然不知道这两个人在后来的拉锯战中，是不是曾经有过什么不真实的表白和兑现不了的承诺——戈壁有没有夸张地说过他和陈墨涵之间有多么生疏冷漠，有多么比不上他和百丽曾经的亲密？

也许有吧。否则，江百丽看到酒店房间门口的这两个人，怎么会如此激动。

这时候，陈墨涵抿嘴一笑，声音听起来落落大方，像个控制进度的报幕员："行了，酒店这种地方谁有钱谁就来，有什么好惊讶的。是吧，百丽？"

戈壁和百丽都愣住了。百丽脸色发白，却不解释，眼睛盯着墙壁。

"昨天戈壁还说你没有男朋友，开什么玩笑，都到这一步了！"

洛枳从未这样厌烦过陈墨涵腻得泛油光的声线。她不死心地盯着顾止烨，对方却什么都没说，陈墨涵猜测他和江百丽之间的关系，他既没否认也没肯定，还是一副与己无关的样子，只留江百丽在原地难堪。

虽然不是男朋友，总归是朋友吧，何必这样。

洛枳脑子里迅速盘算着这件事情的蹊跷之处，心底隐隐有种不好的推断，来不及仔细思考，她只知道自己此刻一定要做些什么。

"百丽，你们为什么在这儿？"洛枳装出很惊讶的表情，拎着还没来得及拉上拉链的书包慢慢走向前。

在酒店开房都能开到隔壁房间来，真是巧。

"刚才下车时都没好好谢谢你，我急着跑过来看亲戚家的孩子，约好的时间都迟了，所以急急忙忙就跑了。那个，你们俩不是说好去麻辣诱惑吗，怎么也到这儿来了？不吃饭了吗？"她堆起满面笑容，很自然地站到他们两个身边。

陈墨涵冷笑："人家小情侣想做什么还要先跟你打招呼吗？"

"我也没跟你打招呼，干你什么事。"洛枳不看她。

江百丽只是低着头看地板，一句话都不肯说。

"百丽，你吃饭吃一半来这里做什么？"洛枳穷追不舍。

她一定要江百丽亲口说出顾止烨带她来这里的缘由。陈墨涵必然是希望让戈壁误会江百丽不自重，虽然在戈壁面前澄清这一点并没什么意义，但她不想让陈墨涵得逞。

"他有个哥们儿住在这间房里，"百丽勉强一笑，看了看顾止烨，"他拿着门卡来帮哥们儿带一样东西出去，因为着急，所以先不吃饭了，过来办完了事情再去。"

江百丽活像在梦游。

"别装了，我没兴趣知道你们俩为什么出现在酒店，该是什么关系就是什么

关系，装什么纯。"陈墨涵烦躁地皱起眉头，拉着戈壁就要离开。

"哪种关系啊？在酒店里从房间出来，一看就和你们两个是一种关系？"江百丽嘴唇都在抖。

"你这个女生怎么这么烦人哪？！"洛枳忽然就火了，"我和百丽说话，你老插嘴做什么？什么叫'装纯'，你自己不纯，看全世界都觉得装！你有没有点儿家教啊？人家为什么来这里，到底干你什么事啊？牵着你的男朋友该做什么做什么去，行不行？"

她忽然就懂得了如何去做一个闺密。

洛枳大声的呵斥戗得陈墨涵脸色青白，她胸口起伏，半天说不出话来，终于想到反驳的话，刚要开口就被戈壁拉住了胳膊。

"走吧。"他紧紧抓着陈墨涵的胳膊，几乎是用拖的方式将她拉向走廊另一端的电梯间。

"贱人！"陈墨涵倒着走，空着的另一只手伸出食指恶狠狠地朝着江百丽的方向点啊点。

"没人关心你叫什么，用不着自报家门！"

洛枳觉得自己像是被踩了战斗模式的开关，冷笑都有些恶毒的狰狞。

陈墨涵又喊了些什么，他们已经有点儿听不清了。这两个人离开后，洛枳才觉得心猛地向下一沉，她刚才所做的一切几乎出于本能，此刻却要好好计较——抬头看着顾止烨平静的脸，她一时拿不准自己要如何应对。

顾止烨刚才为什么要沉默？

也许因为江百丽一厢情愿，顾止烨只是觉得这一切与他无关，所以不讲话；也许顾止烨只是绅士风度，不方便和陈墨涵一个女孩子针锋相对。

也许，洛枳最坏的揣测是正确的。

她害怕行错一步就会毁了江百丽的希望。

"我要倒追顾叔叔，开始新生活！"几小时前，眼前这个低着头的女孩子还坐在宿舍的床上大嗓门儿地指点江山。

三个人尴尬地面面相觑了一会儿，还是洛枳干笑了两声，装傻道："不好意思啊，我来找人，看到你们几个就走过来了，没想到是这种场面。我脾气不大好，本来也不想和她吵的。其实我也饿了，要不这样吧，我先不等我朋友了，我们一起去麻辣诱惑吧，我……百丽？百丽？"

在洛枳硬着头皮说了这样一大堆话后，江百丽忽然抬起头，脸上没有过多的表情，泪珠却止不住地往外奔涌。

"我先回去了。"她说着，急匆匆地转身就走。

洛枳没有去追她，倒是顾止烨愣了两秒钟，就大步跟了上去。

查房的清洁工推着推车经过她身边，若有所思地打量着正呆站在走廊中央的洛枳，对她说："姑娘，让一让。"

洛枳不好意思地闪身："对不起。"

她说着，抬头看了看自己背后的门牌号。

"对不起小姐，这个我不方便透露。"前台小姐笑得很假，洛枳只好点点头说："我知道了，谢谢你。"

直接问，真够笨的。洛枳这时候才想起来自己今天过来是做什么的，连忙拿起手机。

"程鹏？还在忙吧？……我不急我不急，我是想麻烦你帮我查一个信息。"

她坐在十几分钟前改简历的沙发上发呆，过了一会儿就接到了付姨儿子的电话。

"我查到了，叫……哎呀怎么一转身我就忘了？叫……"

"姓什么？"

"姓陈。"

"陈墨涵？"

"啊，对对对！就是这个名字，有点儿复杂，我一直念叨着，到底还是给忘了……"

洛枳忽然感觉到身边的沙发向下一陷，她侧过脸，看见顾止烨坐过来。

她不知道说什么，可能什么都不需要说了。

第 85 章　时间的海洋

"你为什么会想到要来查这个呢？"

当时顾止烨轻声问她，语气就像第一次一同出去吃饭时问起她们的期末考试安排一样。

"百丽呢？"她先想起他本来是出去追百丽的。

"放心，不会自杀的。帮她打了个车，送她回学校了。"

顾止烨说"不会自杀的"这句话时，轻笑了一声。洛枳心下明了。

他对江百丽，是真的没有丝毫感情。

"所以，那个所谓你兄弟的房间是陈墨涵订的吧？你们故意的？"她开门见山。

顾止烨低头点起一支烟，门童走过来对他说："先生不好意思，大堂也是禁烟的。"他愣了一下，摇头笑了笑就掐灭了。

"你先告诉我，你为什么闲着没事去查这个。哪里让你怀疑了？"他笑着问。

"那天唱KTV，我在车里听你打电话，里面似乎是一个女孩子在朝你喊什么，听不清，江百丽恐怕更没注意到。门口的侍应生问你有没有预约，找姓顾的先生找不到，你就把我们两个支开了。后来出门的时候，我朋友去帮我问了，我们那个房间是一位陈小姐预订的。真巧，那天也遇见了陈墨涵和戈壁呢。"

"就因为这个，你就推断那个陈小姐是她？联想到今天也是陷害江百丽？你这联想未免太牵强。"

"那个陈小姐当然不一定是陈墨涵，也可能是你某个姓陈的秘书。我当时并没有想太多，也不知道为什么好奇地去打听预订人的姓名。不过现在回想起来，那天晚上你都把我们送到学校了，接了个电话就突然提出去唱歌，百丽都跟你说了附近有钱柜，你偏要跑到大老远的雍和宫，也是因为陈墨涵突然要求的吧。"

顾止烨看了一眼洛枳，眼睛里竟然有些赞赏的意味，让她觉得很不舒服。

他笑着叹口气，转开眼："她和她那个男朋友又闹别扭了而已，当着KTV里很多大学同学的面，有点儿下不来台，所以希望我帮忙，制造个巧遇，刺激她男朋友一下。"

顾止烨轻描淡写解密的样子激怒了洛枳。

"你三十多岁的人了，怎么去配合一个脑子有病的年轻女生，花这么大力气去做这么无聊的事情？闲的吗？"

顾止烨声音冷淡下来："这话说得就有点儿难听了，这事自始至终跟你没关系吧。"

洛枳凌厉的眼神被她自己截杀在半路。她还有话没问完，只好缓和了语气。

"所以，全部理由都策划好了，让戈壁厌恶江百丽，诬陷她傍富二代……"

洛枳另起话题，忍下所有对他们的评价，定了定神，继续问，"那么新年酒会上，你也是故意接近百丽的？"

"新年酒会的赞助是墨涵帮她男朋友联系到我的，本来就是露个脸捧个场，结果她忽然求我帮个小忙，说那个男孩的前女友来闹了，能不能帮忙牵制住。"顾止烨说起这件事情，自己的口气都有些无奈和戏谑。

牵制住。他这样年纪和身份的男人，想要迷住一个小女生，何其简单。

"她就告诉我说穿着白衬衫牛仔裤，扎起头发很朴素的女生。我怎么知道你们俩穿了一样的衣服，一开始居然认错人了。"

原来那不是精神病发。洛枳回想起当时酒会上顾止烨奇怪的举止，故意的接近和那些想来都觉得肉麻的搭讪，终于明白了其中的缘由。

"百丽跟我讲起酒会后你去追她，说的那些安慰的话，包括你那个爱看言情小说的初恋女友什么的，都是陈墨涵教给你的鬼扯吧？"

顾止烨笑着点了点头。

"挺管用的。"

洛枳全力克制住自己想要站起来抽他的怒火。

"可是，你也在江百丽身上花了不少时间……"

"吃几顿饭，开车与人便利而已，小姑娘就是喜欢多想。"

洛枳被噎得无话可说。

她原本想问他是不是有点儿喜欢百丽，想问他如果今天这出戏自己没来搅局，他究竟要怎样结束或继续与江百丽的交往，没想到，这一切愚蠢的问题都可以省了。

以顾止烨刚才的态度，很容易推理出答案。如果今天陈墨涵没有满意，他就继续耍江百丽一段时间；如果今天效果好，他就可以从此删除联系人，都不必解释一声，彻底甩了她。

"洛枳，"顾止烨忽然用很耐心的语气和她讲话，神态宽和，"说白了，我没怎么样你的好朋友。我没欺骗她感情，更没骗她上床，谈不上伤害她。如果有，那真的是你们这些小姑娘想太多了。当然，我承认的确有撒谎和误导，不过你别觉得我说话难听，还是你们天真，自找的。今天不管你发现没发现墨涵的事情，我都要离开北京回公司去了，也不会再联络百丽了。帮我跟她问好，乐不乐意带话要看你自己了。"

洛枳低着头，手攥得有些无力。

"你为什么要帮陈墨涵做这种缺德的——"

他笑着打断她："哄当官家的孩子开心，还要问为什么？你读大学读傻了吗？不过这跟你可没什么关系，别在这儿义愤填膺了。我是觉得你挺有意思才跟你说这些的，你别不领情。"

顾止烨说完就站起身，拍了拍裤腿因为久坐造成的褶皱，朝她点点头，走了。

洛枳哑口无言，呆坐在原地，看着这个人从容地穿过旋转门，朝自己的车走过去。

夜幕时分忽然下起雨来。

路灯像一座座昏黄的灯塔，都长着一模一样的湿漉漉的脸。洛枳听见窗外小路上行走的男男女女尖叫起来，脚步声纷乱，向着四面八方逃开去，叫声中却没有一丝气急败坏的味道，甚至夹杂着些许兴奋和期待。

洛枳的手机像是患了失语症，她把手机握在右手手心里，用拇指去摸索光滑的屏幕，忽然有种冲动，想要将它扔到窗外的雨海中。

从此不牵挂。

宿舍门忽然被推开，江百丽出现在走廊的灯影下。她不知道是从什么地方回来，一身酒气，穿着绛紫的裙子，一边走路一边自言自语。洛枳站起身去扶她，被她一个趔趄带倒，椅子翻倒过去，发出巨大的声响。

江百丽笑着爬起来，坐到洛枳床上的那一刻，却像按错了开关一样呜呜地哭，声音很小，然后渐渐开始号啕。

洛枳倚窗站着，挫败感爬满心房。她不知道江百丽在哭什么。

为戈壁的摇摆不定、优柔寡断，还是为陈墨涵的讥讽侮辱，又或者是为顾止烨？她知道真相吗？如果不知道，那是不是还在为顾止烨的消失焦虑？

百丽哭得抽抽噎噎，始终说不出一句话。洛枳盯着窗外，初夏的夜晚大雨飘泼，她想起家乡那边常常用"冒烟"来形容这样的倾盆如注。

冒烟。洛枳走到江百丽的书桌前，却没有开灯，拉开第一层抽屉，借着外面微弱的路灯光，在里面摸索了许久，才掏出一包烟和一个廉价的浅绿色塑料打火机。

"抽烟吗？"她问。

江百丽一边抽抽搭搭一边笨拙地吸了一口，猛然一打嗝儿，呛得满脸通红，咳得惊天动地，鼻涕、泪水流得分外狼狈。

洛枳也没好到哪去，她想不起来电影里那些风情万种的女人是用哪两根手指夹着烟的，摆弄了半天，一口还没抽就被烟灰烫了手背。

两支烟在昏暗的屋子里，点亮了两只眼睛，洛枳没来由地想起顾止烨略带嘲讽的神态。

江百丽稀里糊涂地抽掉了一支烟，洛枳含了两口就觉得味道奇怪，在水泥地上掐灭了，扔进垃圾桶。百丽又站起来翻出一堆不知道何年何月的指甲油，对着窗口薄暮一般的光线，细细地涂着。

"你疯了吧？"洛枳呵斥。

江百丽没回头。

"洛枳，我后来发现，顾止烨和陈墨涵早就认识。"

她一面扇风晾干指甲油，一面转过头，一脸泪痕，眼里亮晶晶地对着洛枳笑。

259

"我觉得我就是个大傻瓜，心里好疼啊。"

洛枳抓着江百丽的胳膊将她拖出宿舍的时候，对方一句话也没讲，任由她带着走。洛枳自己也不知道要走到哪里去，出门时踢到了床脚边尚未打开的包裹，里面是今天下午她刚从那个付姨手上拿到的家乡零食。

脑海中，付姨的每一句话都和楼外的雨帘融在一起。

"你妈妈真是惦记你呀。"

她们推开大门，冲进雨里，刘海儿粘在额头上，雨水流进眼睛里，视线模糊成一片。

"挑挑拣拣拿了这么多吃的，说都是你喜欢的。"

洛枳利落地翻墙爬进早已关闭铁门的体育场，江百丽也跌跌撞撞地学。

"她这辈子也算得到补偿了，老天有眼，女儿听话又优秀，现在又找到归宿了，我也替她高兴。"

洛枳沿着红胶泥跑道大步地向前冲，大口呼吸，喉咙、气管和前胸痛得仿佛都有了独立的生命和意识，风声和雨声混在一起，她渐渐听不清身后江百丽的哭声了。

"那家人终于遭报应了，老丈人病危，男的立刻就被抓进去了，听说是从家里被铐走的，秘密抓捕，正在调查，他们说肯定不能轻判。说不定，老婆也会受牵连一起进去呢！"

洛枳突然感觉不到自己的心跳了，手机估计已经进水短路了，再也不需要查看是否有远方飘来的信封图标。她却不停，在雨中睁大眼睛，张开双臂。

像是跑进了时间的海洋。

第 86 章　得不到和已失去

暑气蒸腾的时节，期末考试来临了。

这学期第一门是政治考试。洛枳没有去图书馆凑热闹，安静地待在宿舍里，背一会儿复习资料，再看一会儿美剧。

电脑发出"叮"的一声，私人邮箱显示收到一封新邮件，竟然来自郑文瑞。

确切地说，这是一封转发的 e-mail，原始邮件的发件人是叶展颜，收件人是盛淮南，被郑文瑞转给了洛枳。

整封 e-mail 只有一个音频附件，无主题。

音频下载得很慢，洛枳站起身拿起窗台边的可乐瓶，给江百丽上个月买来的茉莉浇水。她曾预言，江百丽这种作息和习惯绝对不适合养任何有生命力的东西。没想到，江百丽竟然再也不熬夜赖床，连这盆茉莉也感动得开了花。

一室淡雅清醇的香气。

她坐回位子，音频已经端正地戳在电脑桌面的最中央。她没有戴耳机，只是将扬声器音量调大，就双击图标开始听。

开头便是叶展颜自己的声音，在讲述她母亲的早亡和父亲的缺席。是上次和洛枳见面时的录音。洛枳讶然。

"……我小学二年级的时候，我爸在北京的一个美院教国画，和一个女同学搞到了一起，骗人家说自己丧偶。传到这边，我外婆以为他要把疯女儿和外孙女都扔给她一个人，气得直接杀到北京去……那个女生是盛淮南的小姑姑……"

叶展颜要做什么？洛枳耐心听着，眉头紧蹙。

"可是你为什么特意把我叫出来呢？"

洛枳终于在音频里听见了自己的声音，只是说不出哪里怪怪的，可惜她已经无法记清楚原话。

"我希望你能帮我把这些讲给淮南听，我自己怎么都说不出口。丁水婧告诉他，你扔了我的分手信。我给他打电话，他都没问过我一句那封信上写了什么。虽然是不存在的一封信，他还是拒收了。他不会为我主持正义了。"

洛枳听到这里，终于明白了叶展颜的意图。

"其实我和盛淮南早就不可能了……我只是想再给你一次机会，请你告诉他，当年你背信弃义，没有帮我转达的那些苦衷，到底是什么。"

这一段话在她们见面时并没有出现过，借叶展颜十个胆子也不敢在洛枳面前这样颠倒黑白，应该是补录的。

洛枳神色清冷地继续听下去。

"你能不能帮我把这些，讲给淮南听？我自己怎么都说不出口。"

"好吧。"

剪辑得真精彩。洛枳听到这里，甚至都想为这段音频击节喝彩了。

她关掉程序，重新去审视那封 e-mail。

郑文瑞今天才转发，可叶展颜的原始邮件实际上是二月份寒假期间，她们两个刚刚见面之后就发送出来的。洛枳忽然想起叶展颜临走前对她说过，以后不保证不再陷害她。

还真是说到做到呢。

五个月以前的邮件，盛淮南竟从未问起过洛枳，也不曾表现出一丝怀疑和动摇。

洛枳的心像泡在温热的柠檬水中一样，暖和，却酸涩难当。

然而，她不明白郑文瑞为什么会在这时候给她转来一封久远的控诉信，更奇怪她是如何得到这封邮件的。

就像一年前，郑文瑞如何能像个预言家一样，在她怀揣秘密的时候，就半路杀出来找她喝酒，一切真的只是巧合吗？

洛枳拨通了郑文瑞的电话，对方刚接起，她就听到背景传来地铁报站的广播，她说"你好"的声音被列车高速行驶时的巨大风声所吞没。

"邮件我收到了。你能告诉我这是怎么回事吗？"

郑文瑞轻笑一声，语气平平地解释道：

"叶展颜来找到我，说她的邮件石沉大海，盛淮南根本不接她的电话，其他哥们儿帮忙带过话，让盛淮南很反感，彻底没辙了才求到我头上，让我去探听消息。都到这个地步了，她的态度还是特别拽，而且死活不说邮件是什么内容。于是，我就只有告诉她，盛淮南早就不用高中那个邮箱了，她发错了。而我立刻注册了一个和盛淮南邮件地址非常像的新浪邮箱，告诉她重发试试。所以那封邮件就被我收到了。

"当然，我听完录音之后，觉得简直太有意思了，也打电话去问了盛淮南。我要没记错，那天刚好是除夕吧。我打了好多次他才接的，这一点我早就习惯了。盛淮南在电话里面骂我和叶展颜精神病，说邮件他看都没看就直接删掉了，让我们以后好自为之，否则见一次骂一次。"

"怎么样，洛枳，听着心里爽吗？"

洛枳垂眸问道："这么久远的邮件，为什么今天才发给我？"

郑文瑞那边却很长时间没有回音，洛枳只听得到地铁的风声。

"没有为什么。他真心对你，你心里有数就好。"

电话很粗暴地挂断了。

洛枳握着电话呆了一会儿，然后，不知道是第几次，拨通了盛淮南的号码。

已关机。

她知道他平安，这一个多星期也通过种种方式打听着他家中的情况，和他宿舍的同学分工合作，帮他分别搞定了专业课和其他必修、选修之类的所有作业与签到……

他就是不联络她。

洛枳换了新手机，把振动调成了响铃。但是他从未来电。

洛枳盯着桌上的电脑和那份音频文件，突然很想拉拉他的手，踮起脚揉揉他的头发，然后将整个人埋进他的怀抱里，狠狠地呼吸没洗干净的洗衣粉清香。

她拥有过他，此刻忽然觉得，相比此刻，似乎还是不认识他的年岁更快乐；妒意好过悔恨，燃烧着的占有欲好过茫然四顾的空落落。

得不到和已失去，她宁愿得不到。

政治课考试的早晨，洛枳五点半就听见窗外的鸟儿叫得正欢，悦耳中带有一丝嚣张的吵闹。她坐起身，迷迷蒙蒙地听着，在自然杂乱无章的美中，得到了一丁点儿久违的快乐。

拎着早饭汇入人群，从宿舍区通向教学区的主道已经满是赶去考试的学生。她一边听着歌一边目光空茫地向前走，在前方一对情侣一错身的瞬间，看见了一个穿着灰色衬衫的男孩。

后脑勺儿微微扬起的几绺发丝，端正的肩，单手拎着的黑色书包，和她一样的白色耳机。

洛枳神色迷茫，默默地调整了步伐，从情侣并肩的空当中，看到那个背影反复地出现又消失。

　　不知为什么，她丝毫没有跟上去的冲动，只是一路平静却又恍惚地跟着走，一步步走回了三年前，一片高中校服的海洋，她在那么多背影的掩护下，目不斜视，大大方方地盯着同一个人看，仿佛他的后背上能开出花。

　　洛枳疲惫地向前走，这样慢慢地走，慢慢地回忆，人潮汹涌，路像是走不到头。那封迟来的邮件一声声地催促她走过去，催促她去拉住他的手，然而等她回过神来，已经站在了理科教学楼的大厅中，眼看着他穿过中庭走进教工专用的电梯里，一步步远离了奔赴考场的人群。

　　你要去哪儿？

　　她一阵疑惑，目光上移，看到大堂正中央高悬的大幅信息显示屏。

　　信息显示屏上滚动播放着"严肃考风考纪"的通知，她看到了"盛淮南"三个字，后面跟着学号和院系，在一列严重违纪、取消学士学位资格的人名里，一遍又一遍地出现。

　　鲜红方正的字体刺痛了她的眼睛，好像许多年前，她一笔一画地在那张成绩分布表的上方写下："盛淮南，921.5分。"

　　人群一批批拥入教学楼，四散前往各自的考场，仿佛势不可当的洪流。只有她一个人站在那里，仰着头，像傻瓜一样泪流满面地痴痴看着，宛如激流中一块孤零零的岩石，负隅顽抗，动弹不得。

第 87 章　天早灰蓝偏未晚

洛枳无法接通盛淮南的手机，拨打张明瑞的，同样也是关机。

距离考试开始还有三分钟，洛枳终于艰难地挪动步伐，向考场走过去。

脑子里一遍遍回放的，却是刚才盛淮南的背影，一如高中时的镇定安然，姿态昂扬，就那样从大屏幕上自己鲜红的名字下面，从容地走了过去。

考试结束铃响。洛枳混混沌沌地被人群拥挤着从考场走出来，立刻清醒过来，掏出手机，想了想，拨通了张明瑞的号码。

时隔几个月又听到洛枳有些沙哑的声音，张明瑞态度如常。对于她的震惊，他只是疑惑却平静地说："我以为你早知道了。他没告诉你吗？"

洛枳急急地问："他究竟怎么了？"

"洛枳，你先别着急，"张明瑞柔声说，"盛淮南只是倒霉，他……其实是为了帮别人。"

"什么意思？"

"我们是在同一个考场考的英语，就是昨天上午。这次精读 3 考试的作文题目里有个明显的超纲词汇，很多人都不认识，可是不认识这个关键词就没法儿写作文。我们经常一起打球的一个师兄也考这门英语，事前我就知道他一定要盛淮南罩着他，所以碰见这个事，盛淮南就传了张字条给他，结果就被学校教务的老太太给抓了。本来字条是从那个师兄手上被搜出来的，但是我也不知道怎么回事，最后遭殃的居然是他……"

张明瑞的每句话都戳进了她的脑袋里，她努力地控制住情绪，轻声问："盛淮南不会做这么蠢的事啊，他以前考试的时候也会帮别人作弊吗？"

"不可能，他绝对不会在这种事情上冒险，所以我们都觉得他昨天简直不可思议。不过现在是没辙了，处分来得特别快，昨天四点多钟的时候竟然已经……已经公示了。"

洛枳颤声道："我今天看见他坐着电梯直接去你们的教工办那边了。"

"可能吧，"张明瑞叹气，"我昨天见过他一面，他看起来还算平静，不怎么说话。我们也不知道怎么劝他才好，本来以为你……唉，其实如果是本系的考试，我们的教务抓到了应该警告几句也就算了，但校教务是不一样的。对了，法导考试那次，你也看到过的，那群师奶级别的，特别狠，杀一儆百，这么多年抓作弊已经抓出瘾来了……"

"张明瑞！"

"啊？"

"你如果看见盛淮南，可不可以帮我告诉他，我在等他的电话？"

张明瑞沉默了很久，似乎是想问他俩之间发生了什么，最后才开口说："好，我会和他说。"

"还有……"洛枳早饭也没吃，太过激动让她此刻有些头昏，扶着楼梯扶手缓缓坐在台阶上，眼前像电视机的雪花屏幕一样闪耀起来。

"还有，你能不能告诉我那个师兄的电话？"

　　洛枳一路狂奔到东门口，在烈日曝晒下等了二十分钟才打到一辆出租车。车在四环上飞驰，两旁的高楼大厦全部被甩到身后交织成一张迷离的网。好像有一列火车，带起猎猎的风，在她脑海中轰鸣而过。

　　别墅无人，大门紧锁。

　　背后那片蔷薇花墙因为无人打理，早就乱得像枯藤了。天色一点一点暗下去，不多时便是一片浓重的灰蓝色，无端地勾起人心中最肃穆的情感。

　　朱颜沿着花径走过来的时候，看到的就是这样的天色下，坐在她家门口台阶上，神色疲倦却又恓惶的洛枳。

　　看起来，身影格外小。

　　"我打你的电话，打不通。以为你已经去新加坡了，但还是不死心，想要过来试一试，一直告诉自己再等十分钟就走，结果一直等到现在。"她打起精神，笑着对朱颜说。

　　"我的手机今天上午和房产中介吵架的时候敲坏了，要不是突然想起来有个东西落在这儿了，我今天可能都不会过来了……幸亏过来一趟，"朱颜有些不好意思，"你嘴唇都干了，一天没吃没喝吧？到底是怎么了？"

　　洛枳依旧坐在台阶上，仰头看她，看着看着，就泪水倾盆。

　　"你帮帮他，好不好？"

　　"谁？"

　　"你帮帮他好不好？我知道这样很自私，我也知道你其实并不想接触他和你以前的家人，不愿意牵扯到过去，所以我一直憋在心里没有问过你，我觉得应该尊重你。可是这一次请你原谅我，我知道你是他姑姑，你能不能帮帮他？"

　　叶展颜一和她讲起自己父亲当年逃避患精神分裂的母亲，到北京欺骗美院女学生的故事，洛枳就将它和朱颜自己讲过的往事连接到了一起。

她猜朱颜早就知道盛淮南究竟是谁，却从未提出要相见，必然是没有兴趣旧事重提，不想和家里人再扯上什么关系。她也提出过几次，玉渊潭也好，欢乐谷也好，朱颜的回绝都已经表明了态度，她心知肚明。

然而现在，她已经没有别的办法。

"他家里出事了，现在又遇到这种事情，不是我可怜他，可他的确还太年轻，再优秀也很难扛过去的。我不希望让他知道，只能跑过来偷偷和你说。朱颜，你不要生我的气，你能不能告诉我，我该怎么办？"

她哭得嗓子沙哑，声音控制不住地颤抖，努力地想要将每句话冷静地说出口，可是无论如何也无法掩饰浓重的鼻音和软弱的哭腔。

拿到那个师兄的电话后，她立刻就打了过去，说尽了好话，一再承诺不惹麻烦，那个执意要盛淮南帮他作弊的师兄才勉强理会了她。

当对方告诉她自己的家庭背景时，洛枳才明白，为什么同样是作弊，这个人却没有受到任何处分。同样的，盛淮南帮他的理由也如此明显。

"我爸如果愿意的话，也许能帮上忙。至少，盛淮南他妈就安全了，不需要进去了。"

师兄含含糊糊地说，语气中略带歉意。

"没想到会出这种意外，都怪我不小心……"

朱颜静静地听洛枳说完，拍着她的背，像哄着一个六岁的孩子。洛枳哭得毫无形象，终于稍微平静下来一些，顿时觉得嗓子痛得说不出话来。

"真是个傻瓜。"

"不是的，朱颜你知道的，"洛枳摇摇头，"我们这一代，大部分没有走过别的路。成长路上小心翼翼，不敢有一步差池，读书拿学位，几乎是一条主干道。

所有其他的分支——好工作、更高的学位、稳定的生活、社会地位、成就感，甚至婚姻，都是从这条主干道分出去的。它意味着选择人生道路的机会。但是现在，他还有能力，却没有了选择的机会。他现在背负的东西这么多，我却没有能力帮他什么，更何况，你也知道，其实我们本来应该是仇人的。"

"傻瓜。"

"朱颜，我不是求你去疏通关系让他拿回学位证。我知道这种可能性微乎其微，但是可不可以，你帮他渡过这一关，也许你有比较便利的条件，可以将他带出国去发展。比如，重新申请学校读书如何？直接去美国读本科好了，反正他总归是要出去的……或者……我不知道。"洛枳痛苦地摇头。

她从一开始就万分啰唆、语无伦次，自己也不知道究竟在说什么。

"我虽然不了解你后来的全部经历，但我知道一定不容易。你遇到过很痛苦的挫折，一步步走到今天。我想，你的存在一定能让他有所领悟，不光在现实中，更是在心理上渡过这个难关，这就是我来找你最重要的原因。"

洛枳努力抑制住泪水，擦了擦脸，沉声继续说。

"因为，我始终相信他，他是盛淮南，他的未来不会夭折在这里。一定不会。"

朱颜和她并肩坐在花墙下的台阶上，轻轻揽着她的肩膀，听她语无伦次地说着学位证的重要性，一面强调以盛淮南的优秀，断不会被这张纸片桎梏住；一面又很现实地担忧，多年寒窗苦读被断送究竟有多么覆水难收，未来又将多么寸步难行。

朱颜就这样一会儿一句"傻瓜"，将她哄到平静。

"其实，我料到你总有一天会猜出来。这倒也真是缘分，他交的两任女朋友竟然都和我有关系，"朱颜说着说着竟然笑起来，"我还记得好久以前我那个嫂子冷言冷语的样子呢，说我一个人闹得家宅不宁也就算了，惹来的冤家还差点儿缠上我那前途无量的小侄子。

"我一直在想，你们聊天时如果谈起他家中的亲属，怎么都会绕到姑姑这个话题吧，那时候你要怎么面对我呢？但是我愿意和你交朋友，就是因为我信任你。"

洛枳何尝不知道这一点。朱颜仍然对她坦诚以待，毫不回避，她自然也对对方珍而重之。如果不是盛淮南此刻的遭遇，她可能会永远将这个联结埋葬在心里。

"其实，我对我的这个侄子没什么感情，"朱颜淡淡地继续说，"他还小的时候，和我的哥哥嫂子以及他的外公一家都住在市区里，我和我的父亲仍然在乡下住。不过，他和我爸倒挺亲的。"

洛枳哑着嗓子说："你父亲病危时他和我说过，他爷爷是个很有趣的老头儿，本来希望我也能见见的。"

朱颜点点头："是啊，我爸是个老顽童。我在镇里的高中埋头学习，基本上很少陪小孩子玩，直到我离开家去上大学那年，他也才四五岁吧？可惜我连他小时候的样子都记不清楚了，挺乖的孩子，很讨人喜欢。"

朱颜顿了顿，回过头笑着看洛枳："对了，他五六岁时什么样子，你最清楚不过了，你还和他一起打过架呢。"

洛枳破涕为笑。

至于我哥哥嫂子，那就更不用提了。我爸以前是读书人，成分不好，一辈子没赶上好时候，老了也就安心待在乡下自得其乐了，但我哥可不是安分的人。

"我们两个年纪差得太多，感情也不深。嫂子家里倒是非常有背景，他也是靠着这个关系和自己的钻营，一步步到了今天吧。我跟他们断绝关系之后，呵，我的事情你大概知道，但他们夫妇后来的发展我实在不关心，也不清楚他们怎么就走到了今天这一步。反正两个人都是心狠也敢贪的人，做到这个份儿上，不奇怪。"

"那你父亲……"

"那句话怎么说的来着？十个指头还长短不齐呢。我父亲到底还是更不放心我哥哥吧。退学之后我在设文的帮助下，开始谋生计，经济条件好些了就常常寄钱给我爸。我爸说让我回家，我哥却按照我留给我爸爸的电话号码打过来，对我说做人要知道廉耻。"

洛枳愣了愣，有些不安地捏了捏朱颜的手。

"真是小姑娘，"她反过来捏了捏洛枳的耳朵，"这么多年，我都老了，当年的事情早就淡了，讲讲而已，心里不难受的。

"我还是会照例给我老父亲汇钱，为人子女的本分嘛，可惜，他的葬礼我都没参加。听你现在这样一说我大概知道了，也是急火攻心吧，为我哥哥的事情。我哥会有今天，估计是因为老丈人病入膏肓，指望不上了。"

朱颜叹口气，突然问她："对不起，我能吸根烟吗？"

洛枳惊讶地张口："你们怎么都吸烟？我最近才发现，这么多我以为不吸烟的人都……"

"解千愁啊，你也试试？"

朱颜身上带着一种洛枳觉得自己此生都不可能拥有的风情。她洒脱地低头点烟，在风中用手拢着火的时候，温暖的橙色火光照亮了她的脸庞，一绺碎发垂下来，随着微风摇啊摇。

"不过，"她徐徐吐气，"听到你说这些，我顶多是为盛淮南可惜。我倒也不是记仇，只是真的没什么感情，跟听到新闻广播没区别，估计都没有你听说他家倒掉时的那种震撼感。当年的事情让我最难过的不是那个骗子人渣，也不是世态炎凉，而是终于明白，骨肉亲情，说穿了，也就那么回事。"

朱颜沉思了一会儿，笑了："其实现在想想，我哥哥嫂子的关系那么紧张，人前和和气气，背地里能把家里砸得稀烂，这小孩儿到底是怎么长大的啊。"

洛枳吸吸鼻子："你以前不是感慨过吗，说他终于平安长大了。那时候我还不知道你原来是这个意思。"

"你至今还没有告诉过妈妈，你的男朋友是盛淮南？"

"我怕她崩溃。"洛枳苦笑。

"可你还是喜欢他。"

"对。你也是那个人的妹妹，我也很喜欢你。我不知道别人会不会觉得我大逆不道、狼心狗肺，但我就是这样了，我不在乎血缘关系。你是你自己，盛淮南也是他自己，当年作恶的不是你们，而作恶的人本身也受到了惩罚，虽然迟了一点儿，但总好过没有。"

洛枳站起身，朝朱颜笑笑，与刚刚那个崩溃哭泣的女孩已经判若两人，很坚定地说："我一直都想得很清楚，你说得对。我早就做出了我的选择。"

"行啦，不提陈谷子烂芝麻的事情了，说这些有什么意思，"朱颜眨眨眼，"走吧，带你去吃饭，快饿死了吧。"

"那……"

"我答应你，"朱颜郑重地说，"我一定尽我所能去帮他。"

洛枳开心地微笑起来，可是刚刚泪水被风干在脸上，根本笑不开。

"但是洛枳，"朱颜补充道，"你要知道，生活比在学校中复杂得多。你能想清楚的事情，我不确定盛淮南和你想的一样。他如果犯浑，甚至可能去怪罪你妈妈写了检举材料，在他父亲入狱的事情上也出了一把力。"

洛枳低头凝神想了想："不。凭我对盛淮南的了解，他不会这样想。"

"这么确定？"

"对。"

洛枳背对着风向，长发好像被晚风一路带向漫长的过去。

朱颜的脸色有些动容。

"那如果他并不怪你，却因为愧疚、羞耻，或者其他什么原因，死活不愿意再见你呢？"

洛枳还愣着，朱颜继续说："就算这两种假设都不成立，如果我真的帮他到海外去重新读书了，你要知道，时间、境遇，其他所有不可控的因素，都会让你们永远没机会在一起。你们这些小年轻有信念，是因为不知道外面有多可怕，自己又有多渺小。我帮了他，你们可能就真的结束了。"

"没关系。"洛枳回答得很干脆。

"我来找你，本来就不是为了和他在一起。我只是为他。"

这个答案在他们如胶似漆的时候就已经写就。洛枳也同样干脆地回答过盛淮南。

相比你众叛亲离与我相依为命，我更希望你得天独厚，应有尽有，被全世界喜爱，哪怕彼此相忘于江湖。

第 88 章　回忆玛丽安

洛枳听说盛淮南办理了退学，从此再也没有见过他。

期末考试一结束，她就奔赴那家律师事务所实习了，一整个暑假都没有回家。

因为实习的地点距离学校比较远，交通又不方便，她每天都要早上六点钟起床，简单化一点儿淡妆，在大热天穿上正装，踩着还不大适应的高跟鞋，战士般冲进拥挤的地铁，沙丁鱼罐头一样被运送到西单，随着汹涌的人潮踏上地面，重见天日。

那是一种全然不同的生活。她已经做了十几年学生，驾轻就熟，对所有的技巧和困难心中有数。然而从现在开始，她又需要在很短的时间里变成另外一种人，不同的思维方式，不同的相处模式，不同的一切。

奇怪的是，平时在学校自习一整天，晚上照样可以看看有趣的书。然而在办公室里，在直属上司身边，哪怕工作难度不大，神经也永远是紧绷的，每一分钟都被琐碎的事情填满，大脑里装了一整条 to do list（待办事项），每隔几分钟就自动过滤一遍。等到一路跋涉回到宿舍的时候，竟然已经头脑发涨，除了弱智的电视剧和综艺节目，其他一丁点儿开动脑细胞的活动都不想做。

倦得像漏电了的机器人。

这对她来说，自然是天大的好事。

她竟然靠着这份工作带来的迟钝和疲累，抵御了汹涌而来的回忆和胡思乱想。

朱颜让她放心，于是她就真的放心了。如果说曾经心上悬着一块大石头，那么当它狠狠地砸在了心尖上，疼得翻滚，却也踏实了，再也不用惶惑地时时抬头。

实习的工作直到大学三年级开学也没有结束，她每周仍然会去律师事务所三天，其中周六日的下午肯定是要工作的。洛枳一边上着法律双学位的课，一边认真地盘算自己要不要开始复习一下注册会计师和司法考试。这两种考试有着公认的高难度，她还是及早准备比较好。

就这样加班加点，忙得无暇分神，恍惚中好像回到了一年前。

又是初秋，头顶的柿子树已经准备好了又一次丰收。生命这样安然地轮回，柿子树从来不会因为绿叶荫蔽下曾经上演的悲欢离合而神伤，来来往往走过的是谁，经历过怎样的相识和离别，它从不挂心。

洛枳上法律双学位课程的时候还会遇见郑文瑞。

洛枳起初不明白，盛淮南都已经退学，郑文瑞为什么还会出现在这个课堂上；转头想想又释然了，盛淮南未必会是郑文瑞全部的生活重心，虽然她对他的关注和了解已经到了变态的程度，可谁也不能用"盛淮南"三个字来解释郑文瑞的一切。

或许当初真的是出于本意来上这门双学位的吧，她想。

临近期中考试，洛枳下课后走到讲台边上，去听人群中的教授答疑。有个女生从里面挤出来，狠狠地撞上她的肩膀，她正仰头抄黑板上教授写下的案例，无暇看那个女孩子，匆匆地说："对不起。"

"骗子。"

洛枳又低头抄了两个字才意识到自己被骂了，转头去看的时候，郑文瑞的身影已经消失在了门口。

她叫她骗子。

洛枳这时候终于领悟，郑文瑞将一封二月的老旧邮件在七月某个平淡无奇的夜晚发给她看的原因。

她说："他真心待你，你心里有数就好。"

那时候，郑文瑞一定已经知道盛淮南被取消学位的消息了。她想要洛枳感动和愧疚，不离不弃。

然而，盛淮南的消失终究还是验证了郑文瑞内心的想法。洛枳是骗子，叶展颜也是，许日清也是，所有人都是骗子，所有人都只喜欢盛淮南光鲜的一面，只有郑文瑞爱他的阴沉虚伪和所有不堪。

郑文瑞可以得不到盛淮南，但郑文瑞对盛淮南的爱，必须是百分之百的第一名。

洛枳一边在本子上飞快地写着，一边在内心默默地对她的偏执致以哭笑不得的敬意。

光棍节那天，张明瑞邀她出来一起过节。

"吃个饭，然后一起去唱通宵吧，大概十六七个人，热闹热闹，怎么样？"

"唱通宵就算了，我已经答应我的室友一起去 KTV 唱歌了，不过吃饭没问题。"

十月的时候，洛枳收到过张明瑞的一封邮件。附件是个不小的视频文件，脆弱的校园网花了三小时才下载完毕。洛枳点开那个 DV 作品，第一秒钟就听见了镜头后面一群男生的怪叫和起哄。

然后她就看到了张明瑞，骑着自行车，双手撒把，捧着一碗方便面吃得悠闲，每每和一个女生搭讪一次，躲在 DV 后的哥们儿就欢呼一次。

然后洛枳在视频中看到了自己，背着黑色的书包，在人行道上看着张明瑞，边看边笑。

当张明瑞也看向她的时候，忽然身子一歪，方便面洒了全身。视频后的男生几乎全部冲向他，画面也随着奔跑变得摇摇晃晃。摄像的人跑到张明瑞身边对着他和地上的自行车猛拍，所有人都在鬼叫大笑，有一瞬间镜头对准了天空，忽然晃过的太阳让洛枳眼前一亮。

然后画面变得一片漆黑。

邮件里只有一句话："我整理东西的时候才发现，我早就见过你。我竟然才发现。"

洛枳怅然，将那个视频看了好多好多遍，忽然有好多话想要对一年前的自己说。

但她没有回复邮件。

吃饭的时候，洛枳突然感慨，无论相隔多久，经历过怎样的波折，她永远可以和张明瑞相谈甚欢，毫无尴尬嫌隙，谈天说地，若无其事。

"对了，我一直不明白，为什么男生对光棍节这么感冒啊？你们这么害怕过节？"

"不是，"张明瑞摇头，"我不害怕过这个节。"

洛枳点点头，将半盘青笋都下进了骨汤锅。

"我是害怕某个人不过节。"

她愣了愣，抬起头，对面的张明瑞口气随意，可眼神认真地看着她。

洛枳笑起来，招手叫服务员："帮忙添点儿汤好吗？"

张明瑞转了话题，去聊最近很红火的《色戒》，原本是鬼鬼地笑，听到洛枳极为认真地说自己看哭了的时候，不由得败退下来，大呼女生真变态。

吃完饭，洛枳本打算和他道别，没想到张明瑞将她带到了哈根达斯门口。

"第一次请你吃东西的时候，我们是去的 DQ 吧？"

"对啊，确切地说，DQ 是我挑的地方，你看我多么善解人意。"

"那今天把哈根达斯补上吧，虽然所有人都说是国外的超市货，可是的确有点儿贵啊。"

"吃它做什么，我不觉得比 DQ 好吃。"

"可是品牌多深入人心啊，"张明瑞故作深沉地说，"爱她，就带她吃哈根达斯。"

"什么嘛，"洛枳笑，"广告语而已啦。"

"也有可能是表白啊。"

洛枳转过脸去看他，张明瑞的笑容不知道什么时候退去了戏谑。她缓缓呼出一口白气，不知道什么时候，萧索的风里已经没有了秋意。

冬天就要来了。

洛枳迟迟不知道说什么，张明瑞垂下头，然后很快又抬起，哈哈笑着拍拍她的肩膀说："瞧把你吓的，我逗你呢。"

我逗你呢。

洛枳推开 KTV 的门时，江百丽在大堂指着黑压压一片排队的顾客说："要不是姐未雨绸缪，你现在就是他们中的一员。"

订了包房而已嘛，洛枳腹诽，她也没想到光棍节竟然如此火爆。

洛枳听说，陈墨涵到底还是和戈壁分手了。

倒也不算是听说。上个月，江百丽坐在洛枳床上用笔记本电脑上网，跑出去上厕所的时候，电脑屏幕仍然开着，MSN 全屏，戈壁的一大段话让洛枳想忽视都难。

　　拜洛枳所赐，顾止烨消失的那天，醉酒又淋雨的江百丽大病一场，只是这一次戈壁没有再给她送清粥、小菜。病愈后的百丽在暑假的时候跑去贵州支教，又在新学期加入了一个关爱艾滋病患者的社会组织，每个周六还要去城郊的一个老年之家做义工。

　　洛枳曾经逗她，问江百丽是不是害怕再次孤注一掷投资失利，所以分散封箱，将一腔爱意洒向全社会了。江百丽却非常非常郑重地回答道："这种事情，让我心里踏实。"

　　"我照顾的一个老奶奶已经九十岁了，有机会就给我看她老伴儿的照片，讲他们的事情。我给他们排练合唱，帮他们做的每一件小事都会得到感谢，也都能看到切切实实的效果。你要知道，我从来没有收获过这种脚踏实地的快乐。"

　　洛枳不是一般地动容。

　　虽然两个星期后她被拉去一起参加在东单公园举办的艾滋病宣传活动时，顺着江百丽幸福的目光，她看到了一个高高大大的男生志愿者，导致江百丽在她心中的高大形象立刻打了个八折。

　　在让世界充满爱之前，江百丽首先要充满花痴。

　　然而得知江百丽办理了休学，决意用半年时间随那个男孩子去青海支教的时候，洛枳还是表示了赞同。因为她知道，这和当年百丽因为爱情烦闷而学习抽烟、研究星座并不是一回事。那个男孩子至今对江百丽没有任何回应，但百丽从帮助他人这件事情上得到的快乐，绝不是假的。江百丽内心的爱不会枯竭，受再多的伤害，她也永远相信爱情。

　　所以，面对 MSN 上戈壁对百丽休学行为的大段劝阻，江百丽只回复了四个字："祝你幸福"。

　　祝你幸福。

　　"不过，你不如大四的时候再申请，那时候去参加学校的项目支教一到两年，还能换个研究生读读，很划算。"洛枳笑着揶揄。

"肤浅！"江百丽横了她一眼，伴着忽然响起的伴奏音乐，从点唱机旁起身。

洛枳看着那个正霸占着麦克风、声嘶力竭地吼着"林肯公园"的女孩子，在心中默念她的名字。

百丽。

"虽然名字写起来很普通，有点儿俗，可是念出来，那个'丽'字最后的口型很好看，像是微笑的样子。"

洛枳记得大一刚开学不久，提起彼此的名字，江百丽曾经这样一脸嘚瑟地解释过。虽然洛枳一直在点头，可是始终觉得有点儿牵强。

"你呢？"

"我？我妈妈老家有一片橘子园，本来是要叫洛橘的，据说很讨喜。可是被算命的改了，说贱名好养活，这样能渡劫。"

江百丽愣愣地问："好厉害的感觉啊，那么结果呢？"

洛枳无奈："我才多大呢，你就问我要结果。"

还好不是要结局。

但是结局呢？凌晨四点，洛枳和江百丽瑟瑟发抖地相互扶着穿越马路回学校，看着静谧的马路和穿破雾气的三盏红灯，洛枳麻木的心脏重新跳动起来。

这样就是结局了吗？

毕业、工作、赚钱，找一个差不多的人，结婚生子。

这样就是结局了吗？

洛枳抬起头去看天上的月亮，才注意到，今天的月亮也是隐没在一片薄薄的云后，四周散发出彩虹样淡淡的光华。

这样熟悉的月亮。

然而她记得更清楚的，并不是盛淮南，不是定情，不是亲吻，不是那晚上说过的任何一句话，不是围墙上吹过的风。

而是那忽然消失的，不知所终的月亮，下落不明的云。

洛枳扶着酒量不济的江百丽，一边艰难地向前走，一边忽然轻轻地、轻轻地念起一首诗。

像是害怕惊醒一场早已醒来的梦。

那是蓝色九月的一天，

我在一株李树的细长阴影下，

静静搂着她，

我的情人是这样，

苍白和沉默，

仿佛一个不逝的梦。

在我们头上，在夏天明亮的空中，

有一朵云。

我的双眼久久凝望它，

它很白，很高，离我们很远，

然后我抬起头，发现它不见了。

自那天以后，很多月亮，

悄悄移过天空，落下去。

那些李树大概被砍去当柴烧了，

而如果你问，那场恋爱怎么了？

我必须承认：我真的记不起来，

然而我知道你试图说什么，

她的脸是什么样子我已不清楚，

我只知道：那天我吻了她。

至于那个吻，我早已忘记，

但是那朵在空中飘浮的云，

我却依然记得，永不会忘记，

它很白，在很高的空中移动。

那些李树可能还在开花，

那个女人可能生了第七个孩子，

然而那朵云只出现了几分钟，

当我抬头，它已不知去向。

——德国诗人布莱希特《回忆玛丽安》

第 89 章　原来你早就知道

洛枳的妈妈还是拖过了春节，才决定随陈叔叔搬往他在广西的老家。

打包收拾的事情都不需要洛枳担心，她妈妈在料理生活方面一向非常能干。实际上，当她大年三十晚上回到家的时候，见到的就是已经空了一半的屋子。

她妈妈脸上的不安和愧疚让她着实想笑。大二暑假时她因为实习而不回家。据洛阳说，她妈妈给他妈妈打了不知道多少个电话，一遍遍地念叨："是不是因为我要跟老陈搬走了，孩子觉得没有家了，心里不舒服，不想见我？"

这种认知让洛枳哭笑不得，于是当年的十一国庆期间赶紧飞回家里，让她妈妈宽心。

"我总要独当一面的呀，何况到了大学后期，很多人假期都不回家了。有些人实习，有些人准备考试，准备出国申请，总之各有各的努力方向。妈，你真是想的太多，我早就不是小孩儿了。"

　　她一边说着，一边打量自己的房间，里面依然干干净净，连一个桌面摆设的位置都没有动过。

　　"这房子，你是怎么打算的？"

　　"广西那边他有自己的房子，足够我们住的，我之前已经去过几次，都收拾过了。"

　　"那这边要不干脆就卖了？"

　　"胡说什么呢！这房子是留给你的。"

　　"给我？"洛枳啼笑皆非，"我毕业了肯定不会回来，这种老房子留着升值也没多大空间，等着拆迁更是没戏的事啊。"

　　洛枳的妈妈正在包饺子，听到这话脸色一沉："租出去也行，不能卖。"

　　"为什么？"

　　"这是你外婆留给你的。"

　　洛枳讶然，送到嘴边的热牛奶差点儿烫了舌头。她从来没有想过这个小小的家是从哪里来的。父亲死后，她和妈妈搬离奶奶家，在外婆家短暂地住过一阵子，很快就搬来了这里。其他前尘往事一概记不得，好像这里是一个理所应当存在的地方。

　　她一直知道外婆实际上是个外冷内热的人，可惜的是小时候她不够懂事，看人只懂得看外表，认为外婆不喜欢爸爸，拒绝他们进门，是个恐怖的老太婆。

　　当她终于长大，懂得这个恐怖的老太婆时，老太婆已经不在人世了。

　　她以前对洛阳说自己和外婆不熟，还问他外婆是个怎样的人。洛阳不知道的是，外婆的葬礼不是她第一次踏进老宅子的门。

　　实际上，再恐怖的老太太也有软弱的一面。把忤逆自己、坚持要嫁给外乡小工人的女儿赶出家门，老太太无论如何也很难一直忍心。洛枳记得自己曾经像做贼一样被妈妈带去外婆家，使劲点着头保证自己一定一定不会告诉

285

任何人。后来某天不知怎么父亲就知道了，将电话打到外婆家，说要去接她。

外婆的脸因此阴沉得像是那天的天气。

那天，就是她父亲因为机器事故死亡的雪夜。

那天之后的大半年，在洛枳的记忆中就是一场旷日持久的混乱战争。奶奶勃然大怒，将爸爸的死归罪于妈妈——克夫相。妈妈大闹工厂，在事故鉴定书出来后歇斯底里，被拉拢，也被盛淮南爸爸雇来的混混儿威胁，他们在奶奶家周围徘徊，而妈妈则被怕得要死的小姑姑他们直接赶了出来。

洛枳看着时至今日的自己，和那个正低头擀饺子皮的妇人，忽然有点儿怀疑自己是不是都记错了，这一切是不是都没有发生过。

她妈妈并不是一个纯粹温柔的人，生活的挫折一度将她磨砺得尖刻无情，当她得知自己的女儿在婚礼上居然还和盛淮南玩得开开心心之后，一个耳光将洛枳抽翻在地。

生活从来没有善待过这个女人，在漫长的时光里，她拖着一个什么都不懂的孩子，要学的实在太多。

然而关于外婆，洛枳始终记得一件事。

尘土飞扬的小路上，外婆带着她，在很毒的太阳下面走，一路沉默。

洛枳不记得那是要去哪里，做什么，只记得那样缄默的一条土路。就是那样，闭着嘴巴忍着太阳往前走，沙子打在脸上也不说疼，好像赌气，却因为太小而说不清隔阂究竟横在哪里。

嘴皮都干掉了，眼睛还喷着火。

她的外婆忽然冷冰冰地说："你在这儿等我。"

五分钟后她回来，手里攥着一瓶娃哈哈、一袋卜卜星——洛枳儿时一看到电视广告就两眼发呆的两种东西。

她急吼吼地要撕开卜卜星的包装袋，被外婆打了手背，呵斥道："路上这么脏，一会儿再吃！忍着点儿，能急死吗？！"

然后一瞥，瞧见了窗台边坐着的女人。

洛枳倒吸一口凉气，差点儿直接将骨灰盒扔出去。那个女人看见她的动作，连忙跑过来伸出双手接住了。

"你小心点儿！"

那语气好像比洛枳更亲近这份遗骨似的。

"怎么又是你？"洛枳讶然。

那女人这次倒没穿得那么吓人，正常的浅灰色羽绒服，毛呢裤子和黑皮鞋，仍然扎着头巾，脸庞不再浮肿，看起来就是个正常的中年女人。

眼睛依旧很美，闪耀着旧日的年轻光彩。

骨灰盒仍然在洛枳手里，可那女人将粗糙红肿的手轻轻地放在盒盖上，一遍遍地摸索着，像是再也不肯离手一样。

很长一段时间，洛枳都没说话，她觉得自己好像并不怎么害怕，想问点儿什么，一想一定和自己的父亲有关，又开不了口。

"你是谁？"

她到底还是选择了最简单的问题，没想到对方却同时开口，柔声问道："你能不能让我把他的骨灰带走一点儿？"

洛枳对这个问题反应了许久，呆呆地问："为什么？"

"算我求你。"

"为什么？"

"你先答应我行不行。今年祭日你们娘儿俩没来，我天天过来转，就想着能瞧见你们。我知道你妈要去南方了，不回来了，他的骨灰你让给我不行吗？带走，我只带走一点点，不行吗？"

人说着说着，竟然跪了下来。

骇然，连忙蹲下，劝了半天，她就是不站起来。

妈妈。洛枳闭上眼睛，眼泪在脸颊上像两条滚烫的河。

　　她的飞机比较晚，所以看着她妈妈一步一回头地和陈叔叔离开，招手招得胳膊都酸了。有那么一瞬间，她竟然有点儿想给她妈妈唱"妹妹你大胆地往前走"——这个离经叛道的突发奇想也只能埋在心里了。

　　她妈妈如果知道她在大楼里费了半天劲撬开骨灰盒，帮别人偷自己父亲的骨灰，恐怕不会这么安心地上飞机。

　　那是一个她不希望妈妈知道的故事。青梅竹马，两相情愿，只因为男方的妈妈想要攀附另一家，为家里的几个孩子安排工作和落户口，才被硬生生拆散。女方打胎，孝顺的儿子乖乖地和介绍的对象结婚。老婆生了女儿，要让孩子跟外婆姓，把他妈妈气得发疯。家中一对婆媳为孩子的姓氏吵得天翻地覆的时候，他满心苦闷地跑出门，去别人家给初恋的苦命女人换煤气罐。

　　骨灰是死的东西，灵位只是一块卖得格外贵的塑料。

　　因为活人的思念，这一切才有了意义。

　　洛枳装了小半袋骨灰，说："不要再来了。你带走吧。"

　　她看着那个女人离开，也看着她妈妈离开。这个故事将随着她对父亲模糊的记忆一起远去。当初她没能守住自己的日记，让它将自己的秘密透露了个遍，却一定要守住她妈妈的坚持。

　　她的父亲，很有可能并不爱她的母亲。

　　但是这个怀疑只揣在她心里就可以了。

　　如果不是爱，怎么能让一个女人为了他的死讨公道，包里揣着剪刀和满街的混混儿对峙。

　　所以，不可以不是爱。

　　过去的就过去了，未来，她会给妈妈和自己幸福。

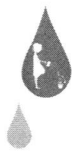

第 90 章　北京，北京

整个校园丁香摇曳的时候，初夏就来了。

江百丽常常会更新些她在青海和牦牛的合影。据说那个她看上的男生刚到当地没几个星期，就为了一份大公司的工作回了北京，从此杳无音信。然而洛枳并没看到江百丽太过沮丧，她说有心事就可以哭给牦牛听。

"我才发现我大一时多悲剧，"江百丽在短信中写道，"你永远连个 P 都不放，人家牦牛偶尔还能叫两声回应我呢。"

洛枳偶尔会收到丁水婧的短信，照例是和信件一样没头没脑的感慨和抱怨。不同的是，现在她基本都会回复。她也曾经和许日清、张明瑞一起去 798 玩，当然，是分别去。

她换到了一家世界五百强公司的法务部实习，由于尚未毕业不能考注册会计师，她不得不到安徽蚌埠一类对报名资格要求不严的地方去考试，因此闲暇时间基本都用来念书，倒也安心自在。

有时候也会和朱颜互通 e-mail，和两个小孩子视频聊聊天。

却从不提盛淮南。

所有人都说，洛枳变了。她开始拥有许多朋友，变得爱笑，变得随和。

一个星期六的下午，洛枳正要结束加班，手机忽然丁零零地响起来。她以为是机票代理公司的回电，看都没看就接了。

"喂，你好！"

"洛枳。"

白色冷光，收件箱旁边 43 封未读邮件的标记，高跟鞋深陷进地毯的触感，旁边打印机吐纸的声音，会议室玻璃幕墙外来来往往、健步如飞的同事的侧影……

这些麻痹和保护她的屏障，随着电话边的呼唤，瞬间土崩瓦解。

洛枳还没走到地铁出口，就望见了盛淮南。

白净的青年站在出口处刷卡机的旁边，身影隐没在来往人群中，有些消瘦的脸庞上冒出青青的胡楂儿，看见她，就弯起嘴角，笑得像暮春的风。

她快步走过去，却不得不沿着护栏绕弯路。他就在人群后面，跟着她的路线走，中间隔着护栏和攒动的人头。他们像在河的两岸亦步亦趋，从缝隙中瞥见彼此的身影一晃而过。

洛枳终于站在了他面前。

一小时前，在电话里，盛淮南问她："你知道什么地方可以看看北京吗？"

洛枳竟觉得那声音来自另一个世界。

她抬眼看了看墙上的挂钟，温柔地说："是，我知道一个地方，可以看到北京。"

时隔那么久，他们没有谈起近况，也没有问候彼此。

竟在聊北京。

下午五点半，景山。

他们像一对普通的前来观光的游客情侣，只不过没有手牵手。不怎么讲话，却并不生疏，仿佛这中间的种种都被暂且搁置，丝毫不影响他们直接拾起此时此刻。

洛枳并不是第一次过来，所以她走得比较快，带领他穿梭在人烟稀少的园子里。这个公园实在不大，没什么特别好看的景致，开门即见山，山也矮得出奇。沿着石级走上去，只要十五分钟就能登顶。

中国所有的山顶，都不过就是个亭子。

"听说这山脚下有棵树是崇祯自缢的地方，可我不知道是在哪里。"

"你说，皇帝自杀的时候在想什么呢？"盛淮南问。

"我怎么知道，"洛枳笑，"兵败如山倒，又是个一生都高高在上的人，心里想什么我们怎么会知道。不管是什么，无非是绝望吧。"

无非是绝望。

她自知失言，又觉得他不会那么脆弱，因此只是闭上嘴巴，并没再说什么来宽慰。

高跟鞋踢踢踏踏，在粗糙不平的花岗岩石级上卡了一下。她惊呼一声，向后一仰，几乎朝下面倒下去，幸亏盛淮南稳稳地扶住了她的腰。

洛枳心有余悸，盛淮南若有所思地打量着她的衣着："你今天也上班？"

"嗯，加班。"

"这鞋怎么爬山啊？"

"山又不高，都是石级，我小心点儿就好了。"洛枳说完，将左脚退出来一点点，发现脚后跟的地方果然已经磨出了血泡。

盛淮南皱皱眉，不声不响，走到上一级台阶，缓缓背朝着她蹲下来。

"我背你。"

她怔在原地，他回过身朝她笑："快点儿呀，别磨蹭！"

洛枳脱下鞋子，拎在手里走过去，轻轻地伏在他背上。少年的身上不再单纯是洗衣粉的清香，还有年轻的汗水的味道。洛枳全身的重量都压在他的后背上，下巴搭在他的左肩窝，心口熨帖得发烫。

狭窄的石道盘桓而上，直到石级越发宽阔，亭子遥遥可见。她手里的高跟鞋随着他的步伐一摇一晃。

她开始穿高跟鞋，开始改变，开始变得平和，开始接纳不同的人进入她的生活，交朋友，开玩笑，不再将每一次的得失放在尊严的天平上左右衡量。

这都是好事。

可都不如这条路走不到尽头。

到达山顶时，恰是夕阳西下。

亭子四面都有扶栏和木质长凳。他随便找了一个方向，先将她放到椅子上坐下来，然后才坐到她身边。整个亭子里只有他们两个与一位把腿架在护栏上一边压一边吊嗓子的大叔。大叔穿着的确良的半袖衬衫扎在皮带里，旁若无人的自得样子也感染了盛淮南，他的脸庞在夕阳的余晖下突然有了生气。

"我以为只有早上才适合开嗓呢。"他笑。

"我们朝的是哪个方向？"洛枳没有理会他，正独自犯糊涂，大叔忽然止住了歌喉，指着西斜的太阳说："姑娘，你让我说你什么好啊。"

洛枳连忙垂下头去，盛淮南终于开怀大笑起来。

她光着脚，在空中摇来晃去，姿态倨傲而天真，靠在他肩上，看着夕阳一点点融化在高楼和云雾中，散成一片暧昧的火烧云。

天空另一边已经有星星亮了起来。

"我来过这里，很认真地对着地图辨认过的，我来给你讲！"她面向绚丽多姿的霞光，背靠沉沉逼近的灰蓝天幕，突然张扬起来，笑得毫不保留。

"好。"他鼓励地笑着看她。

"你看。

"南面是故宫，故宫的更南面能看到长安街，由东向西，长得望不见尽头。

"西面能看到西单，你用力望，说不定能在地铁附近大十字路口的人群中，找出汗流浃背地等待红绿灯的我。我们的学校也在西北，太远了，这里看不见。我有时候都怀疑，那个铜墙铁壁的大工地究竟算不算北京的一部分。

"东面能看到国贸，一片繁华。我们院的很多学长学姐天天在那个区域忙忙碌碌，也许我们能看到。

"北面有一条鼓楼大街，东西走向的街在眼前汇聚，像 Y 字形，下面这南北走向的一竖就和我们所在的景山以及南面的故宫、天安门连成了一线。"

它就在这里，全部都在这里。

她絮絮地说着，将自己能够辨认出来的都说给他听。直到晚风习习吹没了斜阳，直到吊嗓子的大叔不知道什么时候消失不见，天空安静下来，长安街上的灯一盏盏亮起。

天安门、人民大会堂，还有好多她分辨不出的，雄伟壮阔的，虽然在北京待了两年却从没看过的地点。

那里永远人满为患，攒动着无数对北京有着好奇和梦想的人，在各种并不好看的建筑和雕像前排着队，比着 V 字手势，留下与这座城市有所瓜葛的证明。

然后有些人选择留下，有些人只想要看一看，也就满足了。

她不知道那里是不是北京。

国贸、西单的灯也亮起来，高楼林立，各自为政，像两群冷漠的、背着手的人，遥遥地东西相对。霓虹灯流动着光彩，不知道是不是这座城市赖以为生的血液。

于是那里算北京吗？

北京是眼前这片夜色下漆黑如海洋的故宫？

又或者，北京的未来的确在西北方看不到的角落里，因为那里有无数为了征服它而来的年轻人？

还是在她永远不会熟悉得如数家珍的胡同里，在三轮车大叔穿梭而过的后海沿岸，在紫禁城城根下遛鸟、拉二胡、谈时事的马扎上？

他们还能去哪里看北京。

"我师兄告诉我，国贸附近有一座很高的建筑，那里最高层的男厕所的小便池，"她不好意思地顿了顿，继续说，"是面对一块玻璃的，落地窗，可以看到非常美的北京的夜景。"

盛淮南大笑起来："那真的会给人一种尿了全北京的感觉。"

洛枳拍手大叫："对，就是这句话，他们常常会在郁闷的时候说：'走啊，尿北京去！'"

这不大雅观的话，竟让两个人都兴奋起来了。

"我没想到，我会这样离开北京。"

盛淮南着了迷似的看着四面八方的万家灯火，声音低落，却并不很伤感。

洛枳从朱颜的 e-mail 中得知，他们最终设法办好了手续。在盛淮南妈妈的强烈要求下，他还是顺从了她的心愿，准备随朱颜前往新加坡，并在当地申请大学。

"这样没什么不好，我相信塞翁失马焉知非福，尤其当主人公是你的时候。"洛枳真诚地说。

他感激地笑笑。

"你这一年，都在做什么呢？"洛枳轻声问。

盛淮南并没有回答，反而站起身，走到她面前，郑重地说："我今天来找你，是希望能代替我的父母，对你和你的妈妈说一声'对不起'。"

洛枳没有看他，也没有露出一丝惊讶的神情，只是看着远方，轻轻问他："你都知道了？"

"我那时候回家为爷爷奔丧，是眼看着我父亲被从家里带走的。对他们不利的证据太多了，我妈妈甚至一个都没有和我提，可能是不希望我看到他们太多不堪的一面吧。虽然我早就看够了。"

洛枳不知道是否曾经有人看到过这样的盛淮南，坦诚而不脆弱，像是终于要将一切摊开来给她看。

"是我自己去问了很多当时和父亲关系还不错的叔叔、伯伯才知道了大概。当然，说是很多，实际上都给我吃了闭门羹，最后只有一个人见了我。"

盛淮南的肩膀瘦下去很多，他背着她的时候，洛枳就已经能够感觉到肩胛骨硌着她的喉咙。

"我妈妈得了甲亢，瘦得吓人，眼睛也凸出来，精力充沛得很，没日没夜地在家里哭。我当时提着礼品跑去问所有可能帮忙的人，无一例外吃了闭门羹。爸爸的事情结束了，没有任何余地，但是我想要救救我妈妈。她只是个大夫，这么多年，这些事情她一直努力地拦着我爸爸，只是没有成功，毕竟那是她的丈夫，和她已经好几年不说话的丈夫，她……我不希望她什么都没有了，还要付出这种代价。"

盛淮南挠挠头，叹口气，有些尴尬地笑了。

"可是我没这本事，我连这种事情该找谁、怎么求人都不会，戳在人家小区的保安室，被人奚落得像个傻子一样。世态炎凉。我这才知道，我的那些所谓的优秀和能力，都是建立在一个安稳的基础之上，一旦毁掉，我只是个白痴而已，连怎么求保安通融都不会。"

他说话的声音依旧很好听，带着一种少年的昂扬和干净，即使说起再难堪的事情，也依旧带着一种轻描淡写的味道。

轻描淡写得让洛枳不敢深思。

"最后我终于抓住了救命稻草，结果把自己的学位都丢了。我妈被气得咯血，直接昏过去了。不过幸好，学位的牺牲也算值得，最后她没事了。

"她好了之后，我就和她提到了你。我说我需要去趟北京，给你个交代。她听完之后想了一会儿，竟然又昏过去了。"

盛淮南轻笑一声，挠挠头。

"后来，后来都是朱颜告诉我的。"他也叫她朱颜，而不是姑姑。

"我这才去问了我妈妈。她承认了，当年是我爸爸负责采购的，吃了好大一笔回扣。那批机器问题很严重，其中有几台几乎都是要报废的。你爸爸的意外，是机器的错，也是我爸爸的错。"

然而，最终事故被认定为操作失误，擅离职守，责任归于洛枳的父亲。

盛淮南停顿了很久，深吸一口气，慢慢地说："是他太贪婪无耻，轻贱人命。

"我能做的，也只是代替他们对你和你妈妈说'对不起'。"

男孩字字认真，眼睛里倒映着远方的灯火，像是随时会熄灭。

那是他的父亲，再是非分明，再铁证如山，也像是读了一个别人的故事，然后用故事中那个陌生男人的贪婪和无耻去形容心中那个依旧感情深厚的父亲形象——洛枳心中五味杂陈。

"好，我代我妈妈接受。"

她也十二分郑重。

"你本人应该承担的，已经都完成了。"

盛淮南轻轻握住她的手，洛枳发现那双手不复以往那样温暖干燥，就像是抓住救命稻草的落水者的手。

她只有将他握得更紧。

"直到现在，我仍然觉得这像是在听别人的事情。虽然我心里知道，生活中的那些便利，过于轻易的机会，甚至包括上下学接送的车，都是规则之外的，然而也真的就习以为常了。我知道，他不是完全刚正不阿，甚至欣赏他很多时候的变通之道。可我从来没想到，这种事情，竟然真的都是他做的。"

洛枳知道说出这些简单的句子，对他来说有多难。她轻轻抚着他的后背，直到他僵硬的肩膀慢慢地松弛下来，侧过脸，朝她感激地笑笑。

"回家的那段时间，以及被取消学位了之后，我没联络你。我知道你在找我，只不过，我最不想面对的人就是你。"

"我知道。"

"我害怕你同情我。"

"在你心里，同情就等于瞧不起吧？"

"瞧不起也不行，同情也不行。我也不知道我希望你怎么对我，尤其是我都不知道怎么对自己的时候。"

洛枳听见直升机的声音，夜空里的蜻蜓飞过幽暗的紫禁城。

"尤其是朱颜和我说了这件事情后，我就更不明白了，你既然都知道，为什么和我在一起？有时候我突发奇想，会觉得你是不是在准备给自己的爸爸报仇呢？当然，我的这种想法太傻了，可是我真的不懂。"

"那你现在出现，是因为想清楚了？"她没回答他的问题，却反问道。

盛淮南有些迷惑地抬起头去看在头顶上方盘旋的螺旋桨："我不知道，就是突然特别想要见你。"

就是突然特别想要见你。

"就是这样啊，我也没有什么理由，"洛枳笑，"我和你在一起，只是因为我爱你。"

盛淮南神色怔怔，风将他的 T 恤吹得鼓起来，像是下一秒就会飞走。

"洛枳……"他只是叫她的名字，什么都不说。

洛枳突然站起来，光着脚踩在地上，背靠围栏，面朝盛淮南，笑得满足而惬意。

"小心着凉。"

"没那么娇贵，我小时候跟别人打架，可是互相掐着脖子一路滚进泥坑里去的。"

盛淮南听到这句话，从刚刚摇摆的情绪中脱离了出来，笑道："得了吧，别吹牛了。"

"我打架很厉害的。"

"哦，是嘛。"

"谁都可以不信，只有你不能不信。"

"为什么？"

洛枳的长发迎着风，一丝丝渗进夜里。她笑容明亮，走近他，双手轻轻扶住他的双肩："因为当年要是没有我，他们就真的把你的脑袋按进水坑了，皇帝陛下。"

盛淮南怔怔地看了她一会儿，忽然站起来，冲过去用力将她抱在怀里。好像一直以来用语言无法消弭的隔阂与防卫、怀疑和摇摆，都可以用原始简单的拥抱，以最自然的方式弥合。

洛枳知道，彼此身体里阴凉的毒最终都会被他皮肤传达的温暖一点点蒸干，再度变得透明澄澈。甚至情欲也可以是干净平和，像一条河流，她说不出来的心事，终究会流向他。

"皇帝陛下，我终于能说出来了。"

第 91 章　橘生淮南

"我从来都没有把肥肉摆在凳子的横档儿上，也没有和人家女主人说过那样的话。

"我也没有练成用三根筷子吃饭。那只是因为我喜欢你，听说过，才去试试的。

"那年那场大雨，我本来在宿舍，是你问我有没有被雨困住，我才跑了出去。

"我对你还撒过什么谎，我现在都已经想不起来了。我想，我应该跟你道个歉吧。

"但是我撒谎，只是因为我喜欢你，我也希望你能喜欢我而已。"

洛枳紧紧抱着他，脸颊贴在他的胸口上。她闭着眼睛，多年来所有沉积在心中的故事此刻一个个浮出水面，像一盏盏灯火，丝毫不逊色于北京的夜。

"在高中认识你以前，我一直在想，我一定要比你强，这样我妈妈就不会再生气了。我把你想象成特别狰狞的坏人的儿子，我成绩要比你好，要学会很多能展示的才艺，以后一定要比你出名、优秀，这样妈妈就会觉得老天有眼。可是越这样想，越能想起当时你跑过来找我玩，跟我说'奉天承运，朕要娶她'。你是个多好的人。

"可你的名字还是出现在报纸上、传言中。优秀少先队员、优秀班集体发言代表、竞赛金牌。我到现在还记得，有天我在报纸上看到你参加希望英语大赛的一篇很短的采访，吓得把整捆报纸都扔下楼了，差点儿砸到人。

"谢天谢地，中考我考得特别好，全市前十都没有你的名字，你考砸了比我自己考好了还让我开心。

"直到后来，我遇见了你。

"我什么都知道，可我还是喜欢你。"

盛淮南静静地听着，紧紧地抱着她，下巴蹭着她的头顶，听了半晌才轻轻地说："洛枳，我真希望我能重新成为以前你喜欢的那个盛淮南。"

洛枳怔住了。

她一直絮絮地说着，曾经的盛淮南有多么优秀，她又是如何执拗地去接近那个优秀的盛淮南，却无法让现在的他相信她仍然会将这份爱坚持下去。

"谢谢你曾经这样爱过我。"

"不是曾经。"她出声纠正。

"现在也是。可未来未必是。我没法儿保证我还能是你喜欢的那个人。你现在这样喜欢这个人，以后就未必了。我不希望你后悔。"

她知道盛淮南说的都是对的。如果他家没有倒，他毕业后也一定是要出国读书的，她面临的将是家庭和距离的阻隔。那时她尚且不怕，然而现在，天堑明明白白地横在盛淮南的眼里。

她想给他承诺，却没有办法说出口。过去再如何绵厚，也无法抚慰现在的他。

轻飘飘一句"无论如何我都永远爱你"就足够了吗？失信的人，未免太多。

洛枳想起朱颜说的，你们小年轻有信念，是因为天真。

她多么希望，他们都是天真的小年轻。

他们就站在北京的中心，东南西北的高楼拔地而起，带着流光溢彩，将一切吞没包围。

身后的鼓楼大街如一条 Y 字形的血管，车灯连缀，璀璨夺目。

不知道多少个夜晚，多少个失意的人站在这座帝王归魂的山上，看着北京。

他们终究还是什么都没说。

三天后，盛淮南飞离北京。

洛枳并没有去送他。她坐在办公室里，焦头烂额地调整着下午会议需要的 PPT，抬起头的时候，十点十五分，她爱的人已经飞走了十五分钟。

她不知道十五分钟能飞到怎样的高度，是不是已经穿越了云层。

"盛淮南，再见了。"

洛枳喃喃着，说给打印机听。

洛枳发现自己并没有太难过。她已经度过了一整年没有盛淮南的时光。他惊鸿一瞥地出现，然后消失，就像某个夜晚做了梦，睡醒后第二天站在地铁里，闻着满车厢韭菜鸡蛋馅饼的味道，伤心都假得像戏本。

她的爱情开始时是个秘密，当秘密揭开，爱情也结束了。

只不过，他离开的这天下午，结束了工作的洛枳踩着高跟鞋疲惫地穿过图书馆背后的园子时，忽然感觉到一种无法形容的钝痛趴在背上，随着她的步伐，摇摇晃晃。

那个园子曾经住满了各种大师，现在因为故人仙去而渐渐空下来。从熙熙攘攘的校园里踏入低矮围墙隔开的世界，外面浮躁的暑气忽然就消散了，郁郁葱葱的树木遮蔽了毒辣的日头，一座座老房子在静谧的过去伫立，怀念着它们的主人。

她曾经常常和盛淮南牵着手，从这个园子一路穿过去，一边对着门牌号辨认曾经有哪些学者大师住在这里，讲着旧闻，悠悠闲闲地路过。

洛枳看到一只流浪猫，轻巧地跳上围墙，往她身后的方向看。

于是她也回过头。

透过背后不高的围墙，洛枳看到一扇绿色纱门被一位满头银发的老奶奶推开，露出因为高堆书丛而显得过分拥挤的走廊。院子里，一位老人坐在石凳上，看到老伴儿走出来，就站起身，拄着拐杖缓缓走到门前，颤巍巍地递过一枝盛开的丁香。

丁香在夕阳的映照下，如雪一样白。

老奶奶微微笑了一下，接过来。

洛枳看着看着，就泪眼模糊了。

那是她法学院双学位的一位教授。"文化大革命"时期，他是知识分子臭老九，连累了自己的夫人。那时离婚的人何其多，在那个人性扭曲的时代，渺小的个人为了避祸，做什么样的事情都有可能，离婚更不算什么。

然而夫人一直没有同意。

"她当时对我说，我们只考虑着分开对彼此好，从来没有想过，如果在一起，对两个人有多好。"

当时洛枳听到这句话，拿出日记本认认真真地记下来，盛淮南却在一边感慨，可惜太多人都不是能够共患难的人。

洛枳和盛淮南，也不过就是"太多人"。

她穿越十多年的岁月，抛下上一代的纠葛，突破心灵之间的屏障，最后仍然做了"太多人"。

他认定她的爱情来自于仰望和钦佩，所以当他觉得自己不配，她的爱情也就失色了。她只知道不能用不确定的空口承诺去留住他，只知道求朱颜带走他是对他好，让他重新被全世界喜欢，哪怕再也无法见面。

他们从来就没有设想过，如果真正在一起扛过去，会怎样。

当她终于敢去承诺，他已经在千里之外，再也没机会古稀之年在自家院子里站起身，颤巍巍地递给她一枝花。

她就这样在人家的门口巴巴地望着，像一个吃不到糖的孩子。

"洛枳。"

她回过头，那个曾经让她心心念念的少年就站在斑驳的树影下，衬衫上是零碎的阳光，书包扔在脚下，正看着她笑。

笑得就像从来没有离开过，像是她在做梦。

你为什么在这儿？

洛枳没问出口，她害怕答案只是航班取消明天再走一类的答案。

"我不走了。"

他说。

洛枳扑进他怀里，泣不成声。他轻轻拍着她的后背，像是在笑她失态。她侧过脸，看到院子里的两个老人也正看着他们，笑得慈祥而鼓励，她反倒控制不住，哭得更大声。

"你问我这一年在做什么的时候，我没敢回答你。其实我妈妈病好后，我就一边准备 SAT 一边到中关村这边来做事了。一个认识的师兄以前一直希望和朋友一起开家专门做学生机的公司，但是朋友跑去读 MBA 了，我大半年都在帮他的忙，联系各个学校的计算机协会做中介，最近还打算帮他做个网站，试试数码类产品的网上销售……"

他停顿了一下："可是，这种事情风险太大，在我妈妈看来，也不是正途。当然，她想什么不是主要的。主要的是，我发现在我心里，以前从来都以为自己不介意的名校、奖学金和种种与之关联的一切，现在都变得闪闪发光起来。

"其实，你的日记在我手里。我从那个丁什么的女同学手里要了过来。最难过的时候，我就看着它，一篇一篇地读，从字里行间看到了以前的我自己，还有你。申请的事情有了眉目之后，我就很开心，觉得那本日记里写的那个人又回来了。"

他从包里拿出洛枳无比熟悉的那本破旧的笔记本。

"我想几年以后重整旗鼓，重新做一个优秀的人，走在'正途'上，给我妈妈些信心。更重要的是，我可以有信心再站在你身边，你会发现一切都没有变，你的男朋友还是一个走到哪里都拉风的人。"

他开着自恋的玩笑，眼睛里却全是真诚。

"但是上飞机前，我发现，我永远不可能是那个用小聪明和优越感生活的人了，更重要的是，我希望能和你在一起。虽然我不想拖累你，但是，你未必讨厌我拖累你吧？"

洛枳拼命摇头。

"我记得去见你的前一天晚上，我自己扛了一个 24 英寸显示屏加一个主机箱往中关村走，累得快要虚脱了，就站在天桥上休息。当时看着那个十字路口黑压压一片等待过马路的人群、四周和我毫无关系的大楼，我突然很想你。那时候我就想，不管自己现在是什么德行，一定要问问你，愿不愿意……"

他停下，不好意思地笑："见到你，却又改了主意，觉得自己没资格接受你这么多年的期待。"

"我期待什么了？"洛枳忽然生气地大喊起来。

从这份感情在暗无天日的内心深处滋生的那一刻起，她期待的就只是能和他在一起。他是盛淮南，倾注了她多年感情的盛淮南。退学也是盛淮南，变成穷小子了仍是盛淮南。

你再弱小也是你，别人再强大也是别人。

她揪着他的领子，眼泪不值钱地往下滚。

盛淮南很久才声音艰涩地说："我可提醒你，我什么都没有。"

洛枳笑了。

"还好，我喜欢的一切还都在。"

尽管她仍然不知道那"一切"到底是什么。

他轻轻拥着她，对她说着自己未来的计划，说朱颜支持他的决定，也同意借钱给他让他入股，说他对学生电脑网络销售和校园代理的想法，说他妈妈听说他不去新加坡了之后又昏倒了，说他搬电脑练得肱二头肌特别壮……

天南海北，不着边际。

洛枳满足地听着，看着夕阳消失于围墙的尽头，天幕沉寂下来，猫咪在围墙上跳上又跳下。

仿佛能听到地老天荒。

然而地老天荒不是容易的事情，勇敢和天真永远是双生兄弟，她不知道他放弃的机会最终会证明他们是勇敢还是天真，但她愿意相信，两个人在一起，最终总会扭转命运的手腕。

在提出一切现实的悲哀之后，在面对一切客观的绝望之后，仍然决意要一起走下去。

无论两双腿能走多远，爱情的眼睛从一开始就在眺望着永远。

盛淮南注意到洛枳的沉默，有些担忧地问她："在想什么？"

"我在想我们。"洛枳微笑着说，搂紧了怀中那个将她的秘密公布天下、周游天下才回到手中的日记本，像搂紧了所有复返的少年岁月。

　　"我在想，如果有可能，我一定要跑回去，告诉高中时那个孤单的女孩子，别难过了，快点儿长大吧，长大后，你就能遇见我了。"

　　我在这里，你喜欢的那个男生，也在这里。

　　我成了很好的人，然后拉着他一起，成为更好的人。

　　快过来找我们吧。

（全文完）

后记　时间的女儿

西方有句谚语，原文我记不清了，翻译过来大概就是："真相是时间的女儿。"这个故事写下结局一共花了接近四年的时间。这四年时间锤炼的恐怕不仅仅是我这个业余写作者的文笔和架构故事的能力，更是直接地作用在了我的生活中，改变了我的心态、处世态度和对感情的看法与期待，而这一切，才是这个故事的灵魂所在。

不少人都问过我："你是洛枳吗？你也遇到过一个盛淮南吗？这是发生在你身上的故事吗？"

答案全都是否定的。倒不如说，我从自己的真实生活中提炼出那些与其他人相似的、却又转瞬即逝不易被人铭记的情绪和感慨，以这一切为核心和基础，去架构一个完全虚构的故事，去注入人物当中，让他们所有人看起来就像曾经在你身边走过。

这是我努力的目标，不知道在这个故事中做到了多少。

我想许多人都曾经暗恋过一些人，有些时间格外漫长，像洛枳一样，导致那份纯粹的感情到最后都产生了自我怀疑；有些人则心直口快，短暂地观察和蛰伏之后便放弃，或展开告白追求；有些人爱的男孩像盛淮南，优秀高傲，平易近人却隔着千山万水；有些人爱的男孩，别人怎么都看不出他哪里好，如果说出口恐怕会得到一句"不是吧，你什么眼光"，心里也很清楚他没有那么好，可不知怎么就是放不下……

包括我自己，我不是洛枳，但我一定是"有些人"。

窥视过，打听过，掩饰过，若无其事过，黯然神伤过，毫无理由地窃喜过，自我厌恶地试图放弃过。

再如何耿耿于怀，也会在时间和际遇的冲刷下褪色。经年之后，感情不褪色，那个人也褪色为背景了。

但是时间没有白过，感情也从来不会水过无痕，你一定是短暂地，或者长久地改变了，也许朝着好的方向，也许留下了不怎么美好的印记。

可我相信总归是好的居多。感情让人不再像一截喘气的浮木，无论你是否得到想要的结果，总能顺便得到点儿别的。

《你好，旧时光》之后，有朋友问我："你会不会有这种感觉，一旦那些你揣在心中念念不忘的故事落在了纸上，就好像将它们从记忆里转移了一样，之后就会忽然觉得有些想不起来了？"

我仔细想了想，似乎是这样的，虽然我不是将心里的故事和记忆按照原样拿出来，而是改得面目全非，甚至有时自己都不记得某些语句和情节究竟可以映射到哪里，然而，真的一落到文字上，它们就离我远去了。

我很高兴，随着这本终于落下帷幕的《暗恋》，我的暗恋也终于离我远去了。

这样说并不准确，其实我自己的暗恋早已放下多年。虽然有些疑惑，但也早被时间解开。

大学三年级一整年在东京做交换生，学校的一些专业课只能挪到大四再修，加上秋冬季校园招聘，一派手忙脚乱，焦头烂额。记得一次面试结束，心情极度抑郁的我在回学校的路上突遇大雪，被风吹得摇摇晃晃，终于冲进校门，赶紧跑到小路边上的奶茶店要了一杯烧仙草，然后就哆哆嗦嗦地在门口等。

这时听到自行车倒地的声音，回头就看到了我曾经暗恋很多年的男生和他的女友一起摔在地上。那是个陡坡，自行车上坡起步很难，何况是带着一个人。他曾经也用单车带过我，没能带起来，我不好意思地说："我太重了。"他不好意思地说："不不不，是我太笨了。"

现在想来仍不觉莞尔。

这时，我就听见他冲女友吼："说不让你这时候跳上来，你偏要这样，摔死我了！"

哦，现在你们肯相信了没？我真的没有遇见过盛淮南。

我一瞬间就想到，如果是我，可能这时候就冷着脸，对他道个歉，然后拎起包转身就走吧？——你居然敢冲我吼？！

然而他的女友一歪头，笑得很甜地说："我想让你带我上坡嘛。"

他依旧没好气儿，却不再坚持，板着脸说："哦，上来吧。"

那时候，我真的是在他们看不到的角落从头笑到尾，服务员小哥递给我烧仙草的时候，我都还在傻笑。一对很有爱的情侣，一个聪明的、懂得如何去维持关系的女生，和一个还算珍惜的男生。

有些亲密不属于你，有些人是错误的。即使你拥有了，也终究会将一切搞砸。

我看到了时间的女儿在朝我微笑。

那么说回洛枳和盛淮南，以及书里所有的人。

我放下自己的暗恋是在大学二年级时，然后才开始动笔写这本书，而这本书在近四年后的 2011 年才终于结束。由此可见，我从来没想过通过洛枳和盛淮南来实现自己的什么梦想，也没想过用他们的好结局来实现你们的梦想。

你们的梦想应该是一个对的人，一段健康稳固、亲密美好的关系，以及共同变得更好的努力方向，而远远不该是暗恋开花结果，虽然这很美好。

洛枳和盛淮南早就成了我的两个朋友，我在他们身上看到了一部分的自己，但更多的，我只是简单地写这样的两个人的故事，写他们的改变、顿悟和成长，写他们应有的结局。我喜欢书里的每个人，他们并不完全美好善良，但都是在努力地执着地追求点儿什么，并在适当的时机学会放弃点儿什么。

四年过去了，我直到现在才落笔，是因为我觉得现在有能力和足够的眼界来阶段性地完成结局了，否则是对这群人的不负责任。我不喜欢超出自己生活阅历的高谈阔论，也不喜欢超出现实范围的理想意淫，但更不喜欢因为懂得一点儿现实的黑暗和无奈就粗暴地断绝其他人不妥协的希望。

我想，我终究对得起我这两个不可爱的朋友。

未来仍有很多变数，但既然是他们两个，我相信就没有问题。

我对自己都没这么信任过。

我仍旧会写少年的故事。因为我曾经是，所以我永远懂得。随着我本人年龄和阅历的增长，我想我有能力将那段岁月和青春写得更好，无论是深度还是广度，我都有信心对得起它。

素昧平生，如果你读我写的少年，看到了你自己，原谅了你自己，也原谅了别人，我想这真的就是最奇妙的缘分了。

祝大家万事胜意。

八月长安

2011 年 12 月 12 日

番外之一：柳条公园

郑文瑞冲上台的时候，所有人都炸了。

刚下去一个当众求婚的，莫非还要来一个当众表白的？连主持人都蒙了，一个躲闪不及，话筒就被郑文瑞拽走了。

不过话筒有些故障，她"喂喂喂"了几声都没有反应，这倒给了台下观众反应的时间。一时口哨声、欢呼声齐飞，连坐在第一排的评委们都忍不住频频回头去看一片欢腾的会场，外请的明星都在笑，本校的领导们脸上更多的是尴尬。

爱看热闹的小师妹几乎要站起来，用胳膊肘儿不断地碰张明瑞："师兄，你看你看！……师兄，你怎么了？"

张明瑞怔怔地望着灯光里那个一边躲避工作人员的围堵一边忙着敲打话筒的胖姑娘。

他忽然猜到了郑文瑞的真正意图。

张明瑞第一次遇见郑文瑞竟然是在宿舍门口。

不是楼门口，是房间的门口。

正是大二结束的夏天，走廊里满是半裸的大小伙子，有的甚至接近全裸，笑嘻嘻地从公共浴室走出来，一看到路中央挡着一个冷面女生，纷纷惨叫着躲回去。

女生视若无睹，平静地将目光移回到面前同样用门板挡着大半个裸体的张明瑞身上。

"盛淮南搬走了？"

张明瑞点点头。

"所有东西都搬走了？"

"没，有些他说用不上，就扔这儿了，让我们帮忙丢掉。"张明瑞忽然想起来，"对了，你是……你找他有事？要不要我帮你跟他说一声？"

"你能联系到他？"女生的三白眼终于有了点儿光泽。

张明瑞这才想起来，盛淮南嘱咐过他，不要让洛枳找到自己。这个女生也许是洛枳派来的。

他为难地咧咧嘴："他不接我们的电话，说了近期有事要处理，不想联络。"

这倒是实话。张明瑞从害得盛淮南作弊被抓的师兄口中听说过他父亲出了事，无暇分神，连散伙饭都没吃，就拎着行李离校了。

真是屋漏偏逢连夜雨。张明瑞内心涌起一丝难过。

女生没有过多纠缠，上前一步："他扔下什么东西了？我看看行吗？"

虽然是请求，可疑问句的语气是下沉的，根本容不得商量的样子，张明瑞被她盯得都有些心虚了。

怎么会有人长着这样的眼睛，应该去读刑侦专业。

张明瑞尴尬地笑了笑："倒也不是不行，不过你得稍等我一下。我没料到是女生敲门，你好歹让我穿上条外裤再让你进来。"

女生冷淡地点点头，依然直直地盯着他。张明瑞连忙关上门，用"光速"套上了一条到膝盖的运动短裤，拿起 T 恤的时候犹豫了一下——椅背上搭着的是一件干净 T 恤，他本来想洗去一身臭汗再换上，没想到不过就是拖延了十几分钟打了一局游戏，就迎来个不速之客。

张明瑞咬咬牙套上了 T 恤。宿舍没空调，只有电扇，黏腻的上身皮肤贴着 T 恤，像缠了一层密不透风的胶带一样难受。

"请进，"他踢开门口的一些杂物，"太乱了，别介意。"

女生挤过他直奔最里面的书桌，看了看，又转头打量上铺空出来的床位。

你变态吧……张明瑞趁她翻找床铺上的深蓝色大旅行袋时忍不住想要问问对方的来历，恰好女生在这时回头看了他一眼，冰冷的眼神瞬间把一句"你是谁"硬生生拐成了"请问您怎么称呼"？

还附赠笑容。

真够尿的！张明瑞很是为自己沮丧。

"我叫郑文瑞。他的高中同学。"

"那你……应该不是盛淮南让你来翻他的东西的吧？是谁让你来的？洛枳？"

听到洛枳的名字，郑文瑞冷笑了一下，手中的动作一刻不停。

"我问你呢！就算他不要了，你也不能这么随便翻啊，你总得给我个理由。"

很好！张明瑞！就这样坚持住！别害怕！即使对方看上去像是一言不合就会从背后捅他一刀。

张明瑞说完控制不住地往大敞着的门口挪了两步。

郑文瑞停了下来，看着他："你叫张明瑞吧？"

"你怎么知道？"他讶异。

"盛淮南的事，我都知道。"郑文瑞轻描淡写。

变态！绝对是个变态！

看到郑文瑞若无其事地继续翻翻拣拣，张明瑞鼓起勇气走过去拉住了郑文瑞翻找东西的胳膊："我问你话呢，你阴阳怪气地瞎扯什么？再不好好回答问题就请你离开。"

"这些东西他不是不要了吗？我拿走。"

郑文瑞挣脱张明瑞的手，扛起袋子就走。袋子里的水杯、刷牙杯等小件瓷器碰撞出"叮叮当当"的声响。张明瑞火儿了："你这人是不是有病！再这样别他妈怪我不客气，就算你是女生也不能耍无赖啊！"

之后郑文瑞的举动让张明瑞至今想起来都脊背发凉。

她没有和他争抢袋子，也没有尖叫踢打。

郑文瑞仰起脸，用那双眼白过多的冷漠眼睛极近距离地死盯着他，说："盛淮南现在这个样子，你是不是挺高兴？"

张明瑞竟然没能在第一时间反驳。

他愣神儿的工夫，郑文瑞背着袋子夺门而出。

第二次见到郑文瑞已经是这一年的末尾了，大三上学期。

期末考试期间，一大早张明瑞背起书包准备去图书馆上自习。老大躺在被窝儿里起哄："今天我要吃卷饼啊！听说草莓上市了，草莓我也要。"

"我也要吃草莓。"老五也不消停。

"都给我滚！"张明瑞一边往水壶里倒热水，一边对大家虎视眈眈。

"你不说，我就自己跟小师妹说。"老大已经从枕头边拿起手机开始发短信。张明瑞哭笑不得。

小师妹叫姚凌欣，人和名字的发音一样清新甜美：小小的个子，小鹿一样的眼神，笑起来有两颗虎牙和浅浅的酒窝。虽然不是许日清那样惊艳的大美女，但也是计算机学院院花级别的姑娘了，居然被张明瑞这个学生物的给抢了，一度让计算机学院的男生无地自容。

难得的是小师妹不骄不纵，还是个人精，自从看上了张明瑞，就顺便把一整个宿舍的懒汉都照顾得妥妥帖帖，即使被他们开了没轻没重的玩笑，也只是躲在张明瑞背后嘿嘿乐，从不生气。

但是有一次，张明瑞生气了。

那天老大非让小师妹给全宿舍男生的帅度等级排名，她笑嘻嘻地打太极。大家忙着七嘴八舌地往自己脸上贴金，忽然老六说："这也就是盛淮南不在，否则还有啥好排的？"

宿舍里安静了两秒钟。

小师妹也不是第一次听说这个生物学院的传奇了。盛淮南这颗耀眼的星星虽然陨落了，可女生唏嘘，男生也同情，罕有人幸灾乐祸，这种状况实在难得。而他现在消失得又太过彻底，让曾经忌妒他的人都不忍心再去落井下石了。

小师妹曾经几次向张明瑞打听过盛淮南的事情，即使知道一切只是出于大一新生的好奇，张明瑞也每次都给含糊过去了。

此刻听到老六对盛淮南的高度评价，小师妹脸上再次浮现出曾经没被满足的好奇。

"真的吗？我在 BBS 上看到过几张照片，都不是正面，不过大家都说他很好看。"小师妹歪着头说着。

"老四肯定有啊，以前一起出去玩的时候照过相，让他找出来给你看看！"老大示意张明瑞，被张明瑞直接无视。

旁边老六注意到了，嘿嘿一笑，贱贱地玩笑道："老四哪儿敢啊，好不容易勾上这么漂亮的小师妹，再被盛淮南的遗照给横刀夺爱，冤不冤？"

全场哄笑，张明瑞也一边骂人一边跟着笑，第一次拉住了小师妹的手，说着"来，师兄救你逃离虎穴"，就将她拉出了宿舍。

走出大门的时候，张明瑞心情有些沉重，无名火都堵在胸口，却不能发作。他意识到自己的失态，连忙松开手，却被小师妹再次反手牵住。

紧紧地。

小师妹说："他长得再帅，我也只喜欢你。"

张明瑞心头一跳，也握住了她，紧紧地。

到了图书馆，小师妹已经在一楼的自习室里等，看到他就笑着摇摇手机，轻声说："老大又在讨吃的了，下了自习我去买草莓。"

"买什么买，别搭理他们。"张明瑞把书包往座位上一甩，忽然发现小师妹身边坐着的女生竟是郑文瑞。

"我介绍一下，"小师妹悄悄地说，"这是我们师姐，学霸，叫郑文瑞，也是你们大三的。师姐，这是我男朋友——张明瑞。"

张明瑞半天才挤出一个笑容，郑文瑞没搭理他们。

连八面玲珑的小师妹都尴尬了，笑着打圆场道："你看，你俩名字都有个"瑞"字……真是……"

张明瑞看不下去，掏出水壶朝她努努嘴："给你打的热水，你不是说饮水机坏了，不能泡咖啡吗？拿这个去吧。"

小师妹如蒙大赦，屁颠屁颠地跑远了。

张明瑞以为自己会和郑文瑞聊两句的——初次见面的结尾实在是太让他窝火了。什么叫"你是不是挺高兴"，他要是高兴，那他成什么人了？关键是自己像个二愣子一样傻在原地，让对方跑了，这一局是彻底扳不回来了。

可郑文瑞自始至终没有抬过头。

到了午休饭点，小师妹正想客气一句，郑文瑞已经拿起桌上的手机、钱包起身走了，连一句"我自己去吃"都没说。

张明瑞注意到了小师妹的沮丧，笑着揽过她说："这两天复习太累了，咱们不去食堂挤了，出去吃吧！"

饭桌上，小师妹喋喋不休地倾吐着她对郑文瑞的崇拜之情。郑文瑞是计算机学院女生心中的大牛，**GPA** 长年排前三，做人又酷。以前因病缓考过一门专业课，今年和这群大一新生一起上，全面秒杀一众小豆丁，把小师妹她们唬得一愣一愣的。

"这门课我特没底，就厚着脸皮求师姐陪我一起自习，给我讲讲题。我们师姐从不搭理人，居然同意了。我都不敢告诉别人，生怕他们也过来蹭自习，师姐会生气的。"

"全程我也没看见她跟你说一句话。"张明瑞没好气儿地往嘴里扒米饭。

"那是我没问嘛，我问了师姐就会讲的。"小师妹忙出言维护，"不过，虽然我们很喜欢师姐，但貌似师姐在你们这级的人缘不好。好像以前在 **BBS** 上还有过热门帖子，是关于她砸车的。"

张明瑞耸肩："反正在你们刚入学的小孩儿心里，师兄师姐都是大神，我们同级知根知底当然就不是了。你长点儿心吧。"

小师妹乖巧地点头，甜甜一笑。

回到图书馆后，张明瑞却贼贼地戴上了耳机，打开笔记本电脑在 **BBS** 的搜索栏里输入"砸车"，第一条就是十大热门帖，主楼便是一段视频。他装作无意地抬眼看了看对面正在埋头自习的小师妹和郑文瑞，小心翼翼地点开了视频。

视频并不清晰，但"咣当咣当"砸自行车的声音和周围人的议论声倒是真真切切。他正凝神凑近屏幕，把进度条往后拖，小师妹忽然伸出手，从对面狠推了一把，将笔记本电脑合上了。

"怎么了？"

"你干吗开公放啊？自习呢！"

靠，耳机是戴上了，可没连接插口。张明瑞傻眼了。

小师妹瞪他一眼，朝郑文瑞道歉，继续咬着笔杆看书，显然并不知道张明瑞放的是什么视频。张明瑞心虚地瞟了一眼郑文瑞——对方冷厉的眼神几乎把他射穿孔了。

完了，今天的 BBS 热门帖肯定是砸他。

图书馆晚上十点关门，张明瑞送小师妹回宿舍楼，拥抱过后刚要松手，忽然唇上一热——她踮起脚搂住他的脖子，狠狠地亲了上来，还咬了一口。

"以后不许看那种视频。"

"哪种视频？"张明瑞反应过来，气笑了，张嘴要解释自己当时没在看爱情动作片，小师妹却瞪他一眼，飞快地刷卡进门了。

他只好掏出手机拨她的电话，还没按键，背后就传来阴森森的一句："我有话跟你说。"

闭馆时招呼都不打一声就独自离开的郑文瑞，不知道什么时候出现在了自行车车棚下，默默地看着他。

张明瑞这次应激反应迅速，抓住机会脱口而出："我还没找你算账呢，入室抢劫，临了还恶心我一把，你这女生真够可以的。"

"我到底是不是说中了你的心思，只有你自己清楚，不用和我解释。"

谁他妈要跟你解释啊？张明瑞七窍生烟。

"我就是想问你，你能不能联系上盛淮南？"

"你喜欢他？"张明瑞挑衅。

"你能不能联系上他？"

"能。"他张口就撒谎。

"那你……"

张明瑞打断："别指挥我，我凭什么帮你？"

郑文瑞回答得很快："我可以告诉你洛枳的事。"

这回轮到张明瑞沉默了，沉默了很久。

"干我什么事啊？"他笑了，绕过郑文瑞大步离开，没有回头。

就在两个月前，光棍节，张明瑞叫洛枳出来一起吃饭。

谁也没有提起盛淮南。张明瑞不知道洛枳为何闭口不提，他自己一半是出于体谅识趣，另外一半恐怕是有些不愿承认的庆幸。

郑文瑞也没有全说错，但谁的心底没有一点点恶意呢？谁又真的承认过？

和洛枳的聊天还是一样有趣，有趣到让他几乎忘记了中间一年多的曲折，像是回到了第一堂法导课后，他们一见如故，一无所知。

他说带她去哈根达斯，上次请 DQ 太惨了。

"爱她，就带她吃哈根达斯。"

在洛枳漫长的沉默中，他笑嘻嘻地说："瞧把你吓的，我逗你呢。"

真的只是个玩笑而已，单恋的人，谁开不起玩笑呀！

笑着笑着，就忘了自己其实有多认真。

等到目送洛枳离开，张明瑞走进店里，把剩下的所有口味的冰激凌各要了一个球，狠狠心刷了学生信用卡，拎着十几个装满干冰的纸袋推开店门，重心不稳，两个小袋子掉在了台阶上。

一个女生小跑着过来，帮他捡起袋子，声音温柔："小心点儿，拿得动吗？"

张明瑞没抬眼，也没接袋子："送你了。光棍节快乐。"

女生愣愣地看着他一路走向校门口，见到所有姑娘都发哈根达斯，说的都是同一句话："送你了。"

后来再次偶遇，小师妹笑着和他提起哈根达斯。张明瑞心情早已痊愈，有些尴尬地挠后脑勺儿，说："哈哈哈，别提了，这是老光棍儿的疯狂。"

小师妹竟然真的再也没问过他一句，那天究竟是为谁而失态。

张明瑞内心温柔。

他走在回宿舍的路上，哈出一口白气，抬头看着朦胧的满月，重新掏出手机打电话。

"凌欣，我看的真不是那种视频。真的，你别生气，真不是……"

他解释着解释着，就忍不住笑了起来。

后来又在几门选修课上遇到过洛枳，偶尔也会为她占个座、聊聊天，渐渐也能说起盛淮南。

与其说是在聊盛淮南，不如说是在聊郑文瑞。张明瑞陆续听完了全部的关节，半晌只憋出一句："真够苦逼的。"

倒是洛枳苦笑："我和她也没什么区别呀，你不如同情同情我。"

张明瑞脱口而出："那你有没有同情过我？"

片刻的静默之后，洛枳促狭地扭转了局势，她朝张明瑞书包上的情侣挂件努努嘴："你需要同情？要脸吗你？"

张明瑞于是把挂件珍惜地在手中摸来摸去，故意笑得贱兮兮的，方才的尴尬消失于无形。

"你到底还是找了个皮肤这么白的，唉。"

这么长时间过去，洛枳仍然没有放弃"生斑马"这个笑点。张明瑞这次终于反击了。

"其实我小时候特别白，是后来晒黑的，基因还是很好的。"他说着，一不做，二不休，歪头将脑瓜儿顶对着洛枳，扒开一缕头发，露出雪白的头皮，"不信你看！"

洛枳栽倒在桌上，笑得后半节课都没爬起来。

张明瑞并没有告诉洛枳，他刚刚见到过盛淮南。

初夏时节，张明瑞带小师妹去玉渊潭公园，照的每张照片都被小师妹嫌弃，还放话出去，未来要换一个灵光的。张明瑞一怒之下决定去买个单反相机研究研究。

中关村的几座电子大厦照例热情如火，他刚一进门就被一群大叔团团围攻：

"看电脑吗？""联想看看吗？""宏碁看看吗？"……他好不容易找到货运电梯，准备直奔十五楼的小办公室去找一个相熟的师兄拿内部货。电梯中途停在七楼，一个男生抱着纸箱子走进来，他也同时抬头。

好笑的是，盛淮南的第一句话竟然是："这电梯是上去的？"

"是啊，上去的。"

"那我一会儿还得再下去。"

半秒钟后，电梯厢里爆发出两个男生的大笑声。

这栋大楼里也没什么像样的咖啡厅，最后两个大男生只能就近去吃 DQ。盛淮南告诉张明瑞，自己很快就要去新加坡了，现在只是来这边打打零工。

"你就是荒废十年再从头来，也比我们都强。去新加坡好好发展。"张明瑞诚心实意地祝福道。

盛淮南心不在焉地笑笑，没谦虚也没道谢。

"你好像练壮了啊，"张明瑞观察他，"比我们强。你走了以后咱宿舍都不打球了，尤其老大，一不小心碰他一下，我靠，全身的肥膘都在做阻尼振动！"

盛淮南挤了挤肱二头肌，又笑了笑，还是没说话。

张明瑞终于明白，盛淮南的沉默并不是因为对现状的失落，至少不是一个失学生面对天之骄子的别扭。

"我知道你想问啥。洛枳嘛，她挺好的，还在等你呢。你差不多得了，就算要去新加坡，也不是不能异地恋，玩什么失踪啊，你当你演电影哪！别装了，等人家真想通了，move on 了，有你哭的。"

盛淮南的沉默让张明瑞变得很烦躁，他几口吃完了抹茶暴风雪，吃得太急导致冰得脑袋疼，不管不顾地站起来："作为兄弟，你有任何事需要我帮忙，直接开口说。如果你不找我，我就绝不多管闲事，更不会告诉她你在哪儿。行了吗？我也不是闲得没事干，凭什么撮合你俩？以前我无意中撮合了许日清跟你，就算那次不怪你，后来呢？法导课是我先看上洛枳的吧？你还假模假式地要帮我追她，介绍基本资料，我去，后来怎么就把我甩到一边儿去了？我怎么到现在也没搞明白啊？"

张明瑞终于一股脑儿发泄了出来。

"许日清你看不上，洛枳你看上了又甩。盛淮南！我跟你有仇啊？长得帅了不起啊？我告诉你，你甭想见到我现在的女朋友，你休想！"

张明瑞说得盛淮南哈哈大笑，连他自己也绷不住乐出了声。

陈谷子烂芝麻的困惑，隔了这么久才发作，竟然被他自然而然讲成了笑话。

他总是这样。

就算喜欢过，也绝不长情。可以喜欢上面包饼，也可以再也不吃。人生就是熊瞎子掰苞米，何苦争第一，又何苦太过计较？

他们的人生实在是太轴了，倔得没有回头路。

张明瑞庆幸自己从不执着。

"想她就去找她吧，否则为什么巴巴地跑中关村来打零工，蒙谁呢？"

临走前，他就这么朝盛淮南扔下一句话。电梯门关上，也闭合了盛淮南最后的感激表情。

张明瑞觉得自己简直太他妈帅了！

那年夏天，盛淮南终于决定不走了，在中关村自己创业。盛夏夜晚，521宿舍第一次大聚餐。盛淮南带了洛枳，张明瑞带了小师妹。一群人在西门外的烤翅店吃到凌晨，喝得酣畅淋漓。

小师妹拉拉张明瑞的手，悄悄在他耳边说："我觉得，盛淮南师兄没有你好看呀！"

张明瑞已经微醺，听完这句话就把她狠狠搂进怀里亲了一口。

"我说真的！"小师妹正色，"真的没你好看。"

张明瑞从背后揽着她，笑道："我早就这么觉得了。"

她们都瞎了。

两人笑闹间，张明瑞恍惚好像看到了郑文瑞，依旧阴沉沉地坐在不引人注意的角落小桌边，隔着热闹的食客，静静地看着他们。

她的哀伤中竟然也有一丝开心。

第二天宿醉醒来，张明瑞想，应该是自己看花眼了吧。

大四最热闹的事情莫过于校园十佳歌手大赛。许多临近毕业的学生都会去凑个热闹，反正都大四了，早就无所谓了，以缅怀青春、不留遗憾的名义去报个名，好歹参加初赛露个脸，让兄弟姐妹们最后为自己喝几声彩。

张明瑞全宿舍都上去了，五个人唱《流星雨》，戴中分长假发。张明瑞还被"勒令"模仿演唱会上的朱孝天，全程耍帅蹲着唱。盛淮南、洛枳和小师妹一起在台下给他们录像，轰动全校。

不过，十佳歌手大赛向来只是各个学校内部的盛事，鲜有博得社会关注的。真正让这次的 P 大十佳轰动全社会的，是一个五音不全的研三女生，叫王丽。

王丽参加十佳整整七年了，从大一到研三，永远止步于初赛第一场。王丽唱歌走调，唱腔"惊天地、泣鬼神"，而且似乎讲话也不灵光，发音像含了半口水，意思都无法表达准确。

但这只是王丽所在学院小范围的笑料，不知道哪个好事者将她七年参赛的视频做了一个集锦，迅速在网络上蹿红。

大家是不是真的被这位梦想家"永不放弃音乐"的坚持所感动，张明瑞不得而知。他们宿舍愤愤不平的是，王丽居然进入了复赛，而且在 PK 战中，把他们 F5 直接挑落。

"搞什么啊！"老大几乎要爆豆，"就因为她火了，唱火星语都能赢我们？评委有没有廉耻啊？"

再怎么愤怒，决赛还是因为王丽而备受瞩目。大家在她唱跑调儿歌曲时大笑，全网络热议、嘲讽，模仿秀层出不穷。然而每当王丽讲起不放弃音乐梦想的时候，网络上又是一片感动声。

王丽说："我是一只想飞的鸵鸟。"

这句话不知道变成了多少人的 QQ 签名。

决赛进行到五进三，中场休息时，学生会前主席突然上台，向台下的一位女生求婚。各大电视台的摄像机都对准了这一刻，会场气氛达到高潮。

小师妹一噘嘴："走后门，就因为他以前是学生会主席，这都是安排好了的，就冲着这次电视台的报道才特意上来秀的，根本不是临时起意，我早听说了。"

张明瑞笑："我也给你来一段？"

小师妹摇头："我才不要。公共场合求婚，最傻了。"

他宠爱地搂紧她。

学生会主席终于下台，主持人接过话筒说了一通热情洋溢的祝福话之后，把话题拉回到比赛："下面，我宣布，最后一位晋级三强的是——王丽！"

掌声雷动，王丽泪流满面地对着话筒说："谢谢大家肯定我的歌声。"

郑文瑞就是在这时候冲上台的。

和张明瑞对她以往的印象一样，也不知道她之前究竟蛰伏在哪里，竟无声无息地混上舞台，劈手夺下主持人的话筒。

"没人肯定你的歌声，你唱得太难听了！"

"师姐疯了吧？"小师妹捂住嘴。

郑文瑞一边躲避着追她的主持人，一边语速极快地说着："所有人都觉得你唱得难听，就是很难听，你有这个梦想压根儿就是错误的！他们所有人都在骗你，耍你玩，觉得你很好笑！你的歌声从没得到过认可，大家都拿你当笑料，笑够了后谁也不会继续听你的歌，你是不是脑子进水了？你为什么要相信这些漂亮话？！你给我醒一醒！"

说最后几句时话筒已经被夺走，郑文瑞是喊出来的，只有坐在前几排的张明瑞他们才听得到。

全场哗然。

郑文瑞被架走，她说完了该说的话，面色平静，丝毫没有挣扎。

张明瑞和洛枳隔空对望了一眼。

"大家都觉得她很过分，大错特错。实际上，我不知道她做得对不对，甚至我觉得她做的是对的，只是我自己不敢承认。"洛枳说。

漂亮话是没有用的，这世界上就是有种难过叫作"得不到"，你无计可施，你早晚会认。

何必再用糖纸去包裹一粒石子？认命得越早越幸福，就像张明瑞。

认得晚些也没关系，就像郑文瑞。

张明瑞毕业后留在本校直博，再也没见过郑文瑞，和洛枳、盛淮南倒是一直有联络。小师妹也曾经直觉准确地问起过张明瑞，是不是和洛枳有过什么。每次张明瑞都坏笑着说："我郁闷的就是——没有过。"

小师妹真是可爱，从来都只是拧他一把，耍两分钟性子，然后拨云见日，继续爱得毫无芥蒂。

张明瑞觉得她比洛枳可爱一万倍，冥冥中他甚至觉得，如果有机会，洛枳应该会希望自己能够长成小师妹这样的姑娘。

虽然只是无厘头的臆测罢了。

一个平淡无奇的晚上，小师妹拿着拷了几百部经典电影的移动硬盘来找他。两个人随便挑了一部，坐在椅子上边吃樱桃边看。

电影叫《柳条公园》，（*Wicker Park*）。前半段两人看得都一头雾水，剧情才慢慢浮出水面。

电影表面上是一个男人偶然知道前女友失踪，于是不顾一切地循着线索追查对方下落的故事；实际上，当故事被翻面，这竟是另一个姑娘如何处心积虑地将曾经的爱侣拆散多年，直到最后仍然试图阻挠他们重逢的故事。

坏女配 Alex 暗恋着男主角，为了接近他，甚至主动拿着坏了的 DV 跑去他的店里维修。没想到，男主角看到了 DV 里录制的另一个女孩——Alex 的好友，对其一见钟情。

真相大白，一对恋人在机场伴着 *The Scientist*（玩酷乐队经典歌曲）的音乐深情相拥。小师妹看得泣涕涟涟，张明瑞忽然说："那个 Alex 好可怜。"

"她也是忌妒疯了才会做这样的事，毕竟是她先认识男主角的。"

"那也不能用阴谋啊！"小师妹争执，"她再喜欢男主角，也不应该做这样的事情。即使她认为是自己先遇到的男主角，甚至男主角是通过她才阴差阳错地认识了女主角，这也不是理由！"

"那什么是理由？"

"男主角爱谁，谁就是正义。"

你爱谁，谁就是正义。

所以，张明瑞的一切都不是理由。

即使他的 DV 里先录进了洛枳，即使盛淮南和许日清在超市门口的争执是因为张明瑞嘴贱而故意引起的，即使洛枳是因为帮盛淮南解围他们才第一次正式认识的……那又怎样。

这都不是不相爱的理由。

张明瑞紧紧地抱住小师妹，感觉到心里最后一点点阴霾，也被她的光芒照亮了。

"我爱你，所以你就是正义，比谁都帅，比谁都好。"小师妹言之凿凿。

张明瑞的嘴唇贴着她的头发，笑得开怀。

"那当然。"

番外之二：当时的月亮

　　新校区有许多树。自打建校划地时就保留了下来，横枝蔓叶，毫无章法，和校区里的大量新派雕塑相得益彰。

　　树木自然得蓬勃肆意，雕塑人造得随心所欲，相互冷对着，站定各自的地盘。如果不出意外，未来会这样互看几十年。

　　丁水婧躲避着正午毒辣的日头，在树荫下蹦蹦跳跳，踩着影子走。已经九月中旬了，天气仍然没有转凉的势头。头发随着她的跳跃扫在脖颈上，痒痒的，有点儿闷热。

　　她到底没能把头发留长。每每到这个长度，发梢就会在脖子附近翘得乱七八糟，整个头看上去像一个倒过来的菠萝，她瞧着烦，就会去理发店剪掉一点点。这样循环往复，头发依旧半长不短，仓皇地挂在肩头。

　　丁水婧一边走一边随手将碎发盘在脑后，整个人清爽了不少。蝉鸣不休，吵得她心烦意乱，不知道是不是宿醉的关系，她胸口惴惴的，手心一片湿滑，汗都是冷的。

手机振动了一下，是短信。她并没敢立刻打开看。

可能是那个熟悉的黑车司机告诉她，车马上就到了。

也可能是洛阳告诉她，你不必来了。

丁水婧木木地解锁，看到"李师傅"三个字时，胸口一阵轻松，心从高位回落到半空中，但也没有踏实到底。

洛阳没有说"你不必来了"。

可他也从没有说过"你来吧"。

丁水婧坐在校门口的大石头上，静静地等着车。盛夏时节，树荫下的石头也暖暖的，甚至有些烫。

她想起高中时语文课上学的沈从文的《边城》。

傍晚时分，祖父不让翠翠坐在被强烈阳光晒了一天的大石头上，担心余热会让人生癞疮，但自己用手摸摸，也一起坐到了石头上。祖孙两人一起看着月光下的清溪，美得不像话。

丁水婧对文学没什么爱好，也曾经附和着叶展颜她们一起抱怨这些语文课文"狗屁倒灶都在说些什么废话"，但是对于《边城》这一篇，她总是记忆犹新。

文字间藏着一幅幅画面：薄雾的清晨，山间的清溪，两岸婉转的歌声间流淌的爱慕心思；缓慢的生活，不慌不忙的时代，没有结果的等待……每个人的生命都是一条简单的线，也许蜿蜒，但连贯而清晰。

总不会像她自己：口是心非，自以为是，纠结成一团麻。

她并不是上高中时就喜欢这篇文章的，只是后来认识了洛阳，在西湖边散步，月亮照在湖面上，他忽然讲起了笑话。

"甲问：'你学过沈从文的《边城》吗？'乙回答：'没有，我们学的是

C++。'"

因为这个笑话实在很难让人捧场，所以丁水婧没有笑。

倒是讲完笑话后，两人之间尴尬的沉默让他们一起大笑出声。他笑弯了眼，她翘起唇角，笑了很久都没法儿停下来，实在不明白是为什么。

为他犯傻，为她使坏，或者就为了这湖边月色下五秒钟暧昧的不作声。

《边城》，丁水婧搜肠刮肚，也只能记起关于带着余热的石头不能坐的片段，于是问洛阳知不知道什么是瘰疬。

"屁股上长的火疖子吧？"洛阳挠头，"我上哪儿知道去。那篇文章好长，我只记得他们那里的民俗很有趣，喜欢隔着江对唱山歌。"

"你记成刘三姐了，"丁水婧笑道，"边城里，男孩在夜里给女孩唱山歌，好远好远都能听见。"

他拉着她走向湖边的长椅，两个人并肩坐下。夜风微凉，十月的杭州是最好的时候，金不换。

"后来呢？"他问道，"好像是个悲剧？"

望着洛阳殷殷期待的面庞，丁水婧暗暗叫苦。早知道有现在这种状况，当年她就好好看看那篇课文了。

"翠翠的妈妈当初就是和一个军人私订终身，秘密生下她后，两个人一起殉情了。她被外祖父养大，一对船工兄弟同时喜欢上了她，她自己喜欢的是弟弟。"

洛阳挑了挑眉，笑了："果然，我就知道。"

"这篇课文你明明都学过，装什么福尔摩斯。"她毫不留情地打断他。

洛阳曾经说过，他最喜欢看丁水婧伶牙俐齿戳穿别人的样子。

他说过许多和"喜欢"有关的话，但后面总是接着很长的宾语，从来没有任何一次，只是连着一个简单的"你"。

丁水婧继续说："可是，翠翠的外祖父误以为和她有情的是哥哥，就鼓励哥哥表白。哥哥被拒绝后，伤心中出了意外，死了。弟弟因此埋怨上了翠翠的外祖父，于是一个人背井离乡走了。老爷子懊悔不已，去世了。最后只剩下翠翠一个人，天天等着心上人回来。"

她挑着记忆中还算踏实的部分，磕磕绊绊地讲给他听，没想到他听得那么入神。

"好惨。"他总结道。

丁水婧刚仰头灌下最后一口柠檬茶，差点儿喷出来。

语言功能障碍的呆瓜。她看着他，心中一软。

他总是给她无奈又心软的感觉，人又有趣，让她忍不住想捉弄他；沉默温和不计较，某个瞬间又透露出内心的凉薄，令她心惊，也令她心折。

令她如此想要去征服。

丁水婧脑子里碎碎地出现了一切与洛阳有关的评价，人生中第一次无法拼凑出一幅画面给这个男人——因为最契合的画面，就在眼前。

"是呀，很惨，"她看着他，深深地看进眼睛里，"爱情是很难如意的，如意了就没意思了。"

丁水婧至今也不知道自己是不是故意那样讲的——谁让他和那位女朋友的爱情是圆满如意的呢？

她偏要说"这样没意思。"

不知道是不是装的，洛阳只是笑了笑，点头说："是啊，悲剧比较容易让人记住。"但他很快又笑着看向她，说："丫头片子，别瞎感慨。"

他看她的柠檬茶喝完了，跑去给她买新的。丁水婧独自坐在长椅上，看向远处的湖湾，绵延的路灯连成蜿蜒的珠链，尾端伸向漆黑的夜空，衬得湖面上冉冉升起的那轮满月好像断裂在夜空中的吊坠。

月色很好，湖光很好。她很好，他也很好。

一切才刚刚开始，却不知道会不会有结局。所有暧昧的游走本应是甜蜜的试探，在他们之间，却隔着一道无法突破的城墙。

可丁水婧说不准，那道墙到底是他的女朋友，还是他自己。

她转过头，看到他举着两杯饮料穿过窄窄的马路，朝这边跑过来。

丁水婧内心第一次充盈起真正的忧愁。

她望着他，就像一个贼，贪婪而悲伤地盯着牢牢嵌在铜墙铁壁上的珍宝。

黑车师傅到了马路对面，按了一下喇叭，然后掉头停在了校门口。丁水婧坐上去，车内的闷热让她皱起了鼻子。

"热吧？我开空调。"司机王师傅迅速地关了四扇窗子，将空调开到最大。一股土味儿冲入鼻腔，他不好意思地转头朝丁水婧笑笑，"太长时间不用了，空调有点儿味儿，别急，马上就好了。"

丁水婧笑笑，表示不介意，眼神早就涣散得不知道飘去了哪里。

王师傅也是从外地来此打工的，拖家带口在转塘开了几年黑车，和老婆昼夜倒班，早就对美院的情况摸得很清楚了，连附近的艺考培训班招生和美术用品采买都多少掺和过，大大小小，不放过任何赚钱的机会。

"你今天去市区有事？"王师傅问。

"啊？"

"没啥，就是看你挺紧张的，以为你去市区有啥大事。"

被看出来了？丁水婧点头又摇头，纷乱的思绪让她的知觉有些迟钝，与真实的世界隔绝开。

"开学就大四了吧？做毕业设计？"

"还没开始呢。"

"以后接着读吗？"

"以后……"丁水婧恍惚，"没想好。可能，出国去吧。"

王师傅朴素地点头评价道："出国好，出国能学到好东西，但得去好学校。

还读雕塑？"

"……不读了吧。可能换别的。"

学艺术类的向来很难出头，王师傅流露出意料之中的理解神情，但是丁水婧反而被刺痛了。他如果知道她当年为了考艺术类而退学耽误了两年，又会怎么想呢？

丁水婧从来都佩服努力的人，但她更欣赏那些在天分或财富方面无比充盈，即使肆意挥霍也不心疼的人。葡萄美酒夜光杯，兴之所至，也可以照直了往墙上砸。

她曾经以为自己多多少少也算是后者。

从新校区去市中心湖边的老校区要开很长时间的车，穿过荒凉的郊区，路过参差不齐的高矮民房，一块块丑陋的牌匾迅速闪过，连成模糊的一片。右手边是钱塘江，丁水婧远远望见一座造型恐怖的古城突兀地站在江边——人造的假山巨石里，上演着粗制滥造的"大型民间山水史诗歌舞剧"，欺骗大量旅游团到此一游。"古城"白天看上去有些丑得可怜，到了夜里，被惨绿的射灯狰狞地照着，竟展现出几分解构美。

她记得这片惨绿。

昨天夜半时分，他们也是从这条路开回学校的。他们四个人挤进一辆出租车里，醉得刚好可以忽略司机的不悦——市区司机不喜欢往转塘新校区开，因为回来的路上免不了要空驶。但他们还是挤进车里，吵吵嚷嚷地自说自话，谁也没把那个嘟囔的司机放在眼里。

在醉酒的人眼里，一段路途能被拖长到无限，也能短得像一眨眼的工夫。丁水婧坐在后排最里侧，额头抵在左侧玻璃上；刚和同居男友分手的室友在她身边默默流泪，脸上的两道泪痕沾满了睫毛膏，像一个悲伤的小丑；大师兄伏在副驾驶位上，哭得像是被什么附身了一样，把他许多年的厚道矜持、谨小慎微都号出了裂纹。

但一切记忆都像糊上猪油的镜头，看不真切，唯有那一尊惨绿的怪物，巍然伫立，神情怜悯地从丁水婧的脑海里缓缓地走过。

正想着，手机钻进一条新短信。她照例又心慌了一下，还好，是大师兄的消息，很应景。

"昨天失态了，不好意思。"他说。

丁水婧脸上浮现出一丝冷笑，轻轻合上手机，没有回复。

昨夜的 KTV 里，同学们唱歌打闹，斗骰子拼酒，结伴去洗手间呕吐。而她就静静地坐在沙发的角落里，捏着手机，一遍遍浏览那条刚刷出来的人人网消息。

洛阳的公司要来西湖边的美术馆做活动了。

心情正如暴风雨海面上的孤船般翻滚飘摇，大师兄忽然坐过来，靠近她，说："小师妹，来，喝一杯。"

"我知道你想嘱咐我什么，"丁水婧转头看向他，毫无耐心地打断他，"我不会说出去的，对任何人。"

车开入市区后就越走越慢，他们运气不好，几乎每个红灯都赶上，王师傅兀自唉声叹气，用福建话骂些丁水婧完全听不懂的东西。

"师傅，咱们能再快一点儿吗？"她忍不住探身向前，催促道，"我两点半必须赶到。"

"我尽力吧，谁知道这么堵，我也不能飞过去啊！"

丁水婧无奈地跌回座位，神经质地把手机里保存下来的活动通知看了一遍又一遍。

昨天午夜，洛阳公司的官方账号在网上发了一个路演活动的预告。他还在活动页面上和他的同事们互动，彼此打气，说着："明天杭州见。"

丁水婧的手轻轻抖起来。

之前也有过许多机会。同学之间总有千丝万缕的联系，总能听说，总能见到。大家都认识她，都喜欢她，听说她忽然退学重考追求梦想，更是平添了传奇色彩。每次她去北京，都会被师兄师姐招呼到各种聚会中，这些聚会里常常也有洛阳。

但她没有。有洛阳的场合她都缺席了，没有哪怕一次放纵自己、装作不经意地出现在 KTV 里，没有一次心怀不轨。

咄咄逼人地拿着一张伪造的签字去直面陈静，那是十九岁的丁水婧会做的事。每个人的内心都有一个容器，盛着满满的自私与孤勇，属于她的那一份，早就在他们婚礼那天，被快餐店的阳光蒸发殆尽了。

那种事她再也不会做了。

陈静不动声色，能忍耐，这都是本事，却不是丁水婧失败的原因。

她败在没有资格。洛阳没有给她任何可以争取的资格。

那些她本来应该出席的聚会，她知道洛阳会去，洛阳也知道她会去。但是最终缺席的是她，洛阳从未爽约。

但这能证明什么呢？十九岁的丁水婧会笃定，他是想见她的，即使照样谈笑风生，望向被她空出来的座位时，他也一定会失落、会难过。

然而二十四岁的丁水婧，什么都无法判断了。她有本事让所有人都喜欢她，和她成为朋友，不曾对任何一个人判断失误，连仇敌、对手都能看明白，只有洛阳让她屡屡瞎眼。

他会一场不落地出现，也许并非想见她，只是因为内心光明磊落，不需要躲着她而已。

一个个夜晚，丁水婧盯着天花板翻来覆去地猜测，猜到泪眼滂沱，再用珍藏好的回忆来温暖凉透的心。

他午夜陪她爬上图书馆的天台，裹着挡风雨披，等待狮子座流星雨。

他被她怂恿，买了烟来陪她尝试。两个人都呛出了鼻涕、眼泪，后来分别学会了，除了彼此无人知晓。

社团里一群人合影时，他们永远故意不站在一起，却总用眼神相互打招呼，目光绕过无数人的肩膀，缠在一起。

丁水婧记得有一首歌，唱着"爱是一种眼神"。她明明没有看错，明明没有。

记忆中所有暧昧的温暖，像冬夜被窝儿里的暖水袋，一不留神，最后都成了心口翻滚的慢性烫伤。

车终于停在美术馆的马路对面，她扔给王师傅六十块钱，拎着包飞速跑下车，像只兔子一样张皇地奔过马路。

这里她来过许多次。室友经常接大师兄安排的私活儿来赚外快，几次布展都拉她作陪。丁水婧从包里翻出二十块钱买了门票，轻车熟路地直奔三楼工作人员休息室。

楼梯上到一半，她就从楼梯间的镜子里看到了自己。

头发扎得不牢，因为奔跑颠簸而散下了一半，像个疯子；巴掌大的脸藏在碎发后，因为激动和紧张，红得像发了高烧，唯有一双眼亮得吓人，目光穿过遮挡在面前的碎发，直直地注视着自己。

丁水婧慢慢地停下脚步，把背包扔在脚边，开始对着镜子认认真真地扎起了头发。脸色渐渐淡了下来，眼睛也渐渐暗了下来。

真的闯进去了又会怎么样呢？昨天她鼓起勇气发短信，问他是不是在美术馆办活动，他理都没理。难道现在要她直白地走到他面前说："一起喝杯咖啡吧，我听说你要离婚了？"

丁水婧怔怔地看着镜子中的自己。

那年婚礼结束，洛枳回到麦当劳找到她，给她看用手机拍的现场照片。

她求洛枳去拍，看完了后又问洛枳为什么这么残忍。

洛枳没有怪她无理取闹，只是微微垂眼看着她，神情复杂，唯一能被分辨出来的只有怜悯。

"毕竟结婚了，你以后就不要再找他们了，"洛枳说，"你别误会，我知道你退学后再没联络过他们。我这不是提醒或者警告，你别误会。"

"不用这么小心解释，好像我是颗定时炸弹似的，"身旁的落地玻璃微微映照出自己一脸的讥诮，"你哥没那么值得我执着。"

说完这话，她自己都觉得假到令人发指。洛枳坐在对面，善良地低头笑笑，没有戳穿。

丁水婧也觉得没意思，甩甩发尾，把等待途中撕碎的所有炸鸡包装袋都搓成一小堆儿，半晌才郑重地说："我不会去找他了。我知道结了婚是不一样的。你也不用担心，如果我找他有用，他们这婚也结不成，你得对你哥有信心，是不是？他看不上我，是我自作多情，臭不要脸而已。真的，别担心。"

她说这话的时候难得没有一丁点儿想要掉眼泪的冲动，眼圈干干的，难听的评价都像是在说别人。

洛枳抬起头，慢慢地说："我不让你找他，就是因为我对他没信心。我觉得，你并不是自作多情。"

竟是这句话，让丁水婧眼泪倾盆。

于是他三年的婚姻，她什么都没有做，维持着道德上的正义，却没有哪怕一刻停止在内心诅咒他的婚姻不幸福。

伺机而动算不算是另一种无耻？等待让她觉得自己卑鄙又卑微。

楼下是前来看展的观众，楼上的门里也许是洛阳。她站在半空中，找不到自己的位置。

就像复读那一年。她早习惯了大学里自由的生活，见到了外面的世界，已经无法再被一间小教室困住，却自投罗网，重新成了一个小小的高中生，每天蜷缩在拥挤的教室角落里，旁观那群小同学幼稚地上演争斗与悲欢，冷笑看别人，冷笑看自己，像是被两个世界同时扔下的弃儿。

"是你。"

丁水婧回过神来，在镜子中看到了陈静，站在她背后两级台阶下，穿着一身宽松的亚麻色连衣裙，带着一脸恬静的笑容看着她。

丁水婧迅速镇定下来，深吸一口气，转过身，一脸无辜。

"学姐，"她礼貌地笑了一下，"你怎么会在这儿？"

陈静没料到她会倒打一耙，愣了愣，才继续笑着说："我老公他们公司今天在这个馆里办活动。"

丁水婧眨眨眼，抓紧了书包，心跳的声音大到让她连楼下的人声都听不清。

"哦，他们是主办方吗？"她看了看楼下稀稀拉拉的观众，"我同学送的票，来点个卯。那我走了。"错身而过时，陈静拉住她，说："如果你没什么急事，就陪我聊聊天吧。"

丁水婧内心有一瞬间的挣扎，忽然放松下来。

伸头也是一刀，缩头也是一刀，今天上帝揪住了她乱翘的发尾，容不得她缩头。

她带着近乎诀别的坦然，点头问："你要聊什么？"

天气不算好，中午热辣辣的太阳很快被乌云遮蔽，湖面上一片迷蒙的灰，水面和远山都模糊了边界，没来由地让人不清爽。

她和陈静一起走到湖边坐下，陈静走得很慢、很小心，轻轻扶着腰，于是她也配合着，嘴角渐渐上扬，勾起自嘲的笑。

"我去买杯饮料吧，"丁水婧说，"不给你买色素勾兑的，矿泉水好吗？温的。"

陈静微微惊讶地看着她。丁水婧动了动唇想问什么，但还是忍住了，转头跑开。

她很快就回来了，将水递给陈静，自己拧开一瓶柠檬茶，仰头"咕咚咕咚"灌下去。

喝完第一口，她才发现自己真的很渴。

陈静没有喝，一直微笑地看着她，意味深长的样子，一言不发。丁水婧忽然觉得这种母性的笑容和居高临下的打量让她很烦躁，转头看回去："不敢喝吗？我又没下毒。"

陈静又笑了，这次的笑容让她火儿更大，眼角、眉梢写着清清楚楚的一行字："不跟小姑娘计较。"

丁水婧拧上瓶盖，站起身："你要是没什么话说，我就走了。之前大学时不懂事，冒犯过你，我也道过歉了，你没必要这样揪着不放。"

陈静突然伸出手拉住她的胳膊："我没有笑你。你别激动，陪我说说话。"

丁水婧不敢甩开她，怕动作太大真的会伤到陈静。

"你是不是听说我提出离婚的消息了？"陈静平静地问道。

丁水婧摇头："我怎么会知道这些？"

陈静："上个星期，你进我的空间，忘记删除访客记录了。"

丁水婧扭过脸回避陈静，拼命掩饰着自己的难堪。

"其实我也一直在偷偷看你的动态，"陈静拍拍她的手臂，"这几年你过得很精彩啊！我看到你的很多雕塑作品，还有参展的活动，出去旅行的照片，世界各地都去过了吧？真好。"

语气里的真诚不似作假，丁水婧眯着眼睛看陈静，想要看出一丝破绽，目光渐渐地下移到陈静平坦的小腹上。

陈静低着头，再次习惯性地抚上小腹，沉默了许久，才再次缓缓地开口："我知道，你憋着一口气，觉得洛阳是因为责任才跟我结婚的，实际上他喜欢的是你，对不对？你当初跑来找我的时候，虽然很有礼貌，但话里话外对我都是那么鄙视，就是觉得我在用责任感胁迫他。"

丁水婧此刻真正感到了难过，难过于埋在心底的不服气被这样直白又朴素地讲出来，听上去是如此幼稚不堪。

"学姐，你误会了。当年我年少无知，盛气凌人，没有礼貌，请你原谅，"她淡淡地垂下眼，语气却强硬了起来，"但那是过去那么久的事情了，你今天还一再提起，是想做什么？"

丁水婧顿了顿，直视着陈静的眼睛："何况，人这一辈子，不可能永远不犯错，学姐，你说呢？"

陈静的表情终于僵了一僵。

十天前，丁水婧坐在贵宾区舒适的真皮沙发上吹着冷气，一边翻着系里教授赠送大家的新书，一边静等自己的表姐下班。附近韩国参鸡汤的小店十分火爆，丁水婧定了六点钟的位置，眼看已经五点五十，表姐依旧没有上楼找她的意思。

远远听见争执的声音，丁水婧跑到二楼的护栏边探出头去看楼下的大厅，就看见自己的表姐从陈列展车的队伍中左拐右拐地跑向门口正在咆哮的男人，一脸狼狈，高跟鞋踢踢踏踏，像是在给男人的怒火打着节拍。

丁水婧再定睛一看，那个正在发怒的男人竟是大师兄。

丁水婧进美院时，大师兄已经大四了。所有人都尊称他一句大师兄，并非因为他才华出众，而是因为他替美院里所有家境平常、才华平庸的学生杀出了一条血路。大师兄考美院本就是为自己烂到爆的文化课成绩找到一条投机的出路，自打入学就没打算钻研艺术，而是凭借外表和口才混进了学生会，陆续搭上一些神秘的皮包公司，承揽师弟师妹们出去做私活儿，赚了不少钱。

雕塑班每一届毕业后至多有两三个人会继续琢磨作品，其余嫁人的嫁人、做前台的做前台。大师兄便是这群注定成不了艺术家的艺术生最坚实的后盾。美院不同系别的人初次见面没话聊的时候，都聊大师兄。丁水婧和室友也接过大师兄的私活儿，平面设计、路演布展，什么都试过。大师兄英俊而八面玲珑，知情识趣，一直很受学妹们欢迎。他就像高中时的丁水婧，左右逢源，见人说人话、见鬼说鬼话。只不过大师兄比她更进一步，他从这些关系人缘儿中实实在在地赚到了钱。

可谁能想到，这么温文得体的大师兄，也会有如此气急败坏的时刻。

表姐细声细气、点头哈腰地和大师兄解释着什么。大师兄听了一会儿，气得继续大吼起来："我用不着你跟我再解释一遍！普通员工跟我这么说，就已经够不讲理了，你一个事故主管还这么解决问题，要你过来有什么用！"

丁水婧想了想，抓起沙发上的斜挎包，从玻璃楼梯上跑下去，刚跑到一半，就听到他们的争执升级了。

"何先生，您听我说，您这种情况，定损金额超过五千元了，保险公司硬是要往总公司报告，我们也不能干涉。何况您车子的损坏情况的确存在一定审核风险，您也知道，如果只有轮毂轮胎单独损伤，保险公司是免责的。"

"我当然知道，但现在我并不是轮毂单独损伤啊！我刹车挡板跟着一块儿坏了啊！这种情况当然要赔，保险公司还有什么好说的？还不是你们从中作梗？"

丁水婧从没见过大师兄这样发怒。印象中这个男人永远都是笑眯眯的，有空子就钻、塞包中华就能走捷径的主儿，怎么会急得如此大动干戈？

"刹车挡板更换价格才五百块钱，为了五百块钱的小零件，搭上两个轮毂的两万块钱，保险公司会怀疑这块刹车挡板是您自己用钳子扳的也不奇怪。当然，我们4S店会出具公正的检测报告，您大可放心。但何先生您也得理解，我们这一方是没办法对保险公司的审核结果做出担保的……"表姐还在低声下气地解释，但大师兄已经暴跳如雷。

"靠，当我傻吗？明明今天就能定损修车，非要报总公司，给老子拖上五个工作日？这破县城荒郊野岭的，难道让我在这儿住一个星期等你们审核？保险公司不就是不甘心吗？我这是辆新车！我把一辆新车轮毂折腾坏了来骗保？我他妈吃饱了撑的，是不是！"

丁水婧无法再旁观下去，疾跑了几步下到一楼。

"表姐，大师兄！"

她三言两语介绍了双方，笑眯眯地劝大师兄有话好好说，表姐一定会尽力为他的车好好处理问题。大师兄神情极其不自然地挤出了个笑容，频频回望着大门口，不知道在等什么。

"什么时候买的路虎呀，我们都不知道。哪一单生意又赚了一大笔？"丁水婧笑嘻嘻地调戏着他。

大师兄尴尬地"嗯"了一声，没搭腔。丁水婧的表姐稍稍松了口气，正要开口继续劝，突然，一个女声在她们背后响起："家琛，他们怎么说？"

丁水婧缓缓地抬眼，望着这个亲昵地伸出手搂住大师兄腰的女人。背后的夕阳把她的影子拉得很长很长，一直延续到了丁水婧的脚边。

"学姐，好久不见。"她笑着说。

丁水婧深深地吸了一口气，像是要把远处湖面上薄薄的雾霭都收进胸腔。

"后来我表姐告诉我，那辆车的车主名叫洛阳，北京牌照。说来也巧，我就去邻市一天，竟然就遇见了你们。关于你那天的去向，你一定是对洛阳撒谎了吧？他不知道你们开着他的车去游山玩水了吧？偷偷摸摸的短途游竟然出了个这么麻烦的车祸，难怪当时大师兄那么着急。"

陈静面沉如水，两只手都抚着小腹，耐心地听完。

"所以，你今天是亲自来向洛阳告状的？"温和如陈静，语气也难免带了点儿讥诮。

"如果不是你一直旧事重提，我也不会拿这件事出来刺激你。何况这是你们夫妻之间的事，哪轮得到我这个外人和洛阳讲？我没那么讨厌。"丁水婧霍地起身。

她只是想来看看他而已，仅此而已。她什么都没做，什么都不会去做，可当未来出现一丝光明的缝隙，谁也不能责怪她的冲动与兴奋。然而在陈静面前，这许多年的暗暗窥视变了味道，让她格外羞耻。

"你是不是觉得，我很对不起洛阳？"陈静柔声问道。

"我再说一遍，那是你们夫妻俩的事。"丁水婧冷声道。

"丁水婧，别装了，行吗？你心里清楚，是你毁了我的生活。"

多年来，这是陈静第一次明明白白地指责她。

丁水婧诧异地回过头去。陈静的眼睛却看着湖面。

"丁水婧，我不想再带着你这颗定时炸弹生活下去了。"

陈静一直相信，世界上的爱情分很多种。电影里的一见钟情自然算一种，但她和洛阳之间的未尝不是。

"你是小姑娘，懂得少，人又很自以为是，不理解也没关系。何况你并不是第一个冲到我面前来示威的姑娘，我早就习惯了。"

陈静说话的时候，目光一直没有离开过湖面，仿佛深不可测的水底藏着勇气的源头。

"高中我俩之间刚有点儿传闻的时候，就有些女孩觉得我配不上洛阳，明里暗里地贬损我。直到我跟他在一起了，她们也没消停过。上大学时前赴后继的师妹，从来不把我放在眼里。当然，洛阳从没和她们暧昧过，这一点谁也挑不出他的毛病，你总不能因为大家都想抢银行，就说人民币有罪吧？

"洛阳私下里会去教训她们，给我讨公道，但当他想要跟我面对面解释或者道歉的时候，我从来都躲着他，打岔，换话题，没讲过一句不满，也没夸奖过他一句。

"你会奇怪为什么吗？你这种小姑娘，肯定要矫情地大闹一场，对不对？但我不会。越闹越等于证实了自己的弱势。反正我一直在意的是，两个人之间若有真感情，用不着讲得太多。

"但第一次看到你和洛阳在一起上课，我就觉得不对劲了。"

陈静并没有继续说下去，像是一本回忆录，到了最关键的部分，被撕了个干净。

丁水婧却无法开口去询问这一段。

"以前所有的姑娘找到我面前，说的都是我配不上洛阳。只有你，对我说，洛阳不爱我，洛阳不爱我。"

陈静喃喃自语，声音轻颤。

"对不起"三个字哽在丁水婧的喉咙口，她知道说出来也不过像湖面上的雾一样苍白缥缈。

"谢谢你让我知道了洛阳真的恋爱了是什么样子，"陈静终于转过来看着丁水婧，"当然，后来我自己也恋爱了。我也什么都没做啊，没有背叛，没有承诺，只是动了动心，和他一样。"

陈静歪头笑了，十分开心的样子。

"我和他，终于扯平了。"

丁水婧独自在湖边的长椅上坐到天黑。

阴天看不到日落，晚上云却渐渐散开了，在清朗的夜空中稀稀拉拉地铺排着，被月光照亮了轮廓。

又是一样的月光。记忆中边城清溪上的月光覆盖了此时此刻，有一瞬间，掂着手里空空的柠檬茶杯，丁水婧忽然恍惚，仿佛只要一回头，就能看到洛阳手捧两杯满满的柠檬茶，穿过马路朝她跑过来。

她迟疑着回过头，看到身后的美术馆敞开着大门，橙色的灯光倾泻在门口的地砖上，圈出一片温暖的圆形怀抱。

丁水婧真的看到了洛阳，远远地，和他的同事们在门口说笑道别。

五年不见，她仍然能一眼认出他。白衬衫西裤，西服外套搭在肩上，袖子都挽起来，好像终于放松了，有些颓废，又有些顽皮。

她泪眼模糊。

这个男人要当爸爸了。

在美术馆看到陈静慢慢走路的样子，她就意识到对方怀孕了。她递出一瓶温温的矿泉水，也递出了最后的一丁点儿希望。

陈静是真的喜欢大师兄，还是只是为了报复洛阳？

丁水婧没有问，她相信陈静自己也未必说得清。

生活永远没有清晰的边界，所有底线上都铺满了渐变色。

她只记得陈静温柔地说，大师兄其实过得很辛苦，他是热爱艺术的，可是没天赋，只能每天硬着头皮去应酬。他不是个油滑的人，真的不是。

"其实你和洛阳很像的。你们都是做什么都很轻松的人，我们不是。就算是同病相怜吧。"陈静站起身，还没显怀，就已经习惯用手扶着腰。

有那么一瞬间，恶意升腾，丁水婧很想问"孩子真的是洛阳的吗"？

谁都有恶意，但还能把它控制在内心的黑匣子里，也算得上是好人。

自己竟也是个好人，丁水婧苦笑。

她记得陈静离开的时候脸上淡淡的光华，那是为人母才会有的平静，和曾经作为洛阳女友的隐忍完全不同。

陈静小心翼翼地抚摸着小腹说："两个月了，昨天下午才检查出来的。洛阳还不知道，我打算今天告诉他。本来想主动提出离婚的，可是居然有了这种意外。我觉得这是个预兆，过去的就让它过去吧。"

丁水婧微笑着目送她远去，最后说："嗯，他一定会高兴的。"

同事的车渐渐开远，尾灯像小路尽头野兽的红眼睛。丁水婧看到洛阳点了支烟，从裤袋里掏出手机。

半分钟后，丁水婧口袋里的手机振动起来。

她站在湖堤边，迟迟没有接，远远看着陈静从洛阳的背后靠近，轻轻从后面抱住了洛阳。

洛阳一惊，立刻扔下烟头用脚踩灭，转头扶住了陈静。

漫长的一分钟里，丁水婧微笑着，看陈静哭泣着诉说，看洛阳喜不自禁地紧紧回抱住她，美术馆的暖色灯光下，又一出人间喜剧。

丁水婧忽然想起五年前的夜晚，她沿着湖堤边走边说："翠翠心里知道，那个人也许永远不来，也许明天就回来。"

洛阳却说："多可惜，一个小姑娘，要为一个不知道会不会回来的人等一辈子，何苦。"

何苦。

丁水婧，你何苦。

在退学重考前，她问过洛阳最后一个问题——这样的人生，有意思吗？

拼命地摁灭心中的火焰，把短短的、宝贵的一生献祭于规则与无奈……这样过一生，会不会不甘心？

洛阳当时没有回答她。

此刻，丁水婧看着美术馆前亲密拥抱的爱人，终于相信一切都是一场误会。

是她误以为自己窥见了他心中的艳火，误以为彼此是同类。

后来他选择自己摁灭那团火。

也许是陈静出现得太及时，洛阳的电话一直没机会挂断；也许只是兴奋得忘记了这个电话。丁水婧没有纠结，伸手主动挂断了。

她隐匿在黑暗的树影下，仰头看着月亮。

薄薄云幕背后的那一轮月亮，和当年一样的月亮。

人间留给他们吧，她只要这一轮月亮。

丁水婧大步离开，再也没有回头。

番外之三：游园惊梦

陈晓森时常想，评价很多事情对错和值得与否，往往都取决于未来自己变成什么样子的人。人的过去和历史一样，是由后来人盖棺论定的。

如果某天她和自己的亲姐姐一样，从乖乖女成了大龄剩女，三十二岁的交际圈狭窄的市博物馆讲解员，每天奔波于一场又一场的相亲中、寻找一个门当户对、平头正脸的男人充当归宿——也许她会因此对大学二年级的十一长假抱有深深的怨念和悔恨。

那个慌乱的长假中，她放开了一个平头正脸的男人。

许多往事在脑海中念念不忘的只是一个场景，慢慢地赋予了自身一些说不清道不明的意义。或者说，它已经升华成某种感觉，储存在记忆的角落里，稍一触碰，就在心田弥漫开来。

弥漫的是什么——这是无论如何形容都永远不可能贴切的。

所以，每当别人问她，究竟为什么和徐志安分手，她想到的，并不是那个阳光下双手插兜眯着眼走神儿的少年——虽然从任何一个角度来看，他都是他们分手的诱因。

脑海中蒸腾着的雾一般的画面，其实是列车，深蓝色的夜空，一闪而过的橙色路灯，铁轨"咔嗒咔嗒"的响动，乃至邻座睡相恐怖的大婶。

其实，在夜奔的某一刻，一切就都写好了结局。

9 月 30 日晚上，陈晓森坐在奔向北京的夜行列车上，尽管是软座车厢，但是坐得太久屁股也会有些痛。身边的陌生女人已经熟睡，脸微仰着侧向自己这一边，嘴巴自然地张着，颧骨突出、脸颊凹陷，丑得吓人。呼吸间伴着若有若无、时强时弱的鼾声，气息淡淡地喷在陈晓森的脖颈间。尽管女人闭着眼睛，可是仍然带给陈晓森一种被视线笼罩的不安全感。

她无奈地转移视线，安静的车厢里除了微弱的鼾声，就只剩下列车驶过铁轨接缝处时发出的有规律的响动。陈晓森始终处于一种混沌而清醒的状态。被铁轨声和光线不明的车厢催眠，却又舍不得睡。

对，就是舍不得。

周围到处都是人，可是其实一个人都没有。他们都很陌生，他们都很沉默，只有她睁大了眼睛，只有她自己存在。

平常即使闲暇也往往会找些事情做——时间就在食堂、宿舍、教学楼的往复中，电脑前网络后一遍遍地刷新中，自己都无意识的情况下，慢慢流逝。

她回头，看不到自己的轨迹。

上个星期天做了什么，为什么作业又是临时抱佛脚抄室友的？既然没学习，那为什么好不容易借到的全套的《银魂》DVD 到现在也没看？

我真的活过吗？

陈晓森不敢肯定。

只有此刻。她清楚地听得见自己的心跳，摸得到自己的灵魂。

原来灵魂还在身体里。

原来她还存在。

那一刻她突然很想哭，她想向上帝耶稣佛祖如来一起祷告，请求他们，让这列车永远不要停下来，在深蓝的夜色中，伴着零星的路灯和安眠的稻田，开向无所谓的远方。

不要黎明，不要终点。

仿佛她的灵魂是露水，见光就死。

陈晓森是个平凡的女孩。

平凡的五官，平板的身材，平静的表情，平庸的智力，平整的人生轨迹。当年同学聊天提到周迅有部新电影上映，名字叫《明明》，坐在外围看杂志的陈晓森无意中听到了，抬起头问："叫什么？《平平》？"

《平平》，莫非这部电影讲的是她和她的姐姐？

陈晓森的妈妈是中学老师，爸爸是大学老师，既不是重点中学也不是重点大学。家里的房子不大不小，存款不多不少，对两个女儿基本上也没有太多的期望和要求，健健康康、平平安安过一辈子就好。

他们都不知道，陈晓森很讨厌叠词。

所以新年的时候她捏着徐志安的贺卡，对着扉页中的"红红火火、平平安安、健健康康、顺顺利利、快快乐乐"看了许久，然后还给他，说："你写字的时候结巴吗？"

火车终于还是到站了。虽说是初秋，但北京早晨的空气仍然有点儿清冷，她没穿太厚的衣服，因为徐志安说中午的时候会很热。许多乘客早早地就把行李准备好，过道里塞得满满的，车刚一停就急着下车，推挤着向前走。陈晓森

不明白这些人究竟在急什么，好像被别人抢先了就是很吃亏的事情似的。

她坐在原位，静等着人走光。

透过窗子，看到徐志安。他穿着黄色的长袖 T 恤和深蓝色的牛仔裤，从远处跑过来，大腿圆滚滚的，好像又胖了些，而球鞋还是脏脏的。

看到他，陈晓森才确切地记起他的长相，然而分开后一转身，好像就会忘记。

高中毕业后，有人知道徐志安和陈晓森在一起了，很善意地开玩笑说，你们俩真的挺有夫妻相——陈晓森笑，心想，跟自己这样的人有夫妻相的，全中国能找出大约一亿来。

徐志安一路瞄着车厢号，到了她这节车厢的出口停了下来，透过下车的人往门里看。而陈晓森就在不远处透过窗子看着他。

早晨还是来了。她的存在感一点点地变弱，弱到忘记要寻找存在感这回事。

他牵着她，时不时地侧过脸傻笑。陈晓森心中不是不开心，只是当她也用微笑来频繁地回应对方久别重逢的喜悦感的时候，嘴角总是往下坠，所以每次的微笑都格外用力。

他们都说，和徐志安在一起，是陈晓森的福气。

曾经没多少人关注过他们。陈晓森是掉进大海中就再也分辨不出来的一滴水，不活泼也不沉闷，成绩不好也不坏；徐志安则是他们一中连续三年的理科第一名，是个憨厚的、爱踢球的书呆子。

他们是同桌。

只有徐志安知道陈晓森牙尖嘴利和懒洋洋的一面。陈晓森倒也不是特意对其他人伪装或者只对徐志安真诚。平凡如她，其实也有几个侧面，究竟展现的是哪一面，基本上看的是心情和习惯。众人面前从不争强好胜，这并不是她韬光养晦或者淡泊名利，只是因为她的确没那个本事，也没什么发光的渴望；至于在同桌徐志安面前刁钻暴躁、尖刻无情，也许只是出于她偶尔的发泄欲，以及欺软怕硬的人类天性。

可是，就是这样的反差感把徐志安吃得死死的。

徐志安从高二开始追她，可是她丝毫没有意识到。对方是全班公认的好人，谁请教习题，他都认认真真、一个步骤一个步骤地给对方讲解。所以即使他主动给她做了两年的辅导，每到期中期末就给她纵向知识点串烧复习，她除了和别人一样说声"谢谢"，丝毫没有感觉到有什么特别。

他是个好人，她想。

当他高考前问她，你觉得我怎么样时，她还是回答："你是个好人。"

对方脸色一变，低下头没说什么。

大学开学在即，他要去北京了，临行前，又把她叫了出来。

"我要去北京了，祖国的心脏！"

最后五个字，声音很大，意义不明。虽然她知道，他不是炫耀，可能只是有些兴奋过头，或者紧张？

不过，她还是懒洋洋地回了他一句：

"去了也是块血栓，只能给心脏添堵。"

他憨厚地挠着后脑勺儿，笑。

永远都是这样。

徐志安是个很乏味的好男孩，聪明，勤奋，憨厚。可还是乏味，永远都没办法回怼她一句，哪怕只有一次。

可能好学生都这样吧，陈晓森失落地想。

当然，或许在别人眼中，自己也没比徐志安有趣到哪儿去。

"去吧，去吧，给祖国心脏发光发热去吧。"她真心地祝福他。

然后他说："那个……其实，我一直都……喜欢你。"

陈晓森心跳平稳。

"能不能……当我女朋友？"

陈晓森面色平静。她现在已经回忆不起来当时的自己到底是什么感觉，也许这份健忘本身已经说明了一切。

她说："好啊。"

他惊呆了，语无伦次地说："我，我以为……我就是……反正我也要去北京了，所以鼓起勇气……没想到……太好了，太好了……"

原来是临行前好死不死的最后一搏。

这表白立刻有种酒壮怂人胆的嫌疑。

不过，毕竟是表白。

他送她回家，她牵着他，好像牵着自己的哥哥。

晓森的姐姐最先知道了自己妹妹异地恋的事情。得知对方是名牌大学的高中同桌，很是为她高兴。她姐姐与她很不同，姐姐的平凡中透着纯真和善良，而陈晓森的平凡，潜伏着懒洋洋的无所谓和她自己也不是很了解的暗潮涌动，以及刻薄。

反正她没有喜欢的人，反正也没有人喜欢她，反正对方是个潜力股，反正对方是好人，反正她也不是坏人，反正未来谁也说不准，反正……

反正她没发现，一直对迫于现实而不断相亲的姐姐长吁短叹的自己，其实才是最冷酷、最现实的那个。

总有一些人没资格享受风花雪月的轰轰烈烈，那就市侩到底。

从火车站坐地铁，辗转到了 P 大，正好是九点。招待所房间紧张，徐志安给她预订的标间客房的上一位客人还没退房，所以他先领着她到自己的宿舍，把厚重的背包放下。

走廊里有一点儿通风不良的霉味儿，不过打扫得还算整洁。徐志安掏出钥匙开门，探头往里面看了一眼，然后轻声地对她说："他们都在睡觉，我们轻声点儿。"

假期的早晨不睡懒觉，天诛地灭。

室内有些热，不过没有想象中的臭袜子的味道。左侧六张组合书桌，右侧三张上下铺，门口有衣柜和鞋柜，虽然书桌上有些乱，笔记本电脑数据线、网线纠结成一团，不过大体上还算是干净的宿舍。徐志安轻手轻脚地走到尽头的书桌前，把她的书包放到地上，然后开始在自己乱乱的桌子上翻找学生卡。陈晓森站在门口附近，熹微的晨光透过窗帘的缝隙照进来，能看到灰尘飞舞。

这是她第一次进男生宿舍。陈晓森好奇地四处巡视，小心而略带罪恶感地偷窥着下铺两个男生的睡相。一个男生把头整个蒙在了被子里面，床上只有一大个鼓起的包。另一个男生雪白的被面和他黝黑的脸庞形成了鲜明的对比，他仰卧着，一只手摆在耳侧，一只手搭在肚皮上。陈晓森记得以前在新浪做过心理测试，据说具有这种睡相的人，明朗而诚恳。

她不小心咳嗽了一声，听到旁边的床有响动的声音，朝右侧偏头一看，和自己视线高度差不多的上铺有个男生正好翻身转过来。她站得离床太近，男生的鼻息恰好喷在她的耳侧，陈晓森突然浑身一激灵。

那个男孩子翻身带动的气息，有种淡淡的清香。

陈晓森凝神。

那是怎样出色的眉眼轮廓，干净帅气，好像出色的黑白炭笔素描，但又说不出的生动。

那张脸的主人微皱着眉头蹭了蹭枕头，陷进了柔软的浅蓝色羽绒被中，然后突然轻轻地咳了一声，迷迷糊糊地睁开眼。

看见陈晓森的瞬间，他傻傻地愣了一下，然后突然坐起来，床铺随之"吱呀"一响。他的格子睡衣的一边领子还立着，半眯着眼睛，一脸懵懂的神情。

这让人不由得想去捏他的脸。

这个念头让她愣了几秒钟，不由得"扑哧"笑了出来。

这次，嘴角再也不觉得下坠。

他们宿舍的床质量并不是很好，稍稍一动就"吱呀"乱响，男孩坐起身的时候也吵醒了其他几个人。原本大家都是可以瞬间迷迷糊糊地睡下去的，不过眼睛微睁的时候看到了陈晓森，于是一个个都难以置信地揉了揉眼睛，纷纷坐起来。

徐志安见状也只能笑笑，说："这是我女朋友，晓森。"

几个人都嘻嘻哈哈，边打哈欠边笑，说："怪不得你起得那么早，原来是接老婆去了！二嫂早！"

只有角落上铺的男生没有穿上衣，不好意思地往里面缩了缩，伸出胳膊露出半个肩膀，说："见笑了，弟妹随便坐，随便坐！"

陈晓森不知道说什么好。她记得自己宿舍的姐妹常说很喜欢和自己男朋友的哥们儿一起出去玩，以家属的身份，有种温暖大家庭的感觉，何况男生往往都是幽默的、有趣的、略带猥琐却无害的。

她刚一见面，就对这些男孩子很有好感，虽然她并不喜欢别人叫她"弟妹"或者"二嫂"。她红了脸，笑得有点儿勉强，点点头，算是打招呼。

目光不期然和刚刚那个最早醒来的男孩相接，和刚刚那几个虽然大声叫着"二嫂二嫂"可是实际上又有些羞涩的男生不同，他自然大方地朝她微微一笑，说："你好。"

"你好。"

即使眼睛好像还有点儿睁不开。

"二哥找什么呢？"男孩的声音有些像上杉达也（日本动漫《棒球英豪》

中的男主角）的中文配音，陈晓森有些走神儿。

"学生证。我要带她转转学校，要进图书馆可能会查证，昨天向咱班女生借了一张给她用，结果我自己的反倒找不到了。"

"拿我的吧，在钱包里，你打开抽屉就能看到。"

"那好吧，谢了。"

徐志安走向整个宿舍唯一收拾得很整洁的组合书桌，半蹲在地上，拉开了抽屉。

陈晓森回头，另外几个男生已经纷纷重新倒下，把头埋进枕头继续入睡了。只有"上杉达也"同学靠墙坐着，略带怔怔的神色，眼睛半睁半闭，看着漏进室内洒在地板上的那一块方方正正的阳光。

他看得入神。她也看得入神。听到抽屉合上的声音，陈晓森慌忙低头，徐志安向床上的男生说了声"谢谢"。男生笑起来，眼睛弯弯，说："不客气，有事给我打电话。"

眼睛弯到看不清目光的指向，所以有一瞬间陈晓森觉得那目光是投向自己的，仿佛舞台上方的追光，周围都是黑暗的虚无，只有她自己孤零零地存在。

存在。

她并没有遗失全部的存在感，即使阳光普照。她想着，心情渐渐好起来。

他们绕着 P 大的湖转了几圈，阳光正好。十月初的北京还有些许夏天的残温，湖边居然还有花开着，不知名的花绽放得正盛，一簇簇艳丽的粉红开满了枝丫，甚至遮蔽了叶子，拥挤得很是热闹。图书馆终究还是没进去，今天查证的老师格外严格，瞟了一眼就把徐志安拦在了外面："这是你的学生证吗？"

站在他身后的陈晓森瞟了一眼被老师捏在手中的橙色卡片，上面那个笑得滴水不漏的男孩和徐志安相差太多，连撒谎蒙骗的余地都没有。

他低头跟老师道歉，两个人只能离开了入口。陈晓森迎着阳光抬起头，高大的深灰色建筑物背靠湛蓝的天空安静地伫立在眼前，徐志安一个劲儿地道歉，她轻松地笑笑说："我就没想进去。"

"走马观花，不过就是因为它很有名气，可是里面海量的藏书我又不会看，何必要进去。"

徐志安松了一口气，问她想要去看看建设中的鸟巢、水立方，还是去后海、琉璃厂什么的老北京景点。她礼貌地笑笑说："你决定吧，我无所谓。"

阳光晒在身上很舒服。她莫名地开心，又莫名地没兴致。

很久之后，徐志安慢慢地叹了一口气。陈晓森目视前方，慢慢地打了一个哈欠。

牵着她的那只手不知道什么时候松了下来，陈晓森停住，他们此刻已经走到了学校的大门口。

"这是？"

"西门，算是正门。一起照张相吧。"

"哦，好吧。"

拜托路过的本校同学，他们肩并肩照了一张平淡无奇的照片。徐志安没有表情，T恤的领子歪到一边，额头上有些许汗珠；陈晓森笑容平淡，一夜行车让她有点儿黑眼圈，脸上也油油的。

徐志安盯着数码相机的屏幕，看了好长时间。陈晓森诧异于这样的照片有什么好研究的，不过没有开口催促。

"晓森，你不高兴吗？"

她讶异："没有啊。"

"那你开心吗？"

她停顿了一下："挺高兴的。"

"你能过来，我很开心，昨晚差点儿睡不着觉。"

徐志安陈述的语气中并没有开心，却有隐约的心酸。陈晓森扭开脸，她不想承认自己此刻竟然有些同情徐志安——同情自己的男朋友，毫无资格和立场，滑稽而悲哀地同情。

别人的异地恋都是怎么谈的？每天用短信、QQ不停地告诉对方"我爱你""我想你""你过得好不好""乖不乖""有没有思念我"一到假期，就忙着订票收拾行李，轮流奔赴彼此的所在地？又或者，牵手、拥抱、亲吻？

陈晓森发现自己并不是很清楚。

他们之间有些尴尬的隔膜，明摆着，却谁都不捅破。徐志安用尽心力地对她好，每天在QQ上等待，早中晚的短信，嘘寒问暖，五一、十一都跑回家乡去她读书的大学看她……

谁都说："你男朋友真好。"上铺的室友在背后不平，认为陈晓森跟她都属于平均分的鸡肋，凭什么陈晓森的男朋友是深情高才生？

所有人都在对她说："你真幸福，徐志安真好。"

这种轮番的轰炸强化让她一度错觉，自己的确应该爱他，因为他很好。

毕竟不是不切实际的烂漫灰姑娘了。灰姑娘并不是真的灰姑娘，她是个落难公主，除了被迫做苦力之外，她的一切都是完美的。

所以，陈晓森比谁都懂得自己应该安分。她告诉自己，安安分分地过日子，反正她已经得到了太多平均分，她的人生已经及格，不必像别人那样因为争强好胜的欲望或者迫于无奈的现实而焦灼拼搏，甚至连感情都马马虎虎得令人羡慕。

人要过好日子，就不能瞎折腾，不能胡思乱想。世界上究竟有多少能够在婚礼现场提着婚纱狂奔逃跑的新娘？

当QQ上徐志安告诉她系里的学生会十一有活动，他走不开，所以不能去看她的时候，语气中有浓浓的歉疚。她明明因此甚至松了一口气，然而看到那份歉疚，良知让她不忍。

"我去北京找你吧。"她说。

就是这么一个未必很真情真意的举动，让他感动万分，开心地打出一大堆表情符号。陈晓森默然，手指悬空在键盘上，抖了抖，但还是收了回来。

这份廉价的关怀，给了她安慰自己的理由——毕竟，我也为这份感情付出过，我也是在经营着的。

在北京走马观花了一整天，她累得早早地睡下了。

闹钟时间定得很早，她特意早起，因为要化一个淡妆。今天的活动很特殊，她不能像昨天那么形象狼狈。

不过，有自知之明的人往往比较痛苦。陈晓森对着镜子，不得不承认，她长得太平凡了：微微有些大的额头，鼻翼两侧粗大的毛孔，下巴有点儿方，只有眼睛还称得上有神采，不过远远称不上顾盼生辉。

她很久没有特意打扮过了，手指触及蜜粉盒的时候有些抖。她努力回避自己特意修饰的原因——每每想到此，心底就罪恶感翻滚。

徐志安来接她，眼前一亮，一个劲儿地夸她好看。

他每夸赞一句，她就难过一分。

他们打车到了欢乐谷时，其他人都已经在门口集合了，她从远处走过去，忽然觉得自己连走路的姿态都很别扭。

今天除了陈晓森和徐志安，还有同宿舍的老五、老六和他们的女朋友，以及，盛淮南。

昨天，徐志安的学生证被老师抽走的时候，她极为留心地看了一眼，连"盛淮南"那么小的三个字都看清楚了。

"人齐了就赶紧进去吧，"盛淮南笑着招呼他们俩，"今天游人多，大家要注意，不要走散了，请时刻围绕在我这个电灯泡周围。"

大家嘻嘻哈哈地跟着他朝检票口走了过去。徐志安拉起陈晓森的手，她微微挣脱了一下，像是一种本能。

罪恶的本能。

一路走马观花，她的沉默在热闹的环境和活泼的同行者们的掩护下，显得并不突兀。徐志安只是牵着她，并没勉强她参与大家的聊天，自己倒说得很欢。

陈晓森偶尔抬头看看徐志安兴奋的样子，对比昨天的沉默尴尬，感到了一丝愧疚。

他喜欢她。她却让他很难过。

陈晓森从昨天到现在都还没跟徐志安聊起过昨天看到的同宿舍的同学，也没问过他们谁是谁——原本游览的路上有些沉闷，这是绝佳的话题，可以不费神地让徐志安一个个地给她介绍，讲讲宿舍里的事情……可是她没问，没有侧面打听，哪怕是一句话。

动机不纯的事情，她不想做。一想到徐志安可能会尽心尽力地给她详尽介绍，并以此逗她开心，她就罪恶感滔天。

老五、老六的女友都打扮得很花哨，把陈晓森衬托得很朴素。排队买票，入场，商量先去哪个项目排队……单身一人的盛淮南扮演着协调指挥者的角色，但是并没有独断的感觉，始终是商量的语气和态度，但说出来的话自然让别人觉得不需要操心，由他决定就好。笑眯眯的表情充满亲和力，但是只有陈晓森发现，他总是和他们站得有一定距离，仿佛不是一个集体内的——或者说，周围的一切，炽烈的阳光，熙熙攘攘的游人，假山，水池，飘过的欢呼声尖叫声……也包括他们六个，通通都成了盛淮南的背景色。

"花痴了吗？"她自嘲道。

一个干净、好看、举止文雅的白衬衫少年而已。

可是他身上有种强烈的存在感，和陈晓森平淡、懒散的人生完全不同的存在感，让她无法不全神贯注地追随着。

她不是没有遇见过帅气的男生，自己在大学里也会被室友拖去运动场或食堂偷看财会系的校草，卧谈的时候听着她们的评论，用各种动漫词汇来给各位帅哥归类：温柔眼镜系、冰山腹黑系……可是她懒洋洋的心，从来没有一丝一毫的震动；也不是没有遇到过学生会里看起来忙碌充实、神色匆匆的干部，能够把一群人指使得团团转……然而，她也不曾羡慕或者钦佩过。

她要是向往成为那样的人，现在也不会这么心甘情愿地安于平庸。

然而此刻，陈晓森才知道，她能够安于混沌的平庸，只不过是因为光芒的诱惑力还不够大。

被蛊惑，只要瞬间就够了。

目光黏着，然后就这样瞎了眼。

很久之后回想起那个短暂的上午，陈晓森始终觉得，那些瞬间充满身体却又压抑不发的情绪——卑微，艳羡，悸动，欣喜，无望……仿佛无穷的动力。她不再觉得无所谓，而是一下子明白了，那些在她自己的室友身上出现过的、被她在心里冷笑着评价为肉麻白痴十三点的情怀和小动作，原来并不是真的那么肉麻白痴十三点。

"那个盛淮南，好像挺大气的，蛮喜欢出头组织的。"

她学会了旁敲侧击。

"啊？校草？别闹了，我们学校有的是比他好看的。"

她也学会了欲盖弥彰。

憋了半天，好奇心还是淹没了良心。

她轻声地问着徐志安，偶尔提及一两句盛淮南，夹在对老五、老六和女友们的大篇幅八卦中，夹杂在"太空飞船好幼稚啊""喂，这个项目很可爱"当中，包裹得很安全、很隐蔽，可还是在问出口的时候，喉咙微涩。

知道她头晕，不想坐海盗船，徐志安也坚持要留在下面陪她，最终还是被她推了上去。

"只有三分钟，不用陪我，好不容易排了这么长时间的队，赶紧上去！"

他傻笑着，在一片"你看，嫂子多疼你"的笑闹声中，坐进了椅子里。 她返身退出，跑下楼梯，站在下面等待。

电铃响起来了，她转身，看到盛淮南双手插兜背靠着人工湖的栏杆站着，头侧向湖面，正失神地望着什么。她双手交叠在身前，安静地立在五步以外，终于可以明目张胆地看他。

背后是海盗船带来的风声，女孩子们尖叫的声音像一阵阵海潮，广播里传来的欢快的音乐，来来往往的行人的说说笑笑，交织成一片嘈杂的烟云。一切都是热闹的，只有他们两个是静止的，而内心是泾渭分明的两个世界，陈晓森甚至能看清那层透明的墙。

三分钟很短，也很长。

就像她见到他，短得只有两幕，但也许回味会长过一生。

温柔的秋风吹乱了她的额发。陈晓森心中一片温柔。炽烈的阳光透过湖面折射，在她眼底铺展出一片明晃晃的无望。

她会记得。

记得自己是怎样手牵着自己的男友，时刻准备迎接男友的目光，做出快乐的笑容，却在乘坐每一个游乐项目的时候想方设法假装无意中坐到他的身边。

记得她一上午废话出奇的多，好像和徐志安交往一年说过的话的总和也没有这么多，其实只是为了隐蔽地夹杂两句关于他的问题。

记得她一动不动的三分钟，那么强烈汹涌的情绪化成了安静的注视观望，绵延成了不再见光死、不再混沌消失的自我存在感。

记得，就够了。她学着他的样子，双手插进兜里，在离他很远的角落靠着栏杆，直直地望向灿烂耀眼的水面，直到视线一片模糊。

中午他们一行去"蚂蚁王国"的餐厅找位子，她在外面接了妈妈和姐姐的电话，示意徐志安他们先进去，不必等她。

她妈妈对于女儿的爱情极为支持——高中同学，知根知底，又是高才生，人又憨厚……尽管还是不放心地嘱咐了很多自我保护方面的事情，不过仍然能从言语中听出满溢的喜悦。

陈晓森苦笑，有一搭没一搭地回着，牵动着嘴角。等电话传到姐姐手里，她不再勉强应和。

"怎么了？"姐姐感觉到了她的异样。

"姐，如果……如果你找到了一个相亲对象，一切都很合适，然后准备结婚了，可是这时候，这时候……"

"怎么了？"

"这时候，你从初中喜欢到现在的'仙道彰'突然出现在你的生活里，然后要带你私奔，你会不会……"

"呵呵，"电话那边的姐姐了然地笑道，"你又胡思乱想了，我会不会什么？"

"会不会……会不会……"

"我会。"

"嗯？"

姐姐的声音柔和而坚定："我会提起婚纱的裙角，甩掉高跟鞋，头也不回地跟着'仙道彰'跑掉。"

头也不回。

陈晓森心中蓦然一片清明。

"遇到'仙道彰'了？"姐姐的声音有些许揶揄的味道。

"嗯。"她点头，毫不迟疑。

"晓森，刚才有句话我没说……"

"我知道。这只是如果。实际上你等了这么多年，也没有'仙道彰'来找你私奔。"

"世界上不是没有'仙道彰'，只是他不会拉着我私奔，所以我还是会乖乖地相亲，嫁人。"

"可是我不同。"陈晓森突然发现，这是第一次，她大声地说，她是不同的。

重点不在于"仙道彰"会不会在婚礼的时候拉着你去私奔。

重点在于，陈晓森发现，要跟你结婚的人，即使他再好，即使你再惜福，一旦面对一个假想的"仙道彰"，仍然会坚定地选择甩掉高跟鞋，跟着这个如果中的人逃向远方——那么，无论这个如果是否会成为现实，她都会提起婚纱，大步地冲出祝福笼罩的婚礼现场。

再也不回头。

她挂断电话，走进餐厅，那几个人已经吃完了，盛淮南不在。

他们开玩笑说，盛淮南扔下他们六个，领着美女和孩子跑了。

陈晓森同样微笑。

微笑着在黄昏与大家道别。

微笑着告诉徐志安"对不起。"

微笑着坐上返程的火车。

当它又一次驶进沉睡和夜色中，陈晓森用外套给自己堆出一个舒服的姿势，头靠在玻璃上，渐渐入眠。

少年从床上爬起来，一脸迷茫。他的出现和消失同样突然，没有道别，短暂得以至于陈晓森现在竟然有些记不清他那出色的眉眼了。

他只对她说过一句话，他说："你好。"

像一道迅疾的光，晃花了她的眼睛。

然后因此看清了脚下的路。

她要怎样跟别人解释，她并不是爱上了另一个人。

只不过，偶然发现，提起婚纱，光着脚迎着阳光飞奔的感觉，是那么好。

她会一直跑下去。

番外之四：院子里开了不认识的花儿

"藤架上开了不知名的花儿，鲜红色的，小小的，像藤萝瀑布一样倾泻下来。我从山上回来才看见。出门时天还蒙蒙亮，我只是闻到一阵凄迷的香气，像是它们才醒来，却哀伤地发觉，夏天已经过去了。"

洛枳在日记本上把这一段写下来时，背后的盛淮南瞥到了，一声叹息。

她听到了，忍不住笑出声来。

盛淮南总说洛枳的日记让他看了头疼，如果要他来写，可能只有一句话：

"院子里开了不认识的花儿。"

他像洛枳的妈妈一样喊洛枳"洛洛"却不明白洛枳为什么到现在还是连名带姓地喊他"盛淮南"，甚至日记里也要把这三个字写全。

洛枳自己也说不清，也许因为她曾经一度没办法光明正大地喊出他的名字，也许因为她高中的日记，第一篇的末尾就用蓝色水笔写了半页他的名字：盛淮南、盛淮南、盛淮南。

盛淮南……

邻居老奶奶告诉他俩，可以趁天亮前去爬后山，看日出，顺便接一桶山泉水回来做酒酿圆子。现在正是赏桂花的最好季节，金灿灿的，后山遍野都是，随便摘几枝最新鲜的，洒进圆子里，比酒酿还醉人。

可盛淮南错过了，他醒来的时候已经八点半，窗子对着东边，阳光刚好照进来，一室明亮。

"怎么不叫我？"他坐在床上赌气，后脑勺儿的头发支棱着，像只气急败坏的喜鹊。

洛枳眯着眼睛笑，好声好气地哄着他起来吃早饭。

其实她是故意不叫他的，并不仅仅是因为心疼，想让他多睡一会儿。当时她借着床头灯幽暗的光线看他，看他整个人蜷在被子里熟睡，眉头舒展，安心恬静的样子，特别好看。然后她就悄悄溜下床，轻手轻脚地穿衣，走出了门。

走在上山的土路上时，她脑海中还回忆着他睡得酣熟的样子，有种特别的感觉。

她在路上，爱的人在家里；她很快会回到他身边，但是现在，只有现在，她独自一人在路上。

这种感觉说不清，像是鱼和熊掌尽在掌握之中。

早晨雾大，山又不高，她没看到美丽的日出，只是打了一桶甘冽的清泉，采了一大捧金桂。回去时用清泉水煮了两碗清甜的酒酿圆子，将金桂细细地筛好，洒在汤碗里。盛淮南还没醒，于是洛枳就自己坐在小院里吃，抬头是无名花的哀婉气息，低头是碗里小小的清甜。

她一个人吃掉了两碗。

头顶的薄雾渐渐散去，天空愈见清澈，整个世界明亮起来。

那一刻，她突然觉得特别幸福。

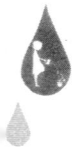

这种感觉，盛淮南才不会明白呢。

本来说好今天一起去海边看看的，可上午一个电话把盛淮南叫去了杭州。

他的生意越来越好，他开发的手机游戏很受欢迎，洛枳周围的很多同事都在玩，他却一直生气自己的老婆从来不装他们的 app。

洛枳手机里一直都只有"宝石迷阵"这一款游戏。她的确嫌盛淮南他们做的游戏太山寨、太弱智，可出奇地受欢迎，让盛淮南大赚了一笔。

洛枳真是越来越不懂这个世界了。

几个月前，她还被拉去帮他们开发团队做游戏配音。产品经理一本正经地要求洛枳用欧巴桑的音色和语气说"赚翻啦""漂亮的后空翻""天哪，我捡到钱了"……

她录音的时候，盛淮南一直在旁边狂笑，她知道他就是在故意整自己。

所以洛枳不装那款游戏，只是因为不想听到自己那么十三点的声音。

但是盛淮南坚持认为，这是因为洛枳薄情，得手之后就不珍惜他了。

得手你个大头鬼，她哭笑不得。

洛枳的确不再会像高中时一样做犯傻的事情了，她不再学习三根筷子吃饭，却会扔下他一个人去爬山。

但她每一天都变得更喜欢他，也更像真正的她自己。

盛淮南中午就走了，只带了一个电脑包。他自己叫了出租车，不让洛枳送他去高铁站，而是把租的车留在了村里。洛枳午睡了一会儿，醒过来看到一条来自陌生号码的新短信。

"听说你在宁波，要不要出来吃个饭？"

洛枳硬着头皮问对方是谁，他说："你好，我是你高中的同学，我叫秦束宁。"

洛枳记得他，高中的时候，他是盛淮南的同桌。

除此之外，她对这个人就几乎没什么了解了。盛淮南高中时的班主任是个教数学的男老师，娶了振华另一位教语文的女老师。夫妇俩有一个共同的带班方式——分座位的时候，永远是男生和男生一桌、女生和女生一桌。据说是女老师首先提议的，得到了男老师的赞赏，因为这样的方式可以杜绝学生产生不恰当的心思，以免影响学业。

所以时常会有同学调侃，在这对夫妇的班级里，大家只可以搞同性恋。

然而，究竟什么叫作"不恰当的心思"呢？洛枳高中时还是个模范生呢，也许比动不动就气语文老师、耍无赖逃避扫除的盛淮南还要模范。但是她这样恰当的学生，照样对盛淮南生出了不恰当的心思。

盛淮南的男同桌便是这个秦束宁。洛枳曾经和盛淮南晚上睡不着时闲聊天，说起高中时形形色色的同学，盛淮南就提到过这个同桌。秦束宁身高不到一米七，高一排座位时，却主动要求坐在靠后排的位置上。这种要求是最容易被满足的，许多家长都提出想要给孩子往前面调动座位，这才是麻烦事。秦束宁的请求正合班主任的心意，所以也没有问过他这样做的理由。

洛枳猜，也许是因为男生的自尊心。

他不想再继续做"前排的小个子男生"。

洛枳一边听着盛淮南描述这个"同桌整三年都没什么交情"的平淡同桌，一边在脑海中清晰地浮现出了对方的样子。

秦束宁是个看上去很安静的男生，略瘦，白净清秀，戴着眼镜，斯斯文文的样子。

洛枳被自己震惊到了。

盛淮南还在讲着，她的头枕在他的胸口上，听着胸腔嗡嗡的共鸣声，因为这个念头而走了神儿。

应该是以前在偷瞟盛淮南的时候见过的吧——洛枳当年再怎么掩饰自己那

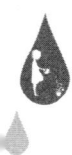

不恰当的心思，也绝不是路过三班门口时也贞洁烈女般目不斜视的女生。她会状似无意地转过头去瞟一眼，再平静地将目光移往别处，举止正常，特别正常。

盛淮南坐在倒数第三排，从前门是望不到的，后门才有希望，前提是他没有搬到靠墙壁的那一组。

应该就是这时候顺便瞟到过秦束宁的吧，她想。

他约洛枳在市中心的一家日本料理店里约会，听说她住在郊外，还说要来接她，被她婉拒了。

如果是大学时，对于这种远距离陌生人的邀约，她肯定不会去。工作磨炼心性，何况身边的盛淮南和丁水婧他们也在潜移默化地影响着她，不知不觉中，她竟然也改变了不少。

从郊外开入市中心的一路上，导航害得她绕了不知道有多少个圈子。终于找到目的地了，可又找不到停车位，等停好车时已经迟到了十分钟。洛枳小跑几步过去，就在大门口遇上了秦束宁。

虽然是个没什么交集的人，他却很好认，像是那个记忆中的形象从洛枳的意念中跳了出来。小平头，无框眼镜，白衬衫外面罩着深蓝色薄羽绒背心，个子的确不高，因为身材很瘦，看上去并不矮。她和高中相比自然成熟了不少，棱角突出，但也不可避免地老了。

洛枳走进门时下意识地透过门玻璃看了看自己。

二十七八岁的人了，应该也变老了吧？

这种变化，自己和身边人是很难看得出来的，但是忽然见到秦束宁，十年的时光以最直接、最猛烈的方式显示了威力，她心里竟然有点儿慌。

笑，寒暄，点菜，谦让。

这种无聊的社交环节一直让洛枳头痛。这次没头没脑的见面开始让她后悔了。

"你喝酒吗？我们要不要来一壶清酒？"

洛枳还没开口拒绝，他就自己笑着说："不好意思，我忘了，你开车。"

在他低头研究酒水单时，她实在忍不住好奇地问道："现在才十一，你穿羽绒马甲，不热吗？"

秦束宁抬起头，竟然笑得很腼腆，摇摇头，不说话。

这反衬得洛枳倒好像是个怪怪的老阿姨，在为难一个高中生。

实际上，洛枳之所以答应来见秦束宁，到底还是有点儿私心的。

她所认识的盛淮南的朋友几乎全是他创业之后的伙伴，老同学们天各一方，高中、大学的哥们儿毕业后大多去国外读博士了，不可能在身边。盛淮南现在的许多好友都比洛枳认识他还要晚，所以她从未有过那种"被男朋友带入他的发小儿圈子"的感受，更没机会跟任何一个人探听些他过去的故事。

哪怕一个微不足道的小故事也好，哪怕笑着说一句"他这小子啊……"也好啊！

她心里一直有点儿遗憾。

无聊地等菜时，洛枳开始主动和他聊天，其实就是盘问。

原来秦束宁是通过一个朋友得知洛枳在宁波玩，而那位朋友则是看了洛枳的微信朋友圈。

她本来想问，他到底是从哪个朋友那里知道的，他们又为什么聊起了自己——却眼见他越发不自在。

她直到这时候才觉得不对劲。秦束宁既然知道洛枳和盛淮南一同在宁波，为什么今天发短信过来时，压根儿没提起过邀请盛淮南？

更何况，按理说他想见老同学，也应该直接联络盛淮南才对。

她懊悔于自己的迟钝，开始严阵以待，不敢再冒失地深问下去。

"我外婆家就在宁波。我都两年没回国了，这次回家待的时间长，不管怎么说也要到这边来看看老人家。"

两年没回国？那你去哪儿了？洛枳没有追问，笑着点点头。

秦束宁喝了口水，继续说："下周一我就要回美国继续读书了。"

服务生端上来一小碟芥末章鱼和一小碟海藻。

"你来宁波出发吗？那一路平安。"

"去北京转机。"

"哦。"

秦束宁沉默了一会儿，突然郑重地开口道："听说你也在宁波，我特别开心，鼓起勇气碰碰运气，没想到你真的会来。"

洛枳傻眼了，这话让她怎么接？

盛淮南的这群老同学，真是天生适合待在实验室里，可千万别出来了，她腹诽道。

她心思一转，抬头没心没肺地咧咧嘴。

"真可惜盛淮南临时有事，要不然他一定很高兴见到你，出国在外，老同学见面一次不容易。"

秦束宁笑容舒朗，并未流露出一丝一毫的失落或意外。

"是不容易。而且我觉得我以后也都很难见到你和他了，本来就没什么理由见面。我和他关系一般，而你，不认识我。"

洛枳静静地咀嚼着这句话的含义，一时没有回应。

秦束宁给自己斟了一杯清酒，举起来向洛枳致意："我知道自己冒昧，自罚一杯。"

他仰起脖子灌下去，将酒杯底朝向洛枳，以示自己喝光了。这个动作让洛枳有些意外——盛淮南在创业初期常年跑业务，酒量不济，还曾经拉着洛枳陪他练，后来游刃有余了，聊天时就会献宝一样给她讲解各个地方的"酒桌文化"。但是，洛枳的许多同学都甚少有机会接触到喝酒的场合，像秦束宁这样习惯性地做出这样动作的，很罕见。

"你常常喝酒吗？"她问。

秦束宁摇摇头，又点点头。

"自己一个人时很少，但是每次回家的时候都会陪长辈喝。我家里的长辈都很能喝，我的堂表亲们酒量也都很好。相比我这个书呆子，爷爷奶奶都更喜欢他们，因为头脑灵光，会献殷勤。后来我不服输，逢年过节的时候也开始跟他们比着喝酒，渐渐地就练出来了，"他抬起酒盅放在嘴边，想了想又放下，笑了，"其实这有什么好比的。但我就是喜欢和别人比，努力了也比不过，那我就认命，所以考上振华之后的三年，我渐渐地就认命了。呵，你会不会觉得我的好胜心太强？"

洛枳摇摇头："大人的偏心表现得太明显，孩子很难保持心态平衡。谁不想做最招人喜欢的那一个，没人天生喜欢看白眼。"

秦束宁垂着眼睛想了想，嘴角的笑意更浓了。他再次举杯向洛枳致意："为这话敬你。"

洛枳连忙阻止："你自己一个人这样喝下去，我会很尴尬的。"

他一愣，倒是有点儿手足无措了，放下杯子，不好意思地搓搓手："对不起，那我不喝了。"

气氛一时有些冷清。洛枳看着他小心翼翼的样子，不禁自责。

她有些冲动地给自己也倒了一盅酒，轻轻抬手道："不好意思，那我陪一杯，别介意。"

她在秦束宁讶异的目光中一仰而尽，清酒度数不算高，可她喝得太猛，还是呛了一口，好不容易忍住了，用湿毛巾掩住嘴巴轻轻地咳了两下。

"我现在确定，我喜欢你这么多年，挺值的。"

秦束宁忽然说出口的一句话，到底还是让洛枳剧烈地咳嗽起来。

"其实我高一就见过你。"他体贴地无视了洛枳的尴尬，侧过头看着窗外湖边的灯火阑珊，独自用文弱的声音慢慢地讲道。

"高一秋天的一个中午，我们班在操场上打球。我看到一个女生抱着一摞书穿过操场从食堂往教学楼走，文文静静的，皮肤很白，眼睛特别亮。我也不知道怎么一眼就注意到你了，而且从此忘不了。特别奇怪。后来我跟我大学的朋友说起过，他们都说，可能是青春期发春了，"他笑道，"真的，我到现在也想不通。"

昏暗的灯光下，洛枳只能看到秦束宁的眼睛在桌上烛台的映照下，像两盏朦胧的灯笼。

"我当时打后卫，看你走近了，忽然很想表现一下。我个子矮，球打得也不好，以前打半场的时候都只是在每局开始的时候传第一个球，之后几乎就没我什么事了。但那天，我居然运着球，指挥我们这一队的大小前锋走位，而且特别大声地喊，'盯住陈永乐''盯住盛淮南'……"

洛枳眨眨眼。

她记得那一天。曾经淡忘了，却因为秦束宁的话而清晰地浮现在眼前。彼时的自己憋着一口气要考第一，要让盛淮南知道知道自己的厉害，并铆足了劲儿让自己避开一切可能认识盛淮南的机会——于是在听到一句很大声的"盯住盛淮南"之后……

"我怎么都没想到，我这么卖力地叫唤，你怎么也该侧头看我一眼吧？没想到，你居然一扭头大步走掉了。我都不知道你为什么像是生气了。"

洛枳哭笑不得，并没有解释。

"毕竟离得远，所以我也没太看清你的样子。之后过去了一段时间，就在我快要忘记你的时候，我忽然发现，你每天晚自习之前都会来操场上散步。我们班每天傍晚都在篮球场升旗台附近的位子上打球，所以我总能看见你。我觉得你这个女生很奇怪，别人都是三三两两姐妹结伴，只有你是自己一个人，而且每天都像是在找人。可我观察了许多天，也没看出来你在找谁。

"但是时间一长，到底还是让我看出来了一点点。你每次走到我们班附近的时候都会有些不自然，我在那边卖力地耍宝，冒着被大家取笑的风险扮演全队的灵魂人物，可你从来都不看我一眼。我那时候忽然开始想，有没有可能，她是来找我的？"

洛枳微微低下头，用余光看到秦束宁苦笑了一下。

然而他并没有很快揭晓那个彼此心知肚明的谜底，而是话锋一转，将故事继续讲了下去。

"但是我们见过的，你记得吗？"

面对秦束宁殷殷期待的目光，洛枳眉头微微皱了一下，她下意识地点点头，又想不出具体是怎样的一次见面。

"高一下学期快期末了，下课的时候我正要出门，站起来一转身就看到你磨磨蹭蹭路过我们班门口，正往我的方向看过来，看到我也在看你，你立刻就把眼神转开了。我知道你是装的。我当时特别开心，心想，这下让我找到证据了。"

海边城市的空气中总会有一种潮湿而腥咸的味道，让人的心也被浸泡得柔软温暖。墨蓝的天幕下，远方的绚丽灯火也被这湿润空气晕染开，将锐利化为一团团带着毛边儿的光圈。

整个世界都恍惚着，跌入回忆里。

"我打听了你的很多事情。每次我们语文老师拿来历次考试的优秀范文，一发到我手里我立刻就翻开看，就是为了找找有没有你的名字。后来我也开始好好写语文卷子，希望能跟你一起出现在优秀作文里面。你别说，还真有一次，高三的模拟考试，咱俩的作文挨着，你在前面，我在后面。但我想，你应该是从没注意过吧？"

洛枳十二万分真诚地撒谎道："我记得。虽然不记得你写的是什么文章了，但是我记得这件事。"

秦束宁的眼睛亮了起来。

她一直都很希望，当初盛淮南能对她撒这样一个谎。现在只能还给别人。

他很感激地笑了。

"谢谢你，真的谢谢你。我很高兴。"

她摇摇头："没什么，我只是……"

他爽朗地笑了起来："放心，我不会误会的，你只是顺便看到了。"

只是顺便，不是特别。秦束宁坦荡得让洛枳汗颜。

"你干净得像一张白纸。你没有特别好的朋友，没有和哪个男生传过八卦。但我就是相信，你并不是一个简单的书呆子。我永远记得你的眼睛很亮，你的表情里有故事，只是我没机会了解。

"其实，说句实话你别生气，你高中时没有现在好看。高中的时候我也试探着跟周围的几个朋友提起过你，当然就是闲聊天的形式，不敢暴露我对你有意思。大家几乎都听说过你，那个文科班的第一名。但是他们也都说，觉得你挺普通的，还说，果然学习好的里面没有美女。

"可我觉得你很好看，是人群中一眼就能被注意到的。他们看不到是他们眼瞎。"

洛枳哭笑不得。

她打断他，举起酒杯，笑盈盈地敬了一杯："谢谢你。"

秦束宁没有问她这份谢意代表了什么，只是沉默地一饮而尽。

他没有再提"喜欢"两个字。她也没有刻意回避。

洛枳知道，这并不是一份迟来的表白。少年时代那些隐秘到透露一点儿就可能会羞愤而死的爱情，总归会在多年后，伴随着成长，渐渐地寻到一个娓娓道来的机会。

有些愿望最终得以实现，有些愿望，最终只成了一段故事。

他只是需要将这个故事讲出来。

一顿饭吃得安静却并不沉闷。

他们各自想着往事，有时候想到的甚至也许是同一件事，却长着不同的面目。喧闹的篮球场上，太多的少年有太多的心事，投向同一个方向的目光，却激起了不同的心跳。

结账时，秦束宁忽然问，可不可以加洛枳的微信。

洛枳点头，说："你告诉我你的微信号吧，我来加你。"

秦束宁看了她一眼，郑重地说："柯南 Conan2005。"

"C 要大写吗？怎么，你喜欢柯南？"她埋头专心地输入。

桌子对面半晌没人讲话，洛枳抬起眼，看到秦束宁失落又释然的样子。

"你真的不记得了？是你喊我柯南的。"

柯南。

她看着眼前这个穿着不合时节的深蓝色薄羽绒背心的男生。

高三那年的冬天，她一个人从食堂走出来，回教室去上晚自习。北方冬天的晚上，天黑得很早，像是一不留神时间就被偷走了似的。

洛枳看到盛淮南独自一人拎着书包、戴着耳机走在前方不远处，心中有小小的雀跃。枯燥的高考复习时光中，能遇见盛淮南是她为数不多的小乐趣。倒也不会太激动，充其量就是走在街上捡了一百块钱的感觉。她也不会做什么，只是笃定地跟着他走，抬起头光明正大地看着他的背影，听着那些快乐或者忧伤的秘密"咕咚咕咚"地涌上来，把这一路的好心情当作对自己的奖励。

不巧，刚拐到小路上，就有一个男生插进来，正好走在她和盛淮南之间。

男生不高，但也遮住了洛枳的视线。她有些烦躁，不由得看他很不顺眼。那个男生来劲儿了似的，走着走着就很滑稽地用双手食指拇指比出相机取景框的形状来，对着路灯"咔嚓咔嚓"地"拍照"。

神经病，她愤愤地想。

这时飘起清雪，在路灯光线形成的橙色伞盖下，雪片袅袅落下来，温柔得让人想哭。洛枳忘记了腹诽眼前的"神经病"男生，也抬起头，顺着他的取景框，抬头去看。

全世界的雪落进全世界的灯光里。

她站着看了许久，男生也"拍"了许久。

等她去看前方的时候，盛淮南的影子早就消失在了小路尽头，隐没在黑夜里。

但她并没有觉得很失望。

洛枳有些冷，向前快走了几步，侧身轻轻地绕过那个还在"拍照"的男生，将他落在背后。

她还是忍不住打量了一下，只是个半侧面，白衬衫外面套着深蓝色羽绒背心，学生服西裤下面居然穿了一双球鞋，个子矮矮的，戴着一副眼镜。

她脱口而出："柯南。"

还好，声音不大，但是男生好像听见了，在他转头看过来的瞬间，她连忙沿着路大步跑掉了。

跑进一片片灯光下，跑进一片片黑暗里。

"我记得这件衣服，你居然还穿得上。"

秦束宁快活地自嘲："是啊，不长个儿就这点最好，省钱。"

他们愉快地相视大笑，也愉快地道别。

秦束宁拒绝了洛枳送他的提议，他步行将洛枳送到停车场，帮她叫了一个代驾，就摆摆手，一个人转身走了。然后在路灯下停步，转过身，抬起双手比出取景框的样子，对着站在原地目送的洛枳笑着说："咔嚓。"

洛枳忽然感到了一种酸涩却又甜蜜的情绪，湿漉漉的，将整颗心都泡得沉甸甸的。

车开过一段连路灯都没有的土道，终于回到了村里。车停在文化宫的小空场地上，洛枳独自一人慢慢地往小院子的方向走去。

头顶一轮满月，照得一路明亮。

手机振动了一下，是盛淮南发来的短信。

"快到宁波站了，估计我十点前就能回来，你给我做面条吃。"

洛枳笑了，回复道："好。"

也许是火车上无聊，盛淮南的短消息回复得特别快："开了一下午会，屁股都坐疼了。你晚饭吃的什么，在做什么？"

她有些惆怅地抬头看着那轮满月，那么圆，让人心中拥挤。

在一起七年，她几乎忘却了少女时代那段百转千回的暗恋。所有人都说，现在的洛枳平和而宽厚，让周围的人都感到了安定的力量。她不知不觉地幸福起来，过去的阴暗执拗和清高孤傲都不复存在，这是好事。

但为什么会忽然怀念起当初那个锐利的少女？

这种惆怅是无病呻吟的，是甜蜜的，也是注定无法与任何人分享的。即使现在盛淮南和她生死与共、心有灵犀，也永远不会明白她一笔一画地写下作文时的期待。

她没法儿回报秦束宁的爱。

但这不妨碍她动容。

并不是被感动，更不是为了他。

是为了自己，是为了他眼中的光芒，让她想起许多许多年前，她的双眼也曾被别人点亮过。

她并不希望重回那段苦涩的时光，但她可以怀念它。

她趴在小院的石桌上，红色的花瓣落了满身。

这世界上有些事情，就像一场不知名的花开，粗心的人只嗅到香，有人却会停下来闻一闻，记住它的样子。

花开终有时。没人会为它停留，但至少有人会记得它。

身边亮起的手机屏幕上还显示着她发给盛淮南的短信。

"我在做什么？我在想念你。"

洛枳嗅着满院的花香，不知为什么笑了。

我在想念你，而你马上就要回来了。

我爱你。

我们会永远在一起。

但是现在，我只是想要想念一下我自己。

2014 后记：漫长的道别

2003 年深秋，我上高中一年级，第一次听说 ×× 的名字。

就叫他 ×× 吧，起名字是很累的。暗恋故事中的男主角本来就不应该有名字。

无法大声讲出来的名字，叫 ×× 就够了。

高一第一次期中考试前，我后桌的女孩忽然看上了一个体育特长生，忍不住拉着我们几个去体育场看他跑圈。体育特长生发现居然有女生观摩，立刻像打了鸡血一样，百米冲刺跑出了吃奶的劲儿。

后桌忽然冷了脸，大失所望的样子。

回班后，她就宣布自己不喜欢这个体育特长生了。

我问她为什么，她说："你没看到吗？他冲刺的时候，迎风跑，脸抖得丑死了！他！脸！抖！"

对后桌来说，"喜欢"不过就是一种寄托，青春期的少女幻想长着翅膀在空中盘旋，时刻寻找着真实的躯体作为落脚之处。只可惜体育特长生这个宿主不够完美，对不起她的期望。

放学后坐在公交车靠窗的座位上，从远在郊区的学校一路颠簸回到市中心。我看着外面灰头土脸的街景，脑海中还在无限循环"他脸抖他脸抖他脸抖……"，一边笑着，一边也有些跃跃欲试。

好想找个人用来喜欢。

但也只是想想。这个念头瞬间就被肩膀上的重量压了下去。书包里沉甸甸的满是练习册，新同学中那么多竞赛生，每个看起来都好厉害的样子，我自己初中时成绩也不赖，如果在新班级第一次考试就排名倒数，岂不是丢死人了……

少女的心思化成一声叹息，和街景一样灰头土脸。

期中考试结束后，我在班主任办公室帮忙整理学年分数段统计表，这张表格将在放学后的家长会上发给所有的人。我正准备拿着打印好的一张原始稿去复印，忽然被班主任叫住了。她指着题头的那片空白，说："你在这儿写上，×班，××，数学 150，物理 98，化学……"

我一笔一画，因为是听写，所以把 ×× 的名字写错了。班主任本能地感到不对劲，拿着那张纸朝另一个老师挥舞，问 ×× 的名字到底该怎么写。

那位老师坚决不同意我们班主任用 ×× 来做典型范例。那位老师教语文，而 ×× 的语文成绩……呵呵。门门成绩都漂亮，只有语文丢脸，如果我是他们的语文老师，也不会乐意树这种典型。

看完了热闹之后，我重新打印了一份表格，复印了许多份，而那张写着 ×× 名字的，本来想团了扔掉，不知怎么就折好留起来了。

这次的第一名其实是另一个女生，但备受瞩目的是隔壁班的 ××。在我们这所以理科见长的高中，更受关注的永远是数理化，而这位××，在这三门科目上几乎没扣分。

我刚回到班级，就听见后桌女生在念叨着××的名字，听说××初中的时候就如何如何，他平时更是如何如何，他……

那天起，××彻底取代了体育特长生，成了一众少女幻想的宿主。

我当时转过头问后桌，万一这个××长得像大猩猩该怎么办？

后桌不屑地哼了一声："才不，我去他们班门口围观过了。"

我那时可是个浑然天成的装逼少女，淡淡地一笑，就转回头去做题了。

女生们对这个××的好奇与崇拜，更加衬托出我遗世独立的卓然风姿、冷静自持……总之就是，我真是太他妈的特别了。

我有过好几次机会见到××的庐山真面目。

比如，后桌女生站起来说："××他们班在外面打球，我们去看吧。"

比如，我的学霸同桌捏着一本字迹极为丑陋的笔记说："这是××的竞赛笔记，我请假回家，你能帮我把它送到隔壁班吗？"

我的答案都是："不去。"

说来也怪，其他风云人物我都会心态平和地去跟着围观，但到了××这里，竟然别扭上了。

可能是有点儿忌妒吧。我忌妒聪明的人，从小奥数就是我的噩梦，直到考上重点高中，我也不曾对自己的智商放心，总觉得只是因为勤奋刻苦才有机会和好头脑们平起平坐，稍一放松就会跌落谷底，上天为何如此不公平。

内心的自卑感在××这里蔓延起来。

好希望他长得像大猩猩。

日子就这样过去了。我在××班级旁边的教室坐了一整年，他们班的同学几乎都混了个脸熟，但我没有见过他。

还因为他差点儿和后桌女生闹翻。

初夏的下午，我和后桌一起去小卖部买冰激凌吃。穿过操场时，对面走过来一排男生，七八个人，不是三两搓堆儿，而是真的排了整齐的一横排，气势惊人地迎面走过来。

我从不盯着别人看，和后桌说笑着，与他们错身而过。

后桌却心不在焉，等到这排男生走过很久了才说："那个穿白衣服的是××。"

我本来是不想回头的，但也懂得装逼要适度的道理，就很自然地转身瞟了一眼。男生们已经走远了，变成一排"养乐多"。里面至少有四个男生穿着白色的衣服，其他人穿的是白色的衍生色。

"请问，你是在玩我吗？"我好笑地看了一眼后桌。

后桌忽然变得出奇地沉默，我赶着在上课前吃掉冰激凌，所以没注意到她的异样。走进教室时，她忽然轻声问："你觉得××怎么样？"

我一愣。

想想那一排男生的背影，看起来资质都好愁人的样子。

"矮了点儿吧？"我笑着说。

后桌忽然发飙了："你有病啊！他不比你高啊？故意挑毛病，有意思吗？！"

好多同学都在看着我们。我脾气也上来了，冷笑着说："比我高也算优点？"

我们各回各位，赌了一堂课的气。

本来也不是朋友，只是表面亲热，所以一旦撕破脸，说软话都找不到落脚点。

我那时的性格还不像现在这么自我，推崇以和为贵，于是拉下脸写了张字条传给她。大意就是我开玩笑的，本来以为你天天念叨××也只是闹着玩的，没想到你会这么在乎，对不起。

后桌姑娘回复道："我不该那么冲动。可你不要这样说他了，他是个很好很好的人。"

我忽然好奇了。

"哪儿好？"一下课，我就转身趴在她的课桌上问道。

后桌矜持了一下，才轻声开口讲道："我跑去跟他上了同一个英语补习班，坐在他旁边。每次他的橡皮掉在地上了，我帮他捡起来，他都会说'谢谢'。"

我："……。"

看到后桌眉毛又要竖起来了，我连忙狗腿子地补上："成绩这么好，又这么有礼貌，真好。"

夸××就等于夸她，看着后桌眉飞色舞的样子，我把那句贱贱的"他做数学题时会不会激动得脸抖"咽了回去。

××话很少，××很讨厌语文课，××最喜欢睡觉，××其实是个很有冷幽默感的人……

总结一下，如果流川枫的爱好不是篮球而是数理化，那么他就变成了好看版的××。

我始终记得那天下午，天气很好，我倚着窗台，歪着脑袋看着外面湛蓝的天，一朵云飘过去了，又一朵云飘过去了……她絮絮地讲着一个我从没见过的人，全是边角料，全是废话，全是臆测，全是一厢情愿。

全是最好的年华。

××依旧保持着骄人的战绩。理科班卧虎藏龙，但他总能出现在前三甲，考第一的时候居多。

高二时，我去学文了。

终于体会到了做老大的感觉，果然还是考第一比较爽。

也因此减轻了对××的忌妒。

我妈跟我讲过我三四岁的时候在公园里和他们玩游戏的故事。广场的地砖按照颜色从里到外排成一圈一圈的，我们一家三口沿着最外圈玩追逐游戏，她和我爸在后面追我，眼看就要被追上了，我忽然一步跳到里圈，理直气壮地跟他俩说："我过关升级了。"

后来还有一次是在大家打雪仗的时候，我忽然搬起石头打人，并声称"我吃了一颗星星，所以换机关炮了"。

再后来，我妈就禁止我玩红白机了。

总之我耍无赖的这个习惯是从小养成的，理科班生活艰辛，就往里圈一跳，学文去，自立山头称霸王。

可惜，理科崇拜在文科班依旧存在，所以我也依旧没有停止听到××的名字，只是这次××的狂热粉丝换成了我的前桌。

我就不明白了，为什么，为什么文科班的第一是我，可大家还是觉得××最牛逼？谁能给我解释一下？

时间就这样稀里糊涂地过去了。每个人的高中生活概括起来都很像：上学放学，考试排名，合唱表演，篮球联赛，有朋友有对头，有快乐有忧愁。但是铺展开来，各有各的动人。

我们学校在郊区，属于封闭式住宿管理。我常常偷看邻床女生的言情小说，看得眼泪倾盆再偷偷放回去，聊天时继续冷淡地表示对这类无逻辑发春故事的不屑。

然而，高一时被沉重的理科班气氛压迫下去的少女心思，被这些故事撩拨得松动起来，抖抖翅膀上的尘土，就飞上了天。

有一次为一个同学庆祝生日，大家在食堂把桌子拼成长长的一列，正在点蜡烛时，旁边走过一群男生，前桌女生忽然兴奋地小声说："哇，××。"

我条件反射地侧脸看他们，一个男生也转过脸来看我们。

……大猩猩。

××果然长得像大猩猩！苍天有眼！

我微笑着和大家一起唱生日歌，嘻嘻哈哈地打闹，忽然有点儿失落。

好吧，不是有点儿，是很失落。

可这是为什么呢？

她们的少女幻想都落在一个具体的人身上，只有我的，落在了一个名字和一堆传说上。

即使万般不愿意承认，我也的确很难过。

对于我毫无理由的忧郁，我爸妈的评价是："啧啧，孩子长大了。"

别以为他俩多开明。他们只是喜欢看少女怀春，更喜欢看少女怀春而不得。我要是成功了，他们能打折我的腿。

再听到别人念叨××时，我心中不再有忌妒和好奇交杂的奇异感觉，只觉得可惜，更为自己之前愚蠢的小心思而羞愧。

真可惜。

我并不是真的希望你像只大猩猩的。

每个周五大家都会带着一周的换洗衣物回家，我拎着一个大行李包在站台等车，身边站着我的铁哥们儿L。

他的戏份不重要，随便用字母代替就好。

L正在和我闲扯淡，不知怎么往我背后望了一眼，立刻换上了一副狗腿子的嘴脸："啊呀，今天真荣幸啊，能跟文理科第一一起坐车呢！"

我一开始只是条件反射地绽放一脸"哪里哪里，大家那么熟就别见外了，你看你这小子总是这么客气"的谦虚笑容，忽然觉得哪里不对。文科第一和理科第一？

我怔怔地回过头去。

这是××？长得还不赖嘛，那么大猩猩去哪儿了？

我这才意识到，之前是我认错人了。

××的衣着打扮很清爽，个头的确不高，但是也不算矮，神情很冷漠。

我写小说写过这么多角色，至今无法描述清楚××的样子。

大概就是那样吧，你们也不用知道得太清楚，反正你们又不需要喜欢他。

或者你也可以这样想，我喜欢的人和你喜欢的人，都长着一张同样的面孔，一张只有我们觉得特别好却永远都羞于仔细描摹出来获取他人认同的面孔。

××拖着行李箱走过来，就站在离我们五米左右的地方，抬头去看站牌。

我大方地侧过头去打量了一下他的背影。

那应该是高中阶段我最后一次大大方方地看这个人。

后来我坐在最后一排靠窗的位置上，一边和L继续谈天说地，一边看着外面暖洋洋的夕阳，阳光特别好。L问我今天吃错药了吗？笑得这么开心，我没回答。

我记得那天从车站走回家的一路，连地砖和垃圾站都变得比平时好看。车站在坡上，而我家在坡下，我需要穿过一条僻静的小路，下一段长长的台阶。

站在台阶上方，俯视着下面错落有致的一栋栋房子，还有远处没入都市丛林的夕阳，忽然胸口被一股奇怪的情绪充满了。

不仅仅是高兴。

像是发现了人生的奥秘、生活的乐趣，整个世界都在我脚下铺展开。

我扔下旅行包，张开手臂，踢踢踏踏地跑下台阶，飞快地冲下一个缓坡。风在耳畔，心跳在胸膛，书包一颠一颠地拍打着屁股，不知道是在劝阻还是怂恿。

我和我的少女心，一起飞了起来。

然后像个弱智一样再次爬上坡去拿扔在地上的旅行包。

发现了吗？我们 Drama Queen（假面女王）活得都很辛苦。

我从不觉得暗恋是苦涩的。

对一个人的喜欢藏在眼睛里，透过它，世界都变得更好看了。

我会在每次考试之后拿数语外这三门文理科同卷的成绩去和××比较；会特意爬上××班级所在的楼层去上厕所；会在偶然相遇时整整衣领，挺直后背，每一步都走得神采奕奕；会竖着耳朵听关于他的所有八卦，哪怕别人只是提到了××的名字，我都高兴。

当然，作为一个资深的装逼少女，我不能表现出来一丝一毫对××的兴趣，只能绞尽脑汁、笑容浅淡地将谈话先引向理科，再引向他们班，最后在大家终于聊起××时假装回短信或看杂志，表示不感兴趣。

连这种装模作样都是快乐的。

夏天来临时，天黑得晚，晚自习前的休息时间很多男生拥上操场去打球。我不再抓紧时间读书，而是独自一人去篮球场散步。十六个篮球架，我慢慢地绕着走，每走过一个都看看是不是他们班在打球。一旦发现真正目标，我又绝不敢站在旁边观战。

好像只要一眼，全世界就都会发现我的秘密。

我说了，车站相遇之后，我再也没能光明正大地打量过他。

一脸平静地装作在看别处，目光定焦在远处的大荒地上，近处的篮球架就虚焦了，只能看到模模糊糊的一群人。

这群人里有他。

只有一次见到过他投三分，空心进篮，唰的一声。大家欢呼的时候，我把脸扭到一边，也笑了。

想起高一后桌女生说，他是个很好很好的人。

高二的暑假去国外玩，趴在酒店前台写明信片，给他写。写一句画一句，写一张撕一张，最后我拿着厚厚一沓撕碎的明信片去大堂的垃圾桶丢掉。我们导游看到了，笑着调侃我："小姐，炫富吗？"

那是我第一次想要实际地做点儿什么去接近他。

之前我喜欢他。现在我希望，他也能喜欢我。

一旦这种念头浮上来，我就变得不快乐了。

最后还是写好了一张，被我原封不动地带了回来。我自然不敢真的寄一张明信片给他——没头没脑的，盖着国外的邮戳，大家一打听就知道是谁，恐怕他还没看懂，别人就全懂了。

但是我还能做些什么吗？高三的晚自习常常被我一整节逃掉，去升旗广场乱逛，坐在黑漆漆的行政区走廊窗台上，想着一万种可能被他认识的方式。

我们两个班是同一个语文老师，所以我作文写得特别认真，每次考试之后，优秀作文都会被教研组复印传阅。我至少能先混个脸熟，让××知道知道我是多么多么的，嗯，才华横溢。

转念一想，他这么厌恶语文课，不会顺便也觉得我是个矫情的酸文人吧？

少女心拧巴成麻花，做人好难。

直到有一天，我妈从书桌旁的地上捡起一张明信片，问我，××是谁？

如我所料，我妈依旧对少女怀春而苦求不得的故事喜闻乐见。

她当然问了我一个经典问题："你喜欢他什么呢？"

高三上学期，各个高校的保送生和自主招生选拔开始了。他是竞赛生，参加保送选拔；我是普通少女，希望能努力争个自主招生加分。

广播让大家去教导主任办公室填写资料，我去得晚，意外地看到了他……和他的妈妈。××坐在沙发上，一脸漠然。他妈妈拿着表格去问东问西，我心不在焉地坐到茶几的另一端，拿着表格低头填，写几笔就紧张地往他那边瞟一眼——我期待着无意中眼神交会，我会笑着向他点点头，说："你是××吧？你好，我叫……"

我并不是个怯场的人。

可他自始至终就是没有看过来，只是一句句地听着他妈妈的指导，按部就班地埋头填表。

我们都通过了第一轮材料初审，一同参加在省招生办举行的笔试。我考得并不好，走出考场时人还蒙蒙的，等远远地望见人群中的我妈妈时，整个人一激灵。

我妈，和××的妈妈并肩站着，乍一看上去，相谈甚欢。

我的家长会都是我爸爸去开的，我妈从不与其他家长有过多交流，甚至连我班主任的名字都记不住，现在却笑容满面地在和××的妈妈聊天！

这位女同志，您是怎么回事？您想玩死您亲生女儿吗？您听说过"虎毒不食子"吗？！

我全身僵硬地走过去，我妈一脸无辜地拉过我介绍道："这是××的妈妈。"

废话，我当然知道！

××的妈妈是个利落又热情的人，寒暄了几句，我就看到××面无表情地走近，无视在场的另外两个人，拉了拉他妈妈的胳膊，说了两个字：

"走吧。"

……走吧。

他妈妈朝我们笑着点点头，接过××的书包，母子俩亲亲热热地走开了。

我妈意味深长地朝我微笑，说了一句让我至今难忘的话。

"你未来的婆媳关系会很难处啊。"

"你到底想干吗？"我的脸已经抽筋了。

"在外面站着无聊，听到她提起'我们家××'，我就走过去跟她随便聊了两句，"我妈笑得如沐春风，"你喜欢的就是那个××？怎么像个机器人？"

我依稀听到我们的母女关系发出了"咔嚓"的断裂声。

其实我知道我老妈的意图。她觉得××并不值得喜欢。然而她不能回答我的是，"喜欢"究竟是什么？情感的发生是一定能找得出缘由的吗？喜欢就是一个坏掉的水龙头，理智告诉你不值得，可怎么拧紧都是徒劳的，感情覆水难收。

那天晚上，我挽着妈妈的胳膊，慢慢地走回家。头顶上是灰沉沉的天空，孕育着一场初雪。

妈妈感觉到了我低落的情绪，忽然捏捏我的手，说："他妈妈早就认识你，知道你学文、以前是哪个班的，还知道你作文写得很好。"

"真的？"

"嗯。"妈妈笑道，"真的。而且，她说是××和她说的。"

即使知道这些基本信息很可能都来自××妈妈密布的情报网，与××毫无关系，我还是瞬间开心起来了："还有吗，除了作文呢？"

"没有了。"

"啊……"我很失落。

"哎，对了，他妈妈说你很好看。"

"真的？！"

"……我编的。"

母女关系第二次发出"咔嚓"的断裂声。

我妈妈从未停止拿××的事情取笑我。甚至连一起去超市买书包，我们意见不同，她也一定会指着自己看中的那一款说："这款看上去像是××会背的风格。"好像这么一说我就会听她的似的。

是的，我的确听她的了。

我一直很想知道她敢这么肆无忌惮，是不是因为确信 ×× 不可能搭理我。

×× 越好，我就越乐于单纯地欣赏他；×× 的形象越普通，我反而越想要接近他，像是要亲手通过实际例证来残忍地使自己的幻想破灭似的。

所以这年冬天，当我妈妈陪着我去北京参加自主招生的面试时，我第一次鼓足勇气和 ×× 打了个招呼。

在理科教学楼的大厅里，我手里抱着一堆表格，站在柱子旁边等我妈妈，忽然看到 ×× 独自一人面无表情地从旁边的教室里走了出来。

他经过我身边时，我突然鼓足勇气，打起精神微笑着说："嘿，××。"

然后他走远了，没看我，没停步。

我呆站了一会儿，然后抬起右手，拉了拉自己的左手臂，说："走吧。"

对于这个故事，我妈妈的评价是："哈哈哈哈哈哈哈。"

但我现在还记得，在理科楼大门口，我看到他爸爸妈妈陪着他一起走远。门口来来往往的都是参加面试的考生和家长们，每个人都一脸焦灼与兴奋，支棱着耳朵探听其他人的来头和捕风捉影的消息。我抬起眼，望见一只通体幽蓝的长尾巴喜鹊落在枝头，正歪着脑袋打量着我们。

这只喜鹊是怎么看待我们的？我一直想知道。

×× 拿到了保送生资格。我无比感谢他们班那位严厉古板的班主任，由于他硬性规定这群竞赛保送生也必须照旧每天来上课，我得以在高三的最后一学期时常见到 ××。

我知道他喜欢穿哪件 T 恤，也发现了他搭配衣服的规律，小动作，走路的姿态，后脑勺儿的形状……估计比朱自清对他爸的背影都熟悉。

那段时间，我最喜欢玩的游戏就是掷硬币。我在文科班的好朋友是个非常活泼又非常害羞的女生，可以大声讲荤笑话，也可以在见到自己喜欢的男生时吓得连个屁都不敢放。食堂的饭那么难吃，我们照去不误，就为了在进入门口的时候可以玩这个掷硬币的游戏。

她喜欢的人常在一楼出没，我喜欢的人常在二楼出没。我们需要用硬币正反面来决定今天去几楼吃饭。

好友说："这不是游戏，这是一场占卜。"我们听从上天的安排，好运气要省着点儿用，不能太任性，这样才能在关键的事情上心想事成。

我们体贴地没有询问过彼此的"那个人"姓甚名谁，一直恬不知耻地用"你的 honey（亲爱的）"和"我的 honey"来称呼。我至今都很感谢这个游戏，让我心里那个不能说的 ×× 在安全的领域粉墨登场，被我尽情谈论，仿佛只要我乐意，他就真成了我的谁。

高中生活就这样结束了。

高考之后的夏天，我意外地接到了一个陌生来电，对方自称是 ×× 妈妈的同事，女儿读文科，很不听话，希望我可以去和她女儿聊聊天，以身作则地"震撼"一下她。

如果这事是我妈给我揽的，我肯定早就发飙了，但对方一说是 ×× 的妈妈热情推荐，高度赞赏，我就心花怒放了，立刻在电话这边狂点头，带得电话线也一晃一晃的。

我记得自己和那个让她妈妈操碎了心的小姑娘一起坐在花坛边，她忽然问我："你们学习好的人，也会偷偷谈恋爱吗？"

我哭笑不得，点头说："当然会，我周围许多人都谈过恋爱。"

她继续问："那你呢？"我摇头。

小姑娘想了想，忽然兴奋起来："至少有喜欢的人吧？"

我点点头。

"那他知道吗？"

于是，当嫡系学姐把组织大学里第一场同乡迎新聚会的任务交给了我时，我突然觉得，自己应该做点儿什么了。对别的班级，我都只是通知一位领头人，再由他来向自己班的同学传达；但是到了××的班级，我居心叵测地从领头人手中将他们班那十几个新生的联络方式全部要了过来，一一通知，就是为了光明正大地要到××的手机号，亲自发上一条冠冕堂皇、无可指摘的短信，也把自己的姓名电话强行塞给他。

当爱情和自尊心相遇的时候，我们总是居心叵测，妄图两全。

几乎所有接到短信的同学都会回复我说："谢谢你，需要我帮忙通知其他人吗？"

只有他，回复的是：哦。

哦。

得到这个字的时候，我站在学校西门外，头顶上是炽烈的暮夏日光，烤得人心里发虚，一瞬间好像又听见我妈妈促狭的声音："你喜欢他什么呢？"

吃饭的那天，我略微打扮了一下。我这种面目平凡的姑娘打扮起来总是很尴尬，有一颗变美的心，却资质普通，又担心做得太过火，被所有人嘲笑不自量力。所以每每用心修饰过后，在别人眼里还是同一个样子。

我没敢和他坐在同一张圆桌上，一顿饭吃得心不在焉。我们高中这两届考上同所大学的人加在一起足足有 60 个，自我介绍一轮下来差不多就要散伙了。我一直远远地看着××，看平日冷若冰霜的他兴高采烈地和一个同系的师兄谈论，交换电话，请教选课秘诀……

这一切都发生在我站起来造作地自我介绍的当口儿。

很久以后，我和他聊天说起自己刚入学时的窘境，明明左胳膊打着石膏却选了篮球课，简直是作死。他眉毛一扬——"你骨折过？"

我点头，没有过多地解释。

我那么显眼，毕业表彰时打着石膏，迎新晚餐时也打着石膏，所有人都围着我问："你怎么了？""要不要紧？""哎呀，小心点儿"……我们距离最近的时候，两只肩膀之间只有十厘米，但是他从未看见过我。

后来我们还是认识了，以一种非常平淡的方式。

第一条短信是他发过来的，问我开学时的英语分级考试考了多少。我回答："三级，你呢？"

他说："我也是。"顿了顿又发过来一条："你也考了三级我就放心了，那咱们高中应该没有人考到四级。"

我知道这只是一条没头没脑的、学霸跑来寻求安全感的短信，夸别人也夸了他自己。可能他已经打探过很多人，可能他只是客套。

但我在课堂上几乎把手机屏幕都看裂了——这么说，他知道我还挺厉害的，怎么知道的？很早就知道吗？他是怎么看我的呢？他不是从不注意学习以外的事情吗？

我小心翼翼地回复着他的信息，要热情，又不能发狂；要回应他的话，同时留出足够的尾巴让他继续回复我，防止谈话无疾而终……

左手刚拆了石膏，还软软的，用不上力，可我还是右手记着笔记，用左手攥住手机，和他不咸不淡地聊了一条又一条，独自维持着一场艰难的对话。

我并不是一个很有耐心的女生，却可以在他选课有冲突发短信来求助的时候，顶着烈日跑去遥远的英语系教学楼帮他询问修改流程；可以在他挂掉我的电话、发来短信说"不喜欢打电话"的时候，费劲巴拉地编辑长长的短信撰写"改课攻略"；可以在他说自己感冒的时候，买一堆药送到男生宿舍楼收发室；可以在百度、Google（谷歌）还不甚发达的年代里，站在路边的信息岗亭里帮他查询从学校到北京站的换乘步骤——哦，当然还是用短信发送的。

谢谢他，我的左手恢复得特别快。

然而我们没有见面，我和他之间唯一的联结只有手机桌面上的信封图标。我没有主动约过他，不曾在夜里发信息没话找话，更没要求过他谢谢我。

于是他也就真的没有谢过我，连一句客套的"请你吃饭吧"都没说过。

不久后，徐静蕾的电影《当梦想照进现实》在我们学校的讲堂公映。我盯着海报上的这七个字，哭笑不得。

我终于鼓起勇气，发了条短信给他："你看电影吗？我请你。"

他回复我："。。。。。。"

我心里"咯噔"一下，连忙找回破碎的自尊心："算啦，不想看就直说，我就是看到海报了，随便问问。"

他又回复："又没说不看。。。。。。"

直到现在，我都很讨厌用一串句号代替省略号的人，包括偶尔为之的我自己。

电影六点半开场，六点钟我从自习室走出来，发现外面下起了雨，立刻发短信问他："你在宿舍？下雨了，记得带伞。"

"那你呢？你有伞吗？"

浇了半条江的水进去，仙人掌终于开花了。我止不住地傻笑，回复他："没事，我跑过去就算了。"

快说来接我！

他说："哦。"

黑漆漆的环境里，这部电影不只难懂，更是让请客的我难堪。映后主创上台和大学生交流，我看着××说："不听了，走吧。"

他如蒙大赦。

回宿舍的路上，我忽然问道："你没有朋友吧？"

××很诚实地摇头，白皙乖巧的样子，让我对他的好感又回来了不少。

过了几秒钟，他突然转头看着我："现在你是我的朋友了……你是吧？"

"为什么？"

"否则你为什么对我这么好？"他有点儿不好意思，"没人对我这么好过。"

幸亏夜晚的树影遮住了我的表情，否则他一定会以为我扭曲的脸是中邪了。

我为什么对你好，您缺心眼儿吗？

终于走到了开阔处。月光下我看着他，悲壮地微笑道："我这个人，天生热情。"

半个月后，我在屈臣氏里买洗发水，接到他抱怨的短信：我给你申请的QQ号，你为什么从来不用？

我少年时代没赶上QQ的热潮，作为资深装逼少女，凡是我们没赶上趟儿的事情，对外都要说成不屑于。但××还是强硬地给我申请了QQ，并勒令我用，不得不说心里有点儿甜蜜。

我想逗逗他，便问道："为什么一定要我用QQ，你想和我聊天？"

五分钟后，我收到回答。

"我要和你对英语答案。"

这是压垮骆驼的最后一根稻草。我气得发抖，理智却告诉自己，××没有错。所有倾囊而出的热情与善意，都是我自发自愿的，为何要怪罪别人？

但我没必要再委屈自己一直配合他的习惯。我直接拨打他的电话，不出所料被他拒接，再打，再次被拒接。两个电话后我没有再联络他。一天后，他像什么都没发生过一样，又问起我买火车票的事情，我没有回复。

夜里，他没头没脑地发来一条短信："我就是一个可怕又自私的人，现在你知道了吧，离我远一点儿。"

原来××并不傻。

没有联络的两个月里，我加入了新社团，学着赶潮流烫头发买衣服，认识了形形色色的新同学。大学生活热闹地展开，渐渐地不再每天都想起××，也终于能够客观冷静地评价他了。

传闻不虚，他的确情商很低，的确不惹人喜欢。

那么，我又喜欢他什么？难道是"当初惊艳，完完全全，只为世面见得少"？然而还是会在夜里一条条地翻阅曾经的短信。他每一条没滋没味的回话，包括我深恶痛绝的联排句号，都挤在诺基亚小小的收件箱里，满了也舍不得删。

临近期末的初冬清晨，我忽然在一条小路的尽头看见他的背影。

高中时无数个清晨，我算准时间从食堂出来，总能看到他拎着书包往教学楼走的背影。内心有一个更嚣张的自我，好像下一秒就要冲出来，对着前面的男生大喊："××！你好！认识一下啊！"

还好，她没冲出来。可惜，她没有冲出来。

这样回忆着，无意中他的名字已经脱口而出，声音脆亮，轻松得仿佛我们已认识多年，而这只是一个平常的早上，偶遇熟人。

他转过身来，有点儿羞涩地笑了，说："我以为你再也不会理我了。"

我说："怎么会？"

曾经的龃龉闭口不提，我们聊各自的期末考试，聊选修课的论文怎么写，聊哪个食堂的煎饼果子好吃……终于不再是我自己一个人滔滔不绝。或许是因为我放下了表现自我、拉近关系的渴求，所以一切就都变得简单了。

我们一起在图书馆上自习，偶尔我还是会拿自己会做的题故意问他；自习后陪他练习骑自行车，他也试图用后座带我，差点儿没摔死我；跳下车后他说不好意思，我说是我太重了；骑车累了就坐在湖边，月光温柔，我不怀好意地打听高中的事情，一点点地印证传闻的真假，一点点地拼凑当年的他心里的我的模样。

高一的后桌和他在补课班聊过天，他却早已不记得这个人了。

原来他从没进过三分球，如果有，恐怕就是我看到的那一次。

"的确很讨厌语文啊，但你的作文我是看过的，有一次交换评改作文，你的那篇还是我评的呢。"

我一下子就想起卷面上写了"没看懂"三个大字评语的作文，哭笑不得。

我终于认识了一个真实的××，不是我心里想象的任何一个样子。他是个普通的男孩，喜欢打球却打得不好；毕业后想要去美国，和所有学理科的男生一样；很依赖妈妈，却又觉得她烦人；性格闷骚，朋友很少，喜欢看动画片，不知道如何与人相处，稍微绕弯子一点儿的话，通通听不懂。

我也不再抱着手机辗转反侧，斟酌每一条回复；懒得发短信的时候我就会直接打电话，他也终于肯接，虽然仍然有点儿紧张结巴；看到好玩的东西依然会推荐给他，但是他说"看不懂"的时候，我不再惶恐尴尬，笑笑就过去了，有时候还会直接骂他蠢。

我本不是天生热情的人，但我终于成了他的朋友。

一个平淡无奇的晚上，下了晚自习后，我们骑车到湖边坐了一会儿。我忽然说："唱首歌吧。"

他说："我从来不唱歌，小学音乐课老师逼我，给我不及格，我也不唱。"

我说："好吧。"

但静默了一会儿，他忽然开口唱了起来。声音清亮，没跑调儿，但也不是多么好听。

是周杰伦的《七里香》。他牵着我的手唱的。

我们好像都在等着对方说什么，最后却一起沉默了。

我记得一年前刚入学的时候，他唯一答应我的事情就是和我一同加入了手语社。我怂恿他的原因是，我听说，第一堂课老师会教大家用手语打"我爱你"。

两百人的教室挤得水泄不通，他坚持不住，皱皱眉说："好无聊，我走了。"

我都来不及阻拦，他也没和我打招呼。他刚消失在门口，站在前面的社长就笑嘻嘻地说："我知道大家最期待这个，来，我们来学最重要的一句。"

我爱你。

后来，他发短信问我："后来又学什么了，好玩吗，我有没有错过什么内容？"

我说："没有。"

我百分之百的热情一股脑儿地燃烧在了过去，真是悔不当初啊，悔不当初。

那一瞬间，我终于看懂了自己的心意。我和当初那个在篮球架旁假装散步的高中女生依旧血脉相连，分享着同一片记忆，我也为她的懵懂爱恋而拼命努力过。只可惜，渴望与获得之间有着如此漫长的时间差，它不知不觉地改变了我，我不愿再为她的幻想埋单。

这也许是她想要的吧，可我没办法穿过似水流年把她带到此刻的月光下，说，一切都给你。

终究还是晚了一点点，晚到我已经不是她。

我还是轻轻地抽出了我的手。

十八九岁的年纪，人生多热闹。我还是轻轻地抽出了手。

而我们，渐渐地就淡了。

大三一整年我要出国交流，于是临行前的暑假，他约我出来吃饭，说要为我饯行。

我的第一反应是他的手机被盗了。开什么玩笑，××怎么会做这么有人情味儿的事情。

但我依然兴高采烈，依然用心打扮。八月的天气热得吓人，我们去看周杰伦的《大灌篮》，电影开场前半小时一起坐在外面的树荫下闲聊，说他GRE考得不错，说我一人在外要注意安全……我忽然问他："你记得上次一起看电影吗？"

我们一起看过三次电影，中间的那一次，也是夏天，是周杰伦《不能说的秘密》。他不知道为什么买了电影票请我看，都没问问我是否有时间。而我，从西藏回程的火车上下来，用了一小时就从北京火车站奔回了海淀剧场电影院，中途还回了一趟学校换衣服。

××惊诧："你来不及，怎么不和我说一声？"

我笑着说："谁让我天生热情呢。"

电影后一起吃了午饭，他自己刷刷刷地点了四百多块钱的菜。我说："你让我看一眼菜单能死吗？"他才惊觉自己失礼了，尴尬地说："我和我爸妈过来就吃的这些，我就直接照着那天的菜点了。"

我心里满是酸涩的温柔。

饭后他不知道应该怎么回家，我再次哭笑不得地把他送上了车，看他坐在后排一个劲儿地朝我招手。蓝天白云下，背影汇入车水马龙中，我在原地站了很久，很久。

这到底是谁给谁饯行啊，我笑着想，眼泪却流了出来。

"再见了呀。"我心里默默地说。

这个故事，过程平淡无聊，好歹有一个善良的结尾。

然而，毫无联系的半年之后，我突然在校内网上收到了他的一封站内信，内容只有短短的一行字：我有女朋友了。

内心骄傲的那个部分在疯狂吐槽——特意告诉我干吗？难道老娘会很在乎吗？

但也只是一闪念。这个消息竟然没有让我怅然，一丁点儿都没有。我很快回复他："恭喜呀，祝你幸福。"

又过了几分钟，一个陌生的女孩也给我发了一封站内信："他是我的了，我会替你好好照顾他的，别担心。"

别扭的恶意扑面而来，我愣住了。

几乎是同时，××回复了一封信："刚才说有女朋友那条是她用我的账号发的，她非要这样做，我也拦不住。"

我呆看着屏幕，内心满是荒诞和怒意。我迅速关掉了页面，端起碗回到饭桌前继续吃东西，夸张地称赞和我同住的美国姑娘 Bo 土豆炸得好——Bo 忽然问："你哭什么？"

我哭了吗？

最好笑的是，我第一次完完整整地和别人讲起与××的故事，居然是用英语讲的。

我不断地对 Bo 说："你一定会误解，但我不是因为他有女朋友了而难过，我不是忌妒，真的不是这个原因。"

Bo 抱着我，温柔地拍着我说："I know，I know，It shouldn't be like this。"

It shouldn't be like this.

不该是这样。我曾对他很好，他也曾示我真心。对于这段可以写进"百大失败案例"的暧昧情愫，我们曾经好好地道过别了，再无联络。

我是那么在乎结局。最终的道别理应从容，不应该是在汗味儿弥漫的火车站门口，"再见"还没说出口就被抢大包的旅客甩得鼻青脸肿，再抬头时，人已不见。

形式感是如此重要，它让我们在猥琐失落的人生中，努力活出一丝庄重。我需要这点儿庄重感，不是为了××。

而是为了她。

为了当年那个把行李包扔在地上，双手张开，像鸟一样从台阶上飞奔而下的女生。

幸而老天待我不薄，我想要的收尾，终于收获在一年后。

大四那年冬天，刚面试结束的我穿着好看却不保暖的风衣哆哆嗦嗦地走回学校，站在店门口买了一杯烧仙草，捧在手里取暖。这时，听到自行车倒地的声音，回头就看到了××，和他的女友一起摔到了地上。

那是个陡坡，自行车上坡起步很难，何况还是大冬天，还带着一个人。

我想起曾经他也用单车带过我，摔了一跤后，我们彼此客套，就差鞠躬了。

这时我听见他冲女友吼："说不让你这时候跳上来，你偏要这样，摔死我了！"

我不由得联想，如果这样的场景发生在我身上，我会是什么反应？恐怕只是冷着脸，向他道个歉，然后拎起包转身就走吧？——你居然敢冲着我吼？

然而女友一歪头，笑得很甜地说："我想让你带我上坡嘛。"

他依旧没好气儿，却不再坚持，板着脸别扭地说："哦，上来吧。"

我在不远处笑出了声，真心实意地觉得一切都很好。

这才是恋人。不虚伪、不假装，没有无聊的自尊心挡道，一切都是那么自然可爱。

当年的事也没什么过不去的。他遇到了真正的爱人，想要坦承自己的一切，包括当年莫名其妙暧昧过的阿猫阿狗姓甚名谁，之后又无奈地看着心爱的女孩向这些阿猫阿狗龇牙示威……这是多么正当而甜蜜的一件事。

故事有一万种讲法。我选择接受他们的那一种作为结局。

我站在原地，笑出了一整套长镜头。

这不过是一段狗屁倒灶的暗恋，乏善可陈，我却万分郑重地写下每一个字，想要让它听起来很特别。

因为我感觉得到，十六岁的自己正坐在桌边，托腮看着新鲜出炉的每一个字，时不时伸出食指戳着屏幕说：这里写得不好，重写；这里你撒谎了，重写；这里……这里就不要写了吧，咱们自己知道就好。

我试图不去听她的。人很难不给记忆上滤镜，有些事情何必那样真实，搞不好别人还会误认为我至今，仍对 ×× 念念不忘，这谁受得了？

然而十六岁的我说："你必须要诚实呀。"

你要对我诚实。

于是我丢弃了成年人的面具，努力地和自己的虚荣心做斗争，去讲述她的少女心是如何坠毁的故事。

我听到她说谢谢我。

谢谢孤军奋战这么多年，终于迎来了一个二十六岁的我。

一个迟到十年的战友。

我们牵着手，一起对这场青春期，做最漫长的道别。

自此以后，好的都留给她，剩下的人生，我已足够成熟去消化。

八月长安

2014 年 6 月

图书在版编目（CIP）数据

暗恋·橘生淮南：全 2 册 / 八月长安著 . — 长沙：湖南文艺出版社，2014.7
ISBN 978-7-5404-6599-5

Ⅰ.①暗… Ⅱ.①八… Ⅲ.①长篇小说—中国—当代 Ⅳ.① I247.5

中国版本图书馆 CIP 数据核字（2014）第 020076 号

上架建议：青春文学

暗恋·橘生淮南

作　　者： 八月长安
出 版 人： 刘清华
责任编辑： 薛　健　刘诗哲
监　　制： 蔡明菲　潘　良
策划编辑： 邹和杰
特约编辑： 尹　晶
营销编辑： 刘碧思　尤艺潼
封面设计： 又　一
版式设计： 李　洁
内文排版： 百朗文化
出版发行： 湖南文艺出版社
　　　　　　（长沙市雨花区东二环一段 508 号 邮编：410014）
网　　址： www.hnwy.net
印　　刷： 北京嘉业印刷厂
经　　销： 新华书店
开　　本： 880mm×1230mm　1/32
字　　数： 663 千字
印　　张： 24.5
版　　次： 2014 年 7 月第 1 版
印　　次： 2015 年 2 月第 2 次印刷
书　　号： ISBN 978-7-5404-6599-5
定　　价： 58.00 元

（若有质量问题，请致电质量监督电话：010-84409925）